Андрей Платонович
ПЛАТОНОВ
1899 — 1951

Андрей ПЛАТОНОВ

Чевенгур

Санкт-Петербург

УДК 821.161.1
ББК 84(2Рос-Рус)6-44
   П 37

Статья Светланы Семеновой

Серийное оформление Вадима Пожидаева

Оформление обложки Валерия Гореликова

Платонов А.

П 37   Чевенгур : роман / Андрей Платонов. — СПб. :
        Азбука, Азбука-Аттикус, 2017. — 480 с. — (Азбу-
        ка-классика).
        ISBN 978-5-389-09728-5

В наши дни Андрей Платонов по праву занял место ведущего классика русской литературы XX века. В настоящем
издании публикуется одно из самых главных для всего платоновского творчества произведений, долгое время оставав-
шееся «гениальным уродцем», — роман «Чевенгур», создан-
ный в 1927—1928 годах, но вернувшийся к читателям только
во второй половине 1980-х годов.

                                          УДК 821.161.1
                                          ББК 84(2Рос-Рус)6-44

ISBN 978-5-389-09728-5

МЫТАРСТВА ИДЕАЛА

Обочинный, странный, поносимый и гонимый писатель при жизни, крупный своеобычный мастер на взгляд 1960—1970-х годов, в наши дни Платонов занял место ведущего классика русской литературы XX века. Не так просто осознать весь объем художественного и идейного, критического и пророческого, гротескного и лирического *послания* писателя нам, его сегодняшним и будущим читателям. Многое для этого уже сделала исследовательская, критическая мысль, раскрывшая творческую биографию Платонова, историю создания его главных произведений, эволюцию и заветные константы его творчества, эстетику и стилистику его художественного мира. Во второй половине 1980-х — начале 1990-х годов были опубликованы главные платоновские вещи: повести «Котлован» и «Ювенильное море», романы «Чевенгур» и «Счастливая Москва». Многие произведения, печатавшиеся ранее с изъятиями и редакторскими искажениями, увидели свет в их подлинном облике. Усилиями платоноведов из архивов подняты неизвестные рукописи писателя. В 2004 г. в Институте мировой литературы под руководством чл.-корр. РАН Н. В. Корниенко началось издание первого научного собрания сочинений А. П. Платонова, в рамках которого ведется коллективная углубленная текстологическая и комментаторская работа, в том числе особенно сложная и кропотливая — над романом «Чевенгур».

Уникальный творческий материк Платонова ныне выплывает перед читателем во всем богатстве своих контуров и извивов и вместе в удивительном единстве душевного и «метафизического» пейзажа. «Чевенгур» здесь — доминирующая гряда, есть в нем и сокровенная духовная высь, и крутые уступы крайних экспериментов над «идеей», и сатирические пики, и прорезающие все и вся русла постоянных, упорно-навязчивых мотивов и образов.

«Чевенгур» называют иногда философским романом; в нем миропонимание писателя, его заветные убеждения властно направляют всю тончайшую художественную работу, здесь осуществляемую. «Самый метафизический русский писатель XX века», — можно услышать о Платонове. Сила влечения и читателей, и исследователей к платоновской прозе во многом определяется той загадочной глубиной смысла, которая мерцает за поражающей всех вязью его мыслеслов. Не опознав «однообразных и постоянных идеалов» художника (а именно так он их сам определял), мы будем обречены оставаться в поверхностном слое его текста.

Откройте любой его рассказ или повесть, или почти любой. Вас вскоре пронзит печальный звук, томящийся над землей Платонова. На этой земле все умирает: люди, животные, растения, дома, машины, слова, краски, звуки. Все ветшает, стареет, тлеет, *сгорает, падает* — вся неживая и живая природа. «Корова смотрела вбок на мальчика и молчала, жуя давно иссохшую, замученную смертью былинку» («Корова», 1941). Тут поразительно точное платоновское выражение: на всем в его мире лежит печать замученности смертью. «Затем Никита обошел весь знакомый родной город, и у него заболело сердце от вида *устаревших*, небольших домов, сотлевших заборов и плетней и редких яблонь по дворам, многие из которых уже умерли, засохли навсегда» («Река Потудань», 1936). Естественное изнашивание и гибель неживого Платонов всегда описывает как *умирание*. И так обо всем, от звука до цветка.

В произведениях Платонова на мир смотрит человек, мучительно раненный смертью. Рыбак, отец Саши Дванова, всю жизнь думал все об одном и том же — об «интересе смерти». Сосредоточенность его «любопытного разума» на этой загадке приводит к самоубийству, он бросается в озеро: «Втайне он вообще не верил в смерть, главное же, хотел посмотреть, что там есть». Саша Дванов, как и все основные персонажи «Чевенгура», — круглый сирота, и сиротство, разрыв смертью живого общения поколений, ощущается им как фундаментальное несчастье жизни. Он, «самосозданный» народный интеллигент, уходит в революцию с мечтой найти в ней то, «ради чего... своевольно утонул» его отец (то есть разгадку смерти и ее преодоление).

А пока Саша уезжает из Новохоперска — его вызывают в губернию. Но вместо поездки с прямой целью начинается странное блуждание героя. Очень быстро возникает ощущение какого-то смутного, бредово-горячечного сна, в котором все и происходит. Главное, что видится в этом сне, — дорога; на ней движутся, останавливаются, судорожно несутся вперед, петляют, возвращаются и снова пускаются в путь присутствующие в романе люди.

Все вокруг пропитано бесконечно печальным чувством. Саше, покидающему город, «жаль было тот одинокий Новохоперск, точно без него он стал еще более беззащитным». Какое уж там дело в губернии — «его влекла даль земли, будто все далекие и невидимые вещи скучали по нем и звали его». На мгновение в этот сон врываются безымянные люди, места, слова, вещи, разная мелочь жизни и исчезают безвозвратно. «Встретился какой-то безлюдный разъезд под названием Завалишный; около отхожего места сидел старик и ел хлеб, не поднимая глаз на поезд», из которого на него смотрит Саша. Какие-то неведомые, «сторонние безвестные люди» мелькают из вокзалов, забытых жизнью углов. Такую пронзительную боль рождает людская разъединенность в мире, что душа готова разделить участь каждой пропадающей забвенной пылинки — «пристать к ним и вместе пропасть из строя жизни». «Серая грусть облачного дня», ровный, бессолнечный, серый, тихо-тоскливый свет заливает то особое место, тот странный пейзаж, который пригрезился в «Чевенгуре».

Кому же снится этот сон? Очевидно, не одному Саше. Как во сне отдельного человека, возможно, действует его душа, здесь — в большем пространстве — живет в какой-то сонной томительной одури русская душа. Поднимается ее глубь и дно. (Пожалуй, точнее всего призрачно-ирреальную атмосферу «Чевенгура» передает тютчевское: «В каком-то забытьи изнеможенья / Здесь человек лишь снится сам себе». Недаром в романе так много буквального сна, куда то и дело проваливаются, обессилев от своих мечтаний и дел, персонажи. А переходы от сна к яви и обратно часто стерты.) И все больше начинает казаться, что Саша Дванов, а с ним и другие, главные и едва промелькнувшие люди в романе — не обычные герои, литературные персонажи, а как будто различные воплощения народной души. А сам Платонов — как русский Платон, созерцатель и выразитель основных идей душевной реальности своего народа.

Вот в ее сон уголком на миг вдвигаются приметы чужой души, яркой, жизнерадостной. Но ей-то самой так и видится та трухлявая ткань, которую эта красочная поверхность скрывает: «Командир лежал против комиссара и тоже спал; его книжка была открыта на описании Рафаэля; Дванов посмотрел в страницу — там Рафаэль назывался живым богом раннего счастливого человечества, народившегося на теплых берегах Средиземного моря. Но Дванов не смог вообразить то время: дул же там ветер, и землю пахали мужики на жаре, и матери умирали у маленьких детей».

Эти «теплые берега Средиземного моря», хотя и никогда не виданные Сашей, нечто вроде тютчевского юга, что сияет как самая прекрасная часть «покрова златотканого», дневного лика мира, как особо роскошная иллюзия. А та родная страна, та природа, которая предстает чувствам героев «Чевенгура», напоминает философски насыщенный образ уже северного пейзажа, созданного тем же Тютчевым: здесь преобладает мглистое, сумеречное, туманно-серое освещение, царит какое-то «изнеможение» в душе природы, сияет «кроткая улыбка увяданья», открывается пространство пустоты, однообразия, тоски. Выписывать из «Чевенгура» можно бесконечно: тут и «преждевременные сумерки над темной грустной долиной», и «бледный вянущий свет, пахнущий сыростью и скукой нового нелюдимого дня», и ночь «мутная и скучная», и «в степи, казалось, находилась одна пустота», и река не столько течет, сколько «умирает», «ширится болотами», а над ними стоит «ночная тоска». «Дванов загляделся в бедный ландшафт впереди. И земля и небо были до утомления несчастны...» Здесь переживание смертной доли оголеннее, тоска ее острее, чем у жителя юга, оглушенного веселым шумом жизни, ослепленного роскошью ярких форм, цветов и звуков.

В платоновских пейзажах рисуется лик томящейся, перемогающейся, «призрачной», «скучной» стихии; в них словно прасквaживает насквозь тоскливый удел человеческий — как перед лицом смерти, когда «с глаз завязка упадает» (Лермонтов) и с резко бледнеющих ланит «жар любострастия бежит» (Баратынский). Но у Платонова есть и собственные акценты: бедная, «горестная, безнадежная» природная жизнь как будто сознает свое недостоинство, несовершенство и стыдится его. Именно стыд — это разлитое по людям и природе чувство — доносит до нас писатель: «Вощев... увидел дерево на глинистом бугре — оно качалось от непогоды, и с тайным стыдом заворачивались его листья» («Котлован»). Не просто стыд, а тайный, самый глубокий, тонкий, жгучий — покаянный... Платоновский мир готов сгореть от стыда, вспыхнуть факелом в очистительном уничтожении своего несовершенства, готов к отказу от ветхой природы и принятию новой. Пока же он бесконечно мается и грустит в «общей всемирной невзрачности», в «воздухе ветхости и прощальной памяти».

«Недолжность» того закона, на котором стоит бытие, острее всего переживается через несогласие принять смерть, уничтожение каждого, единственного человека. Автор глазами своего героя всматривается в мертвое тело человека, недавно дышавшего и жившего. Куда в один миг девается вся рабочая фабрика тела, изощренность инстинкта, расчет ума, трепет души, изобильность памяти, вместившей целый мир? Сцены умирания столь скрупулезно, можно сказать, въедливо представлены в произведениях Платонова, словно автор, как его герой Саша Дванов, движим потребностью (и наделен способностью) переселяться в другого человека, отождествляясь с ним и его состояниями вплоть до самых страшных, трагических и закрытых для окружающих. И вот мы узнаем, как от умирающего медленно отплывает мир, сознание охватывает все более узкий круг, наконец, сосредоточившись на миг в одной сверкающей точке, гаснет, дух покидает тело, выцветают глаза, «превращаясь в круглый минерал», отражающий небо. То ли человек возвращается в природу, то ли природа в человека, и начинают в нем бродить и «беспокоиться лишь мертвые вещества».

Так бредет Саша через смерть, трупы, тоску, сам чуть не умирает от тифа, от воспаления легких. Среди яростных, враждебных сил и стихий мира человеческая жизнь у Платонова являет собой нескончаемое «дыхание на ладан», полужизнь и вместе с тем постоянное усилие продлить это чудо полусуществования.

Мы обычно представляем дорогих нам умерших в духовных формах, привыкли к душевной памяти о них. У Платонова поражает нежность к буквальным, телесным остаткам мертвых, даже не нежность, а какое-то исступленное стремление удержать нечто действительно, физически им принадлежащее. Захару Павловичу, приемному отцу Саши Дванова, «сильно захотелось раскопать могилу и посмотреть на мать — на ее кости, волосы и все последние пропадающие остатки своей детской родины». Тот же мотив гроба и раскопанной могилы звучит и сейчас, когда Саша чуть не умирает. У писателя чувство любви оказывается сильнее отвращения перед тлением. Платоновская тоска по умершим не смиряется на красивой грусти призрачного образа, хранящегося в памяти. Через крайние эксцессы этой тоски («Давай, мама, откопаем папу!» — просит мальчик в рассказе «Пустодушие») пробивается кажущееся безумным, но реальное желание. Ведь без любви к телесно-душевной неповторимости, забывшей «брезгливую осторожность», трудно говорить о познании мира в его смертных глубинах, о деле его преображения.

У Платонова поразительно отношение его героев к своему телу, даже не отношение, а глубоко интимное его восчувствие как целостного устроения человека *(тело — цело)*; оно отражает по сути глубинный *религиозный материализм* христианства, единственной мировой религии, дающей обетование личностного воскресения и спасения в неотъемлемом триединстве духа, души и тела. Тело — лицом и внешней формой — видимый носитель неповторимой индивидуальности, а внутри, невидимо и неисследимо, каждый орган и клетка также несет печать этой особости. И как в свое последнее прибежище, в «тесноту тела», в его «жал-

ния трудом и творчеством (у Платонова нередок и мотив «научного» воскрешения), и неразрывная связь поколений, живых и мертвых, в «общем отцовстве», и детское чувство, детский взгляд на вещи как критерий нравственности...

Никто до Федорова так беспощадно прямо не ставил вопрос о глубокой постыдности для человека, существа чувствующего и сознающего, природного способа существования, что стоит на взаимном пожирании, борьбе, вытеснении предыдущего последующим. Человек, как и все в природе, существует за счет другой жизни — растений, животных и себе подобных. Дети, рождаясь, подрастая, истощают силы родителей и неизбежно вытесняют их, чтобы быть вытесненными в свою очередь своими детьми. Медленное измождение, постепенное омертвение матери, многократной роженицы, буквально отдающей свою жизнь детям,— один из самых личных и сильных образов у Платонова. Вот как описывается в «Чевенгуре» приемная мать Саши Дванова сразу после очередных родов: «...сама Мавра Фетисовна ничего не чуяла от слабости, ей было душно под разноцветным лоскутным одеялом — она обнажила полную ногу в морщинах старости и материнского жира; на ноге были видны желтые пятна каких-то омертвелых страданий и синие толстые жилы с окоченевшей кровью, туго разросшиеся под кожей и готовые ее разорвать, чтобы выйти наружу: по одной жиле, похожей на дерево, можно чувствовать, как бьется где-то сердце, с усилием прогоняя кровь сквозь узкие обвалившиеся ущелья тела». Тут луч авторской любви, любви беспощадной, исследующей, ибо не пассивна она, сосредоточенно направлен на небольшой участок тела, укрупняя его до целого пейзажа, до картины постепенного обвала в смерть всего организма.

Платонов не раз сближается с федоровской мыслью о том, что, извлекая пищу из почвы, плодородного слоя, образованного прахом предков, человечество тем самым питается этим прахом и потому находится еще в стадии скрытой антропофагии. «Пухов глядел на встречные лощины, слушал звон поездного состава и воображал убитых — красных и белых, которые сейчас перерабатываются почвой в удобрительную Тучность» («Сокровенный человек»).

Огромный космос полон вещества, кочующего по существованиям. Что было когда-то человеком, превращается в землю, в прах, из него растут травы и деревья, из них делают разные вещи; вещи стареют, разрушаются, превращаясь в те бесполезные пустяки, те незаметные, скудные мелочи, к которым так странно бывает привязано сердце в мире Платонова. Человек живет от рождения до смерти, «срабатывая вещество своего тела», «теряя в терпении и работе свое существо» («Джан»). Пыль, сор, прах, «темная ветхость измученного праха» — отработанное, последнее вещество, конечный пункт кочевья. У Платонова какая-то горькая нежность к этому праху: играть, пересыпать его в руках, ласкать мириады растертых в нем жизней. Девочка Уля из одноименного рассказа, та, что, сама не понимая, обладала даром видеть тайную суть людей и вещей, оборотный лик жизни, «цветов... не любила, она никогда не трогала их, а, набрав в подол черного сору с земли, уходила в темное место и там играла одна, перебирая сор руками и закрыв глаза».

Почти в каждом своем произведении Платонов наделяет кого-нибудь из персонажей странной манией рассматривать, а то и собирать всяческие забвенные остатки существ и вещей. В «Чевенгуре» «Яков Титыч любил поднимать с дорог и с задних дворов какие-нибудь частички и смотреть на них: чем они раньше были? Чье чувство обожало и хранило их? Может быть, это были кусочки людей, или тех же паучков, или безымянных земляных комариков — и ничто не осталось в целости, все некогда жившие твари, любимые своими детьми, истреблены на непохожие части, и не над чем заплакать тем, кто остался после них жить и дальше мучиться... Это ж мука, а не жизнь». Вся эта «несчастная мелочь природы», «вещественные остатки потерянных людей» — своего рода разбазаренные, анонимные экспонаты потенциального федоровского «музея». (Мыслитель имел в виду повсеместное и всеобщее предприятие собирания, сохранения и изучения всех культурных, вещественных памятников прошлого вплоть до последних мелочей быта. Конечной задачей такого изучения всех следов ушедших эпох и живших людей, по Федорову, является вклад в их восстановление.)

«Чевенгур» — повествование о том, как в революцию совершилась немедленная попытка осуществить некоторые глубинные чаяния народной души: мечту о преодолении смерти (выраженную в федоровской философии) и жажду всеобщего равенства. При этом писатель демонстрирует корежащий стык глубинных сердечных чаяний его героев и новой, принятой на веру идеологии, замешанной на тотальном разделении и ненависти.

Основные герои платоновского романа ведут свою национальную родословную по преимуществу от одного из русских типов, наиболее метафизически ориентированного: искателей правды, чудаков, юродивых, бегунов, калик-перехожих, странников, в среде которых, по словам Г. П. Федотова, наиболее органично жила как «мучительная, кенотическая жалость» к людям и всему живому, так и народная апокалиптика, взыскание мужицкого рая, Китеж-града, Беловодья, Града Христова... «Русские странники и богомольцы потому и брели постоянно, что они рассеивали на своем ходу тяжесть горюющей души народа» — и народные большевики все время так и стремятся стронуться с одного прочного места, двинуться в путь, «в глубь равнины, в далекую сторону». Здесь, перед лицом открытого «успокоительного пространства», вдали от *идейных* дел, *рассеивая* главную свою *тяжесть* — тайный стыд, тревогу и *тоску ответственности* за осуществляемый ими крутой поворот всей жизни, они чувствуют себя «спокойней и умней». Легкие, съемные, просквоженные ветром дорог, они предельно неприхотливы, довольствуются малым и случайным, будь то еда, одежда, ночлег...

В хоре голосов русской психеи, который звучит в «Чевенгуре», голос Саши Дванова ближе всех авторскому. «Направо от дороги Дванова, на размытом оползшем кургане лежал деревенский погост. Верно стояли бедные кресты, обветшалые от действия ветра и вод. Они напоминали живым, бредущим мимо крестов, что мертвые прожили зря и хотят воскреснуть. Дванов поднял крестам свою руку, чтобы они передали его сочувствие мертвым в могилы». В Саше — душа его отца-рыбака, отправившегося в воды озера Мутево искать «истину» смерти. Подспудная связь с отцом всплывает в навязчивых мотивах снов Саши («во сне продолжается та же жизнь, но в обнаженном смысле»): «Маленький Саша вместо себя оставляет отцу палку — он зарывает ее в холм могилы и кладет сверху недавно умершие листья, чтоб отец знал, как скучно Саше идти одному и что Саша всегда и отовсюду возвратится сюда — за палкой и за отцом». Его томит чувство долга перед отцом, «первым утраченным другом», и в город Чевенгур, где образовался полный коммунизм, он отправляется, надеясь найти там нечто важное, что поможет исполнить завет отца, прозвучавший в одном из снов Саши: «И мне тут, мальчик, скучно лежать. Делай что-нибудь в Чевенгуре: зачем же мы будем мертвыми лежать...» Самым глубоким из всех разделений, царящих в мире, Федоров считал отрыв мысли от дела, разделение на «ученых» и «неученых». Народный интеллигент Саша Дванов освобождается от этого извечного антагонизма знания и действия, чувства и воли, теоретического и практического разумов. «Он не мог долго выносить провала между истиной и действительностью, у него голова сидела на теплой шее, и что думала голова, то немедленно превращалось в шаги, в ручной труд и в поведение». Идеи «Философии общего дела», но изогнутые электричеством революционного насилия, понятые в прометеистском ключе (отбросили Бога как высшую сотрудничающую во всеобщем деле инстанцию), слышатся в мечтах Саши. Высшая цель и движение к ней выписываются им одной стремительной параболой: «Эти люди... хотят потушить зарю, но заря не свеча, а великое небо, где на далеких тайных звездах скрыто благородное и могучее будущее потомков человечества».

На сцену романа выступает новый человек, Степан Копенкин, освобождающий Сашу из рук бандитов, бывший командир «полевых большевиков» (пяти человек, которых он отправил по домам), а ныне одиноко скитающийся паломник к могиле Розы Люксембург. «Его международное лицо не выражало сейчас ясного чувства, кроме того, нельзя было представить его происхождения — был ли он из батраков или из профессоров,— черты его личности уже стерлись о революцию. И сразу же взор его заволакивался воодушевлением, он мог бы с убеждением сжечь все недвижимое имущество на земле, чтобы в чело-

Но, как и у Саши Дванова, самое сокровенное в Степане Копенкине всплывает в воспоминаниях детства и снах. Мы узнаем, что более всего мучило его страдание другого человека и как он «мальчиком плакал на похоронах незнакомого мужика обиженней его вдовы». И чают эти два героя с разной степенью осознанности, по существу, одного и того же. Степан мечтает, как он «Розу откопает из могилы и увезет к себе в революцию». В смутных глубинах его души умершие мать и Роза сплетаются нераздельно. Вот ему снится, что хоронят Розу, а это и не Роза вовсе, а его мать. «Копенкин любил мать и Розу одинаково, потому что мать и Роза были одно и то же первое существо для него, как прошлое и будущее живут в одной его жизни». Мать — его прошлое, его природные корни, самая близкая причина его самого. И на сыне, как всегда у Платонова, лежит вина за ее смерть, и мучает его чувство, что надо что-то делать, чтобы искупить эту вину. Роза — богоматерь, богоматерия, начаток будущего искупления, претворения смертной плоти в нетленную, разделенности, «неродственности» мира — в вечное братство. Для чего же еще к ее гробу длится мистическое путешествие души в Копенкине?

Но как ни силится эта душа поверить в уже готовый источник спасения — в последнем, самом честном усилии она его не находит. «Постепенно в его сознании происходил слабый свет сомнения и жалости к себе. Он обратился памятью к Розе Люксембург, но увидел только покойную исхудалую женщину в гробу, похожую на измученную роженицу». Роза мертва, она лишь женщина, и ее тоже надо спасти из могилы. Прежде чем черпать в Граале живую кровь преображения, его, оказывается, надо создать самим. Но как — самим, таким жалким, темным и так легко срывающимся в зло? Как самих себя поднять за волосы?

А Копенкин с Двановым все едут по равнине к дальнему горизонту своей мечты, который встает «как конец миру», «где небо касается земли, а человек человека». По пути — «ветряные мельницы» вражеских радиосигналов; встреча с человеком, что катится лежа: ноги устали, второй год к дому поспешает; деревня Ханские Дворики, где уполномоченный переименовал себя в Федора Достоевского, а за ним и весь актив окрестился кто в Христофора Колумба, кто во Франца Меринга. Сколько веков пропадали они «в безмолвном большинстве», в темной для памяти и истории массе! Сколько боли и ущемленной зависти накопилось у этих бедных детей жизни, лишь глядевших через забор на блестящие игрушки других, нарядных и счастливых! И вот совсем как дети, магическим «понарошку», произвели себя в Достоевских и Колумбов, в тех избранных «ученых», которых единственно пока человечество выделило — и тем «спасло» от смерти — в культуре.

В коммуне «Дружба бедняка», куда после Ханских Двориков попадают путешественники, все члены ее правления занимают должности и носят длинные и ответственные названия. Та же трогательная и жалкая детская компенсация прежней своей униженности: никто не пашет, не сеет, чтобы себя от высокой должности не отнимать. Единодушие, быть как одна душа — разве это не великая, божественная идея! А что выходит: все механически тянут руки друг за друга — как можно не со всеми против родного коллектива и собственной власти. А потом для разнообразия и, усложнения жизни члены правления коммуны закрепляют навсегда одного человека, чтобы был против, а другой чтоб сомневался и воздерживался.

С «Федора Достоевского» разворачивается в романе гоголевский парад типов и установлений этого переломного времени. Вот попадают наши путешественники в «революционный заповедник товарища Пашинцева имени всемирного коммунизма», как значится при въезде в бывшую помещичью усадьбу с добавлением: «Вход друзьям и смерть врагам». Пашинцев — безумец идеи сохранения «революции в нетронутой геройской категории». Как первохристианин, спасающийся от преследований мира сего в пещере, Пашинцев в средневековых доспехах сидит на бомбах в погребе, устрашая ими ввиду возможного нападения любых врагов или властей, наводящих будничный мирный порядок. Яростная атака на будущее, безумная попытка одним волевым усилием и горением нетерпеливого сердца преобразить людей и мир захлебнулась и задохлась. Рыцарь «военного коммунизма» — в жалких латах, дырявой кольчуге, с бутафорскими бомбами, тоже Дон Кихот идеи — декретирует губернской босоте вечное воскресенье пролетарского счастья: пятый год идет даровое разбазаривание бывшего помещичьего имения. Проклятая действительность с ее необходимыми законами и принуждениями вызывающе выносится за скобки — на то и заповедник.

Правду этой неотменимой действительности хранит и выражает толпа персонажей, проходящих фоном в романе: и лесник, и простые горожане, и крестьяне, протестующие против дотла разоряющих народ крайностей продразверстки, против декретивных увлечений собственных и наезжающих активистов. Хор народных голосов — в набитых поездах, в переполненных постоялых избах, в разоренных деревнях — врывается в горячечные грезы, призывы, рассуждения неистовых мечтателей, звучит отрезвляющим диссонансом. «Эх, горе мое скучное!» — вздыхает неизвестный мужик, другой рассказывает, как семью от холеры схоронил, а последнюю коровенку продотряд отобрал. «Господи, да неужели ж вернется когда старое время? — почти блаженно обратился худой старичок, чувствовавший свое недоедание мучительно и страстно, как женщина погибающего ребенка». А в деревне Старая Калитва, где Дванов с Копенкиным громят крестьян, организовавших отпор продотрядам, их глава так отвечает на вопрос, кулак ли он: «Нет, мы тут последние люди... Кулак не воюя: у него хлеба много — весь не отберут... Дванов поверил и испугался: он вспомнил в своем воображении деревни, которые проехал, населенные грустным бледным народом». Крестьянин из Ханских Двориков так убедительно развернул нелепость уравнительного дележа скота, что «народ окаменел от такого здравого смысла». И кузнец Сотых, проницательный народный аналитик, так припечатал вождя чевенгурцев: «Ишь ты, человек какой... хочется ему коммунизма, и шабаш: весь народ за одного себя считает!»

Но на все суждения трезвого народного сознания наши преобразователи отвечают одним — слепой верой в некую мгновенную и чудесно достижимую осиянность всей жизни социализмом и коммунизмом. «Социализм придет моментально и все покроет. Еще ничего не успеет родиться, как хорошо настанет!» Нечто «всемирное и замечательное» они надеются воздвигнуть быстро и как-то «мимо всех забот». Но что за идеал имеют в виду Чепурный и его товарищи, декретивным порядком устанавливая в городе Чевенгуре полный коммунизм? Всего чевенгурцев двенадцать человек — апостольское число провозвестников своего рода мессианской идеи. А осуществляется она в полном разрыве с тем, что в это время происходит в стране, где начинает утверждаться нэп, где новая политика начинает обращаться к задачам первой жизненной необходимости: наладить производство, накормить и одеть народ. «...Жителям надоели большие идеи и бесконечные пространства: они убедились, что звезды могут превратиться в пайковую горсть пшена, а идеалы охраняет тифозная вошь». Устроители немедленного коммунизма, по существу, бросают вызов такому обороту событий. «А ты думаешь, пища с революцией сживется? Да сроду нет — вот будь я проклят!» — восклицает один из городских коммунистов Гопнер, чуть позднее примкнувший к чевенгурцам.

В юродивом чевенгурском коммунизме не следует искать ни образа земного рая, где разливаются молочные реки «полного удовлетворения материальных потребностей» и кисельные берега «всестороннего духовного развития личности», ни антиутопии тоталитарного технократического общества вроде тех, которыми изобилует литература XX века. В центре забот здесь душа товарища, ее чувства, ее требования, соблюдение абсолютного равенства — и ничего другого. Все, что может послужить малейшим отклонением от главной заботы, возвышению кого бы то ни было, «происхождению имущества», решительно изгоняется, вплоть до труда. Еще в стихах Пашинцева, запечатленных углем на стене «революционного заповедника», звучит тот же мотив: «Долой земные бедные труды, земля задаром даст нам пропитанье». И «прихожане Чевенгура» полагают, что «само солнце отпускает людям на жизнь вполне достаточные нормальные пайки», чтобы прокормиться самосевом.

При этой почти евангельской житейской беззаботности (существуют, как птицы и трава полевая), при всем неистовстве новой веры, при всех подвигах во имя ее навылет пронзает та потерянность, заброшенность, которая обволакивает Предприятие и его деятелей («уединенное сиротство людей на земле»). Читая чевенгурскую утопию, где бедные, сирые и убогие прижались друг к другу в обожании товарища и служении ему, трудно отделаться от впечатления, что Платонов почти буквально разворачивает то видение будущего мира, отказавшегося от Бога, которое явилось Версилову в «Подростке» Достоевского (а последний говорит те же слова — «великое сиротство» — и далее: «Осиротевшие люди тотчас же стали бы прижиматься друг к другу теснее и любовнее; они схватились бы за руки, понимая, что теперь лишь они одни составляют все друг для друга» и т. д.).

Чтобы «обнять в Чевенгуре всех мучеников земли и положить конец движению несчастья в жизни», Прокофий Дванов командируется на поиски чистейших пролетариев и приводит самых несчастных людей на свете, даже не пролетариев, а «прочих» — бездомных бродяг, без отца выросших, матерью брошенных в первый же час своей жизни. «Они нигде не жили, они бредут». Без всего можно обойтись — без отца и матери, без богатства и культуры, но без тела нет жизни. Как у народа джан из одноименной повести, у «прочих» единственное достояние — тело, они живут, «не ощущая ничего, кроме своих теплящихся внутренностей». Другие обволоклись семьей, классом, положением, а для этих мир — одно сопротивление, холод и одиночество. Натуральную участь человека они претерпевают в чистом виде. Когда Чепурный увидел массу «прочих» на холме при въезде в Чевенгур, почти голых, в грязных лохмотьях, покрывающих уже не тело, а какие-то его остатки, «истертые трудом и протравленные едким горем», ему кажется, что он не выживет от боли и жалости. Раз есть такие, нельзя быть счастливым. Сердце пронзается участью крайних бедняков жизни и готово все отринуть, чтобы их прежде всего спасти. Ибо мир по ним должен измерять уровень своего благополучия, а не тешиться средней цифрой, обманной и безнравственной.

«Прочие» — философский концентрат всех тех «душевных бедняков» с большим сердцем, но не просветленным умом и знанием, которыми полны произведения Платонова. Писатель пристально исследует жизнь на ее самом элементарном уровне поддержания самой себя, когда все силы до изнеможения тратятся на то, чтобы пропитать и согреть тело, не умереть,— так жили «прочие» и до революции, так было для многих в годы гражданской войны и разрухи. Тут у Платонова помимо социального есть еще особый, можно сказать, метафизический интерес. Никто так пронзительно, всей своей мучающейся плотью не чувствует глубинную изнанку человеческого удела, тоскливую смертную судьбу, как они, «душевные бедняки», «сыны Аримана».

В повести «Джан» перетолкована известная зендская легенда об Ормузде и Аримане. Мифологический Ормузд, космическое начало света и добра, становится у Платонова «богом счастья, плодов и женщин», покровителем богатых стран, где люди упиваются роскошью и негой жизни. Дух тьмы и зла, Ариман, теряет все свое державно-самостоятельное, демоническое значение, превратившись в бедного жителя тех бесплодных «черных мест Турана, среди которых беспрерывно тоскует душа человека». «Может быть, одного из старых жителей Сары-Камыша звали Ариманом, что равнозначно черту, и этот бедняк пришел от печали в ярость. Он был не самый злой, но самый несчастный». Всякая онтологизация зла Платонову, как и Федорову, чужда. Глубокий исток зла — в фундаментальном несчастье участи человеческой и безысходном ожесточении, отчаянии, циничном вызове, порождаемом этим несчастьем. «Чагатаев вглядывался в эту землю — в бледные солонцы, в суглинки, в темную ветхость измученного праха, в котором, может быть, сотлели кости бедного Аримана, не сумевшего достигнуть светлой участи Ормузда и не победившего его. Отчего он не сумел быть счастливым? Может, оттого, что для него судьба Ормузда и других жителей дальних, заросших садами стран была чужда и отвратительна, она не успокаивала и не влекла его сердца...» Земное довольство и блаженство тела не ответ на крайние, тоскливые запросы сердца. Тучные сады не упраздняют «темной ветхости измученного праха». Для Платонова нет и речи о том, чью сторону выбрать — тучных садов или праха. Ариман глубже Ормузда, сады тоже рано или поздно превращаются в прах, и если остановиться только на тучных садах, то не останется места даже мысли — а тем более дерзанию — воссоздать из праха сад вечной, неумирающей жизни.

Человек из народа, «неученый», душевный бедняк у Платонова не райская птица «тучных садов», а воробей, который от постоянного усилия выдержать свою жизнь наживает себе и ум, и мудрость («Путешествие воробья»). Он превозмогает жизнь в остром ощущении муки существования, значит, чувствует и знает ее. В клетке, даже большой, золотой и полной услад, воробей ложится и умирает, он хочет чего-то другого от жизни, о чем не успели узнать самозабвенные райские птицы («Глиняный дом в уездном саду»). В «Чевенгуре» воробей со своей «бедняцкой серой песней» из всех природных созданий самое родное: «Это настоящая пролетарская птица, клюющая свое горькое зерно. На земле могут погибнуть от долгих унылых невзгод все нежные создания, но такие живородные существа, как мужик и воробей, останутся и дотерпят до теплого дня».

«Прочие» — идеальный материал для монастыря товарищества, ибо «создали из себя... упражнение в терпении и во внутренних средствах тела, сотворили... ум, полный любопытства и сомнения, быстрое чувство, способное променять вечное блаженство на однородного товарища...». Соединились вместе, «главной профессией сделали душу» другого. И вышло по формуле Фейербаха: «Человек человеку бог». Даже запрет трудиться — и тот переступается исключительно с тем, чтобы все делать не для себя, а для товарища. «...Они снова начали трудиться над изделиями для тех товарищей, которых они чувствовали своей идеей». Дванов, как когда-то молодой Платонов, занимается работами по искусственному орошению, чтобы сохранить от превратностей природы единственный капитал — своих товарищей, коллективное святое тело чевенгурского коммунизма «...Он хотел жить тише и беречь коммунизм без ущерба, в виде его первоначальных людей». Существование оправдывается, получает смысл от другого, каждый «запасся не менее как одним товарищем, а считал его своим предметом,— и не только предметом, но и... таинственным благом...». Появились и глиняные памятники, которые товарищ сооружал товарищу как объекту своего поклонения.

Глава чевенгурцев Чепурный вслед за Двановым и Копенкиным — еще один выплеск народной души на поверхность из глубин ее подпочвенной жизни. Душа эта как будто протискивается через тело платоновских героев, чтобы выйти к своему воплощению и осознанию. Беременность тяжела и тосклива: не то еще это тело, чтобы родить светлого младенца, совершенно соответствующего своей великой завязи. Лоно душевного чувства тепло и питательно, но впереди корежащий проход, сквозь теснины слабого ума под команды «идейной» повитухи. В «Чевенгуре» эту роль идеолога берет на себя Прокофий Дванов, хитрый мужик, что «своей узкой мыслью» ослабляет «великие чувства» Чепурного и быстренько соображает, как пристроить несуразного новорожденного к своей личной выгоде. А сам Чепурный заранее тоскует, как будущая мать, предчувствующая уродца.

Прокофий Дванов появляется уже в первой части романа, в свое время опубликованной Платоновым в 1928 г. под заглавием «Происхождение мастера». В многодетной семье его родителей какое-то время жил приемыш Саша (их фамилию он и носит), пока в голодный год его не выгнал из дома тот же маленький Прошка, уже тогда отличавшийся жестоким оборотистым умом и характером. Трудная жизнь отточила эти его качества, усугубила корыстность и житейский цинизм. В Чевенгуре Прокофий воссел грамотеем и умником, идеологическим помощником при Чепурном. Его основное занятие — растолковывать дышащие непонятным «высшим умом» циркуляры губерний, готовить на них резолюции и переводить смутное ощущение и «темное, несвязное, безошибочное чувство» Чепурного в формулу, призыв к немедленному действию. «Прокофий, имевший все сочинения Карла Маркса для личного употребления, формулировал всю революцию как хотел — в зависимости от настроения Клавдюши (единственной утехи в этом аскетическом городе. — *С. С.*) и объективной обстановки».

Именно Прокофию принадлежит «гениальная» мысль оформить тотальное уничтожение «густой мелкой буржуазии», населявшей Чевенгур, «на основе второго пришествия». Дело в том, что город искони был весьма своеобразен, его жители составились из волн осевших здесь в разное время странников. Превратившись в мирных обывателей, они объединялись одним — ежечасным ожиданием второго пришествия и конца света. И тут мы подходим к страшному парадоксу, распявшему «идею» чевенгурского коммунизма: горя изначальным идеалом «душевного товарищества», всемирного братства, его адепты закончили тотальным разделением на «чистых» (пролетариев, босоту) и «нечистых» (буржуи, полубуржуи, разная остатняя сволочь). Богобоязненные коренные жители представляли конец света как заключительную сортировку людей на «овнов» и «козлищ» и окончательную выбраковку последних. Это и позволяет родиться зловещей, остроумно-практической идее устроить им этот апокалипсис, только в карательно-пролетарском исполнении.

И вышибаются жизнь и душа из всех мелких буржуев Чевенгура: выходит из пробитой головы «тихий пар» и проступает «наружу волос материнское сырое вещество, похожее на свечной воск». В тоске расставания с жизнью купец Щапов просит подержаться за человека, хватается за руку экзекутора (как Саша Дванов за руку бандита) и обнимает лопух. «Чекист понял и заволновался: с пулей внутри буржуи, как и пролетариат, хотели товарищества, а без пули — любили одно имущество».

Проектирование и созерцание схемы легко наполняет уверенностью и воодушевлением, но осуществление ее не утешает сердце. Внутри так решительно действующих героев ворочается страх и сомнение, Их душевная подпочва курится тоской. Взяли на себя такую громадную ответственность — без всякой опоры, всякого обоснования — создавать себя, решать за людей, за весь мир, а обоснования действительно нет настоящего, все время подчеркивает автор. Для сердечного чувства есть, правда, Ленин, но представление о вожде какое-то детски-сказочное, наивное: сидит он «в далеком тайном месте, где-то близ Москвы или на Валдайских горах», в чудном Кремле, пишет письмо Чепурному, чтобы он «сторожил коммунизм в Чевенгуре», и обещается в гости. А «Карл Маркс глядел со стен, как чуждый Саваоф, и его страшные книги не могли довести человека до успокаивающего воображения коммунизма... Чепурный должен был опираться только на свое воодушевленное сердце и его трудной силой добывать будущее».

Вот ночь перед ожидаемым пришествием коммунизма — «сочельник коммунизма», как выражается Платонов. Вроде все для него сделали, всех гадов перебили, имущество уничтожили, «голое место» готово, остались одни товарищи и ждут первое утро «нового века». По вере коммунизм должен прийти как чудо, озарив все вокруг. Солнце и то должно ярче жечь. «Дави,— заклинает Пиюся,— чтоб из камней теперь росло».

Но откуда такая тоска? Никто не спит. «Дождь к полночи перестал, и небо замерло от истощения. Грустная летняя тьма покрывала тихий и пустой, страшный Чевенгур». Самоуправство человека в мире, лишенном обоснования, ощущается через особое чувство тоски и стыда. Чевенгурцам «неловко и жутко», ими владеет «тревога неуверенности», «беззащитная печаль», «бессмысленный срам».

Платонов неуклонно подводит читателя к мысли, что чевенгурцы являют собой какую-то карикатуру на прежних правоверных жителей города. Те ничем не занимались, лежали, спали и, как уже говорилось выше, «сплошь» ждали конца света. Лежат, спят, ждут преображения всего мира, который должен наступить в коммунизме, и ревнители новой веры, впрочем, скорее перелицованной старой. Их коммунистическая апокалиптика отягощена всеми дефектами превращенной христианской вульгаты: идеей невсеобщности спасения (отправили в *ад* абсолютного небытия всех *не тех*, большинство населения, признанное за недостойную существования «обезьяну», подлежащую пролетарской селекции), пассивным ожиданием последних эсхатологических процедур. Как всякое историческое свершение, история вообще теряет смысл в луче неизбежной апокалиптической катастрофы, так и псевдохристиане коммунизма отменяют историю, изгоняют необходимость труда, творческого усилия в стяжании нового преображенного порядка бытия (для них труд связан лишь с неизбежной эксплуатацией и приобретательством). Явление коммунизма ощущается как чудо, само собой спускающееся на *верных* адептов доктрины, должное преобразить и природу, и всё вокруг: установится вечное лето, отменится действие смертоносных законов, пойдут контакты с космическими братьями. «Теперь жди любого блага,— объясняет всем Чепурный.— Тут тебе и звезды полетят к нам, и товарищи оттуда спустятся, и птицы могут заговорить, как отживевшие дети,— коммунизм дело нешуточное, он же светопреставление!»

Но чуда не наступает. Натуральная основа жизни, природный ход вещей не могут быть отменены ни волевым субъективным актом, ни внезапно преобразиться в лучах магической апокалиптики. Постепенно бессилие чевенгурского коммунизма перед естественными бедами начинает нагнетаться в романе. Яков Титыч, старейшина «прочих», болеет животом, мучается в бурьяне, «забыв обо всем, что ему было дорого и мило в обыкновенное время». По дороге в город его мучения по звукам обнаруживает Чепурный и тут понимает свои непереходимые пределы: «Проверив, Чепурный поехал дальше, уже убежденный, что больной человек — это равнодушный контрреволюционер, но этого мало — следовало решить, куда девать при коммунизме страдальцев». Когда Яков Титыч в конце романа чуть не умирает, весь чевенгурский райком приходит в полную растерянность и удручение. «Ты, Яков Титыч, живешь неорганизованно, — придумал причину болезни Чепурный. — Чего ты там брешешь? — обиделся Яков Титыч. — Организуй меня за туловище, раз так. Ты тут одни дома с мебелью тронул, а туловище, как было, так и мучается». Так народный человек указывает на сбившую с пути мелкость того «ученого» объяснения зла, которое приняли на веру чевенгурские большевики: дело не в имуществе, не в богатых и бедных, главное зло — в слепом, смертоносном природном законе, живущем в туловищах людей. И сам Чепурный начинает это осознавать, но ему труднее, чем Якову Титычу, его прозревание

29

сопровождается мучением, ведь на нем ответственность за просчет: «Чепурный чувствовал стыд больше других, он уже привык понимать, что в Чевенгуре имущество потеряло стоимость, пролетариат прочно соединен, но туловища живут отдельно — и беспомощно поражаются мучением, в этом месте люди нисколько не соединены».

Не получилось в Чевенгуре и «отживевших детей». Умирает больной ребенок у женщины из «прочих». Она безумно тоскует и молит, чтобы он хоть на минуточку еще ожил и взглянул на нее. И начинаются страшные манипуляции Чепурного над трупиком, яростные, тщетные попытки совершить чудо, как подтверждение коммунизма. Коммунизм, осуществление высшего блага, и вдруг смерть?! «Пока Чепурный помогал мальчику пожить еще одну минуту, Копенкин догадался, что в Чевенгуре нет никакого коммунизма — женщина только что принесла ребенка, а он умер». «Какой же это коммунизм? — "Тут зараза, а не коммунизм. Пора тебе ехать, товарищ Копенкин, отсюда, — вдаль"».

В галерее платоновских типов нельзя обойти вниманием фигуру Симона Сербинова. Внезапный вставной эпизод с ним посреди всех перипетий строительства чевенгурского коммунизма отнюдь не случаен. Во-первых, этот эпизод вводит иной пространственный срез жизни: из глухого, странного захолустья, реализующего какие-то дикие идеи, действие переносится в большой город, в Москву. И несколько другой тип человека предстает перед нами: там, в Чевенгуре — народ, «душевные бедняки», искатели и преобразователи, темные, тоскливые и страстные, да один полуинтеллигент, Саша Дванов, здесь — уже привычный интеллигент типа Прушевского в «Котловане», но душевная подоснова у него одна, общая с чевенгурцами, (а значит и с большинством героев Платонова). Ведь как и все они, Сербинов стремится к сердечному единению с другими людьми, ищет себе друзей, даже ведет особую Тетрадь, реестр знакомых и друзей, встреч и расставаний, окончательных потерь, своего рода душевное кладбище и музей.

Сербинов изъеден городской, интеллигентской рефлексией: «Он был усталый, несчастный человек, с податливым быстрым сердцем и циническим умом». Он много и обобщенно думает о России, о типе русского человека. Даже излагает собственное резюме всей советско-чевенгурской попытки: работать сосредоточенно, буднично, необходимо-жизненно не хотят и не умеют, а сразу с энтузиазмом взялись за роскошное, за «райский сад», за утоление последних, вечных запросов. А в результате вырос «злак бюрократизма» и тирании. В его размышлениях дана целая платоновская схема развития революционной идеи и ее общественного воплощения, вплоть до того момента, когда «останется лишь оскудевшая и иссушенная бесплодным ветром почва»; лишь тогда — брезжит надежда — может быть, появятся «отдохнувшие садовники» и сумеют «развести снова прохладный сад». Завершается эпизод с Сербиновым сценой на кладбище: «бессмысленная тоска» и беспомощность, страх «перед тысячами могил», желание «отдать свое горе и свое одиночество в другое, дружелюбное тело» выливаются в любовь на могиле матери. В отличие от Дванова и других чевенгурцев Сербинов больше городской «блудный сын» и даже святотатец, ибо, конечно, в этом эпизоде — некая эмблема федоровских «блудных сынов, пирующих на могилах отцов». Но только у Платонова все это пронзительнее и простительнее, ведь изливают семя от тоски и отчаяния, не зная другого «противосмертного» орудия, чтобы продлиться в этом мире. Одним словом, Сербинов — это побочный, тронутый порчей, городской брат Саши Дванова и чевенгурцев. Недаром и остается в Чевенгуре, и погибает в бою вместе с ними.

Не исполнили чевенгурцы своего долга перед умершими, этими последними *угнетенными*, отказались от труда (раз он производит только вещи, разъединяющие людей, то и долой его!), так и не поняв, что труд можно оборотить против самой смерти, на укрощение стихийных сил, на пересоздание себя и мира, укрылись в пассивном ожидании «чуда коммунизма», что разом все очистит, восстановит и преобразит. И заключительная их сеча с каким-то непонятным «машинальным врагом», методично разгромившим город, апокалипсическая апофеоза поголовного умирания и гибели большевиков и прочих в романе Платонова, хорошо знавшего активно-христианскую мысль Федорова, на мой взгляд, смотрится в глубинном религиозно-философском пласте произведения как своего рода Страшный суд (катастрофический конец) не только устроенному там коммунизму, но — в пророческой перспективе — и всему роду людскому, если он не сумеет стать творческим соработником Бога во Всеобщем деле преобразования падшего смертного порядка бытия в бессмертный и обоженный.

В финале романа в живых остаются только двое Двановых — Саша и Прокофий. Оседлав осиротевшую Пролетарскую Силу, направляется Саша туда, где «последний и кровный товарищ Дванова томится по нем», в волны озера Мутево к отцу. Только так может он пока утолить стыд неисполненного долга перед ним. Чевенгурское товарищество не сумело указать ему действенного выхода, забрело в тупик. А Прокофий один среди всего того имущества, которым он мечтал владеть безраздельно, плачет над его теперешней ненужностью. Так и застает его Захар Павлович, пришедший в уже пустой Чевенгур в поисках своего приемного сына Саши. И как когда-то в далеком детстве посылал старый мастер маленького Прошку на поиски сироты Саши Дванова, наградив за труды рублем, так и сейчас обращается он к Прокофию с тем же. «Даром приведу,— пообещал Прокофий и пошел искать Дванова». Искать умершего — для чего? Открывается новая дорога, на которой надо найти всех умерших, погибших, умерщвленных и вернуть их к жизни.

В романе «Чевенгур» выразилась — в особой, юродиво-наивной, превращенной форме — важнейшая ипостась русской души и русской идеи, как ее восчувствовали и определяли религиозные мыслители: ее *апокалиптичность*, устремленность к последним временам и срокам, к «новому небу и новой земле» (как выражался Николай Бердяев, «...русская идея есть эсхатологическая идея Царства Божия»). При этом Платонов столкнул в своей философской утопии эти вековечные упования с реальным революционно-коммунистическим опытом — взять светлое будущее немедленным штурмом, столкнул их и причудливо наложил друг на друга. На протяжении повествования его герои пытаются прочно, оседло устроить свои идеалы и тут же больно ударяются о пределы возможного, тоскуют, стыдятся жалких результатов своей ретивости и все рвутся в путь и вдаль. Только тут сердцу легко. Есть среди чевенгурцев человек Луй, он для облегчения своей натуры, которой бы все в дорогу, служит «штатным пешеходом», ходячей пешей почтой. Утилизирует свою неистовую страсть. «...Луй убедился, что коммунизм должен быть непрерывным движением людей в даль земли. Он сколько раз говорил Чепурному, чтобы тот объявил коммунизм странствием и снял Чевенгур с вечной оседлости». Дорогой завершается роман, открытостью в будущее, надеждой на творчество целей, путей, самого человека.

В *путь* — зовет Платонов: «...а полусонный человек уезжал вперед, не видя звезд, которые светили над ним из густой высоты, из вечного, но уже достижимого будущего, из того тихого строя, где звезды двигались, как товарищи,— не слишком далеко, чтобы не забыть друг друга, не слишком близко, чтобы не слиться в одно и не потерять своей разницы и взаимного напрасного увлечения». В путь к такому строю бытия, где каждая личность одна от другой «не слишком далеко» (нераздельность) и «не слишком близко» (неслиянность), к будущему звездному строю настоящего братства и любви.

Пытаясь определить место романа «Чевенгур» в литературном процессе, понимаешь, что этот *драгоценный кристалл* платоновского творчества выпал из чрезвычайно насыщенного раствора литературной жизни своего времени. Вторая половина 1920-х годов — взлет художественного развития, когда к могучей традиции XIX века, которая через «серебряный век» начала XX завоевала новые духовные горизонты, добавился импульс революции, выплеснувший таланты из народа. Вокруг «Чевенгура» во всех видах искусства буквально рябит от созданий, прямо связанных с темой революции: «Россия, кровью умытая» Артема Веселого, «Хорошо!» Маяковского (1927), первая книга «Тихого Дона» Шолохова (1928), «Разгром» Фадеева (1927), «Белая гвардия» и «Дни Турбиных» Булгакова (1925—1927), «Конармия» Бабеля (1926), «Разлом» Лавренева (1927), «Мы» Замятина (1924), «Расплеснутое время»

Пильняка (1927), «Броненосец «Потемкин» (1925) и «Октябрь» (1927) Эйзенштейна, «Арсенал» Довженко (1929), Вторая симфония («Посвящение Октябрю») Шостаковича (1927), «Смерть комиссара» Петрова-Водкина (1928), «Формула весны» Филонова (1928—1929)... Здесь патетика и психологическая насыщенность, героизация и предостережение, въедливая правда будней и символическое обобщение, гимн и памфлет, трагедия, пристально осмысляющая космический переворот революции, и сатира, комедия, буффонада (Зощенко, «Двенадцать стульев», 1928). «Чевенгур» — своего рода ироикомическое произведение: в нем и высокая трагедия, и мистерия, и фантасмагория. Но при этом вышел он среди всех «расчисленных» жанровых, идейно-художественных светил таким необычайным, гениальным уродцем, что даже Горький счел невероятным и невозможным его печатное появление на свет. Горьковские претензии, по существу, касались типа художественности романа. В сознание не вмещалась некая запредельность и непостижимость того духовного пространства, откуда глядел на все Платонов.

Так и выпал «Чевенгур» из литературы, точнее не выпал, а был как бы вознесен на небо, «где рукописи не горят», чтобы продержаться там, пока не дорастем мы его понять и принять. Этот роман обрел статус тех высших творений искусства, что способны к отрыву от своего места-времени и выходят в вечность.

Светлана Семенова

Чевенгур

Есть ветхие опушки у старых провинциальных городов. Туда люди приходят жить прямо из природы. Появляется человек — с тем зорким и до грусти изможденным лицом, который все может починить и оборудовать, но сам прожил жизнь необорудованно. Любое изделие, от сковородки до будильника, не миновало на своем веку рук этого человека. Не отказывался он также подкидывать подметки, лить волчью дробь и штамповать поддельные медали для продажи на сельских старинных ярмарках. Себе же он никогда ничего не сделал — ни семьи, ни жилища. Летом жил он просто в природе, помещая инструмент в мешке, а мешком пользовался как подушкой — более для сохранности инструмента, чем для мягкости. От раннего солнца он спасался тем, что клал себе с вечера на глаза лопух. Зимой же он жил на остатки летнего заработка, уплачивая церковному сторожу за квартиру тем, что звонил ночью часы. Его ничто особо не интересовало — ни люди, ни природа, кроме всяких изделий. Поэтому к людям и полям он относился с равнодушной нежностью, не посягая на их интересы. В зимние вечера он иногда делал ненужные вещи: башни из проволок, корабли из кусков кровельного железа, клеил бумажные дирижабли и прочее — исключительно для собственного удовольствия. Часто он даже задерживал чей-нибудь случайный заказ — например, давали ему на кадку новые обручи подогнать, а он занимался устройством деревянных часов, думая, что они должны ходить без завода — от вращения земли.

Церковному сторожу не нравились такие бесплатные занятия.

— На старости лет ты побираться будешь, Захар Палыч! Кадка вон который день стоит, а ты о землю деревяшкой касаешься — неведомо для чего!

Захар Павлович молчал: человеческое слово для него что лесной шум для жителя леса — его не слышишь. Сторож курил и спокойно глядел дальше — в бога он от частых богослужений не верил, но знал наверное, что ничего у Захара Павловича не выйдет: люди давно на свете живут и уже все выдумали. А Захар Павлович считал наоборот: люди выдумали далеко не все, раз природное вещество живет нетронутым руками.

Через четыре года в пятый село наполовину уходило в шахты и города, а наполовину в леса — бывал неурожай. Издавна известно, что на лесных полянах даже в сухие годы хорошо вызревают травы, овощ и хлеб. Оставшаяся на месте половина деревни бросалась на эти поляны, чтобы уберечь свою зелень от моментального расхищения потоками жадных странников. Но на этот раз засуха повторилась и в следующем году. Деревня заперла свои хаты и вышла двумя отрядами на большак — один отряд пошел побираться к Киеву, другой — на Луганск на заработки; некоторые же повернули в лес и в заросшие балки, стали есть сырую траву, глину и кору и одичали. Ушли почти одни взрослые — дети сами заранее умерли либо разбежались нищенствовать. Грудных же постепенно затомили сами матери-кормилицы, не давая досыта сосать.

Была одна старуха — Игнатьевна, которая лечила от голода малолетних: она им давала грибной настойки пополам со сладкой травой, и дети мирно затихали с сухой пеной на губах. Мать целовала ребенка в состарившийся морщинистый лобик и шептала:

— Отмучился, родимый. Слава тебе, господи!

Игнатьевна стояла тут же:

— Преставился, тихий: лучше живого лежит, сейчас в раю ветры серебряные слушает...

Мать любовалась своим ребенком, веря в облегчение его грустной доли.

— Возьми себе мою старую юбку, Игнатьевна, — нечего больше дать. Спасибо тебе.

Игнатьевна простирала юбку на свет и говорила:

— Да ты поплачь, Митревна, немножко: так тебе полагается. А юбка твоя ношёная-переношёная, прибавь хоть платочек ай утюжок подари...

Захар Павлович остался в деревне один — ему понравилось безлюдье. Но жил он больше в лесу, в землянке с одним бобылем, питаясь наваром трав, пользу которых заранее изучил бобыль.

Все время Захар Павлович работал, чтобы забывать голод, и приучился из дерева делать все то же, что раньше делал из металла. Бобыль же всю жизнь ничего не делал — теперь тем более; до пятидесяти лет он только смотрел кругом — как и что — и ожидал: что выйдет, в конце концов, из общего беспокойства, чтобы сразу начать действовать после успокоения и выяснения мира; он совсем не был одержим жизнью — и рука его так и не поднялась ни на женский брак и ни на какое общеполезное деяние. Родившись, он удивился и так прожил до старости с голубыми глазами на моложавом лице. Когда Захар Павлович делал дубовую сковородку, бобыль поражался, что на ней все равно ничего нельзя изжарить. Но Захар Павлович наливал в деревянную сковородку воды и достигал на медленном огне того, что вода кипела, а сковородка не горела. Бобыль замирал от удивления:

— Могучее дело. Куда ж тут, братцы, до всего дознаться...

И у бобыля опускались руки от сокрушающих всеобщих тайн. Ни разу никто не объяснил бобылю простоты событий — или он сам был вконец бестолковый. Действительно, когда Захар Павлович попробовал ему рассказать, отчего ветер дует, а не стоит на месте, бобыль еще более удивился и ничего не понимал, хотя чувствовал происхождение ветра точно.

— Да неужто? Скажи пожалуйста! Стало быть, от солнечного припеку? Милое дело!..

Захар Павлович объяснил, что припек дело не милое, а просто — жара.

— Жара?! — удивился бобыль. — Ишь ты, ведьма какая!

У бобыля только передвигалось удивление с одной вещи на другую, но в сознание ничего не превращалось. Вместо ума он жил чувством доверчивого уважения.

За лето Захар Павлович переделал из дерева все изделия, какие знал. Землянка и ее усадебное прилежащее место было уставлено предметами технического искусства Захара Павловича — полный комплект сельскохозяйственного инвентаря, машин, инструментов, предприятий и житейских приспособлений — все целиком из дерева. Странно, что ни одной вещи, повторявшей природу, не было: например, лошади, колеса или еще чего.

В августе бобыль пошел в тень, лег животом вниз и сказал:

— Захар Павлович, я помираю, я вчера ящерицу съел... Тебе два грибка принес, а себе ящерицу сжарил. Помахай мне лопухом по верхам — я ветер люблю.

Захар Павлович помахал лопухом, принес воды и попоил умиравшего.

— Ведь не умрешь. Тебе только кажется.

— Умру, ей-богу, умру, Захар Палыч, — испугался солгать бобыль. — Нутрё ничего не держит, во мне глист громадный живет, он мне всю кровь выпил...

Бобыль повернулся навзничь:

— Как ты думаешь, бояться мне аль нет?

— Не бойся, — положительно ответил Захар Павлович. — Я бы сам хоть сейчас умер, да все, знаешь, занимаешься разными изделиями...

Бобыль обрадовался сочувствию и к вечеру умер без испуга. Захар Павлович во время его смерти ходил купаться в ручей и застал бобыля уже мертвым, задохнувшимся собственной зеленой рвотой. Рвота была плотная и сухая, она тестом осела вокруг рта бобыля, и в ней действовали белые мелкокалиберные черви.

Ночью Захар Павлович проснулся и слушал дождь: второй дождь с апреля месяца. «Вот бы бобыль удивился», — подумал Захар Павлович. Но бобыль мокнул один в темноте ровно льющихся с неба потоков и тихо опухал.

Сквозь сонный, безветренный дождь что-то глухо и грустно запело — так далеко, что там, где пело, наверно, не было дождя и был день. Захар Павлович сразу забыл бобыля, и дождь, и голод и встал. Это гудела далекая машина, живой работающий паровоз. Захар Павлович вышел наружу и постоял во влаге теплого дождя, напевающего про мирную жизнь, про обширность долгой земли. Темные деревья дремали раскорячившись, объятые лаской спокойного дождя; им было так хорошо, что они изнемогали и пошевеливали ветками без всякого ветра.

Захар Павлович не обратил внимания на отраду природы, его разволновал неизвестный смолкший паровоз. Когда он ложился обратно спать, он подумал, что дождь и тот действует, а я сплю и прячусь в лесу напрасно: умер же бобыль, умрешь и ты; тот ни одного изделия за весь свой век не изготовил — все присматривался да приноравливался, всему удивлялся, в каждой простоте видел дивное дело и руки не мог ни на что поднять, чтобы чего-нибудь не испортить; только грибы рвал, и то находить их не умел; так и умер, ни в чем не повредив природы.

Утром было большое солнце и лес пел всею гущей своего голоса, пропуская утренний ветер под исподнюю листву. Захар Павлович заметил не столько утро, сколько смену работников — дождь уснул в почве, его заместило солнце; от солнца же поднялась суета ветра, взъерошились деревья, забормотали травы и кустарники, и даже сам дождь, не отдохнув, снова вставал на ноги, разбуженный щекочущей теплотой, и собирал свое тело в облака.

Захар Павлович положил в мешок свои деревянные изделия — сколько их в нем уместилось — и пошел вдаль, по грибной бабьей тропинке. На бобыля он не посмотрел: мертвые невзрачны; хотя Захар Павлович знал одного человека, рыбака с озера Мутево, который многих расспрашивал о смерти и тосковал от своего любопытства; этот рыбак больше всего любил рыбу не как пищу, а как особое существо, наверное знающее тайну смерти. Он показывал глаза мертвых рыб Захару Павловичу и говорил: «Гляди — премудрость! Рыба между жизнью и смертью стоит, оттого она и немая и глядит без выражения; телóк ведь и тот думает, а рыба нет — она все уже знает». Созерцая озеро годами, рыбак думал все об одном и том же — об интересе смерти. Захар Павлович его отговаривал: «Нет там ничего особого: так что-нибудь тесное». Через год рыбак не вытерпел и бросился с лодки в озеро, связав себе ноги веревкой, чтобы нечаянно не поплыть. Втайне он вообще не верил в смерть, главное же, он хотел посмотреть — что там есть: может быть, гораздо интересней, чем жить в селе или на берегу озера; он видел смерть как другую губернию, которая расположена под небом, будто на дне прохладной воды, и она его влекла. Некоторые мужики, которым рыбак говорил о своем намерении пожить в смерти и вернуться, отговаривали его, а другие соглашались с ним: «Что ж, испыток не убыток, Митрий Иваныч. Пробуй, потом нам расскажешь». Дмитрий Иваныч попробовал: его вытащили из озера через трое суток и похоронили у ограды на сельском погосте.

Сейчас Захар Павлович проходил мимо погоста и искал могилу рыбака в частоколе крестов. Над могилой рыбака не было креста: ни одно сердце он не огорчил своей смертью, ни одни уста его не поминали, потому что он умер не в силу немощи, а в силу своего любопытного разума. Жены у рыбака не осталось — он был вдовый, сын же был малолеток и жил у чужих людей. Захар Павлович приходил на похороны и вел мальчишку за руку — ласковый и разумный такой мальчик, не то в мать, не то в отца; где сейчас этот мальчик? — наверно, умер первым в эти голодные годы, как круглый сирота. За гробом отца мальчик шел без горя и пристойно.

— Дядя Захар, это отец нарочно так улегся?

— Не нарочно, Саш, а сдуру — тебя теперь в убыток ввел. Не скоро ему рыбу ловить придется.

— А чего тетки плачут?

— Потому что они хо́ньжи!

Когда гроб поставили у могильной ямы, никто не хотел прощаться с покойным. Захар Павлович стал на колени и притронулся к щетинистой свежей щеке рыбака, обмытой на озерном дне. Потом Захар Павлович сказал мальчику:

— Попрощайся с отцом — он мертвый на веки веков. Погляди на него — будешь вспоминать.

Мальчик прилег к телу отца, к старой его рубашке, от которой пахло родным живым потом, потому что рубашку надели для гроба — отец утонул в другой. Мальчик пощупал руки, от них несло рыбной сыростью, на одном пальце было надето оловянное обручальное кольцо, в честь забытой матери. Ребенок повернул голову к людям, испугался чужих и жалобно заплакал, ухватив рубашку отца в складки, как свою защиту; его горе было безмолвным, лишенным сознания остальной жизни и поэтому неутешимым; он так грустил по мертвому отцу, что мертвый мог бы быть счастливым. И все люди у гроба тоже заплакали от жалости к мальчику и от того преждевременного сочувствия самим себе, что каждому придется умереть и так же быть оплаканным.

Захар Павлович, при всей своей скорби, помнил о дальнейшем.

— Будет тебе, Никифоровна, выть-то! — сказал он одной бабе, плакавшей навзрыд и с поспешным причитанием. — Не от горя воешь, а чтоб по тебе поплакали, когда сама помрешь. Ты возьми-ка мальчишку к себе — у тебя все равно их шестеро, один фальшью какой-нибудь между всеми пропитается.

Никифоровна сразу пришла в свой бабий разум и осохла свирепым лицом: она плакала без слез, одними морщинами:

— И то́ будто! Сказал тоже — фальшью какой-то пропитается! Это он сейчас такой, а дай возмужает — как почнет жрать да штаны трепать — не наготовишься!

Взяла мальчика другая баба, Марфа Фетисовна Дванова, у которой было семеро детей. Ребенок дал ей руку, женщина утерла ему лицо юбкой, высморкала его нос и повела сироту в свою хату.

Мальчик вспомнил про удочку, которую сделал ему отец, а он закинул ее в озеро и там позабыл. Теперь, должно быть, уже поймалась рыба и ее можно съесть, чтобы чужие люди не ругали за ихнюю еду.

— Тетя, у меня рыба поймалась в воде, — сказал Саша. — Дай я пойду достану ее и буду есть, чтоб тебе меня не кормить.

Марфа Фетисовна нечаянно сморщила лицо, высморкала нос в кончик головного платка и не пустила руку мальчика.

Захар Павлович задумался и хотел уйти в босяки, но остался на месте. Его сильно тронуло горе и сиротство — от какой-то неизвестной совести, открывшейся в груди, он хотел бы без отдыха идти по земле, встречать горе во всех селах и плакать над чужими гробами. Но его остановили очередные изделия: староста ему дал чинить стенные часы, а священник настраивать рояль. Захар Павлович сроду никакой музыки не слыхал — видел в уезде однажды граммофон, но его замучили мужики и он не играл: граммофон стоял в трактире, у ящика были поломаны стенки, чтобы видеть обман и того, кто там поет, а в мембрану вдета штопальная игла. За настройкой рояля он просидел месяц, пробуя заунывные звуки и рассматривая механизм, вырабатывающий такую нежность. Захар Павлович ударял по клавише — грустное пение поднималось и улетало; Захар Павлович смотрел вверх и ждал возвращения звука — слишком он хорош, чтобы бесследно растратиться. Священнику надоело ждать настройки, и он сказал: «Ты, дядюшка, напрасно тона не оглашай, ты старайся дело приурочить к концу и не вникай в смысл тебе непотребного». Захар Павлович обиделся до корней своего мастерства и сделал в механизме секрет, который устранить можно в одну секунду, но обнаружить без особого знания нельзя. После поп еженедельно вызывал Захара Павловича: «Иди, друг, иди — опять тайнообразующая сила музыки пропала». Захар Павлович не для попа сделал секрет и не для того, чтобы самому часто ходить наслаждаться музыкой: его растрогало противоположное — как устроено то изделие, которое волнует любое сердце, которое делает человека добрым; для этого он и приладил свой секрет, способный вмешиваться в благозвучность и покрывать его завыванием. Когда после десяти починок Захар Павлович понял тайну смешения звуков и устройство дрожащей главной доски, он вынул из рояля секрет и навсегда перестал интересоваться звуками.

Теперь Захар Павлович на ходу вспоминал прошедшую жизнь и не сожалел о ней. Многие устройства и предметы он лично постиг в утекшие годы и мог их повторить в своих изделиях, если будет подходящий материал и инструменты. Шел он сквозь село ради встречи неизвестных машин и предметов, что за тою чертой, где могучее небо сходится с деревенскими неподвижными угодьями. Шел он туда с тем сердцем, с каким крестьяне ходят в Киев, когда в них иссякает вера и жизнь превращается в дожитие.

На сельских улицах пахло гарью — это лежала зола на дороге, которую не разгребали куры, потому что их поели. Хаты стояли, полные бездетной тишины; одичалые, переросшие свою норму лопухи ожидали хозяев у ворот, на дорожках и на всех обжитых протоптанных местах, где ранее никакая трава не держалась, и покачивались, как будущие деревья. Плетни от безлюдья тоже зацвели: их обвили хмель и повитель, а некоторые колья и хворостины принялись и обещали стать рощей, если люди не вернутся. Дворовые колодцы осохли, туда свободно, переползая через сруб, бегали ящерицы отдыхать от зноя и размножаться. Захара Павловича еще немало удивило такое бессмысленное происшествие, что на полях хлеб давно умер, а на соломенных крышах изб зеленела рожь, овес, просо и шумела лебеда; они принялись из зерен в соломенных покрытиях. В село перебрались также полевые желто-зеленые птицы, живя прямо в горницах изб; воробьи же снимались с подножия тучами и выговаривали сквозь ветер крыльев свои хозяйские деловые песни.

Минуя село, Захар Павлович увидел лапоть; лапоть тоже ожил без людей и нашел свою судьбу — он дал из себя отросток шелюги, а остальным телом гнил в прах и хранил тень над корешком будущего куста. Под лаптем была, наверное, почва посырее, потому что сквозь него тщились пролезть множество бледных травинок. Из всех деревенских вещей Захар Павлович особенно любил лапоть и подкову, а из устройств — колодцы. На трубе последней хаты сидела ласточка, которая от вида Захара Павловича влезла внутрь трубы и там, в тьме дымохода, обняла крыльями своих потомков.

Вправо осталась церковь, а за ней — чистое знаменитое поле, ровное, словно улегшийся ветер. Малый колокол — подголосок — начал звонить и отбил полдень: двенадцать раз. Повитель опутала храм и норовила добраться до креста. Могилы священников у стен церкви занесло бурьяном, и низкие кресты погибли в его чащах. Сторож, отделавшись, еще стоял у паперти, наблюдая ход лета; будильник его запутался в многолетнем счете времени, зато сторож от старости начал чуять время так же остро и точно, как горе и счастье; чтó бы он ни делал, даже когда спал (хотя в старости жизнь сильнее сна — она бдительна и ежеминутна), но истекал час, и сторож чувствовал какую-то тревогу или вожделение, тогда он бил часы и опять затихал.

— Живой еще, дедушка? — сказал сторожу Захар Павлович. — Для кого ты сутки считаешь?

46

Сторож хотел не отвечать: за семьдесят лет жизни он убедился, что половину дел исполнил зря, а три четверти всех слов сказал напрасно: от его забот не выжили ни дети, ни жена, а слова забылись, как посторонний шум. «Скажу этому человеку слово, — судил себя сторож, — человек пройдет версту и не оставит меня в вечной памяти своей: кто я ему — ни родитель, ни помощник!»

— Зря работаешь! — упрекнул Захар Павлович.

Сторож на эту глупость ответил:

— Как так зря? На моей памяти наша деревня десять раз выходила, а потом обратно селилась. И теперь возвернется: долго без человека нельзя.

— А звон твой для чего?

Сторож знал Захара Павловича как человека, который давал волю своим рукам для всякой работы, но не знавшего цену времени.

— Вот тебе — звон для чего! Колоколом я время сокращаю и песни пою...

— Ну пой, — сказал Захар Павлович и вышел вон из села.

На отшибе съежилась хатка без двора, видно, кто-то наспех женился, поругался с отцом и выселился. Хата тоже стояла пустой, и внутри нее было жутко. Одно только на прощанье порадовало Захара Павловича — из трубы этой хаты вырос наружу подсолнух — он уже возмужал и склонился на восход солнца зреющей головой.

Дорога заросла сухими, обветшалыми от пыли травами. Когда Захар Павлович присаживался покурить, он видел на почве уютные леса, где трава была деревьями: целый маленький жилой мир со своими дорогами, своим теплом и полным оборудованием для ежедневных нужд мелких озабоченных тварей. Заглядевшись на муравьев, Захар Павлович держал их в голове еще версты четыре своего пути и наконец подумал: «Дать бы нам муравьиный или комариный разум — враз бы можно жизнь безбедно наладить: эта мелочь — великие мастера дружкой жизни; далеко человеку до умельца-муравья».

Появился Захар Павлович на опушке города, снял себе чулан у многодетного вдовца-столяра, вышел наружу и задумался: чем бы ему заняться?

Пришел с работы столяр-хозяин и сел рядом с Захаром Павловичем.

— Сколько тебе за помещение платить? — спросил Захар Павлович.

Столяр не рассмеялся, а хотел это сделать — он как-то похрипел горлом: в голосе его слышна была безнадежность и то особое притерпевшееся отчаяние, которое бывает у кругом и навсегда огорченного человека.

— А ты чем занимаешься? Ничем? Ну, живи так, пока мои ребята тебе голову не оторвали...

— Это он сказал верно: в первую же ночь сыновья столяра — ребята от десяти до двадцати лет — облили спящего Захара Павловича своей мочой, а дверь чулана приперли рогачом. Но трудно было рассердить Захара Павловича, никогда не интересовавшегося людьми. Он знал, что есть машины и сложные мощные изделия, и по ним ценил благородство человека, а не по случайному хамству. И в самом деле, утром Захар Павлович видел, как старший сын столяра ловко и серьезно делал топорище, значит — главное в нем не моча, а ручная умелость.

Через неделю Захар Павлович так заскорбел от безделья, что начал без спроса чинить дом столяра. Он перешил худые швы на крыше, сделал заново крыльцо в сенях и вычистил сажу из дымоходов. В вечернее время Захар Павлович тесал колышки.

— Что ты делаешь? — спрашивал у него столяр, промокая усы хлебной коркой — он только что пообедал: ел картошку и огурцы.

— Может быть, на что годятся, — отвечал Захар Павлович.

Столяр жевал корку и думал.

— Годятся могилы огораживать! Мои ребята говели постом — все могилы на кладбище специально обгадили.

Тоска Захара Павловича была сильнее сознания бесполезности труда, и он продолжал тесать колья до полной ночной усталости. Без ремесла у Захара Павловича кровь от рук приливала к голове, и он начинал так глубоко думать о всем сразу, что у него выходил один бред, а в сердце поднимался тоскливый страх. Бродя днем по солнечному двору, он не мог превозмочь свою думу, что человек произошел из червя, червь же — это простая страшная трубка, у которой внутри ничего нет — одна пустая вонючая тьма. Наблюдая городские дома, Захар Павлович открыл, что они в точности похожи на закрытые гробы, и пугался ночевать в доме столяра. Зверская работоспособная сила, не находя места, ела душу Захара Павловича, он не владел собой и мучился разнообразными чувствами, каких при работе у него никогда не появлялось. Он начал видеть сны: будто умирает его отец — шахтер, а мать поливает его молоком из своей груди, чтобы он ожил; но отец ей сердито говорит: «Дай хоть свободно помучиться, стерва», потом долго лежит и оттягивает смерть; мать стоит над ним и спрашивает: «Скоро ты?»; отец с ожесточением мученика плюет, ложится вниз лицом и напоминает: «Хорони меня в старых штанах, эти Захарке отдашь!»

Единственно, что радовало Захара Павловича, это сидеть на крыше и смотреть вдаль, где в двух верстах от города проходили иногда бешеные железнодорожные поезда. От вращения колес паровоза и его быстрого дыхания у Захара Павловича радостно зудело тело, а глаза взмокали легкими слезами от сочувствия паровозу.

Столяр смотрел-смотрел на своего квартиранта и начал его кормить бесплатно со своего стола. Сыновья столяра бросили в отдельную чашку Захара Павловича на первый раз соплей, но отец встал и с размаху, без всякого слова, выбил на скуле старшего сына бугор.

— Сам я человек как человек, — спокойно сказал столяр, сев на свое место, — но, понимаешь ты, такую сволочь нарожал, что, того и гляди, они меня кончат.

Ты посмотри на Федьку! Сила — чертова: и где он себе ряшку налопал, сам не пойму, — с малолетства на дешевых харчах сидят...

Начались первые дожди осени — без времени, без пользы: крестьяне давно пропали в чужих краях, а многие умерли на дорогах, не дойдя до шахт и до южного хлеба. Захар Павлович пошел со столяром на вокзал наниматься: у столяра там был знакомый машинист.

Машиниста они нашли в дежурке, где отсыпались паровозные бригады. Машинист сказал, что народу много, а работы нет; остатки ближних деревень целиком живут на вокзале и делают что попало за низкий расценок. Столяр вышел и принес бутылку водки и круг колбасы. Выпив водки, машинист рассказал Захару Павловичу и столяру про паровозную машину и тормоз Вестингауза.

— Ты знаешь инерция какая на уклонах бывает при шестидесяти осях в составе? — возмущенный невежеством слушателей, говорил машинист и упруго показывал руками мощь инерции. — Ого! Откроешь тормозной кран — под тендером из-под колодок синее пламя бьет, вагоны в затылок прут, паровоз дует с закрытым паром — один разбатом в трубу клокочет! Ух, едрит твою мать!.. Налей! Огурца зря не купил: колбаса желудок запаковывает...

Захар Павлович сидел и молчал: он заранее не верил, что поступит на паровозную работу — куда ж тут ему справиться после деревянных сковородок!

От рассказов машиниста его интерес к механическим изделиям становился затаенней и грустней, как отказанная любовь.

— А ты что заквок? — заметил машинист скорбь Захара Павловича. — Приди завтра в депо, я с наставником поговорю, может, в обтирщики возьмут! Не робей, сукин сын, раз есть хочешь...

Машинист остановился, не кончив какого-то слова: у него началась отрыжка.

— Но, дьявол: колбаса твоя задним ходом прет! За гривенник пуд, нищеброд, купил, лучше б я обтирочными концами закусил... Но, — снова обратился машинист к Захару Павловичу, — но паровоз мне делай под зеркало, чтоб я в майских перчатках мог любую часть нащупать! Паровоз ни-ка-кой пылинки не любит: машина, брат, это — барышня... Женщина уж не годится — с лишним отверстием машина не пойдет...

Машинист понес в даль отвлеченных слов о каких-то женщинах. Захар Павлович слушал-слушал и ничего не понимал: он не знал, что женщин можно любить особо и издали, он знал, что такому человеку следует жениться. С интересом можно говорить о сотворении мира и о незнакомых изделиях, но говорить о женщине, как и говорить о мужчинах, — непонятно и скучно. Имел когда-то и Захар Павлович жену, она его любила, — а он ее не обижал, — но он не видел от нее слишком большой радости. Многими свойствами наделен человек, если страстно думать над ними, то можно ржать от восторга даже собственного ежесекундного дыхания. Но что тогда получится? Затея и игра в свое тело, а не серьезное внешнее существование. Захар Павлович сроду не уважал таких разговоров.

Через час машинист вспомнил о своем дежурстве. Захар Павлович и столяр проводили его до паровоза, который вышел из-под заправки. Машинист еще издали служебным басом крикнул своему помощнику:

— Как там пар?

— Семь атмосфер, — ответил без улыбки помощник, высовываясь из окна.

— Вода?

— Нормальный уровень.

— Топка?

— Сифоню.

— Отлично.

На другой день Захар Павлович пришел в депо. Машинист-наставник, сомневающийся в живых людях старичок, долго всматривался в него. Он так больно и ревниво любил паровозы, что с ужасом глядел, когда они едут. Если б его воля была, он все паровозы поставил бы на вечный покой, чтоб они не увечились грубыми руками невежд. Он считал, что людей много, машин мало; люди — живые и сами за себя постоят, а машина — нежное, беззащитное, ломкое существо: чтоб на ней ездить исправно, нужно сначала жену бросить, все заботы из головы выкинуть, свой хлеб в олеонафт макать — вот тогда человека можно подпустить к машине, и то через десять лет терпения!

Наставник изучал Захара Павловича и мучился: холуй, наверное, — где пальцем надо нажать, он, скотина, кувалдой саданет, где еле-еле следует стеклышко на манометре протереть, он так надавит, что весь прибор с трубкой сорвет, — разве ж допустимо к механизму пахаря подпускать?! Боже мой, боже мой, — молча, но сердечно сердился наставник, — где вы, старинные механики, помощники, кочегары, обтирщики? Бывало, близ паровоза люди трепетали, а теперь каждый думает, что он умней машины! Сволочи, святотатцы, мерзавцы, холуи чертовы! По правилу, надо бы сейчас же остановить движение! Какие нынче механики? Это крушение, а не люди! Это бродяги, наездники, лихачи — им болта в руки давать нельзя, а они уже регулятором орудуют! Я, бывало, когда что чуть стукнет лишнее в паровозе на ходу, что-нибудь только запоет в ведущем механизме — так я концом ногтя не сходя с места чувствую, дрожу весь от страдания, на первой же остановке губами дефект найду, вылижу, высосу, кровью смажу, а втемную не поеду... А этот изо ржи да прямо на паровоз хочет!

— Иди домой — рожу сначала умой, потом к паровозу подходи, — сказал наставник Захару Павловичу.

Умывшись, на вторые сутки Захар Павлович явился снова. Наставник лежал под паровозом и осторожно трогал рессоры, легонько постукивая по ним молоточком и прикладываясь ухом к позванивавшему железу.

— Мотя! — позвал наставник слесаря. — Подтяни здесь гаечку на полниточки!

Мотя тронул гайку разводным ключом на полповорота. Наставник вдруг так обиделся, что Захару Павловичу его жалко стало.

— Мо́тюшка! — с тихой угнетенной грустью сказал наставник, но поскрипывая зубами. — Что ты наделал, сволочь проклятая? Ведь я тебе что сказал: гайку!! Какую гайку? Основную! А ты контргайку мне свернул и с толку меня сбил! А ты контргайку мне осаживаешь! А ты опять-таки контргайку мне трогаешь! Ну, что мне с вами делать, звери вы проклятые? Иди прочь, скотина!

— Давайте я, господин механик, контргайку обратно на полповорота отдам, а основную на полнитки прижму! — попросил Захар Павлович.

Наставник отозвался растроганным мирным голосом, оценив сочувствие к своей правоте постороннего человека.

— А? Ты заметил, да? Он же, он же... лесоруб, а не слесарь! Он же гайку, гайку по имени не знает! А? Ну, что ты будешь делать? Он тут с паровозом как с бабой обращается, как со шлюхой с какой! Господи боже мой!.. Ну, пойди, пойди сюда — поставь мне гаечку по-моему...

Захар Павлович подлез под паровоз и сделал все точно и как надо. Затем наставник до вечера занимался паровозами и ссорами с машинистами. Когда зажгли свет, Захар Павлович напомнил наставнику о себе. Тот снова остановился перед ним и думал свои мысли.

— Отец машины — рычаг, а мать — наклонная плоскость, — ласково проговорил наставник, вспоминая что-то задушевное, что давало ему покой по ночам. — Попробуй завтра топки чистить — приди вовремя. Но не знаю, не обещаю — попробуем, посмотрим... Это слишком сурьезное дело! Понимаешь: топка! Не что-нибудь, а — топка!.. Ну, иди, иди прочь!

Еще одну ночь проспал Захар Павлович в чулане у столяра, а на заре, за три часа до начала работы, пришел в депо. Лежали обкатанные рельсы, стояли товарные вагоны с надписями дальних стран: Закаспийские, Закавказские, Уссурийская железные дороги. Особые странные люди ходили по путям: умные и сосредоточенные — стрелочники, машинисты, осмотрщики и прочие. Кругом были здания, машины, изделия и устройства.

Захару Павловичу представился новый искусный мир — такой давно любимый, будто всегда знакомый, — и он решил навеки удержаться в нем.

За год до недорода Мавра Фетисовна забеременела семнадцатый раз. Ее мужик, Прохор Абрамович Дванов, обрадовался меньше, чем полагается. Созерцая ежедневно поля, звезды, огромный текущий воздух, он говорил себе: на всех хватит! И жил спокойно в своей хате, кишащей мелкими людьми — его потомством. Хотя жена родила шестнадцать человек, но уцелело семеро, а восьмым был приемыш — сын утонувшего по своему желанию рыбака. Когда жена за руку привела сироту, Прохор Абрамович ничего против не сказал:

— Ну, что ж: чем ребят гуще, тем старикам помирать надежней... Покорми его, Мавруша!

Сирота поел хлеба с молоком и заболтал ногами.

Мавра Фетисовна поглядела на него и вздохнула:

— Новое сокрушение господь послал... Помрет недоростком, должно быть: глазами не живуч, только хлеб будет есть напрасно...

Но мальчик не умирал два года и даже ни разу не болел. Ел он мало, и Мавра Фетисовна смирилась с сиротой:

— Ешь, ешь, родимый, — говорила она, — у нас не возьмешь, у других не схватишь...

Прохор Абрамович давно оробел от нужды и детей, ни на что не обращал глубокого внимания — болеют ли дети или рождаются новые, плохой ли урожай или терпимый, и поэтому он всем казался добрым человеком. Лишь почти ежегодная беременность жены его немного радовала: дети были его единственным чувством прочности своей жизни — они мягкими маленькими руками заставляли его пахать, заниматься домоводством и всячески заботиться. Он ходил, жил, трудился как сонный, не имея избыточной энергии и ничего не зная вполне определенно. Богу Прохор Абрамович молился, но сердечного расположения к нему не чувствовал; страсти молодости, вроде любви к женщинам, желания хорошей пищи и прочее — в нем не продолжались, потому что жена была некрасива, а пища однообразна и непитательна из года в год. Умножение детей уменьшало в Прохоре Абрамовиче интерес к себе; ему от этого становилось как-то прохладней и легче. Чем дальше жил Прохор Абрамович, тем все терпеливей и безотчетней относился ко всем деревенским событиям. Если б все дети Прохора Абрамовича умерли в одни сутки, он на другие сутки набрал бы себе столько же приемышей, а если бы и приемыши погибли, Прохор Абрамович моментально бросил бы свою земледельческую судьбу, отпустил бы жену на волю, а сам вышел босым неизвестно куда — туда, куда всех людей тянет, где сердцу, может быть, так же грустно, но хоть ногам отрадно.

Семнадцатая беременность жены огорчила Прохора Абрамовича по хозяйственным соображениям: в эту осень меньше родилось детей в деревне, чем в прошлую, а главное — не родила тетка Марья, рожавшая двадцать лет ежегодно, за вычетом тех лет, которые наступали перед засухой. Это приметила вся деревня, и если тетка Марья ходила порожняя, мужики говорили: «Ну, Марья нынче девкой ходит — летом голод будет».

В этот год Марья тоже ходила худой и свободной.

— Паруешь, Марь Матвевна? — с уважением спрашивали ее прохожие мужики.

— А то что же! — говорила Марья и с непривычки стыдилась своего холостого положения.

— Ну ничего, — успокаивали ее. — Глядишь, опять скоро сына почнешь: ты на это ухватлива...

— А чего же зря-то жить! — смелела Марья. — Лишь бы хлеб был...

— Это-то хоть верно, — соглашались мужики. — Бабе родить не трудно, да хлеб за ней не поспевает... Да ты-то — ведьма: ты свою пору знаешь...

Прохор Абрамович сказал жене, что она отяжелела безо времени.

— И-их, Проша, — ответила Мавра Фетисовна, — я рожу, я и с сумой для них пойду — не ты ведь!

Прохор Абрамович умолк на долгое время.

Настал декабрь, а снегу не было — озимые вымерзали. Мавра Фетисовна родила двоешек.

— Снеслась, — сказал у ее кровати Прохор Абрамович. — Ну, и слава богу: что ж теперь делать-то! Должно, эти будут живучие — морщинки на лбу и ручки кулаками...

Приемыш стоял тут же и глядел на непонятное с искаженным постаревшим лицом. В нем поднялась едкая теплота позора за взрослых, он сразу потерял любовь к ним и почувствовал свое одиночество — ему захотелось убежать и спрятаться в овраг. Так же ему было одиноко, скучно и страшно, когда он увидел склещенных собак — он тогда два дня не ел, а всех собак разлюбил навсегда. У кровати роженицы пахло говядиной и сырым молочным телком, а сама Мавра Фетисовна ничего не чуяла от слабости, ей было душно под разноцветным лоскутным одеялом — она обнажила полную ногу в морщинах старости и материнского жира; на ноге были видны желтые пятна каких-то омертвелых страданий и синие толстые жилы с окоченевшей кровью, туго разросшиеся под кожей и готовые ее разорвать, чтобы выйти наружу; по одной жиле, похожей на дерево, можно чувствовать, как бьется где-то сердце, с напором и с усилием прогоняя кровь сквозь узкие обвалившиеся ущелья тела.

— Что, Саш, загляделся? — спросил Прохор Абрамович у ослабевшего приемыша. — Два братца тебе родилось, отрежь себе хлеба ломоть и ступай бегать — нынче потеплело...

Саша ушел, не взяв хлеба. Мавра Фетисовна открыла белые жидкие глаза и позвала мужа:

— Проша! С сиротой — десять у нас, а ты двенадцатый...

Прохор Абрамович и сам знал счет:

— Пускай живут — на лишний рот лишний хлеб растет.

— Люди говорят, голод будет — не дай бог страсти такой: куда нам деваться с грудными да малолетними?

— Не будет голода, — для спокойствия решил Прохор Абрамович. — Озимые не удадутся, на яровых возьмем.

Озимые и взаправду не удались: они подмерзли еще с осени, а весной окончательно задохнулись под полевою наледью. Яровые то пугали, то радовали, но кое-как дозрели и дали втрое больше, чем было посеяно семян. Старшему сыну Прохора Абрамовича было лет одиннадцать, и приемышу почти столько же: кто-то один должен идти побираться, чтобы носить семье помощь хлебными сухарями. Прохор Абрамович молчал: своего послать жалко, а сироту стыдно.

— Что ж ты молчишь-то сидишь? — озлобилась Мавра Фетисовна. — Агапка семилетнего отправила, Мишка Дувакин девчонку снарядил, а ты все сидишь, идол беззаботный! Пшена-то до рождества не хватит, а хлеба со Спаса не видим!..

Весь вечер Прохор Абрамович шил удобный и уемистый мешок из старого рядна. Раза два он подзывал Сашу и примеривал к его плечам:

— Ничего? Тут не тянет?

— Ничего, — отвечал Саша.

Одиннадцатилетний Прошка сидел рядом с отцом и вдевал суровую нитку в иглу, когда она выскакивала, так как сам отец видел неясно.

— Папань, завтра Сашку побираться прогонишь? — спросил Прошка.

— Чего ты болтаешь сидишь? — сердился отец. — Вот ты подрастешь, сам попобираешься.

— Я не пойду, — отказался Прошка, — я воровать буду. Помнишь, ты говорил, кобылу у дяди Гришки свели? Они свели, им хорошо, а дядя Гришка мерина опять купил. А я вырасту, украду мерина.

На ночь Мавра Фетисовна накормила Сашу лучше своих кровных детей — дала ему отдельно, после всех, каши с маслом и молока, сколько попьет. Прохор Абрамович принес из риги жердь, и, когда все спали, он выделал из нее дорожный посошок. Саша не спал и слушал, как Прохор Абрамович строгает палку хлебным ножом. Прошка сопел и ежился от таракана, бродившего у него по шее. Саша снял таракана, но побоялся его убить и бросил с печки на пол.

— Ты, Саш, не спишь? — спросил Прохор Абрамович. — Спи себе, чего ж ты!

Дети просыпались рано, они начинали драться друг с другом в темноте, когда петухи еще дремали, а старики просыпались только по второму разу и чесали пролежни. Ни один запор еще не скрипел на деревне, и ничто не верещало в полях. В такой час Прохор Абрамович выводил приемыша за околицу. Мальчик шел сонный, доверчиво ухватив руку Прохора Абрамовича. Было сыро и прохладно, сторож в церкви звонил часы, и от грустного гула колокола мальчик заволновался. Прохор Абрамович наклонился к сироте.

— Саша, ты погляди туда. Вон видишь, дорога из деревни на гору пошла — ты все так иди и иди по ней. Увидишь потом громадную деревню и каланчу на бугре — ты не пугайся, а ступай прямо, это тебе повстречается город, и там много хлеба на ссыпках. Как наберешь полную сумку — приходи домой отдыхать. Ну, прощай, сынок ты мой!

Саша держал руку Прохора Абрамовича и глядел в серую утреннюю скудость полевой осени.

— Там дожди были? — спросил Саша о далеком городе.

— Сильные! — подтвердил Прохор Абрамович.

Тогда мальчик оставил руку и, не взглянув на Прохора Абрамовича, тихо тронулся один — с сумкой и палкой, разглядывая дорогу на гору, чтобы не потерять своего направления. Мальчик скрылся за церковью и кладбищем, и его долго не было видно. Прохор Абрамович стоял на одном месте и ждал, когда мальчик покажется на той стороне лощины. Одинокие воробьи спозаранку копались на дороге и, видимо, зябли. «Тоже сироты, — думал про них Прохор Абрамович, — кто им кинет чего!»

Саша вошел на кладбище, не сознавая, чего ему хочется. В первый раз он подумал сейчас про себя и тронул свою грудь: вот тут я, — а всюду было чужое и непохожее на него. Дом, в котором он жил, где любил Прохора Абрамовича, Мавру Фетисовну и Прошку, оказался не его домом — его вывели оттуда утром на прохладную дорогу. В полудетской грустной душе, не разбавленной успокаивающей водой сознания, сжалась полная давящая обида, он чувствовал ее до горла.

Кладбище было укрыто умершими листьями, по их покою всякие ноги сразу затихали и ступали мирно. Всюду стояли крестьянские кресты, многие без имени и без памяти о покойном. Сашу заинтересовали те кресты, которые были самые ветхие и тоже собирались упасть и умереть в земле. Могилы без крестов были еще лучше — в их глубине лежали люди, ставшие навеки сиротами: у них тоже умерли матери, а отцы у некоторых утонули в реках и озерах. Могильный бугор отца Саши почти растоптался — через него лежала тропинка, по которой носили новые гробы в глушь кладбища.

Близко и терпеливо лежал отец, не жалуясь, что ему так худо и жутко на зиму оставаться одному. Что там есть? Там плохо, там тихо и тесно, оттуда не видно мальчика с палкой и нищей сумой.

— Папа, меня прогнали побираться, я теперь скоро умру к тебе — тебе там ведь скучно одному, и мне скучно.

Мальчик положил свой посошок на могилу и заложил его листьями, чтобы он хранился и ждал его.

Саша решил скоро прийти из города, как только наберет полную сумку хлебных корок; тогда он выроет себе землянку рядом с могилой отца и будет там жить, раз у него нету дома.

Прохор Абрамович уже заждался приемыша и хотел уходить. Но Саша перешел через протоки балочных ручьев и стал подниматься по глинистому взгорью. Он шел медленно и уже устало, зато радовался, что у него скоро будет свой дом и свой отец; пусть отец лежит мертвый и ничего не говорит, но он всегда будет лежать близко, на нем рубашка в теплом поту, у него руки, обнимавшие Сашу в их сне вдвоем на берегу озера; пусть отец мертвый, но он целый, одинаковый и такой же.

— Куда ж у него палка делась? — гадал Прохор Абрамович.

Утро отсырело, мальчик одолевал скользкий подъем, припадая к нему руками. Сумка болталась широко и просторно, как чужая одежда.

— Ишь ты, сшил я ее как: не по нищему, а по жадности, — поздно упрекал себя Прохор Абрамович. — С хлебом он и не донесет ее... Да теперь все равно: пускай — как-нибудь...

На высоте перелома дороги на ту, невидимую, сторону поля мальчик остановился. В рассвете будущего дня, на черте сельского горизонта, он стоял над кажущимся глубоким провалом, на берегу небесного озера. Саша испуганно глядел в пустоту степи; высота, даль, мертвая земля были важными и большими, поэтому все казалось чужим и страшным. Но Саше дорого было уцелеть и вернуться в низину села на кладбище — там отец, там тесно и все — маленькое, грустное и укрытое землею и деревьями от ветра. Поэтому он пошел в город за хлебными корками.

Прохору Абрамовичу жалко стало сироту, который скрывался сейчас за спуск дороги: «Ослабнет мальчик от ветра, ляжет в межевую яму и скончается — белый свет не семейная изба».

Прохор Абрамович захотел догнать и вернуть сироту, чтобы умереть всем в куче и в покое, если придется умирать, — но дома были собственные дети, баба и последние остатки яровых хлебов.

— Все мы хамы и негодяи! — правильно определил себя Прохор Абрамович, и от этой правильности ему полегчало. В хате он молча скучал целые сутки, занявшись ненужным делом — резьбой по дереву. Он всегда при тяжелой беде отвлекался вырезыванием ельника или несуществующих лесов по дереву — дальше его искусство не развивалось, потому что нож был туп. Мавра Фетисовна плакала с перерывами об ушедшем приемыше. У нее умерло восемь человек детей — и по каждому она плакала у печки по трое суток с перерывами. Это было для нее то же, что резьба по дереву для Прохора Абрамовича. Прохор Абрамович уже вперед знал, сколько еще времени осталось Мавре Фетисовне плакать, а ему резать неровное дерево: полтора дня.

Прошка глядел-глядел и заревновал родителей:

— Чего плачете, Сашка сам вернется. Ты б, отец, лучше валенки мне скатал — тебе Сашка не сын, а сирота. А ты все ножик сидишь тупишь, старый человек.

— Мои милые! — в удивлении остановилась плакать Мавра Фетисовна. — Он как большой балакает — сам гнида, а уж отцу попрек нашел!

Но Прошка был прав: сирота вернулся через две недели. Он так много принес хлебных корок и сухих булок, будто сам ничего не ел. Из того, что он принес, ему тоже ничего не пришлось попробовать, потому что к вечеру Саша лег на печку и не мог согреться — всю его теплоту из него выдули дорожные ветры. В своем забытьи он бормотал о палке в листьях и об отце: чтоб отец берег палку и ждал его на озеро в землянку, где растут и падают кресты.

Через три недели, когда приемыш выздоровел, Прохор Абрамович взял кнут и пешком пошел в город — стоять на площадях и наниматься на работу.

Прошка два раза ходил следом за Сашей на кладбище. Он увидел, что сирота сам себе руками роет могилу и не может вырыть глубоко. Тогда он принес сироте отцовскую лопату и сказал, что лопатой рыть легче — все мужики ею роют.

— Тебя все едино прогонят со двора, — сообщил про будущее Прошка. — Отец с осени ничего не сеял, а мамка летом снесется — теперь кабы троих не родила. Верно тебе говорю!

— Саша брал лопату, но она была ему не под рост, и он скоро слабел от работы.

Прошка стоял, стыл от редких капель едкого позднего дождя и советовал:

— Широко не рой — гроб покупать не на что, так ляжешь. Скорей управляйся, а то мамка родит, а ты лишний рот будешь.

— Я землянку рою и жить тут буду, — сказал Саша.

— Без наших харчей? — осведомился Прошка.

— Ну да — без всего. Купырей летом нарву и буду себе есть.

— Тогда живи, — успокоился Прошка. — А к нам побираться не ходи: нечего подавать.

Прохор Абрамович заработал в городе пять пудов муки, приехал на чужой подводе и лег на печку. Когда половину муки съели, Прошка уже думал, что дальше будет.

— Лежень, — сказал он однажды на отца, глядевшего с печки на одинаково кричавших двоешек. — Муку слопаем, а потом с голоду помирать! Нарожал нас — корми теперь!

— Вот остаток от чертей-то! — поругался сверху Прохор Абрамович. — Тебе бы вот отцом-то надо быть, а не мне, мокрый подхлюсток!

Прошка сидел с большой досужестью на лице, думая, как надо сделаться отцом. Он уже знал, что дети выходят из мамкиного живота — у нее весь живот в рубцах и морщинах, — но тогда откуда сироты? Прошка два раза видел по ночам, когда просыпался, что это сам отец наминает мамке живот, а потом живот пухнет и рожаются дети-нахлебники. Про это он тоже напомнил отцу:

— А ты не ложись на мать — лежи рядом и спи. Вон у бабки у Парашки ни одного малого нету — ей дед Федот не мял живота...

Прохор Абрамович слез с печки, обул валенки и поискал чего-то. В хате не было ничего лишнего, тогда Прохор Абрамович взял веник и хлестнул им по лицу Прошки. Прошка не закричал, а сразу лег на лавку вниз лицом. Прохор Абрамович молча начал пороть его, стараясь накопить в себе злобу.

— Не больно, не больно, все равно не больно! — говорил Прошка, не показывая лица.

После порки Прошка поднялся и сказал:

— Тогда прогони Сашку, чтобы лишнего рта не было.

Прохор Абрамович измучился больше Прошки и понуро сидел у люльки с замолкшими двоешками. Он выдрал Прошку за то, что Прошка был прав: Мавра Фетисовна снова затяжелела, озимых же сеять было нечем. Прохор Абрамович жил на свете, как живут травы на дне лощины: на них сверху весной рушатся талые воды, летом — ливни, в ветер — песок и пыль, зимой их тяжело и душно захлобучивает снег; всегда и ежеминутно они живут под ударами и навалом тяжестей, поэтому травы в лощинах растут горбатыми, готовыми склониться и пропустить через себя беду. Так же наваливались дети на Прохора Абрамовича — труднее, чем самому родиться, и чаще, чем урожай. Если б поле рожало, как жена, а жена не спешила со своим плодородием, Прохор Абрамович давно был бы сытым и довольным хозяином. Но всю жизнь ручьем шли дети и, как ил лощину, погребли душу Прохора Абрамовича под глиняными наносами забот, — от этого Прохор Абрамович почти не ощущал своей жизни и личных интересов; бездетные же свободные люди называли такое забвенное состояние Прохора Абрамовича ленью.

— Прош, а Прош! — позвал Прохор Абрамович.

— Чего тебе? — угрюмо сказал Прошка. — Сам бьешь, а потом Прошей зовешь...

— Прош, сбегай к тетке Марье, погляди, у ней живот вспух аль худой. Чтой-то я давно не встречал ее, либо захворала она?!

Прошка был не обидчив и ради своей семьи деловит.

— Мне бы отцом-то быть, а тебе — Прошкой, — оскорбил отца Прошка. — Чего ей в живот глядеть: озимых не сеял — все одно голода жди.

Одев материну шушунку, Прошка продолжал хозяйственно бурчать:

— Брешут мужики. Летось тетка Марья была порожняя, а дожжи были. Вот она и промахнулась — ей бы рожать нахлебника, а она нет.

— Озимя́ вымерзли, она чуяла, — негромко сказал отец.

— Все детенки матерей сосуть, хлеба ничуть не едят, — возразил Прошка. — А матерь пускай яровыми кормится... Не пойду я к Марье... Будет у нее пузо, ты тогда с печки не слезешь. Скажешь — будут травы и яровые хороши. А нам голодать не охота: нарожал нас с мамкой...

Прохор Абрамович молчал. Саша тоже никогда не говорил, когда его не спрашивали. Даже Прохор Абрамович, сам — против Прошки — похожий на сироту в своем доме, не знал, какой из себя Саша: добрый или нет; ходить побираться он мог от испуга, а что сам думает — не говорит. Саша же думал мало, потому что считал всех взрослых людей и ребят умнее себя, и поэтому боялся их. Больше Прохора Абрамовича он пугался Прошку, который каждую крошку считает и не любит никого за своим двором.

Отставя зад, касаясь травы длинными губительными руками, ходил по селу горбатый человек — Петр Федорович Кондаев. У него давно не было болей в пояснице — стало быть, перемены погоды не предвиделось.

В тот год рано созрело солнце на небе: в конце апреля оно уже грело, как в глубоком июле. Мужики затихли, чуя ногами сухую почву, а остальным телом —

прочно успокоившееся пространство смертельной жары. Ребятишки наблюдали горизонты, чтобы вовремя заметить выход дождливой тучи. Но на полевых дорогах поднимались вихревые столбы пыли, и сквозь них проезжали телеги из чужих деревень. Кондаев шел среди улицы на ту сторону села, где жила его душевная забота — полудевушка Настя пятнадцати лет. Он любил ее тем местом, которое у него часто болело и было чувствительно, как сердце у прямых людей, — поясницей, коренным сломом своего горба. Кондаев видел в засухе удовольствие и надеялся на лучшее. Руки его были постоянно в желтизне и зелени — он ими губил травы на ходу и растирал их в пальцах. Он радовался голоду, который выгонит всех красивых мужиков далеко на заработки, и многие из них умрут, освободив женщин для Кондаева. Под напряженным солнцем, заставлявшим почву гореть и дымить пылью, Кондаев улыбался. Каждое утро он мылся в пруду и ласкал герб ухватистыми надежными руками, способными на неутомимые объятия будущей жены.

— Ничего, — довольствовался сам собою Кондаев. — Мужики тронутся, бабы останутся. Кто меня покушает, тот век не забудет — я ж сухой бык...

Кондаев гремел породистыми, длинно отросшими руками и воображал, что держит в них Настю. Он даже удивлялся, почему в Насте — в такой слабости ее тела — живет тайная могучая прелесть. От одной думы о ней он вздувался кровью и делался твердым. Чтобы избавиться от притяжения и ощутительности своего воображения, он плыл по пруду и набирал внутрь столько воды, словно в теле его была пещера, а потом выхлестывал воду обратно вместе со слюной любовной сладости.

Возвращаясь домой, Кондаев каждому встречному мужику советовал уходить на заработки.

— Город — как крепость, — говорил Кондаев. — Там всего вполне достаточно, а у нас солнце стоит и будет стоять в упор — какой же тебе урожай! Ты опомнись!

— А ты как же, Петр Федорович? — спрашивал мужик про чужую судьбу.

— Я калека, — сообщал Кондаев. — Я одной жалостью смело могу прожить. А вот ты свою бабу уморишь, желвак-человек! Шел бы в отход, а ей хлеб отправлял — прибыльное дело!

— Да пожалуй, что так и придется, — нехотя вздыхал встречный, а сам надеялся, что как-нибудь дома проживет: капусткой, ягодой, грибками, разной травкой, а там — видно будет.

Кондаев любил старые плетни, ущелья умерших пней, всякую ветхость, хилость и покорную, еле живую теплоту. Тихое зло его похоти в этих одиноких местах находило свою отраду. Он бы хотел всю деревню затомить до безмолвного, усталого состояния, чтобы без препятствия обнимать бессильные живые существа. В тишине утренних теней Кондаев лежал и предвидел полуразрушенные деревни, заросшие улицы и тонкую, почерневшую Настю, бре́дящую от голода в колкой, иссохшей соломе. От одного вида жизни, будь она в травинке или в девушке, Кондаев приходил в тихую ревнивую свирепость; если то была трава, он ее до смерти сминал в своих беспощадных любовных руках, чувствующих любую живую вещь так же жутко и жадно, как девственность женщины; если же то была баба или девушка, Кондаев вперед и навеки ненавидел ее отца, мужа, братьев, будущего жениха и желал им погибнуть или отойти на заработки. Второй голодный год поэтому сильно обнадеживал Кондаева — он считал, что скоро один останется в деревне и тогда залютует над бабами по-своему.

От зноя не только растения, но даже хаты и колья в плетнях быстро приходили в старость. Это заметил Саша еще в прошлое лето. Утром он видел прозрачные мирные зори и вспоминал отца и раннее детство на берегу озера Мутево. Под колокол ранней обедни поднималось солнце и в скорое время превращало всю землю и деревню в старость, в запекающуюся сухую злобу людей.

Прошка залезал на крышу, морщился озабоченным лицом и сторожил небо. Утром он спрашивал у отца одно и то же — не болела ли у него поясница, чтобы переменилась погода, и когда будет месяц обмываться.

Кондаев любил ходить по улице в полдень, наслаждаясь остервенением зудящих насекомых. Однажды он заметил Прошку, выскочившего без порток на улицу, потому что ему показалось, что с неба что-то капнуло.

Избы почти пели от страшной, накаленной солнцем тишины, а солома на крышах почернела и издавала тлеющий запах гари.

— Прошк! — позвал горбатый. — Ты чего небо пасешь? Правда, нынче не особенно холодно?

Прошка понял, что ничего не капнуло — только показалось.

— Иди курей чужих щупать, сломатая калека! — медленно обиделся Прошка, когда разочаровался в капле. — Людям остаток жизни пришел, а он рад. Иди у папашки петуха пощупай!

Прошка попал в Кондаева нечаянно и метко: Кондаев в ответ вскрикнул от чуткой боли и пригнулся к земле, ища камень. Камня не было, и он бросил в Прошку горстью сухого праха. Но Прошка знал все вперед и был уже дома. Горбатый вбежал на двор, шаря на бегу руками по земле. На дороге ему попался Саша — Кондаев ударил его с навеса костями пальцев своей худой руки, и у Саши зазвучали кости в голове. Саша упал с полопавшейся кожей под волосами, сразу обмокшими чистой прохладной кровью.

Саша опомнился, но потом без забытья увидел свой сон. Не теряя памяти, что на дворе жарко, что стоит длинный голодный день и что его ударил горбатый, Саша видел отца на озере во влажном тумане: отец скрывался на лодке в туман и бросал оттуда на берег оловянное материно кольцо. Саша поднимал кольцо в мокрой траве, а этим кольцом громко бил его по голове горбатый — под треском рассыхающегося неба, из трещин которого вдруг полился черный дождь, —

и сразу стало тихо: звон белого солнца замер за горой на тонущих лугах. На лугах стоял горбатый и мочился на маленькое солнце, гаснущее уже само по себе. Но рядом со сном Саша видел продолжающийся день и слышал разговор Прошки с Прохором Абрамовичем.

Кондаев же гнался по гумнам за чужой курицей, пользуясь безлюдьем и другим горем односельчан. Курицу он не поймал — она от страха залетела на уличное дерево. Кондаев хотел трясти дерево, но заметил проезжего и тихо пошел домой — походкой непричастного человека. Прошка сказал правду: Кондаев любил щупать кур и мог это делать долго, пока курица не начинала от ужаса и боли гадить ему в руку, а иногда бывало, что курица преждевременно выпускала жидкое яйцо; если кругом было малолюдно, Кондаев глотал из своей горсти недозревшее яйцо, а курице отрывал голову.

Осенью, если был урожайный год, сил в народе оставалось много, и взрослые вместе с ребятами занимались тем, что донимали горбатого:

— Петр Федорович, пощупай нашего петушка, ради бога!

Кондаев не переносил надруганья и гнался за обидчиками до тех пор, пока не ловил какого-нибудь подростка и не причинял ему легкого увечья.

Саша видел снова один старый день. Ему давно представлялась жара в виде старика, а ночь и прохлада в виде маленьких девочек и ребят.

В избе было открыто окно, и около печки безвыходно металась Мавра Фетисовна. При всей привычке рожать ей что-то надоедало внутри.

— Тошнит меня! Трудно мне, Прохор Абрамыч!.. Ступай за бабкой...

Саша не поднимался из травы до самого звона к вечерне, до длинных грустных теней. Окна в избе заперли и завесили. Бабка вынесла во двор лоханку и выплеснула что-то под плетень. Туда побежала собака и съела все, кроме жидкости. Прошка давно не выходил, хотя он был дома. Другие дети гоняли где-то по чужим дворам. Саша боялся подниматься и идти в избу не вовремя. Тени трав сплотились, легкий низовой ветер, дувший весь день, остановился; бабка вышла в повязанном платке, помолилась с крыльца на темный восток и ушла — наступила покойная ночь. Сверчок в завалинке попробовал голос и потом надолго запел, обволакивая своею песнью двор, траву и отдаленную изгородь в одну детскую родину, где лучше всего жить на свете. Саша смотрел на измененные тьмою, но еще больше знакомые постройки, плетни, оглобли из заросших саней, и ему было жалко их, что они такие же, как он, а молчат, не двигаются и когда-нибудь навсегда умрут.

Саша думал, что если он уйдет отсюда, то без него всему двору станет еще более скучно жить на одном месте, и Саша радовался, что он здесь нужен.

В избе зарыдал новый младенец, заглушая своим голосом, непохожим ни на какое слово, устоявшуюся песню сверчка. Сверчок смолк, тоже, наверное, слушая пугающий крик. Наружу вышел Прошка — с мешком Саши, с каким его посылали осенью побираться, и с шапкой Прохора Абрамовича.

— Сашка! — прокричал Прошка в ночной задыхающийся воздух. — Беги сюда скорее, дармоед!

Саша был около.

— Чего тебе?

— На, держи — тебе отец шапку подарил. А вот тебе мешок — ходи и не сымай, что наберешь — сам ешь, нам не носи...

Саша взял шапку и мешок.

— А вы тут одни жить останетесь? — спросил Саша, не веря, что его здесь перестали любить.

— А то нет? Знамо, одни! — сказал Прошка. — Опять нахлебник у нас родился, кабы не он, ты бы задаром жил! А теперь ты нам никак не нужен — ты одна обуза, мамка ведь тебя не рожала, ты сам родился...

Саша пошел за калитку. Прошка постоял один и вышел за ворота — напомнить, чтобы сирота больше не возвращался. Сирота никуда еще не ушел — он смотрел на маленький огонь на ветряной мельнице.

— Сашка! — приказал Прошка. — Ты к нам больше не приходи. Хлеб тебе в мешок положили, шапку подарили — ты теперь ступай. Хочешь, на гумне переночуй, а то — ночь. А больше под окна не показывайся, а то отец опомнится...

Саша пошел по улице в сторону кладбища. Прошка затворил ворота, оглядел усадьбу и поднял бесхозяйственную жердь.

— Ну никак нету дожжей! — пожилым голосом сказал Прошка и плюнул сквозь переднюю щербину рта. — Ну никак: хоть ты тут ляжь и рашшибись об землю, идол ее намочи!

Саша прокрался к могиле отца и залег в недорытой пещерке. Среди крестов он боялся идти, но близ отца уснул так же спокойно, как когда-то в землянке на берегу озера.

Позже на кладбище приходили два мужика и негромко обламывали кресты на топливо, но Саша, унесенный сном, ничего не слышал.

Захар Павлович жил, ни в ком не нуждаясь: он мог часами сидеть перед дверцей паровозной топки, в которой горел огонь.

Это заменяло ему великое удовольствие дружбы и беседы с людьми. Наблюдая живое пламя, Захар Павлович сам жил — в нем думала голова, чувствовало сердце, и все тело тихо удовлетворялось. Захар Павлович уважал уголь, фасонное железо — всякое спящее сырье и полуфабрикат, но действительно любил и чувствовал лишь готовое изделие, — то, во что превратился посредством труда человек и что дальше продолжает жить самостоятельной жизнью. В обеденные перерывы Захар Павлович не сводил глаз с паровоза и молча переживал в себе любовь к нему. В свое жилище он наносил болтов, старых вентилей, краников и прочих механических изделий. Он расставил их в ряд на столе и предавался загляденью на них, никогда не скучая от одиночества. Одиноким Захар Павлович и не был — машины были для него людьми и постоянно возбуждали в нем чувства, мысли и пожелания. Передний паровозный скат, называемый катушкой, заставил Захара Павловича озаботиться о бесконечности пространства. Он специально выходил ночью глядеть на звезды — просторен ли мир, хватит ли места колесам вечно жить и вращаться? Звезды увлеченно светились, но каждая — в одиночестве. Захар Павлович подумал — на что похоже небо? И вспомнил про узловую станцию, куда его посылали за бандажами. С платформы вокзала виднелось море одиноких сигналов — то были стрелки, семафоры, перепутья, огни централизации и будок, сияние прожекторов бегущих паровозов. Небо было таким же, только отдаленней и как-то налаженней в отношении спокойной работы. Потом Захар Павлович стал на глаз считать версты до синей меняющейся звезды: он расставил руки масштабом и умственно прикладывал этот масштаб к пространству. Звезда горела на двухсотой версте. Это его обеспокоило, хотя он читал, что мир бесконечен. Он хотел бы, чтобы мир действительно был бесконечен, дабы колеса всегда были необходимы и изготовлялись беспрерывно на общую радость, но никак не мог почувствовать бесконечности.

— Сколько верст — неизвестно, потому что далече! — говорил Захар Павлович. — Но где-нибудь есть тупик и кончается последний вершок... Если б бесконечность была на самом деле, она бы распустилась сама по себе в большом просторе и никакой твердости не было бы... Ну как — бесконечность? Тупик должен быть!

Мысль, что колесам в конце концов работы не хватит, волновала Захара Павловича двое суток, а затем он придумал растянуть мир, когда все дороги до тупика дойдут, — ведь пространство тоже возможно нагреть и отпустить длиннее, как полосовое железо, — и на этом успокоился.

Машинист-наставник видел любовную работу Захара Павловича — топки очищались им без всяких повреждений металла и до сияющей чистоты, — но никогда не говорил Захару Павловичу доброго слова. Наставник отлично знал, что машины живут и движутся скорее по своему желанию, чем от ума и умения людей: люди здесь ни при чем — наоборот, доброта природы, энергии и металла портят людей. Любой холуй может огонь в топке зажечь, но паровоз поедет сам, а холуй — только груз. И если дальше техника так податливо пойдет, то люди от своих сомнительных успехов выродятся в ржавчину, — тогда их останется передавить работоспособными паровозами и дать машине волю на свете. Однако наставник ругал Захара Павловича меньше других — Захар Павлович бил молотком всегда с сожалением, а не с грубой силой, не плевал на что попало, находясь на паровозе, и не царапал беспощадно тела машин инструментами.

— Господин наставник! — обратился раз Захар Павлович, осмелев ради любви к делу. — Позвольте спросить: отчего человек — так себе: ни плох, ни хорош, а машины равномерно знамениты?

Наставник слушал сердито — он ревновал к посторонним паровозы, считая свое чувство к ним личной привилегией.

— Серый черт, — говорил для себя наставник, — тоже понадобились ему механизмы: господи боже мой!

Против обоих людей стоял паровоз, который разогревали под ночной скорый поезд. Наставник долго смотрел на паровоз и наполнялся обычным радостным сочувствием. Паровоз стоял великодушный, громадный, теплый, на гармонических перевалах своего величественного высокого тела. Наставник сосредоточился, чувствуя в себе гудящий безотчетный восторг. Ворота депо были открыты в вечернее пространство лета — в смуглое будущее, в жизнь, которая может повториться на ветру, в стихийных скоростях на рельсах, в самозабвении ночи, риска и нежного гула точной машины.

Машинист-наставник сжал руки в кулаки от прилива какой-то освирепевшей крепости внутренней жизни, похожей на молодость и на предчувствие гремящего будущего. Он забыл про низкую квалификацию Захара Павловича и ответил ему как равному другу:

— Ты вот поработал и поумнел! Но человек — чушь!.. Он дома валяется и ничего не стоит... Но ты возьми птиц...

Паровоз засифонил и заглушил слова беседы. Наставник и Захар Павлович вышли на вечерний звучный воздух и пошли сквозь строй остывших паровозов.

— Ты возьми птиц! Это прелесть, но после них ничего не остается: потому что они не работают! Видел ты труд птиц? Нету его! Ну по пище, жилищу они кое-как хлопочут, — ну а где у них инструментальные изделия? Где у них угол опережения своей жизни? Нету и быть не может.

— А у человека что? — не понимал Захар Павлович.

— А у человека есть машины! Понял? Человек — начало для всякого механизма, а птицы — сами себе конец...

Захар Павлович думал одинаково, отставая лишь в подборе необходимых слов, что надоедливо тормозило его размышления. Для обоих — и для машиниста-наставника, и для Захара Павловича — природа, не тронутая человеком, казалась малопрелестной и мертвой: будь то зверь или дерево. Зверь и дерево не возбуждали в них сочувствия своей жизни, потому что никакой человек не принимал участия в их изготовлении, — в них не было ни одного удара и точности мастерства. Они жили самостоятельно, мимо опущенных глаз Захара Павловича. Любые же изделия — особенно металлические, — наоборот, существовали оживленными и даже были, по своему устройству и силе, интересней и таинственней человека. Захар Павлович много наслаждался одной постоянной мыслью: какой дорогой подспудная кровная сила человека объявляется вдруг в волнующих машинах, которые больше мастеровых и по размеру и по смыслу.

И выходило действительно так, как говорил машинист-наставник: в труде каждый человек превышает себя — делает изделия лучше и долговечней своего житейского значения. Кроме того, Захар Павлович наблюдал в паровозах ту же самую горячую взволнованную силу человека, которая в рабочем человеке молчит без всякого исхода. Обыкновенно, слесарь хорошо разговаривает, когда напьется, в паровозе же человек всегда чувствуется большим и страшным.

Однажды Захар Павлович долго не мог сыскать нужного болта, чтобы прогнать резьбу в сорванной гайке. Он ходил по депо и спрашивал: нет ли у кого болта в три осьмушки — под резьбу. Ему говорили, что нет такого болта, хотя такие болты были у каждого. Но дело в том, что на работе слесаря скучали и развлекались взаимным осложнением рабочих забот. Захар Павлович еще не знал того хитрого скрытого веселья, которое есть в любой мастерской. Это негромкое издевательство позволяло остальным мастеровым одолевать долготу рабочего дня и тоску повторительного труда. Во имя забавы своих соседей Захар Павлович много дел сработал напрасно. Он ходил за обтирочными концами на склад, когда они лежали горой в конторе; делал деревянные лесенки и бидоны для масла, в избытке имевшиеся в депо; даже хотел, по чужому наущению, самостоятельно менять контрольные пробки в котле паровоза, но был вовремя предупрежден одним случайным кочегаром, — иначе бы Захара Павловича уволили без всякого слова.

Захар Павлович, не найдя в этот раз подходящего болта, принялся приспосабливать для прогонки гаечной резьбы один штырь, и приспособил бы, потому что никогда не терял терпенья, но ему сказали:

— Эй, Три осьмушки под резьбу, иди возьми болт!

С того дня Захара Павловича звали прозвищем «Три осьмушки под резьбу», но зато его реже обманывали при срочной нужде в инструментах.

После никто не узнал, что Захару Павловичу имя Трех осьмушек под резьбу понравилось больше крестного: оно было похоже на ответственную часть любой машины и как-то телесно приобщало Захара Павловича к той истинной стране, где железные дюймы побеждают земляные версты.

Когда Захар Павлович был молодым, он думал, что когда вырастет, то поумнеет. Но жизнь прошла без всякого отчета и без остановки, как сплошное увлечение; ни разу Захар Павлович не ощутил времени, как встречной твердой вещи, оно для него существовало лишь загадкой в механизме будильника. Но когда Захар Павлович узнал тайну маятника, то увидел, что времени нет, есть равномерная тугая сила пружины. Но что-то тихое и грустное было в природе — какие-то силы действовали невозвратно. Захар Павлович наблюдал реки — в них не колебались ни скорость, ни уровень воды, и от этого постоянства была горькая тоска. Бывали, конечно, полые воды, падали душные ливни, захватывал дыхание ветер, но больше действовала тихая, равнодушная жизнь — речные потоки, рост трав, смена времен года. Захар Павлович полагал, что эти равномерные силы всю землю держат в оцепенении — они с заднего хода доказывали уму Захара Павловича, что ничего не изменяется к лучшему — какими были деревни и люди, такими и останутся. Ради сохранения равносильности в природе беда для человека всегда повторяется. Был четыре года назад неурожай — мужики из деревни вышли в отход, а дети легли в ранние могилы, — но эта судьба не прошла навеки, а снова теперь возвратилась: ради точности хода всеобщей жизни.

Сколько ни жил Захар Павлович, он с удивлением видел, что он не меняется и не умнеет — остается ровно таким же, каким был в десять или пятнадцать лет. Лишь некоторые его прежние предчувствия теперь стали обыкновенными мыслями, но от этого ничто к лучшему не изменилось. Свою будущую жизнь он раньше представлял синим глубоким пространством — таким далеким, что почти не существующим. Захар Павлович знал вперед, что чем дальше он будет жить, тем это пространство непережитой жизни будет уменьшаться, а позади — удлиняться мертвая, растоптанная дорога. Но он обманулся: жизнь росла и накоплялась, а будущее впереди тоже росло и простиралось — глубже и таинственней, чем в юности, словно Захар Павлович отступал от конца своей жизни либо увеличивал свои надежды и веру в нее.

Видя свое лицо в стекле паровозных фонарей, Захар Павлович говорил себе: «Удивительно, я скоро умру, а все тот же».

Под осень участились праздники в календаре: раз случилось три праздника подряд. Захар Павлович скучал в такие дни и уходил далеко по железной дороге, чтобы видеть поезда на полном ходу. По дороге ему пришло желание побывать в поселке на шахтах, где схоронена его мать. Он помнил точно место похорон и чужой железный крест рядом с безымянной безответной могилой матери. На том кресте сохранилась ржавая, почти исчахшая вековая надпись — о смерти Ксении Федоровны Ирошниковой в 1813 году от болезни холеры, 18-ти лет и 3-х месяцев от роду. Там было еще запечатлено: «Спи с миром, любимая дочь, до встречи младенцев с родителями».

Захару Павловичу сильно захотелось раскопать могилу и посмотреть на мать — на ее кости, волосы и на все последние пропадающие остатки своей детской родины. Он и сейчас не прочь был иметь живую мать, потому что не чувствовал в себе особой разницы с детством. И тогда, в том голубом тумане раннего возраста, он любил гвозди на заборе, дым придорожных кузниц и колеса на телегах — за то, что они вертелись.

Куда бы ни уходил из дома маленький Захар Павлович, он знал, что есть мать, которая его вечно ждет, и он ничего не боялся.

Линию железной дороги защищал с обеих сторон кустарник. Иногда в тени кустарника сидели нищие, они либо ели, либо переобувались. Они видели, как с большими скоростями вели поезда торжествующие паровозы. Но ни один нищий не знал, отчего едет сам паровоз. Даже более простое соображение — для какого счастья они живут — тоже не приходило в голову нищим. Какая вера-надежда-любовь давала силу их ногам на песчаных дорогах — ни одному подающему милостыню не было известно. Захар Павлович опускал иногда в протянутую руку две копейки, без рассуждения оплачивая то, чего нищие были лишены и чем он был вознагражден, — понимание машин.

На откосе сидел лохматый мальчик и сортировал подаяние: плесень откладывал отдельно, а более свежее — в сумку. Мальчик был худ, но лицом бодр и озабочен.

Захар Павлович остановился, покуривая на свежем воздухе ранней осени.

— Отбраковываешь?

Мальчик не понял технического слова.

— Дядь, дай копейку, — сказал он, — иль докурить оставь!

Захар Павлович вынул пятак.

— Ты небось жулик и охальник, — без зла сказал он, уничтожая добро своего подаяния грубым словом, чтобы самому не было стыдно.

— Не, я не жулик, я побирушка, — ответил мальчик, утрамбовывая корки в мешке. — У меня мать-отец есть, только они от голода скрылись.

— А куда же ты пуд харчей запаковал?

— Домой собираюсь наведаться. Вдруг мать с ребятишками пришла — чего тогда им есть?

— А ты сам-то чей?

— Я отцовский, я не круглая сирота. Вон те — все жулики, а меня отец порол.

— А отец твой чей?

— Отец тоже от моей матери родился — из пуза. Пузо намнут, а нахлебники как из пропасти рожаются. А ты ходи и побирайся на них!

Мальчик загорюнился от недовольства на отца. Пятак он давно спрятал в кисет, висящий на шее; в кисете было еще порядочно медных денег.

— Уморился небось? — спросил Захар Павлович.

— Ну да, уморился, — согласился мальчик. — Разве у вас, чертей, сразу напобираешься? Брешешь-брешешь, аж есть захочешь! Пятак подал, а самому, должно, жалко! Я б ни за что не дал.

Мальчик взял заплесневелый ломоть из кучки порченого хлеба; очевидно, лучший хлеб он сносил в деревню родителям, а плохой ел сам. Это мгновенно понравилось Захару Павловичу.

— Небось отец тебя любит?

— Ничего он не любит — он лежень. Я матерь больше люблю, у нее кровь из нутра льется. Я рубашку ей раз стирал, когда она хворала.

— А отец твой кто?

— Дядя Прошка. Я ведь не здешний...

В памяти Захара Павловича нечаянно встал подсолнух, растущий из дымохода покинутой хаты, и рощи бурьяна на деревенской улице.

— Так ты Прошка Дванов, сукин сын!

Мальчик вывалил изо рта непрожеванную хлебную зелень, но не бросил ее, а положил на мешок: потом дожует.

— А ты нито дядя Захарка?

— Он!

Захар Павлович сел. Он теперь почувствовал время, как путешествие Прошки от матери в чужие города. Он увидел, что время — это движение горя и такой же ощутительный предмет, как любое вещество, хотя бы и негодное в отделку.

Какой-то малый, похожий на лишенного звания монастырского послушника, не прошел мимо своей дорогой, а сел и уставился глазами на двоих собеседников. Губы у него были красные, сохранившие с младенчества одутловатую красноту, а глаза смирные, но без резкого ума, — таких лиц не бывает у простых людей, привыкших перехитрять свою непрерывную беду.

Прошку взволновал прохожий — особенно своими губами.

— Чего губы оттопырил? Руку мою поцеловать хочешь?

Послушник поднялся и пошел в свою сторону, про которую и сам точно не знал — где она находится. Прошка это сразу почуял и сказал вслед послушнику:

— Пошел, а куда пошел — сам не знает. Поверни его, он назад пойдет: вот черти-нахлебники!

Захар Павлович немного смущался раннего разума Прошки — сам он поздно освоился с людьми и долго считал их умнее себя.

— Прош? — спросил Захар Павлович. — А куда девался маленький мальчик — рыбацкая сирота? Его твоя мать подобрала.

— Сашка, что ль? — догадался Прошка. — Он вперед всех из деревни убег! Это такой сатаноид — житья от него не было! Украл последнюю коврижку хлеба и скрылся на ночь. Я гнался-гнался за ним, а потом сказал: пускай, и ко двору воротился...

Захар Павлович поверил и задумался.

— А где отец твой?

— Отец в отход ушел. А мне все семейство кормить наказал. Набрал я по людям хлеба, пришел на свою деревню, а там ни матери, ни ребят. А заместо народа крапива в хатах растет...

Захар Павлович отдал Прошке полтинник и попросил наведаться еще, когда будет в городе.

— Ты бы мне картуз отдал! — сказал Прошка. — Тебе все равно ничего не жалко. А то мне голову дожди моют, я могу остудиться.

Захар Павлович отдал фуражку, сняв с нее железнодорожный значок, который ему был дороже головного убора.

Прошел поезд дальнего следования, и Прошка поднялся поскорей уходить, чтобы Захар Павлович не отнял обратно денег и фуражки. Картуз Прошке пришелся на лохматую голову как раз, но Прошка его только померил, а затем снял и завязал в сумку с хлебом.

— Ну, иди с богом, прощай! — сказал Захар Павлович.

— Тебе хорошо говорить — ты всегда с хлебом, — упрекнул Прошка. — А у нас и того нет.

Захар Павлович не знал, что дальше сказать, — денег у него больше не было.

— Намедни я Сашку в городе встретил, — проговорил Прошка. — Тот, идол, совсем скоро издохнет: никто ему ничего не подает, он побираться не смел. Я ему дал порцию, а сам не ел. Ты небось мамке его подкинул — теперь давай денег за Сашку! — кончил Прошка серьезным голосом.

— Ты Сашку как-нибудь ко мне приведи, — ответил Захар Павлович.

— А что дашь? — заранее спросил Прошка.

— Получка будет — рублевку дам.

— Ладно, — сказал Прошка. — Это я тебе его приведу. Только ты его не приучай, а то он тебя охомутает.

Прошка пошел не туда, где была дорога на его деревню. Наверно, у него имелись свои расчеты и свои дальновидные планы на хлебные доходы.

Захар Павлович последил за ним глазами и с чего-то усомнился в драгоценности машин и изделий выше любого человека.

Прошка уходил все дальше, и все жалостней становилось его мелкое тело в окружении улегшейся огромной природы. Прошка шел пешим по железной дороге — по ней ездили другие; она его не касалась и не помогала ему. Он смотрел на мосты, рельсы и паровозы одинаково безучастно, как на придорожные деревья, ветры и пески. Всякое искусственное сооружение для Прошки было лишь видом природы на чужих земельных наделах. Посредством своего живого рассуждающего ума Прошка кое-как напряженно существовал. Едва ли он полностью чувствовал свой ум — это видно из того, что он говорит неожиданно, почти бессознательно и сам удивляется своим словам, разум которых выше его детства.

Прошка пропал на закруглении линии — один, маленький и без всякой защиты. Захар Павлович хотел вернуть его к себе навсегда, но далеко было догонять.

Утром Захару Павловичу не так хотелось идти на работу, как обыкновенно. Вечером он затосковал и лег сразу спать. Болты, краны и старые манометры, что всегда хранились на столе, не могли рассеять его скуки — он глядел на них и не чувствовал себя в их обществе. Что-то сверлило внутри его, словно скрежетало сердце на обратном, непривычном ходу. Захар Павлович никак не мог забыть маленького худого тела Прошки, бредущего по линии в даль, загроможденную крупной, будто обвалившейся природой. Захар Павлович думал без ясной мысли, без сложности слов, — одним нагревом своих впечатлительных чувств, и этого было достаточно для мучений. Он видел жалобность Прошки, который сам не знал, что ему худо, видел железную дорогу, работающую отдельно от Прошки и от его хитрой жизни, и никак не мог понять — что здесь отчего, только скорбел без имени своему горю.

На следующий день — третий после встречи Прошки — Захар Павлович не дошел до депо. Он снял номер в проходной будке и затем повесил его обратно. День он провел в овраге, под солнцем и паутиной бабьего лета. Он слышал гудки паровозов и шум их скорости, но не вылезал глядеть, не чувствуя больше уважения к паровозам.

Рыбак утонул в озере Мутево, бобыль умер в лесу, пустое село заросло кущами трав, но зато шли часы церковного сторожа, ходили поезда по расписанию — и было теперь Захару Павловичу скучно и стыдно от правильности действий часов и поездов.

— Что бы наделал Прошка в моих летах в разуме? — обсуждал свое положение Захар Павлович. — Он бы нарушил что-нибудь, сукин сын!.. Хотя Сашка и при его царстве побирался бы.

Тот теплый туман, в котором покойно и надежно жил Захар Павлович, сейчас был разнесен чистым ветром, и перед Захаром Павловичем открылась беззащитная, одинокая жизнь людей, живших голыми, без всякого обмана себя верой в помощь машин.

Машинист-наставник понемногу перестал ценить Захара Павловича: я, говорит, серьезно допустил, что ты отродье старинных мастеров, а ты так себе — чернорабочая сила, шлак из-под бабы!

Захар Павлович от душевного смущенья действительно терял свое усердное мастерство. Из-за одной денежной платы оказалось трудным правильно ударить даже по шляпке гвоздя. Машинист-наставник знал это лучше всех — он верил, что, когда исчезнет в рабочем влекущее чувство к машине, когда труд из безотчетной бесплатной естественности станет одной денежной нуждой, тогда наступит конец света, даже хуже конца — после смерти последнего мастера оживут последние сволочи, чтобы пожирать растения солнца и портить изделия мастеров.

Сын любопытного рыбака был настолько кроток, что думал, что все в жизни происходит взаправду. Когда ему отказывали в подаянии, он верил, что все люди не богаче его. Спасся от смерти он тем, что у одного молодого слесаря заболела жена, и слесарю не с кем было оставлять жену, когда он уходил на работу. А жена его боялась одна оставаться в комнате и слишком скучала. Слесарю понравилась какая-то прелесть в почерневшем от усталости мальчугане, нищенствовавшем без всякого внимания к подаянию. Он его посадил дежурить около больной женщины, которая ему не перестала быть милее всех.

Саша целыми днями сидел на табуретке, в ногах больной, и женщина ему казалась такой же красивой, как его мать в воспоминаниях отца. Поэтому он жил и помогал больной с беззаветностью позднего детства, никем раньше не принятого. Женщина полюбила его и называла Александром, не привыкнув быть госпожой. Но скоро она выздоровела, и ее муж сказал Саше: на тебе, мальчик, двадцать копеек, ступай куда-нибудь.

Саша взял непривычные деньги, вышел во двор и заплакал. Близ уборной, верхом на мусоре, сидел Прошка и копался руками под собой. Он теперь собирал кости, тряпки и жесть, курил и постарел лицом от праховой пыли мусорных куч.

— Ты опять плачешь, гундосый черт? — не прерывая работы, спросил Прошка. — Пойди поройся, а я чаю попить сбегаю: нынче соленое ел.

Но Прошка пошел не в трактир, а к Захару Павловичу. Тот читал книгу вслух от своей малограмотности: «Граф Виктор положил руку на преданное храброе сердце и сказал: я люблю тебя, дорогая...»

Прошка сначала послушал — думал, что это сказка, а потом разочаровался и сразу сказал:

— Захар Павлович, давай рубль, я тебе сейчас Сашку-сироту приведу!

— А?! — испугался Захар Павлович. Он обернулся своим печальным старым лицом, которое бы и теперь любила жена, если бы она жива была.

Прошка снова назначил цену за Сашку, и Захар Павлович отдал ему рубль, потому что он теперь был и Сашке рад. Столяр съехал с квартиры на шпалопропиточный завод, и Захару Павловичу досталась пустота двух комнат. В последнее время хотя и беспокойно, но забавно было жить с сыновьями столяра; они возмужали настолько, что не знали места своей силе и несколько раз нарочно поджигали дом, но всегда живьем тушили огонь, не дав ему полностью разгореться. Отец на них серчал, а они говорили ему: чего ты, дед, огня боишься — что сгорит, то не сгниет; тебя бы, старого, сжечь надо — в могиле гнить не будешь и не провоняешь никогда!

Перед отъездом сыновья повалили будку уборной и отрубили хвост дворовому псу.

Прошка не сразу отправился к Сашке: сначала он купил пачку папирос «Землячок» и запросто побеседовал с бабами в лавке. Потом Прошка возвратился к мусорной куче.

— Сашка, — сказал он. — Пойдем я тебя отведу, чтобы ты больше мне не навязывался.

В следующие годы Захар Павлович все более приходил в упадок. Чтобы не умереть одному, он завел себе невеселую подругу — жену Дарью Степановну. Ему легче было никогда полностью не чувствовать себя: в депо мешала работа, а дома зудела жена. В сущности, такая двухсменная суета была несчастием Захара Павловича, но если бы она исчезла, то Захар Павлович ушел бы в босяки. Машины и изделия его уже перестали горячо интересовать: во-первых, сколько ни работал он, все равно люди жили бедно и жалобно, во-вторых, мир заволакивался какой-то равнодушной грезой — наверно, Захар Павлович слишком утомился и действительно предчувствовал свою тихую смерть. Так бывает под старость со многими мастеровыми: твердые вещества, с которыми они имеют дело целые десятилетия, тайно обучают их непреложности всеобщей гибельной судьбы. На их глазах выходят из строя паровозы, преют годами под солнцем, а потом идут в лом. В воскресные дни Захар Павлович ходил на реку ловить рыбу и додумывать последние мысли.

Дома его утешением был Саша. Но и на этом утешении мешала сосредоточиться постоянно недовольная жена. Может быть, это вело к лучшему: если бы Захар Павлович мог до конца сосредоточиться на увлекавших его предметах, он бы, наверное, заплакал.

В такой рассеянной жизни прошли целые годы. Иногда, наблюдая с койки читающего Сашу, Захар Павлович спрашивал:

— Саш, тебя ничего не рассеивает?

— Нет, — говорил Саша, привыкший к обычаям приемного отца.

— Как ты думаешь, — продолжал свои сомнения Захар Павлович, — всем обязательно нужно жить или нет?

— Всем, — отвечал Саша, немного понимая тоску отца.

— А ты нигде не читал: для чего?

Саша оставлял книгу.

— Я читал, что чем дальше, тем лучше будет жить.

— Ага! — доверчиво говорил Захар Павлович. — Так и напечатано?

— Так и напечатано.

Захар Павлович вздыхал:

— Все может быть. Не всем дано знать.

Саша уже год работал учеником в депо, чтобы выучиться на слесаря. К машинам и мастерству его влекло; но не так, как Захара Павловича. Его влечение не было любопытством, которое кончалось вместе с открытием секрета машины. Сашу интересовали машины наравне с другими действующими и живыми предметами. Он скорее хотел почувствовать их, пережить их жизнь, чем узнать. Поэтому, возвращаясь с работы, Саша воображал себя паровозом и производил все звуки, какие издает паровоз на ходу. Засыпая, он думал, что куры в деревне давно спят, и это сознание общности с курами или паровозом давало ему удовлетворение. Саша не мог поступить в чем-нибудь отдельно: сначала он искал подобие своему поступку, а затем уже поступал, но не по своей необходимости, а из сочувствия чему-нибудь или кому-нибудь.

— Я так же, как он, — часто говорил себе Саша. Глядя на давний забор, он думал задушевным голосом: стоит себе! — и тоже стоял где-нибудь без всякой нужды. Когда осенью заунывно поскрипывали ставни и Саше было скучно сидеть дома вечерами, он слушал ставни и чувствовал: им тоже скучно! — и переставал скучать.

Когда Саше надоедало ходить на работу, он успокаивал себя ветром, который дул день и ночь.

— Я так же, как он, — видел ветер Саша, — я работаю хоть один день, а он и ночь — ему еще хуже.

Поезда начали ходить очень часто — это наступила война. Мастеровые остались к войне равнодушны — их на войну не брали, и она им была так же чужда, как паровозы, которые они чинили и заправляли, но которые возили незнакомых незанятых людей.

Саша монотонно чувствовал, как движется солнце, проходят времена года и круглые сутки бегут поезда. Он уже забывал отца-рыбака, деревню и Прошку, идя вместе с возрастом навстречу тем событиям и вещам, которые он должен еще перечувствовать, пропустив внутрь своего тела. Себя самого, как самостоятельный твердый предмет, Саша не сознавал — он всегда воображал что-нибудь чувством, и это вытесняло из него представление о самом себе. Жизнь его шла безотвязно и глубоко, словно в теплой тесноте материнского сна. Им владели внешние видения, как владеют свежие страны путешественником. Своих целей он не имел, хотя ему минуло уже шестнадцать лет, зато он без всякого внутреннего сопротивления сочувствовал любой жизни — слабости хилых дворовых трав и случайному ночному прохожему, кашляющему от своей бесприютности, чтобы его услышали и пожалели. Саша слушал и жалел. Он наполнялся тем темным воодушевленным волнением, какое бывает у взрослых людей при единственной любви к женщине. Он выглядывал в окно за прохожим и воображал о нем что мог. Прохожий скрывался в глуши тьмы, шурша на ходу тротуарными камушками, еще более безымянными, чем он сам. Дальние собаки лаяли страшно и гулко, а с неба изредка падали усталые звезды. Может быть, в самой гуще ночи, среди прохладного ровного поля шли сейчас куда-нибудь странники, и в них тоже, как и в Саше, тишина и погибающие звезды превращались в настроение личной жизни.

Захар Павлович ни в чем не мешал Саше — он любил его всею преданностью старости, всем чувством каких-то безотчетных, неясных надежд. Часто он просил Сашу почитать ему о войне, так как сам при лампе не разбирал букв.

Саша читал про битвы, про пожары городов и страшную трату металла, людей и имущества. Захар Павлович молча слушал, а в конце концов говорил:

— Я все живу и думаю: да неужели человек человеку так опасен, что между ними обязательно власть должна стоять? Вот из власти и выходит война... А я хожу и думаю, что война — это нарочно властью выдумано: обыкновенный человек так не может...

Саша спрашивал, как же должно быть.

— Так, — отвечал Захар Павлович и возбуждался. — Иначе как-нибудь. Послали бы меня к германцу, когда ссора только началась, я бы враз с ним уговорился, и вышло бы дешевле войны. А то умнейших людей послали!

Захар Павлович не мог себе представить такого человека, с каким нельзя бы душевно побеседовать. Но там наверху — царь и его служащие — едва ли дураки. Значит, война — это несерьезное, нарочное дело. И здесь Захар Павлович становился в тупик: можно ли по душам говорить с тем, кто нарочно убивает людей, или у него прежде надо отнять вредное оружие, богатство и достоинство?

В первый раз Саша увидел убитого человека в своем же депо. Шел последний час работы — перед самым гудком. Саша набивал сальники в цилиндрах, когда два машиниста внесли на руках бледного наставника, из головы которого густо выжималась и капала на мазутную землю кровь. Наставника унесли в контору и оттуда стали звонить по телефону в приемный покой. Сашу удивило, что кровь была такая красная и молодая, а сам машинист-наставник такой седой и старый: будто внутри он был еще ребенком.

— Черти! — ясно сказал наставник. — Помажьте мне голову нефтью, чтоб кровь-то хоть остановилась!

Один кочегар быстро принес ведро нефти, окунул в нее обтирочные концы и помазал ими жирную от крови голову наставника. Голова стала черная, и от нее пошло видимое всем испарение.

— Ну вот, ну вот! — поощрил наставник. — Вот мне и полегчало. А вы думали, я умру? Рано еще, сволочи, ликовать...

Наставник понемногу ослаб и забылся. Саша разглядел ямы в его голове и глубоко забившиеся туда вдавленные уже мертвые волосы. Никто не помнил своей обиды против наставника, несмотря на то, что ему и сейчас болт был дороже и удобней человека.

Захар Павлович, стоявший здесь же, насильно держал открытыми свои глаза, чтобы из них не капали во всеуслышание слезы. Он снова видел, что как ни зол, как ни умен и храбр человек, а все равно грустен и жалок и умирает от слабости сил.

Наставник вдруг открыл глаза и зорко вгляделся в лица подчиненных и товарищей. Во взоре его еще блестела ясная жизнь, но он уже томился в туманном напряжении, а побелевшие веки закатывались в подбровную глазницу.

— Чего плачете? — с остатком обычного раздражения спросил наставник. Никто не плакал — у одного Захара Павловича из вытаращенных глаз шла по щекам грязная невольная влага. — Чего вы стоите и плачете, когда гудка не было!

Машинист-наставник закрыл глаза и подержал их в нежной тьме; никакой смерти он не чувствовал — прежняя теплота тела была с ним, только раньше он ее никогда не ощущал, а теперь будто купался в горячих обнаженных соках своих внутренностей. Все это уже случалось с ним, но очень давно, и где — нельзя вспомнить. Когда наставник снова открыл глаза, то увидел людей, как в волнующейся воде. Один стоял низко над ним, словно безногий, и закрывал свое обиженное лицо грязной, испорченной на работе рукой.

Наставник рассердился на него и поспешил сказать, потому что вода над ним уже смеркалась:

— Плачет чего-то, а Гараська опять, скотина, котел сжег... Ну, чего плачет? Нового человека соберись и сделай...

Наставник вспомнил, где он видел эту тихую горячую тьму — это просто теснота внутри его матери, и он снова всовывается меж ее расставленными костями, но не может пролезть от своего слишком большого старого роста...

— Нового человека соберись и сделай... Гайку, сволочь, не сумеешь, а человека моментально...

Здесь наставник втянул воздух и начал что-то сосать губами. Видно было, что ему душно в каком-то узком месте, он толкался плечами и силился навсегда поместиться.

— Просуньте меня поглубже в трубу, — прошептал он опухшими детскими губами. — Иван Сергеич, позови Три осьмушки под резьбу — пусть он, голубчик, контргаечкой меня зажмет...

Носилки принесли поздно. Не к чему было нести машиниста-наставника в приемный покой.

— Несите человека домой, — сказали мастеровые врачу.

— Никак нельзя, — ответил врач. — Он нам для протокола необходим.

В протоколе написали, что старший машинист-наставник получил смертельные ушибы — при перегонке холодного паровоза, сцепленного с горячим пятисаженным стальным тросом. При переходе стрелки трос коснулся путевого фонарного столба, который упал и повредил своим кронштейном голову наставника, наблюдавшего с тендера тягового паровоза за прицепной машиной. Происшествие имело место благодаря неосторожности самого машиниста-наставника, а также вследствие несоблюдения надлежащих правил службы движения и эксплуатации.

Захар Павлович взял Сашу за руку и пошел из депо домой. Жена за ужином сказала, что мало продают хлеба и нет нигде говядины.

— Ну и помрем, только и делов, — ответил без сочувствия Захар Павлович. Для него весь житейский обиход потерял важное значение.

Для Саши — в ту пору его ранней жизни — в каждом дне была своя, безымянная прелесть, не повторявшаяся в будущем; образ машиниста-наставника ушел для него в подводную глубь воспоминаний. Но у Захара Павловича уже не было такой самозарастающей силы жизни: он был стар, а этот возраст нежен и обнажен для гибели, наравне с детством.

Ничто не тронуло Захара Павловича в следующие годы. Только по вечерам, когда он глядел на читающего Сашу, в нем поднималась жалость к нему. Захар Павлович хотел бы сказать Саше: не томись за книгами — если б там было что серьезное, давно бы люди обнялись друг с другом. Но Захар Павлович ничего не говорил, хотя в нем постоянно шевелилось что-то простое, как радость, но ум мешал ей высказаться. Он тосковал о какой-то отвлеченной, успокоительной жизни на берегах гладких озер, где бы дружба отменила все слова и всю премудрость смысла жизни.

Захар Павлович терялся в своих догадках; всю жизнь его отвлекали случайные интересы, вроде машин и изделий, и только теперь он опомнился: что-то должна прошептать ему на ухо мать, когда кормила его грудью, что-то такое же кровное, необходимое, как ее молоко, вкус которого теперь навсегда забыт. Но мать ничего ему не пошептала, а самому про весь свет нельзя сообразить. И поэтому Захар Павлович стал жить смирно, уже не надеясь на всеобщее коренное улучшение: сколько бы ни делать машин — на них не ездить ни Прошке, ни Сашке, ни ему самому. Паровозы работают либо для посторонних людей, либо для солдат, но их везут насильно. Машина сама — тоже не своевольное, а безответное существо. Ее теперь Захар Павлович больше жалел, чем любил, и даже говорил в депо паровозу с глазу на глаз:

— Поедешь? Ну, поезжай! Ишь как дышла свои разработал — должно быть, тяжела пассажирская сволочь.

Паровоз хотя и молчал, но Захар Павлович его слышал.

— Колосники затекают — уголь плохой, — грустно говорил паровоз. — Тяжело подъемы брать. Баб тоже много к мужьям на фронт ездят, а у каждой по три пуда пышек. Почтовых вагонов опять-таки теперь два цепляют, а раньше один, — люди в разлуке живут и письма пишут.

— Ага, — задумчиво беседовал Захар Павлович и не знал, чем же помочь паровозу, когда люди непосильно нагружают его весом своей разлуки. — А ты особо не тужись — тяни спрохвала.

— Нельзя, — с кротостью разумной силы отвечал паровоз. — Мне с высоты насыпи видны многие деревни: там люди плачут — ждут писем и раненых родных. Посмотри мне в сальник — туго затянули, поршневую скалку нагрею на ходу.

Захар Павлович шел и отдавал болты на сальнике.

— Действительно, затянули, сволочи, — разве ж так можно!

— Чего ты сам возишься? — спрашивал дежурный механик, выходя из конторы. — Тебя очень просили копаться там? Скажи — да или нет?

— Нет, — укрощенно говорил Захар Павлович. — Мне показалось, туго затянули...

Механик не сердился.

— Ну, и не трожь, раз тебе показалось. Их как ни затяни — все равно на ходу парят.

После паровоз тихо бурчал Захару Павловичу:

— Дело не в затяжке — там шток посредине разработан, оттого и сальники парят. Разве я сам хочу это делать?

— Да я видел, — вздыхал Захар Павлович. — Но я ведь обтирщик, — сам знаешь — мне не верят.

— Вот именно! — густым голосом сочувствовал паровоз и погружался в тьму своих охлажденных сил.

— Я ж и говорю! — поддакивал Захар Павлович.

Когда Саша поступил на вечерние курсы, то Захар Павлович про себя обрадовался. Он всю жизнь прожил своими силами, без всякой помощи, никто ему ничего не подсказывал — раньше собственного чувства, а Саше книги чужим умом говорят.

— Я мучился, а он читает — только и всего! — завидовал Захар Павлович.

Почитав, Саша начинал писать. Жена Захара Павловича не могла уснуть при лампе.

— Все пишет, — говорила она. — А чего пишет?

— А ты спи, — советовал Захар Павлович. — Закрой глаза кожей — и спи!

Жена закрывала глаза, но и сквозь веки видела, как напрасно горит керосин. Она не ошиблась — действительно, зря горела лампа в юности Александра Дванова, освещая раздражающие душу страницы книг, которым он позднее все равно не последовал. Сколько он ни читал и ни думал, всегда у него внутри оставалось какое-то порожнее место — та пустота, сквозь которую тревожным ветром проходит неописанный и нерассказанный мир. В семнадцать лет Дванов еще не имел брони над сердцем — ни веры в бога, ни другого умственного покоя; он не давал чужого имени открывающейся перед ним безымянной жизни. Однако он не хотел, чтобы мир остался ненареченным, он только ожидал услышать его собственное имя вместо нарочно выдуманных прозваний.

Однажды он сидел ночью в обычной тоске. Его не закрытое верой сердце мучилось в нем и желало себе утешения. Дванов опустил голову и представил внутри своего тела пустоту, куда непрестанно, ежедневно входит, а потом выходит жизнь, не задерживаясь, не усиливаясь, ровная, как отдаленный гул, в котором невозможно разобрать слов песни.

Саша почувствовал холод в себе, как от настоящего ветра, дующего в просторную тьму позади него, а впереди, откуда рождался ветер, было что-то прозрачное, легкое и огромное — горы живого воздуха, который нужно превратить в свое дыхание и сердцебиение. От этого предчувствия заранее захватывало грудь, и пустота внутри тела еще более разжималась, готовая к захвату будущей жизни.

— Вот это — я! — громко сказал Александр.

— Кто — ты? — спросил неспавший Захар Павлович.

Саша сразу смолк, объятый внезапным позором, унесшим всю радость его открытия. Он думал, что сидит одиноким, а его слушал Захар Павлович.

Захар Павлович это заметил и уничтожил свой вопрос равнодушным ответом самому себе:

— Чтец ты, и больше ничего... Ложись лучше спать, уже поздно...

Захар Павлович зевнул и мирно сказал:

— Не мучайся, Саш, — ты и так слабый...

«И этот в воде из любопытства утонет, — прошептал для себя Захар Павлович под одеялом. — А я на подушке задохнусь. Одно и то же».

Ночь продолжалась тихо — из сеней было слышно, как кашляют сцепщики на станции. Кончался февраль, уже обнажались бровки на канавах с прошлогодней травой, и на них глядел Саша, словно на сотворение земли. Он сочувствовал появлению мертвой травы и рассматривал ее с таким прилежным вниманием, какого не имел по отношению к себе.

Он до теплокровности мог ощутить чужую отдаленную жизнь, а самого себя воображал с трудом. О себе он только думал, а постороннее чувствовал с впечатлительностью личной жизни и не видел, чтобы у кого-нибудь это было иначе.

Захар Павлович однажды разговорился с Сашей, как равный человек.

— Вчера котел взорвался у паровоза серии Ще, — говорил Захар Павлович.

Саша это уже знал.

— Вот тебе и наука, — огорчался по этому и по какому-то другому поводу Захар Павлович. — Паровоз только что с завода пришел, а заклепки к черту!.. Никто ничего серьезного не знает — живое против ума прет...

Саша не понимал разницы между умом и телом и молчал. По словам Захара Павловича выходило, что ум — это слабосудная сила, а машины изобретены сердечной догадкой человека.

Со станции иногда доносился гул эшелонов. Гремели чайники, и странными голосами говорили люди, как чужие племена.

— Кочуют! — прислушивался Захар Павлович. — До чего-нибудь докочуются.

Разочарованный старостью и заблуждениями всей своей жизни, он ничуть не удивился революции.

— Революция легче, чем война, — объяснял он Саше. — На трудное дело люди не пойдут: тут что-нибудь не так...

Теперь Захара Павловича невозможно было обмануть, и он ради безошибочности отверг революцию.

Он всем мастеровым говорил, что у власти опять умнейшие люди дежурят — добра не будет.

До самого октября месяца он насмехался, в первый раз почувствовав удовольствие быть умным человеком. Но в одну октябрьскую ночь он услышал стрельбу в городе и всю ночь пробыл на дворе, заходя в горницу лишь закурить. Всю ночь он хлопал дверями, не давая заснуть жене.

— Да угомонись ты, идол бешеный! — ворочалась в одиночестве старуха. — Вот пешеход-то!.. И что теперь будет — ни хлеба, ни одежи!.. Как у них руки-то стрелять не отсохнут — без матерей, видно, росли!

Захар Павлович стоял посреди двора с пылающей цигаркой, поддакивая дальней стрельбе.

— Неужели это так? — спрашивал себя Захар Павлович и уходил закуривать новую цигарку.

— Ложись, леший! — советовала жена.

— Саша, ты не спишь? — волновался Захар Павлович. — Там дураки власть берут, — может, хоть жизнь поумнеет.

Утром Саша и Захар Павлович отправились в город. Захар Павлович искал самую серьезную партию, чтобы сразу записаться в нее. Все партии помещались в одном казенном доме, и каждая считала себя лучше всех. Захар Павлович проверял партии на свой разум — он искал ту, в которой не было бы непонятной программы, а все было бы ясно и верно на словах. Нигде ему точно не сказали про тот день, когда наступит земное блаженство. Одни отвечали, что счастье — это сложное изделие и не в нем цель человека, а в исторических законах. А другие говорили, что счастье состоит в сплошной борьбе, которая будет длиться вечно.

— Вот это так! — резонно удивлялся Захар Павлович. — Значит, работай без жалованья. Тогда это не партия, а эксплуатация. Идем, Саш, с этого места. У религии и то было торжество православия...

В следующей партии сказали, что человек настолько великолепное и жадное существо, что даже странно думать о насыщении его счастьем — это был бы конец света.

— Его-то нам и надо! — сказал Захар Павлович.

За крайней дверью коридора помещалась самая последняя партия, с самым длинным названием. Там сидел всего один мрачный человек, а остальные отлучились властвовать.

— Ты что? — спросил он Захара Павловича.

— Хочем записаться вдвоем. Скоро конец всему наступит?

— Социализм, что ль? — не понял человек. — Через год. Сегодня только учреждения занимаем.

— Тогда пиши нас, — обрадовался Захар Павлович.

Человек дал им по пачке мелких книжек и по одному, вполовину напечатанному, листу.

— Программа, устав, резолюция, анкета, — сказал он. — Пишите и давайте двух поручителей на каждого.

Захар Павлович похолодел от предчувствия обмана.

— А устно нельзя?

— Нет. На память я регистрировать не могу, а партия вас забудет.

— А мы являться будем.

— Невозможно: по чем же я вам билеты выпишу? Ясное дело — по анкете, если вас утвердит собрание.

Захар Павлович заметил: человек говорит ясно, четко, справедливо, без всякого доверия — наверно, будет умнейшей властью, которая либо через год весь мир окончательно построит, либо поднимет такую суету, что даже детское сердце устанет.

— Ты запишись, Саш, для пробы, — сказал Захар Павлович. — А я годок обожду.

— Для пробы не записываем, — отказал человек. — Или навсегда и полностью наш, или — стучите в другие двери.

— Ну, всурьез, — согласился Захар Павлович.

— А это другое дело, — не возражал человек.

Саша сел писать анкету. — Захар Павлович начал расспрашивать партийного человека о революции. Тот отвечал между делом, озабоченный чем-то более серьезным.

— Рабочие патронного завода вчера забастовали, а в казармах произошел бунт. Понял? А в Москве уже вторую неделю у власти стоят рабочие и беднейшие крестьяне.

— Ну?

Партийный человек отвлекся телефоном. «Нет, не могу, — сказал он в трубку. — Сюда приходят представители массы, надо же кому-нибудь информацией заниматься!»

— Что — ну? — вспомнил он. — Партия туда послала представителей оформить движение, и ночью же нами были захвачены жизненные центры города.

Захар Павлович ничего не понимал.

— Да ведь это солдаты и рабочие взбунтовались, а вы-то здесь при чем? Пускай бы они своей силой и дальше шли!

Захар Павлович даже раздражался.

— Ну, товарищ рабочий, — спокойно сказал член партии, — если так рассуждать, то у нас сегодня буржуазия уже стояла бы на ногах и с винтовкой в руках, а не была бы Советская власть.

«А может, что-нибудь лучшее было бы!» — подумал Захар Павлович, но что — сам себе не мог доказать.

— В Москве нет беднейших крестьян, — усомнился Захар Павлович.

Мрачный партийный человек еще более нахмурился, он представил себе все великое невежество масс и то, сколько для партии будет в дальнейшем возни с этим невежеством. Он заранее почувствовал усталость и ничего не ответил Захару Павловичу. Но Захар Павлович донимал его прямыми вопросами. Он интересовался, кто сейчас главный начальник в городе и хорошо ли знают его рабочие.

Мрачный человек даже оживился и повеселел от такого крутого непосредственного контроля. Он позвонил по телефону. Захар Павлович загляделся на телефон с забытым увлечением. «Эту штуку я упустил из виду, — вспомнил он про свои изделия. — Ее я сроду не делал».

— Дай мне товарища Перекорова, — сказал по проволоке партийный человек. — Перекоров? Вот что. Надо бы поскорее газетную информацию наладить. Хорошо бы популярной литературки побольше выпустить... Слушаю. А ты кто? Красногвардеец? Ну, тогда брось трубку, — ты ничего не понимаешь...

Захар Павлович вновь рассердился.

— Я тебя спрашивал оттого, что у меня сердце болит, а ты газетой меня утешаешь... Нет, друг, всякая власть есть царство, тот же синклит и монархия, — я много передумал...

— А что же надо? — озадачился собеседник.

— Имущество надо унизить, — открыл Захар Павлович. — А людей оставить без призора — к лучшему обойдется, ей-богу, правда!

— Так это анархия!

— Какая тебе анархия — просто себе сдельная жизнь!

Партийный человек покачал лохматой и бессонной головой.

— Это в тебе мелкий собственник говорит. Пройдет с полгода, и ты сам увидишь, что принципиально заблуждался.

— Обождем, — сказал Захар Павлович. — Если не справитесь, отсрочку дадим.

Саша дописал анкету.

— Неужели это так? — говорил на обратной дороге Захар Павлович. — Неужели здесь точное дело? Выходит, что так.

На старости лет Захар Павлович обозлился. Ему теперь стало дорого, чтобы револьвер был в надлежащей руке, — он думал о том кронциркуле, которым можно было бы проверить большевиков. Лишь в последний год он оценил то, что потерял в своей жизни. Он утратил все — разверстое небо над ним ничуть не изменилось от его долголетней деятельности, он ничего не завоевал для оправдания своего ослабевшего тела, в котором напрасно билась какая-то главная сияющая сила. Он сам довел себя до вечной разлуки с жизнью, не завладев в ней наиболее необходимым. И вот теперь он с грустью смотрит на плетни, деревья и на всех чужих людей, которым он за пятьдесят лет не принес никакой радости и защиты и с которыми ему предстоит расстаться.

— Саш, — сказал он, — ты сирота, тебе жизнь досталась задаром. Не жалей ее, живи главной жизнью.

Александр молчал, уважая скрытое страдание приемного отца.

— Ты не помнишь Федьку Беспалова? — продолжал Захар Павлович. — Слесарь у нас такой был — теперь он умер. Бывало, пошлют его что-нибудь смерить, он пойдет, приложит пальцы и идет с расставленными руками. Пока донесет руки, у него из аршина сажень получается. Что ж ты, сукин сын? — ругают его. А он: да мне дюже нужно — все равно за это не прогонят.

Лишь на другой день Александр понял, что хотел сказать отец.

— Хоть они и большевики и великомученики своей идеи, — напутствовал Захар Павлович, — но тебе надо глядеть и глядеть. Помни — у тебя отец утонул, мать неизвестно кто, миллионы людей без души живут, — тут великое дело... Большевик должен иметь пустое сердце, чтобы туда все могло поместиться...

Захар Павлович разжигался от собственных слов и все более восходил к какому-то ожесточению.

— А иначе... Знаешь, что иначе будет? В топку — и дымом по ветру! В шлак, а шлак кочережкой и под откос! Понял ты меня или нет?..

От возбуждения Захар Павлович перешел к растроганности и в волнении ушел на кухню закуривать. Затем он вернулся и робко обнял своего приемного сына.

— Ты, Саш, не обижайся на меня! Я тоже круглый сирота, нам с тобой некому пожалиться.

Александр не обижался. Он чувствовал сердечную нужду Захара Павловича, но верил, что революция — это конец света. В будущем же мире мгновенно уничтожится тревога Захара Павловича, а отец-рыбак найдет то, ради чего он своевольно утонул. В своем ясном чувстве Александр уже имел тот новый свет, но его можно лишь сделать, а не рассказать.

Через полгода Александр поступил на открывшиеся железнодорожные курсы, а затем перешел в политехникум.

По вечерам он вслух читал Захару Павловичу технические учебники, а тот наслаждался одними непонятными звуками науки и тем, что его Саша понимает их.

Но скоро ученье Александра прекратилось, и надолго. Партия его командировала на фронт гражданской войны — в степной городок Новохоперск.

Захар Павлович целые сутки сидел с Сашей на вокзале, поджидая попутного эшелона, и искурил три фунта махорки, чтобы не волноваться. Они уже обо всем переговорили, кроме любви. О ней Захар Павлович сказал стесняющимся голосом предупредительные слова.

— Ты ведь, Саш, уже взрослый мальчик — сам все знаешь... Главное, не надо этим делом нарочно заниматься — это самая обманчивая вещь: нет ничего, а что-то тебя как будто куда-то тянет, чего-то хочется...

У всякого человека в нижнем месте целый империализм сидит...

Александр не мог почувствовать империализма в своем теле. Он вообразил, что это что-то особое и странное.

Когда подали сборный эшелон и Александр пролез в вагон, Захар Павлович попросил его с платформы:

— Напиши мне когда-нибудь письмо. Что жив, мол, и здоров — только и всего...

— Да я больше напишу, — ответил Саша.

Вокзальный колокол звонил уже раз пять, и все по три звонка, а эшелон никак не мог тронуться. Сашу оттерли от дверей вагона незнакомые люди, и он больше наружу не показывался.

Захар Павлович истомился и пошел домой. До дома он шел долго, всю дорогу забывая закурить и мучаясь от этой мелкой досады. Дома он сел за угольный столик, где всегда сидел Саша, и начал по складам читать алгебру, ничего не понимая, но постепенно находя себе утешение.

Город Новохоперск, пока ехал туда Александр Дванов, был завоеван казаками, но отряд учителя Нехворайко сумел их выжить из города. Всюду вокруг Новохоперска было сухое место, а один подступ, что с реки, занят болотами; здесь казаки несли слабую бдительность, рассчитывая на непроходимость. Но учитель Нехворайко обул своих лошадей в лапти, чтобы они не тонули, и в одну нелюдимую ночь занял город, а казаков вышиб в заболоченную долину, где они остались надолго, потому что их лошади были босые.

Дванов сходил в ревком и поговорил с людьми. Те немного пожаловались на отсутствие бязи для красноармейского белья, отчего вошь кипит на людях кашей, но решили драться до голой земли.

Машинист из депо, предревкома, сказал Дванову:

— Революция — рыск: не выйдет — почву вывернем и глину оставим, пусть кормятся любые сукины дети, раз рабочему не повезло!

Особого дела Дванову не дали, сказали только: живи тут с нами, всем будет лучше, а там поглядим, о чем ты больше тоскуешь.

Ровесники Дванова сидели в клубе на базарной площади и усердно читали революционные сочинения. Вокруг читателей висели красные лозунги, а в окна было видно опасное пространство полей. Читатели и лозунги были беззащитны — прямо из степи можно достать пулей склоненную над книжкой голову молодого коммуниста.

Пока Дванов приучался к степной воюющей революции и уже начинал любить здешних товарищей, из губернии пришло письмо с приказом о возвращении. Александр пошел из города молча и пешком. Вокзал находился в четырех верстах, но, как доехать до губернии, Дванов не знал: говорили, что казаки заняли линию. С вокзала шел по полю оркестр и играл печальную музыку — оказывается, несли остывшее тело погибшего Нехворайко, которого вместе с отрядом глухо уничтожили зажиточные слобожане в огромном селе Песках. Дванову жалко стало Нехворайко, потому что над ним плакали не мать и отец, а одна музыка, и люди шли вслед без чувства на лице, сами готовые неизбежно умереть в обиходе революции.

Город опускался за Двановым из его оглядывающихся глаз в свою долину, и Александру жаль было тот одинокий Новохоперск, точно без него он стал еще более беззащитным.

На вокзале Дванов почувствовал тревогу заросшего, забвенного пространства. Как и каждого человека, его влекла даль земли, будто все далекие и невидимые вещи скучали по нем и звали его.

Десять или более безымянных людей сидели на полу и надеялись на поезд, который их увезет в лучшее место. Они без жалобы переживали мучения революции и терпеливо бродили по степной России в поисках хлеба и спасения. Дванов вышел наружу, разглядел на пятом пути какой-то воинский поезд и пошел к нему. Поезд состоял из восьми платформ с повозками и артиллерией и двух классных вагонов. Сзади были прицеплены еще две платформы — с углем.

Командир отряда пустил Дванова в классный вагон, просмотрев его документы.

— Только мы едем до Разгуляевского разъезда, товарищ! — заявил командир. — А дальше нам поезд не нужен: мы выходим на позицию.

Дванов согласился ехать и до Разгуляева, а там он будет ближе к дому.

Красноармейцы-артиллеристы почти все спали. Они две недели сражались под Балашовом и тяжко устали. Двое выспались и сидели у окна, напевая песню от скуки войны. Командир лежа читал «Приключения отшельника, любителя изящного, изданные Тиком», а политком пропадал где-то на телеграфе. Вагон, вероятно, перевез много красноармейцев, тосковавших в дальних дорогах и от одиночества исписавших стены и лавки химическими карандашами, какими всегда пишутся с фронта письма на родину. Дванов в задушевном унынии читал эти изречения — он и дома прочитывал новый календарь за год вперед.

«Наша надежда стоит на якоре на дне морском», — писал неизвестный военный странник и подписывал место размышления: «Джанкой, 18 сентября, 1918».

Смерклось — и поезд тронулся без отходного свистка. Дванов задремал в горячем вагоне, а проснулся уже во тьме. Его разбудил скрежет тормозных колодок и еще какой-то постоянный звук. Окно вспыхнуло светом мгновения, и низко прогрел воздух снаряд. Он разорвался недалеко, светло показав жнивье и смирное ночное поле. Дванов очнулся и встал.

Поезд робко прекратил движение. Комиссар пошел наружу, и Дванов с ним. Линию явно обстреливали казаки — их батарея сверкала где-то недалеко, но все время давала перелет.

Прохладно и грустно было тою ночью, долго шли двое людей до паровоза. Машина чуть шумела котлом, и горел маленький огонек, как лампадка, над манометром.

— Что стали? — спросил комиссар.

— Боюсь за путь, товарищ политком: обстреливают, а мы без огней идем — нарвемся на крушение! — тихо ответил сверху машинист.

— Ерунда: видишь — они перелет делают! — сказал комиссар. — Только дуй побыстрей без шума!

— Ну, ладно! — согласился машинист. — У меня помощник один — не управится, дайте солдата для топки!

Дванов догадался и влез на паровоз для помощи. Шрапнель разорвалась впереди паровоза и осветила весь состав. Побледневший машинист повел ручкой регулятора и крикнул Дванову и помощнику:

— Держи пар!

Александр усердно начал совать дрова в топку. Паровоз пошел с клокочущей скоростью. Впереди лежала помертвевшая тьма, и, быть может, в ней находился разобранный путь. На закруглениях машину швыряло так, что Дванов думал о сходе с рельсов. Машина резко и часто отсекала пар, и слышен был гулкий поток воздуха от трения бегущего тела паровоза. Под паровозом иногда грохотали малые мосты, а вверху таинственным светом вспыхивали облака, отражая выбегающий огонь из открытой топки. Дванов быстро вспотел и удивлялся, чего механик так гонит поезд, раз казачью батарею давно проехали. Но испуганный машинист без конца требовал пара, сам помогая кормить топку, и ни разу не отвел регулятора с его крайней точки.

Александр выглянул из паровоза. В степи давно настала тишина, нарушаемая лишь ходом поезда. Спереди бежали туманные огни: наверное, станция.

— Чего он так гонит? — спросил Дванов у помощника про машиниста.

— Не знаю, — угрюмо ответил тот.

— Так мы же обязательно сами наделаем крушение! — произнес Дванов, а сам не знал, что ему делать.

Паровоз трепетал от напряжения и размахивал всем корпусом, ища возможности выброситься под откос от душащей его силы и неизрасходованной скорости. Иногда Дванову казалось, что паровоз уже сорвался с рельсов, а вагоны еще не поспели, и он гибнет в тихом прахе мягкой почвы, и Александр хватался за грудь, чтобы удержать сердце от страха.

Когда поезд проскакивал стрелки и скрещения какой-то станции, Дванов видел, как колеса выбивали огонь на крестовинах.

Потом паровоз опять тонул в темную глушь будущего пути и в ярость полного хода машины. Закругления валили с ног паровозную бригаду, а вагоны сзади не поспевали отбивать такт на скреплениях рельсов и проскакивали их с воем колес.

Помощнику, видно, надоела работа, и он сказал механику:

— Иван Палыч! Скоро Шкарино, давайте остановимся — воды возьмем!

Машинист слышал, но промолчал; Дванов догадался, что он забыл от утомления думать, и осторожно открыл нижний кран тендера. Этим он хотел спустить остаток воды и заставить машиниста прекратить ненужный бег. Но тот сам закрыл регулятор и отошел от окна. Лицо его было спокойное, и он полез за табаком. Дванов тоже успокоился и завернул кран тендера. Машинист улыбнулся и сказал ему:

— Зачем ты это делал? За нами белый броневик с Марьинского разъезда все время шел — вот я и уходил!

Дванов не понимал:

— А теперь он что? Почему же вы после батареи не сдали хода, когда мы еще не доехали до Марьинского разъезда?..

— Теперь бронепоезд отстал — можно потише, — ответил машинист. — Залезь на дрова, погляди назад!

Александр влез на горку дров. Скорость все еще была велика, и ветер охлаждал тело Дванова. Сзади было совсем темно, и только поскрипывали спешащие вслед вагоны.

— А до Марьина почему вы спешили? — опять допытывался Дванов.

— Нас же заметила батарея — она могла переменить прицел — надо было подальше уйти! — объяснил машинист, но Дванов предположил, что он испугался.

В Шкарино поезд остановился. Пришел комиссар и удивился рассказу механика. На Шкарино было пусто, из колонки в паровоз медленно текла последняя вода. Подошел какой-то местный человек и глухо, против ночного ветра, сообщил, что на Поворино казачьи разъезды — эшелон не проедет.

— Нам до Разгуляя только! — ответил комиссар.

— А-а! — сказал человек и ушел в темное станционное здание. Александр пошел за ним в помещение. В зале для публики было пусто и скучно. Покинутость, забвение и долгая тоска встретили его в этом опасном доме гражданской войны. Неведомый одинокий человек, говоривший с комиссаром, прилег в углу на уцелевшую лавку и начал укрываться скудной одеждой. Кто он и зачем сюда попал — Александра сильно и душевно интересовало. Сколько раз он встречал — и прежде и потом — таких сторонних, безвестных людей, живущих по своим одиноким законам, но никогда не налегала душа подойти и спросить их или пристать к ним и вместе пропасть из строя жизни. Может быть, было бы лучше тогда Дванову подойти к тому человеку в шкаринском вокзале и прилечь к нему, а утром выйти и исчезнуть в воздухе степи.

— Машинист — трус, бронепоезда не было! — сказал потом Дванов комиссару.

— Черт с ним — довезет как-нибудь! — спокойно и устало ответил комиссар и, отвернувшись, пошел к своему вагону, с печалью говоря себе на ходу: — Эх, Дуня, моя Дуня, чем ты детей моих кормишь теперь?..

Александр тоже пошел в вагон, не понимая еще — за что мучаются так люди: один лежит в пустом вокзале, другой тоскует по жене.

В вагоне Дванов лег спать, но проснулся еще до рассвета, почувствовав прохладу опасности.

Поезд стоял в мокрой степи, красноармейцы храпели и чесали во сне свои тела — слышен был наслаждающийся скрежет ногтей по закоснелой коже. Комиссар тоже спал, лицо его сморщилось — вероятно, он мучился перед сном воспоминаниями о покинутой семье и так уснул с горем на лице. Неунявшийся ветер гнул поздние былинки в остывшей степи, и целина от вчерашнего дождя превратилась в тягучую грязь. Командир лежал против комиссара и тоже спал; его книжка была открыта на описании Рафаэля; Дванов посмотрел в страницу — там Рафаэль назывался живым богом раннего счастливого человечества, народившегося на теплых берегах Средиземного моря. Но Дванов не смог вообразить то время: дул же там ветер, и землю пахали мужики на жаре, и матери умирали у маленьких детей.

Комиссар открыл глаза:

— Что: стоим, что ли?

— Стоим!

— Что за черт — сто верст едем сутки! — рассердился комиссар, и Дванов опять пошел с ним к паровозу.

Паровоз стоял покинутый — ни машиниста, ни помощника не было. Впереди него — в пяти саженях — лежали неумело разобранные рельсы.

Комиссар посерьезнел:

— Сами они ушли или побили их — сам черт не поймет! Как же мы теперь поедем?

— Конечно, сами ушли! — сказал Александр.

Паровоз стоял еще горячий, и Дванов решил сам, не спеша, повести состав. Комиссар согласился, дал Дванову в помощь двух красноармейцев, а другим велел собрать путь.

Часа через три эшелон тронулся. Дванов сам глядел за всем — и за топкой, и за водой, и на путь — и чего-то волновался. Большая машина шла покорно, а Дванов ее особо не гнал. Постепенно он осмелел и поехал быстрее, но строго тормозя на уклонах и закруглениях. Красноармейцам-помощникам он рассказал, в чем дело, и они довольно хорошо держали пар нужного давления.

Встретился какой-то безлюдный разъезд под названием «Завалишный»; около отхожего места сидел старик и ел хлеб, не поднимая глаз на поезд; разъезд Дванов проехал тихо, осматривая стрелки, и понесся дальше. Сквозь туманы выбиралось солнце и медленно грело сырую остывшую землю. Редкие птицы взлетали над пустырями и сейчас же садились над своей пищей — осыпавшимися, пропавшими зернами.

Начался затяжной прямой уклон. Дванов закрыл пар и поехал по инерции с растущей скоростью.

Чистый путь виден далеко — до самого перехода уклона в подъем, в степной впадине. Дванов успокоился и слез с сиденья, чтобы посмотреть, как работают его помощники, и поговорить с ними. Минут через пять он вернулся к окну и выглянул. Далеко завиднелся семафор — вероятно, это и будет Разгуляй; за семафором он разглядел дым паровоза, но не удивился — Разгуляй был в советских руках; про это было известно еще в Новохоперске. Там стоял какой-то штаб и держалось правильное сообщение с большой узловой станцией Лиски.

Паровозный дым на Разгуляе обратился в облако, и Дванов увидел трубу паровоза и его переднюю часть. «Вероятно, он прибыл с Лисок», — подумал Александр. Но паровоз ехал к семафору — на новохоперский эшелон. «Сейчас он остановится, заходит за стрелку», — следил Дванов за тем паровозом. Но быстрая отсечка пара из трубы показывала работу машины: паровоз с хорошей скоростью шел навстречу. Дванов высунулся весь из окна и зорко следил. Паровоз прошел семафор — он вел тяжелый товарный или воинский состав по однопутной дороге в лоб паровозу Дванова. Сейчас Дванов шел под уклон, тот паровоз — тоже под уклон, и встретиться должны в степной впадине — на разломе профиля дороги. Александр догадался, что это дело гадкое, — и натянул рукоять двойной сирены; красноармейцы заметили встречный поезд и начали волноваться от испуга.

— Сейчас замедлю ход, и вы тогда прыгайте! — сказал им Дванов: все равно они были бесполезны. Вестингауз не действовал — это Александр знал еще вчера, при старом машинисте. Оставался обратный ход: контрпар. Встречный поезд тоже обнаружил новохоперский эшелон и давал беспрерывный тревожный гудок. Дванов зацепил колечко свистка за вентиль, чтобы не прекращать тревожного сигнала, и начал переводить реверсивную муфту на задний ход.

Руки его охладели, и он еле осилил тугой червячный вал. Затем Дванов открыл весь пар и прислонился к котлу от вянущего утомления; он не видел, когда спрыгнули красноармейцы, но обрадовался, что их больше нет.

Эшелон медленно пополз назад, паровоз его взял с пробуксовкой, ударив водой в трубу.

Дванов хотел уйти с паровоза, но потом вспомнил, что порвал крышки у цилиндров от слишком резкого открытия контрпара. Цилиндры парили — сальники были пробиты, но крышки уцелели. Встречный паровоз приближался очень ходко: синий дым стлался от трения тормозных колодок из-под его колес, но вес поезда был слишком велик, чтобы один паровоз смог задавить его скорость. Машинист резко и торопливо давал по три свистка, прося у бригады ручных тормозов, — Дванов понимал и смотрел на все, как посторонний. Его медленное размышление помогло ему в тот час — он испугался уйти со своего паровоза, потому что его бы застрелил политком или исключили бы потом из партии. Кроме того, Захар Павлович, тем более отец Дванова, никогда не оставили бы горячий целый паровоз погибать без машиниста, и это тоже помнил Александр.

Дванов схватился за подоконник, чтобы выдержать удар, и в последний раз выглянул на противника. С того поезда сыпались как попало люди, уродуясь и спасаясь; с паровоза тоже брякнулся под откос человек — машинист или помощник. Дванов посмотрел назад на свой поезд — никто не показывался: наверное, все спали.

Александр зажмурился и боялся грома от толчка. Потом мгновенно, на оживших ногах, вылетел из будки, чтобы прыгать, и схватился за поручни сходной лесенки; только тут Дванов почувствовал свое помогающее сознание: котел обязательно взорвется от удара, и он будет размозжен как враг машины. Близко бежала под ним крепкая прочная земля, которая ждала его жизни, а через миг останется без него сиротою. Земля была недостижима и уходила, как живая; Дванов вспомнил детское видение и детское чувство: мать уходит на базар, а он гонится за нею на непривычных, опасных ногах и верит, что мать ушла на веки веков, и плачет своими слезами.

Теплая тишина тьмы заслонила зрение Дванова.

— Дай мне еще сказать!.. — сказал Дванов и пропал в обступившей его тесноте.

Очнулся он вдалеке и один; старая сухая трава щекотала ему шею, и природа показалась очень шумной. Оба паровоза резали сиренами и предохранительными клапанами: от сотрясения у них сбились пружины. Паровоз Дванова стоял на рельсах правильно, только рама согнулась, посинев от мгновенного напряжения и нагрева. Разгуляевский паровоз перекосился и врезался колесами в балласт. Внутрь переднего вагона новохоперского поезда вошли два следующих, расклинив его стенки. Из разгуляевского состава корпуса двух вагонов были выжаты и сброшены на траву, а колесные скаты их лежали на тендере паровоза.

К Дванову подошел комиссар:

— Жив?

— Ничего. А почему это случилось?

— Черт его знает! Их машинист говорит, что тормоза у него отказали и он проскочил Разгуляй! Мы его арестовали, бродягу! А ты чего смотрел?

Дванов испугался:

— Я давал обратный ход — позови комиссию, пусть осмотрит, как стоит управление...

— Чего там комиссию! Человек сорок уложили у нас и у них — можно бы целый белый город взять с такими потерями! А тут казаки, говорят, шляются рядом — плохо нам будет!..

Вскоре с Разгуляя пришел вспомогательный поезд с рабочими и инструментами. Про Дванова все забыли, и он двинулся пешком на Лиски.

Но на его дороге лежал опрокинутый человек. Он вспухал с такой быстротой, что было видно движение растущего тела, лицо же медленно темнело, как будто человек заваливался в тьму, — Дванов даже обратил внимание на свет дня: действует ли он, раз человек так чернеет.

Скоро человек возрос до того, что Дванов стал бояться: он мог лопнуть и брызнуть своею жидкостью жизни, и Дванов отступил от него: но человек начал опадать и светлеть — он, наверное, уже давно умер, в нем беспокоились лишь мертвые вещества.

Один красноармеец сидел на корточках и глядел себе в пах, откуда темным давленым вином выходила кровь; красноармеец бледнел лицом, подсаживал себя рукою, чтобы встать, и замедляющимися словами просил кровь:

— Перестань, собака, ведь я же ослабну!

Но кровь густела до ощущения ее вкуса, а затем пошла с чернотой и совсем прекратилась; красноармеец свалился навзничь и тихо сказал — с такой искренностью, когда не ждут ответа:

— Ох, и скучно мне — нету никого со мной!

Дванов близко подошел к красноармейцу, и он сознательно попросил его:

— Закрой мне зрение! — и глядел, не моргая, засыхающими глазами, без всякой дрожи век.

— А что? — спросил Александр и забеспокоился от стыда.

— Режет... — объяснил красноармеец и сжал зубы, чтобы закрыть глаза. Но глаза не закрывались, а выгорали и выцветали, превращаясь в мутный минерал. В его умерших глазах явственно прошли отражения облачного неба — как будто природа возвратилась в человека после мешавшей ей встречной жизни, и красноармеец, чтобы не мучиться, приспособился к ней смертью.

Станцию Разгуляй Дванов обошел, чтобы его не остановили там для проверки, и скрылся в безлюдье, где люди живут без помощи.

Железнодорожные будки всегда привлекали Дванова своими задумчивыми жителями — он думал, что путевые сторожа спокойны и умны в своем уединении. Дванов заходил в путевые дома пить воду, видел бедных детей, играющих не в игрушки, а одним воображением, и способен был навсегда остаться с ними, чтобы разделить участь их жизни.

Ночевал Дванов тоже в будке, но не в комнате, а в сенцах, потому что в комнате рожала женщина и всю ночь громко тосковала. Муж ее бродил без сна, шагая через Дванова, и говорил себе с удивлением:

— В такое время... В такое время...

Он боялся, что в беде революции быстро погибнет его рождающийся ребенок. Четырехлетний мальчик просыпался от громкой тревоги матери, пил воду, выходил мочиться и глядел на все, как посторонний житель, — понимая, но не оправдывая. Наконец Дванов неожиданно забылся и проснулся в тусклом свете утра, когда по крыше мягко шелестел скучный долгий дождь.

Из комнаты вышел довольный хозяин и прямо сказал:

— Мальчик родился!

— Это очень хорошо, — сказал ему Александр и поднялся с подстилки. — Человек будет!

Отец рожденного обиделся:

— Да, коров будет стеречь — много нас, людей!

Дванов вышел на дождь, чтобы уходить дальше. Четырехлетний мальчик сидел в окне и мазал пальцами по стеклу, воображая что-то непохожее на свою жизнь. Александр махнул ему дважды рукой на прощанье, но он испугался и слез с окна; так Дванов его больше и не увидел и не увидит никогда.

— До свиданья! — сказал Дванов дому и месту своего ночлега и пошел на Лиски.

Через версту он встретил бодрую старушку с узелком.

— Она уже родила! — сказал ей Дванов, чтобы она не спешила.

— Родила?! — быстро удивилась старушка. — Знать, недоносок, батюшка, был — вот страсть-то! Кого ж бог послал?

— Мальчик, — довольно заявил Александр, как будто участвовал в происшествии.

— Мальчик! Непочетник родителям будет! — решила старуха. — Ох, и тяжко рожать, батюшка: хоть бы мужик один родил на свете, тогда б он в ножки жене и теще поклонился!..

Старуха сразу перешла на длинный разговор, ненужный Дванову, и он окоротил ее:

— Ну, бабушка, прощай! Мы с тобой не родим — чего нам ссориться!

— Прощай, дорогой! Помни мать свою — не будь непочетником!

Дванов обещал ей почитать родителей и обрадовал старушку своим уважением.

Долог был тот путь Александра домой. Он шел среди серой грусти облачного дня и глядел в осеннюю землю. Иногда на небе обнажалось солнце, оно прилегало своим светом к траве, песку, мертвой глине и обменивалось с ними чувствами без всякого сознания. Дванову нравилась эта безмолвная дружба солнца и поощрение светом земли.

В Лисках он влез в поезд, в котором ехали матросы и китайцы на Царицын. Матросы задержали поезд, чтобы успеть избить коменданта питательного пункта за постный суп, а после того эшелон спокойно отбыл. Китайцы поели весь рыбный суп, от какого отказались русские матросы, затем собрали хлебом всю питательную влагу со стенок супных ведер и сказали матросам в ответ на их вопрос о смерти: «Мы любим смерть! Мы очень ее любим!» Потом китайцы сытыми легли спать. А ночью матрос Концов, которому не спалось от думы, просунул дуло винтовки в дверной просвет и начал стрелять в попутные огни железнодорожных жилищ и сигналов; Концов боялся, что он защищает людей и умрет за них задаром, поэтому заранее приобретал себе чувство обязанности воевать за пострадавших от его руки. После стрельбы Концов сразу и удовлетворенно уснул и спал четыреста верст, когда уже Александр давно оставил вагон, утром второго дня.

Дванов отворил калитку своего двора и обрадовался старому дереву, росшему у сеней. Дерево было изранено, порублено, в него втыкали топор для отдыха, когда кололи дрова, но оно было еще живо и берегло зеленую страсть листвы на больных ветках.

— Пришел, Саш? — спросил Захар Павлович. — Это хорошо, что ты пришел, а то я здесь один остался. Ночью без тебя мне спать было неохота, все лежишь — и слушаешь, не идешь ли ты! Я и дверь для тебя не запирал, чтобы ты сразу вошел...

Первые дни дома Александр зяб и грелся на печке, а Захар Павлович сидел внизу и, сидя, дремал.

— Саш, ты, может быть, чего-нибудь хочешь? — спрашивал время от времени Захар Павлович.

— Нет, я ничего не хочу, — отвечал Александр.

— А я думал, может, ты съел бы чего-нибудь.

Скоро Дванов уже не мог расслышать вопросов Захара Павловича и не видел, как тот плакал по ночам, уткнувшись лицом в печурку, где грелись чулки Александра. Дванов заболел тифом, который повторялся, не покидая тела больного восемь месяцев, а затем тиф перешел в воспаление легких. Александр лежал в забвении своей жизни, и лишь изредка он слышал в зимние ночи паровозные гудки и вспоминал их; иногда до равнодушного ума больного доносился гул далекой артиллерии, а потом ему опять было жарко и шумно в тесноте своего тела. В минуты сознания Дванов лежал пустой и засохший, он чувствовал только свою кожу и прижимал себя к постели, ему казалось, что он может полететь, как летят сухие, легкие трупики пауков.

Перед Пасхой Захар Павлович сделал приемному сыну гроб — прочный, прекрасный, с фланцами и болтами, как последний подарок сыну от мастера-отца. Захар Павлович хотел сохранить Александра в таком гробу — если не живым, то целым для памяти и любви; через каждые десять лет Захар Павлович собирался откапывать сына из могилы, чтобы видеть его и чувствовать себя вместе с ним.

Дванов вышел из дома новым летом; воздух он ощутил тяжелым, как воду, солнце — шумящим от горения огня и весь мир свежим, едким, опьяняющим для его слабости. Жизнь снова заблестела перед Двановым — он напрягался телом, и мысль его всходила фантазией.

Через забор на Александра глядела знакомая девочка — Соня Мандрова, она не понимала, отчего Саша не умер, раз был гроб.

— Ты не умер? — спросила она.

— Нет, — сказал ей Александр. — А ты тоже жива?

— Я тоже жива. Мы с тобой будем вместе жить. Тебе хорошо теперь?

— Хорошо. А тебе?

— Мне тоже хорошо. А отчего ты такой худой? Это в тебе смерть была, а ты ее не пустил?

— А ты хотела, чтобы я умер? — спросил Александр.

— А я не знаю, — ответила Соня. — Я видела, что людей много, они умирают, а остаются.

Дванов позвал ее к себе на двор; босая Соня перелезла через забор и притронулась к Александру, позабыв его за зиму. Дванов ей рассказал, что он видел в своих снах во время болезни и как ему было скучно в темноте сна: нигде не было людей, и он узнал теперь, что их мало на свете; когда он шел по полю близ войны, то ему тоже редко попадались дома.

— Я тебе нечаянно говорила, что не знаю, — сказала Соня. — Если б ты умер, я бы долго заплакала. Пускай бы ты уехал далеко, но я думала бы зато, что ты живешь целый...

Александр посмотрел на нее с удивлением. Соня уже выросла за этот год, хотя и ела мало; ее волосы потемнели, тело приобрело осторожность, и при ней становилось стыдно.

— Ты еще не знаешь, Саш, я теперь учусь на курсах!..

— А чему там учат?

— Всему, чего мы не знаем. Там один учитель говорит, что мы вонючее тесто, а он из нас сделает сладкий пирог. Пусть говорит, зато мы политике от него научимся, ведь правда?

— Разве ты вонючее тесто?

— Ага. А потом не буду и другие не будут, потому что я стану учительницей детей и они начнут с малолетства умнеть. Тогда их не будут обижать «вонючим тестом».

Дванов потрогал ее за одну руку, чтобы вновь привыкнуть к ней, а Соня дала ему и вторую руку.

— Ты так лучше поздоровеешь, — сказала она. — Ты холодный, а я горячая. Ты чувствуешь?

— Соня, ты приходи вечером к нам, — произнес Александр. — А то мне надоело одному.

Соня вечером пришла, и Саша ей рисовал, а она ему указывала, как надо рисовать лучше. Захар Павлович потихоньку вынес гроб и расколол его на топку. «Теперь надо детскую качалку сделать, — думал он. — Где бы это рессорного железа достать помягче!.. У нас ведь нету — у нас есть для паровозов. Может, у Саши будут ребятишки от Сони, а я их буду беречь. Соня скоро подрастет — и пусть существует, она тоже сиротка».

После того как Соня ушла, Дванов из боязни сразу лег спать до утра, чтобы увидеть новый день и не запомнить ночи. Однако он лежал и видел ночь открытыми глазами; окрепшая, взволнованная жизнь не хотела забываться в нем. Дванов представил себе тьму над тундрой, и люди, изгнанные с теплых мест земного шара, пришли туда жить. Те люди сделали маленькую железную дорогу, чтобы возить лес на устройство жилищ, заменяющих потерянный летний климат. Дванов вообразил себя машинистом той лесовозной дороги, которая возит бревна на постройку новых городов, и он мысленно проделывал всю работу машиниста — проезжал безлюдные перегоны, брал воду на станциях, свистел среди пурги, тормозил, разговаривал с помощником и, наконец, заснул у станции назначения, что была на берегу Ледовитого океана. Во сне он увидел большие деревья, выросшие из бедной почвы, кругом их было воздушное, еле колеблющееся пространство и вдаль терпеливо уходила пустая дорога. Дванов завидовал всему этому — он хотел бы деревья, воздух и дорогу забрать и вместить в себя, чтобы не успеть умереть под их защитой. И еще что-то хотел вспомнить Дванов, но это усилие было тяжелее воспоминания, и его мысль исчезла от поворота сознания во сне, как птица с тронувшегося колеса.

Ночью поднялся ветер и остудил весь город. Во многих домах начался холод, а дети спасались от него тем, что грелись у горячих тел тифозных матерей. У жены предгубисполкома Шумилина тоже был тиф, и двое детей прижались к ней с обеих сторон, чтобы спать в тепле; сам же Шумилин жег примус на столе для освещения, потому что лампы не имелось, а электричество погасло, и чертил ветряной двигатель, который будет тянуть за веревку плуг и пахать землю под хлеб. В губернии наступило безлошадье, и невозможно было ждать, пока народится и войдет в тяговую силу лошадиный молодняк, — стало быть, нужно искать научный выход.

Закончив чертеж, Шумилин лег на диван и сжался под пальто, чтобы соответствовать общей скудости советской страны, не имевшей необходимых вещей, и смирно заснул.

Утром Шумилин догадался, что, наверное, массы в губернии уже что-нибудь придумали, может, и социализм уже где-нибудь нечаянно получился, потому что людям некуда деться, как только сложиться вместе от страха бедствий и для усилия нужды. Жена глядела на мужа белыми, выгоревшими от тифа глазами, и Шумилин вновь спрятался под пальто.

— Надо, — шептал он себе для успокоения, — надо поскорее начинать социализм, а то она умрет.

Дети тоже проснулись, но не вставали с теплоты постели и старались опять заснуть, чтобы не хотеть есть.

Тихо собравшись, Шумилин пошел служить; жене он обещал быть дома поскорей, но он это обещал ежедневно, а являлся всегда в ночное время.

Мимо губисполкома шли люди, их одежда была в глине, точно они жили в лощинных деревнях, а теперь двигались вдаль, не очистившись.

— Вы куда? — спросил этих бредущих Шумилин.

— Мы-то? — произнес один старик, начавший от безнадежности жизни уменьшаться в росте. — Мы куда попало идем, где нас окоротят. Поверни нас, мы назад пойдем.

— Тогда идите лучше вперед, — сказал им Шумилин; в кабинете он вспомнил про одно чтение научной книги, что от скорости сила тяготения, вес тела и жизни уменьшается, стало быть, оттого люди в несчастии стараются двигаться. Русские странники и богомольцы потому и брели постоянно, что они рассеивали на своем ходу тяжесть горюющей души народа. Из окна губисполкома были видны босые, несеяные поля; иногда там показывался одинокий человек и пристально всматривался на город, опершись подбородком на дорожную палку, а потом уходил куда-то в балку, где он жил в сумерках своей хаты и на что-то надеялся.

Шумилин сказал по телефону секретарю губкома о своем беспокойстве: по полям и по городу ходят люди, чего-то они думают и хотят, а мы ими руководим из комнаты; не пора ли послать в губернию этичного, научного парня, пусть он поглядит — нет ли там социалистических элементов жизни: ведь массы тоже своего желают, может, они как-нибудь самодельно живут, тем более что к помощи они еще не привыкли; надо найти точку посередине нужды и по ней сразу ударить — нам же некогда!

— Что ж, пошли! — согласился секретарь. — Я тебе такого подыщу, а ты его снабди указаниями.

— Давай его сегодня же, — попросил Шумилин. — Командируй его ко мне домой.

Секретарь дал распоряжение вниз по своему учреждению и забыл о дальнейшем. Конторщик орготдела не мог уже спустить приказ секретаря в глубину губкомовского аппарата и начал размышлять сам: кого бы это послать осматривать губернию? Никого не было — все коммунисты уже действовали; числился лишь какой-то Дванов, вызванный из Новохоперска для ремонта городского водопровода, но к его личному делу был подложен документ о болезни. «Если он не умер, то пошлю его», — решил конторщик и пошел сообщать секретарю губкома о Дванове.

— Он не выдающийся член партии, — сказал конторщик. — У нас выдаваться не на чем было. Вот будут большие дела, и люди на них проявятся, товарищ секретарь.

— Ладно, — ответил секретарь. — Пусть ребята дело выдумывают и растут на нем.

Вечером Дванов получил бумагу: немедленно явиться к предгубисполкома, чтобы побеседовать о намечающемся самозарождении социализма среди масс. Дванов встал и пошел на отвыкших ногах; Соня возвращалась со своих курсов с тетрадкою и лопухом; лопух она сорвала за то, что у него была белая исподняя кожа, по ночам его зачесывал ветер и освещала луна. Соня смотрела из окна на этот лопух, когда ей не спалось от молодости, а теперь зашла на пустошь и сорвала его. Дома она уже имела много растений, и больше всего среди них было бессмертников, что росли на солдатских могилах.

— Саша, — сказала Соня. — Нас скоро повезут в деревни — учить детство грамоте, а я хочу служить в цветочном магазине.

Александр на это ей ответил:

— Цветы и так любят почти все, а чужих детей редко кто, только родители.

Соня не могла сообразить, она была еще полна ощущений жизни, мешавших ей правильно думать. И она отошла от Александра в обиде.

Где жил Шумилин, Дванов точно не знал. Сначала он вошел на двор того приблизительного дома, где должен был жить Шумилин. На дворе стояла хата, и в ней находился дворник; уже смеркалось, дворник лег спать с женой на полати, на чистой скатерти был оставлен хлеб для нечаянного гостя. Дванов вошел в хату, как в деревню, — там пахло соломой и молоком, тою хозяйственной сытой теплотой, в которой произошло зачатье всего русского сельского народа, и дворник-хозяин, должно быть, шептался с женой о своих дворовых заботах.

Дворник числился тогда санитаром двора, чтобы не унижать его достоинства; на просьбу Дванова указать Шумилина санитар надел валенки и накинул на белье шинель:

— Пойду постужусь для казны, а ты, Поля, не спи пока.

Шумилин в то время кормил больную жену мятой картошкой с блюдечка, женщина слабо жевала пищу и жалела одной рукой приютившегося у ее тела трехлетнего сына.

Дванов сказал, что ему надо.

— Погоди, я жену докормлю, — попросил Шумилин и, докормив, указал: — Вот сам видишь, товарищ Дванов, что нам нужно: днем я служу, а вечером бабу с руки кормлю. Нам необходимо как-нибудь иначе научиться жить...

— Так — тоже ничего, — ответил Дванов. — Когда я болел и Захар Павлович кормил меня из рук, я это любил.

— Чего ты любил? — не понял Шумилин.

— Когда люди питаются из рук в рот.

— Ага, ну люби, — не почувствовав, сказал Шумилин, и дальше он захотел, чтобы Дванов пошел пешком по губернии и оглядел, как там люди живут; наверное, беднота уже скопилась сама по себе и устроилась по-социальному.

— Мы здесь служим, — огорченно высказывался Шумилин, — а массы живут. Я боюсь, товарищ Дванов, что там коммунизм скорее очутится — им защиты, кроме товарищества, нет. Ты бы пошел и глянул туда.

Дванов вспомнил различных людей, бродивших по полям и спавших в пустых помещениях фронта; может быть, и на самом деле те люди скопились где-нибудь в овраге, скрытом от ветра и государства, и живут, довольные своей дружбой. Дванов согласился искать коммунизм среди самодеятельности населения.

— Соня, — сказал он утром на другой день. — Я ухожу, до свидания!

Девушка влезла на забор, она умывалась на дворе.

— А я уезжаю, Саш. Меня опять Клуша гонит. Лучше буду в деревне жить сама.

Дванов знал, что Соня жила у знакомой тетки Клуши, а родителей у нее не было. Но куда же она едет в деревню одна? Оказалось, Соню с подругами выпускали с курсов досрочно, потому что в деревне собирались банды из неграмотных людей и туда посылались учительницы наравне с отрядами Красной Армии.

— Мы с тобой увидимся теперь после революции, — произнес Дванов.

— Мы увидимся, — подтвердила Соня. — Поцелуй меня в щеку, а я тебя в лоб — я видела, что так люди всегда прощаются, а мне не с кем попрощаться.

Дванов тронул губами ее щеку и сам почувствовал сухой венок Сониных уст на своем лбу; Соня отвернулась и гладила забор мучившейся неуверенной рукой.

Дванов захотел помочь Соне, но только нагнулся к ней и ощутил запах увядшей травы, исходивший от ее волос. Здесь девушка обернулась и снова ожила.

Захар Павлович стоял на пороге с железным недоделанным чемоданом и не моргал, чтобы не накапливать слез.

Дванов шел по губернии, по дорогам уездов и волостей. Он держался ближе к поселениям, поэтому ему приходилось идти по долинам речек и по балкам. Выходя на водоразделы, Дванов уже не видел ни одной деревни, нигде не шел дым из печной трубы и редко возделывался хлеб на этой степной высоте; здесь росла чуждая трава, и сплошной бурьян давал приют и пищу птицам и насекомым.

С водоразделов Россия казалась Дванову ненаселенной, но зато в глубинах лощин и на берегах маловодных протоков всюду жили деревни, — было видно, что люди селились по следам воды, они существовали невольниками водоемов. Сначала Дванов ничего не увидел в губернии, она ему показалась вся одинаковой, как видение скудного воображения; но в один вечер он не имел ночлега и нашел его только в теплом бурьяне на высоте водораздела.

Дванов лег и покопал пальцами почву под собой: земля оказалась вполне тучной, однако ее не пахали, и Александр подумал, что тут безлошадье, а сам уснул. На заре он проснулся от тяжести другого тела и вынул револьвер.

— Не пугайся, — сказал ему привалившийся человек. — Я озяб во сне, вижу, ты лежишь, — давай теперь обхватимся для тепла и будем спать.

Дванов обхватил его, и оба согрелись. Утром, не выпуская человека, Александр спросил его шепотом:

— Отчего тут не пашут? Ведь земля здесь черная! Лошадей, что ль, нету?

— Погоди, — ответил хриповатым, махорочным голосом пригревшийся пешеход. — Я бы сказал тебе, да у меня ум без хлеба не обращается. Раньше были люди, а теперь стали рты. Понял ты мое слово?

— Нет, а чего? — потерялся Дванов. — Всю ночь грелся со мной, а сейчас обижаешься!..

Пешеход встал на ноги.

— Вчера же был вечер, субъект-человек! А горе человека идет по ходу солнца; вечером оно садится в него, а утром выходит оттуда. Ведь я вечером стыл, а не утром.

У Дванова было среди карманного сора немного хлебной мякоти.

— Поешь, — отдал он хлеб, — пусть твой ум обращается в живот, а я без тебя узнаю, чего хочу.

В полдень того дня Дванов нашел далекую деревню в действующем овраге и сказал в сельсовете, что на ихнюю степную землю хотят сажать московских переселенцев.

— Пускай сажаются, — согласился председатель Совета. — Все одно им конец там будет, там питья нету, и она дальняя. Мы и сами той земли почти сроду не касались... А была б там вода, так мы б из себя дали высосать, а ту залежь с довольством содержали...

Нынче Дванов шел еще более в даль губернии и не знал, где остановиться. Он думал о времени, когда заблестит вода на сухих, возвышенных водоразделах, то будет социализмом.

Вскоре перед ним открылась узкая долина какой-то древней, давно осохшей реки. Долину занимала слобода Петропавловка — огромное стадо жадных дворов, сбившихся на тесном водопое.

На улице Петропавловки Дванов увидел валуны, занесенные сюда когда-то ледниками. Валунные камни теперь лежали у хат и служили сиденьем для стариков.

Эти камни Дванов вспомнил уже после, когда сидел в Петропавловском сельсовете. Он зашел туда, чтобы ему дали ночлег на приближающуюся ночь и чтобы написать письмо Шумилину. Дванов не знал, как начинаются письма, и сообщал Шумилину, что творить у природы нет особого дара, она берет терпением: из Финляндии через равнины и тоскливую долготу времени в Петропавловку приполз валун на языке ледника. Из редких степных балок, из глубоких грунтов надо дать воду в высокую степь, чтобы основать в ней обновленную жизнь. Это ближе, чем притащить валун из Финляндии.

Пока Дванов писал, около его стола чего-то дожидался крестьянин со своенравным лицом и психической, самодельно подстриженной бородкой.

— Все стараетесь! — сказал этот человек, уверенный во всеобщем заблуждении.

— Стараемся! — понял его Дванов. — Надо же вас на чистую воду в степь выводить!

Крестьянин сладострастно почесал бородку.

— Ишь ты какой! Стало быть, теперь самые умные люди явились! А то без вас не догадались бы, как сытно харчиться!

— Нет, не догадались бы! — равнодушно вздохнул Дванов.

— Эй, мешаный, уходи отсюда! — крикнул председатель Совета с другого стола. — Ты же бог, чего ты с нами знаешься!

Оказывается, этот человек считал себя богом и все знал. По своему убеждению он бросил пахоту и питался непосредственно почвой. Он говорил, что раз хлеб из почвы, то в почве есть самостоятельная сытость — надо лишь приучить к ней желудок. Думали, что он умрет, но он жил и перед всеми ковырял глину, застрявшую в зубах. За это его немного почитали.

Когда секретарь Совета повел Дванова на постой, то бог стоял на пороге и зяб.

— Бог, — сказал секретарь, — доведи товарища до Кузи Поганкина, скажи, что из Совета — ихняя очередь!

Дванов пошел с богом.

Встретился нестарый мужик и сказал богу:

— Здравствуй, Никанорыч, — тебе б пора Лениным стать, будя богом-то!

123

Но бог стерпел и не ответил на приветствие. Только когда отошли подальше, бог вздохнул:

— Ну и держава!

— Что, — спросил Дванов, — бога не держит?

— Нет, — просто сознался бог. — Очами видят, руками щупают, а не верят. А солнце признают, хоть и не доставали его лично. Пущай тоскуют до корней, покуда кора не заголится.

У хаты Поганкина бог оставил Дванова и без прощания повернулся назад.

Дванов не отпустил его:

— Постой, что ж ты теперь думаешь делать?

Бог сумрачно глянул в деревенское пространство, где он был одиноким человеком.

— Вот объявлю в одну ночь отъем земли, тогда с испугу и поверят.

Бог духовно сосредоточился и молчал минуту.

— А в другую ночь раздам обратно — и большевистская слава по чину будет моей.

Дванов проводил бога глазами без всякого осуждения. Бог уходил, не выбирая дороги, — без шапки, в одном пиджаке и босой; пищей его была глина, а надеждой — мечта.

Поганкин встретил Дванова неласково — он скучал от бедности. Дети его за годы голода постарели и, как большие, думали только о добыче хлеба. Две девочки походили уже на баб: они носили длинные материны юбки, кофты, имели шпильки в волосах и сплетничали. Странно было видеть маленьких умных озабоченных женщин, действующих вполне целесообразно, но еще не имеющих чувства размножения. Это упущение делало девочек в глазах Дванова какими-то тягостными, стыдными существами.

Когда смерклось, двенадцатилетняя Варя умело сварила похлебку из картофельных шкурок и ложки пшена.

— Папашка, слезай ужинать! — позвала Варя. — Мамка, кликни ребят на дворе: чего они стынут там, шуты синие!

Дванов застеснялся: что из этой Вари дальше будет?

— А ты отвернись, — обратилась Варя к Дванову. — На всех вас не наготовишься: своих куча!

Варя подоткнула волосы и оправила кофту и юбку, как будто под ними было что неприличное.

Пришли два мальчика — сопливые, привыкшие к голоду и все-таки счастливые от детства. Они не знали, что происходит революция, и считали картофельные шкурки вечной едой.

— Я вам скоко раз наказывала раньше приходить! — закричала Варя на братьев. — У, идолы кромешные! Сейчас же снимайте одежду — негде ее брать!

Мальчики скинули свои ветхие овчинки, но под овчинками не было ни штанов, ни рубашек. Тогда они голые залезли на лавку у стола и сели на корточки. Наверное, к такому сбережению одежды дети были приучены сестрой. Варя собрала овчинные гуни в одно место и начала раздавать ложки.

— За папашкой следите — чаще не хватайте! — приказала Варя братьям порядок еды, а сама села в уголок и подперла щеку ладошей: ведь хозяйки едят после.

Мальчики зорко наблюдали за отцом: как он вынет ложку из чашки, так они враз совались туда и моментально глотали похлебку. Потом опять дежурили с пустыми ложками — ожидая отца.

— Я вас, я вас! — грозилась Варя, когда ее братья норовили залезть ложками в чашку одновременно с отцом.

— Варька, отец гущу одну таскает — не вели ему! — сказал один мальчик, приученный сестрой к твердой справедливости.

Сам Поганкин тоже побаивался Варю, потому что стал таскать ложки пожиже.

За окном, на небе, непохожем на землю, зрели влекущие звезды. Дванов нашел Полярную звезду и подумал, сколько времени ей приходится терпеть свое существование; ему тоже надо еще долго терпеть.

— Завтра либо бандиты опять поскачут! — жуя, сказал Поганкин и хлопнул ложкой по лбу одного мальчика: тот вытащил сразу кусок картошки.

— Отчего бандиты? — хотел узнать Дванов.

— На дворе вызвездило — дорога поусадистей пойдет! У нас тут как грязь — так мир, как дорога провянет — так война начинается!

Поганкин положил ложку и хотел рыгнуть, но у него не вышло.

— Теперча хватай! — разрешил он детям.

Те полезли на захват остатков в чашке.

— От такого довольствия цельный год не икаю! — серьезно сообщил Дванову Поганкин. — А бывало, пообедаешь, так до самой вечерни от икоты родителей поминаешь! Вкус был!

Дванов укладывался, чтобы уснуть и поскорее достигнуть завтрашнего дня. Завтра он пойдет к железной дороге, чтобы возвратиться домой.

— Наверно, скучно вам живется? — спросил Дванов, уже успокаиваясь для сна.

Поганкин согласился:

— Да то, ништ, весело! В деревне везде скучно. Оттого и народ-то лишний плодится, что скучно. Ништ, стал бы кажный женщину мучить, ежели б другое занятье было?

— А вы бы переселялись на верхние жирные земли! — догадался Дванов. — Там можно жить с достатком, от этого веселей будет.

Поганкин задумался.

— Куды там — разве стронешься с таким карогодом?.. Ребята, идите отпузырьтесь на ночь...

— А чего же? — испытывал Дванов. — А то у вас отнимут ту землю обратно.

— Это как же? Аль распоряженье вышло?

— Вышло, — сказал Дванов. — Что ж зря пропадает лучшая земля? Целая революция шла из-за земли, вам ее дали, а она почти не рожает. Теперь ее пришлым поселенцам будут отдавать — те верхом на нее сядут...

126

Нароют колодцев, заведут на суходолах хутора — земля и разродится. А вы только в гости ездите в степь...

Поганкин весь озаботился, Дванов нашел его страх.

— Земля-то там уж дюже хороша! — позавидовал Поганкин своей собственности. — Что хошь родит. Нюжли Советская власть по усердию судит?

— Конечно, — улыбался Дванов в темноте. — Ведь поселенцы придут, такие же крестьяне. Но раз они лучше владеют землей, то им ее и отдадут. Советская власть урожай любит.

— Это-то хоть верно, — загорюнился Поганкин. — Ей тогда удобней разверсткой крыть!

— Разверстку скоро запретят, — выдумывал Дванов. — Как война догорит, так ее и не будет.

— Да мужики тоже так говорят, — соглашался Поганкин. — Ай кто стерпит муку такую нестерпимую! Ни в одной державе так не полагается... Либо правда в степь-то уйти полезней?

— Уходи, конечно, — налегал Дванов. — Набери хозяев десять и трогайся...

После Поганкин долго разговаривал с Варей и с болящей женой о переселении — Дванов им дал целую душевную мечту.

Утром Дванов ел в сельсовете пшенную кашу и снова видел бога. Бог отказался от каши: что мне делать с нею, сказал он, если съем, то навсегда все равно не наемся.

В подводе Совет Дванову отказал, и бог указал ему дорогу на слободу Каверино, откуда до железной дороги двадцать верст.

— Попомни меня, — сказал бог и опечалился взором. — Вот мы навсегда расходимся, и как это грустно — никто не поймет. Из двух человек остается по одному! Но упомни, что один человек растет от дружбы другого, а я расту из одной глины своей души.

— Поэтому ты есть бог? — спросил Дванов.

Бог печально смотрел на него, как на не верующего в факт.

Дванов заключил, что этот бог умен, только живет наоборот; но русский — это человек двухстороннего действия: он может жить и так и обратно и в обоих случаях остается цел.

Затем настал долгий дождь, и Дванов вышел на нагорную дорогу лишь под вечер. Ниже лежала сумрачная долина тихой степной реки. Но видно, что река умирала: ее пересыпали овражные выносы, и она не столько текла продольно, сколько ширилась болотами. Над болотами стояла уже ночная тоска. Рыбы спустились ко дну, птицы улетели в глушь гнезда, насекомые замерли в щелях омертвелой осоки. Живые твари любили тепло и раздражающий свет солнца, их торжественный звон сжался в низких норах и замедлился в шепот.

Но Дванову слышались в воздухе невнятные строфы дневной песни, и он хотел в них возвратить слова. Он знал волнение повторенной, умноженной на окружающее сочувствие жизни. Но строфы песни рассеивались и рвались слабым ветром в пространстве, смешивались с сумрачными силами природы и становились беззвучными, как глина. Он слышал движение, непохожее на его чувство сознания.

В этом затухающем, наклонившемся мире Дванов разговорился сам с собой. Он любил беседовать один в открытых местах, но, если бы его кто услышал, Дванов застыдился бы как любовник, захваченный в темноте любви со своей любимой. Лишь слова обращают текущее чувство в мысль, поэтому размышляющий человек беседует. Но беседовать самому с собой — это искусство, беседовать с другими людьми — забава.

— Оттого человек идет в общество, в забаву, как вода по склону, — закончил Дванов.

Он сделал головою полукруг и оглядел половину видимого мира. И вновь заговорил, чтобы думать:

— Природа все-таки деловое событие. Эти воспетые пригорки и ручейки не только полевая поэзия.

Ими можно поить почву, коров и людей. Они станут доходными, и это лучше. Из земли и воды кормятся люди, а с ними мне придется жить.

Дальше Дванов начал уставать и шел, ощущая скуку внутри всего тела. Скука утомления сушила его внутренности, трение тела совершалось туже — без влаги мысленной фантазии.

В виду дымов села Каверино дорога пошла над оврагом. В овраге воздух сгущался в тьму. Там существовали какие-то мочливые трясины и, быть может, ютились странные люди, отошедшие от разнообразия жизни для однообразия задумчивости.

Бог свободы Петропавловки имел себе живые подобия в этих весях губернии.

Из глубины оврага послышалось сопенье усталых лошадей. Ехали какие-то люди, и кони их вязли в глине.

Молодой отважный голос запел впереди конного отряда, но слова и напев песни были родом издали отсюда.

> Есть в далекой стране,
> На другом берегу,
> Что нам снится во сне,
> Но досталось врагу...

Шаг коней выправился. Отряд хором перекрыл переднего певца по-своему и другим напевом:

> Кройся, яблочко,
> Спелым золотом,
> Тебя срежет Совет
> Серпом-молотом...

Одинокий певец продолжал в разлад с отрядом:

> Вот мой меч и душа,
> А там счастье мое...

Отряд покрыл припевом конец куплета:

Эх, яблочко,
Задушевное,
Ты в паек попадешь —
Будешь прелое...
Ты на дереве растешь
И дереву кстати,
А в Совет попадешь
С номером-печатью...

Люди враз засвистали и кончили песню напропалую:

Их, яблочко,
Ты держи свободу:
Ни Советам, ни царям,
А всему народу...

Песня стихла. Дванов остановился, интересуясь шествием в овраге.

— Эй, верхний человек! — крикнули Дванову из отряда. — Слазь к безначальному народу!

Дванов оставался на месте.

— Ходи быстро! — звучно сказал один густым голосом, вероятно, тот, что запевал. — А то считай до половины — и садись на мушку!

Дванов подумал, что Соня едва ли уцелеет в такой жизни, и решил не хранить себя:

— Выезжайте сами сюда — тут суше! Чего лошадей по оврагу морите, кулацкая гвардия!

Отряд внизу остановился.

— Никиток, делай его насквозь! — приказал густой голос.

Никиток приложил винтовку, но сначала за счет бога разрядил свой угнетенный дух:

— По мошонке Исуса Христа, по ребру богородицы и по всему христианскому поколению — пли!

Дванов увидел вспышку напряженного беззвучного огня и покатился с бровки оврага на дно, как будто сбитый ломом по ноге. Он не потерял ясного сознания и слышал страшный шум в населенном веществе земли, прикладываясь к нему поочередно ушами катящейся головы. Дванов знал, что он ранен в правую ногу — туда впилась железная птица и шевелилась колкими остьями крыльев.

В овраге Дванов схватил теплую ногу лошади, и ему стало не страшно у этой ноги. Нога тихо дрожала от усталости и пахла потом, травою дорог и тишиной жизни.

— Страхуй его, Никиток, от огня жизни! Одежда твоя.

Дванов услышал. Он сжал ногу коня обеими руками, нога превратилась в благоухающее живое тело той, которой он не знал и не узнает, но сейчас она стала ему нечаянно нужна. Дванов понял тайну волос, сердце его поднялось к горлу, он вскрикнул в забвении своего освобождения и сразу почувствовал облегчающий удовлетворенный покой. Природа не упустила взять от Дванова то, зачем он был рожден в беспамятстве матери: семя размножения, чтобы новые люди стали семейством. Шло предсмертное время — и в наваждении Дванов глубоко возобладал Соней. В свою последнюю пору, обнимая почву и коня, Дванов в первый раз узнал гулкую страсть жизни и нечаянно удивился ничтожеству мысли перед этой птицей бессмертия, коснувшейся его обветренным трепещущим крылом.

Подошел Никиток и попробовал Дванова за лоб: теплел ли он еще? Рука была большая и горячая. Дванову не хотелось, чтобы эта рука скоро оторвалась от него, и он положил на нее свою ласкающуюся ладонь. Но Дванов знал, что проверял Никиток, и помог ему:

— Бей в голову, Никита. Расклинивай череп скорей!

Никита не был похож на свою руку — это уловил Дванов, — он закричал тонким паршивым голосом, без соответствия покою жизни, хранившемуся в его руке:

— Ай ты цел? Я тебя не расклиню, а разошью: зачем тебе сразу помирать, — ай ты не человек? — помучайся, полежи — спрохвала помрешь прочней!

Подошли ноги лошади вождя. Густой голос резко осадил Никитка:

— Если ты, сволочь, будешь еще издеваться над человеком, я тебя самого в могилу вошью. Сказано — кончай, одежда твоя. Сколько раз я тебе говорил, что отряд не банда, а анархия!

— Мать жизни, свободы и порядка! — сказал лежачий Дванов. — Как ваша фамилия?

Вождь засмеялся:

— А тебе сейчас не все равно? Мрачинский!

Дванов забыл про смерть. Он читал «Приключения современного Агасфера» Мрачинского. Не этот ли всадник сочинил ту книгу?

— Вы писатель! Я читал вашу книгу. Мне все равно, только книга ваша мне нравилась.

— Да пусть он сам обнажается! Что я с дохлым буду возиться — его тогда не повернешь! — соскучился ждать Никита. — Одёжа на нем в талию, всю порвешь, и прибытка не останется.

Дванов начал раздеваться сам, чтобы не ввести Никиту в убыток: мертвого действительно без порчи платья не разденешь. Правая нога закостенела и не слушалась поворотов, но болеть перестала. Никита заметил и товарищески помогал.

— Тут, что ль, я тебя тронул? — спросил Никита, бережно взяв ногу.

— Тут, — сказал Дванов.

— Ну, ничего — кость цела, а рану салом затянет, ты парень не старый. Родители-то у тебя останутся?

— Останутся, — ответил Дванов.

— Пущай остаются, — говорил Никита. — Поскучают и забудут. Родителям только теперь и поскучаться! Ты коммунист, что ль?

— Коммунист.

— Дело твое: всякому царства хочется!

Вождь молча наблюдал. Остальные анархисты оправляли коней и закуривали, не обращая внимания на Дванова и Никиту. Последний сумеречный свет погас над оврагом — наступила очередная ночь. Дванов жалел, что теперь не повторится видение Сони, а об остальной жизни не вспоминал.

— Так вам понравилась моя книга? — спросил вождь.

Дванов был уже без плаща и без штанов. Никита сразу же их клал в свой мешок.

— Я уже сказал, что да, — подтвердил Дванов и посмотрел на преющую рану на ноге.

— А сами-то вы сочувствуете идее книги? Вы помните ее? — допытывался вождь. — Там есть человек, живущий один на самой черте горизонта.

— Нет, — заявил Дванов. — Идею там я забыл, но зато она выдумана интересно. Так бывает. Вы там глядели на человека, как обезьяна на Робинзона: понимали все наоборот, и вышло для чтения хорошо.

Вождь от внимательного удивления поднялся на седле:

— Это любопытно... Никиток, мы возьмем коммуниста до Лиманного хутора, там его получишь сполна.

— А одёжа? — огорчился Никита.

Помирился Дванов с Никитой на том, что согласился доживать голым. Вождь не возражал и ограничился указанием Никите:

— Смотри не испорть мне его на ветру! Это большевистский интеллигент — редкий тип.

Отряд тронулся. Дванов схватился за стремя лошади Никиты и старался идти на одной левой ноге. Правая нога сама не болела, но если наступить ею, то она снова чувствует выстрел и железные остья внутри.

Овраг шел внутрь степи, суживался и поднимался. Тянуло ночным ветром, голый Дванов усердно подскакивал на одной ноге, и это его грело. Никита хозяйственно перебирал белье Дванова на седле.

— Обмочился, дьявол! — сказал без злобы Никита. — Смотрю я на вас: прямо как дети малые! Ни одного у меня чистого не было: все моментально гадят, хоть в сортир их сначала посылай... Только один был хороший мужик, комиссар волостной: бей, говорит, огарок, прощайте, партия и дети. У того белье осталось чистым. Специальный был мужик!

Дванов представил себе этого специального большевика и сказал Никите:

— Скоро и вас расстреливать будут — совсем с одеждой и бельем. Мы с покойников не одеваемся.

Никита не обиделся:

— А ты скачи, скачи знай! Балакать тебе время не пришло. Я, брат, подштанников не попорчу, из меня не высосешь.

— Я глядеть не буду, — успокоил Дванов Никиту. — А замечу, так не осужу.

— Да и я не осуждаю, — смирился Никита. — Дело житейское. Мне товар дорог.

До Лиманного хутора добрели часа через два. Пока анархисты ходили говорить с хозяевами, Дванов дрожал на ветру и прикладывался грудью к лошади, чтобы согреться. Потом стали разводить лошадей, а Дванова забыли одного. Никита, уводя лошадь, сказал ему:

— Девайся куда сам знаешь. На одной ноге не ускачешь.

Дванов подумал скрыться, но сел на землю от немощи в теле и заплакал в деревенской тьме. Хутор совсем затих, бандиты расселились и легли спать. Дванов дополз до сарая и залез там в просяную солому. Всю ночь он видел сны, которые переживаешь глубже жизни и поэтому не запоминаешь. Проснулся он в тишине долгой устоявшейся ночи, когда, по легенде, дети растут. В глазах Дванова стояли слезы от плача во сне. Он вспомнил, что сегодня умрет, и обнял солому, как живое тело.

С этим утешением он снова уснул. Никита утром еле нашел его и сначала решил, что он мертв, потому что Дванов спал с неподвижной сплошной улыбкой. Но это казалось оттого, что неулыбающиеся глаза Дванова были закрыты. Никита смутно знал, что у живого лицо полностью не смеется: что-нибудь в нем всегда остается печальным, либо глаза, либо рот.

Соня Мандрова приехала на подводе в деревню Волошино и стала жить в школе учительницей. Ее звали так же принимать рождающихся детей, сидеть на посиделках, лечить раны, и она делала это, как умела, не обижая никого. В ней все нуждались в этой небольшой приовражной деревне, а Соня чувствовала себя важной и счастливой от утешения горя и болезней населения. Но по ночам она оставалась и ждала письмо от Дванова. Она дала свой адрес Захару Павловичу и всем знакомым, чтобы те не забыли написать Саше, где она живет. Захар Павлович обещал так сделать и подарил ей фотографию Дванова:

— Все равно, — сказал он, — ты карточку назад ко мне принесешь, когда его супругой станешь и будешь жить со мной.

— Принесу, — говорила ему Соня.

Она глядела на небо из окна школы и видела звезды над тишиной ночи. Там было такое безмолвие, что в степи, казалось, находилась одна пустота и не хватало воздуха для дыхания; поэтому падали звезды вниз. Соня думала о письме, — сумеют ли его безопасно провезти по полям; письмо обратилось для нее в питающую идею жизни; что бы ни делала Соня, она верила, что письмо где-то идет к ней, оно в скрытом виде хранит для нее одной необходимость дальнейшего существования и веселой надежды, — и с тем большей бережливостью и усердием Соня трудилась ради уменьшения несчастья деревенских людей. Она знала, что в письме все это окупится.

Но письма тогда читали посторонние люди. Двановское письмо Шумилину прочитано было еще в Петропавловке. Первым читал почтарь, затем все его знакомые, интересующиеся чтением: учитель, дьякон, вдова лавочника, сын псаломщика и еще кое-кто. Библиотеки тогда не работали, книг не продавали, а люди были несчастны и требовали душевного утешения. Поэтому хата почтаря стала библиотекой. Особо интересные письма адресату совсем не шли, а оставлялись для перечитывания и постоянного удовольствия.

Казенные пакеты почтарь сразу откладывал — все вперед знали их смысл. Больше всего читатели поучались письмами, проходившими через Петропавловку транзитом: неизвестные люди писали печально и интересно.

Прочитанные письма почтарь заклеивал патокой и отправлял дальше по маршруту.

Соня еще не знала этого, иначе бы она пошла пешком сквозь все деревенские почты. Сквозь угловую печь она слышала храпящий сон сторожа, который служил в школе не за жалованье, а ради вечности имущества. Он хотел бы, чтобы школу не посещали дети: они корябают столы и мажут стены. Сторож предвидел, что без его забот учительница умрет, а школа растащится мужиками для дворовых нужд. Соне было легче спать, когда она слышала живущего недалеко человека, и она осторожно, обтирая ноги о постилку, ложилась в свою белеющую холодом постель. Где-то, обращаясь пастью в тьму степи, брехали верные собаки.

Соня свернулась, чтобы чувствовать свое тело и греться им, и начала засыпать. Ее темные волосы таинственно распустились по подушке, а рот открылся от внимания к сновиденью. Она видела, как вырастали черные раны на ее теле, и, проснувшись, она быстро и без памяти проверила тело рукой.

В дверь школы грубо стучала палка. Сторож уже стронулся со своего сонного места и возился со щеколдой и задвижкой в сенях. Он ругал беспокойного человека снаружи:

— Чего ты кнутовищем-то со́дишь? Тут женщина отдыхает, а доска дюймовая! Ну, чего тебе?

— А что здесь находится? — спросил снаружи спокойный голос.

— Здесь училище, — ответил сторож. — А ты думал, постоялый двор?

— Значит, здесь одна учительница живет?

— А где же ей по должности надо находиться? — удивлялся сторож. — И зачем она тебе? Разве я тебя допущу до нее? Охальник какой!

— Покажи нам ее...

— Ежели они захочут — так поглядишь.

— Пусти, кто там? — крикнула Соня и выбежала из своей комнаты в сени.

Двое сошли с коней — Мрачинский и Дванов.

Соня отступилась от них. Перед ней стоял Саша, обросший, грязный и печальный.

Мрачинский глядел на Софью Александровну снисходительно: ее жалкое тело не стоило его внимания и усилий.

— С вами еще есть кто-нибудь? — спросила Соня, не чувствуя пока своего счастья. — Зовите, Саш, своих товарищей, у меня есть сахар, и вы будете чай пить.

Дванов кликнул с крыльца и вернулся. Пришел Никита и еще один человек — малого роста, худой и с глазами без внимательности в них, хотя он уже на пороге увидел женщину и сразу почувствовал влечение к ней — не ради обладания, а для защиты угнетенной женской слабости. Звали его Степан Копенкин.

Копенкин всем поклонился, с напряженным достоинством опустив свою голову, и предложил Соне конфетку-барбариску, которую он возил месяца два в кармане неизвестно для кого.

— Никита, — сказал Копенкин редко говорящим, угрожающим голосом. — Свари кипятку на кухне, проведи эту операцию с Петрушей. Пошукай у себя меду — ты всякую дрянь грабишь: судить я тебя буду в тылу, гаду такую!

— Откуда вы знаете, что сторожа зовут Петром? — с робостью и удивлением спросила Соня.

Копенкин привстал от искреннего уважения:

— Я его, товарищ, лично арестовал в имении Бушинского за сопротивление ревнароду при уничтожении отъявленного имущества!

137

Дванов обратился к испуганной этими людьми Соне:

— Ты знаешь, это кто? Он командир полевых большевиков, он меня спас от убийства вон тем человеком! — Дванов показал на Мрачинского. — Тот человек говорит об анархии, а сам боялся продолжения моей жизни.

Дванов смеялся, он не огорчался на прошлое.

— Такую сволочь я терплю до первого сражения, — заявил Копенкин про Мрачинского. — Понимаете, Сашу Дванова я застал голым, раненым на одном хуторе, где этот сыч с отрядом кур воровал! Оказывается, они ищут безвластия! Чего? — спрашиваю я. — Анархии, говорят. Ах, чума вас возьми: все будут без власти, а они с винтовками! Сплошь — чушь! У меня было пять человек, а у них тридцать: и то я их взял. Они же подворные воры, а не воины! Оставил в плену его и Никитку, а остальных распустил под честное слово о трудолюбии. Вот погляжу, как он кинется на бандитов, — так ли, как на Сашу, иль потише. Тогда я его сложу и вычту.

Мрачинский чистил щепочкой ногти. Он хранил скромность несправедливо побежденного.

— А где же остальные члены войска товарища Копенкина? — спросила Соня у Дванова.

— Их Копенкин отпустил к женам на двое суток, он считает, что военные поражения происходят от потери солдатами жен. Он хочет завести семейные армии.

Никита принес мед в пивной бутылке, а сторож — самовар. Мед пах керосином, но все-таки его съели начисто.

— Механик, сукин сын! — осердился Копенкин на Никиту. — Мед в бутылку ворует: ты больше его мимо пролил. Не мог корчажку найти!

И вдруг Копенкин воодушевленно переменился. Он поднял чашку с чаем и сказал всем:

— Товарищи! Давайте выпьем напоследок, чтобы набраться силы для защиты всех младенцев на земле и в память прекрасной девушки Розы Люксембург! Я клянусь, что моя рука положит на ее могилу всех ее убийц и мучителей!

— Отлично! — сказал Мрачинский.

— Всех угробим! — поддакнул Никита и перелил стакан в блюдце. — Женщин ранить до смерти недопустимо.

Соня сидела в испуге.

Чай был выпит. Копенкин перевернул чашку вверх дном и стукнул по ней пальцем. Здесь он заметил Мрачинского и вспомнил, что он ему не нравится.

— Ты иди пока на кухню, друг, а через час лошадей попоишь... Петрушка, — крикнул Копенкин сторожу. — Покарауль их! Ты тоже ступай туда, — сказал он Никите. — Не хлестай кипяток до дна, он может понадобиться. Что ты — в жаркой стране, что ль?

Никита сразу проглотил воду и перестал жаждать. Копенкин сумрачно задумался. Его международное лицо не выражало сейчас ясного чувства, кроме того, нельзя было представить его происхождения — был ли он из батраков или из профессоров, — черты его личности уже стерлись о революцию. И сразу же взор его заволакивался воодушевлением, он мог бы с убеждением сжечь все недвижимое имущество на земле, чтобы в человеке осталось одно обожание товарища.

Но воспоминания делали Копенкина снова неподвижным. Иногда он поглядывал на Соню и еще больше любил Розу Люксембург: у обоих была чернота волос и жалостность в теле; это Копенкин видел, и его любовь шла дальше по дороге воспоминаний.

Чувства о Розе Люксембург так взволновали Копенкина, что он опечалился глазами, полными скорбных слез. Он неугомонно шагал и грозил буржуазии, бандитам, Англии и Германии за убийство своей невесты.

— Моя любовь теперь сверкает на сабле и в винтовке, но не в бедном сердце! — объявил Копенкин и обнажил шашку. — Врагов Розы, бедняков и женщин я буду косить, как бурьян!

Пришел Никита с корчажкой молока. Копенкин махал шашкой.

— У нас дневного довольствия нету, а он летошних мух пугает! — тихо, но недовольно упрекнул Никита. Потом громко доложил: — Товарищ Копенкин, я тебе на обед жидких харчей принес. Чего бы хошь доставил, да ты опять браниться будешь. Тут мельник барана вчерашний день заколол — дозволь военную долю забрать! Нам же полагается походная норма.

— Полагается? — спросил Копенкин. — Тогда возьми военный паек на троих, но свесь на безмене! Больше нормы не бери!

— Тогда контрреволюция будет! — подтвердил Никита со справедливостью в голосе. — Я казенную норму знаю: кость не возьму.

— Не буди население, завтра питание возьмешь, — сказал Копенкин.

— Завтра, товарищ Копенкин, они спрячут, — предвидел Никита, но не пошел, так как Копенкин не любил входить в рассуждения и мог внезапно действовать.

Уже было позднее время. Копенкин поклонился Соне, желая ей мирного сна, и все четверо перешли спать к Петру на кухню. Пять человек легло в ряд на солому, и скоро лицо Дванова побледнело ото сна; он уткнулся головой в живот Копенкину и затих, а Копенкин, спавший с саблей и в полном обмундировании, положил на него руку для защиты.

Выждав время всеобщего сна, Никита встал и осмотрел сначала Копенкина.

— Ишь, сопит, дьявол! А ведь добрый мужик!

И вышел искать какую-либо курицу на утренний завтрак. Дванов заметался в беспокойстве — он испугался во сне, что у него останавливается сердце, и сел на полу в пробуждении.

— А где же социализм-то? — вспомнил Дванов и поглядел в тьму комнаты, ища свою вещь; ему представилось, что он его уже нашел, но утратил во сне среди этих чужих людей. В испуге будущего наказания Дванов без шапки и в чулках вышел наружу, увидел опасную, безответную ночь и побежал через деревню в свою даль.

Так он бежал по серой, светающей земле, пока не увидел утро и дым паровоза на степном вокзале. Там стоял поезд перед отправкой по расписанию.

Дванов, не опомнясь, полез через платформу в душившей его толпе. Сзади него оказался усердный человек, тоже хотевший ехать. Он так ломил толпу, что на нем рвалась одежда от трения, но все, кто был впереди него — и Дванов среди них, — нечаянно попали на тормозную площадку товарного вагона. Тот человек вынужден был посадить передних, чтобы попасть самому. Теперь он смеялся от успеха и читал вслух маленький плакат на стене площадки:

«Советский транспорт — это путь для паровоза истории».

Читатель вполне согласился с плакатом: он представил себе хороший паровоз со звездой впереди, едущий порожняком по рельсам неизвестно куда; дешевки же возят паровозы сработанные, а не паровозы истории; едущих сейчас плакат не касался.

Дванов закрыл глаза, чтобы отмежеваться от всякого зрелища и бессмысленно пережить дорогу до того, что он потерял или забыл увидеть на прежнем пути.

Через два дня Александр вспомнил, зачем он живет и куда послан. Но в человеке еще живет маленький зритель — он не участвует ни в поступках, ни в страдании — он всегда хладнокровен и одинаков. Его служба — это видеть и быть свидетелем, но он без права голоса в жизни человека и неизвестно, зачем он одиноко существует. Этот угол сознания человека день и ночь освещен, как комната швейцара в большом доме. Круглые сутки сидит этот бодрствующий швейцар в подъезде человека, знает всех жителей своего дома, но ни один житель не советуется со швейцаром о своих делах. Жители входят и выходят, а зритель-швейцар провожает их глазами. От своей бессильной осведомленности он кажется иногда печальным, но всегда вежлив, уединен и имеет квартиру в другом доме. В случае пожара швейцар звонит пожарным и наблюдает снаружи дальнейшие события.

Пока Дванов в беспамятстве ехал и шел, этот зритель в нем все видел, хотя ни разу не предупредил и не помог. Он жил параллельно Дванову, но Двановым не был.

Он существовал как бы мертвым братом человека: в нем все человеческое имелось налицо, но чего-то малого и главного недоставало. Человек никогда не помнит его, но всегда ему доверяется — так житель, уходя из дома и оставляя жену, никогда не ревнует к ней швейцара.

Это евнух души человека. Вот чему он был свидетелем.

Первый час Дванов ехал молча. Где есть масса людей, там сейчас же является вождь. Масса посредством вождя страхует свои тщетные надежды, а вождь извлекает из массы необходимое. Тормозная площадка вагона, где уместились человек двадцать, признала своим вождем того человека, который втиснул всех на площадку, чтобы влезть на нее самому. Этот вождь ничего не знал, но обо всем сообщал. Поэтому люди ему верили — они хотели достать где-то по пуду муки, и вот им нужно заранее знать, что они достанут, дабы иметь силы мучиться. Вождь говорил, что все непременно муку обменяют: он уже был там, куда люди едут. Он знает эту богатую слободу, где мужики едят кур и пшеничные пышки. Там скоро будет престольный праздник и всех мешочников обязательно угостят.

— В избах тепло, как в бане, — обнадеживал вождь. — Бараньего жиру наешься и лежи себе спи! Когда я там был, я каждое утро выпивал по жбану квашонки, оттого у меня ни одного глиста теперь внутри нету. А в обеде борщом распаришься, потом как почнешь мясо глотать, потом кашу, потом блинцы — ешь до тех пор, пока в скульях судорога не пойдет. А пища уж столбом до самой глотки стоит. Ну, возьмешь сала в ложку, замажешь ее, чтобы она наружу не показалась, а потом сразу спать хочешь. Добро!

Люди слушали вождя в испуге опасной радости.

— Господи, да неужели ж вернется когда старое время? — почти блаженно обратился худой старичок, чувствовавший свое недоедание мучительно и страстно, как женщина погибающего ребенка. — Нет, тому, что было, больше не вековать!.. Ух, выпил бы я сейчас хоть рюмочку — все бы грехи царю простил!

— Что, отец, аль так хочется? — спросил вождь.

— И не говори, милый! Чего я только не пил? Тут тебе и лак, и политура, за деколон большие деньги платил. Все понапрасну: корябает, а души не радует! А помнишь, бывало, водка — санитарно готовилась, стерва! Прозрачна, чисто воздух божий — ни соринки, ни запаха, как женская слеза. Бутылочка вся аккуратная, ярлык правильный — искусная вещь! Хватишь сотку — сразу тебе кажется и равенство, и братство. Была жизнь!

Все слушатели вздохнули с искренним сожалением о том, что ушло и не остановилось. Поля были освещены утренним небом, и степные грустные виды природы просились в душу, но их туда не пускали, и они расточались ходом поезда, оставаясь без взгляда назади.

В жалобах и мечтах ехали люди в то позабытое утро и не замечали, что один молодой человек стоит среди них, уснув на ногах. Он ехал без вещей и мешка: вероятно, имел другую посуду для хлеба или просто скрывался. Вождь хотел у него по обычаю проверить документы и спросил — куда он едет. Дванов не спал и ответил — одну станцию.

— Сейчас будет твоя остановка, — сообщил вождь. — Зря место занимал на короткое расстояние: пешком бы дошел.

Станция освещалась керосиновым фонарем, хотя день уже настал, а под фонарем стоял дежурный помощник начальника. Пассажиры побежали с чайниками, пугаясь всякого шороха паровоза, чтобы не остаться на этой станции навсегда, но они могли бы управиться без спешки: поезд остался на этой станции на день и еще ночевать.

Дванов продремал весь день близ железной дороги, а на ночь пошел в просторную хату около станции, где давался любому человеку ночной приют за какую-нибудь плату. На полу постоялой хаты народ лежал ярусами. Все помещение озарялось открытой затопленной печкой. У печки сидел мужик с мертвой черной бородой и следил за действием огня. От вздохов и храпа стоял такой шум, точно здесь не спали, а работали. При тогдашней озабоченной жизни и сон являлся трудом. За деревянной перегородкой была другая комната — меньше и темней. Там стояла русская печка, на ней бодрствовали только два голых человека и чинили свою одежду. Дванов обрадовался простору на печке и полез туда. Голые люди подвинулись. Но на печке была такая жара, что можно печь картошки.

— Здесь, молодой человек, не уснете, — сказал один голый. — Тут только вшей сушить.

Дванов все-таки прилег. Ему показалось, что он с кем-то вдвоем: он видел одновременно и ночлежную хату, и самого себя, лежащего на печке. Он отодвинулся, чтобы дать место своему спутнику, и, обняв его, забылся.

Двое голых починили одежду. Один сказал:

— Поздно, вон малый уж спит, — и оба слезли на пол искать места в ущельях спящих тел. У мужика с черной бородой печка потухла; он встал, потянулся руками и сказал:

— Эх, горе мое скучное! — А потом вышел наружу и больше не возвращался.

В хате начало холодать. Вышла кошка и побрела по лежащим людям, трогая веселой лапкой распущенные бороды.

Кто-то не понял кошки и сказал со сна:

— Проходи, девочка, сами не емши.

Вдруг среди пола сразу поднялся и сел опухший парень в клочьях ранней бороды.

— Мама, мамка! Дай отрез, старая карга! Дай мне отрез, я тебе говорю... Надень чугун на него!

Кошка сделала спинку дугой и ожидала от парня опасности.

Соседний старик хотя и спал, но ум у него работал от старости сквозь сон.

— Ляжь, ляжь, шальной, — сказал старик. — Чего ты на народе пугаешься? Спи с богом.

Парень повалился без сознания обратно.

Ночное звездное небо отсасывало с земли последнюю дневную теплоту, начиналась предрассветная тяга воздуха в высоту. В окна была видна росистая, изменившаяся трава, будто рощи лунных долин. Вдалеке неустанно гудел какой-то срочный поезд — его стискивали тяжелые пространства, и он, вопя, бежал по глухой щели выемки.

Раздался резкий звук чьей-то спящей жизни, и Дванов очнулся. Он вспомнил про сундук, в котором вез булки для Сони; в том сундуке была масса сытных булок. Теперь сундука на печке не оказывалось. Тогда Дванов осторожно слез на пол и пошел искать сундук внизу. Он весь трепетал от испуга утратить сундук, все его душевные силы превратились в тоску о сундуке. Дванов стал на четвереньки и начал ощупывать сонных людей, предполагая, что они спрятали под собой сундук. Спящие ворочались, и под ними был лишь голый пол. Сундука нигде не обнаруживалось. Дванов ужаснулся своей потере и заплакал от обиды. Он снова крался по спящим, трогал их сумки и даже заглядывал в печь. Многим он отдавил ноги, другим оцарапал подошвой щеку или стронул с места всего человека. Семеро проснулись и сели.

— Ну, чего ты, дьявол, ищешь? — с тихим ожесточением спросил благообразный мужик. — Чего ты сеял тут, бессонный сатаноид?

— Ляпни его валенком, Степан, к тебе он ближе! — предложил другой человек, спавший в шапке на кирпиче.

— Вы не видели сундука моего? — обратился Дванов к угрожающим людям. — Он был замкнут, вчера принес, а сейчас нету.

Подслеповатый, но тем более чуткий мужик пощупал свою сумку и сказал:

— Ишь ты гусь какой! Сун-ду-ук! Да аль он был у тебя? Ты вчерась порожний прибыл: я не зажмуривши сидел. А теперь сундука захотел!..

— Да дай ты ему, Степан, хоть раз: у тебя лапа посытей моего! — попросил человек в шапке. — Уважь, пожалуйста: всех граждан перебудил, сучий зверь! Теперь сиди наяву до завтра.

Дванов потерянно стоял среди всех и ожидал помощи.

Из другой комнаты, от русской печки, раздался чей-то устоявшийся голос:

— Выкиньте сейчас же этого ходока на двор! А то я встану, тогда всех перебрякаю. Дайте покой хоть в ночное время советскому человеку.

— А, да чего тут с ним разговаривать! — крикнул лобастый парень у двери и вскочил на ноги. Он схватил Дванова поперек, как павший ствол, и выволок его наружу.

— Остынь тут! — сказал парень и ушел в теплоту хаты, прихлопнув дверь.

Дванов пошел по улице. Строй звезд нес свой стерегущий труд над ним. Небо от них чуть светлело по ту сторону мира, а внизу стояла прохладная чистота.

Выбравшись из поселка, Дванов хотел побежать, но упал. Он забыл про свою рану на ноге, а оттуда все время сочилась кровь и густая влага; в отверстие раны уходила сила тела и сознания, и Дванову хотелось дремать. Теперь он понял свою слабость, освежил рану водой из лужи, перевернул повязку навзничь и бережно пошел дальше. Впереди его наставал новый, лучший день; свет с востока сегодня походил на вспугнутую стаю белых птиц, мчавшихся по небу с кипящей скоростью в смутную высоту.

Направо от дороги Дванова, на размытом оползшем кургане, лежал деревенский погост. Верно стояли бедные кресты, обветшалые от действия ветра и вод. Они напоминали живым, бредущим мимо крестов, что мертвые прожили зря и хотят воскреснуть. Дванов поднял крестам свою руку, чтобы они передали его сочувствие мертвым в могилы.

Никита сидел в кухне Волошинской школы и ел тело курицы, а Копенкин и другие боевые люди спали на полу. Раньше всех проснулась Соня; она подошла к двери и позвала Дванова. Но Никита ей ответил, что Дванов тут и не ночевал, он, наверно, отправился вперед по своему делу новой жизни, раз он коммунист. Тогда Соня босиком вошла в помещение сторожа Петра.

— Что ж вы лежите и спите тут, — сказала она, — а Саши нет!

Копенкин открыл сначала один глаз, а второй у него открылся, когда он уже был на ногах и в шапке.

— Петруша, — обратился он, — ты вари свою воду на всех, а я отбуду на полдня!.. Что ж вы ночью не сказали мне, товарищ? — упрекнул Соню Копенкин. — Человек он молодой: свободная вещь — погаснет в полях, и рана есть на нем. Идет он где-нибудь сейчас, и ветер выбивает у него слезы из глаз на лицо...

Копенкин пошел на двор к своему коню. Конь обладал грузной комплекцией и легче способен возить бревна, чем человека. Привыкнув к хозяину и гражданской войне, конь питался молодыми плетнями, соломой крыш и был доволен малым. Однако, чтобы достаточно наесться, конь съедал по осьмушке делянки молодого леса, а запивал небольшим прудом в степи. Копенкин уважал свою лошадь и ценил ее третьим разрядом: Роза Люксембург, Революция и затем конь.

— Здорово, Пролетарская Сила! — приветствовал Копенкин сопевшего от перенасыщения грубым кормом коня. — Поедем на могилу Розы!

Копенкин надеялся и верил, что все дела и дороги его жизни неминуемо ведут к могиле Розы Люксембург. Эта надежда согревала его сердце и вызывала необходимость ежедневных революционных подвигов. Каждое утро Копенкин приказывал коню ехать на могилу Розы, и лошадь так привыкла к слову «Роза», что признавала его за понукание вперед. После звуков «Розы» конь сразу начинал шевелить ногами, будь тут хоть топь, хоть чаща, хоть пучина снежных сугробов.

— Роза-Роза! — время от времени бормотал в пути Копенкин — и конь напрягался толстым телом.

— Роза! — вздыхал Копенкин и завидовал облакам, утекающим в сторону Германии: они пройдут над могилой Розы и над землей, которую она топтала своими башмаками. Для Копенкина все направления дорог и ветров шли в Германию, а если и не шли, то все равно окружат землю и попадут на родину Розы.

Если дорога была длинна и не встречался враг, Копенкин волновался глубже и сердечней.

Горячая тоска сосредоточенно скоплялась в нем, и не случался подвиг, чтобы утолить одинокое тело Копенкина.

— Роза! — жалобно вскрикивал Копенкин, пугая коня, и плакал в пустых местах крупными, бессчетными слезами, которые потом сами просыхали.

Пролетарская Сила уставала, обыкновенно, не от дороги, а от тяжести своего веса. Конь вырос в луговой долине реки Битюга и капал иногда смачной слюной от воспоминания сладкого разнотравия своей родины.

— Опять жевать захотел? — замечал с седла Копенкин. — На будущий год пущу тебя в бурьян на месяц на побывку, а потом поедем сразу на могилу...

Лошадь чувствовала благодарность и с усердием вдавливала попутную траву в ее земную основу. Копенкин особо не направлял коня, если дорога неожиданно расходилась надвое. Пролетарская Сила самостоятельно предпочитала одну дорогу другой и всегда выходила туда, где нуждались в вооруженной руке Копенкина. Копенкин же действовал без плана и маршрута, а наугад и на волю коня; он считал общую жизнь умней своей головы.

Бандит Грошиков долго охотился за Копенкиным и никак не мог встретиться с ним — именно потому, что Копенкин сам не знал, куда он пойдет, а Грошиков тем более.

Проехав верст пять от Волошина, Копенкин добрался до хутора в пять дворов. Он оголил саблю и ее концом по очереди постучал во все хаты.

Из хат выскакивали безумные бабы, давно приготовившиеся преставиться смерти.

— Чего тебе, родимый: у нас белые ушли, а красные не таятся!

— Выходи на улицу всем семейством — и сейчас же! — густо командовал Копенкин.

Вышли в конце концов семь баб и два старика, — детей они не вывели, а мужей схоронили по закутам.

Копенкин осмотрел народ и приказал:

— Разойдись по домам! Займись мирным трудом!

Дванова, определенно, не было на этом хуторе.

— Едем поближе к Розе, Пролетарская Сила, — снова обратился к коню Копенкин.

Пролетарская Сила начала осиливать почву дальше.

— Роза! — уговаривал свою душу Копенкин и подозрительно оглядывал какой-нибудь голый куст: так же ли он тоскует по Розе. Если не так, Копенкин подправлял к нему коня и ссекал куст саблей: если Роза тебе не нужна, то для иного не существуй — нужнее Розы ничего нет.

В шапке Копенкина был зашит плакат с изображением Розы Люксембург. На плакате она нарисована красками так красиво, что любой женщине с ней не сравняться. Копенкин верил в точность плаката и, чтобы не растрогаться, боялся его расшивать.

До вечера ехал Копенкин по пустым местам и озирал впадины — не спит ли там уморившийся Дванов.

Но везде было тихое безлюдие. Под вечер Копенкин достиг длинного села под названием Малое и начал подворно проверять население, ища Дванова среди сельских семейств. На конце села наступила ночь; тогда Копенкин съехал в овраг и прекратил шаг Пролетарской Силы. И оба — человек и конь — умолкли в покое на всю ночь.

Утром Копенкин дал Пролетарской Силе время наесться и снова отправился на ней, куда ему нужно было. Дорога шла по песчаным наносам, но Копенкин долго не останавливал коня.

От трудности движения пот на Пролетарской Силе выступил пузырями. Это случилось в полдень, на околице малодворной деревни. Копенкин въехал в ту деревню и назначил коню передышку.

По лопухам лезла женщина в сытой шубке и в полушалке.

— Ты кто? — остановил ее Копенкин.

— Я-то? Да я повитуха.

— Разве здесь рожаются люди?

Повитуха привыкла к общительности и любила разговаривать с мужчинами.

— Да то будто нет! Мужик-то с войны валом навалился, а бабам страсть наступила...

— Ты вот что, баба: нынче сюда один малый без шапки прискакал — жена у него никак не разродится, — он тебя, должно, ищет, а ты пробежи-ка по хатам да поспроси, он здесь где-нибудь. Потом мне придешь скажешь! Слыхала?!

— Худощавенький такой? В сатинетовой рубашке? — узнавала повитуха.

Копенкин вспоминал-вспоминал и не мог сказать. Все люди для него имели лишь два лица: свои и чужие. Свои имели глаза голубые, а чужие — чаще всего черные и карие, офицерские и бандитские; дальше Копенкин не вглядывался.

— Он! — согласился Копенкин. — В сатинетовой рубашке и в штанах.

— Дак я тебе сейчас его приведу — он у Феклуши сидит, она ему картошки варила...

— Веди его ко мне, баба, я тебе пролетарское спасибо скажу! — проговорил Копенкин и погладил Пролетарскую Силу. Лошадь стояла, как машина — огромная, трепещущая, обтянутая узлами мускулов; на таком коне только целину пахать да деревья выкорчевывать.

Повитуха пошла к Феклуше.

Феклуша стирала свое вдовье добро, оголив налитые розовые руки.

Повитуха перекрестилась и спросила:

— А где же постоялец твой? Его там верховой спрашивает.

— Спит он, — сказала Феклуша. — Малый и так еле живой, будить не буду.

Дванов свесил с печки правую руку, и по ней была видна глубокая и редкая мера его дыхания.

Повитуха вернулась к Копенкину, и он сам дошел пешком до Феклуши.

— Буди гостя! — однозначно приказал Копенкин. Феклуша подергала Дванова за руку. Тот быстро заговорил от сонного испуга и показался лицом.

— Едем, товарищ Дванов! — попросил Копенкин. — Тебя учительница велела доставить.

Дванов проснулся и вспомнил:

— Нет, я отсюда никуда не поеду. Уезжай обратно.

— Дело твое, — сказал Копенкин. — Раз ты жив, то это отлично.

Назад Копенкин ехал до самой темноты, но зато по более ближней дороге. Уже ночью он заметил мельницу и освещенные окна школы.

Петр-сторож и Мрачинский играли в шашки в комнате Сони, а сама учительница сидела в кухне у стола и горевала головой на ладони.

— Он не хочет ехать, — доложил Копенкин. — У бабы-бобылки на печке лежит.

— Ну и пусть лежит, — отреклась от Дванова Соня. — Он все думает, что я девочка, а я тоже чувствую отчего-то печаль.

Копенкин пошел к лошадям. Члены его отряда еще не вернулись от жен, а Мрачинский и Никита жили без дела, наевшись народных харчей.

«Так мы все деревни в войну проедим, — заключил про себя Копенкин. — Никакой тыловой базы не останется: разве доедешь тогда до Розы Люксембург».

Мрачинский и Никита суетились без пользы на дворе, показывая Копенкину свою готовность к любому усердию. Мрачинский находился на старом навозе и утрамбовывал его ногами.

— Ступайте в горницу, — сказал им Копенкин, медленно размышляя. — А завтра я вас обоих на волю отпущу. Чего я буду таскать за собой расстроенных людей? Какие вы враги — вы нахлебники! Вы теперь знаете, что я — есть, и все.

Дванов в то затянувшееся для его жизни время сидел в уюте жилища и следил, как его хозяйка вешала белье на линии бечевок у печки. Коний жир горел в черепушке языками ада из уездных картин; по улице шли деревенские люди в брошенные места окрестностей. Гражданская война лежала там осколками народного достояния — мертвыми лошадьми, повозками, зипунами бандитов и подушками. Подушки заменяли бандитам седла; оттого в бандитских отрядах была команда: по перинам! Отвечая этому, красноармейские командиры кричали на лету коней, мчавшихся вслед бандам:

— Даешь подушки бабам!

Поселок Средние Болтаи по ночам выходил на лога и перелески и бродил по следам минувших сражений, ища хозяйственных вещей. Многим перепадало кое-что: этот промысел разборки гражданской войны существовал не убыточно. Напрасно висели приказы военкомата о возвращении найденного воинского снаряжения: орудия войны разымались по деталям и превращались в механизмы мирных занятий — к пулемету с водяным охлаждением пристраивался чугун, и получалась самогонная система, походные кухни вмазывались в деревенские бани, некоторые части трехдюймовок шли шерстобитам, а из замков пушек делали пал-брицы для мельничных поставов.

Дванов видел на одном дворе женскую рубашку, сшитую из английского флага. Эта рубашка сохла на русском ветру и уже имела прорвы и следы от носки ее женщиной.

Хозяйка Фекла Степановна кончила работу.

— Чтой-то ты такой задумчивый, парень? — спросила она. — Есть хочешь или скучно тебе?

— Так, — сказал Дванов. — У тебя в хате тихо, и я отдыхаю.

— Отдохни. Тебе спешить некуда, ты еще молодой — жизнь тебе останется...

Фекла Степановна зазевала, закрывая рот большой работящей рукой:

— А я... век свой прожила. Мужика у меня убили на царской войне, жить нечем, и сну будешь рада.

Фекла Степановна разделась при Дванове, зная, что она никому не нужная.

— Потуши огонь, — сказала босая Фекла Степановна, — а то завтра встать не с чем будет.

Дванов дунул в черепок. Фекла Степановна залезла на печку.

— И ты тогда полезай сюда... Теперь не такое время — на срамоту мою сам не поглядишь.

Дванов знал, что, не будь этого человека в хате, он бы сразу убежал отсюда вновь к Соне либо искать поскорее социализм вдалеке. Фекла Степановна защитила Дванова тем, что приучила его к своей простоте женщины, точно она была сестрой скончавшейся матери Дванова, которой он не помнил и не мог любить.

Когда Фекла Степановна уснула, Дванову стало трудно быть одному. Целый день они почти не разговаривали, но Дванов не чувствовал одиночества: все-таки Фекла Степановна как-то думала о нем, и Дванов тоже непрерывно ощущал ее, избавляясь этим от своей забывающейся сосредоточенности. Теперь его нет в сознании Феклы Степановны, и Дванов почувствовал тягость своего будущего сна, когда и сам он всех забудет; его разум вытеснится теплотой тела куда-то наружу, и там он останется уединенным грустным наблюдателем.

Старая вера называла это изгнанное слабое сознание ангелом-хранителем. Дванов еще мог вспомнить это значение и пожалел ангела-хранителя, уходящего на холод из душной тьмы живущего человека.

Где-то в своей устающей тишине Дванов скучал о Соне и не знал, что ему нужно делать; он бы хотел взять ее с собой на руки и уйти вперед свежим и свободным для других и лучших впечатлений. Свет за окном прекращался, и воздух в хате сперся без сквозного ветра.

На улице шуршали по земле люди, возвращаясь с трудов по разоружению войны. Иногда они волокли тяжести и спахивали траву до почвы.

Дванов тихо забрался на печь. Фекла Степановна скреблась под мышками и ворочалась.

— Ложишься? — в безучастном сне спросила она. — А то чего же: спи себе.

От жарких печных кирпичей Дванов еще более разволновался и смог уснуть, только утомившись от тепла и растеряв себя в бреду. Маленькие вещи — коробки, черепки, валенки, кофты — обратились в грузные предметы огромного объема и валились на Дванова: он их обязан был пропускать внутрь себя, они входили туго и натягивали кожу. Больше всего Дванов боялся, что лопнет кожа. Страшны были не ожившие удушающие вещи, а то, что разорвется кожа и сам захлебнешься сухой горячей шерстью валенка, застрявшей в швах кожи.

Фекла Степановна положила руку на лицо Дванова. Дванову почудился запах увядшей травы, он вспомнил прощание с жалкой, босой полудевушкой у забора и зажал руку Феклы Степановны. Успокаиваясь и укрываясь от тоски, он перехватывал руку выше и прислонился к Фекле Степановне.

— Что ты, малый, мечешься? — почуяла она. — Забудься и спи.

Дванов не ответил. Его сердце застучало, как твердое, и громко обрадовалось своей свободе внутри. Сторож жизни Дванова сидел в своем помещении, он не радовался и не горевал, а нес нужную службу.

Опытными руками Дванов ласкал Феклу Степановну, словно заранее научившись. Наконец руки его замерли в испуге и удивлении.

— Чего ты? — близким шумным голосом прошептала Фекла Степановна. — Это у всех одинаковое.

— Вы сестры, — сказал Дванов с нежностью ясного воспоминания, с необходимостью сделать благо для Сони через ее сестру. Сам Дванов не чувствовал ни радости, ни полного забвения: он все время внимательно слушал высокую точную работу сердца. Но вот сердце сдало, замедлилось, хлопнуло и закрылось, но — уже пустое. Оно слишком широко открывалось и нечаянно выпустило свою единственную птицу. Сторож-наблюдатель посмотрел вслед улетающей птице, уносящей свое до неясности легкое тело на раскинутых опечаленных крыльях. И сторож заплакал — он плачет один раз в жизни человека, один раз он теряет свое спокойствие для сожаления.

Ровная бледность ночи в хате показалась Дванову мутной, глаза его заволакивались. Вещи стояли маленькими на своих местах, Дванов ничего не хотел и уснул здоровым.

До самого утра не мог Дванов отдохнуть. Он проснулся поздно, когда Фекла Степановна разводила огонь под таганом на загнетке, но снова уснул. Он чувствовал такое утомление, словно вчера ему была нанесена истощающая рана.

Около полудня у окна остановилась Пролетарская Сила. С ее спины вторично сошел Копенкин ради нахождения друга.

Копенкин постучал ножнами по стеклу.

— Хозяйка, пошли-ка гостя своего ко мне.

Фекла Степановна потрясла голову Дванова:

— Малый, очухайся, тебя конный кличет!

Дванов еле просыпался и видел сплошной голубой туман.

В хату пошел Копенкин с курткой и шапкой.

— Ты что, товарищ Дванов, навеки, что ль, здесь пригромоздился? Вот тебе прислала учительница — твое нательное добро.

— Я тут останусь навсегда, — сказал Дванов.

Копенкин наклонил голову, не имея в ней мысли себе на помощь.

— Тогда я поеду. Прощай, товарищ Дванов.

Дванов увидел в верхнюю половину окна, как поехал Копенкин в глубь равнины, в далекую сторону. Пролетарская Сила уносила отсюда пожилого воина на то место, где жил живой враг коммунизма, и Копенкин все более скрывался от Дванова — убогий, далекий и счастливый.

Дванов прыгнул с печки и лишь на улице вспомнил, что надо потом поберечь раненую ногу, а теперь пусть она так перетерпит.

— Чего ж ты ко мне прибежал? — спросил его ехавший шагом Копенкин. — Я ведь помру скоро, а ты один на лошади останешься!..

И он поднял Дванова снизу и посадил его на зад Пролетарской Силы.

— Держись за мой живот руками. Будем вместе ехать и существовать.

До самого вечера шагала вперед Пролетарская Сила, а вечером Дванов и Копенкин стали на ночлег у лесного сторожа на границе леса и степи.

— У тебя никто из разных людей не был? — спросил Копенкин у сторожа.

Но в его сторожке много ночевало дорожных людей, и сторож сказал:

— Да мало ли народу теперь за харчами ездит — аль упомнишь всех! Я человек публичный, мне каждую морду помнить — мочи нет!

— А чего-то у тебя на дворе гарью пахнет? — вспоминал воздух Копенкин.

Сторож и Копенкин вышли на двор.

— А ты слышишь, — примечал сторож, — трава позванивает, а ветра нету.

— Нету, — прислушивался Копенкин.

— Это, проходящие сказывали, белые буржуи сигналы по радио дают. Слышишь, опять какой-то гарью понесло.

— Не чую, — нюхал Копенкин.

— У тебя нос заложило. Это воздух от беспроволочных знаков подгорает.

— Махай палкой! — давал мгновенный приказ Копенкин. — Путай ихний шум — пускай они ничего не разберут.

Копенкин обнажил саблю и начал ею сечь вредный воздух, пока его привыкшую руку не сводило в суставе плеча.

— Достаточно, — отменял Копенкин. — Теперь у них смутно получилось.

После победы Копенкин удовлетворился; он считал революцию последним остатком тела Розы Люксембург и хранил ее даже в малом. Замолчавший лесной сторож дал Копенкину и Дванову по ломтю хорошего хлеба и сел в отдалении. На вкус хлеба Копенкин не обратил внимания, — он ел, не смакуя, спал, не боясь снов, и жил по ближнему направлению, не отдаваясь своему телу.

— За что ты нас кормишь, может быть, мы вредные люди? — спросил Дванов у сторожа.

— А ты б не ел! — упрекнул Копенкин. — Хлеб сам родится в земле, мужик только щекочет ее сохой, как баба коровье вымя! Это неполный труд. Верно, хозяин?

— Да, должно, так, — поддакнул накормивший их человек. — Ваша власть, вам видней.

— Дурак ты, кулацкий кум, — вмиг рассердился Копенкин. — Наша власть не страх, а народная задумчивость.

Сторож согласился, что теперь — задумчивость. Перед сном Дванов и Копенкин говорили о завтрашнем дне.

— Как ты думаешь, — спрашивал Дванов, — скоро мы расселим деревни по-советски?

Копенкин революцией был навеки убежден, что любой враг податлив.

— Да то долго! Мы — враз: скажем, что иначе суходольная земля хохлам отойдет... А то просто вооруженной рукой проведем трудгужповинность на перевозку построек: раз сказано, земля — социализм, то пускай то и будет.

— Сначала надо воду завести в степях, — соображал Дванов. — Там по этой части сухое место, наши водоразделы — это отродье закаспийской пустыни.

— А мы водопровод туда проведем, — быстро утешил товарища Копенкин. — Оборудуем фонтаны, землю в сухой год намочим, бабы гусей заведут, будут у всех перо и пух — цветущее дело!

Здесь Дванов уже забылся; Копенкин подложил под его раненую ногу травяной мякоти и тоже успокоился до утра.

А утром они оставили дом на лесной опушке и взяли направление на степной край.

По наезженной дороге навстречу им шел пешеход. Время от времени он ложился и катился лежачим, а потом опять шел ногами.

— Что ты, прокаженный, делаешь? — остановил путника Копенкин, когда стало близко до него.

— Я, земляк, котма качусь, — объяснил встречный. — Ноги дюже устали, так я им отдых даю, а сам дальше движусь.

Копенкин что-то усомнился:

— Так ты иди нормально и стройно.

— Так я же из Батума иду, два года семейство не видел. Стану отдыхать — тоска на меня опускается, а котма хоть и тихо, а все к дому, думается, ближе...

— Это что там за деревня видна? — спросил Копенкин.

— Там-то? — странник обернулся помертвелым лицом: он не знал, что покрыл за свою жизнь расстояние до луны. — Там, пожалуй, будут Ханские Дворики... А пес их знает: по всей степи деревни живут.

Копенкин постарался дальше вникнуть в этого человека:

— Стало быть, ты дюже жену свою любишь...

Пешеход взглянул на всадников глазами, отуманенными дальней дорогой.

— Конечно, уважаю. Когда она рожала, я с горя даже на крышу лазил...

В Ханских Двориках пахло пищей, но это курили из хлеба самогон. В связи с этим тайным производством по улице понеслась какая-то распущенная баба. Она вскакивала в каждую хату и сразу выметывалась оттуда.

— Хронт ворочается! — предупреждала она мужиков, а сама жутко оглядывалась на вооруженную силу Копенкина и Дванова.

Крестьяне лили в огонь воду — из изб полз чад; самогонное месиво наспех выносили в свиные корыта, и свиньи, наевшись, метались потом в бреду по деревне.

— Где тут Совет, честный человек? — обратился Копенкин к хромому гражданину.

Хромой гражданин шел медленным важным шагом, облеченный неизвестным достоинством.

— Ты говоришь — я честный? Ногу отняли, а теперь честным называете?.. Нету тут сельсовета, а я полномочный волревкома, бедняцкая карающая власть и сила. Ты не гляди, что я хром, — я здесь самый умный человек: все могу!

— Слушай меня, товарищ полномочный! — сказал Копенкин с грозой в голосе. — Вот тебе главный командированный губисполкома! — Дванов сошел с коня и подал уполномоченному руку. — Он делает социализм в губернии, в боевом порядке революционной совести и трудгужповинности. Что у вас есть?

Уполномоченный ничего не испугался:

— У нас ума много, а хлеба нету.

Дванов изловил его:

— Зато самогон стелется над отнятой у помещиков землей.

Уполномоченный серьезно обиделся.

— Ты, товарищ, зря не говори! Я официальный приказ подписал вчерашний день: сегодня у нас сельский молебен в честь избавления от царизма. Народу мною дано своеволие на одни сутки — нынче что хошь делай: я хожу без противодействия, а революция отдыхает... Чуешь?

— Кто ж тебе такое своевластие дал? — нахмурился Копенкин с коня.

— Да я ж тут все одно что Ленин! — разъяснил хромой очевидность. — Нынче кулаки угощают бедноту — по моим квитанциям, а я проверяю исполнение сего.

— Проверил? — спросил Дванов.

— Подворно и на выбор: все идет чином. Крепость — свыше довоенной, безлошадные довольны.

— А чего тогда баба бегает с испуга? — узнавал Копенкин про недоброе.

Хромой сам этим серьезно возмутился:

— Советской сознательности еще нету. Боятся товарищей гостей встречать, лучше в лопухи добро прольют и государственной беднотой притворяются. Я-то знаю все ихние похоронки, весь смысл жизни у них вижу...

Хромого звали Федором Достоевским: так он сам себя перерегистрировал в специальном протоколе, где сказано, что уполномоченный волревкома Игнатий Мошонков слушал заявление гражданина Игнатия Мошонкова о переименовании его в честь памяти известного писателя — в Федора Достоевского и постановил: переименоваться с начала новых суток и навсегда, а впредь предложить всем гражданам пересмотреть свои прозвища — удовлетворяют ли они их, — имея в виду необходимость подобия новому имени. Федор Достоевский задумал эту кампанию в целях самосовершенствования граждан: кто прозовется Либкнехтом, тот пусть и живет подобно ему, иначе славное имя следует изъять обратно. Таким порядком по регистру переименования прошли двое граждан: Степан Чечер стал Христофором Колумбом, а колодезник Петр Грудин — Францем Мерингом: по уличному Мерин. Федор Достоевский запротоколил эти имена условно и спорно: он послал запрос в волревком — были ли Колумб и Меринг достойными людьми, чтобы их имена брать за образцы дальнейшей жизни, или Колумб и Меринг безмолвны для революции. Ответа волревком еще не прислал. Степан Чечер и Петр Грудин жили почти безымянными.

— Раз назвались, — говорил им Достоевский, — делайте что-нибудь выдающееся.

— Сделаем, — отвечали оба, — только утверди и дай справку.

— Устно называйтесь, а на документах обозначать буду пока по-старому.

— Нам хотя бы устно, — просили заявители.

Копенкин и Дванов попали к Достоевскому в дни его размышлений о новых усовершенствованиях жизни. Достоевский думал о товарищеском браке, о советском смысле жизни, можно ли уничтожить ночь для повышения урожаев, об организации ежедневного трудового счастья, что такое душа — жалобное сердце или ум в голове, — и о многом другом мучился Достоевский, не давая покоя семье по ночам.

В доме Достоевского имелась библиотека книг, но он уже знал их наизусть, они его не утешали, и Достоевский думал лично сам.

Покушав пшенной каши в хате Достоевского, Дванов и Копенкин завели с ним неотложную беседу о необходимости построить социализм будущим летом. Дванов говорил, что такая спешка доказана самим Лениным.

— Советская Россия, — убеждал Достоевского Дванов, — похожа на молодую березку, на которую кидается коза капитализма. — Он даже привел газетный лозунг:

Гони березку в рост,
Иначе съест ее коза Европы!

Достоевский побледнел от сосредоточенного воображения неминуемой опасности капитализма. Действительно, представлял он, объедят у нас белые козы молодую кору, заголится вся революция и замерзнет насмерть.

— Так за кем же дело, товарищи? — воодушевленно воскликнул Достоевский. — Давайте начнем тогда сейчас же: можно к Новому году поспеть сделать социализм! Летом прискочут белые козы, а кора уже застареет на советской березе.

Достоевский думал о социализме как об обществе хороших людей. Вещей и сооружений он не знал. Дванов его сразу понял.

— Нет, товарищ Достоевский. Социализм похож на солнце и восходит летом. Его нужно строить на тучных землях высоких степей. Сколько у вас дворов в селе?

— У нас многодворье: триста сорок дворов, да на отшибе пятнадцать хозяев живут, — сообщил Достоевский.

— Вот и хорошо. Вам надо разбиться артелей на пять, на шесть, — придумывал Дванов. — Объяви немедленно трудповинность — пусть пока колодцы на залежи копают, а с весны гужом начинай возить постройки. Колодезники-то есть у вас?

Достоевский медленно вбирал в себя слова Дванова и превращал их в видимые обстоятельства. Он не имел дара выдумывать истину, и мог ее понять, только обратив мысли в события своего района, но это шло в нем долго: он должен умственно представить порожнюю степь в знакомом месте, поименно переставить на нее дворы своего села и посмотреть, как оно получается.

— Колодезники-то есть, — говорил Достоевский. — Примерно, Франц Меринг: он ногами воду чует. Побродит по балкам, прикинет горизонты и скажет: рой, ребята, тутошнее место на шесть сажен. Вода потом гуртом оттуда прет. Значит, мать ему с отцом так угодили.

Дванов помог Достоевскому вообразить социализм малодворными артельными поселками с общими приусадебными наделами. Достоевский уже все принял, но не хватало какой-то общей радости над всеми гумнами, чтобы воображение будущего стало любовью и теплом, чтобы совесть и нетерпение взошли силой внутри его тела — от временного отсутствия социализма наяву.

Копенкин слушал-слушал и обиделся:

— Да что ты за гнида такая: сказано тебе от губисполкома — закончи к лету социализм! Вынь меч коммунизма, раз у нас железная дисциплина. Какой же ты Ленин тут, ты советский сторож: темп разрухи только задерживаешь, пагубная душа!

Дванов завлекал Достоевского дальше:

— Земля от культурных трав будет ярче и яснее видна с других планет. А еще — усилится обмен влаги, небо станет голубей и прозрачней!

Достоевский обрадовался: он окончательно увидел социализм. Это голубое, немного влажное небо, питающееся дыханием кормовых трав. Ветер коллективно чуть ворошит сытые озера угодий, жизнь настолько счастлива, что — бесшумна. Осталось установить только советский смысл жизни. Для этого дела единогласно избран Достоевский; и вот — он сидит сороковые сутки без сна и в самозабвенной задумчивости; чистоплотные красивые девушки приносят ему вкусную пищу — борщ и свинину, но уносят ее целой обратно: Достоевский не может очнуться от своей обязанности.

Девицы влюбляются в Достоевского, но они поголовные партийки и из-за дисциплины не могут признаться, а мучаются молча в порядке сознательности.

Достоевский корябнул ногтем по столу, как бы размежевывая эпоху надвое:

— Даю социализм! Еще рожь не поспеет, а социализм будет готов!.. А я смотрю: чего я тоскую? Это я по социализму скучал.

— По нем, — утвердительно сказал Копенкин. — Всякому охота Розу любить.

Достоевский обратил внимание на Розу, но полностью не понял — лишь догадался, что Роза, наверно, сокращенное название революции, либо неизвестный ему лозунг.

— Совершенно правильно, товарищ! — с удовольствием сказал Достоевский, потому что основное счастье уже было открыто. — Но все-таки я вот похудел от руководства революцией в своем районе.

— Понятно: ты здесь всем текущим событиям затычка, — поддерживал Копенкин достоинство Достоевского.

Однако Федор Михайлович не мог спокойно заснуть тою ночью; он ворочался и протяжно бормотал мелочи своих размышлений.

— Ты что? — услышал звуки Достоевского незаснувший Копенкин. — Тебе от скуки скулья сводит? Лучше вспомни жертвы гражданской войны, и тебе станет печально.

Ночью Достоевский разбудил спящих. Копенкин, еще не проснувшись, схватился за саблю — для встречи внезапно напавшего врага.

— Я ради Советской власти тебя тронул! — объяснил Достоевский.

— Тогда чего же ты раньше не разбудил? — строго спросил Копенкин.

— Скотского поголовья у нас нету, — сразу заговорил Достоевский: он за половину ночи успел додумать дело социализма до самой жизни. — Какой же тебе гражданин пойдет на тучную степь, когда скота нету? К чему же тогда постройки багажом тащить?.. Замучился я от волнений...

Копенкин почесал свой худой резкий кадык, словно потроша горло.

— Саша! — сказал он Дванову. — Ты не спи зря: скажи этому элементу, что он советских законов не знает.

Затем Копенкин мрачно пригляделся к Достоевскому.

— Ты белый вспомогатель, а не районный Ленин! Над чем думает. Да ты выгони завтра весь живой скот, если у кого он остался, и подели его по душам и по революционному чувству. Кряк — и готово!

Копенкин сейчас же снова заснул: он не понимал и не имел душевных сомнений, считая их изменой революции; Роза Люксембург заранее и за всех продумала все — теперь остались одни подвиги вооруженной руки, ради сокрушения видимого и невидимого врага.

Утром Достоевский пошел в обход Ханских Двориков, объявляя подворно объединенный приказ волревкома и губисполкома — о революционном дележе скота без всякого изъятия.

И скот выводили к церкви на площадь, под плач всего имущего народа. Но и бедняки страдали от вида ноющих хозяев и жалостных старух, а некоторые из неимущих тоже плакали, хотя их ожидала доля.

Женщины целовали коров, мужики особо ласково и некрепко держали своих лошадей, ободряя их, как сыновей на войну, а сами решали — заплакать им или так обойтись.

Один крестьянин, человек длинного тонкого роста, но с маленьким голым лицом и девичьим голосом, привел своего рысака не только без упрека, а со словами утешения для всех тоскующих однодеревенцев.

— Дядя Митрий, чего ты? — высоко говорил он грустному старику. — Да пралич ее завозьми совсем: что ты, с жизнью, что ль, без остатка расстаешься? Ишь ты, скорбь какая — лошадь заберут, да сатана с ней, еще заведем. Собери скорбя свои обратно!

Достоевский знал этого крестьянина: старый дезертир. Он в малолетстве прибыл откуда-то без справки и документа — и не мог быть призванным ни на одну войну: не имел официального года рождения и имени, а формально вовсе не существовал; чтобы обозначить его как-нибудь, для житейского удобства соседи прозвали дезертира Недоделанным, а в списках бывшего сельсовета он не значился. Был один секретарь, который ниже всех фамилий написал: «Прочие — 1; пол: сомнительный». Но следующий секретарь не понял такой записи и прибавил одну лишнюю голову к крупнорогатому скоту, а «прочих» вычеркнул абсолютно. Так и жил Недоделанный общественной утечкой, как просо с воза на землю.

Однако недавно Достоевский чернилами вписал его в гражданский список под названием «уклоняющегося середняка без лично присвоенной фамилии», и тем прочно закрепил его существование: как бы родил Недоделанного для советской пользы.

Степная жизнь шла в старину по следам скота, и в народе остался страх умереть с голоду без скота, поэтому люди плакали больше из предрассудка, чем из страха убытка.

Дванов и Копенкин пришли, когда Достоевский начал развёрстывать скот по беднякам.

Копенкин проверил его:

— Не ошибись: революционное-то чувство сейчас в тебе полностью?

Гордый властью Достоевский показал рукой от живота до шеи. Способ дележа он придумал простой и ясный: самые бедные получали самых лучших лошадей и коров; но так как скота было мало, то середнякам уже ничего не пришлось, лишь некоторым перепало по овце.

Когда дело благополучно подбивалось к концу, вышел тот же Недоделанный и обратился хрипатым голосом:

— Федор Михалыч, товарищ Достоевский, наше дело, конечно, нелепое, но ты не обижайся, что я тебе сейчас скажу. Ты только не обижайся!

— Говори, гражданин Недоделанный, говори честно и бесстрашно! — открыто и поучительно для всех разрешил Достоевский.

Недоделанный повернулся к горюющему народу. Горевали даже бедняки, испуганно державшие даровых лошадей, а многие из них тайком поотдавали скот обратно имущим.

— Раз так, то слушай меня весь скоп! Я вот подурацки спрошу: а чего будет делать, к примеру, Петька Рыжов с моим рысаком? У него же весь корм в соломенной крыше, на усадьбе жердины в запасе нету, а в пузе полкартошки парится с третьего дня. А во-вторых, ты не обижайся, Федор Михалыч, — твое дело революция, нам известно, — а во-вторых, как потом с приплодом быть? Теперча мы бедняки: стало быть, лошадные для нас сосунов будут жеребить? А ну-ка спроси, Федор Михалыч, похотят ли бедняки-лошадники жеребят и телок нам питать?

Народ окаменел от такого здравого смысла.

Недоделанный учел молчание и продолжал:

— По-моему, годов через пять выше куры скота ни у кого не будет. Кому ж охота маток телить для соседа? Да и нынешний-то скот, не доживя веку, подохнет. У того же Петьки мой рысак первым ляжет — человек сроду лошадь не видал, а кроме кольев, у него кормов нету! Ты вот утешь меня, Федор Михалыч, — только обиды в себе на меня не томи!

Достоевский его сразу утешил:

— Верно, Недоделанный, ни к чему дележ!

Копенкин вырвался на чистоту посреди круга людей.

— Как так ни к чему? Ты что, бандитскую сторону берешь? Так я тебя враз доделаю! Граждане, — с устрашением и дрожью сказал всем Копенкин. — Того, что недоделанный кулак сейчас говорил, — ничего не будет. Социализм придет моментально и все покроет. Еще ничего не успеет родиться, как хорошо настанет! Вследствие же отвода рысака от Рыжова предлагаю его передать уполномоченному губисполкома — товарищу Дванову. А теперь — расходитесь, товарищи бедняки, для борьбы с разрухой!

Бедняки неуверенно тронулись с коровами и лошадьми, разучившись их водить.

Недоделанный, обомлевши, глядел на Копенкина — его мучила уже не утрата рысака, а любопытство.

— А дозвольте мне слово спросить, товарищ из губернии? — насмелился наконец Недоделанный детским голосом.

— Власти тебе не дано, так спрашивай тогда! — сжалился Копенкин.

Недоделанный вежливо и внимательно спросил:

— А что такое социализм, что там будет и откуда туда добро прибавится?

Копенкин объяснил без усилия:

— Если бы ты бедняк был, то сам бы знал, а раз ты кулак, то ничего не поймешь.

Вечером Дванов и Копенкин хотели уезжать, но Достоевский просил остаться до утра, чтобы окончательно узнать — с чего начинать и чем кончать социализм в степи.

Копенкин скучал от долгой остановки и решил ехать в ночь.

— Уж все тебе сказали, — инструктировал он Достоевского. — Скот есть. Классовые массы на ногах. Теперь объявляй трудгужповинность — рой в степи колодцы и пруды, а с весны вези постройки. Гляди, чтоб к лету социализм из травы виднелся! Я к тебе наведаюсь!

— Тогда выходит, что одни бедняки и будут работать — у них ведь лошади, а зажиточные будут жить без толку! — опять сомневался Достоевский.

— Ну и что ж? — не удивился Копенкин. — Социализм и должен произойти из чистых бедняцких рук, а кулаки в борьбе погибнут.

— Это верно, — удовлетворился Достоевский.

Ночью Дванов и Копенкин уехали, еще раз пристрожив Достоевского насчет срока устройства социализма.

Рысак Недоделанного шагал рядом с Пролетарской Силой. Обоим всадникам стало легче, когда они почувствовали дорогу, влекущую их вдаль из тесноты населения. У каждого, даже от суточной оседлости, в сердце скоплялась сила тоски; поэтому Дванов и Копенкин боялись потолков хат и стремились на дороги, которые отсасывали у них лишнюю кровь из сердца.

Уездная широкая дорога пошла навстречу двум всадникам, переведшим коней на степную рысь.

А над ними было высокое стояние ночных облаков, полуосвещенных давно зашедшим солнцем, и опустошенный дневным ветром воздух больше не шевелился. От свежести и безмолвия поникшего пространства Дванов ослаб, он начал засыпать на рысаке.

— Встретится жилье — давай там подремлем до рассвета, — сказал Дванов.

Копенкин показал на недалекую полосу леса, лежавшего на просторной земле черной тишиной и уютом.

— Там будет кордон.

Еще только въехав в чащу сосредоточенных грустных деревьев, путники услышали скучающие голоса кордонных собак, стерегущих во тьме уединенный кров человека.

Лесной надзиратель, хранивший леса из любви к науке, в этот час сидел над старинными книгами. Он искал советскому времени подобия в прошлом, чтобы узнать дальнейшую мучительную судьбу революции и найти исход для спасения своей семьи.

Его отец-лесничий оставил ему библиотеку из дешевых книг самых последних, нечитаемых и забытых сочинителей. Он говорил сыну, что решающие жизнь истины существуют тайно в заброшенных книгах.

Отец лесного надзирателя сравнивал плохие книги с нерожденными детьми, погибающими в утробе матери от несоответствия своего слишком нежного тела грубости мира, проникающего даже в материнское лоно.

— Если бы десять таких детей уцелело, они сделали бы человека торжественным и высоким существом, —

завещал отец сыну. — Но рождается самое смутное в уме и нечувствительное в сердце, что переносит резкий воздух природы и борьбу за сырую пищу.

Лесной надзиратель читал сегодня произведение Николая Арсакова, изданное в 1868 году. Сочинение называлось «Второстепенные люди», и надзиратель сквозь скуку сухого слова отыскивал то, что ему нужно было. Надзиратель считал, что скучных и бессмысленных книг нет, если читатель бдительно ищет в них смысл жизни. Скучные книги происходят от скучного читателя, ибо в книгах действует ищущая тоска читателя, а не умелость сочинителя.

«Откуда вы? — думал надзиратель про большевиков. — Вы, наверное, когда-то уже были, ничего не происходит без подобия чему-нибудь, без воровства существовавшего».

Двое маленьких детей и располневшая жена спали мирно и безотчетно. Поглядывая на них, надзиратель возбуждал свою мысль, призывая ее на стражу для этих трех драгоценных существ. Он хотел открыть будущее, чтобы заблаговременно разобраться в нем и не дать погибнуть своим ближайшим родственникам.

Арсаков писал, что только второстепенные люди делают медленную пользу. Слишком большой ум совершенно ни к чему — он как трава на жирных почвах, которая валится до созревания и не поддается покосу. Ускорение жизни высшими людьми утомляет ее, и она теряет то, что имела раньше.

«Люди, — учил Арсаков, — очень рано почали действовать, мало поняв. Следует, елико возможно, держать свои действия в ущербе, дабы давать волю созерцательной половине души. Созерцание — это самообучение из чуждых происшествий. Пускай же как можно длительнее учатся люди обстоятельствам природы, чтобы начать свои действия поздно, но безошибочно, прочно и с оружием зрелого опыта в деснице. Надобно памятовать, что все грехи общежития растут от вмешательства в него юных разумом мужей. Достаточно оставить историю на пятьдесят лет в покое, чтобы все без усилий достигли упоительного благополучия».

Собаки взвыли голосами тревоги, и надзиратель, взяв винтовку, вышел встречать поздних гостей.

Сквозь строй преданных собак и мужающих щенков надзиратель провел лошадей с Двановым и Копенкиным.

Через полчаса трое людей стояло вокруг лампы в бревенчатом, надышанном жизнью доме. Надзиратель поставил гостям хлеб и молоко.

Он насторожился и заранее приготовился ко всему плохому от ночных людей. Но общее лицо Дванова и его часто останавливающиеся глаза успокаивали надзирателя.

Поев, Копенкин взял раскрытую книгу и с усилием прочитал, что писал Арсаков.

— Как ты думаешь? — подал Копенкин книгу Дванову.

Дванов прочел.

— Капиталистическая теория: живи и не шевелись.

— Я тоже так думаю! — сказал Копенкин, отстраняя порочную книгу прочь. — Ты скажи, куда нам лес девать в социализме? — с огорченной задумчивостью вздохнул Копенкин.

— Скажите, товарищ, сколько лес дает дохода на десятину? — спросил Дванов надзирателя.

— Разно бывает, — затруднился надзиратель. — Какой смотря лес, какого возраста и состояния — здесь много обстоятельств...

— Ну а в среднем?

— В среднем... Рублей десять—пятнадцать надо считать.

— Только? А рожь, наверно, больше?

Надзиратель начал пугаться и старался не ошибиться.

— Рожь несколько больше... Двадцать—тридцать рублей выйдет у мужика чистого дохода на десятину. Я думаю, не меньше.

У Копенкина на лице появилась ярость обманутого человека.

— Тогда лес надо сразу сносить и отдать землю под пахоту! Эти дерева только у озимого хлеба место отнимают...

Надзиратель затих и следил чуткими глазами за волнующимся Копенкиным. Дванов высчитывал карандашом на книжке Арсакова убыток от лесоводства. Он еще спросил у надзирателя, сколько десятин в лесничестве, — и подвел итог.

— Тысяч десять мужики в год теряют от этого леса, — спокойно сообщил Дванов. — Рожь, пожалуй, будет выгоднее.

— Конечно, выгодней! — воскликнул Копенкин. — Сам лесник тебе сказал. Вырубить надо наголо всю эту гущу и засеять рожью. Пиши приказ, товарищ Дванов!

Дванов вспомнил, что он давно не сносился с Шумилиным. Хотя Шумилин не осудит его за прямые действия, согласные с очевидной революционной пользой.

Надзиратель осмелился немного возразить:

— Я хотел вам сказать, что самовольные порубки и так сильно развились в последнее время, и не надо больше рубить такие твердые растения.

— Ну тем лучше, — враждебно отозвался Копенкин. — Мы идем по следу народа, а не впереди его. Народ, значит, сам чует, что рожь полезней деревьев. Пиши, Саша, ордер на рубку леса.

Дванов написал длинный приказ-обращение для всех крестьян-бедняков Верхне-Мотнинской волости. В приказе, от имени губисполкома, предлагалось взять справки о бедняцком состоянии и срочно вырубить лес Биттермановского лесничества. Этим, говорилось в приказе, сразу проложатся два пути в социализм. С одной стороны, бедняки получат лес — для постройки новых советских городов на высокой степи, а с другой — освободится земля для посевов ржи и прочих культур, более выгодных, чем долгорастущее дерево.

Копенкин прочитал приказ.

— Отлично! — оценил он. — Дай-ка и я подпишусь внизу, чтобы страшнее было: меня здесь многие помнят — я ведь вооруженный человек.

И подписался полным званием:

«Командир отряда полевых большевиков имени Розы Люксембург Верхне-Мотнинского района Степан Ефимович Копенкин».

— Отвезешь завтрашний день в ближние деревни, а другие сами узнают, — вручил Копенкин бумагу лесному надзирателю.

— А что мне после леса делать? — спросил распоряжений надзиратель.

Копенкин указал:

— Да тоже — землю паши и кормись! Небось в год-то столько жалованья получал, что целый хутор съедал! Теперь поживи, как масса.

Уже поздно. Глубокая революционная ночь лежала над обреченным лесом. До революции Копенкин ничего внимательно не ощущал — леса́, люди и гонимые ветром пространства не волновали его, и он не вмешивался в них. Теперь наступила перемена. Копенкин слушал ровный гул зимней ночи и хотел, чтобы она благополучно прошла над советской землей.

Не одна любовь к срубленной Розе существовала в сердце Копенкина — она лишь лежала в своем теплом гнезде, но это гнездо было свито из зелени забот о советских гражданах, трудной жалости ко всем обветшалым от нищеты и яростных подвигов против ежеминутно встречающихся врагов бедных.

Ночь допевала свои последние часы над лесным Биттермановским массивом. Дванов и Копенкин спали на полу, потягивая во сне ноги, уставшие от коней.

Дванову снилось, что он маленький мальчик и в детской радости жмет грудь матери, как, видел он, другие жмут, но глаз поднять на ее лицо боится и не может. Свой страх он сознавал неясно и пугался на шее матери увидеть другое лицо — такое же любимое, но не родное.

Копенкину ничего не снилось, потому что у него все сбывалось наяву.

В этот час, быть может, само счастье искало своих счастливых, а счастливые отдыхали от дневных социальных забот, не помня своего родства со счастьем.

На другой день Дванов и Копенкин отправились с рассветом солнца вдаль и после полудня приехали на заседание правления коммуны «Дружба бедняка», что живет на юге Новоселовского уезда. Коммуна заняла бывшее имение Карякина и теперь обсуждала вопрос приспособления построек под нужды семи семейств — членов коммуны. Под конец заседания правление приняло предложение Копенкина: оставить коммуне самое необходимое — один дом, сарай и ригу, а остальные два дома и прочие службы отдать в разбор соседней деревне, чтобы лишнее имущество коммуны не угнетало окружающих крестьян.

Затем писарь коммуны стал писать ордера на ужин, выписывая лозунг «Пролетарии всех стран, соединяйтесь!» от руки на каждом ордере.

Все взрослые члены коммуны — семь мужчин, пять женщин и четыре девки занимали в коммуне определенные должности.

Поименный перечень должностей висел на стене. Все люди, согласно перечня и распорядка, были заняты целый день обслуживанием самих себя; названия же должностей изменилось в сторону большего уважения к труду, как-то — была заведующая коммунальным питанием, начальник живой тяги, железный мастер — он же надзиратель мертвого инвентаря и строительного имущества (должно быть, кузнец, плотник и прочее — в одной и той же личности), заведующий охраной и неприкосновенностью коммуны, заведующий пропагандой коммунизма в неорганизованных деревнях, коммунальная воспитательница поколения — и другие обслуживающие должности.

Копенкин долго читал бумагу и что-то соображал, а потом спросил председателя, подписывавшего ордера на ужин:

— Ну, а как же вы пашете-то?

Председатель ответил, не останавливаясь подписывать:

— В этом году не пахали.

— Почему так?

— Нельзя было внутреннего порядка нарушать: пришлось бы всех от должностей отнять — какая ж коммуна тогда осталась? И так еле наладили, а потом — в имении хлеб еще был...

— Ну тогда так, раз хлеб был, — оставил сомнения Копенкин.

— Был, был, — сказал председатель, — мы его на учет сразу и взяли — для общественной сытости.

— Это, товарищ, правильно.

— Без сомнения: у нас все записано и по ртам забронировано. Фельдшера звали, чтобы норму пищи без предрассудка навсегда установить. Здесь большая дума над каждой вещью была: великое дело — коммуна! Усложнение жизни!

Копенкин и здесь согласился — он верил, что люди сами справедливо управятся, если им не мешать. Его дело — держать дорогу в социализм чистой; для этого он применял свою вооруженную руку и веское указание. Смутило Копенкина только одно — усложнение жизни, про которое упомянул председатель. Он даже посоветовался с Двановым: не ликвидировать ли коммуну «Дружба бедняка» немедленно, так как при сложной жизни нельзя будет разобрать, кто кого угнетает. Но Дванов отсоветовал: пусть, говорит, это они от радости усложняют, из увлечения умственным трудом — раньше они голыми руками работали и без смысла в голове; пусть теперь радуются своему разуму.

— Ну, ладно, — понял Копенкин, — тогда им надо получше усложнять. Следует в полной мере помочь. Ты выдумай им что-нибудь... неясное.

Дванов и Копенкин остались в коммуне на сутки, чтобы их кони успели напитаться кормом для долгой дороги.

С утра свежего солнечного дня началось обычное общее собрание коммуны. Собрания назначались через день, чтобы вовремя уследить за текущими событиями. В повестку дня вносилось два пункта: «текущий момент» и «текущие дела». Перед собранием Копенкин попросил слова, ему его с радостью дали и даже внесли предложение не ограничивать времени оратору.

— Говори безгранично, до вечера времени много, — сказал Копенкину председатель. Но Копенкин не мог плавно проговорить больше двух минут, потому что ему лезли в голову посторонние мысли и уродовали одна другую до невыразительности, так что он сам останавливал свое слово и с интересом прислушивался к шуму в голове.

Нынче Копенкин начал с подхода, что цель коммуны «Дружба бедняка» — усложнение жизни, в целях создания запутанности дел и отпора всею сложностью притаившегося кулака. Когда будет все сложно, тесно и непонятно, — объяснял Копенкин, — тогда честному уму выйдет работа, а прочему элементу в узкие места сложности не пролезть. А потому, — поскорее закончил Копенкин, чтобы не забыть конкретного предложения, — а потому я предлагаю созывать общие собрания коммуны не через день, а каждодневно и даже дважды в сутки: во-первых, для усложнения общей жизни, а во-вторых, чтобы текущие события не утекли напрасно куда-нибудь без всякого внимания, — мало ли что произойдет за сутки, а вы тут останетесь в забвении, как в бурьяне...

Копенкин остановился в засохшем потоке речи, как на мели, и положил руку на эфес сабли, сразу позабыв все слова. Все глядели на него с испугом и уважением.

— Президиум предлагает принять единогласно, — заключил председатель опытным голосом.

— Отлично, — сказал стоявший впереди всех член коммуны — начальник живой тяги, веривший в ум незнакомых людей. Все подняли руки — одновременно и вертикально, обнаружив хорошую привычку.

— Вот и не годится! — громко объявил Копенкин.

— А что? — обеспокоился председатель.

Копенкин махнул на собрание досадной рукой:

— Пускай хоть одна девка всегда будет голосовать напротив...

— А для чего, товарищ Копенкин?

— Чудаки: для того же самого усложнения...

— Понял — верно! — обрадовался председатель и предложил собранию выделить заведующую птицей и рожью Маланью Отвершкову — для постоянного голосования всем напротив.

Затем Дванов доложил о текущем моменте. Он принял во внимание ту смертельную опасность, которая грозит коммунам, расселенным в безлюдной враждебной степи, от бродящих бандитов.

— Эти люди, — говорил Дванов про бандитов, — хотят потушить зарю, но заря не свеча, а великое небо, где на далеких тайных звездах скрыто благородное и могучее будущее потомков человечества. Ибо несомненно — после завоевания земного шара — наступит час судьбы всей вселенной, настанет момент страшного суда человека над ней...

— Красочно говорит, — похвалил Дванова тот же начальник живой тяги.

— Вникай молча, — тихо посоветовал ему председатель.

— Ваша коммуна, — продолжал Дванов, — должна перехитрить бандитов, чтобы они не поняли, что тут есть. Вы должны поставить дело настолько умно и сложно, чтобы не было никакой очевидности коммунизма, а на самом деле он налицо. Въезжает, скажем, бандит с обрезом в усадьбу коммуны и глядит, чего ему тащить и кого кончать. Но навстречу ему выходит секретарь с талонной книжкой и говорит: если вам, гражданин, чего-нибудь надо, то получите талон и ступайте себе в склад; если вы бедняк, то возьмите свой паек даром, а если вы прочий, то прослужите у нас одни сутки в должности, скажем, охотника на волков. Уверяю граждан, что ни один бандит внезапно на вас руки не поднимет, потому что сразу вас не поймет. А потом вы либо откупайтесь от них, если бандитов больше вас, либо берите их в плен понемногу, когда они удивятся и в недоумении будут ездить по усадьбе с покойным оружием. Правильно я говорю?

— Да почти что, — согласился все тот же разговорчивый начальник живой тяги.

— Единогласно, что ль, и при одной против? — провозгласил председатель. Но вышло сложнее: Маланья Отвершкова, конечно, голосовала против, но, кроме нее, заведующий удобрением почвы — рыжеватый член коммуны с однообразным массовым лицом, — воздержался.

— Ты что? — озадачился председатель.

— Воздержусь для усложнения! — выдумал тот.

Тогда его, по предложению председателя, назначили постоянно воздерживаться.

Вечером Дванов и Копенкин хотели трогаться дальше — в долину реки Черной Калитвы, где в двух слободах открыто жили бандиты, планомерно убивая членов Советской власти по всему району. Но председатель коммуны упросил их остаться на вечернее заседание коммуны, чтобы совместно обдумать памятник революции, который секретарь советовал поставить среди двора, а Маланья Отвершкова, напротив, в саду. Заведующий же удобрением почвы воздерживался и ничего не говорил.

— По-твоему, нигде не ставить, что ль? — спрашивал председатель воздержавшегося.

— Воздерживаюсь от высказывания своего мнения, — последовательно отвечал заведующий удобрением.

— Но большинство — за, придется ставить, — озабоченно рассуждал председатель. — Главное, фигуру надо придумать.

Дванов нарисовал на бумаге фигуру.

Он подал изображение председателю и объяснил:

— Лежачая восьмерка означает вечность времени, а стоячая двухконечная стрела — бесконечность пространства.

Председатель показал фигуру всему собранию:

— Тут и вечность и бесконечность, значит — все, умней не придумаешь: предлагаю принять.

Приняли при одной против и одном воздержавшемся. Памятник решили соорудить среди усадьбы на старом мельничном камне, ожидавшем революцию долгие годы. Самый же памятник поручили изготовить из железных прутьев железному мастеру.

— Тут мы организовали хорошо, — говорил утром Дванов Копенкину. Они двигались по глинистой дороге под облаками среднего лета в дальнюю долину Черной Калитвы. — У них теперь пойдет усиленное усложнение, и они к весне обязательно, для усложнения, начнут пахать землю и перестанут съедать остатки имения.

— Ясно придумано, — счастливо сказал Копенкин.

— Конечно, ясно. Иногда здоровому человеку, притворяющемуся для сложности больным, нужно только говорить, что он недостаточно болен, и убеждать его в этом дальше, и он наконец сам выздоровеет.

— Понятно, тогда ему здоровье покажется свежим усложнением и упущенной редкостью, — правильно сообразил Копенкин, а про себя подумал, какое хорошее и неясное слово: усложнение, как — текущий момент. Момент, а течет: представить нельзя.

— Как такие слова называются, которые непонятны? — скромно спросил Копенкин. — Тернии иль нет?

— Термины, — кратко ответил Дванов. Он в душе любил неведение больше культуры: невежество — чистое поле, где еще может вырасти растение всякого знания, но культура — уже заросшее поле, где соли почвы взяты растениями и где ничего больше не вырастет. Поэтому Дванов был доволен, что в России революция выполола начисто те редкие места зарослей, где была культура, а народ как был, так и остался чистым полем — не нивой, а порожним плодородным местом. И Дванов не спешил ничего сеять: он полагал, что хорошая почва не выдержит долго и разродится произвольно чем-нибудь небывшим и драгоценным, если только ветер войны не принесет из Западной Европы семена капиталистического бурьяна.

Однажды, среди равномерности степи, он увидел далекую толпу куда-то бредущих людей, и при виде их множества в нем встала сила радости, будто он имел взаимное прикосновение к тем недостижимым людям.

Копенкин ехал поникшим от однообразного воспоминания о Розе Люксембург. Вдруг в нем нечаянно прояснилась догадка собственной неутешимости, но сейчас же бред продолжающейся жизни облек своею теплотой его внезапный разум, и он снова предвидел, что вскоре доедет до другой страны и там поцелует мягкое платье Розы, хранящееся у ее родных, а Розу откопает из могилы и увезет к себе в революцию. Копенкин ощущал даже запах платья Розы, запах умирающей травы, соединенный со скрытым теплом остатков жизни. Он не знал, что подобно Розе Люксембург в памяти Дванова пахла Соня Мандрова.

Раз Копенкин долго стоял перед портретом Люксембург в одном волостном ревкоме. Он глядел на волосы Розы и воображал их таинственным садом; затем он присмотрелся к ее розовым щекам и подумал о пламенной революционной крови, которая снизу подмывает эти щеки и все ее задумчивое, но рвущееся к будущему лицо.

Копенкин стоял перед портретом до тех пор, пока его невидимое волнение не разбушевалось до слез. В ту же ночь он со страстью изрубил кулака, по наущению которого месяц назад мужики распороли агенту по продразверстке живот и набили туда проса. Агент потом долго валялся на площади у церкви, пока куры не выклевали из его живота просо по зернышку.

В первый раз тогда Копенкин рассек кулака с яростью. Обыкновенно он убивал не так, как жил, а равнодушно, но насмерть, словно в нем действовала сила расчета и хозяйства. Копенкин видел в белогвардейцах и бандитах не очень важных врагов, недостойных его личной ярости, и убивал их с тем будничным тщательным усердием, с каким баба полет просо. Он воевал точно, но поспешно, на ходу и на коне, бессознательно храня свои чувства для дальнейшей надежды и движения.

Великорусское скромное небо светило над советской землей с такой привычкой и однообразием, как будто Советы существовали исстари, и небо совершенно соответствовало им. В Дванове уже сложилось беспорочное убеждение, что до революции и небо, и все пространства были иными — не такими милыми.

Как конец миру, вставал дальний тихий горизонт, где небо касается земли, а человек человека. Конные путешественники ехали в глухую глубину своей родины. Изредка дорога огибала вершину балки — и тогда в далекой низине была видна несчастная деревня. В Дванове поднималась жалость к неизвестному одинокому поселению, и он хотел свернуть в нее, чтобы немедленно начать там счастье взаимной жизни, но Копенкин не соглашался: он говорил, что необходимо прежде разделаться с Черной Калитвой, а уж потом сюда вернемся.

День продолжался унылым и безлюдным, ни один бандит не попался вооруженным всадникам.

— Притаились! — восклицал про бандитов Копенкин и чувствовал в себе давящую тягостную силу. — Мы б вас шпокнули для общей безопасности. По закутам, гады, сидят — говядину трескают...

К дороге подошла в упор березовая аллея, еще не вырубленная, но уже прореженная мужиками. Наверно, аллея шла из имения, расположенного в стороне от дороги.

Аллея кончалась двумя каменными устоями. На одном устое висела рукописная газета, а на другом жестяная вывеска с полусмытой атмосферными осадками надписью:

«Революционный заповедник товарища Пашинцева имени всемирного коммунизма. Вход друзьям и смерть врагам».

Рукописная газета была наполовину оборвана какой-то вражеской рукой и все время заголялась ветром. Дванов придержал газету и прочитал ее сполна и вслух, чтобы слышал Копенкин.

Газета называлась «Беднятское Благо», будучи органом Великоместного сельсовета и уполрайревкома по обеспечению безопасности в юго-восточной зоне Посошанской волости.

В газете осталась лишь статья о «Задачах Всемирной Революции» и половина заметки «Храните снег на полях — поднимайте производительность трудового урожая». Заметка в середине сошла со своего смысла: «Пашите снег, — говорилось там, — и нам не будут страшны тысячи зарвавшихся Кронштадтов».

Каких «зарвавшихся Кронштадтов»? Это взволновало и озадачило Дванова.

— Пишут всегда для страха и угнетения масс, — не разбираясь, сказал Копенкин. — Письменные знаки тоже выдуманы для усложнения жизни. Грамотный умом колдует, а неграмотный на него рукой работает.

Дванов улыбнулся:

— Чушь, товарищ Копенкин. Революция — это букварь для народа.

— Не заблуждай меня, товарищ Дванов. У нас же все решается по большинству, а почти все неграмотные, и выйдет когда-нибудь, что неграмотные постановят отучить грамотных от букв — для всеобщего равенства... Тем больше, что отучить редких от грамоты сподручней, чем выучить всех сначала. Дьявол их выучит! Ты их выучишь, а они все забудут...

— Давай заедем к товарищу Пашинцеву, — задумался Дванов. — Надо мне в губернию отчет послать. Давно ничего не знаю, что там делается...

— И знать нечего: идет революция своим шагом...

По аллее они проехали версты полторы. Потом открылась на высоком месте торжественная белая усадьба, обезлюдевшая до бесприютного вида. Колонны главного дома, в живой форме точных женских ног, важно держали перекладину, на которую опиралось одно небо. Дом стоял отступя несколько саженей и имел особую колоннаду в виде согбенных, неподвижно трудящихся гигантов. Копенкин не понял значения уединенных колонн и посчитал их остатками революционной расправы с недвижимым имуществом.

В одну колонну была втравлена белая гравюра с именем помещика-архитектора и его профилем. Ниже гравюры был латинский стих, данный рельефом по колонне:

Вселенная — бегущая женщина:
Ноги ее вращают землю,
Тело трепещет в эфире,
А в глазах начинаются звезды.

Дванов грустно вздохнул среди тишины феодализма и снова оглядел колоннаду — шесть стройных ног трех целомудренных женщин. В него вошли покой и надежда, как всегда бывало от вида отдаленно-необходимого искусства.

Ему жалко было одного, что эти ноги, полные напряжения юности, — чужие, но хорошо было, что та девушка, которую носили эти ноги, обращала свою жизнь в обаяние, а не в размножение, что она хотя и питалась жизнью, но жизнь для нее была лишь сырьем, а не смыслом, — и это сырье переработалось во что-то другое, где безобразно-живое обратилось в бесчувственно-прекрасное.

Копенкин тоже посерьезнел перед колоннами: он уважал величественное, если оно было бессмысленно и красиво. Если же в величественном был смысл, например, — в большой машине, Копенкин считал его орудием угнетения масс и презирал с жестокостью души.

Перед бессмысленным же, как эта колоннада, он стоял с жалостью к себе и ненавистью к царизму. Копенкин полагал виноватым царизм, что он сам не волнуется сейчас от громадных женских ног, и только по печальному лицу Дванова видел, что ему тоже надо опечалиться.

— Хорошо бы и нам построить что-нибудь всемирное и замечательное, мимо всех забот! — с тоской сказал Дванов.

— Сразу не построишь, — усомнился Копенкин. — Нам буржуазия весь свет загораживала. Мы теперь еще выше и отличнее столбы сложим, а не срамные лыдки.

Налево, как могилы на погосте, лежали в зарослях трав и кустов остатки служб и малых домов. Колонны сторожили пустой погребенный мир. Декоративные благородные деревья держали свои тонкие туловища над этой ровной гибелью.

— Но мы сделаем еще лучше — и на всей площади мира, не по одним закоулкам! — показал Дванов рукой на все, но почувствовал у себя в глубине — смотри! — что-то неподкупное, не берегущее себя предупредило его изнутри.

— Конечно, построим: факт и лозунг, — подтвердил Копенкин от своей воодушевленной надежды. — Наше дело неутомимое.

Копенкин напал на след огромных человечьих ног и тронул по ним коня.

— Во что же обут здешний житель? — немало удивлялся Копенкин и обнажил шашку: вдруг выйдет великан — хранитель старого строя. У помещиков были такие откормленные дядьки: подойдет и даст лапой без предупреждения — сухожилия лопнут.

Копенкину нравились сухожилия, он думал, что они силовые веревки, и боялся порвать их.

Всадники доехали до массивной вечной двери, ведшей в полуподвал разрушенного дома. Нечеловеческие следы уходили туда; даже заметно было, что истукан топтался у двери, мучая землю до оголения.

— Кто же тут есть? — поражался Копенкин. — Не иначе — лютый человек. Сейчас ахнет на нас — готовься, товарищ Дванов!

Сам Копенкин даже повеселел: он ощущал тот тревожный восторг, который имеют дети в ночном лесу: их страх делится пополам со сбывающимся любопытством.

Дванов крикнул:

— Товарищ Пашинцев!.. Кто тут есть?

Никого, и трава без ветра молчит, а день уже меркнет.

— Товарищ Пашинцев!

— Э! — отдаленно и огромно раздалось из сырых звучных недр земли.

— Выйди сюда, односельчанин! — громко приказал Копенкин.

— Э! — мрачно и гулко отозвалось из утробы подвала. Но в этом звуке не слышалось ни страха, ни желания выйти. Отвечавший, вероятно, откликался лежа.

Копенкин и Дванов подождали, а потом рассердились.

— Да выходи, тебе говорят! — зашумел Копенкин.

— Не хочу, — медленно отвечал неизвестный человек. — Ступай в центральный дом — там хлеб и самогон на кухне.

Копенкин слез с коня и погремел саблей о дверь.

— Выходи — гранату метну!

Тот человек помолчал — может быть, с интересом ожидая гранаты и того, что потом получится. Но затем ответил:

— Бросай, шкода. У меня тут их целый склад: сам от детонации обратно в мать полезешь!

И опять замолк. У Копенкина не было гранаты.

— Да бросай же, гада! — с покоем в голосе попросил неведомый из своей глубины. — Дай мне свою артиллерию проверить: должно, мои бомбы заржавели и отмокли — ни за что не взорвутся, дьяволы!

— Во-о! — странно промолвил Копенкин. — Ну, тогда выйди и прими пакет от товарища Троцкого.

Человек помолчал и подумал.

185

— Да какой он мне товарищ, раз надо всеми командует! Мне коменданты революции не товарищи. Ты лучше брось бомбу — дай поинтересоваться!

Копенкин выбил ногою вросший в почву кирпич и с маху бросил его в дверь. Дверь взвыла железом и снова осталась в покое.

— Не разорвалась, идол, в ней вещество окоченело! — определил Копенкин порок.

— И мои молчат! — серьезно ответил неизвестный человек. — Да ты шайбу-то спустил? Дай я марку выйду погляжу.

Зазвучало мерное колыхание металла — кто-то шел действительно железной поступью. Копенкин ожидал его с вложенной саблей — любопытство в нем одолело осторожность. Дванов не слез со своего рысака.

Неведомый гремел уже близко, но не ускорял постепенного шага, очевидно одолевая тяжесть своих сил.

Дверь открылась сразу — она не была замкнута.

Копенкин затих от зрелища и отступил на два шага — он ожидал ужаса или мгновенной разгадки, но человек уже объявился, а свою загадочность сохранил.

Из разверзшейся двери выступил небольшой человек, весь запакованный в латы и панцирь, в шлеме и с тяжким мечом, обутый в мощные металлические сапоги — с голенищами, сочлененными каждое из трех бронзовых труб, давившими траву до смерти.

Лицо человека — особенно лоб и подбородок — было защищено отворотами каски, а сверх всего имелась опущенная решетка. Все вместе защищало воина от любых ударов противника.

Но сам человек был мал ростом и не особо страшен.

— Где твоя граната? — хрипло и тонко спросил представший, — голос его гулко гремел только издали, отражаясь на металлических вещах и пустоте его жилища, а в натуре оказался жалким звуком.

— Ах ты, гадина! — без злобы, но и без уважения воскликнул Копенкин, пристально интересуясь рыцарем.

Дванов открыто засмеялся — он сразу сообразил, чью непомерную одежду присвоил этот человек. Но засмеялся он оттого, что заметил на старинной каске красноармейскую звезду, посаженную на болт и прижатую гайкой.

— Чему радуетесь, сволочи? — хладнокровно спросил рыцарь, не находя дефективной гранаты. Нагнуться рыцарь никак не мог и только слабо шевелил травы мечом, непрерывно борясь с тяжестью доспехов.

— Не ищи, чумовой, несчастного дела! — серьезно сказал Копенкин, возвращаясь к своим нормальным чувствам. — Веди на ночлег. Есть у тебя сено?

Жилище рыцаря помещалось в полуподвальном этаже усадебной службы. Там имелась одна зала, освещенная получерным светом коптильника. В дальнем углу лежали горой рыцарские доспехи и холодное оружие, а в другом — среднем месте — пирамида ручных гранат. Еще в зале стоял стол, у стола одна табуретка, а на столе бутылка с неизвестным напитком, а может быть, отравой. К бутылке хлебом была приклеена бумага с надписью чернильным карандашом лозунга:

СМЕРТЬ БУРЖУЯМ!

— Ослобони меня на ночь! — попросил рыцарь.

Копенкин долго разнуздывал его от бессмертной одежды, вдумываясь в ее умные части. Наконец рыцарь распался, и из бронзовой кожуры явился обыкновенный товарищ Пашинцев — бурого цвета человек, лет тридцати семи и без одного непримиримого глаза, а другой остался еще более внимательным.

— Давайте выпьем по стаканчику, — сказал Пашинцев.

Но Копенкина и в старое время не брала водка; он ее не пил сознательно, как бесцельный для чувства напиток.

Дванов тоже не понимал вина, и Пашинцев выпил в одиночестве. Он взял бутылку — с надписью «Смерть буржуям!» — и перелил ее непосредственно в горло.

— Язва! — сказал он, опорожнив посуду, и сел с подобревшим лицом.

— Что́, приятно? — спросил Копенкин.

— Свекольная настойка, — объяснил Пашинцев. — Одна незамужняя девка чистоплотными руками варит — беспорочный напиток — очень духовит, батюшка...

— Да кто ж ты такой? — с досадой интересовался Копенкин.

— Я — личный человек, — осведомлял Пашинцев Копенкина. — Я вынес себе резолюцию, что в девятнадцатом году у нас все кончилось — пошли армия, власти и порядки, а народу — опять становись в строй, начинай с понедельника... Да будь ты...

Пашинцев кратко сформулировал рукой весь текущий момент.

Дванов перестал думать и медленно слушал рассуждающего.

— Ты помнишь восемнадцатый и девятнадцатый год? — со слезами радости говорил Пашинцев. Навсегда потерянное время вызывало в нем яростные воспоминания: среди рассказа он молотил по столу кулаком и угрожал всему окружению своего подвала. — Теперь уж ничего не будет, — с ненавистью убеждал Пашинцев моргавшего Копенкина. — Всему конец: закон пошел, разница между людьми явилась — как будто какой черт на весах вешал человека... Возьми меня — разве ты сроду узнаешь, что тут дышит? — Пашинцев ударил себя по низкому черепу, где мозг должен быть сжатым, чтобы поместиться уму. — Да тут, брат, всем пространствам место найдется. Так же и у каждого. А надо мной властвовать хотят! Как ты все это в целости поймешь? Говори — обман или нет?

— Обман, — с простой душою согласился Копенкин.

— Вот! — удовлетворенно закончил Пашинцев. — И я теперь горю отдельно от всего костра!

Пашинцев почуял в Копенкине такого же сироту земного шара, каков он сам, и задушевными словами просил его остаться с ним навсегда.

— Чего тебе надо? — говорил Пашинцев, доходя до самозабвения от радости чувствовать дружелюбного человека. — Живи тут. Ешь, пей, я яблок пять кадушек намочил, два мешка махорки насушил. Будем меж деревами друзьями жить, на траве песни петь. Народу ко мне ходит тысячи — вся нищета в моей коммуне радуется: народу же кроме нет легкого пристанища. В деревне — за ним Советы наблюдают, комиссары-стражники людей сторожат, упродком хлеб в животе ищет, а ко мне никто из казенных не покажется...

— Боятся тебя, — заключил Копенкин, — ты же весь в железе ходишь, спишь на бомбе...

— Определенно боятся, — согласился Пашинцев. — Ко мне было хотели присоседиться и имение на учет взять, а я вышел к комиссару во всей сбруе, взметнул бомбу: даешь коммуну! А в другой раз приехали разверстку брать. Я комиссару и говорю: пей, ешь, сукин сын, но если что лишнее возьмешь — вонь от тебя останется. Выпил комиссар чашку самогону и уехал: спасибо, говорит, товарищ Пашинцев. Дал я ему горсть подсолнухов, ткнул вон той чугунной головешкой в спину и отправил в казенные районы...

— А теперь как же? — спросил Копенкин.

— Да никак: живу безо всякого руководства, отлично выходит. Объявил тут ревзаповедник, чтоб власть не косилась, и храню революцию в нетронутой геройской категории...

Дванов разобрал на стене надписи углем, выведенные дрожащей, не писчей рукой. Дванов взял коптильник в руку и прочел стенные скрижали ревзаповедника.

— Почитай, почитай, — охотно советовал ему Пашинцев. — Другой раз молчишь, молчишь — намолчишься и начнешь на стене разговаривать: если долго без людей, мне мутно бывает...

Дванов читал стихи на стене:

Буржуя нету, так будет труд —
Опять у мужика гужа на шее.

Поверь, крестьянин трудовой,
Цветочкам полевым сдобней живется!
Так брось пахать и сеять, жать,
Пускай вся почва родит самосевом.
А ты ж живи и веселись —
Не дважды кряду происходит жизнь,
Со всей коммуною святой
За руки честные возьмись
И громко грянь на ухи всем:
Довольно грустно бедовать,
Пора нам всем великолепно жировать.
Долой земные бедные труды,
Земля задаром даст нам пропитанье.

В дверь постучал кто-то ровным хозяйским стуком.

— Э! — отозвался Пашинцев, уже испаривший из себя самогон и поэтому замолкший.

— Максим Степаныч, — раздалось снаружи, — дозволь на оглоблю жердину в опушке сыскать: хряпнула на полпути, хоть зимуй у тебя.

— Нельзя, — отказал Пашинцев. — До каких пор я буду приучать вас? Я же вывесил приказ на амбаре: земля — самодельная и, стало быть, ничья. Если б ты без спросу брал, тогда б я тебе позволил...

Человек снаружи похрипел от радости.

— Ну, тогда спасибо. Жердь я не трону — раз она прошеная, я что-нибудь иное себе подарю.

Пашинцев свободно сказал:

— Никогда не спрашивай, рабская психология, а дари себе все сам. Родился-то ты не от своей силы, а даром — и живи без счета.

— Это — точно, Максим Степаныч, — совершенно серьезно подтвердил проситель за дверью. — Что самовольно схватишь, тем и жив. Если б не именье — полсела бы у нас померло. Пятый год добро отсюда возим: большевики люди справедливые! Спасибо тебе, Максим Степанович.

Пашинцев сразу рассердился:

— Опять ты — спасибо! Ничего не бери, серый черт!

— Эт к чему же, Максим Степаныч? За что ж я тогда три года на позиции кровь проливал? Мы с кумом на паре за чугунным чаном приехали, а ты говоришь — не смей...

— Вот отечество! — сказал Пашинцев себе и Копенкину, а потом обратился к двери: — Так ведь ты за оглоблей приехал? Теперь говоришь — чан!

Проситель не удивился.

— Да хуть что-нибудь... Иной раз курицу одну везешь, а глядь — на дороге вал железный лежит, а один не осилишь, так он по-хамски и валяется. Оттого и в хозяйстве у нас везде разруха...

— Раз ты на паре, — кончил разговор Пашинцев, — то увези бабью ногу из белых столбов... В хозяйстве ей место найдется.

— Можно, — удовлетворился проситель. — Мы ее буксиром спрохвала потащим — кафель из нее колоть будем.

Проситель ушел предварительно осматривать колонну — для более сподручного похищения ее.

В начале ночи Дванов предложил Пашинцеву устроить лучше — не имение перетаскивать в деревню, а деревню переселить в имение.

— Труда меньше, — говорил Дванов. — К тому же имение на высоком месте стоит — здесь земля урожайней.

Пашинцев на это никак не согласился.

— Сюда с весны вся губернская босота сходится — самый чистый пролетариат. Куда ж им тогда деваться? Нет, я здесь кулацкого засилья не допущу!

Дванов подумал, что, действительно, мужики с босяками не сживутся. С другой стороны, жирная земля пропадает зря — население ревзаповедника ничего не сеет, а живет за счет остатков фруктового сада и природного самосева: вероятно, из лебеды и крапивы щи варит.

— Вот что, — неожиданно для себя догадался Дванов. — Ты обменяй деревню на имение: имение мужикам отдай, а в деревне ревзаповедник сделай. Тебе же все равно — важны люди, а не место. Народ в овраге томится, а ты один на бугре!..

Пашинцев со счастливым удивлением посмотрел на Дванова.

— Вот это отлично! Так и сделаю. Завтра же еду на деревню мужиков поднимать.

— Поедут? — спросил Копенкин.

— В одни сутки все тут будут! — с яростным убеждением воскликнул Пашинцев и даже двинулся телом от нетерпения.

— Да я прямо сейчас поеду! — передумал Пашинцев. Он теперь и Дванова полюбил. Сначала Дванов ему не вполне понравился: сидит и молчит, наверное, все программы, уставы и тезисы наизусть знает — таких умных Пашинцев не любил. Он видел в жизни, что глупые и несчастные добрее умных и более способны изменить свою жизнь к свободе и счастью. Втайне ото всех Пашинцев верил, что рабочие и крестьяне, конечно, глупее ученых буржуев, но зато они душевнее, и отсюда их отличная судьба.

Пашинцева успокоил Копенкин, сказав, что нечего спешить — победа за нами, все едино, обеспечена.

Пашинцев согласился и рассказал про сорную траву. В свое детское погубленное время он любил глядеть, как жалкая и обреченная трава разрастается по просу. Он знал, что выйдет погожий день и бабы безжалостно выберут по ветелке дикую неуместную траву — васильки, донник и ветрянку. Эта трава была красивей невзрачных хлебов — ее цветы походили на печальные предсмертные глаза детей, они знали, что их порвут потные бабы. Но такая трава живей и терпеливей квелых хлебов — после баб она снова рожалась в неисчислимом и бессмертном количестве.

— Вот так же и беднота! — сравнивал Пашинцев, сожалея, что выпил всю «Смерть буржуям!». — В нас мо́чи больше, и мы сердечней прочих элементов...

Пашинцев не мог укротить себя в эту ночь. Надев кольчугу на рубашку, он вышел куда-то на усадьбу. Там его охватила ночная прохлада, но он не остыл. Наоборот, звездное небо и сознание своего низкого роста под тем небом увлекли его на большое чувство и немедленный подвиг. Пашинцев застыдился себя перед силой громадного ночного мира и, не обдумывая, захотел сразу поднять свое достоинство.

В главном доме жило немного окончательно бесприютного и нигде не зарегистрированного народа — четыре окна мерцали светом открытой топившейся печки, там варили пищу в камине. Пашинцев постучал в окно кулаком, не жалея покоя обитателей.

Вышла лохматая девушка в высоких валенках.

— Чего тебе, Максим Степаныч? Что ты ночную тревогу подымаешь?

Пашинцев подошел к ней и восполнил своим чувством вдохновенной симпатии все ее ясные недостатки.

— Груня, — сказал он, — дай я тебя поцелую, голубка незамужняя! Бомбы мои ссохлись и не рвутся — хотел сейчас колонны ими подсечь, да нечем. Дай я тебя обниму по-товарищески.

— Что-то с тобой сталось — ты будто человек сурьезный был... Да сними железо с себя, всю мякоть мне натревожишь...

Но Пашинцев кратко поцеловал ее в темные сухие корки губ и пошел обратно. Ему стало легче и не так досадно под нависшим могущественным небом. Все большое по объему и отличное по качеству в Пашинцеве возбуждало не созерцательное наслаждение, а воинское чувство — стремление превзойти большое и отличное в силе и важности.

— Вы что? — спросил без всякого основания Пашинцев у приезжих — для разряжения своих удовлетворенных чувств.

— Спать пора, — зевнул Копенкин. — Ты наше правило взял на заметку — сажаешь мужиков на емкую землю: что ж с тобой нам напрасно гоститься?

— Мужиков завтра потащу — без всякого саботажа! — определил Пашинцев. — А вы погостите — для укрепления связей! Завтра Грунька обед вам сварит... Того, что у меня тут, — нигде не найдете. Обдумываю, как бы Ленина вызвать сюда — все ж таки вождь!

Копенкин осмотрел Пашинцева — Ленина хочет человек! — и напомнил ему:

— Смотрел я без тебя твои бомбы — они все порченые: как же ты господствуешь?

Пашинцев не стал возражать:

— Конечно — порченые: я их сам разрядил. Но народ не чует — я его одной политикой и беру — хожу в железе, ночую на бомбах... Понял маневр малыми силами в обход противника? Ну, и не сказывай, когда вспомнишь меня.

Коптильник погас. Пашинцев объяснил положение:

— Ну, ребята, ложись как попало — ничего не видно, и постели у меня нету... Я для людей — грустный член...

— Блажно́й ты, а не грустный, — точнее сказал Копенкин, укладываясь кое-как.

Пашинцев без обиды ответил:

— Здесь, брат, коммуна новой жизни — не бабий городок: перин нету.

Под утро мир оскудел в своем звездном величии и серым светом заменил мерцающее сияние. Ночь ушла, как блестящая кавалерия, на землю вступила пехота трудного походного дня.

Пашинцев принес, на удивление Копенкина, жареной баранины. А потом два всадника выехали с ревзаповедника по южной дороге — в долину Черной Калитвы. Под белой колоннадой стоял Пашинцев в рыцарском жестком снаряжении и глядел вслед своим единомышленникам.

И опять ехали двое людей на конях, и солнце всходило над скудостью страны.

Дванов опустил голову, его сознание уменьшалось от однообразного движения по ровному месту. И то, что Дванов ощущал сейчас как свое сердце, было постоянно содрогающейся плотиной от напора вздымающегося озера чувств. Чувства высоко поднимались сердцем и падали по другую сторону его, уже превращенные в поток облегчающей мысли. Но над плотиной всегда горел дежурный огонь того сторожа, который не принимает участия в человеке, а лишь подремывает в нем за дешевое жалованье. Этот огонь позволял иногда Дванову видеть оба пространства — вспухающее теплое озеро чувств и длинную быстроту мысли за плотиной, охлаждающейся от своей скорости. Тогда Дванов опережал работу сердца, питающего, но и тормозящего его сознание, и мог быть счастливым.

— Тронем на рысь, товарищ Копенкин! — сказал Дванов, переполнившись силой нетерпения к своему будущему, ожидающему его за этой дорогой. В нем встала детская радость вбивать гвозди в стены, делать из стульев корабли и разбирать будильники, чтобы посмотреть, что там есть. Над его сердцем трепетал тот мгновенный пугающий свет, какой бывает летними спертыми ночами в полях. Может быть, это жила в нем отвлеченная любовь молодости, превратившаяся в часть тела, либо продолжающаяся сила рождения. Но за счет ее Дванов мог добавочно и внезапно видеть неясные явления, бесследно плавающие в озере чувств. Он оглядел Копенкина, ехавшего со спокойным духом и ровной верой в летнюю недалекую страну социализма, где от дружеских сил человечества оживет и станет живою гражданкой Роза Люксембург.

Дорога пошла в многоверстный уклон. Казалось, если разогнаться по нем, можно оторваться и полететь. Вдали замерли преждевременные сумерки над темной и грустной долиной.

— Калитва! — показал Копенкин — и обрадовался, как будто уже доехал до нее вплотную. Всадники уже хотели пить и плевали вниз одними белыми полусухими слюнями.

Дванов загляделся в бедный ландшафт впереди. И земля и небо были до утомления несчастны: здесь люди жили отдельно и не действовали, как гаснут дрова, не сложенные в костер.

— Вот оно — сырье для социализма! — изучал Дванов страну. — Ни одного сооружения — только тоска природы-сироты!

В виду слободы Черной Калитвы всадникам встретился человек с мешком. Он снял шапку и поклонился конным людям — по старой памяти, что все люди — братья. Дванов и Копенкин тоже ответили поклоном, и всем троим стало хорошо.

«Товарищи грабить поехали, пропасти на них нет!» — про себя решил человек с мешком, отошедши достаточно далеко.

На околице слободы стояли два сторожевых мужика: один с обрезом, другой с колом из плетня.

— Вы какие? — служебно спросили они подъехавших Дванова и Копенкина.

Копенкин задержал коня, туго соображая о значении такого военного поста.

— Мы международные! — припомнил Копенкин звание Розы Люксембург: международный революционер.

Постовые задумались.

— Евреи, што ль?

Копенкин хладнокровно обнажил саблю: с такой медленностью, что сторожевые мужики не поверили угрозе.

— Я тебя кончу на месте за такое слово, — произнес Копенкин. — Ты знаешь, кто я? На́ документы...

Копенкин полез в карман, но документов и никакой бумаги у него не было никогда: он нащупал одни хлебные крошки и прочий сор.

— Адъютант полка! — отнесся Копенкин к Дванову. — Покажьте дозору наши грамотки...

Дванов вынул конверт, в котором он сам не знал, что находилось, но возил его всюду третий год, и бросил охране. Постовые с жадностью схватили конверт, обрадовавшись редкому исполнению долга службы.

Копенкин пригнулся и свободным движением мастера вышиб саблей обрез из рук постового, ничуть не ранив его; Копенкин имел в себе дарование революции.

Постовой выправил дернутую руку:

— Чего ты, идол, мы тоже не красные...

Копенкин переменился:

— Много войска у вас? Кто такие?

Мужики думали и так и иначе, а отвечали честно:

— Голов сто, а ружей всего штук двадцать... У нас Тимофей Плотников гостит с Исподних Хуторов. Вчерашний день продотряд от нас с жертвами отступил...

Копенкин показал им на дорогу, по которой приехал:

— Ступайте маршем туда — встретите полк, ведите его ко мне. Где штаб Плотникова?

— У церкви, на старостином дворе, — сказали крестьяне и печально посмотрели на родное село, желая отойти от событий.

— Ну, идите бодро! — приказал Копенкин и ударил коня ножнами.

За плетнем низко сидела баба, уже готовая умереть. То, зачем она вышла, остановилось в ней на полпути.

— Ка́паешь, старуха? — заметил ее Копенкин.

Баба была не старуха, а миловидная пожилая женщина.

— А ты уж пока́пал, идол неумытый! — до корня осерчала баба и встала с растопыренной юбкой и злостным лицом.

Конь Копенкина, теряя свою грузность, сразу понес свирепым карьером, высоко забрасывая передние ноги.

— Товарищ Дванов, гляди на меня — и не отставай! — крикнул Копенкин, сверкая в воздухе готовой саблей.

Пролетарская Сила тяжело молотила землю; Дванов слышал дребезг стекол в хатах. Но на улицах не было никого, даже собаки не бросились на всадников.

Минуя улицы и перекрестки огромного села, Копенкин держал направление на церковь. Но Калитва селилась семейными кустами четыреста лет: иные улицы были перепружены неожиданными поперечными хатами, а иные замкнулись наглухо новыми дворами и сворачивали в поле узкими летними проездами.

Копенкин и Дванов попали в переплет закоулков и завертелись на месте. Тогда Копенкин отворил одни ворота и понесся в обход улиц гумнами. Деревенские собаки сначала осторожно и одиноко залаяли, а потом перекинулись голосами и, возбужденные собственным множеством, взвыли все враз — от околицы до околицы.

Копенкин крикнул:

— Ну, товарищ Дванов, теперь крой напролет...

Дванов понял, что нужно проскакать село и выброситься в степь по ту сторону. И не угадал: выбравшись на широкую улицу, Копенкин поскакал прямо по ней в глубь села.

Кузницы стояли запертыми, а избы молчали, как брошенные. Попался лишь один старик, ладивший что-то у плетня, но он не обернулся на них, вероятно привыкнув ко всякой смуте.

Дванов услышал слабый гул — он подумал, что это раскачивают язык колокола на церкви и чуть касаются им по металлу.

Улица повернула и показала толпу народа у кирпичного грязного дома, в каких помещались раньше казенные винные лавки.

Народ шумел одним грузным усадистым голосом; до Дванова доходил лишь безмолвный гул.

Копенкин обернул сжатое похудевшее лицо:

— Стреляй, Дванов! Теперь — все будет наше!

Дванов выстрелил два раза куда-то в церковь и почувствовал, что он кричит вслед за Копенкиным, уже вдохновлявшим себя взмахами сабли. Толпа крестьян колыхнулась ровной волной, осветилась обращенными назад чужими лицами и начала пускать из себя потоки бегущих людей. Другие затоптались на месте, хватая на помощь соседей. Эти топтавшиеся были опасней бегущих: они замкнули страх на узком месте и не давали развернуться храбрым.

Дванов вдохнул мирный запах деревни — соломенной гари и гретого молока, — от этого запаха у Дванова заболел живот: сейчас он не смог бы съесть даже щепотки соли. Он испугался погибнуть в больших теплых руках деревни, задохнуться в овчинном воздухе смирных людей, побеждающих врага не яростью, а навалом.

Но Копенкин почему-то обрадовался толпе и уже надеялся на свою победу.

Вдруг из окон хаты, у которой метались люди, вспыхнул спешащий залп из разнокалиберных ружей — все звуки отдельных выстрелов были разные.

Копенкин пришел в самозабвение, которое запирает чувство жизни в темное место и не дает ему вмешиваться в смертные дела. Левой рукой Копенкин ударил из нагана в хату, громя оконное стекло.

Дванов очутился у порога. Ему осталось сойти с коня и вбежать в дом. Он выстрелил в дверь — дверь медленно открылась от толчка пули, и Дванов побежал внутрь. В сенях пахло лекарством и печалью неизвестного беззащитного человека. В чулане лежал раненный в прежних боях крестьянин. Дванов не сознал его и ворвался через кухню в горницу. В комнате стоял в рост рыжеватый мужик, подняв правую здоровую руку над головой, а левая с наганом была опущена — из нее редко капала кровь, как влага с листьев после дождя, ведя скучный счет этому человеку.

Окно горницы было выбито, а Копенкина не было.

— Бросай оружие! — сказал Дванов.

Бандит прошептал что-то с испугу.

— Ну! — озлился Дванов. — Пулей с рукой вышибу!

Крестьянин бросил револьвер в свою кровь и поглядел вниз: он пожалел, что пришлось вымочить оружие, а не отдать его сухим — тогда бы его скорей простили.

Дванов не знал, что делать дальше с раненым пленником и где Копенкин. Он отдышался и сел в плюшевое кулацкое кресло. Мужик стоял перед ним, не владея обвисшими руками. Дванов удивился, что он не похож на бандита, а был обыкновенным мужиком и едва ли богатым.

— Сядь! — сказал ему Дванов. Крестьянин не сел. — Ты кулак?

— Нет, мы тут последние люди, — вразумительно ответил мужик правду. — Кулак не воюя: у него хлеба много — весь не отберут...

Дванов поверил и испугался: он вспомнил в своем воображении деревни, которые проехал, населенные грустным бледным народом.

— Ты бы стрелял в меня правой рукой: ведь одну левую ранили.

Бандит глядел на Дванова и медленно думал — не для своего спасения, а вспоминая всю истину.

— Я левша. Выскочить не успел, а говорят — полк наступает, мне таково обидно стало одному помирать...

Дванов заволновался: он мог думать при всех положениях. Этот крестьянин подсказывал ему какую-то тщету и скорбь революции, выше ее молодого ума, — Дванов уже чувствовал тревогу бедных деревень, но написать ее словами не сумел бы.

«Глупость! — молча колебался Дванов. — Расстрелять его, как придет Копенкин. Трава растет, тоже разрушает почву: революция — насильная штука и сила природы... Сволочь ты!» — сразу и без последовательности изменилось сознание Дванова.

— Уходи домой! — приказал он бандиту. Тот пошел к дверям задом, глядя на наган в руке Дванова завороженными окоченелыми глазами. Дванов догадался и нарочно не прятал револьвера, чтобы не шевельнуться и не испугать человека.

— Стой! — окликнул Дванов. Крестьянин покорно остановился. — Были у вас белые офицеры? Кто такой Плотников?

Бандит ослаб и мучительно старался перетерпеть себя.

— Не, никого не было, — боясь солгать, тихо отвечал крестьянин. — Каюсь тебе, милый человек: никого... Плотников — с наших приселков мужик...

Дванов видел, что бандит от страха не врет.

— Да ты не бойся! Иди себе спокойно ко двору.

Бандит пошел, поверив Дванову.

В окне задребезжали остатки стекла: степным ходом подскакала Пролетарская Сила Копенкина.

— Ты куда идешь? Ты кто такой? — услышал Дванов голос Копенкина. Не слушая ответа, Копенкин водворил пленного бандита в чулан.

— Ты знаешь, товарищ Дванов, я было самого ихнего Плотникова не словил, — сообщил Копенкин, клокоча возбужденной грудью. — Двое их стервецов ускакали — ну, кони их хороши! На моем пахать надо, а я на нем воюю... Хотя на нем мне счастье — сознательная скотина!.. Ну, что ж, надо сход собирать...

Копенкин сам залез на колокольню и ударил в набат. Дванов вышел на крыльцо в ожидании собрания крестьян. Вдалеке выскакивали на середину улицы дети и, поглядев в сторону Дванова, убегали опять. Никто не шел на гулкий срочный призыв Копенкина.

Колокол мрачно пел над большой слободой, ровно перемежая дыхание с возгласом. Дванов заслушался, забывая значение набата. Он слышал в напеве колокола тревогу, веру и сомнение. В революции тоже действуют эти страсти — не одной литой верой движутся люди, но также и дребезжащим сомнением.

К крыльцу подошел черноволосый мужик в фартуке и без шапки, наверно — кузнец.

— Вы что тут народ беспокоите? — прямо спросил он. — Езжайте себе, други-товарищи, дальше. Есть у нас дураков десять — вот вся ваша опора тут...

Дванов также прямо попросил его сказать, чем он обижен на Советскую власть.

— Оттого вы и кончитесь, что сначала стреляете, а потом спрашиваете, — злобно ответил кузнец. — Мудреное дело: землю отдали, а хлеб до последнего зерна отбираете: да подавись ты сам такой землей! Мужику от земли один горизонт остается. Кого вы обманываете-то?

Дванов объяснил, что разверстка идет в кровь революции и на питание ее будущих сил.

— Это ты себе оставь! — знающе отвергнул кузнец. — Десятая часть народа — либо дураки, либо бродяги, сукины дети, они сроду не работали по-крестьянски — за кем хошь пойдут. Был бы царь — и для него нашлась бы ичейка у нас. И в партии у вас такие же негодящие люди... Ты говоришь — хлеб для революции! Дурень ты, народ ведь умирает — кому ж твоя революция останется? А война, говорят, вся прошла...

Кузнец перестал говорить, сообразив, что перед ним такой же странный человек, как и все коммунисты: как будто ничего человек, а действует против простого народа.

Дванов нечаянно улыбнулся мысли кузнеца: есть, примерно, десять процентов чудаков в народе, которые на любое дело пойдут — и в революцию, и в скит на богомолье.

Пришел Копенкин, тот на все упреки кузнеца отвечал ясно:

— Сволочь ты, дядя! Мы живем теперь все вровень, а ты хочешь так: рабочий не жри, а ты чтоб самогон из хлеба курил!

— Вровень, да не гладко! — мстил кузнец. — Кляп ты понимаешь в ровной жизни! Я сам, как женился, думаю над этим делом: получается, что всегда чудаки над нами командовали, а сам народ никогда власть не принимал: у него, друг, посурьезней дела были — дураков задаром кормил...

Кузнец похохотал умным голосом и свертел цигарку.

— А если б разверстку отменили? — поставил вопрос Дванов.

Кузнец было повеселел, но опять нахмурился:

— Не может быть! Вы еще хуже, другое придумаете — пускай уж старая беда живет: тем более мужики уж приучились хлеб хоронить...

— Ему ништо нипочем: сволочь-человек! — оценил Копенкин собеседника.

К дому стал подбираться народ: пришли человек восемь и сели в сторонке. Дванов подошел к ним — это оказались уцелевшие члены ячейки Калитвы.

— Начинай речь! — насмехался кузнец. — Все чудаки в сборе, не хватает малость...

Кузнец помолчал, а потом опять охотно заговорил:

— Вот ты меня послушай. У нас людей пять тысяч, и малых и больших. Ты запомни. А теперь я тебе погадаю: возьми ты десятую часть от возмужалых, и когда в ичейке столько будет — тогда и кончится вся революция.

— Почему? — не понял расчета Дванов.

Кузнец пристрастно объяснил:

— Тогда все чудаки к власти отойдут, а народ сам по себе заживет — обоим сторонам удовольствие...

Копенкин предложил собранию, не теряя минуты, гнаться за Плотниковым, чтобы ликвидировать его, пока он новой живой банды не набрал. Дванов выяснил у деревенских коммунистов, что в Калитве Плотников хотел объявить мобилизацию, но у него ничего не вышло; тогда два дня шли сходы, где Плотников уговаривал всех идти добровольцами. И сегодня шел такой же сход, когда напали Дванов и Копенкин. Сам Плотников до точности знает крестьян, мужик лихой, верный своим односельчанам и оттого враждебный всему остальному свету. Мужики его уважают вместо скончавшегося попа.

Во время схода прибежала баба и крикнула:

— Мужики, красные на околице — целый полк на лошадях скачет сюда!

А когда Копенкин с Двановым показались на улице, все подумали, что это полк.

— Едем, Дванов! — соскучился слушать Копенкин. — Куда та дорога ведет? Кто с нами поедет?

Коммунисты смутились:

— Та дорога на деревню Черновку... Мы, товарищи, все безлошадные...

Копенкин махнул на них отрекающейся рукой.

Кузнец бдительно поглядел на Копенкина и сам подошел к нему:

— Ну, прощай, что ль! — и протянул обширную руку.

— Прощай хоть ты, — ответил подачей ладони Копенкин. — По́мни меня — начнешь шевелиться: назад вернусь, а кончу тебя!

Кузнец не побоялся:

— Попо́мни, попо́мни: моя фамилия Сотых. Я тут один такой. Когда дело к рассудку пойдет — я сам буду верхом с кочережкой. И коня найду: а то они, видишь ты, безлошадные, сукины дети...

Слобода Калитва жила на спуске степи к долине. Сама же долина реки Черной Калитвы представляла сплошную чащу болотных зарослей.

Пока люди спорили и утрамбовывались меж собой, шла вековая работа природы: река застарела, девственный травостой ее долины затянулся смертельной жидкостью болот, через которую продирались лишь жесткие острецы камыша.

Мертвое руно долины ныне слушало лишь безучастные песни ветра. В конце лета здесь всегда идет непосильная борьба ослабшего речного потока с овражными выносами песка, своею мелкой перхотью навсегда отрезающего реку от далекого моря.

— Вот, товарищ Дванов, погляди налево, — указал на синеву поймы Копенкин. — Я тут бывал с отцом еще мальчишкой: незабвенное место было. На версту хорошей травянистой вонью несло, а теперь тут и вода гниет...

Дванов редко встречал в степи такие длинные таинственные страны долин. Отчего, умирая, реки останавливают свою воду и покрывают непроходимой мочажиной травяные прибрежные покровы? Наверно, вся придолинная страна беднеет от смерти рек. Копенкин рассказал Дванову, сколько скота и птицы было раньше у крестьян в здешних местах, когда река была свежая и живая.

Смеркающаяся вечерняя дорога шла по окраине погибшей долины. До Черновки от Калитвы было всего шесть верст, но Черновку всадники заметили, когда уже въехали на чье-то гумно. В то время Россия тратилась на освещение пути всем народам, а для себя в хатах света не держала.

Копенкин пошел узнавать, чья власть в деревне, а Дванов остался с лошадьми на околице.

Наставала ночь — мутная и скучная; таких ночей боятся дети, познавшие в первый раз сонные кошмары: они тогда не засыпают и следят за матерью, чтобы она тоже не спала и хранила их от ужаса.

Но взрослые люди — сироты, и Дванов стоял сегодня один на околице враждебной деревни, наблюдая талую степную ночь и прохладное озеро неба над собой.

Он прохаживался и возвращался обратно, слушая тьму и считая медленное время.

— Я насилу нашел тебя, — издалека сказал невидимый Копенкин. — Соскучился? Сейчас молочка попьешь.

Копенкин ничего не узнал — чья в деревне власть и здесь ли Плотников. Зато достал где-то корчажку молока и ломоть необходимого хлеба.

Поев, Копенкин и Дванов поехали к сельсовету. Копенкин отыскал избу с вывеской Совета, но там было пусто, ветхо и чернильница стояла без чернил — Копенкин залезал в нее пальцем, проверяя, функционирует ли местная власть.

Утром пришли четыре пожилых мужика и начали жаловаться: все власти их оставили, жить стало жутко.

— Нам бы хоть кого-нибудь, — просили крестьяне. — А то мы тут на отшибе живем — сосед соседа задушит. Разве ж можно без власти: ветер без начала не подует, а мы без причины живем.

Властей в Черновке было много, но все рассеялись. Советская власть тоже распалась сама собой: крестьянин, избранный председателем, перестал действовать: почету, говорит, мало — все меня знают, без почета власть не бывает. И перестал ходить в сельсовет на занятия. Черновцы ездили в Калитву, чтобы привезти в председатели незнакомого человека, которого поэтому все бы уважали. Но и так не вышло: в Калитве сказали, что нет инструкций на переселение председателей из чужих мест — выбирайте достойных из своего общества.

— А раз у нас нету достойных! — загрустили черновцы. — Мы все вровень и под стать: один вор, другой лодырь, а у третьего баба лихая — портки спрятала... Как же нам теперь быть-то?

— Скучно вам жить? — сочувственно спросил Дванов.

— Полная закупорка! По всей России, проходящие сказывали, культурный пробел прошел, а нас не коснулся: обидели нас!

В окна Совета пахло навозной сыростью и теплом пахотной земли; этот старинный воздух деревни напоминал о покое и размножении, и говорившие постепенно умолкли. Дванов вышел наружу посмотреть лошадей. Его там обрадовал отощалый нуждающийся воробей, работавший клювом в сытном лошадином кале. Воробьев Дванов не видал полгода и ни разу не вспомнил, где они приютились на свете. Много хорошего прошло мимо узкого бедного ума Дванова, даже собственная жизнь часто обтекает его ум, как речка вокруг камня. Воробей перелетел на плетень. Из Совета вышли крестьяне, скорбящие о власти. Воробей оторвался от плетня и на лету проговорил свою бедняцкую серую песню.

Один из крестьян подошел к Дванову — рябой и не евший, из тех, кто никогда сразу не скажет, что ему нужно, но поведет речь издали о средних предметах, сосредоточенно пробуя характер собеседника: допускает ли тот попросить облегчения. С ним можно проговорить всю ночь — о том, что покачнулось на земле православие, а на самом деле ему нужен был лес на постройку. Хотя хлысты он уже себе нарезал в бывшей казенной даче, а снова попросить лес хочет для того, чтобы косвенно проверить, что ему будет за прежнее самовольство.

Подошедший к Дванову мужик чем-то походил на отбывшего воробья — лицом и повадкой: смотреть на свою жизнь как на преступное занятие и ежеминутно ждать карающей власти.

Дванов попросил сказать сразу и наголо — что требуется крестьянину. Но Копенкин услышал Дванова сквозь одинарную раму и предупредил, что так мужик сроду ничего не покажет: ты, говорит, товарищ Дванов, веди беседу шагом.

Мужики засмеялись и поняли: перед ними не опасные, ненужные люди.

Заговорил рябой. Он был бобыль и должен, по общественному приговору, соблюдать чужие интересы.

Понемногу беседа добралась до калитвенских угодий, смежных с черновскими. Затем прошли спорный перелесок и остановились на власти.

— Нам хоть власть, хоть и не надо, — объяснял с обеих сторон рябой. — С середины посмотреть — концов не видать, с конца начать — долго. Вот ты и подумай тут...

Дванов поторопил:

— Если есть у вас враги, то вам нужна Советская власть.

Но рябой знал, в чем дело:

— Врагов-то хоть и нет, да ведь кругом просторно — прискачут: чужая копейка вору дороже своего рубля... Оно все одинако осталось — и трава растет, и погода меняется, а все ж таки ревность нас берет: а вдруг да мы льготы какие упустили без власти! Сказывают, разверстку теперь не берут, а мы все сеять боимся... И прочие легкости народу пошли — разберут по ртам, а нам не достанется!

Дванов вскинулся: как разверстку не берут — кто сказал? Но рябой и сам не знал: не то он действительно это слышал, не то от своего сердца нечаянно выдумал.

Объяснил только вообще — проходил дезертир без документов и, поев каши у рябого, сообщил, что нет теперь никакой разверстки — к Ленину в кремлевскую башню мужики ходили: три ночи сидели и выдумали послабление.

Дванов сразу загрустил, ушел в Совет и не возвратился. Мужики разошлись по дворам, привыкнув к бестолковым ходатайствам.

— Послушай меня, товарищ Копенкин! — взволнованно обратился Дванов. Копенкин больше всего боялся чужого несчастья и мальчиком плакал на похоронах незнакомого мужика обиженней его вдовы. Он загодя опечалился и приоткрыл рот для лучшего слуха. — Товарищ Копенкин! — сказал Дванов. — Знаешь что: мне охота съездить в город... Обожди меня здесь — я быстро возвращусь... Сядь временно председателем Совета, чтобы не скучно было, — крестьяне согласятся. Ты видишь, они какие...

— Да что ж тут такого? — обрадовался Копенкин. — Поезжай себе, пожалуйста, я тебя хоть целый год ждать буду... А председателем я устроюсь — здешний район надо покорябать.

Вечером Дванов и Копенкин поцеловались среди дороги, и обоим стало бессмысленно стыдно. Дванов уезжал в ночь к железной дороге.

Копенкин долго стоял на улице, уже не видя друга; потом вернулся в сельсовет и заплакал в пустом помещении. Всю ночь он пролежал молча и без сна, с беспомощным сердцем. Деревня вокруг не шевелилась, не давала знать о себе ни единым живым звуком, будто навсегда отреклась от своей досадной, волокущейся судьбы. Лишь изредка шелестели голые ветлы на пустом сельсоветском дворе, пропуская время к весне.

Копенкин наблюдал, как волновалась темнота за окном. Иногда сквозь нее пробегал бледный вянущий свет, пахнущий сыростью и скукой нового нелюдимого дня. Быть может, наставало утро, а может, это — мертвый блуждающий луч луны.

В длинной тишине ночи Копенкин незаметно терял напряжение своих чувств, словно охлаждаясь одиночеством. Постепенно в его сознании происходил слабый свет сомнения и жалости к себе. Он обратился памятью к Розе Люксембург, но увидел только покойную исхудалую женщину в гробу, похожую на измученную роженицу. Нежное влечение, дававшее сердцу прозрачную веселую силу надежды, теперь не тронулось в Копенкине.

Удивленный и грустный, он обволакивался небесною ночью и многолетней усталостью. Во сне он не видел себя и, если б увидел, испугался: на лавке спал старый, истощенный человек, с глубокими мученическими морщинами на чужом лице, — человек, всю жизнь не сделавший себе никакого блага. Не существует перехода от ясного сознания к сновидению — во сне продолжается та же жизнь, но в обнаженном смысле. Второй раз увидел Копенкин свою давно умершую мать — в первый раз она снилась ему перед женитьбой: мать уходила по грязной полевой дороге; спина ее была так худа, что сквозь сальную кофту, пропахшую щами и детьми, проступали кости ребер и позвоночника; мать уходила, нагнувшись, ни в чем не упрекая сына. Копенкин знал, что там, куда она пошла, у нее ничего нет, и побежал в обход по балке, чтобы построить ей курень. Где-то под лесом живали в теплое время огородники и бахчеводы, и Копенкин думал поставить курень матери именно там, чтобы мать нашла себе в лесу другого отца и нового сына.

Сегодня мать приснилась Копенкину с обыкновенным горюющим лицом — она утирала себе концом платочка, чтобы не пачкать его весь, сморщенные слезницы глаз и говорила — маленькая и иссохшая перед выросшим сыном:

— Опять себе шлюшку нашел, Степушка. Опять мать оставил одну — людям на обиду. Бог с тобой.

Мать прощала, потому что потеряла материнскую силу над сыном, рожденным из ее же крови и окаянно отступившим от матери.

Копенкин любил мать и Розу одинаково, потому что мать и Роза было одно и то же первое существо для него, как прошлое и будущее живут в одной его жизни. Он не понимал, как это есть, но чувствовал, что Роза — продолжение его детства и матери, а не обида старушки.

И Копенкин зашелся сердцем, что мать ругает Розу.

— Мама, она тоже умерла, как и ты, — сказал Копенкин, жалея беспомощность материнского зла.

Старуха отняла платок — она и не плакала.

— И-и, сынок, ты их только слушай! — засплетничала мать. — Она тебе и скажет и повернется — все под стать, а женишься — спать не с кем: кости да кожа, а на шее рожа. Вот она, присуха твоя, поступочкой идет: у, подлая, обвела малого!..

По улице шла Роза — маленькая, живая, настоящая, с черными грустными глазами, как на картине в сельсовете. Копенкин забыл мать и прошиб стекло — для лучшего наблюдения Розы. За стеклом была деревенская летняя улица — пустая и скучная, как во всех деревнях в засуху и жару, а Розы не было. Из переулка вылетела курица и побежала по колее, растопырив пылящие крылья. Вслед за ней вышли оглядывающиеся люди, а потом другие люди понесли некрашеный дешевый гроб, в каких хоронят на общественные средства безвестных людей, не помнящих родства.

В гробу лежала Роза — с лицом в желтых пятнах, что бывает у неблагополучных рожениц. В черноте ее волос вековала неженская седина, а глаза засосались под лоб в усталом отречении ото всех живых. Ей никого не нужно, и мужикам, которые ее несли, она тоже была немила. Носильщики трудились только из общественной повинности, в порядке подворной очереди.

Копенкин вглядывался и не верил: в гробу лежала не та, которую он знал, — у той было зрение и ресницы. Чем ближе подносили Розу, тем больше темнело ее старинное лицо, не видевшее ничего, кроме ближних сел и нужды.

— Вы мать мою хороните! — крикнул Копенкин.

— Нет, она немужняя жена! — без всякой грусти сказал мужик и поправил полотенце на плече. — Она, видишь ты, не могла в другом селе помереть, а аккурат у нас скончалась: не все ей равно было...

Мужик считал свой труд. Это Копенкин сразу понял и успокоил подневольных людей:

— Как засыпете ее, приходите — я поднесу.

— Можно, — ответил тот же крестьянин. — На сухую хоронить грешно. Теперь она раба божья, а все одно неподъемная, аж плечи режет.

Копенкин лежал на лавке и ждал возвращения мужиков с кладбища. Откуда-то дуло холодом. Копенкин встал, чтобы заложить разбитое стекло, но все окна были невредимы. Дуло от утреннего ветра, а на дворе давно ржал непоеный конь Пролетарская Сила. Копенкин оправил на себе одежду, икнул и вышел на воздух. Журавль колодца у соседей нагибался за водой; молодая баба за плетнем ласкала корову, чтобы лучше ее выдоить, и нежно говорила грудным голосом:

— Машка, Машенька, ну, не топырься, не гнушайся, свят прилипнет, грех отлипнет...

С левой стороны кричал, оправляя с порога нужду, босой человек своему невидимому сыну:

— Васька, веди кобылу поить!

— Сам пей, она поеная!

— Васька, пшено иди толки, а то ступкой по башке шкрыкну.

— Я вчерась толок: все я да я — сам натолкешь!

Воробьи возились по дворам, как родная домашняя птица, и, сколь ни прекрасны ласточки, но они улетают осенью в роскошные страны, а воробьи остаются здесь — делить холод и человеческую нужду. Это настоящая пролетарская птица, клюющая свое горькое зерно. На земле могут погибнуть от долгих унылых невзгод все нежные создания, но такие живородные существа, как мужик и воробей, останутся и дотерпят до теплого дня.

Копенкин улыбнулся воробью, сумевшему в своей тщетной крошечной жизни найти громадное обещание. Ясно, что он отогревался в прохладное утро не зернышком, а не известной людям мечтой. Копенкин тоже жил не хлебом и не благосостоянием, а безотчетной надеждой.

— Так лучше, — сказал он, не отлучаясь взором от работавшего воробья. — Ишь ты: маленький, а какой цопенький... Если б человек таким был, весь свет бы давно расцвел...

Рябой вчерашний мужик пришел с утра. Копенкин завлек его в разговор, потом пошел к нему завтракать и за столом вдруг спросил:

— А есть у вас такой мужик — Плотников?

Рябой нацелился на Копенкина думающим глазом, ища подоплеки вопроса:

— Плотников я и есть. А что тебе? У нас во всей деревне только три фамилии и действуют, что Плотниковы, Ганушкины да Цельновы. Тебе которого Плотникова надо?

Копенкин нашел:

— Того самого, у которого рыжий жеребец — ловкий да статный такой, на езду ужимистый... Знаешь?

— А, так то Ванька, а я Федор! Он меня не касается. Жеребец-то его третьего дня охромел... Он дюже надобен-то тебе? Тогда я сейчас пойду кликну его...

Рябой Федор ушел; Копенкин вынул наган и положил на стол. Больная баба Федора онемело глядела на Копенкина с печки, начиная все быстрее и быстрее икать от страха.

— Кто-то тебя распоминался так? — участливо спросил Копенкин.

Баба скосоротилась в улыбку, чтобы разжалобить гостя, но сказать ничего не сумела.

Федор пришел с Плотниковым скоро. Плотниковым оказался тот самый босой мужик, который утром кричал на Ваську с порога. Теперь он надел валенки, а в руках вежливо мял ветхую шапку, справленную еще до женитьбы. Плотников имел наружность без всяких отличий: чтоб его угадать среди подобных, нужно сначала пожить с ним. Только цвет глаз был редкий — карий: цвет воровства и потайных умыслов. Копенкин угрюмо исследовал бандита. Плотников не сробел или нарочно особый оборот нашел:

— Чего уставился — своих ищешь?

Копенкин сразу положил ему конец:

— Говори, будешь народ смущать? Будешь народ на Советскую власть подымать? Говори прямо — будешь или нет?

Плотников понял характер Копенкина и нарочно нахмурился опущенным лицом, чтобы ясно выразить покорность и добровольное сожаление о своих незаконных действиях.

— Не, боле никогда не буду — напрямки говорю.

Копенкин помолчал для суровости.

— Ну, попомни меня. Я тебе не суд, а расправа: узнаю — с корнем в момент вырву, до самой матерной матери твоей докопаюсь — на месте угроблю... Ступай теперь ко двору и считай меня на свете...

Когда Плотников ушел, рябой ахнул и заикнулся от уважения.

— Вот это, вот это — справедливо! Стало быть, ты власть!

Копенкин уже полюбил рябого Федора за его хозяйственное желание власти: тем более и Дванов говорил, что Советская власть — это царство множества природных невзрачных людей.

— Какая тебе власть? — сказал Копенкин. — Мы природная сила.

Дванову городские дома показались слишком большими: его глазомер привык к хатам и степям.

Над городом сияло лето, и птицы, успевшие размножиться, пели среди строений и на телефонных столбах. Дванов оставил город строгой крепостью, где было лишь дисциплинированное служение революции, и ради этого точного пункта ежедневно жили и терпели рабочие, служащие и красноармейцы; ночью же существовали одни часовые, и они проверяли документы у взволнованных полночных граждан. Теперь Дванов увидел город не местом безлюдной святости, а праздничным поселением, освещенным летним светом.

Сначала он подумал, что в городе белые. На вокзале был буфет, в котором без очереди и без карточек продавали серые булки. Около вокзала — на базе губпродкома — висела сырая вывеска с отекшими от недоброкачественной краски буквами. На вывеске было кратко и кустарно написано:

«ПРОДАЖА ВСЕГО ВСЕМ ГРАЖДАНАМ.
ДОВОЕННЫЙ ХЛЕБ, ДОВОЕННАЯ РЫБА,
СВЕЖЕЕ МЯСО,
СОБСТВЕННЫЕ СОЛЕНИЯ».

Под вывеской малыми буквами была приписана фирма:

«Ардулянц, Ромм, Колесников и К°».

Дванов решил, что это нарочно, и зашел в лавку. Там он увидел нормальное оборудование торговли, виденное лишь в ранней юности и давно забытое: прилавки под стеклом, стенные полки, усовершенствованные весы вместо безмена, вежливых приказчиков вместо агентов продбаз и завхозов, живую толпу покупателей и испускающие запах сытости запасы продуктов.

— Это тебе не губраспред! — сочувственно сказал какой-то созерцатель торговли.

Дванов ненавистно оглянулся на него. Человек не смутился такого взгляда, а, напротив, торжественно улыбнулся: что, дескать, следишь, я радуюсь законному факту!

Целая толпа людей стояла помимо покупателей: это были просто наблюдатели, живо заинтересованные отрадным происшествием. Их имелось больше покупателей, и они тоже косвенно участвовали в торговле. Иной подходил к хлебу, отминал кусочек и брал его в рот. Приказчик без возражения ожидал дальнейшего. Любитель торговли долго жевал крошку хлеба, всячески регулируя ее языком и глубоко задумавшись; потом сообщал приказчику оценку:

— Горчит! Знаешь — чуть-чуть! На дрожжах ставите?

— На закваске, — говорил приказчик.

— Ага — вот: это и чувствуется. Но и то уж — размол не пайковый и пропечен по-хозяйски: говорить нечего!

Человек отходил к мясу, ласково щупал его и долго принюхивался.

— Что, отрубить, что ль? — спрашивал торговец.

— Я гляжу, не конина ли? — исследовал человек. — Да нет, жил мало, и пены не видать. А то, знаешь, от конины вместо навара пена бывает: мой желудок ее не принимает, я человек болящий...

Торговец, спуская обиду, смело хватал мясо:

— Какая тебе конина?! Это белое черкасское мясо — тут один филей. Видишь, как нежно парует — на зубах рассыпаться будет. Его, как творог, сырым можно кушать.

Удовлетворенный человек отходил к толпе наблюдателей и детально докладывал о своих открытиях.

Наблюдатели, не оставляя постов, сочувственно разбирали все функции торговли. Двое не вытерпели и пошли помогать приказчикам — они сдували пыль с прилавков, обметали пером весы для пущей точности и упорядочивали разновески. Один из этих добровольцев нарезал бумажек, написал на них названия товаров, затем приделал бумажки к проволочным ножкам, а ножки воткнул в соответствующие товары; над каждым товаром получилась маленькая вывесочка, каковая сразу приводила покупателя в ясное понимание вещей. В ящик пшена доброволец вонзил — «Просо», в говядину — «Парное мясо от коровы» и так далее, соответственно более нормальному толкованию товаров.

Его друзья любовались такой заботой. Это были родоначальники улучшателей государственных служб, опередившие свое время. Покупатели входили, читали — и верили надписанному товару больше.

Одна старушка вошла в лавку и долго оглядывала помещение. Голова ее дрожала от старости, усиленной голодом, сдерживающие центры ослабли — и из носа и глаз точилась непроизвольная влага. Старушка подошла к приказчику и протянула ему карточку, зашитую на прорехах суровыми нитками.

— Не надо, бабушка, так отпустим, — заявил приказчик. — Чем ты питалась, когда твои дети мёрли?

— Ай дождались? — тронулась чувством старуха.

— Дождались: Ленин взял, Ленин и дал.

Старуха шепнула:

— Он, батюшка, — и заплакала так обильно, словно ей жить при такой хорошей жизни еще лет сорок.

Приказчик дал ей ломоть пропеченного хлеба на обратную дорогу, покрывая грехи военного коммунизма.

Дванов понял, что это серьезно, что у революции стало другое выражение лица. До самого его дома больше лавок не встретилось, но пирожки и пышки продавали на каждом углу. Люди покупали, ели и говорили о еде. Город сытно пировал. Теперь все люди знали, что хлеб растет трудно, растение живет сложно и нежно, как человек, что от лучей солнца земля взмокает по́том мучительной работы; люди привыкли теперь глядеть на небо и сочувствовать земледельцам, чтобы погода шла нужная, чтобы снег таял враз и вода на полях не застывала ледяной коркой: это вредно озимым. Люди обучились многим неизвестным ранее вещам — их профессия расширилась, чувство жизни стало общественным. Поэтому они нынче смаковали пышки, увеличивая посредством этих пышек не только свою сытость, но и уважение к безымянному труду: наслаждение получалось двойное. Поэтому люди, принимая пищу, держали подо ртом руку горстью, чтобы в нее падали крошки, — затем эти крошки также съедались.

По бульварам шли толпы, созерцая новую для них самих жизнь. Вчера многие ели мясо и ощущали непривычный напор сил. Было воскресенье — день почти душный: тепло летнего неба охлаждал лишь бредущий ветер из дальних полей.

Иногда около зданий сидели нищие и сознательно ругали Советскую власть, хотя им прохожие подавали деньги как признакам облегчения жизни: за последние четыре года в городе пропали нищие и голуби.

Дванов пересекал сквер, смущаясь массы людей — он уже привык к степной воздушной свободе. Ровно с ним шла некоторое время девушка, похожая на Соню, — такое же слабое милое лицо, чуть жмурящееся от впечатлений. Но глаза этой девушки были более темными, чем у Сони, и замедленными, точно имели нерешенную заботу, но они глядели полуприкрытыми и скрывали свою тоску. «При социализме Соня станет уже Софьей Александровной, — подумал Дванов. — Время пройдет».

Захар Павлович сидел в сенях и чистил ваксой детские развалившиеся башмаки Александра, чтоб они были дольше целы для памяти. Он обнял Сашу и заплакал, его любовь к приемному сыну все время увеличивалась. И Дванов, держа за тело Захара Павловича, думал: что нам делать в будущем коммунизме с отцами и матерями?

Вечером Дванов пошел к Шумилину; рядом с ним многие шагали к возлюбленным. Люди начали лучше питаться и почувствовали в себе душу. Звезды же не всех прельщали — жителям надоели большие идеи и бесконечные пространства: они убедились, что звезды могут превратиться в пайковую горсть пшена, а идеалы охраняет тифозная вошь.

Шумилин ел обед и посадил есть Дванова.

Будильник работал на обеденном столе, и Шумилин про себя завидовал ему: часы всегда трудятся, а он прерывает свою жизнь на сон. А Дванов времени не завидовал — он чувствовал свою жизнь в запасе и знал, что успеет обогнать ход часов.

— Пище вариться некогда, — сказал Шумилин. — Пора уж на партсобрание идти... Ты пойдешь иль умней всех стал?

Дванов смолчал. По дороге в райком Дванов рассказал как мог, что он делал в губернии, но видел, что Шумилин почти не интересуется.

— Слышал, слышал, — проговорил Шумилин. — Тебя послали, чудака, поглядеть просто — как и что. А то я все в документы смотрю — ни черта не видно, — у тебя же свежие глаза. А ты там целый развал наделал. Ведь ты натравил мужиков вырубить Биттермановское лесничество, сукин ты сын! Набрал каких-то огарков и пошел бродить...

Дванов покраснел от обиды и совести.

— Они не огарки, товарищ Шумилин... Они еще три революции сделают без слова, если нужно...

Шумилин не стал разговаривать; значит, его бумаги были вернее людей. И так они молча шли, стесняясь друг друга.

Из дверей зала горсовета, где должно быть партсобрание, дул воздух, как из вентилятора. Слесарь Гопнер держал ладонь навстречу воздуху и говорил товарищу Фуфаеву, что здесь две атмосферы давления.

— Если б всю партию собрать в эту залу, — рассуждал Гопнер, — смело можно электрическую станцию пустить — на одном партийном дыхании, будь я проклят!

Фуфаев уныло рассматривал электрическое освещение и тяготился оттяжкой начала собрания. Маленький Гопнер выдумывал еще какие-то технические расчеты и рассказывал их Фуфаеву. Видимо, Гопнеру не с кем было говорить дома и он радовался многолюдству.

— Ты все ходишь и думаешь, — смирно и тонко сказал Фуфаев и вздохнул своею грудью, как костяным бугром, отчего у него все рубашки давно полопались и он носил их заштопанными. — А уж пора бы нам всем молча и широко трудиться.

Гопнер удивлялся, за что Фуфаеву дали два ордена Красного Знамени. Сам Фуфаев никогда ему про это не говорил, предпочитая прошлому будущее. Прошлое же он считал навсегда уничтоженным и бесполезным фактом, храня свои ордена не на груди, а в домашнем сундуке. Об орденах Гопнер узнал лишь от хвастливой жены Фуфаева, которая с такой точностью знала жизнь своего мужа, словно она его сама родила.

Не знала она малого — за что даются пайки и ордена. Но муж ей сказал: «За службу, Поля, — так и быть должно». Жена успокоилась, представив службу как письмоводство в казенных домах.

Сам Фуфаев был человеком свирепого лица, когда смотреть на него издали, а вблизи имел мирные, воображающие глаза. Его большая голова ясно показывала какую-то первородную силу молчаливого ума, тоскующего в своем черепе. Несмотря на свои забытые военные подвиги, закрепленные лишь в списках расформированных штабов, Фуфаев обожал сельское хозяйство и вообще тихий производительный труд. Теперь он заведовал губутилем и по своей должности обязан был постоянно что-нибудь выдумывать; это оказалось ему на руку: последним его мероприятием было учреждение губернской сети навозных баз, откуда безлошадной бедноте выдавался по ордерам навоз для удобрения угодий. На достигнутых успехах он не останавливался и с утра объезжал город на своей пролетке, глядя на улицы, заходя на задние дворы и расспрашивая встречных нищих, чтобы открыть еще какой-нибудь хлам для государственной утилизации. С Гопнером он тоже сошелся на широкой почве утилизации. Фуфаев всех спрашивал одинаково серьезно:

— Товарищ, наше государство не так богато, нет ли у тебя чего-нибудь негодного — для утиля?

— Чего, например? — спрашивал любой товарищ.

Фуфаев не затруднялся:

— Чего-нибудь съеденного, сырого, либо мочалочки какой-нибудь, либо еще какого-нибудь... не наглядного продукта...

— У тебя, Фуфаев, жара в голове! — озадачивался товарищ. — Какая теперь тебе мочалочка? Я сам в бане хворостиной парюсь...

Но изредка Фуфаеву все же подавались деловые советы, например — утилизировать дореволюционные архивы на отопление детских приютов, систематично выкашивать бурьян на глухих улицах, чтобы затем, на готовых кормах, завести обширное козье молочное хозяйство — для снабжения дешевым молоком инвалидов гражданской войны и неимущих.

По ночам Фуфаев видел во сне разнообразные утильматериалы, в форме отвлеченных массивов безымянного старья. Просыпался он в ужасе от своей ответственной службы, так как был честным человеком. Гопнер однажды предложил ему не беспокоиться сверх сил, лучше, сказал он, приказать циркулярно жителям старого мира сторожить, не отлучаясь, свой хлам — на случай, если он понадобится революции; но он не понадобится — новый мир будет строиться из вечного материала, который никогда не придет в бросовое состояние.

После этого Фуфаев несколько успокоился и его реже мучили массивные сновидения.

Шумилин знал и Фуфаева и Гопнера, а Дванов одного Гопнера.

— Здравствуйте, Федор Федорович, — сказал Дванов Гопнеру. — Как вы поживаете?

— Регулярно, — ответил Гопнер. — Только хлеб свободно продают, будь он проклят!

Шумилин говорил с Фуфаевым. Того губком собирался назначить председателем комиссии помощи больраненым красноармейцам. Фуфаев соглашался, уже привыкнув после фронта к глухим должностям. Многие командиры тоже служили по собесам, профсоюзам, страхкассам и прочим учреждениям, не имевшим тяжелого веса в судьбе революции; когда такие учреждения упрекали, что они влекутся на хвосте революции, тогда учреждения переходили с хвоста и садились на шею революции. Военные люди почему-то уважали любую службу и, во имя железной дисциплины, всегда были готовы заведовать хоть красным уголком, имея в прошлом командование дивизией.

Услышав недовольный голос Гопнера, Шумилин обернулся к нему:

— Тебе что, паек был велик — вольная торговля тебе не нравится?

— Нипочем не нравится, — сразу и серьезно заявил Гопнер. — А ты думаешь, пища с революцией сживется? Да сроду нет — вот будь я проклят!

— А какая же свобода у голодного? — с умственным презрением улыбнулся Шумилин.

Гопнер повысил свой воодушевленный тон:

— А я тебе говорю, что все мы товарищи лишь в одинаковой беде. А будет хлеб и имущество — никакого человека не появится! Какая же тебе свобода, когда у каждого хлеб в пузе киснет, а ты за ним своим сердцем следишь! Мысль любит легкость и горе... Сроду-то было когда, чтоб жирные люди свободными жили?

— А ты читал историю? — усомнился Шумилин.

— А я догадываюсь! — подморгнул Гопнер.

— Что ж ты догадался?

— А то, что хлеб и любое вещество надо губить друг для друга, а не копить его. Раз не можешь сделать самого лучшего для человека — дай ему хоть хлеба. А ведь мы хотели самое лучшее дать...

В зале зазвонили о начале собрания.

— Пойдем порассуждаем маленько, — сказал Гопнер Дванову. — Мы теперь с тобой ведь не объекты, а субъекты, будь они прокляты: говорю и сам своего почета не понимаю!

В повестке дня стоял единственный вопрос — новая экономическая политика. Гопнер сразу задумался над ним — он не любил политики и экономии, считая, что расчет удобен в машине, а в жизни живут одни разности и единственные числа.

Секретарь губкома, бывший железнодорожный техник, плохо признавал собрания — он видел в них формальность, потому что рабочий человек все равно не успевает думать с быстротой речи: мысль у пролетария действует в чувстве, а не под плешью. Поэтому секретарь обыкновенно сокращал ораторов:

— Сжимайся, сжимайся, товарищ, на твою болтовню продотряды хлеб добывают — ты помни это!

А иногда просто обращался к собранию:

— Товарищи, понял ли кто-нибудь и что-нибудь? Я ничего не понял. Нам важно знать, — уже сердито отчеканивал секретарь, — что нам делать по выходе отсюда из дверей. А он тут плачет нам о каких-то объективных условиях. А я говорю — когда революция, тогда нет объективных условий...

— Правильно! — покрывало собрание. Все равно, если б было и неправильно, то людей находилось так много, что они устроили бы по-своему.

Нынче секретарь губкома сидел с печальным лицом; он был уже пожилым человеком и втайне хотел, чтобы его послали заведовать какой-нибудь избой-читальней, где бы он мог строить социализм ручным способом и смог бы довести его до видимости всем. Информации, отчеты, сводки и циркуляры начинали разрушать здоровье секретаря; беря их на дом, он не приносил их обратно, а управляющему делами потом говорил: «Товарищ Молельников, знаешь, их сынишка сжег в лежанке, когда я спал. Проснулся, а в печке пепел. Давай попробуем копий не посылать — посмотрим, будет контрреволюция или нет?»

— Давай, — соглашался Молельников. — Бумагой, ясная вещь, ничего не сделаешь — там одни понятия написаны: ими губернию держать — все равно как за хвост кобылу.

Молельников был из мужиков и так скучал от своих занятий в губкоме, что завел на его дворе огородные грядки и выходил на них во время службы, чтобы потрудиться.

Сегодня секретарь губкома был отчасти доволен: новую экономическую политику он представлял как революцию, пущенную вперед самотеком — за счет желания самого пролетариата. А раньше революция шла на тяговых усилиях аппаратов и учреждений, точно госаппарат на самом деле есть машина для постройки социализма. С этого секретарь и начал свою речь.

Дванов сидел между Гопнером и Фуфаевым, а впереди него непрерывно бормотал незнакомый человек, думая что-то в своем закрытом уме и не удерживаясь от слов. Кто учился думать при революции, тот всегда говорил вслух, и на него не жаловались.

Партийные люди не походили друг на друга — в каждом лице было что-то самодельное, словно человек добыл себя откуда-то своими одинокими силами. Из тысячи можно отличить такое лицо — откровенное, омраченное постоянным напряжением и немного недоверчивое. Белые в свое время безошибочно угадывали таких особенных самодельных людей и уничтожали их с тем болезненным неистовством, с каким нормальные дети бьют уродов и животных: с испугом и сладострастным наслаждением.

Газ дыханий уже образовал под потолком зала как бы мутное местное небо. Там горел матовый электрический свет, чуть пульсируя в своей силе, — вероятно, на электрической станции не было цельного приводного ремня на динамо, и старый, изношенный ремень бил сшивкой по шкиву, меняя в динамо напряжение. Это было понятно для половины присутствующих. Чем дальше шла революция, тем все более усталые машины и изделия оказывали ей сопротивление — они уже изработали все свои сроки и держались на одном подстегивающем мастерстве слесарей и машинистов.

Неизвестный Дванову партиец внятно бормотал впереди, наклонив голову и не слушая оратора.

Гопнер глядел отвлеченно вдаль, унесенный потоком удвоенной силы — речью оратора и своим спешащим сознанием. Дванов испытывал болезненное неудобство, когда не мог близко вообразить человека и хотя бы кратко пожить его жизнью. Он с беспокойством присмотрелся к Гопнеру, пожилому и сухожильному человеку, почти целиком съеденному сорокалетней работой; его нос, скулья и ушные мочки так туго обтянулись кожей, что человека, смотревшего на Гопнера, забирал нервный зуд. Когда Гопнер раздевался в бане, он, наверное, походил на мальчика, но на самом деле Гопнер был стоек, силен и терпелив, как редкий. Долгая работа жадно съедала, и съела, тело Гопнера — осталось то, что и в могиле долго лежит: кость да волос; жизнь его, утрачивая всякие вожделения, подсушенная утюгом труда, сжалась в одно сосредоточенное сознание, которое засветило глаза Гопнера позднею страстью голого ума.

Дванов вспомнил про свои прежние встречи с ним. Когда-то они много беседовали о шлюзовании реки Польного Айдара, на которой стоял их город, и курили махорку из кисета Гопнера; говорили они не столько ради общественного блага, сколько от своего избыточного воодушевления, не принимавшегося людьми в свою пользу.

Оратор говорил сейчас мелкими простыми словами, в каждом звуке которых было движение смысла; в речи говорившего было невидимое уважение к человеку и боязнь его встречного разума, отчего слушателю казалось, что он тоже умный.

Один партиец, соседний Дванову, равнодушно сообщил в залу:

— Обтирочных концов нету — лопухи заготовляем!..

Электричество припогасло до красного огня — это по инерции еще вращалась динамо-машина на станции. Все люди поглядели вверх. Электричество тихо потухло.

— Вот тебе раз! — сказал кто-то во мраке.

В тишине было слышно, как громко ехала телега по мостовой и плакал ребенок в далекой комнате сторожа.

Фуфаев спросил у Дванова, что такое товарообмен с крестьянами в пределах местного оборота — о чем докладывал секретарь. Но Дванов не знал. Гопнер тоже не знал: подожди, сказал он Фуфаеву, если ремень сошьют на станции, тогда докладчик тебе скажет.

Электричество загорелось: на электрической станции привыкли устранять неполадки почти на ходу машин.

— Свободная торговля для Советской власти, — продолжал докладчик, — все разно что подножный корм, которым залепится наша разруха хоть на самых срамных местах...

— Понял? — тихо спросил Фуфаев у Гопнера. — Надо буржуазию в местный оборот взять — она тоже утильный предмет...

— Во-во! — расслышал и Гопнер, почерневший от скрытой слабости.

Оратор приостановился:

— Ты что там, Гопнер, зверем гудишь? Ты не спеши соглашаться — для меня самого не все ясно. Я вас не убеждаю, а советуюсь с вами — я не самый умный...

— Ты — такой же! — громко, но доброжелательно определил Гопнер. — Дурей нас будешь — другого поставим, будь мы прокляты!

Собрание удовлетворенно засмеялось. В те времена не было определенного кадра знаменитых людей, зато каждый чувствовал свое собственное имя и значение.

— А ты слова тяни на нитку и на нет своди, — еще раз посоветовал оратору Гопнер, не поднимаясь с места.

С потолка капала грязь. Из какой-то маленькой разрухи вверху с чердака проходила мутная вода. Фуфаев думал, что напрасно умер его сын от тифа — напрасно заградительные отряды отгораживали города от хлеба и разводили сытую вошь.

Вдруг Гопнер позеленел, сжал сухие обросшие губы и встал со стула.

— Мне дурно, Саш! — сказал он Дванову и пошел с рукой у рта.

Дванов вышел за ним. Наружи Гопнер остановился и оперся головой о холодную кирпичную стену.

— Ты ступай дальше, Саш, — говорил Гопнер, стыдясь чего-то. — Я сейчас обойдусь.

Дванов стоял. Гопнера вырвало непереваренной черной пищей, но очень немного.

Гопнер вытер рыденькие усы красным платком.

— Сколько лет натощак жил — ничего не было, — смущался Гопнер. — А сегодня три лепешки подряд съел — и отвык...

Они сели на порог дома. Из зала было распахнуто для воздуха окно, и все слова слышались оттуда. Лишь ночь ничего не произносила, она бережно несла свои цветущие звезды над пустыми и темными местами земли. Против горсовета находилась конюшня пожарной команды, а каланча сгорела два года назад. Дежурный пожарный ходил теперь по крыше горсовета и наблюдал оттуда город. Ему там было скучно — он пел песни и громыхал по железу сапогами. Дванов и Гопнер слышали затем, как пожарный затих — вероятно, речь из зала дошла и до него.

Секретарь губкома говорил сейчас о том, что на продработу посылались обреченные товарищи, а наше красное знамя чаще всего шло на обшивку гробов.

Пожарный недослышал и запел свою песню:

Лапти по по́лю шагали,
Люди их пустыми провожали...

— Чего он там поет, будь он проклят? — сказал Гопнер и прислушался. — Обо всем поет — лишь бы не думать... Все равно водопровод не работает: зачем-то пожарные есть!

Пожарный в это время глядел на город, освещенный одними звездами, и предполагал: что бы было, если б весь город сразу загорелся? Пошла бы потом голая земля из-под города мужикам на землеустройство, а пожарная команда превратилась бы в сельскую дружину, а в дружине бы служба спокойней была.

Сзади себя Дванов услышал медленные шаги спускающегося с лестницы человека. Человек бормотал себе свои мысли, не умея соображать молча. Он не мог думать втемную — сначала он должен свое умственное волнение переложить в слово, а уж потом, слыша слово, он мог ясно чувствовать его. Наверно, он и книжки читал вслух, чтобы загадочные мертвые знаки превращать в звуковые вещи и от этого их ощущать.

— Скажи пожалуйста! — убедительно говорил себе и сам внимательно слушал человек. — Без него не знали: торговля, товарообмен да налог! Да оно так и было: и торговля шла сквозь все отряды, и мужик разверстку сам себе скащивал, и получался налог! Верно я говорю иль я дурак?..

Человек иногда приостанавливался на ступеньках и делал себе возражения:

— Нет, ты дурак! Неужели ты думаешь, что Ленин глупей тебя: скажи пожалуйста!

Человек явно мучился. Пожарный на крыше снова запел, не чувствуя, что под ним происходит.

— Какая-то новая экономическая политика! — тихо удивлялся человек. — Дали просто уличное название коммунизму! И я по-уличному чевенгурцем называюсь — надо терпеть!

Человек дошел до Дванова и Гопнера и спросил у них:

— Скажите мне, пожалуйста: вот у меня коммунизм стихией прет — могу я его политикой остановить иль не надо?

— Не надо, — сказал Дванов.

— Ну, а раз не надо — о чем же сомнение? — сам для себя успокоительно ответил человек и вытащил из кармана щепотку табаку. Он был маленького роста, одетый в прозодежду коммуниста, — шинель с плеч солдата, дезертира царской войны, — со слабым носом на лице.

Дванов узнал в нем того коммуниста, который бормотал спереди него на собрании.

— Откуда ты такой явился? — спросил Гопнер.

— Из коммунизма. Слыхал такой пункт? — ответил прибывший человек.

— Деревня, что ль, такая в память будущего есть?

Человек обрадовался, что ему есть что рассказать.

— Какая тебе деревня — беспартийный ты, что ль? Пункт есть такой — целый уездный центр. По-старому он назывался Чевенгур. А я там был, пока что, председателем ревкома.

— Чевенгур от Новоселовска недалеко? — спросил Дванов.

— Конечно, недалеко. Только там гамаи живут и к нам не ходят, а у нас всему конец.

— Чему ж конец-то? — недоверчиво спрашивал Гопнер.

— Да всей всемирной истории — на что она нам нужна?

Ни Гопнер, ни Дванов ничего дальше не спросили. Пожарный мерно гремел по откосу крыши, озирая город сонными глазами. Петь он перестал, а скоро и совсем затих — должно быть, ушел на чердак спать. Но в эту ночь нерадивого пожарного застигло начальство. Перед тремя собеседниками остановился формальный человек и начал кричать с мостовой на крышу:

— Распопов! Наблюдатель! К вам обращается инспектор пожарной охраны. Есть там кто на вышке?

На крыше была чистая тишина.

— Распопов!

Инспектор отчаялся и сам полез на крышу.

Ночь тихо шумела молодыми листьями, воздухом и скребущимся ростом трав в почве. Дванов закрывал глаза, и ему казалось, что где-то ровно и длительно ноет вода, уходящая в подземную воронку. Председатель Чевенгурского уисполкома затягивал носом табак и норовил чихнуть. Собрание чего-то утихло: наверно, там думали.

— Сколько звезд интересных на небе, — сказал он, — но нет к ним никаких сообщений.

Инспектор пожарной охраны привел с крыши дежурного наблюдателя. Тот шел на расправу покорными ногами, уже остывшими ото сна.

— Пойдете на месяц на принудительные работы, — хладнокровно сказал инспектор.

— Поведут, так пойду, — согласился виновный. — Мне безразлично: паек там одинаковый, а работают по кодексу.

Гопнер поднялся уходить домой — у него был недуг во всем теле. Чевенгурский председатель последний раз понюхал табаку и откровенно заявил:

— Эх, ребята, хорошо сейчас в Чевенгуре!

Дванов заскучал о Копенкине, о далеком товарище, где-то бодрствовавшем в темноте степей.

Копенкин стоял в этот час на крыльце Черновского сельсовета и тихо шептал стих о Розе, который он сам сочинил в текущие дни. Над ним висели звезды, готовые капнуть на голову, а за последним плетнем околицы простиралась социалистическая земля — родина будущих, неизвестных народов. Пролетарская Сила и рысак Дванова равномерно жевали сено, надеясь во всем остальном на храбрость и разум человека.

Дванов тоже встал и протянул руку председателю Чевенгура:

— Как ваша фамилия?

Человек из Чевенгура не мог сразу опомниться от волнующих его собственных мыслей.

— Поедем, товарищ, работать ко мне, — сказал он. — Эх, хорошо сейчас у нас в Чевенгуре!.. На небе луна, а под нею громадный трудовой район — и весь в коммунизме, как рыба в озере! Одного у нас нету: славы...

Гопнер живо остановил хвастуна:

— Какая луна, будь ты проклят? Неделю назад ей последняя четверть была...

— Это я от увлечения сказал, — сознался чевенгурец. — У нас без луны еще лучше. У нас лампы горят с абажурами.

Три человека тронулись вместе по улице — под озабоченные восклицания каких-то птичек в палисадниках, почуявших свет на востоке. Бывает хорошо изредка пропускать ночи без сна — в них открывалась Дванову невидимая половина прохладного безветренного мира.

Дванову понравилось слово Чевенгур. Оно походило на влекущий гул неизвестной страны, хотя Дванов и ранее слышал про этот небольшой уезд. Узнав, что чевенгурец поедет через Калитву, Дванов попросил его навестить в Черновке Копенкина и сказать ему, чтобы он не ждал его, Дванова, а ехал бы дальше своей дорогой. Дванов хотел снова учиться и кончить политехникум.

— Заехать не трудно, — согласился чевенгурец. — После коммунизма мне интересно поглядеть на разрозненных людей.

— Болтает черт его знает что! — возмутился Гопнер. — Везде разруха, а у него одного — свет под абажуром.

Дванов прислонил бумагу к забору и написал Копенкину письмо.

«Дорогой товарищ Копенкин! Ничего особенного нет. Политика теперь другая, но правильная. Отдай моего рысака любому бедняку, а сам поезжай...»

Дванов остановился: куда мог поехать и надолго поместиться Копенкин?

— Как ваша фамилия? — спросил Дванов у чевенгурца.

— Моя-то — Чепурный. Но ты пиши — Японец; весь район ориентируется на Японца.

«...поезжай к Японцу. Он говорит, что у него есть социализм. Если правда, то напиши мне, а я уж не вернусь, хотя мне хочется не расставаться с тобой. Я сам еще не знаю, что лучше всего для меня. Я не забуду ни тебя, ни Розу Люксембург. Твой сподвижник *Александр Дванов*».

Чепурный взял бумажку и тут же прочитал ее.

— Сумбур написал, — сказал он. — В тебе слабое чувство ума.

И они попрощались и разошлись в свои стороны: Гопнер и Дванов — на край города, а чевенгурец — на постоялый двор.

— Ну как? — спросил у Дванова дома Захар Павлович.

Александр рассказал ему про новую экономическую политику.

— Погибшее дело! — лежа в кровати, заключил отец. — Что к сроку не поспеет, то и посеяно зря... Когда власть-то брали, на завтрашний день всему земному шару обещали благо, а теперь, ты говоришь, объективные условия нам ходу не дают... Попам тоже до рая добраться сатана мешал...

Гопнер когда дошел до квартиры, то у него прошли все боли.

«Чего-то мне хочется? — думал он. — Отцу моему хотелось бога увидеть наяву, а мне хочется какого-то пустого места, будь оно проклято, — чтобы сделать все сначала, в зависимости от своего ума...»

Гопнеру хотелось не столько радости, сколько точности.

Чепурный же ни о чем не тужил: в его городе Чевенгуре и благо жизни, и точность истины, и скорбь существования происходили сами собой по мере надобности. На постоялом дворе он дал есть траву своей лошади и лег подремать в телегу.

«Возьму-ка я у этого Копенкина рысака в упряжку, — наперед решил он. — Зачем его отдавать любому бедняку, когда бедняку и так громадные льготы, скажи пожалуйста!»

Утром постоялый двор набился телегами крестьян, приехавших на базар. Они привезли понемногу — кто пуд пшена, кто пять корчажек молока, чтобы не жалко было, если отнимут. На заставе, однако, их не встретил заградительный отряд, поэтому они ждали облавы в городе. Облава чего-то не появлялась, и мужики сидели в тоске на своем товаре.

— Не отбирают теперь? — спросил у крестьян Чепурный.

— Что-то не тронули: не то радоваться, не то горевать.

— А что?

— Да кабы хуже чего не пришло — лучше б отбирали пускай! Эта власть все равно жить задаром не даст.

«Ишь ты — где у него сосет! — догадался Чепурный. — Объявить бы их мелкими помещиками, напустить босоту и ликвидировать в течение суток всю эту подворную буржуазную заразу!»

— Дай закурить! — попросил тот же пожилой крестьянин.

Чепурный исподволь посмотрел на него чужими глазами.

— Сам домовладелец, а у неимущего побираешься...

Мужик понял, но скрыл обиду.

— Да ведь по разверстке, товарищ, все отобрали: кабы не она, я б тебе сам в мешочек насыпал.

— Ты насыпешь! — усомнился Чепурный. — Ты высыпешь — это да!

Крестьянин увидел валяющуюся чеку, слез с телеги и положил ее за голенище.

— Когда как, — ровным голосом сообщил он. — Товарищ Ленин, пишут в газетах, учет полюбил: стало быть, из недобрых рук можно и в мешок набрать, если из них наземь сыплется.

— А ты тоже с мешком живешь? — напрямик спрашивал Чепурный.

— Не ина́че. Поел — и рот завязал. А из тебя сыплется, да никто не подбирает. Мы сами, земляк, знатные, — зачем ты человека понапрасну обижаешь?

Чепурный, обученный в Чевенгуре большому уму, замолчал. Несмотря на звание председателя ревкома, Чепурный этим званием не пользовался. Иногда, когда он, бывало, сидел в канцелярии, ему приходила в голову жалостная мысль, что в деревнях живут люди, сплошь похожие друг на друга, которые сами не знают, как им продолжать жизнь, и если не трогать их, то они вымрут; поэтому весь уезд будто бы нуждался в его умных заботах. Объезжая же площадь уезда, он убедился в личном уме каждого гражданина и давно упразднил административную помощь населению. Пожилой собеседник снова утвердил Чепурного в том простом чувстве, что живой человек обучен своей судьбе еще в животе матери и не требует надзора.

При выезде с постоялого двора Чепурного окоротил сподручный хозяина и попросил денег за постой. У того денег не было и быть не могло — в Чевенгуре не имелось бюджета, на радость губернии, полагавшей, что там жизнь идет на здоровых основах самоокупаемости; жители же давно предпочли счастливую жизнь всякому труду, сооружениям и взаимным расчетам, которым жертвуется живущее лишь однажды товарищеское тело человека.

Отдать за постой было нечем.

— Бери что хочешь, — сказал сподручному чевенгурец. — Я голый коммунист.

Тот самый мужик, что имел мысли против чевенгурца, подошел на слух этого разговора.

— А сколько по таксе с него полагается? — спросил он.

— Миллион, если в горнице не спал, — определил сподручный.

Крестьянин отвернулся и снял у себя с горла, из-под рубашки, кожаную мошонку.

— Вот на́ тебе, малый, и отпусти человека, — подал деньги бывший собеседник чевенгурца.

— Мое дело — служба, — извинился сподручный. — Я душу вышибу, а даром со двора никого не пущу.

— Резон, — спокойно согласился с ним крестьянин. — Здесь не степь, а заведение: людям и скоту одинаковый покой.

За городом Чепурный почувствовал себя свободней и умней. Снова перед ним открылось успокоительное пространство. Лесов, бугров и зданий чевенгурец не любил, ему нравился ровный, покатый против неба живот земли, вдыхающий в себя ветер и жмущийся под тяжестью пешехода.

Слушая, как секретарь ревкома читал ему вслух циркуляры, таблицы, вопросы для составления планов и прочий государственный материал из губернии, Чепурный всегда говорил одно — политика! — и задумчиво улыбался, втайне не понимая ничего. Вскоре секретарь перестал читать, управляясь со всем объемом дел без руководства Чепурного.

Сейчас чевенгурца везла черная лошадь с белым животом — чья она была, неизвестно. Увидел ее Чепурный в первый раз на городской площади, где эта лошадь объедала посадки будущего парка, привел на двор, запряг и поехал. Что лошадь была ничья, тем она дороже и милей для чевенгурца: о ней некому позаботиться, кроме любого гражданина. Поэтому-то весь скот в Чевенгурском уезде имел сытый, отменный вид и круглые обхваты тела.

Дорога заволокла Чепурного надолго. Он пропел все песни, какие помнил наизусть, хотел о чем-нибудь подумать, но думать было не о чем — все ясно, оставалось действовать: как-нибудь вращаться и томить свою счастливую жизнь, чтобы она не стала слишком хорошей, но на телеге трудно утомить себя. Чевенгурец спрыгнул с телеги и побежал рядом с пышущей усталым дыханием лошадью. Уморившись бежать, он прыгнул на лошадь верхом, а телега по-прежнему гремела сзади пустой. Чепурный оглянулся на телегу — ему она показалась плохой и неправильно устроенной: слишком тяжела на ходу.

— Тпру, — сказал он коню и враз отпряг телегу. — Стану я живую жизнь коня на мертвую тяготу тратить: скажи пожалуйста! — И, оставив сбрую, он поехал верхом на освобожденном коне; телега опустила оглобли и легла ждать произвола первого проезжего крестьянина.

«Во мне и в лошади сейчас кровь течет! — бесцельно думал Чепурный на скаку, лишенный собственных усилий. — Придется копенкинского рысака в поводу держать — на пристяжку некуда».

Под вечер он достиг какой-то маленькой степной деревушки — настолько безлюдной, словно здесь люди давно сложили свои кости. Вечернее небо виднелось продолжением степи — и конь под чевенгурцем глядел на бесконечный горизонт как на страшную участь своих усталых ног.

Чевенгурец постучал в чью-то мирную хату. С заднего хода вышел старик и выглянул из-за плетня.

— Отопри ворота, — сказал Чепурный. — Хлеб и сено водятся у тебя?

Старик безбоязненно молчал, изучая всадника чуткими, привычными глазами. Чепурный сам перелез через плетень и открыл ворота. Оголодавший конь сейчас же начал объедать под сараем присмиревшую на ночь травку. Старик, видимо, оплошал от самовольства гостя и сел на поваленный дубок, как чужой человек. В избе чевенгурца никто не встретил; там пахло чистотою сухой старости, которая уже не потеет и не пачкает вещей следами взволнованного тела; он нашел на полке кусок хлеба, испеченного из просяной шелухи и крошеной травы, оставил половину старику, а остальное с усилием съел.

В начале ночи старик пришел в избу. Чепурный собирал крошки нюхательного табака в кармане, чтобы понюхать и не скучать до сна.

— Там конь твой мечется, — сказал старик. — Так я дал ему малость отавы... С прошлого года осталась охапка — пускай поест...

Старик говорил недумающим, рассеянным голосом, будто у него была своя тягость на душе. Чепурный насторожился.

— Далеко, отец, от вас до Калитвы?

— Далёко не далёко, — отвечал старик, — а тебе туда ехать ближе, чем тут оставаться...

Чевенгурец быстро оглядел хату и заметил рогач у загнетки — револьвера он с собой не взял, считая революцию уже тишиной.

— Кто ж у вас здесь? Нито бандиты?

— Два зайца от своей смерти волка сгрызут, милый человек! Народ дюже печальный пошел, а наша деревня при дороге — ее всякому грабить сподручно... Вот мужики и сидят с семействами по логам да по дальним закорякам, а кто проявится сюда, в том и жизнь запрещают...

Ночь низко опустила заволоченное тучами безвыходное небо. Чепурный выехал из деревни в безопасную степную тьму, и конь пошел вдаль, сам себе нюхая дорогу. Из земли густыми облаками испарялась тучная теплота, и чевенгурец, надышавшись, уснул, обняв за шею бредущую лошадь.

Тот, к кому он ехал, сидел в эту ночь за столом Черновского сельсовета. На столе горела лампа, освещая за окнами огромную тьму. Копенкин говорил с тремя мужиками о том, что социализм — это вода на высокой степи, где пропадают отличные земли.

— То нам с малолетства известно, Степан Ефимыч, — соглашались крестьяне: они рады были побалакать, потому что им не хотелось спать. — Сам ты не здешний, а нужду нашу сразу заметил, и кто тебя надоумил? Только что нам будет за то, раз мы этот социализм даром для Советской власти заготовим? Ведь туда трудов немало надобно положить — как ты скажешь?

Копенкин горевал, что нет с ним Дванова — тот бы им социализм мысленно доказал.

— Как что будет? — самостоятельно объяснял Копенкин. — У тебя же у первого навсегда в душе покойно станет. А сейчас у тебя там что?

— Там-то? — собеседник останавливался на своем слове и смотрел себе на грудь, стараясь разглядеть, что у него есть внутри. — Там у меня, Степан Ефимыч, одна печаль и черное место...

— Ну вот — сам видишь, — указывал Копенкин.

— Прошлый год я бабу от холеры схоронил, — кончал печальный гражданин, — а в нынешнюю весну корову продотряд съел... Две недели в моей хате солдаты жили — всю воду из колодца выпили. Мужики-то помнят...

— Еще бы! — подтверждали двое свидетелей.

Лошадь Копенкина — Пролетарская Сила — отъелась и вздулась телом за эти недели, что она стояла без походов. По ночам она рычала от стоячей силы и степной тоски. Мужики днем приходили на двор сельсовета и обхаживали Пролетарскую Силу по нескольку раз. Пролетарская Сила угрюмо смотрела на своих зрителей, поднимала голову и мрачно зевала. Крестьяне почтительно отступали перед горюющим зверем, а потом говорили Копенкину:

— Ну, и конь у тебя, Степан Ефимыч! Цены ему нет — это Драбан Иваныч!

Копенкин давно знал цену своему коню:

— Классовая скотина: по сознанию он революционней вас!

Иногда Пролетарская Сила принималась разрушать сарай, в котором она стояла без дела. Тогда выходил на крыльцо Копенкин и кратко приказывал:

— Брось, бродяга!

Конь затихал.

Рысак Дванова от близости Пролетарской Силы весь запаршивел, оброс длинной шерстью и начал вздрагивать даже от внезапной ласточки.

— Этот конь свойских рук просит, — рассуждали посетители сельсовета. — Иначе он весь сам собой опорочится.

У Копенкина по должности предсельсовета прямых обязанностей не встретилось. Приходили в сельсовет ежедневно разговаривать мужики; Копенкип слушал эти разговоры, но почти не отвечал на них и лишь стоял на страже революционной деревни от набегов бандитов, но бандиты как будто умолкли.

На сходе он раз навсегда объявил:

— Дала вам Советская власть благо — пользуйтесь им без остатка врагам. Вы сами — люди и товарищи, я вам не умник, и в Совет с дворовой злобой не появляйтесь. Мое дело краткое — пресекать в корне любые поползновения...

Крестьяне уважали Копенкина день ото дня больше, потому что он не поминал ни про разверстку, ни про трудгужповинность, а бумажки из волревкома складывал в пачку до приезда Дванова. Грамотные мужики почитывали эти бумажки и советовали Копенкину истребить их без исполнения: теперь власть на любом месте может организоваться, и никто ей не упрек, говорили они, читал новый закон, Степан Ефимыч?

— Нет, а что? — отвечал Копенкин.

— Самим Лениным объявлен, как же! Власть теперь местная сила, а не верхняя!

— Тогда волость нам недействительна, — делал вывод Копенкин. — Эти бумажки по закону надо бросить.

— Вполне законно! — поддакивали присутствующие. — Давай-ка мы их по порциям разделим на раскурку.

Копенкину нравился новый закон, и он интересовался, можно ли Советскую власть учредить в открытом месте — без построек.

— Можно, — отвечали думающие собеседники. — Лишь бы бедность поблизости была, а где-нибудь подальше — белая гвардия...

Копенкин успокаивался. В нынешнюю ночь разговоры кончились в полночь: в лампе догорел керосин.

— Мало из волости керосину дают, — сожалели уходящие, ненаговорившиеся мужики. — Плохо служит нам государство. Чернил, вон, цельный пузырь прислали, а они и не понадобились. Лучше б керосин слали либо постное масло.

Копенкин вышел на двор поглядеть на ночь — он любил эту стихию и всегда наблюдал ее перед сном. Пролетарская Сила, почуяв друга, тихо засопела. Копенкин услышал лошадь — и маленькая женщина снова представилась ему как безвозвратное сожаление.

Где-то одиноко лежала она сейчас — под темным волнением весенней ночи, а в чулане валялись ее пустые башмаки, в которых она ходила, когда была теплой и живой.

— Роза! — сказал Копенкин своим вторым маленьким голосом.

Конь заржал в сарае, словно увидел путь, и хрястнул ногой по перекладине запора: он собирался вырваться на весеннее бездорожье и броситься наискосок к германскому кладбищу — лучшей земле Копенкина; та спертая тревога, которая томилась в Копенкине под заботами предсельсоветской бдительности и товарищеской преданностью Дванову, сейчас тихо обнажилась наружу. Конь, зная, что Копенкин близок, начал бушевать в сарае, сваливая на стены и запоры тяжесть громадных чувств, будто именно он любил Розу Люксембург, а не Копенкин.

Копенкина взяла ревность.

— Брось ты, бродяга, — сказал он коню, ощущая в себе теплую волну позора.

Конь проворчал и утих, переведя свои страсти во внутренний клекот груди.

По небу страшно неслись рваные черные облака — остатки далекого проливного дождя. Вверху был, наверное, мрачный ночной вихрь, а внизу было смирно и бесшумно, даже слышалось, как ворочались куры у соседей и скрипели плетни от движения мелких безвредных гадов.

Копенкин уперся рукой в глинобитную стену, и в нем опустилось сердце, потеряв свою твердую волю.

— Роза! Роза моя, Роза! — прошептал он себе, чтобы не слышала лошадь.

Но конь глядел одним глазом сквозь щель и дышал на доски так сухо и горячо, что дерево рассыхалось. Заметив наклоненного обессилевшего Копенкина, конь давнул мордой и грудью в столбовой упор и завалил всю постройку на свой зад. От неожиданного нервного ужаса Пролетарская Сила заревела по-верблюжьи и, взметнув крупом все гнетущее устройство сарая, выбросилась к Копенкину, готовая мчаться, глотать воздух с пеною рта и чуять невидимые дороги.

Копенкин сразу высох лицом, и в груди его прошел ветер. Не снарядив коня, он вскочил на него — и обрадовался. Пролетарская Сила с размаху понеслась наружу из деревни; не умея от тяжести тела прыгать, лошадь валила передними ногами гуменные плетни и огорожи, а затем переступала через них по своему направлению. Копенкин повеселел, словно ему до свидания с Розой Люксембург остались одни сутки езды.

— Славно ехать! — вслух сказал Копенкин, дыша сыростью поздней ночи и принюхиваясь к запахам продирающихся сквозь землю трав.

Конь разбрасывал теплоту своих сил в следах копыт и спешил уйти в открытое пространство. От скорости Копенкин чувствовал, как всплывает к горлу и уменьшается в весе его сердце. Еще бы немного быстрее, и Копенкин запел бы от своего облегченного счастья, но Пролетарская Сила слишком комплектна для долгой скачки и скоро пошла обычным емким шагом. Была ли дорога под конем или нет — не видно; лишь край земли засвежел светом, и Пролетарская Сила хотела поскорее достигнуть того края, думая, что туда и нужно было Копенкину. Степь нигде не прекращалась, только к опущенному небу шел плавный затяжной скат, которого еще ни один конь не превозмог до конца. По сторонам, из дальних лощин, поднимался сырой холодный пар, и оттуда же восходил тихими столбами печной дым проголодавшихся деревень. Копенкину нравились и пар, и дым, и неизвестные выспавшиеся люди.

— Отрада жизни! — говорил он себе, а холод лез ему за шею раздражающими хлебными крошками.

Посреди полосы света стоял далекий отчетливый человек и чесал рукой голову.

— Нашел место почесаться! — осудил человека Копенкин. — Должно быть, есть у него там занятье, что стоит на заре среди поля и не спит. Доеду — возьму и документы спрошу, напугаю черта!

Но Копенкина ожидало разочарование — чесавшийся в свете зари человек не имел и признаков карманов или каких-либо прорех, где бы могли храниться необходимые ему документы. Копенкин добрался до него через полчаса, когда уже свет солнца шумел по всему небу. Человек сидел на просохшем бугорке и тщательно выбирал когтями грязь из расщелин тела, словно на земле не было воды для купанья.

«Организуй вот такого дьявола!» — проговорил про себя Копенкин и не стал проверять документы, вспомнив, что и у него самого, кроме портрета Розы Люксембург, зашитого в шапке, тоже не было никакого бланка.

Вдалеке, во взволнованном тумане вздыхающей почвы, стояла и не шевелилась лошадь. Ноги ее были слишком короткими, чтобы Копенкин поверил, что лошадь была живой и настоящей, а к ее шее немощно прильнул какой-то маленький человек. С зудящим восторгом храбрости Копенкин крикнул: «Роза!» — и Пролетарская Сила легко и быстро понесла свое полное тело по грязи. То место, где неподвижно стояла коротконогая лошадь, оказалось некогда полноводным, но теперь исчезнувшим прудом — и лошадь утонула ногами в илистом наносе. Человек на той лошади глубоко спал, беззаветно обхватив шею своего коня, как тело преданной и чуткой подруги. Лошадь действительно не спала и доверчиво глядела на Копенкина, не ожидая для себя худшего. Спящий человек дышал неровно и радостно посмеивался глубиной горла — он, вероятно, сейчас участвовал в своих счастливых снах. Копенкин рассмотрел всего человека в целом и не почувствовал в нем своего врага: его шинель была слишком длинной, а лицо, даже во сне, готовым на революционный подвиг и на нежность всемирного сожительства. Сама личность спящего не имела особой красоты, лишь сердцебиение в жилах на худой шее заставляло думать о нем как о добром, неимущем и жалостном человеке. Копенкин снял со спящего шапку и поглядел ей вовнутрь — там имелась засаленная по́том старинная нашивка: «Г.-Г. Брейер, Лодзь».

241

Копенкин надел шапку обратно на спящую голову, которая сама не знала, изделие какого капиталиста она носит.

— Эй, — обратился Копенкин к спящему, который перестал улыбаться и сделался более серьезным. — Чего ж ты свою буржуазную шапку не сменишь?

Человек и сам постепенно просыпался, наспех завершая увлекательные сны, в которых ему снились овраги близ места его родины, и в тех оврагах ютились люди в счастливой тесноте — знакомые люди спящего, умершие в бедности труда.

— Скоро в Чевенгуре тебе любую шапку вмах заготовят, — сказал проснувшийся. — Сними веревкой мерку с твоей головы.

— А ты кто? — с хладнокровным равнодушием спросил Копенкин, давно привыкший к массам людей.

— Да я отсюда теперь близко живу — чевенгурский Японец, член партии. Заехал сюда к товарищу Копенкину — рысака отобрать, да вот и коня заморил, и сам на ходу заснул.

— Какой ты, черт, член партии! — понял Копенкин. — Тебе чужой рысак нужен, а не коммунизм.

— Неправда, неправда, товарищ, — обиделся Чепурный. — Разве бы я посмел рысака вперед коммунизма брать? Коммунизм у нас уже есть, а рысаков в нем мало.

Копенкин посмотрел на восходящее солнце: такой громадный, жаркий шар и так легко плывет на полдень, — значит, вообще все в жизни не так трудно и не так бедственно.

— Значит, ты уже управился с коммунизмом?

— Ого: скажи пожалуйста! — воскликнул с оскорблением чевенгурец.

— Значит, только шапок да рысаков у вас не хватает, а остальное — в избытке?

Чепурный не мог скрыть своей яростной любви к Чевенгуру: он снял с себя шапку и бросил ее в грязь, затем вынул записку Дванова об отдаче рысака и истребил ее на четыре части.

242

— Нет, товарищ, Чевенгур не собирает имущества, а уничтожает его. Там живет общий и отличный человек, и, заметь себе, без всякого комода в горнице — вполне обаятельно друг для друга. А с рысаком — это я так: побывал в городе и получил в горсовете предрассудок, а на постоялом дворе — чужую вошь, что же ты тут будешь делать-то: скажи пожалуйста!

— Покажь мне тогда Чевенгур, — сказал Копенкин. — Есть там памятник товарищу Розе Люксембург? Небось не догадались, холуй?

— Ну, как же, понятно, есть: в одном сельском населенном пункте из самородного камня стоит. Там же и товарищ Либкнехт во весь рост речь говорит массам... Их-то вне очереди выдумали: если еще кто помрет — тоже не упустим!

— А как ты думаешь, — спросил Копенкин, — был товарищ Либкнехт для Розы что мужик для женщины, или мне так только думается?

— Это тебе так только думается, — успокоил Копенкина чевенгурец. — Они же сознательные люди! Им некогда: когда думают — то не любят. Что это: я, что ль, иль ты — скажи мне, пожалуйста!

Копенкину Роза Люксембург стала еще милее, и сердце в нем ударилось неутомимым влечением к социализму.

— Говори, что есть в твоем Чевенгуре — социализм на водоразделах или просто последовательные шаги к нему? — Копенкин спрашивал уже иным голосом, как спрашивает сын после пяти лет безмолвной разлуки у встречного брата: жива ли еще его мать, и верит, что уже мертва старушка.

Чепурный, живя в социализме, давно отвык от бедственного беспокойства за беззащитных и любимых: он в Чевенгуре демобилизовал общество, одновременно с царской армией, потому что никто не хотел расходовать своего тела на общее невидимое благо, каждый хотел видеть свою жизнь возвращенной от близких товарищеских людей.

Чевенгурец спокойно понюхал табаку и только потом огорчился.

— Что ты меня водоразделом упрекаешь? А лощины кому пошли — по-твоему, помещикам? У нас в Чевенгуре сплошь социализм: любая кочка — международное имущество! У нас высокое превосходство жизни!

— А скот чей? — спрашивал Копенкин, жалея всею накопленной силой тела, что не ему с Двановым досталось учредить светлый мир по краям дороги к Розе, а вот именно этому малорослому человеку.

— Скот мы тоже скоро распустим по природе, — ответил чевенгурец, — он тоже почти человек: просто от векового угнетения скотина отстала от человека. А ей человеком тоже быть охота!

Копенкин погладил Пролетарскую Силу, чувствуя ее равенство себе. Он и раньше это знал, только в нем не было такой силы мысли, как у чевенгурца, поэтому у Копенкина многие чувства оставались невысказанными и превращались в томление.

Из-за перелома степи, на урезе неба и земли, показались телеги и поехали поперек взора Копенкина, увозя на себе маленьких деревенских людей мимо облаков. Телеги пылили: значит, там не было дождя.

— Тогда едем в твой край! — сказал Копенкин. — Поглядим на факты!

— Едем, — согласился Чепурный. — Соскучился я по своей Клобздюше!

— Это кто такая — супруга, что ль, твоя?

— У нас супруг нету: одни сподвижницы остались.

Туманы словно сны погибали под острым зрением солнца. И там, где ночью было страшно, лежали освещенными и бедными простые пространства. Земля спала обнаженной и мучительной, как мать, с которой сползло одеяло. По степной реке, из которой пили воду блуждающие люди, в тихом бреду еще висела мгла, и рыбы, ожидая света, плавали с выпученными глазами по самому верху воды.

До Чевенгура отсюда оставалось еще верст пять, но уже открывались воздушные виды на чевенгурские непаханые угодья, на сырость той уездной речки, на все печальные низкие места, где живут тамошние люди. По сырой лощине шел нищий Фирс; он слышал на последних ночлегах, что в степях обнажилось свободное место, где живут прохожие люди и всех харчуют своим продуктом. Всю свою дорогу, всю жизнь Фирс шел по воде или по сырой земле. Ему нравилась текущая вода, она его возбуждала и чего-то от него требовала. Но Фирс не знал, чего надо воде и зачем она ему нужна, он только выбирал места, где воды было погуще с землей, и обмакал туда свои лапти, а на ночлеге долго выжимал портянки, чтобы попробовать воду пальцами и снова проследить ее слабеющее течение. Близ ручьев и перепадов он садился и слушал живые потоки, совершенно успокаиваясь и сам готовый лечь в воду и принять участие в полевом безымянном ручье. Сегодня он заночевал на берегу речного русла и слушал всю ночь поющую воду, а утром сполз вниз и приник своим телом к увлекающей влаге, достигнув своего покоя прежде Чевенгура.

Немного дальше Фирса, среди затихшей равнины, в утренней пронзительной чистоте был виден малый город. От едкой свежести воздуха и противостояния солнца у пожилого человека, смотревшего на тот город, слезились добрые глаза; добрыми были не только глаза, но и все мягкое, теплое, чистоплотное от рождения лицо. Он был уже в возрасте, имел почти белую бородку, в которой никогда не водилось гнид, живших у всех стариков, и шел средним шагом к полезной цели своей жизни. Кто ходил рядом с этим стариком, тот знал, насколько он был душист и умилен, насколько приятно было вести с ним честные спокойные собеседования. Жена его звала батюшкой, говорила шепотом, и начало благообразной кротости никогда не преходило между супругами. Может быть, поэтому у них не рожались дети и в горницах стояла вечная просушенная тишина. Только изредка слышался мирный голос супруги:

— Алексей Алексеевич, батюшка, иди дар божий кушать, не мучай меня.

Алексей Алексеевич кушал так аккуратно, что у него до пятидесяти лет не испортились зубы и изо рта пахло не гнилью, а одной теплотой дыхания. В молодости, когда его ровесники обнимали девушек и, действуя той же бессонной силой молодости, выкорчевывали по ночам пригородные рощи, Алексей Алексеевич додумался личным усердием, что пищу следует жевать как возможно дольше — и с тех пор жевал ее до полного растворения во рту, на что ушла одна четверть всей дневной жизни Алексея Алексеевича. До революции Алексей Алексеевич состоял членом правления кредитного товарищества и гласным городской думы в своем заштатном городе, находящемся ныне на границе Чевенгурского уезда.

Сейчас Алексей Алексеевич шел в Чевенгур и наблюдал уездный центр с окрестных высот. Он сам чувствовал тот постоянный запах свежего ситного хлеба, который непрерывно исходил с поверхности его чистого тела, и прожевывал слюну от тихой радости пребывания в жизни.

Старый город, несмотря на ранний час, уже находился в беспокойстве. Там виднелись люди, бродившие вокруг города по полянам и кустарникам, иные вдвоем, иные одиноко, но все без узлов и имущества. Из десяти колоколен Чевенгура ни одна не звонила, лишь слышалось волнение населения под тихим солнцем пахотных равнин; одновременно с тем в городе шевелились дома — их, наверное, волокли куда-то невидимые отсюда люди. Небольшой сад на глазах Алексея Алексеевича вдруг наклонился и стройно пошел вдаль — его тоже переселяли с корнем в лучшее место.

В ста саженях от Чевенгура Алексей Алексеевич присел, чтобы почиститься перед вступлением в город. Он не понимал науки советской жизни, его влекла лишь одна отрасль — кооперация, о которой он прочитал в газете «Беднота». До сих пор он жил в молчании и, не прижимаясь ни к какому делу, терял душевный покой; поэтому часто бывало, что от внезапного раздражения Алексей Алексеевич тушил неугасимые лампадки в красном углу своего дома, отчего жена ложилась на перину и звучно плакала. Прочитав о кооперации, Алексей Алексеевич подошел к иконе Николая Мирликийского и зажег лампаду своими ласковыми пшеничными руками. Отныне он нашел свое святое дело и чистый путь дальнейшей жизни. Он почувствовал Ленина как своего умершего отца, который некогда, когда маленький Алексей Алексеевич пугался далекого пожара и не понимал страшного происшествия, говорил сыну: «А ты, Алеша, прижмись ко мне поближе!» Алеша прижимался к отцу, тоже пахнувшему ситным хлебом, успокаивался и начинал сонно улыбаться. «Ну вот, видишь, — говорил отец. — А ты чего-то боялся!» Алеша засыпал, не отпуская отца, а утром видел огонь в печке, разведенный матерью для пирогов с капустой.

Изучив статью о кооперации, Алексей Алексеевич прижался душой к Советской власти и принял ее теплое народное добро. Перед ним открылась столбовая дорога святости, ведущая в божье государство житейского довольства и содружества. До этого Алексей Алексеевич лишь боялся социализма, а теперь, когда социализм назвался кооперацией, Алексей Алексеевич сердечно полюбил его. В детстве он долго не любил бога, страшась Саваофа, но когда мать ему сказала: а куда же я, сынок, после смерти денусь? — тогда Алеша полюбил и бога, чтобы он защищал после смерти его мать, потому что он признал бога заместителем отца.

В Чевенгур Алексей Алексеевич пришел искать кооперацию — спасение людей от бедности и от взаимной душевной лютости.

В Чевенгуре, как видно было с ближнего места, работала неизвестная сила человеческого разума, но Алексей Алексеевич заранее прощал разум, поскольку он двигался во имя кооперативного единения людей и деловой любви между ними. В первую очередь Алексей Алексеевич хотел достать кооперативный устав, а затем пойти в уисполком и братски побеседовать с председателем, товарищем Чепурным, об организации кооперативной сети.

Но предварительно Алексей Алексеевич задумался над Чевенгуром, подверженным убыточным расходам революции. Летняя пыль поднималась с трудолюбивой земли в высоту зноя. А небо над садами, над уездными малыми храмами и недвижимым городским имуществом покоилось трогательным воспоминанием Алексея Алексеевича, но каким — не всем дано постигнуть. И Алексей Алексеевич стоял сейчас в полном сознании самого себя, чувствуя теплоту неба, словно детство и кожу матери, и так же, как было давно, что ушло в погребенную вечную память, — из солнечной середины неба сочилось питание всем людям, как кровь из материнской пуповины.

Это солнце веками освещало бы благосостояние Чевенгура — его яблочные сады, железные крыши, под которыми жители выкармливали своих детей, и горячие вычищенные купола церквей, робко зовущие человека из тени деревьев в пустоту круглой вечности.

Деревья росли почти по всем улицам Чевенгура и отдавали свои ветки на посохи странникам, бредущим сквозь Чевенгур без ночевки. По чевенгурским дворам процветало множество трав, а трава давала приют, пищу и смысл жизни целым пучинам насекомых в низинах атмосферы, так что Чевенгур был населен людьми лишь частично — гораздо гуще в нем жили маленькие взволнованные существа, но с этим старые чевенгурцы не считались в своем уме.

Считались они с более крупными происшествиями, например — с летней жарой, бурями и вторым пришествием бога. Если летом было жарко, чевенгурцы предупреждали по соседству, что теперь и зима не настанет и скоро дома начнут загораться сами по себе; подростки же по указанию отцов носили из колодцев воду и обливали ею снаружи дома, чтобы отсрочить пожары. Ночью, после жары, часто начинался дождь. «То духота, то дождь, — удивлялись чевенгурцы, — сроду этого не было!» Если в зимнее время поднималась метель, чевенгурцы уже вперед знали, что завтра им придется лазать через трубу — снег завалит дома неминуемо, хотя у каждого наготове стояла в комнате лопата. «Разве тут откопаешься лопатой! — сомневался где-нибудь в горнице старик. — Ишь буран воет какой — над нашими местами такого и быть не должно. Дядя Никанор постарше меня — восемьдесят лет, как курить начал, — а такой чумовой зимы не помнит! Теперь уж жди чего-нибудь!» В осенние ночные бури чевенгурцы ложились спать на полу, чтобы покоиться более устойчиво и быть ближе к земле и могиле. Втайне каждый чевенгурец верил, что начавшаяся буря или жара могут превратиться во второе пришествие бога, но никому не хотелось преждевременно оставлять свой дом и умирать раньше дожития своих лет, — поэтому чевенгурцы отдыхали и пили чай после жары, бури и мороза.

— Кончилось, слава тебе господи! — счастливой рукой крестились чевенгурцы в конце затихшего происшествия. — Мы ждали Исуса Христа, а он мимо прошел: на все его святая воля!

Если старики в Чевенгуре жили без памяти, то прочие и вовсе не понимали, как же им жить, когда ежеминутно может наступить второе пришествие и люди будут разбиты на два разряда и обращены в голые, неимущие души.

Алексей Алексеевич некогда проживал в Чевенгуре и отлично знал его необеспеченную душевную участь. Чепурный, когда он пришел пешим с вокзала — за семьдесят верст — властвовать над городом и уездом, думал, что Чевенгур существует на средства бандитизма, потому что никто ничего явно не делал, но всякий ел хлеб и пил чай. Поэтому он издал анкету для обязательного заполнения — с одним вопросом: «Ради чего и за счет какого производства вещества вы живете в государстве трудящихся?»

Почти все население Чевенгура ответило одинаково: первым придумал ответ церковный певчий Лобочихин, а у него списали соседи и устно передали дальним.

«Живем ради бога, а не самих себя», — написали чевенгурцы.

Чепурный не мог наглядно уяснить себе божьей жизни и сразу учредил комиссию из сорока человек для подворного суточного обследования города. Были анкеты и более ясного смысла, в них занятиями назывались: ключевая служба в тюрьме, ожидание истины жизни, нетерпение к богу, смертельное старчество, чтение вслух странникам и сочувствие Советской власти. Чепурный изучил анкеты и начал мучиться от сложности гражданских занятий, но вовремя вспомнил лозунг Ленина: «Дьявольски трудное дело управлять государством» — и вполне успокоился. Рано утром к нему пришли сорок человек, попили в сенцах воды от дальней ходьбы и объявили:

— Товарищ Чепурный, они врут — они ничем не занимаются, а лежат лежа и спят.

Чепурный понял:

— Чудаки — ночь же была! А вы мне что-нибудь про ихнюю идеологию расскажите, пожалуйста!

— Ее у них нету, — сказал председатель комиссии. — Они сплошь ждут конца света...

— А ты им не говорил, что конец света сейчас был бы контрреволюционным шагом? — спросил Чепурный, привыкший всякое мероприятие предварительно сличать с революцией.

Председатель испугался:

— Нет, товарищ Чепурный! Я думал, что второе пришествие им полезно, а нам тоже будет хорошо...

— Это как же? — строго испытывал Чепурный.

— Определенно, полезно. Для нас оно недействительно, а мелкая буржуазия после второго пришествия подлежит изъятию...

— Верно, сукин сын! — охваченный пониманием, воскликнул Чепурный. — Как я сам не догадался: я же умней тебя!

Один из сорока человек здесь скромно выдвинулся и попросил:

— Товарищ Чепурный, разрешите?

— А ты кто такой? — Чепурный не видел в Чевенгуре этого лица, помня внешность всех остальных людей наизусть.

— Я, товарищ Чепурный, председатель ликвидационного комитета по делам земства Чевенгурского уезда в старых границах, моя фамилия Полюбезьев. В комиссию я выдвинут своим комитетом — со мной есть копия протокола распорядительного заседания комитета.

Алексей Алексеевич Полюбезьев поклонился и протянул Чепурному руку.

— Есть такой комитет? — удивленно вопросил Чепурный, не чувствуя руки Алексея Алексеевича.

— Есть! — сказал кто-то из массы комиссии.

— Упразднить сегодня же явочным порядком! Поглядеть, нет ли еще чего из остатков империи, — и тоже сегодня уничтожить! — распорядился Чепурный и обратился к Полюбезьеву: — Говори, гражданин, пожалуйста!

Алексей Алексеевич объяснил с большой точностью и тщательностью городское производство вещества, чем еще больше затемнил ясную голову Чепурного, обладавшего громадной, хотя и неупорядоченной памятью; он вбирал в себя жизнь кусками, — в голове его, как в тихом озере, плавали обломки когда-то виденного мира и встреченных событий, но никогда в одно целое эти обломки не слеплялись, не имея для Чепурного ни связи, ни живого смысла. Он помнил плетни в Тамбовской губернии, фамилии и лица нищих, цвет артиллерийского огня на фронте, знал буквально учение Ленина, но все эти ясные воспоминания плавали в его уме стихийно и никакого полезного понятия не составляли. Алексей Алексеевич говорил, что есть ровная степь и по той степи идут люди, ищущие своего существования вдалеке; дорога им дальняя, а из родного дома они ничего, кроме своего тела, не берут. И поэтому они меняли рабочую плоть на пищу, отчего в течение долголетия произошел Чевенгур: в нем собралось население. С тех пор прохожие рабочие ушли, а город остался, надеясь на бога.

— А ты тоже рабочее тело на пустяк пищи менял? — спросил Чепурный.

— Нет, — сказал Алексей Алексеевич, — я человек служащий, мое дело — мысль на бумаге.

— Во мне сейчас стронулось одно талантливое чувство, — произнес далее Чепурный. — Нет вот у меня секретаря, что мог бы меня сразу записывать!.. В первую очередь необходимо ликвидировать плоть нетрудовых элементов!..

С тех пор Алексей Алексеевич не видел Чепурного и, что случилось в Чевенгуре, не знал. Земский комитет был, конечно, срочно и навсегда упразднен, а члены его разошлись по своим родственникам. Нынче же Полюбезьев хотел свидания с Чепурным на другую тему — теперь он в социализме благодаря объявленной Лениным кооперации почувствовал живую святость и желал Советской власти добра. Ни одного знакомого человека Алексею Алексеевичу не встретилось — ходили какие-то худые люди и думали о чем-то будущем. На самой околице Чевенгура человек двадцать тихо передвигали деревянный дом, а два всадника с радостью наблюдали работу.

Одного всадника Полюбезьев узнал.

— Товарищ Чепурный! Разрешите вызвать вас на краткое собеседование.

— Полюбезьев! — узнал Алексея Алексеевича Чепурный, помнивший все конкретное. — Говори, пожалуйста, что тебе причитается.

— Мне о кооперации хочется вкратце сказать... Читали, товарищ Чепурный, про нравственный путь к социализму в газете обездоленных под тем же названием, а именно «Беднота»?

Чепурный ничего не читал.

— Какая кооперация? Какой тебе путь, когда мы дошли? Что ты, дорогой гражданин! Это вы тут жили ради бога на рабочей дороге. Теперь, братец ты мой, путей нету — люди доехали.

— Куда? — покорно спросил Алексей Алексеевич, утрачивая кооперативную надежду в сердце.

— Как куда? — в коммунизм жизни. Читал Карла Маркса?

— Нет, товарищ Чепурный.

— А вот надо читать, дорогой товарищ: история уж кончилась, а ты и не заметил.

Алексей Алексеевич смолк без вопроса и пошел вдаль, где росли старые травы, жили прежние люди и ждала мужа жена-старушка. Там, может быть, грустно и трудно живется, но там Алексей Алексеевич родился, рос и плакал иногда в молодых летах. Он вспомнил свою домашнюю мебель, свой ветхий двор, супругу и был рад, что они тоже не знали Карла Маркса и поэтому не расстанутся со своим мужем и хозяином.

Копенкин не успел прочитать Карла Маркса и смутился перед образованностью Чепурного.

— А что? — спросил Копенкин. — У вас здесь обязательно читают Карла Маркса?

Чепурный прекратил беспокойство Копенкина:

— Да это я человека попугал. Я и сам его сроду не читал. Так, слышал кое-что на митингах — вот и агитирую. Да и не нужно читать: это, знаешь, раньше люди читали да писали, а жить — ни черта не жили, все для других людей путей искали.

— Почему это нынче в городе дома передвигают и сады на руках носят? — разглядывал Копенкин.

— А сегодня субботник, — объяснил Чепурный. — Люди в Чевенгур прибыли пешим ходом и усердствуют, чтоб жить в товарищеской тесноте.

У Чепурного не было определенного местожительства, как и у всех чевенгурцев. Благодаря таким условиям Чепурный и Копенкин остановились в одном кирпичном доме, который участники субботника не могли стронуть с места. В кухне спали на сумках два человека, похожие на странников, а третий искусственно жарил картошку, употребляя вместо постного масла воду из холодного чайника.

— Товарищ Пиюся! — обратился к этому человеку Чепурный.

— Тебе чего?

— Ты не знаешь, где теперь товарищ Прокофий находится?

Пиюся не спешил отвечать на такой мелкий вопрос и боролся с горевшей картошкой.

— С бабой твоей где-нибудь находится, — сказал он.

— Ты оставайся здесь, — сказал Копенкину Чепурный, — а я пойду Клабздюшу поищу: дюже женщина милая!

Копенкин разнуздался от одежды, постелил ее на пол и лег полуголым, а неотлучное оружие сложил горкой рядом с собой. Хотя в Чевенгуре было тепло и пахло товарищеским духом, Копенкин, быть может от утомления, чувствовал себя печальным и сердце его тянуло ехать куда-то дальше. Пока что он не заметил в Чевенгуре явного и очевидного социализма — той трогательной, но твердой и нравоучительной красоты среди природы, где бы могла родиться вторая маленькая Роза Люксембург либо научно воскреснуть первая, погибшая в германской буржуазной земле. Копенкин уже спрашивал Чепурного — что же делать в Чевенгуре? И тот ответил: ничего, у нас нет нужды и занятий — будешь себе внутренне жить! У нас в Чевенгуре хорошо — мы мобилизовали солнце на вечную работу, а общество распустили навсегда!

Копенкин видел, что он глупей Чепурного, и безответно молчал. Еще раньше того, в дороге, он робко поинтересовался: чем бы занималась у них Роза Люксембург? Чепурный на это особого ничего не сообщил, сказал только: вот приедем в Чевенгур, спроси у нашего Прокофия — он все может ясно выражать, а я только даю ему руководящее революционное предчувствие! Ты думаешь, я своими словами с тобой разговаривал? Нет, меня Прокофий научил!

Пиюся изжарил наконец картошку на воде и стал будить двоих спящих странников. Копенкин тоже поднялся поесть немного, чтобы при полном желудке, после еды, скорей уснуть и перестать печалиться.

— Правда, что хорошо в Чевенгуре люди живут? — спросил он у Пиюси.

— Не жалуются! — не спеша ответил тот.

— А где ж тут есть социализм?

— Тебе на новый глаз видней, — неохотно объяснял Пиюся. — Чепурный говорит, что мы от привычки ни свободы, ни блага не видим — мы-то ведь здешние, два года тут живем.

— А раньше кто тут жил?

— Раньше буржуи жили. Для них мы с Чепурным второе пришествие организовали.

— Да ведь теперь — наука, разве это мыслимо?

— А то нет?

— Да как же так? Говори круглей!

— А что я тебе — сочинитель, что ль? Был просто внезапный случай, по распоряженью обычайки.

— Чрезвычайки?

— Ну да.

— Ага, — смутно понял Копенкин. — Это вполне правильно.

Пролетарская Сила, привязанная на дворе к плетневой огороже, тихо ворчала на обступивших ее людей; многие хотели оседлать незнакомую мощную лошадь и окружить на ней Чевенгур по межевой дороге. Но Пролетарская Сила угрюмо отстраняла желающих — зубами, мордой и ногами.

— Ведь ты ж теперь народная скотина! — с миром уговаривал ее худой чевенгурец. — Чего ж ты бушуешь?

Копенкин услышал грустный голос своего коня и вышел к нему.

— Отстранитесь, — сказал он всем свободным людям. — Не видите, лупачи, конь свое сердце имеет!

— Видим, — убежденно ответил один чевенгурец. — Мы живем по-товарищески, а твой конь — буржуй.

Копенкин, забыв уважение к присутствующим угнетенным, защитил пролетарскую честь коня.

— Врешь, бродяга, на моей лошади революция пять лет ездила, а ты сам на революции верхом сидишь!

Копенкин дальше уже не мог выговорить своей досады — он невнятно чувствовал, что эти люди гораздо умнее его, но как-то одиноко становилось Копенкину от такого чужого ума. Он вспомнил Дванова, исполняющего жизнь вперед разума и пользы, — и заскучал по нем.

Синий воздух над Чевенгуром стоял высокой тоскою, и дорога до друга лежала свыше сил коня.

Охваченный грустью, подозрением и тревожным гневом, Копенкин решил сейчас же, на сыром месте, проверить революцию в Чевенгуре. «Не тут ли находится резерв бандитизма? — ревниво подумал Копенкин. — Я им сейчас коммунизм втугачку покажу, окопавшимся гадам!»

Копенкин попил воды в кухне и целиком снарядился. «Ишь сволочи, даже конь против них волнуется! — с негодованием соображал Копенкин. — Они думают, коммунизм — это ум и польза, а тела в нем нету, — просто себе пустяк и завоевание!»

Лошадь Копенкина всегда была готова для боевой срочной работы и с гулкой страстью скопленных сил приняла Копенкина на свою просторную товарищескую спину.

— Скачи впереди, показывай мне Совет! — погрозился Копенкин неизвестному уличному прохожему. Тот попробовал объяснить свое положение, но Копенкин вынул саблю — и человек побежал вровень с Пролетарской Силой. Иногда проводник оборачивался и кричал попреки, что в Чевенгуре человек не трудится и не бегает, а все налоги и повинности несет солнце.

«Может, здесь живут одни отпускники из команды выздоравливающих? — молча сомневался Копенкин. — Либо в царскую войну здесь были лазареты!..»

— Неужели солнце должно наперед коня бежать, а ты лежать пойдешь? — спросил Копенкин у бегущего.

Чевенгурец схватился за стремя, чтобы успокоить свое частое дыхание и ответить.

— У нас, товарищ, тут покой человеку: спешили одни буржуи, им жрать и угнетать надо было. А мы кушаем да дружим... Вон тебе Совет.

Копенкин медленно прочитал громадную малиновую вывеску над воротами кладбища:

«Совет социального человечества Чевенгурского освобожденного района».

Сам же Совет помещался в церкви. Копенкин проехал по кладбищенской дорожке к паперти храма.

«Приидите ко мне все труждающиеся и обремененные и аз упокою вы»
— написано было дугой над входом в церковь. И слова те тронули Копенкина, хотя он помнил, чей это лозунг.

«Где же мой покой? — подумал он и увидел в своем сердце усталость. — Да нет, никогда ты людей не успокоишь: ты же не класс, а личность. Нынче б ты эсером был, а я б тебя расходовал».

Пролетарская Сила, не сгибаясь, прошла в помещение прохладного храма, и всадник въехал в церковь с удивлением возвращенного детства, словно он очутился на родине в бабушкином чулане. Копенкин и раньше встречал детские забытые места в тех уездах, где он жил, странствовал и воевал. Когда-то он молился в такой же церкви в своем селе, но из церкви он приходил домой — в близость и тесноту матери; и не церкви, не голоса птиц, теперь умерших ровесниц его детства, не страшные старики, бредущие летом в тайный Киев, — может быть, не это было детством, а то волнение ребенка, когда у него есть живая мать и летний воздух пахнет ее подолом; в то восходящее время действительно все старики — загадочные люди, потому что у них умерли матери, а они живут и не плачут.

В тот день, когда Копенкин въехал в церковь, революция была еще беднее веры и не могла покрыть икон красной мануфактурой: бог Саваоф, нарисованный под куполом, открыто глядел на амвон, где происходили заседания ревкома. Сейчас на амвоне, за столом бодрого красного цвета, сидели трое: председатель Чевенгурского уика — Чепурный, молодой человек и одна женщина — с веселым внимательным лицом, словно она была коммунисткой будущего. Молодой человек доказывал Чепурному, имея на столе для справок задачник Евтушевского, что силы солнца определенно хватит на всех и Солнце в двенадцать раз больше Земли.

— Ты, Прокофий, не думай — думать буду я, а ты формулируй! — указывал Чепурный.

— Ты почувствуй сам, товарищ Чепурный: зачем шевелиться человеку, когда это не по науке? — без остановки объяснял молодой человек. — Если всех людей собрать для общего удара — и то они против силы солнца как единоличник против коммуны-артели! Бесполезное дело — тебе говорю!

Чепурный для сосредоточенности прикрыл глаза.

— Что-то ты верно говоришь, а что-то брешешь! Ты поласкай в алтаре Клавдюшу, а я дай предчувствием займусь — так ли оно или иначе!

Копенкин осадил увесистый шаг своего коня и заявил о своем намерении — с нетерпением и немедленно прощупать весь Чевенгур — нет ли в нем скрытого контрреволюционного очага.

— Очень вы тут мудры, — закончил Копенкин. — А в уме постоянно находится хитрость для угнетения тихого человека.

Молодого человека Копенкин сразу признал за хищника: черные непрозрачные глаза, на лице виден старый экономический ум, а среди лица имелся отверстый, ощущающий и постыдный нос, — у честных коммунистов нос лаптем и глаза от доверчивости серые и более родственные.

— А ты, малый, жулик! — открыл правду Копенкин. Покажь документ!

— Пожалуйста, товарищ! — вполне доброжелательно согласился молодой человек.

Копенкин взял книжечки и бумажки. В них значилось: Прокофий Дванов, член партии с августа семнадцатого года.

— Сашу знаешь? — спросил Копенкин, временно прощая ему за фамилию друга угнетающее лицо.

— Знавал, когда мал был, — ответил молодой человек, улыбаясь от лишнего ума.

— Пускай тогда Чепурный даст мне чистый бланок — надобно сюда Сашу позвать. Тут нужно ум умом засекать, чтоб искры коммунизма посыпались...

— А у нас почта отменена, товарищ, — объяснил Чепурный. — Люди в куче живут и лично видятся — зачем им почта, скажи пожалуйста! Здесь, брат, пролетарии уже вплотную соединены!

Копенкин не очень жалел о почте, потому что получил в жизни два письма, а писал только однажды, когда узнал на империалистическом фронте, что жена его мертва, и нужно было издали поплакать о ней с родными.

— А шагом никто в губернию не пойдет? — спросил Копенкин у Чепурного.

— Есть таковой ходок, — вспомнил Чепурный.

— Кто это, Чепурный? — оживела милая обоим чевенгурцам женщина — взаправду милая: Копенкин даже ощутил, что если б он парнем был, он такую обнял и держал бы долгое время неподвижно. Из этой женщины исходил медленный и прохладный душевный покой.

— А Мишка Луй! — напомнил Чепурный. — Он едкий на дорогу! Только пошлешь в губернию, а он в Москве очутится — либо в Харькове, и приходит тоже, когда время года кончится — либо цветы взойдут, либо снег ляжет...

— У меня он пойдет короче — я ему задание дам, — сказал Копенкин.

— Пускай идет, — разрешил Чепурный. — Для него дорога не труд — одно развитие жизни!

— Чепурный, — обратилась женщина. — Дай Лую муки на мену, он мне полушалок принесет.

— Дадим, Клавдия Парфеновна, непременно дадим, используем момент, — успокоил ее Прокофий.

Копенкин писал Дванову печатными буквами:

«Дорогой товарищ и друг Саша! Здесь коммунизм, и обратно, — нужно, чтоб ты скорей прибыл на место. Работает тут одно летнее солнце, а люди лишь только нелюбовно дружат; однако бабы полушалки вымогают, хотя они приятные, чем ясно вредят. Твой брат или семейная родня мне близко не симпатичен. Впрочем, живу как дубъект, думаю чего-то об одном себе, потому что меня далеко не уважают. Событий нету — говорят, это наука и история, но неизвестно. С революц. почтением *Копенкин*. Приезжай ради общей идейности».

— Чего-то мне все думается, чудится да представляется, — трудно моему сердцу! — мучительно высказывался Чепурный в темный воздух храма. — Не то у нас коммунизм исправен, не то нет! Либо мне к товарищу Ленину съездить, чтоб он мне лично всю правду сформулировал!

— Надо бы, товарищ Чепурный! — подтвердил Прокофий. — Товарищ Ленин тебе лозунг даст, ты его возьмешь и привезешь. А так немыслимо: думать в одну мою голову: авангард тоже устает! И, кроме того, преимуществ мне не полагается!

— А моего сердца ты не считаешь, скажи по правде? — обиделся Чепурный.

Прокофий, видимо, ценил свою силу разума и не терял надежного спокойствия.

— Чувство же, товарищ Чепурный, — это массовая стихия, а мысль — организация. Сам товарищ Ленин говорил, что организация нам выше всего...

— Так я же мучаюсь, а ты соображаешь — чтó хуже?

— Товарищ Чепурный, я с тобой тоже в Москву поеду, — заявила женщина. — Я никогда центра не видала — там, люди говорят, удивительно что такое!

— Достукались! — вымолвил Копенкин. — Ты ее, Чепурный, прямо к Ленину веди: вот, мол, тебе, товарищ Ленин, доделанная до коммунизма баба! Сволочи вы!

— А что? — обострился Чепурный. — По-твоему, у нас не так?

— Ну да, не так!

— А как же, товарищ Копенкин? У меня уж чувства уморились.

— А я знаю? Мое дело — устранять враждебные силы. Когда все устраню — тогда оно само получится, что надо.

Прокофий курил и ни разу не перебил Копенкина, думая о приспособлении к революции этой неорганизованной вооруженной силы.

— Клавдия Парфеновна, пойдемте пройтиться и пошалить немного, — с четкой вежливостью предложил Прокофий женщине. — А то вы ослабнете!

Когда эта пара отошла к паперти, Копенкин указал на ушедших Чепурному.

— Буржуазия — имей в виду!

— Ну?

— Ей-богу!

— Куда ж теперь нам деваться-то? Либо их вычесть из Чевенгура?

— Да ты паники на шею не сажай! Спускай себе коммунизм из идеи в тело — вооруженной рукой! Дай вот Саша Дванов придет — он вам покажет!

— Должно быть, умный человек? — оробел Чепурный.

— У него, товарищ, кровь в голове думает, а у твоего Прокофия — кость, — гордо и раздельно объяснил Копенкин. — Понятно тебе хоть раз?.. Нá бланок — отправляй в ход товарища Луя.

Чепурный при напряжении мысли ничего не мог выдумать — вспоминал одни забвенные бесполезные события, не дающие никакого чувства истины. То его разуму были видны костелы в лесу, пройденные маршем в царскую войну, то сидела девочка-сиротка на канаве и ела купыри; но когда эта девочка, бесполезно храни- мая в душе Чепурного, была встречена в жизни — те- перь навеки неизвестно; и жива ли она в общем — тоже немыслимо сказать; быть может, та девочка была Клав- дюшей — тогда она действительно отлично хороша и с ней грустно разлучаться.

— Чего глядишь, как болящий? — спросил Копен- кин.

— Так, товарищ Копенкин, — с печальной устало- стью произнес Чепурный. — Во мне вся жизнь облака- ми несется!

— А надо, чтоб она тучей шла, — оттого тебе, я вижу, и неможется, — сочувственно упрекнул Копенкин. — Пойдем отсюда на свежее место: здесь сырым богом ка- ким-то воняет.

— Пойдем. Бери своего коня, — облегченно сказал Японец. — На открытом месте я буду сильней.

Выйдя наружу, Копенкин показал Японцу надпись на храме-ревкоме: «Приидите ко мне все труждающи- еся».

— Перемажь по-советски!

— Некому фразу выдумать, товарищ Копенкин.

— А Прокофию дай!

— Не так он углублен — не осилит; подлежащее зна- ет, а сказуемое позабыл. Я твоего Дванова секретарем возьму, а Прокофий пускай свободно шалит... А скажи, пожалуйста, чем тебе та фраза не мила — целиком про- тив капитализма говорит...

Копенкин жутко нахмурился.

— По-твоему, бог тебе единолично все массы успо- коит? Это буржуазный подход, товарищ Чепурный. Ре- волюционная масса сама может успокоиться, когда под- нимется!

Чепурный глядел на Чевенгур, заключивший в себе его идею. Начинался тихий вечер, он походил на ду- шевное сомнение Чепурного, на предчувствие, которое не способно истощиться мыслью и успокоиться. Чепур- ный не знал, что существует всеобщая истина и смысл жизни — он видел слишком много разнообразных людей, чтобы они могли следовать одному закону. Некогда Прокофий предложил Чепурному ввести в Чевенгуре науку и просвещение, но тот отклонил такие попытки без всякой надежды. «Что ты, — сказал он Прокофию, — иль не знаешь — какая наука? Она же всей буржуазии даст обратный поворот: любой капиталист станет ученым и будет порошком организмы солить, а ты считайся с ним! И потом наука только развивается, а чем кончится — неизвестно».

Чепурный на фронтах сильно болел и на память изучил медицину, поэтому после выздоровления он сразу выдержал экзамен на ротного фельдшера, но к докторам относился как к умственным эксплуататорам.

— Как ты думаешь? — спросил он у Копенкина. — Твой Дванов науку у нас не введет?

— Он мне про то не сказывал: его дело один коммунизм.

— А то я боюсь, — сознался Чепурный, стараясь думать, но к месту вспомнил Прошку, который в точном смысле изложил его подозрение к науке. — Прокофий под моим руководством сформулировал, что ум такое же имущество, как и дом, а стало быть, он будет угнетать ненаучных и ослабелых...

— Тогда ты вооружи дураков, — нашел выход Копенкин. — Пускай тогда умный полезет к нему с порошком! Вот я — ты думаешь, что? — я тоже, брат, дурак, однако живу вполне свободно.

По улицам Чевенгура проходили люди. Некоторые из них сегодня передвигали дома, другие перетаскивали на руках сады. И вот они шли отдыхать, разговаривать и доживать день в кругу товарищей. Завтра у них труда и занятий уже не будет, потому что в Чевенгуре за всех и для каждого работало единственное солнце, объявленное в Чевенгуре всемирным пролетарием. Занятия же людей были не обязательными, — по наущению Чепурного Прокофий дал труду специальное толкование, где труд раз навсегда объявлялся пережитком жадности и эксплуатационно-животным сладострастием, потому что труд способствует происхождению имущества, а имущество — угнетению; но само солнце отпускает людям на жизнь вполне достаточные нормальные пайки, и всякое их увеличение — за счет нарочной людской работы — идет в костер классовой войны, ибо создаются лишние вредные предметы. Однако каждую субботу люди в Чевенгуре трудились, чему и удивился Копенкин, немного разгадавший солнечную систему жизни в Чевенгуре.

— Так это не труд — это субботники! — объяснил Чепурный. — Прокофий тут правильно меня понял и дал великую фразу.

— Он что — твой отгадчик, что ль? — не доверяя Прокофию, поинтересовался Копенкин.

— Да нет — так он: своей узкой мыслью мои великие чувства ослабляет. Но парень словесный, без него я бы жил в немых мучениях... А в субботниках никакого производства имущества нету, — разве я допущу? — просто себе идет добровольная порча мелкобуржуазного наследства. Какое же тебе тут угнетение, скажи пожалуйста!

— Нету, — искренне согласился Копенкин.

В сарае, вытащенном на середину улицы, Чепурный и Копенкин решили заночевать.

— Ты бы к своей Клавдюше шел, — посоветовал Копенкин. — Женщину огорчаешь!

— Ее Прокофий в неизвестное место увел: пусть порадуется — все мы одинаковые пролетарии. Мне Прокофий объяснил, что я не лучше его.

— Так ты же сам говорил, что у тебя великое чувство, а такой человек для женщины туже!

Чепурный озадачился: действительно, выходит так! Но у него болело сердце, и он сегодня мог думать.

— У меня, товарищ Копенкин, то великое чувство в груди болит, а не в молодых местах.

— Ага, — сказал Копенкин, — ну тогда отдыхай со мной: я тоже на сердце плох!

Пролетарская Сила прожевала траву, которую ей накосил Копенкин на городской площади, и в полночь тоже прилегла на пол сарая. Лошадь спала, как некоторые дети — с полуоткрытыми глазами и с сонной кротостью глядела ими на Копенкина, который сейчас не имел сознания и лишь стонал от грустного, почерневшего чувства забвения.

Коммунизм Чевенгура был беззащитен в эти степные темные часы, потому что люди заращивали силою сна усталость от дневной внутренней жизни и на время прекратили свои убеждения.

Чевенгур просыпался поздно; его жители отдыхали от веков угнетения и не могли отдохнуть. Революция завоевала Чевенгурскому уезду сны и главной профессией сделала душу.

Чевенгурский пешеход Луй шел в губернию полным шагом, имея при себе письмо Дванову, а на втором месте — сухари и берестяной жбанчик воды, которая нагревалась на теле. Он тронулся, когда встали только муравьи да куры, а солнце заголило небо еще не до самых последних мест. От ходьбы и увлекающей свежести воздуха Луя оставили всякие сомнения мысли и вожделения; его растрачивала дорога и освобождала от излишней вредной жизни. Еще в юности он своими силами додумался — отчего летит камень: потому что он от радости движения делается легче воздуха. Не зная букв и книг, Луй убедился, что коммунизм должен быть непрерывным движением людей в даль земли. Он сколько раз говорил Чепурному, чтобы тот объявил коммунизм странствием и снял Чевенгур с вечной оседлости.

— На кого похож человек — на коня или на дерево: объявите мне по совести? — спрашивал он в ревкоме, тоскуя от коротких уличных дорог.

— На высшее! — выдумал Прокофий. — На открытый океан, дорогой товарищ, и на гармонию схем!

Луй не видел, кроме рек и озер, другой воды, гармонии же знал только двухрядки.

— А пожалуй, на коня человек больше схож, — заявил Чепурный, вспоминая знакомых лошадей.

— Понимаю, — продолжая чувства Чепурного, сказал Прокофий. — У коня есть грудь с сердцем и благородное лицо с глазами, но у дерева того нет!

— Вот именно, Прош! — обрадовался Чепурный.

— Я ж и говорю! — подтвердил Прокофий.

— Совершенно верно! — заключительно одобрил Чепурный.

Луй удовлетворился и предложил ревкому немедленно стронуть Чевенгур в даль. «Надо, чтобы человека ветром поливало, — убеждал Луй, — иначе он тебе опять угнетением слабосильного займется, либо само собою все усохнет, затоскует — знаешь как? А в дороге дружбы никому не миновать — и коммунизму делов хватит!»

Чепурный заставил Прокофия четко записать предложение Луя, а затем это предложение обсуждалось на заседании ревкома. Чепурный, чуя коренную правду Луя, однако, не давал Прокофию своих руководящих предчувствий, и заседание тяжело трудилось весь весенний день. Тогда Прокофий выдумал формальный отвод делу Луя: «В виду грядущей эпохи войн и революций считать движение людей неотложным признаком коммунизма, а именно: броситься всем населением уезда на капитализм, когда у него всецело созреет кризис, и впредь не останавливать победного пути, закаляя людей в чувстве товарищества на дорогах всего земного шара; пока же коммунизм следует ограничивать завоеванной у буржуазии площадью, чтоб нам было чем управлять».

— Нет, товарищи, — не согласился рассудительный Луй. — На оседлости коммунизм никак не состоится: нет ему ни врага, ни радости!

Прокофий наблюдал внимательно слушающего Чепурного, не разгадывая его колеблющихся чувств.

— Товарищ Чепурный, — попробовал решить Прокофий. — Ведь освобождение рабочих — дело самих рабочих! Пусть Луй уходит и постепенно освобождается! При чем тут мы?

— Правильно! — резко заключил Чепурный. — Ходи, Луй: движение — дело массы, мы у нее под ногами не мешаемся!

— Ну, спасибо, — поклонился ревкому Луй и ушел искать необходимости куда-нибудь отправиться из Чевенгура.

Заметив однажды Копенкина на толстом коне, Луй сразу засовестился, потому что Копенкин куда-то едет, а он, Луй, живет на неподвижном месте; и Луй еще больше и подальше захотел уйти из города, а до отхода задумал сделать Копенкину что-нибудь сочувственное, но нечем было — в Чевенгуре нет вещей для подарков: можно только попоить лошадь Копенкина, Копенкин же строго не подпускал к ней посторонних и поил ее лично. И нынче Луй жалел, что много домов и вещей на свете, не хватает только тех самых, которые обозначают содружество людей.

После губернии Луй решил не возвращаться в Чевенгур и добраться до самого Петрограда, а там — поступить во флот и отправиться в плавание, всюду наблюдая землю, моря и людей как сплошное питание своей братской души. На водоразделе, откуда были видны чевенгурские долины, Луй оглянулся на город и на утренний свет:

— Прощай, коммунизм и товарищи! Жив буду — всякого из вас припомню!

Копенкин разминал Пролетарскую Силу за чертою города и заметил Луя на высоком месте.

«Должно быть, бродяга, на Харьков поворачивает, — про себя решил Копенкин. — Упущу я с ними золотые дни революции!» — и пустил коня степным маршем в город, чтобы окончательно, и сегодня же, проверить весь коммунизм и принять свои меры.

От передвижки домов улицы в Чевенгуре исчезли — все постройки стояли не на месте, а на ходу; Пролетарская Сила, привыкшая к прямым плавным дорогам, волновалась и потела от частых поворотов.

Около одного перекошенного заблудившегося амбара лежали под одним тулупом юноша и девушка — судя по туловищу, Клавдюша. Копенкин осторожно обвел коня вокруг спящих: он стеснялся молодости и уважал ее, как царство великого будущего. За ту же молодость, украшенную равнодушием к девушкам, он некогда с уважением полюбил Александра Дванова, своего спутника по ходу революции.

Где-то, в гуще домов, протяжно засвистел человек. Копенкин чутко насторожился. Свист прекратился.

— Ко-пенкин! Товарищ Копенкин, идем купаться! — невдалеке кричал Чепурный.

— Свисти — я на твой звук поеду! — низко и оглушительно ответил Копенкин.

Чепурный начал бурно свистеть, а Копенкин продолжал красться к нему на коне в ущельях смешанного города. Чепурный стоял на крыльце сарая в шинели, одетой на голое тело, и босой. Два его пальца были во рту — для силы свиста, а глаза глядели в солнечную вышину, где разыгрывалась солнечная жара.

Заперев Пролетарскую Силу в сарай, Копенкин пошел за босым Чепурным, который сегодня был счастлив, как окончательно побратавшийся со всеми людьми человек. По дороге до реки встретилось множество пробудившихся чевенгурцев — людей обычных, как и всюду, только бедных по виду и нездешних по лицу.

— День летом велик: чем они будут заниматься? — спросил Копенкин.

— Ты про ихнее усердие спрашиваешь? — неточно понял Чепурный.

— Хотя бы так.

— А душа-то человека — она и есть основная профессия. А продукт ее — дружба и товарищество! Чем тебе не занятье — скажи пожалуйста!

Копенкин немного задумался о прежней угнетенной жизни.

— Уж дюже хорошо у тебя в Чевенгуре, — печально сказал он. — Как бы не пришлось горя организовать: коммунизм должен быть едок, малость отравы — это для вкуса хорошо.

Чепурный почувствовал во рту свежую соль — и сразу понял Копенкина.

— Пожалуй, верно. Надо нам теперь нарочно горе организовать. Давай с завтрашнего дня займемся, товарищ Копенкин!

— Я не буду: мое дело — другое. Пускай Дванов вперед приедет — он тебе все поймет.

— А мы это Прокофию поручим!

— Брось ты своего Прокофия! Парень размножаться с твоей Клавдюшей хочет, а ты его вовлекаешь!

— И то, пожалуй, так — обождем твоего сподвижника!

О берег реки Чевенгурки волновалась неутомимая вода; с воды шел воздух, пахнущий возбуждением и свободой, а два товарища начали обнажаться навстречу воде. Чепурный скинул шинель и сразу очутился голым и жалким, но зато от его тела пошел теплый запах какого-то давно заросшего, спекшегося материнства, еле памятного Копенкину.

Солнце с индивидуальной внимательностью осветило худую спину Чепурного, залезая во все потные щели и ущербы кожи, чтобы умертвить там своим жаром невидимых тварей, от каких постоянно зудит тело. Копенкин с почтением посмотрел на солнце: несколько лет назад оно согревало Розу Люксембург и теперь помогает жить траве на ее могиле.

Копенкин давно не находился в реке и долго дрожал от холода, пока не притерпелся. Чепурный же смело плавал, открывал глаза в воде и доставал со дна различные кости, крупные камни и лошадиные головы. С середины реки, куда не доплыть неумелому Копенкину, Чепурный кричал песни и все более делался разговорчивым. Копенкин окунался на неглубоком месте, щупал воду и думал: тоже течет себе куда-то — где ей хорошо!

Возвратился Чепурный совсем веселым и счастливым.

— Знаешь, Копенкин, когда я в воде — мне кажется, что я до точности правду знаю... А как заберусь в ревком, все мне чего-то чудится да представляется...

— А ты занимайся на берегу.

— Тогда губернские тезисы дождь намочит, дурной ты человек!

Копенкин не знал, что такое тезис, — помнил откуда-то это слово, но вполне бесчувственно.

— Раз дождь идет, а потом солнце светит, то тезисы ты не жалей, — успокоительно сказал Копенкин. — Все равно ведь хлеб вырастет.

Чепурный усиленно посчитал в уме и помог уму пальцами.

— Значит, ты три тезиса объявляешь?

— Ни одного не надо, — отвергнул Копенкин. — На бумаге надо одни песни на память писать.

— Как же так? Солнце тебе — раз тезис! Вода — два, а почва — три.

— А ветер ты забыл?

— С ветром — четыре. Вот и все. Пожалуй, это правильно. Только знаешь, если мы в губернию на тезисы отвечать не будем, что у нас все хорошо, то оттуда у нас весь коммунизм ликвидируют.

— Нипочем, — отрек такое предположение Копенкин. — Там же такие, как и мы!

— Такие-то такие, только пишут непонятно и все, знаешь, просят побольше учитывать да потверже руководить... А чего в Чевенгуре учитывать и за какое место людьми руководить?

— Да а мы-то где ж будем?! — удивился Копенкин. — Разве ж мы позволим гаду пролезть! У нас сзади Ленин живет!

Чепурный рассеянно пробрался в камыш и нарвал бледных, ночного немощного света цветов. Это он сделал для Клавдюши, которой мало владел, но тем более питал к ней озабоченную нежность.

После цветов Чепурный и Копенкин оделись и направились берегом реки — по влажному травяному покрову. Чевенгур отсюда казался теплым краем — видны были освещенные солнцем босые люди, наслаждающиеся воздухом и свободой с непокрытыми головами.

— Нынче хорошо, — отвлеченно проговорил Чепурный. — Вся теплота человека наружи! — И показал рукой на город и на всех людей в нем. Потом Чепурный вложил два пальца в рот, свистнул и в бреду горячей внутренней жизни снова полез в воду, не снимая шинели; его томила какая-то черная радость избыточного тела — и он бросился сквозь камыш в чистую реку, чтобы там изжить свои неясные, тоскующие страсти.

— Он думает, весь свет на волю коммунизма отпустил: радуется, бродяга! — осудил поступок Чепурного Копенкин. — А мне ничего здесь не видится!

В камышах стояла лодка, и в ней молча сидел голый человек; он задумчиво рассматривал тот берег реки, хотя мог бы туда доплыть на лодке. Копенкин увидел его слабое ребристое тело и болящий глаз.

— Ты Пашинцев или нет? — спросил Копенкин.

— Да, а то кто же! — сразу ответил тот.

— Но тогда зачем ты оставил пост в ревзаповеднике?

Пашинцев грустно опустил свою укрощенную голову.

— Я оттуда низко удален, товарищ!

— А ты бы бомбами...

— Рано их разрядил, оказалось, — и вот зато теперь скитаюсь без почета, как драматический псих.

Копенкин ощутил презрение к дальним белым негодяям, ликвидировавшим ревзаповедник, и ответную силу мужества в самом себе.

— Не горюй, товарищ Пашинцев: белых мы, не сходя с коня, порасходуем, а ревзаповедник на сыром месте посадим. Что ж у тебя осталось нынче?

Пашинцев поднял со дна лодки нагрудную рыцарскую кольчугу.

— Мало, — определил Копенкин. — Одну грудь только обороняет.

— Да голова — черт с ней, — не ценил Пашинцев. — Сердце мне дороже всего... Есть кой-что и на башку и в руку. — Пашинцев показал вдобавок еще небольшой доспех — лобовое забрало с привинченной навеки красной звездой — и последнюю пустую гранату.

— Ну, это вполне тебе хватит, — сообщил Копенкин. — Но ты скажи, куда заповедник твой девался, — неужели ты так ослаб, что его мужики свободно окулачили?

Пашинцев имел скучное настроение и еле говорил от скорби.

— Так там же, тебе говорят, широкую организацию совхоза назначили — чего ты меня шаришь по голому телу?

Копенкин еще раз оглядел голое тело Пашинцева.

— Тогда — одевайся: пойдем вместе Чевенгур обследовать — тут тоже фактов не хватает, а люди сон видят.

Но Пашинцев не мог быть спутником Копенкина — у него, кроме нагрудной кольчуги и забрала, не оказалось одежды.

— Иди так, — ободрил его Копенкин. — Что ты думаешь, люди живого тела не видали? Ишь ты, прелесть какая — то же самое и в гроб кладут!

— Нет, ты понимаешь, какой корень зла вышел? — разговаривая, перебирал Пашинцев свею металлическую одежду. — Из ревзаповедника меня отпустили исправным: хоть и опасным, но живым и одетым. А в селе — свои же мужики видят, идет какой-то прошлый человек и, главное, пораженный армией — так всю одежду с меня скостили, — бросили вслед два предмета, чтобы я на зорях в кольчуге грелся, а бомбу я при себе удержал.

— Аль на тебя целая армия наступала? — удивился Копенкин.

— Да а то как же? Сто человек конницы вышло против одного человека. Да в резерве три дюйма стояли наготове. И то я сутки не сдавался — пугал всю армию пустыми бомбами, да Грунька — девка там одна — доказала, сукушка.

— Ага, — поверил Копенкин. — Ну, пойдем, — давай мне твои железки в одну руку.

Пашинцев вылез из лодки и пошел по верным следам Копенкина в прибрежном песке.

— Ты не бойся, — успокаивал Копенкин голого товарища. — Ты же не сам обнажился — тебя полубелые обидели.

Пашинцев догадался, что он идет разутым-раздетым ради бедноты — коммунизма, и поэтому не стеснялся будущих встречных женщин.

Первой встретилась Клавдюша; наспех оглядев тело Пашинцева, она закрыла платком глаза, как татарка.

«Ужасно вялый мужчина, — подумала она, — весь в родинках, да чистый — шершавости в нем нет!» — и сказала вслух:

— Здесь, граждане, ведь не фронт — голым ходить не вполне прилично.

Копенкин попросил Пашинцева не обращать внимания на такую жабу — она буржуйка и вечно квокчет: то ей полушалок нужен, то Москва, а теперь от нее голому пролетарию прохода нет. Все же Пашинцев несколько засовестился и надел кольчугу и лобовое забрало, оставив большинство тела наружи.

— Так лучше, — определил он. — Подумают, что это форма новой политики!

— Чего ж тебе? — посмотрел Копенкин. — Ты теперь почти одет, только от железа тебе прохладно будет!

— Оно от тела нагреется — кровь же льется внутри!

— И во мне льется! — почувствовал Копенкин.

Но железо кольчуги не холодило тела Пашинцева — в Чевенгуре было тепло. Люди сидели рядами в переулках, между сдвинутыми домами, и говорили друг с другом негромкие речи; и от людей тоже шло тепло и дыхание — не только от лучей солнца. Пашинцев и Копенкин проходили в сплошной духоте — теснота домов, солнечный жар и человеческий волнующий запах делали жизнь похожей на сон под ватным одеялом.

— Мне чего-то дремлется, а тебе? — спросил у Пашинцева Копенкин.

— А мне, в общем, так себе! — не разбирая себя, ответил Пашинцев.

Около кирпичного постоянного дома, где Копенкин останавливался в первый раз по прибытии, одиноко посиживал Пиюся и неопределенно глядел на все.

— Слушай, товарищ Пиюся! — обратился Копенкин. — Мне требуется пройти разведкой весь Чевенгур — проводи ты нас по маршруту!

— Можно, — не вставая с места, согласился Пиюся.

Пашинцев вошел в дом и поднял с полу старую солдатскую шинель — образца 14-го года. Эта шинель была на большой рост и сразу успокоила все тело Пашинцева.

— Ты теперь прямо как гражданин одет! — оценил Копенкин. — Зато на себя меньше похож.

Три человека отправились вдаль — среди теплоты чевенгурских строений. Посреди дороги и на пустых местах печально стояли увядшие сады: их уже несколько раз пересаживали, таская на плечах, и они обессилели, несмотря на солнце и дожди.

— Вот тебе факт! — указал Копенкин на смолкнувшие деревья. — Себе, дьяволы, коммунизм устроили, а дереву не надо!

Редкие пришлые дети, которые иногда виднелись на прогалинах, были толстыми от воздуха, свободы и отсутствия ежедневного воспитания. Взрослые же люди жили в Чевенгуре неизвестно как: Копенкин не мог еще заметить в них новых чувств; издалека они казались ему отпускниками из империализма, но что у них внутри и что между собой — тому нет фактов; хорошее же настроение Копенкин считал лишь теплым испарением крови в теле человека, не означающим коммунизма.

Близ кладбища, где помещался ревком, находился длинный провал осевшей земли.

— Буржуи лежат, — сказал Пиюся. — Мы с Японцем из них добавочно души вышибали.

Копенкин с удовлетворением попробовал ногой осевшую почву могилы.

— Стало быть, ты должен был так! — сказал он.

— Этого нельзя миновать, — оправдал факт Пиюся, — нам жить необходимость пришла...

Пашинцева же обидело то, что могила лежала не-утрамбованной — надо бы ее затрамбовать и перенести сюда на руках старый сад, тогда бы деревья высосали из земли остатки капитализма и обратили их, по-хозяйски, в зелень социализма; но Пиюся и сам считал трамбовку серьезной мерой, выполнить же ее не успел потому, что губерния срочно сместила его из председателей чрезвы-чайки; на это он почти не обиделся, так как знал, что для службы в советских учреждениях нужны образованные люди, не похожие на него, и буржуазия там приносила пользу. Благодаря такому сознанию Пиюся, после свое-го устранения из должности революционера, раз навсе-гда признал революцию умнее себя — и затих в массе че-венгурского коллектива. Больше всего Пиюся пугался канцелярий и написанных бумаг — при виде их он сра-зу, бывало, смолкал и, мрачно ослабевая всем телом, чувствовал могущество черной магии мысли и письмен-ности. Во времена Пиюси сама чевенгурская чрезвычай-ка помещалась на городской поляне; вместо записей расправ с капиталом Пиюся ввел их всенародную оче-видность и предлагал убивать пойманных помещиков самим батракам, что и совершалось. Нынче же, когда в Чевенгуре имелось окончательное развитие коммуниз-ма, чрезвычайка, по личному заключению Чепурного, закрыта навсегда и на ее поляну передвинуты дома.

Копенкин стоял в размышлении над общей могилой буржуазии — без деревьев, без холма и без памяти. Ему смутно казалось, что это сделано для того, чтобы дальняя могила Розы Люксембург имела дерево, холм и вечную память. Одно не совсем нравилось Копенкину — могила буржуазии не прочно утрамбована.

— Ты говоришь: душу добавочно из буржуев выши-бали? — усомнился Копенкин. — А тебя за то аннулиро-вали, — стало быть, били буржуев не сплошь и не на-смерть! Даже землю трамбовкой не забили!

Здесь Копенкин резко ошибался. Буржуев в Чевенгуре перебили прочно, честно, и даже загробная жизнь их не могла порадовать, потому что после тела у них была расстреляна душа.

У Чепурного, после краткой жизни в Чевенгуре, начало болеть сердце от присутствия в городе густой мелкой буржуазии. И тут он начал мучиться всем телом — для коммунизма почва в Чевенгуре оказалась слишком узка и засорена имуществом и имущими людьми; а надо было немедленно определить коммунизм на живую базу, но жилье спокон века занято странными людьми, от которых пахло воском. Чепурный нарочно уходил в поле и глядел на свежие открытые места — не начать ли коммунизм именно там? Но отказывался, так как тогда должны пропасть для пролетариата и деревенской бедноты чевенгурские здания и утварь, созданные угнетенными руками. Он знал и видел, насколько чевенгурскую буржуазию томит ожидание второго пришествия, и лично ничего не имел против него. Пробыв председателем ревкома месяца два, Чепурный замучился — буржуазия живет, коммунизма нет, а в будущее ведет, как говорилось в губернских циркулярах, ряд последовательно-наступательных переходных ступеней, в которых Чепурный чувством подозревал обман масс.

Сначала он назначил комиссию, и та комиссия говорила Чепурному про необходимость второго пришествия, но Чепурный тогда промолчал, а втайне решил оставить буржуазную мелочь, чтоб всемирной революции было чем заняться. А потом Чепурный захотел отмучиться и вызвал председателя чрезвычайки Пиюсю.

— Очисть мне город от гнетущего элемента! — приказал Чепурный.

— Можно, — послушался Пиюся. Он собрался перебить в Чевенгуре всех жителей, с чем облегченно согласился Чепурный.

— Ты понимаешь — это будет добрей! — уговаривал он Пиюсю. — Иначе, брат, весь народ помрет на переходных ступенях. И потом, буржуи теперь все равно не люди: я читал, что человек как родился от обезьяны, так ее и убил. Вот ты и вспомни: раз есть пролетариат, то к чему ж буржуазия? Это прямо некрасиво!

Пиюся был знаком с буржуазией лично: он помнил чевенгурские улицы и ясно представлял себе наружность каждого домовладельца: Щекотова, Комягина, Пихлера, Знобилина, Щапова, Завын-Дувайло, Перекрутченко, Сюсюкалова и всех их соседей. Кроме того, Пиюся знал их способ жизни и пропитания и согласен был убить любого из них вручную, даже без применения оружия. Со дня своего назначения председателем чрезвычайки он не имел душевного покоя и все время раздражался: ведь ежедневно мелкая буржуазия ела советский хлеб, жила в его домах (Пиюся до этого работал двадцать лет каменным кладчиком) и находилась поперек революции тихой стервой. Самые пожилые щербатые личности буржуев превращали терпеливого Пиюсю в уличного бойца: при встречах со Щаповым, Знобилиным и Завын-Дувайло Пиюся не один раз бил их кулаками, а те молча утирались, переносили обиду и надеялись на будущее; другие буржуи Пиюсе не попадались, заходить же к ним нарочно в дома Пиюся не хотел, так как от частых раздражений у него становилось душно на душе.

Однако секретарь уика Прокофий Дванов не согласился подворно и явочным порядком истребить буржуазию. Он сказал, что это надо сделать более теоретично.

— Ну, как же — сформулируй! — предложил ему Чепурный.

Прокофий в размышлении закинул назад свои эсеровские задумчивые волосы.

— На основе ихнего же предрассудка! — постепенно формулировал Прокофий.

— Чувствую! — не понимая, собирался думать Чепурный.

— На основе второго пришествия! — с точностью выразился Прокофий. — Они его сами хотят, пускай и получают — мы будем не виноваты.

277

Чепурный, напротив, принял обвинение.

— Как так не виноваты, скажи пожалуйста! Раз мы революция, то мы кругом виноваты! А если ты формулируешь для своего прощения, то пошел прочь!

Прокофий, как всякий умный человек, имел хладнокровие.

— Совершенно необходимо, товарищ Чепурный, объявить официально второе пришествие. И на его базе очистить город для пролетарской оседлости.

— Ну, а мы-то будем тут действовать? — спросил Чепурный.

— В общем — да! Только нужно потом домашнее имущество распределить, чтобы оно больше нас не угнетало.

— Имущество возьми себе, — указал Чепурный. — Пролетариат сам руки целыми имеет. Чего ты в такой час по буржуазным сундукам тоскуешь, скажи пожалуйста! Пиши приказ.

Прокофий кратко сформулировал будущее для чевенгурской буржуазии и передал исписанную бумагу Пиюсе; тот должен по памяти прибавить к приказу фамильный список имущих.

Чепурный прочитал, что Советская власть предоставляет буржуазии все бесконечное небо, оборудованное звездами и светилами на предмет организации там вечного блаженства; что же касается земли, фундаментальных построек и домашнего инвентаря, то таковые остаются внизу — в обмен на небо — всецело в руках пролетариата и трудового крестьянства.

В конце приказа указывался срок второго пришествия, которое в организованном безболезненном порядке уведет буржуазию в загробную жизнь.

Часом явки буржуазии на соборную площадь назначалась полночь на четверг, а основанием приказа считался бюллетень метеорологического губбюро.

Прокофия давно увлекала внушительная темная сложность губернских бумаг, и он с улыбкой сладострастия перелагал их слог для уездного масштаба.

Пиюся ничего не понял в приказе, а Чепурный понюхал табак и поинтересовался одним, почему Прокофий назначил второе пришествие на четверг, а не на сегодня — в понедельник.

— В среду пост — они тише приготовятся! — объяснил Прокофий. — А затем сегодня и завтра ожидается пасмурная погода, — у меня же сводки о погоде есть!

— Напрасная льгота, — упрекнул Чепурный, но на ускорении второго пришествия особо не настаивал.

Прокофий же, совместно с Клавдюшей, обошел все дома имущих граждан и попутно реквизировал у них негромоздкие ручные предметы: браслеты, шелковые платки, золотые царские медали, девичью пудру и прочее. Клавдюша складывала вещи в свой сундучок, а Прокофий устно обещал буржуям дальнейшую просрочку жизни, лишь бы увеличился доход республики; буржуи стояли посреди пола и покорно благодарили. Вплоть до ночи на четверг Прокофий не мог освободиться и жалел, что не назначил второго пришествия в ночь на субботу.

Чепурный не боялся, что у Прокофия очутилось много добра: к пролетарию оно не пристанет, потому что платки и пудра изведутся на голове бесследно для сознания.

В ночь на четверг соборную площадь заняла чевенгурская буржуазия, пришедшая еще с вечера. Пиюся оцепил район площади красноармейцами, а внутрь буржуазной публики ввел худых чекистов. По списку не явилось только трое буржуев — двое из них были задавлены собственными домами, а третий умер от старости лет. Пиюся сейчас же послал двух чекистов проверить — отчего обвалились дома, а сам занялся установкой буржуев в строгий ряд. Буржуи принесли с собой узелки и сундучки — с мылом, полотенцами, бельем, белыми пышками и семейной поминальной книжкой. Пиюся все это просмотрел у каждого, обратив пристальное внимание на поминальную книжку.

— Прочти, — попросил он одного чекиста.

Тот прочитал:

— «О упокоении рабов божьих: Евдокии, Марфы, Фирса, Поликарпа, Василия, Константина, Макария и всех сродственников.

О здравии — Агриппины, Марии, Косьмы, Игнатия, Петра, Иоанна, Анастасии со чадами и всех сродственников и болящего Андрея».

— Со чадами? — переспросил Пиюся.

— С ними! — подтвердил чекист.

За чертой красноармейцев стояли жены буржуев и рыдали в ночном воздухе.

— Устрани этих приспешниц! — приказал Пиюся. — Тут сочады не нужны!

— Их бы тоже надо кончить, товарищ Пиюся! — посоветовал чекист.

— Зачем, голова? Главный член у них отрублен!

Пришли два чекиста с проверки обвалившихся домов и объяснили: дома рухнули с потолков, потому что чердаки были загружены солью и мукой сверх всякого веса; мука же и соль буржуям требовались в запас — для питания во время прохождения второго пришествия, дабы благополучно переждать его, а затем остаться жить.

— Ах, вы так! — сказал Пиюся и выстроил чекистов, не ожидая часа полуночи. — Кóцай их, ребята! — И сам выпустил пулю из нагана в череп ближнего буржуя — Завын-Дувайло. Из головы буржуя вышел тихий пар, а затем проступило наружу волос материнское сырое вещество, похожее на свечной воск, но Дувайло не упал, а сел на свой домашний узел.

— Баба, обмотай мне горло свивальником! — с терпением произнес Завын-Дувайло. — У меня там вся душа течет! — И свалился с узла на землю, обняв ее раскинутыми руками и ногами, как хозяин хозяйку.

Чекисты ударили из нагана по безгласным, причастившимся вчера буржуям — и буржуи неловко и косо упали, вывертывая сальные шеи до повреждения позвонков. Каждый из них утратил силу ног еще раньше чувства раны, чтобы пуля попала в случайное место и там заросла живым мясом.

Раненый купец Щапов лежал на земле с оскудевшим телом и просил наклонившегося чекиста:

— Милый человек, дай мне подышать — не мучай меня. Позови мне женщину проститься! Либо дай поскорее руку — не уходи далеко, мне жутко одному.

Чекист хотел дать ему свою руку:

— Подержись — ты теперь свое отзвонил!

Щапов не дождался руки и ухватил себе на помощь лопух, чтобы поручить ему свою недожитую жизнь; он не освободил растения до самой потери своей тоски по женщине, с которой хотел проститься, а потом руки его сами упали, больше не нуждаясь в дружбе. Чекист понял и заволновался: с пулей внутри буржуи, как и пролетариат, хотели товарищества, а без пули — любили одно имущество.

Пиюся тронул Завын-Дувайло:

— Где у тебя душа течет — в горле? Я ее сейчас вышибу оттуда!

Пиюся взял шею Завына левой рукой, поудобней зажал ее и упер ниже затылка дуло нагана. Но шея у Завына все время чесалась, и он тер ее о суконный воротник пиджака.

— Да не чешись ты, дурной: обожди, я сейчас тебя царапну!

Дувайло еще жил и не боялся:

— А ты возьми-ка голову мою между ног да зажми, чтоб я криком закричал, а то там моя баба стоит и меня не слышит!

Пиюся дал ему кулаком в щеку, чтоб ощутить тело этого буржуя в последний раз, и Дувайло прокричал жалующимся голосом:

— Машенька, бьют!

Пиюся подождал, пока Дувайло растянет и полностью произнесет слова, а затем дважды прострелил его шею и разжал у себя во рту нагревшиеся сухие десны.

Прокофий выследил издали такое одиночное убийство и упрекнул Пиюсю:

— Коммунисты сзади не убивают, товарищ Пиюся!

Пиюся от обиды сразу нашел свой ум:

— Коммунистам, товарищ Дванов, нужен коммунизм, а не офицерское геройство!.. Вот и помалкивай, а то я тебя тоже на небо пошлю! Всякая б...дь хочет красным знаменем заткнуться — тогда у ней, дескать, пустое место сразу честью зарастет... Я тебя пулей сквозь знамя найду!

Явившийся Чепурный остановил этот разговор:

— В чем дело, скажите, пожалуйста? Буржуи на земле еще дышат, а вы коммунизм в словах ищете!

Чепурный и Пиюся пошли лично обследовать мертвых буржуев; погибшие лежали кустами — по трое, по пятеро и больше, — видимо стараясь сблизиться хоть частями тела в последние минуты взаимного расставания.

Чепурный пробовал тыльной частью руки горло буржуев, как пробуют механики температуру подшипников, и ему казалось, что все буржуи еще живы.

— Я в Дувайле добавочно из шеи душу вышиб! — сказал Пиюся.

— И правильно: душа же в горле! — вспомнил Чепурный. — Ты думаешь, почему кадеты нас за горло вешают? От того самого, чтоб душу веревкой сжечь: тогда умираешь, действительно, полностью! А то все будешь копаться: убить ведь человека трудно!

Пиюся и Чепурный прощупали всех буржуев и не убедились в их окончательной смерти: некоторые как будто вздыхали, а другие имели чуть прикрытыми глаза и притворялись, чтобы ночью уползти и продолжать жить за счет Пиюси и прочих пролетариев; тогда Чепурный и Пиюся решили дополнительно застраховать буржуев от продления жизни: они подзарядили наганы и каждому лежачему имущему человеку — в последовательном порядке — прострелили сбоку горло — через желёзки.

— Теперь наше дело покойнее! — отделавшись, высказался Чепурный. — Бедней мертвеца нет пролетария на свете.

— Теперь уж прочно, — удовлетворился Пиюся. — Надо пойти красноармейцев отпустить.

Красноармейцы были отпущены, а чекисты оставлены для подготовки общей могилы бывшему буржуазному населению Чевенгура. К утренней заре чекисты отделались и свалили в яму всех мертвецов с их узелками. Жены убитых не смели подойти близко и ожидали вдалеке конца земляных работ. Когда чекисты, во избежание холма, разбросали лишнюю землю на освещенной зарею пустой площади, а затем воткнули лопаты и закурили, жены мертвых начали наступать на них изо всех улиц Чевенгура.

— Плачьте! — сказали им чекисты и пошли спать от утомления.

Жены легли на глиняные комья ровной, бесследной могилы и хотели тосковать, но за ночь они простыли, горе из них уже вытерпелось и жены мертвых не могли больше заплакать.

Узнав, как было в Чевенгуре, Копенкин решил пока никого не карать, а дотерпеться до прибытия Александра Дванова, тем более что пешеход Луй идет сейчас своей дорогой.

Луй действительно прошел в эти дни много земли и чувствовал себя целым, сытым и счастливым. Когда ему хотелось есть, он заходил в хату и говорил хозяйке: «Баба, ощипай мне куренка, я человек уставший». Если баба скупилась на курицу, то Луй с ней прощался и уходил степью по своему пути, ужиная купырями, которые выросли от солнца, а не от жалкого дворового усердия человека. Луй никогда не побирался и не воровал; если же долго не выходило случая покушать, то он знал, что когда-нибудь все равно наестся, и не болел от голода.

Нынче Луй ночевал в яме кирпичного сарая; до губернского города ему осталось всего сорок верст мощеной дороги. Луй считал это за пустяк и долго прохлаждался после сна. Он лежал и думал — как ему закурить. Табак был, а бумаги нет; документы он уже искурил давно — единственной бумагой осталось письмо Копенкина Дванову. Луй вынул письмо, разгладил его и прочитал два раза, чтобы запомнить наизусть, а затем сделал из письма десять пустых цигарок.

— Расскажу ему письмо своим голосом — так же складно получится! — рассудительно предпочел Луй и подтвердил самому себе: — Конечно, так же! А то как же?

Закурив, Луй вышел на шоссе и тронулся на город по боковой мякоти мостовой. В высоте и мутном тумане расстояния — на водоразделе между двумя чистыми реками — виден был старый город — с башнями, балконами, храмами и длинными домами училищ, судов и присутствий; Луй знал, что в том городе давно жили люди и другим мешали жить. В стороне от города — на его опушке — дымили четыре трубы завода сельскохозяйственных машин и орудий, чтобы помогать солнцу производить хлеб. Лую понравился далекий дым труб и гудок бегущего паровоза — в глухоте рождающих тихие травы полей.

Луй обогнул бы губернию и не занес бы письма, если б губернский город не стоял на пути в Петроград и на берег Балтийского моря: с того берега — от холода пустых равнин революции — уходили корабли в темноту морей, чтобы завоевать впоследствии теплые буржуазные страны.

Гопнер в этот час спускался с городской горы к реке Польному Айдару и видел мощеную дорогу, проложенную сквозь степь в продовольственные слободы. По этой же дороге шел невидимый отсюда Луй и воображал балтийский флот в холодном море. Гопнер перешел мост и сел на другом берегу ловить рыбу. Он нанизал на крючок живого мучающегося червя, бросил леску и засмотрелся в тихое пошевеливание утекающей реки; прохлада воды и запах сырых трав возбуждали в Гопнере дыхание и мысль; он слушал молву реки и думал о мирной жизни, о счастье за горизонтом земли, куда плывут реки, а его не берут, и постепенно опускал сухую голову во влажные травы, переходя из своего мысленного покоя в сон. На крючок удочки попалась небольшая рыбка — молодой подлещик; четыре часа рвался подлещик скрыться в глубокие свободные воды, и кровь его губ, с вонзенным крючком, смешалась с кровяным соком червя; подлещик устал метаться и для своей силы проглотил кусочек червя, а затем снова стал дергать за режущее едкое железо, чтобы вынуть из себя крючок вместе с хрящом губы.

Луй с высоты мощеной дамбы увидел, как спит на берегу худой усталый человек, а у ног его само собой шевелится удилище. Луй подошел к человеку и вытащил удочку с подлещиком; подлещик затих в руке пешехода, открыл жабры и начал кончаться от испуганного утомления.

— Товарищ, — сказал спящему Луй. — Получай рыбу! Спит на целом свете!

Гопнер открыл налившиеся питательной кровью глаза и соображал о появившемся человеке. Пешеход присел закурить и поглядеть на постройки противоположного города.

— Чего-то я во сне долго рассматривал, так и не докончил, — заговорил Гопнер. — Проснулся, а ты стоишь, как исполнение желаний...

Гопнер почесал свое голодное обросшее горло и почувствовал уныние: во сне погибли его хорошие размышления, и даже река не могла напомнить о них.

— Эх, будь ты проклят — разбудил, — раздражился Гопнер, — опять мне будет скучно!

— Река течет, ветер дует, рыба плывет, — протяжно и спокойно начал Луй, — а ты сидишь и ржавеешь от горя! Ты двинься куда-нибудь, в тебя ветер надышит думу — и ты узнаешь что-нибудь.

Гопнер не ответил: чего отвечать каждому прохожему, что он понимает в коммунизме, крестьянский отходник?

— Ты не слыхал, в каком дворе товарищ Александр Дванов живет? — спросил Луй про свое попутное дело.

Гопнер взял у пришедшего рыбу из рук и бросил ее в воду, — может, отдышится! — объяснил он.

— Теперь не отживеет! — усомнился Луй. — Надо бы мне того товарища в глаза повидать...

— Чего тебе его видать, когда я увижу! — неопределенно сказал Гопнер. — Уважаешь, что ль, его?

— За одно прозвание не уважают, а делов его я не знаю! Наши товарищи говорили, что в Чевенгуре он немедленно необходим...

— А что там за дело?

— Там товарищ Копенкин написал, что коммунизм и обратно...

Гопнер изучающе поглядел на Луя, как на машину, требующую капитального ремонта; он понял, что капитализм сделал в подобных людях изможление ума.

— У вас же нет квалификации и сознания, будь вы прокляты! — произнес Гопнер. — Какой же может сделаться коммунизм?

— Ничего у нас нету, — оправдался Луй, — одних людей только и осталось иметь, поэтому и вышло товарищество.

Гопнер почувствовал в себе прилив отдохнувших сил и высказался после краткого размышления:

— Это умно, будь я проклят, но только не прочно: сделано без всякого запаса сечения! Понял ты меня или ты сам бежишь от коммунизма?

Луй знал, что вокруг Чевенгура коммунизма нет — есть переходная ступень, и он глядел на город на горе как на ступень.

— Ты на ступени живешь, — сказал он Гопнеру, — тебе и кажется — я бегу. А я иду себе пешком, а потом на флоте поплыву в буржуазные государства, буду их к будущему готовить. Коммунизм ведь теперь в теле у меня — от него не денешься.

Гопнер пощупал руку Луя и разглядел ее на свет солнца: рука была большая, жилистая, покрытая незаживающими метами бывшего труда — этими родинками всех угнетенных.

«Может быть, и правда! — подумал Гопнер о Чевенгуре. — Летают же аэропланы тяжелее воздуха, будь они прокляты!»

Луй еще раз наказал передать Дванову устное письмо Копенкина, чтоб Дванов ехал в Чевенгур без задержки, иначе там коммунизм может ослабнуть. Гопнер обнадежил его и указал улицу, где он живет.

— Ступай туда и покажись моей бабе, пускай она тебя накормит-напоит, а я сейчас разуюсь и пойду на перекат на хлыста голавликов попробовать: они, проклятые, к вечеру на жучка пойдут...

Луй уже привык быстро расставаться с людьми, потому что постоянно встречал других — и лучших; всюду он замечал над собою свет солнцестояния, от которого земля накапливала растения для пищи и рождала людей для товарищества.

Гопнер решил вслед пешеходу, что тот похож на садовое дерево; в теле Луя действительно не было единства строя и организованности — была какая-то неувязка членов и конечностей, которые выросли изнутри его с распущенностью ветвей и вязкой крепостью древесины.

Луй скрылся на мосту, а Гопнер лег еще немного отдохнуть — он был в отпуске и наслаждался жизнью раз в год. Но голавлей ему сегодня половить уже не удалось, потому что вскоре начался ветер, из-за городских башен вышли бугры туч, и Гопнеру пришлось идти на квартиру. Но ему скучно было сидеть в комнате с женой, поэтому Гопнера всегда влекло в гости к товарищам, больше всего к Саше и Захару Павловичу. И он зашел по пути домой в знакомый деревянный дом.

Захар Павлович лежал, а Саша читал книгу, сжимая над ней сухие руки, отвыкшие от людей.

— Слыхали? — сказал им Гопнер, давая понять, что он не зря явился. — В Чевенгуре организовался полный коммунизм!

Захар Павлович перестал равномерно сопеть носом: он замедлил свой сон и прислушался. Александр молчал и смотрел на Гопнера с доверчивым волнением.

— Чего глядишь? — сказал Гопнер. — Летают же кое-как аэропланы, а они, проклятые, тяжелее воздуха! Почему ж не сорганизоваться коммунизму?

— А того козла, что революцию, как капусту, всегда с краев ест, — куда они дели? — спросил отец Дванова.

— Это объективные условия, — объяснил Александр. — Отец говорит про козла отпущения грехов.

— Они съели того козла отпущения! — словно очевидец, сообщил Гопнер. — Теперь сами будут виноваты в жизни.

За стеной из дюймовых досок сразу заплакал человек, расходясь слезами все более громко. Пивная посуда дрожала на его столе, по которому он стучал оскорбленной головой; там жил одинокий комсомолец, работавший истопником в железнодорожном депо — без всякого продвижения к высшим должностям. Комсомолец немного порыдал, затем затих и высморкался.

— Всякая сволочь на автомобилях катается, на толстых артистках женится, а я все так себе живу! — выговаривал комсомолец свое грустное озлобление. — Завтра же пойду в райком — пускай и меня в контору берут: я всю политграмоту знаю, я могу цельным масштабом руководить! А они меня истопником сделали, да еще четвертый разряд положили... Человека, сволочи, не видят...

Захар Павлович вышел на двор — прохладиться и посмотреть на дождь: окладной он или из временной тучи. Дождь был окладной — на всю ночь либо на сутки; шумели дворовые деревья, обрабатываемые ветром и дождем, и брехали сторожевые собаки на обгороженных дворах.

— Ветер какой дует, дождь идет! — проговорил Захар Павлович. — А сына опять скоро не будет со мной. В комнате Гопнер звал Александра в Чевенгур.

— Мы там, — доказывал Гопнер, — смерим весь коммунизм, снимем с него точный чертеж и приедем обратно в губернию; тогда уже будет легко сделать коммунизм на всей шестой части земного круга, раз в Чевенгуре дадут шаблон в руки.

Дванов молча думал о Копенкине и его устном письме: «Коммунизм и обратно».

Захар Павлович слушал-слушал и сказал:

— Смотрите, ребята: рабочий человек — очень слабый дурак, а коммунизм далеко не пустяк. В вашем Чевенгуре целое отношение людей нужно — неужели там враз с этим справились?

— А чего же? — убежденно спорил Гопнер. — Власть на местах изобрела нечаянно что-нибудь умное — вот и вышло, будь оно проклято! Что ж тут особенного-то?

Захар Павлович все же немало сомневался:

— Так-то оно так, да только человек тебе не гладкий матерьял. Паровоз от дурака не поедет, а мы и при царе жили. Понял ты меня теперь?

— Понял-то я понял, — соображал Гопнер, — но кругом ничего такого не вижу.

— Ты не видишь, а я вот вижу, — тянул его недоумение Захар Павлович. — Из железа я тебе что хочешь сделаю, а из человека коммуниста — никак!

— Кто их там делал, они сами, проклятые, сделались! — возражал Гопнер.

Захар Павлович здесь соглашался.

— А это другая вещь! Я хотел сказать, что местная власть там ни при чем, потому что поумнеть можно на изделиях, а власть — там уже умнейшие люди: там от ума отвыкают! Если б человек не терпел, а сразу лопался от беды, как чугун, тогда б и власть отличная была!

— Тогда б, отец, власти не было, — сказал Александр.

— Можно и так! — подтвердил Захар Павлович.

Было слышно, как тягостно уснул комсомолец за стеной, не совсем отделавшись от своего остервенения.

«Сволочи, — уже примиренно вздыхал он и молча пропускал что-то главное во сне. — Сами двое на постели спят, а мне — одному на кирпичной лежанке!.. Дай на мякоти полежать, товарищ секретарь, а то убиваюсь на черной работе... Сколько лет взносы плачу́ — дай пройти в долю!.. В чем дело?..»

Ночь шумела потоками охлажденного дождя; Александр слышал падение тяжелых капель, бивших по уличным озерам и ручьям; одно его утешало в этой бесприютной сырости погоды — воспоминание о сказке про пузырь, соломинку и лапоть, которые некогда втроем благополучно одолели такую же ненадежную, такую же непроходимую природу.

«Он ведь пузырь, она ведь не женщина, а соломинка, и товарищ их — брошенный лапоть, а они дружно прошли по пашням и лужам, — со счастием детства, с чувством личного подобия безвестному лаптю, воображал про себя Дванов. — У меня тоже есть товарищи пузыри и соломинки, только я их зачем-то бросил, я хуже лаптя...»

Ночь пахла далеким травостоем степей, на другой стороне улицы стояло служебное учреждение, где сейчас томились дела революции, а днем шел переучет военнообязанных. Гопнер разулся и остался ночевать, хотя знал, что утром ему достанется от жены: где, скажет, ночевал — небось помоложе себе нашел?! — и ляпнет поленом по ключице. Разве бабы понимают товарищество: они весь коммунизм деревянными пилами на мелкобуржуазные части распилят!

— Эх, будь ты проклято, много ли мужику надо! — вздыхал Гопнер. — А вот нет спокойной регулировки!

— Чего ты бурчишь? — спросил Захар Павлович.

— Я про семейство говорю: у моей бабы на пуд живого мяса — пять пудов мелкобуржуазной идеологии. Вот контрвес какой висит!

Дождь на улице идти переставал, пузыри умолкли, и земля запахла вымытыми травами, чистотой холодной воды и свежестью открытых дорог. Дванов ложился спать с сожалением, ему казалось, что он прожил сегодняшний день зря, он совестился про себя этой внезапно наступившей скуки жизни. Вчера ему было лучше, хотя вчера приехала из деревни Соня, взяла в узелок остаток своих вещей на старой квартире и ушла неизвестно куда. Саше она постучала в окно, попрощалась рукой, а он вышел на улицу, но ее уже нигде не было видно. И вчера Саша до вечера думал о ней — и тем существовал, а нынче он забыл, чем ему надо жить, и не мог спать.

Гопнер уже уснул, но дыхание его было так слабо и жалко во сне, что Дванов подошел к нему и боялся, как бы не кончилась жизнь в человеке. Дванов положил свалившуюся руку Гопнера на его грудь и вновь прислушался к сложной и нежной жизни спящего. Видно было, насколько хрупок, беззащитен и доверчив этот человек, а все-таки его тоже, наверное, кто-нибудь бил, мучил, обманывал и ненавидел; а он и так еле жив, и его дыхание во сне почти замирает. Никто не смотрит на спящих людей, но только у них бывают настоящие любимые лица; наяву же лицо у человека искажается памятью, чувством и нуждой.

Дванов успокоил разбрасывающиеся руки Гопнера, близко и с любопытством нежности рассмотрел Захара Павловича, тоже глубоко забывшегося во сне, а потом прислушался к утихающему ветру и лег до завтрашнего дня. Отец жил во сне здраво и разумно — подобно жизни днем, и лицо его мало поэтому менялось ночью; если он видел сны, то полезные и близкие к пробуждению, а не те, от которых потом бывает стыдно и скучно.

Дванов сжался до полного ощущения своего тела — и затих. И постепенно, как рассеивающееся утомление, вставал перед Двановым его детский день — не в глубине заросших лет, а в глубине притихшего, трудного, себя самого мучающего тела. Сквозь сумрачную вечернюю осень падал дождь, будто редкие слезы, на деревенское кладбище родины; колыхалась веревка от ветра, за которую ночью церковный сторож отбивает часы, не лазая на колокольню; низко над деревьями проходят истощённые мятые тучи, похожие на сельских женщин после родов. Маленький мальчик Саша стоит под шумящими последними листьями над могилой родного отца. Глинистый холм расползся от дождей, его затрамбовывают на нет прохожие, и на него падают листья, такие же мёртвые, как и погребённый отец. Саша стоит с пустой сумкой и с палочкой, подаренной Прохором Абрамовичем на дальнюю дорогу.

Не понимая расставания с отцом, мальчик пробует землю могилы, как некогда он щупал смертную рубашку отца, и ему кажется, что дождь пахнет пóтом — привычной жизнью в тёплых объятиях отца на берегу озера Мутево; та жизнь, обещанная навеки, теперь не возвращается, и мальчик не знает — нарочно это или надо плакать. Маленький Саша вместо себя оставляет отцу палку — он зарывает её в холм могилы и кладёт сверху недавно умершие листья, чтоб отец знал, как скучно Саше идти одному и что Саша всегда и отовсюду возвратится сюда — за палкой и за отцом.

Дванову стало тягостно, и он заплакал во сне, что до сих пор ещё не взял свою палку от отца. Но сам отец ехал в лодке и улыбался испугу заждавшегося сына. Его лодка-душегубка качалась от чего попало — от ветра и от дыхания гребца, и особое, всегда трудное лицо отца выражало кроткую, но жадную жалость к половине света, остальную же половину мира он не знал, мысленно трудился над ней, быть может, ненавидел её. Сходя с лодки, отец гладил мелкую воду, брал за верх траву, без вреда для неё, обнимал мальчика и смотрел на ближний мир как на своего друга и сподвижника в борьбе со своим, не видимым никому, единственным врагом.

— Зачем ты плачешь, шкалик? — сказал отец. — Твоя палка разрослась деревом и теперь вон какая, разве ты её вытащишь!..

— А как же я пойду в Чевенгур? — спросил мальчик. — Так мне будет скучно.

Отец сел в траву и молча посмотрел на тот берег озера. В этот раз он не обнимал сына.

— Не скучай, — сказал отец. — И мне тут, мальчик, скучно лежать. Делай что-нибудь в Чевенгуре: зачем же мы будем мертвыми лежать...

Саша придвинулся к отцу и лег ему на колени, потому что ему не хотелось уходить в Чевенгур. Отец и сам заплакал от расставания, а потом так сжал сына в своем горе, что мальчик зарыдал, чувствуя себя одиноким навеки. Он еще долго держался за рубашку отца; уже солнце вышло поверх леса, за которым вдалеке жил чужой Чевенгур, и лесные птицы прилетели на озеро пить воду, а отец все сидел и сидел, наблюдая озеро и восходящий лишний день, мальчик же заснул у него на коленях; тогда отец повернул лицо сына к солнцу, чтобы на нем высохли слезы, но свет защекотал мальчику закрытое зрение, и он проснулся.

Гопнер прилаживал к ноге рваные портянки, а Захар Павлович насыпал в кисет табак, собираясь на работу. Над домами, как поверх лесов, выходило солнце, и свет его упирался в заплаканное лицо Дванова. Захар Павлович завязал табак, взял кусок хлеба и две картошки и сказал: «Ну, я пошел — оставайтесь с богом». Дванов посмотрел на колени Захара Павловича и на мух, летавших как лесные птицы.

— Ты что ж, пойдешь в Чевенгур? — спросил Гопнер.

— Пойду. А ты?

— А чем я хуже тебя? Я тоже пойду...

— А как же с работой? Уволишься?

— Да, а то что ж? Возьму расчет — и все: сейчас коммунизм дороже трудовой дисциплины, будь она проклята. Иль я, по-твоему, не член партии, что ль?

Дванов спросил еще Гопнера про жену — чем она будет кормиться без него. Тут Гопнер задумался, но легко и недолго.

— Да она семечками пропитается — много ли ей надо?.. У нас с ней не любовь, а так — один факт. Пролетариат ведь тоже родился не от любви, а от факта.

Гопнер сказал не то, что его действительно обнадежило для направления в Чевенгур. Ему хотелось идти не ради того, чтобы жена семечками питалась, а для того, чтобы по мерке Чевенгура как можно скорее во всей губернии организовать коммунизм; тогда коммунизм наверное и сытно обеспечит жену на старости лет, наравне с прочими ненужными людьми, а пока она как-нибудь перетерпит. Если же остаться работать навсегда, то этому занятию не будет ни конца, ни улучшения. Гопнер работает без отказа уже двадцать пять лет, однако это не ведет к личной пользе жизни — продолжается одно и то же, только зря портится время. Ни питание, ни одежда, ни душевное счастье — ничто не размножается, значит — людям теперь нужен не столько труд, сколько коммунизм. Кроме того, жена может прийти к тому же Захару Павловичу, и он не откажет пролетарской женщине не в куске хлеба. Смирные трудящиеся тоже необходимы: они непрерывно работают в то время, когда коммунизм еще бесполезен, но уже требует хлеба, семейных несчастий и добавочного утешения женщин.

Одни сутки Копенкин прожил в Чевенгуре обнадеженным, а потом устал от постоя в этом городе, не чувствуя в нем коммунизма; оказывается, Чепурный нисколько не знал вначале, после погребения буржуазии, как жить для счастья, и он уходил для сосредоточенности в дальние луга, чтобы там, в живой траве и одиночестве, предчувствовать коммунизм. После двух суток лугового безлюдья и созерцания контрреволюционной благости природы Чепурный грустно затосковал и обратился за умом к Карлу Марксу: думал — громадная книга, в ней все написано; и даже удивился, что мир устроен редко — степей больше, чем домов и людей, — однако уже есть о мире и о людях столько выдуманных слов.

Однако он организовал чтение той книги вслух: Прокофий ему читал, а Чепурный положил голову и слушал внимательным умом, время от времени наливая квасу Прокофию, чтобы у чтеца не ослабевал голос. После чтения Чепурный ничего не понял, но ему полегчало.

— Формулируй, Прош, — мирно сказал он, — я что-то чувствую.

Прокофий надулся своим умом и сформулировал просто:

— Я полагаю, товарищ Чепурный, одно...

— Ты не полагай, ты давай мне резолюцию о ликвидации класса остаточной сволочи.

— Я полагаю, — рассудочно округлял Прокофий, — одно: раз у Карла Маркса не сказано про остаточные классы, то их и быть не может.

— А они есть — выйди на улицу: либо вдова, либо приказчик, либо сокращенный начальник пролетариата... Как же быть, скажи пожалуйста!

— А я полагаю, поскольку их быть, по Карлу Марксу, не может, постольку же их быть и не должно.

— А они живут и косвенно нас угнетают — как же так?

Прокофий снова напрягся привычной головой, отыскивая теперь лишь организационную форму.

Чепурный его предупредил, чтобы он по науке думать не старался, — наука еще не кончена, а только развивается: неспелую рожь не косят.

— Я мыслю и полагаю, товарищ Чепурный, в таком последовательном порядке, — нашел исход Прокофий.

— Да ты мысли скорей, а то я волнуюсь!

— Я исхожу так: необходимо остатки населения вывести из Чевенгура сколько возможно далеко, чтоб они заблудились.

— Это не ясно: им пастухи дорогу покажут...

Прокофий не прекращал своего слова.

— Всем устраняемым с базы коммунизма выдается вперед недельный паек — это сделает ликвидком эвакопункта...

— Ты напомни мне — я завтра тот ликвидком сокращу.

— Возьму на заметку, товарищ Чепурный. Затем — всему среднему запасному остатку буржуазии объявляется смертная казнь, и тут же она прощается...

— Вот это так?!

— Прощается под знаком вечного изгнания из Чевенгура и с прочих баз коммунизма. Если же остатки появятся в Чевенгуре, то смертная казнь на них возвращается в двадцать четыре часа.

— Это, Прош, вполне приемлемо! Пиши, пожалуйста, постановление с правой стороны бумаги.

Чепурный с затяжкой понюхал табаку и продолжительно ощущал его вкус. Теперь ему стало хорошо: класс остаточной сволочи будет выведен за черту уезда, а в Чевенгуре наступит коммунизм, потому что больше нечему быть. Чепурный взял в руки сочинение Карла Маркса и с уважением перетрогал густонапечатанные страницы: писал-писал человек, сожалел Чепурный, а мы все сделали, а потом прочитали, — лучше бы и не писал!

Чтобы не напрасно книга была прочитана, Чепурный оставил на ней письменный след поперек заглавия: «Исполнено в Чевенгуре вплоть до эвакуации класса остаточной сволочи. Про этих не нашлось у Маркса головы для сочинения, а опасность от них неизбежна впереди. Но мы дали свои меры». Затем Чепурный бережно положил книгу на подоконник, с удовлетворением чувствуя ее прошедшее дело.

Прокофий написал постановление, и они разошлись. Прокофий пошел искать Клавдюшу, а Чепурный — осмотреть город перед наступлением в нем коммунизма. Близ домов — на завалинках, на лежачих дубках и на разных случайных сидениях — грелись чуждые люди: старушки, сорокалетние молодцы расстрелянных хозяев в синих картузах, небольшие юноши, воспитанные на предрассудках, утомленные сокращением служащие и прочие сторонники одного сословия. Завидев бредущего Чепурного, сидельцы тихо поднялись и, не стукая калиткой, медленно скрывались внутрь усадьбы, стараясь глухо пропасть. На всех воротах почти круглый год оставались нарисованные мелом надмогильные кресты, ежегодно изображаемые в ночь под крещение: в этом году еще не было сильного бокового дождя, чтобы смыть меловые кресты. «Надо завтра пройтись тут с мокрой тряпкой, — отмечал в уме Чепурный, — это же явный позор».

На краю города открылась мощная глубокая степь. Густой жизненный воздух успокоительно питал затихшие вечерние травы, и лишь в потухающей дали ехал на телеге какой-то беспокойный человек и пылил в пустоте горизонта. Солнце еще не зашло, но его можно теперь разглядывать глазами — неутомимый круглый жар; его красной силы должно хватить на вечный коммунизм и на полное прекращение междоусобной суеты людей, которая означает смертную необходимость есть, тогда как целое небесное светило помимо людей работает над ращением пищи. Надо отступиться одному от другого, чтобы заполнить это междоусобное место, освещенное солнцем, вещью дружбы.

Чепурный безмолвно наблюдал солнце, степь и Чевенгур и чутко ощущал волнение близкого коммунизма. Он боялся своего поднимавшегося настроения, которое густой силой закупоривает головную мысль и делает трудным внутреннее переживание. Прокофия сейчас находить долго, а он бы мог сформулировать, и стало бы внятно на душе.

— Что такое мне трудно, это же коммунизм настает! — в темноте своего волнения тихо отыскивал Чепурный.

Солнце ушло и отпустило из воздуха влагу для трав. Природа стала синей и покойной, очистившись от солнечной шумной работы для общего товарищества утомившейся жизни. Сломленный ногою Чепурного стебель положил свою умирающую голову на лиственное плечо живого соседа; Чепурный отставил ногу и принюхался — из глуши степных далеких мест пахло грустью расстояния и тоской отсутствия человека.

От последних плетней Чевенгура начинался бурьян, сплошной гущей уходивший в залежи неземлеустроенной степи; его ногам было уютно в теплоте пыльных лопухов, по-братски росших среди прочих самовольных трав. Бурьян обложил весь Чевенгур тесной защитой от притаившихся пространств, в которых Чепурный чувствовал залегшее бесчеловечие. Если б не бурьян, не братские терпеливые травы, похожие на несчастных людей, степь была бы неприемлемой; но ветер несет по бурьяну семя его размножения, а человек с давлением в сердце идет по траве к коммунизму. Чепурный хотел уходить отдыхать от своих чувств, но подождал человека, который шел издали в Чевенгур по пояс в бурьяне. Сразу видно было, что это идет не остаток сволочи, а угнетенный: он брел в Чевенгур как на врага, не веря в ночлег и бурча на ходу. Шаг странника был неровен, ноги от усталости всей жизни расползались врозь, а Чепурный думал: вот идет товарищ, обожду и обнимусь с ним от грусти — мне ведь жутко быть одному в сочельник коммунизма!

Чепурный пощупал лопух — он тоже хочет коммунизма: весь бурьян есть дружба живущих растений. Зато цветы и палисадники и еще клумбочки, те — явно сволочная рассада, их надо не забыть выкосить и затоптать навеки в Чевенгуре: пусть на улицах растет отпущенная трава, которая наравне с пролетариатом терпит и жару жизни, и смерть снегов. Невдалеке бурьян погнулся и кротко прошуршал, словно от движения постороннего тела.

— Я вас люблю, Клавдюша, и хочу вас есть, а вы все слишком отвлеченны! — мучительно сказал голос Прокофия, не ожидая ухода Чепурного.

Чепурный услышал, но не огорчился: вот же идет человек, у него тоже нет Клавдюши!

Человек был уже близко, с черной бородой и преданными чему-то глазами. Он ступал сквозь чащи бурьяна горячими, пыльными сапогами, из которых должен был выходить запах пота.

Чепурный жалобно прислонился к плетню; он испуганно видел, что человек с черной бородой ему очень мил и дорог — не появись он сейчас, Чепурный бы заплакал от горя в пустом и постном Чевенгуре; он втайне не верил, что Клавдюша может ходить на двор и иметь страсть к размножению, — слишком он уважал ее за товарищеское утешение всех одиноких коммунистов в Чевенгуре; а она взяла и легла с Прокофием в бурьян, а между тем весь город притаился в ожидании коммунизма и самому Чепурному от грусти потребовалась дружба; если б он мог сейчас обнять Клавдюшу, он бы свободно подождал потом коммунизма еще двое-трое суток, а так жить он больше не может — его товарищескому чувству не в кого упираться; хотя никто не в силах сформулировать твердый и вечный смысл жизни, однако про этот смысл забываешь, когда живешь в дружбе и неотлучном присутствии товарищей, когда бедствие жизни поровну и мелко разделено между обнявшимися мучениками.

Пешеход остановился перед Чепурным.

— Стоишь — своих ожидаешь?

— Своих! — со счастьем согласился Чепурный.

— Теперь все чужие — не дождешься! А может, родственников смотришь?

— Нет — товарищей.

— Жди, — сказал прохожий и стал заново обосновывать сумку с харчами на своей спине. — Нету теперь товарищей. Все дураки, которые были кой-как, нынче стали жить нормально: сам хожу и вижу.

Кузнец Сотых уже привык к разочарованию, ему было одинаково жить, что в слободе Калитве, что в чужом городе, — и он равнодушно бросил на целое лето кузню в слободе и пошел наниматься на строительный сезон арматурщиком, так как арматурные каркасы похожи на плетни и ему поэтому знакомы.

— Видишь ты, — говорил Сотых, не сознавая, что он рад встреченному человеку, — товарищи — люди хорошие, только они дураки и долго не живут. Где ж теперь тебе товарищ найдется? Самый хороший — убит в могилу: он для бедноты очень двигаться старался, — а который утерпел, тот нынче без толку ходит...

Лишний же элемент — тот покой власти надо всеми держит, того ты никак не дождешься!

Сотых управился с сумкой и сделал шаг, чтобы идти дальше, но Чепурный осторожно притронулся к нему и заплакал от волнения и стыда своей беззащитной дружбы.

Кузнец сначала промолчал, испытывая притворство Чепурного, а потом и сам перестал поддерживать свое ограждение от других людей и весь облегченно ослаб.

— Значит, ты от хороших убитых товарищей остался, раз плачешь! Пойдем в обнимку на ночевку — будем с тобой долго думать. А зря не плачь — люди не песни: от песни я вот всегда заплачу, на своей свадьбе и то плакал...

Чевенгур рано затворялся, чтобы спать и не чуять опасности. И никто, даже Чепурный со своим слушающим чувством, не знал, что на некоторых дворах идет тихая беседа жителей. Лежали у заборов в уюте лопухов бывшие приказчики и сокращенные служащие и шептались про лето господне, про тысячелетнее царство Христово, про будущий покой освеженной страданиями земли, — такие беседы были необходимы, чтобы кротко пройти по адову дну коммунизма; забытые запасы накопленной вековой душевности помогали старым чевенгурцам нести остатки своей жизни с полным достоинством терпения и надежды. Но зато горе было Чепурному и его редким товарищам — ни в книгах, ни в сказках, нигде коммунизм не был записан понятной песней, которую можно было вспомнить для утешения в опасный час; Карл Маркс глядел со стен, как чуждый Саваоф, и его страшные книги не могли довести человека до успокаивающего воображения коммунизма; московские и губернские плакаты изображали гидру контрреволюции и поезда с ситцем и сукном, едущие в кооперативные деревни, но нигде не было той трогательной картины будущего, ради которого следует отрубить голову гидре и везти груженые поезда. Чепурный должен был опираться только на свое воодушевленное сердце и его трудной силой добывать будущее, вышибая души из затихших тел буржуев и обнимая пешехода-кузнеца на дороге.

До первой чистой зари лежали на соломе в нежилом сарае Чепурный и Сотых — в умственных поисках коммунизма и его душевности. Чепурный был рад любому человеку-пролетарию, что бы он ни говорил: верно или нет. Ему хорошо было не спать и долго слышать формулировку своим чувствам, заглушенным их излишней силой; от этого настает внутренний покой, и напоследок засыпаешь. Сотых тоже не спал, но много раз замолкал и начинал дремать, а дремота восстанавливала в нем силы, он просыпался, кратко говорил и, уставая, вновь закатывался в полузабвение. Во время его дремоты Чепурный выпрямлял ему ноги и складывал руки на покой, чтобы он лучше отдыхал.

— Не гладь меня, не стыди человека, — отзывался Сотых в теплой глуши сарая. — Мне и так с тобой чего-то хорошо.

Под самый сон дверь сарая засветилась щелями и с прохладного двора запахло дымным навозом; Сотых привстал и поглядел на новый день одурелыми от неровного сна глазами.

— Ты чего? Ляжь на правый бок и забудься, — произнес Чепурный, жалея, что так скоро прошло время.

— Ну никак ты мне спать не даешь, — упрекнул Сотых. — У нас в слободе такой актив есть: мужикам покою не дает; ты тоже актив, идол тебя вдарь!

— А чего ж мне делать, раз у меня сна нету, скажи пожалуйста!

Сотых пригладил волосы на голове и раскудрявил бороду, будто собираясь в опрятном виде преставиться во сне смерти.

— Сна у тебя нету от упущений, революция-то помаленьку распускается. Ты приляжь ко мне ближе и спи, а утром собери остатки красных и — грянь, а то опять народ пешком куда-то пошел...

— Соберу срочным порядком, — сам себе сформулировал Чепурный и уткнулся в спокойную спину прохожего, чтобы скорее набраться сил во сне. Зато у Сотых уже перебился сон, и он не мог забыться. «Уже рассвело, — видел утро Сотых. — Мне почти пора идти; лучше потом, когда будет жара, в логу полежу. Ишь ты, человек какой спит — хочется ему коммунизма, и шабаш: весь народ за одного себя считает!»

Сотых поправил Чепурному свалившуюся голову, прикрыл худое тело шинелью и встал уходить отсюда навсегда.

— Прощай, сарай! — сказал он в дверях ночному помещению. — Живи, не гори!

Сука, спавшая со щенятами в глубине сарая, ушла куда-то кормиться, и щенки ее разбрелись в тоске по матери; один толстый щенок пригрелся к шее Чепурного и начал лизать ее поверх желёзок жадным младенческим языком. Сперва Чепурный только улыбался — щенок его щекотал, а потом начал просыпаться от раздражающего холода остывающих слюней.

Прохожего товарища не было; но Чепурный отдохнул и не стал горевать по нем; надо скорей коммунизм кончать, — обнадеживал себя Чепурный, — тогда и этот товарищ в Чевенгур возвратится.

Спустя час он собрал в уисполкоме всех чевенгурских большевиков — одиннадцать человек — и сказал им одно и то же, что всегда говорил: надо, ребята, поскорей коммунизм делать, а то ему исторический момент пройдет, — пускай Прокофий нам сформулирует!

Прокофий, имевший все сочинения Карла Маркса для личного употребления, формулировал всю революцию как хотел — в зависимости от настроения Клавдюши и объективной обстановки.

Объективная же обстановка и тормоз мысли заключались для Прокофия в темном, но связном и безошибочном чувстве Чепурного. Как только Прокофий начинал наизусть сообщать сочинение Маркса, чтобы доказать поступательную медленность революции и долгий покой Советской власти, Чепурный чутко худел от внимания и с корнем отвергал рассрочку коммунизма.

302

— Ты, Прош, не думай сильней Карла Маркса: он же от осторожности выдумывал, что хуже, а раз мы сейчас коммунизм можем поставить, то Марксу тем лучше...

— Я от Маркса отступиться не могу, товарищ Чепурный, — со скромным духовным подчинением говорил Прокофий, — раз у него напечатано, то нам идти надо теоретически буквально.

Пиюся молча вздыхал от тяжести своей темноты. Другие большевики тоже никогда не спорили с Прокофием: для них все слова были бредом одного человека, а не массовым делом.

— Это, Прош, все прилично, что ты говоришь, — тактично и мягко отвергал Чепурный, — только скажи мне, пожалуйста, не уморимся ли мы сами от долгого хода революционности? Я же первый, может, изгажусь и сотрусь от сохранения власти: долго ведь нельзя быть лучше всех!

— Как хотите, товарищ Чепурный! — с твердой кротостью соглашался Прокофий.

Чепурный смутно понимал и терпел в себе бушующие чувства.

— Да не как я хочу, товарищ Дванов, а как вы все хотите, как Ленин хочет и как Маркс думал день и ночь!.. Давайте дело делать — очищать Чевенгур от остатков буржуев...

— Отлично, — сказал Прокофий, — проект обязательного постановления я уже заготовил...

— Не постановления, а приказа, — поправил, чтобы было тверже, Чепурный, — постановлять будем затем, а сейчас надо класть.

— Опубликуем как приказ, — вновь согласился Прокофий. — Кладите резолюцию, товарищ Чепурный.

— Не буду, — отказался Чепурный, — словом тебе сказал — и конец.

Но остатки чевенгурской буржуазии не послушались словесной резолюции — приказа, приклеенного мукой к заборам, ставням и плетням. Коренные жители Чевенгура думали, что вот-вот и все кончится: не может же долго продолжаться то, чего никогда не было. Чепурный прождал ухода остатков буржуазии двадцать четыре часа и пошел с Пиюсей выгонять людей из домов. Пиюся входил в любой очередной дом, отыскивал самого возмужалого буржуя и молча ударял его по скуле.

— Читал приказ?

— Читал, товарищ, — смирно отвечал буржуй. — Проверьте мои документы — я не буржуй, а бывший советский служащий, я подлежу приему в учреждения по первому требованию...

Чепурный брал его бумажку:

«Дано сие тов. Прокопенко Р. Т. в том, что он сего числа сокращен из должности зам. коменданта запасной хлебофуражной базы Эвакопункта и по советскому состоянию и движению образов мыслей принадлежит к революционно-благонадежным элементам.

За нач. эвакопункта П. Дванов».

— Чего там? — ожидал Пиюся.

Чепурный разорвал бумажку.

— Выселяй его. Мы всю буржуазию удостоверили.

— Да как же так, товарищи? — сбивал Прокопенко на милость. — Ведь у меня удостоверение на руках — я советский служащий, я даже с белыми не уходил, а все уходили...

— Уйдешь ты куда — у тебя свой дом здесь! — разъяснил Пиюся Прокопенке его поведение и дал ему любя по уху.

— Займись, в общем, сделай мне город пустым, — окончательно посоветовал Чепурный Пиюсе, а сам ушел, чтобы больше не волноваться и успеть приготовиться к коммунизму. Но не сразу далось Пиюсе изгнание буржуев. Сначала он работал в одиночку — сам бил остатки имущих, сам устанавливал им норму вещей и еды, которую остаткам буржуев разрешалось взять в путь, и сам же упаковывал вещи в узлы; но к вечеру Пиюся настолько утомился, что уже не бил жителей в очередных дворах, а только молча паковал им вещи. «Так я весь разложусь!» — испугался Пиюся и пошел искать себе подручных коммунистов.

Однако и целый отряд большевиков не мог управиться с остаточными капиталистами в двадцать четыре часа. Некоторые капиталисты просили, чтобы их наняла Советская власть себе в батраки — без пайка и без жалованья, а другие умоляли позволить им жить в прошлых храмах и хотя бы издали сочувствовать Советской власти.

— Нет и нет, — отвергал Пиюся, — вы теперь не люди, и природа вся переменилась...

Многие полубуржуи плакали на полу, прощаясь со своими предметами и останками. Подушки лежали на постелях теплыми горами, емкие сундуки стояли неразлучными родственниками рыдающих капиталистов, и, выходя наружу, каждый полубуржуй уносил на себе многолетний запах своего домоводства, давно проникший через легкие в кровь и превратившийся в часть тела. Не все знали, что запах есть пыль собственных вещей, но каждый этим запахом освежал через дыхание свою кровь. Пиюся не давал застаиваться горю полубуржуев на одном месте: он выкидывал узлы с нормой первой необходимости на улицу, а затем хватал поперек тоскующих людей с равнодушием мастера, бракующего человечество, и молча сажал их на узлы, как на острова последнего убежища; полубуржуи на ветру переставали горевать и щупали узлы — все ли в них Пиюся положил, что им полагалось. Выселив к позднему вечеру весь класс остаточной сволочи, Пиюся сел с товарищами покурить. Начался тонкий, едкий дождь — ветер стих в изнеможении и молча лег под дождь. Полубуржуи сидели на узлах непрерывными длинными рядами и ожидали какого-то явления.

Явился Чепурный и приказал своим нетерпеливым голосом, чтобы все сейчас же навеки пропали из Чевенгура, потому что коммунизму ждать некогда и новый класс бездействует в ожидании жилищ и своего общего имущества. Остатки капитализма прослушали Чепурного, но продолжали сидеть в тишине и дожде.

— Товарищ Пиюся, — сдержанно сказал Чепурный. — Скажи пожалуйста, что это за блажь такая? Пускай они хоронятся, пока мы их не убиваем, — нам от них революцию пустить некуда...

— Я сейчас, товарищ Чепурный, — конкретно сообразил Пиюся и вынул револьвер.

— Скрывайся прочь! — сказал он наиболее близкому полубуржую.

Тот наклонился на свои обездоленные руки и продолжительно заплакал — без всякого заунывного начала. Пиюся запустил горячую пулю в его узел — и полубуржуй поднялся на сразу окрепшие ноги сквозь дым выстрела, а Пиюся схватил левой рукой узел и откинул его вдаль.

— Так пойдешь, — определил он. — Тебе пролетариат вещи подарил, значит, бежать надо было с ними, а теперь мы их назад берем.

Подручные Пиюси поспешно начали обстреливать узлы и корзины старого чевенгурского населения, — и полубуржуи медленно, без страха, тронулись в спокойные окрестности Чевенгура.

В городе осталось одиннадцать человек жителей, десять из них спали, а один ходил по заглохшим улицам и мучился. Двенадцатой была Клавдюша, но она хранилась в особом доме, как сырье общей радости, отдельно от опасной массовой жизни.

Дождь к полночи перестал, и небо замерло от истощения. Грустная летняя тьма покрывала тихий и пустой, страшный Чевенгур. С осторожным сердцем Чепурный затворил распахнутые ворота в доме бывшего Завына-Дувайло и думал, куда же делись собаки в городе; на дворах были только исконные лопухи и добрая лебеда, а внутри домов в первый раз за долгие века никто не вздыхал во сне. Иногда Чепурный входил в горницу, садился в сохранившееся кресло и нюхал табак, чтобы хоть чем-нибудь пошевелиться и прозвучать для самого себя. В шкафах кое-где лежали стопочками домашние пышки, а в одном доме имелась бутылка церковного вина — висанта. Чепурный поглубже вжал пробку в бутылку, чтобы вино не потеряло вкуса до прибытия пролетариата, а на пышки накинул полотенце, чтобы они не пылились. Особенно хорошо всюду были снаряжены постели — белье лежало свежим и холодным, подушки обещали покой любой голове; Чепурный прилег на одну кровать, чтобы испробовать, но ему сразу стало стыдно и скучно так удобно лежать, словно он получил кровать в обмен за революционную неудобную душу. Несмотря на пустые обставленные дома, никто из десяти человек чевенгурских большевиков не пошел искать себе приятного ночлега, а легли все вместе на полу в общем кирпичном доме, забронированном еще в семнадцатом году для беспризорной тогда революции. Чепурный и сам считал своим домом только то кирпичное здание, но не эти теплые уютные горницы.

Над всем Чевенгуром находилась беззащитная печаль — будто на дворе в доме отца, откуда недавно вынесли гроб с матерью, и по ней тоскуют, наравне с мальчиком-сиротой, заборы, лопухи и брошенные сени. И вот мальчик опирается головой в забор, гладит рукой шершавые доски и плачет в темноте погасшего мира, а отец утирает свои слезы и говорит, что ничего, все будет потом хорошо и привыкнется. Чепурный мог формулировать свои чувства только благодаря воспоминаниям, а в будущее шел с темным ожидающим сердцем, лишь ощущая края революции и тем не сбиваясь со своего хода. Но в нынешнюю ночь ни одно воспоминание не помогало Чепурному определить положение Чевенгура. Дома стоят потухшими — их навсегда покинули не только полубуржуи, но и мелкие животные; даже коров нигде не было — жизнь отрешилась от этого места и ушла умирать в степной бурьян, а свою мертвую судьбу отдала одиннадцати людям — десять из них спали, а один бродил со скорбью неясной опасности.

Чепурный сел наземь у плетня и двумя пальцами мягко попробовал росший репеек: он тоже живой и теперь будет жить при коммунизме. Что-то долго никак не рассветало, а уж должна быть пора новому дню. Чепурный затих и начал бояться — взойдет ли солнце утром и наступит ли утро когда-нибудь, — ведь нет уже старого мира!

Вечерние тучи немощно, истощенно висели на неподвижном месте, вся их влажная упавшая сила была употреблена степным бурьяном на свой рост и размножение; ветер спустился вниз вместе с дождем и надолго лег где-то в тесноте трав. В своем детстве Чепурный помнил такие пустые остановившиеся ночи, когда было так скучно и тесно в теле, а спать не хотелось, и он маленький лежал на печке в душной тишине хаты с открытыми глазами; от живота до шеи он чувствовал в себе тогда какой-то сухой узкий ручей, который все время шевелил сердце и приносил в детский ум тоску жизни; от свербящего беспокойства маленький Чепурный ворочался на печке, злился и плакал, будто его сквозь середину тела щекотал червь. Такая же душная, сухая тревога волновала Чепурного в эту чевенгурскую ночь, быть может потушившую мир навеки.

— Ведь завтра хорошо будет, если солнце взойдет, — успокаивал себя Чепурный. — Чего я горюю от коммунизма, как полубуржуй!..

Полубуржуи сейчас, наверное, притаились в степи или шли дальше от Чевенгура медленным шагом; они, как все взрослые люди, не сознавали той тревоги неуверенности, какую имели в себе дети и члены партии, — для полубуржуев будущая жизнь была лишь несчастной, но не опасной и не загадочной, а Чепурный сидел и боялся завтрашнего дня, потому что в этот первый день будет как-то неловко и жутко, словно то, что всегда было девичеством, созрело для замужества и завтра все люди должны жениться.

Чепурный от стыда сжал руками лицо и надолго присмирел, терпя свой бессмысленный срам.

Где-то, в середине Чевенгура, закричал петух, и мимо Чепурного тихо прошла собака, бросившая хозяйский двор.

— Жучок, Жучок! — с радостью позвал собаку Чепурный. — Пойди сюда, пожалуйста!

Жучок покорно подошел и понюхал протянутую человеческую руку, рука пахла добротой и соломой.

— Тебе хорошо, Жучок? А мне — нет!

В шерсти Жучка запутались репьи, а его зад был испачкан унавоженной лошадьми грязью — это была уездная верная собака, сторож русских зим и ночей, обывательница среднего имущего двора.

Чепурный повел собаку в дом и покормил ее белыми пышками — собака ела их с трепетом опасности, так как эта еда попалась ей в первый раз от рождения. Чепурный заметил испуг собаки и нашел ей еще кусочек домашнего пирога с яичной начинкой, но собака не стала есть пирог, а лишь нюхала его и внимательно ходила кругом, не доверяя дару жизни; Чепурный подождал, пока Жучок обойдется и съест пирог, а затем взял и проглотил его сам — для доказательства собаке. Жучок обрадовался избавлению от отравы и начал мести хвостом пыль на полу.

— Ты, должно быть, бедняцкая, а не буржуйская собака! — полюбил Жучка Чепурный. — Ты сроду крупчатки не ела — теперь живи в Чевенгуре.

На дворе закричали еще два петуха. «Значит, три птицы у нас есть, — подсчитал Чепурный, — и одна голова скотины».

Выйдя из горницы дома, Чепурный сразу озяб на воздухе и увидел другой Чевенгур: открытый прохладный город, освещенный серым светом еще далекого солнца; в его домах было жить не страшно, а по его улицам можно ходить, потому что травы росли по-прежнему и тропинки лежали в целости. Свет утра расцветал в пространстве и разъедал вянущие ветхие тучи.

— Значит, солнце будет нашим! — И Чепурный жадно показал на восток.

Две безымянные птицы низко пронеслись над Японцем и сели на забор, потряхивая хвостиками.

— И вы с нами?! — приветствовал птиц Чепурный и бросил им из кармана горсть сора и табака: — Кушайте, пожалуйста!

Чепурный теперь уже хотел спать и ничего не стыдился. Он шел к кирпичному общему дому, где лежали десять товарищей, но его встретили четыре воробья и перелетели из-за предрассудка осторожности на плетень.

— На вас я надеялся! — сказал воробьям Чепурный. — Вы наша кровная птица, только бояться теперь ничего не следует — буржуев нету: живите, пожалуйста!

В кирпичном доме горел огонь: двое спали, а восьмеро лежали и молча глядели в высоту над собой; лица их были унылы и закрыты темной задумчивостью.

— Чего ж вы не спите? — спросил восьмерых Чепурный. — Завтра у нас первый день, — уже солнце встало, птицы к нам летят, а вы лежите от испуга зря...

Чепурный лег на солому, подкутал под себя шинель и смолк в теплоте и забвении. За окном уже подымалась роса навстречу обнаженному солнцу, не изменившему чевенгурским большевикам и восходящему над ними. Не спавший всю ночь Пиюся встал с отдохнувшим сердцем и усердно помылся и почистился ради первого дня коммунизма. Лампа горела желтым загробным светом, Пиюся с удовольствием уничтожения потушил ее и вспомнил, что Чевенгур никто не сторожит — капиталисты могут явочно вселиться, и опять придется жечь круглую ночь лампу, чтобы полубуржуи знали, что коммунисты сидят вооруженные и без сна. Пиюся залез на крышу и присел к железу от яростного света кипящей против солнца росы; тогда Пиюся посмотрел и на солнце — глазами гордости и сочувствующей собственности.

— Дави, чтоб из камней теперь росло, — с глухим возбуждением прошептал Пиюся: для крика у него не хватило слов — он не доверял своим знаниям. — Дави! — еще раз радостно сжал свои кулаки Пиюся — в помощь давлению солнечного света в глину, в камни и в Чевенгур.

Но и без Пиюси солнце упиралось в землю сухо и твердо — и земля первая, в слабости изнеможения, потекла соком трав, сыростью суглинков и заволновалась всею волосистой расширенной степью, а солнце только накалялось и каменело от напряженного сухого терпения.

У Пиюси от едкости солнца зачесались десны под зубами: «Раньше оно так никогда не всходило, — сравнил в свою пользу Пиюся, — у меня сейчас смелость корябается в спине, как от духовой музыки».

Пиюся глянул в остальную даль — куда пойдет солнце: не помешает ли что-нибудь его ходу — и сделал шаг назад от оскорбления: вблизи околицы Чевенгура стояли табором вчерашние полубуржуи; у них горели костры, паслись козы, и бабы в дождевых лунках стирали белье. Сами же полубуржуи и сокращенные чего-то копались, вероятно — рыли землянки, а трое приказчиков из нижнего белья и простынь приспосабливали палатку, работая голыми на свежем воздухе — лишь бы сделать жилье и имущество.

Пиюся сразу обратил внимание — откуда у полубуржуев столько мануфактурного матерьялу, ведь он же сам отпускал его по довольно жесткой норме!

Пиюся жалостными глазами поглядел на солнце, как на отнятое добро, затем почесал ногтями худые жилы на шее и сказал вверх с робостью уважения:

— Погоди, не траться напрасно на чужих!

Отвыкшие от жен и сестер, от чистоты и сытного питания чевенгурские большевики жили самодельно — умывались вместо мыла с песком, утирались рукавами и лопухами, сами щупали кур и разыскивали яйца по закутам, а основной суп заваривали с утра в железной кадушке неизвестного назначения, и всякий, кто проходил мимо костра, в котором грелась кадушка, совал туда разной близкорастущей травки — крапивы, укропу, лебеды и прочей съедобной зелени; туда же бросалось несколько кур и телячий зад, если вовремя попадался телок, — и суп варился до поздней ночи, пока большевики не отделаются от революции для принятия пищи и пока в супную посуду не напáдают жучки, бабочки и комарики. Тогда большевики ели — однажды в сутки — и чутко отдыхали.

Пиюся прошел мимо кадушки, в которой уже заварили суп, и ничего туда не сунул.

Он открыл чулан, взял грузное промявшееся ведро с пулеметными лентами и попросил товарища Кирея, допивавшего куриные яйца, катить за ним вслед пулемет. Кирей в мирные дни ходил на озеро охотиться из пулемета — и почти всегда приносил по одной чайке, а если нет, то хоть цаплю; пробовал он бить из пулемета и рыб в воде, но мало попадал. Кирей не спрашивал Пиюсю, куда они идут, ему заранее была охота постреляться во что попало, лишь бы не в живой пролетариат.

— Пиюсь, хочешь, я тебе сейчас воробья с неба смажу! — напрашивался Кирей.

— Я те смажу! — отвергал огорченный Пиюся. — Это ты позавчера курей лупил на огороде?

— Все одно их есть хочется...

— Одно, да не равно: курей надо руками душить. Раз ты пулю напрасно выпускаешь, то лишний буржуй жить остается...

— Ну, я, Пиюсь, больше того не допущу.

В таборе полубуржуев костры уже погасли, — значит, завтрак у них поспел и сегодня они не обойдутся без горячей пищи.

— Видишь ты тот вчерашний народ? — показал Кирею Пиюся на полубуржуев, сидевших вокруг потухших костров маленькими коллективами.

— Во! Куда ж они теперь от меня денутся?

— А ты пули гадил на курей! Ставь машину поскорей в упор, а то Чепурный проснется — у него опять душа заболит от этих остатков...

Кирей живыми руками наладил пулемет и дал его патронной ленте ход на месте. Водя держатель пулемета, Кирей еще поспевал, в такт быстроходной отсечке пуль, моментально освобождать руки и хлопать ими свои щеки, рот и колена — для аккомпанемента. Пули в такое время теряли цель и начинали вонзаться вблизи, расшвыривая землю и корчуя траву.

— Не теряй противника, глазомер держи! — говорил лежавший без делов Пиюся. — Не спеши, ствола не грей!

Но Кирей, для сочетания работы пулемета со своим телом, не мог не поддакивать ему руками и ногами.

Чепурный начал ворочаться на полу в кирпичном доме; хотя он и не проснулся еще, но сердце его уже потеряло свою точность дыхания от ровного биения недалекого пулемета. Спавший рядом с ним товарищ Жеев тоже расслышал звук пулемета и решил не просыпаться, потому что это Кирей где-то близко охотится на птицу в суп. Жеев прикрыл себе и Чепурному голову шинелью и этим приглушил звук пулемета. Чепурный от духоты под шинелью еще больше начал ворочаться, пока не скинул шинель совсем, а когда освободил себе дыхание, то проснулся, так как было что-то слишком тихо и опасно.

Солнце уже высоко взошло, и в Чевенгуре, должно быть, с утра наступил коммунизм.

В комнату вошел Кирей и поставил на пол ведро с пустыми лентами.

— В чулан тащи! — говорил снаружи Пиюся, закатывавший в сени пулемет. — Чего ты там греметь пошел, людей будить!

— Да оно же теперь легкое стало, товарищ Пиюся! — сказал Кирей и унес ведро на его постоянное место — в чулан.

Постройки в Чевенгуре имели вековую прочность, под стать жизни тамошнего человека, который был настолько верен своим чувствам и интересам, что переутомлялся от служения им и старился от накопления имущества.

Зато впоследствии трудно пришлось пролетариям перемещать вручную такие плотные обжитые постройки, потому что нижние венцы домов, положенные без фундамента, уже дали свое корневое прорастание в глубокую почву. Поэтому городская площадь — после передвижки домов при Чепурном и социализме — похожа была на пахоту: деревянные дома пролетарии рвали с корнем и корни волокли не считаясь. И Чепурный в те трудные дни субботников жалел, что изгнал с истреблением класс остаточной сволочи: она бы, та сволочь, и могла сдвинуть проросшие дома, вместо достаточно измученного пролетариата. Но в первые дни социализма в Чевенгуре Чепурный не знал, что пролетариату потребуется вспомогательная чернорабочая сила. В самый же первый день социализма Чепурный проснулся настолько обнадеженным раньше его вставшим солнцем и общим видом целого готового Чевенгура, что попросил Прокофия сейчас же идти куда-нибудь и звать бедных в Чевенгур.

— Ступай, Прош, — тихо обратился Чепурный, — а то мы редкие и скоро заскучаем без товарищества.

Прокофий подтвердил мнение Чепурного:

— Ясно, товарищ Чепурный, надо звать: социализм — массовое дело... А еще никого не звать?

— Зови всяких прочих, — закончил свое указание Чепурный. — Возьми себе Пиюсю и вали по дороге вдаль — увидишь бедного, веди его к нам в товарищи.

— А прочего? — спросил Прокофий.

— И прочего веди. Социализм у нас факт.

— Всякий факт без поддержки масс имеет свою неустойчивость, товарищ Чепурный.

Чепурный это понял.

— А я ж тебе и говорю, что нам скучно будет, — разве это социализм? Чего ты мне доказываешь, когда я сам чувствую!

Прокофий на это не возразил и сейчас же пошел отыскивать себе транспорт, чтобы ехать за пролетариатом.

К полудню он отыскал в окружных степях бродячую лошадь и запряг ее при помощи Пиюси в фаэтон. К вечеру, положив в экипаж довольствия на две недели, Прокофий двинулся в остальную страну — за околицу Чевенгура; сам он сидел внутри фаэтона и рассматривал карту генерального межевания — куда ему ехать, а Пиюся правил отвыкшей ездить лошадью. Девять большевиков шли за фаэтоном и смотрели, как он едет, потому что это было в первый раз при социализме и колеса могли бы не послушаться.

— Прош, — крикнул на прощание Чепурный. — Ты там гляди умней, — веди нам точный элемент, а мы город удержим.

— Ого! — обиделся Прокофий. — Что я: пролетариата не видал?

Пожилой большевик Жеев, потолстевший благодаря гражданской войне, подошел к фаэтону и поцеловал Прокофия в его засохшие губы.

— Проша, — сказал он, — не забудь и женчин отыскать, хоть бы нищенок. Они, брат, для нежности нам надобны, а то видишь — я тебя поцеловал.

— Это пока отставить, — определил Чепурный. — В женщине ты уважаешь не товарища, а окружающую стихию... Веди, Прош, не по желанию, а по социальному признаку. Если баба будет товарищем — зови ее, пожалуйста, а если обратно, то гони прочь в степь!

Жеев не стал подтверждать своего желания, так как все равно социализм сбылся и женщины в нем обнаружатся, хотя бы как тайные товарищи. Но Чепурный и сам не мог понять дальше, в чем состоит вредность женщины для первоначального социализма, раз женщина будет бедной и товарищем. Он только знал вообще, что всегда бывала в прошлой жизни любовь к женщине и размножение от нее, но это было чужое и природное дело, а не людское и коммунистическое; для людской чевенгурской жизни женщина приемлема в более сухом и человеческом виде, а не в полной красоте, которая не составляет части коммунизма, потому что красота женской природы была и при капитализме, как были при нем и горы, и звезды, и прочие нечеловеческие события. Из таких предчувствий Чепурный готов был приветствовать в Чевенгуре всякую женщину, лицо которой омрачено грустью бедности и старостью труда, — тогда эта женщина пригодна лишь для товарищества и не составляет разницы внутри угнетенной массы, а стало быть, не привлекает разлагающей любознательности одиноких большевиков. Чепурный признавал пока что только классовую ласку, отнюдь не женскую; классовую же ласку Чепурный чувствовал как близкое увлечение пролетарским однородным человеком, — тогда как буржуя и женские признаки женщины создала природа помимо сил пролетария и большевика. Отсюда же Чепурный, скупо заботясь о целости и сохранности советского Чевенгура, считал полезным и тот косвенный факт, что город расположен в ровной скудной степи, небо над Чевенгуром тоже похоже на степь — и нигде не заметно красивых природных сил, отвлекающих людей от коммунизма и от уединенного интереса друг к другу.

Вечером того же дня, когда Прокофий и Пиюся отбыли за пролетариатом, Чепурный и Жеев обошли город по околице, поправили на ходу колья в плетнях, поскольку и плетни теперь надо беречь, побеседовали в ночной глуши об уме Ленина — и тем ограничились на сегодняшний день. Укладываясь спать, Жеев посоветовал Чепурному расставить завтра какие-либо символы в городе, а также помыть полы в домах для приближающегося пролетариата, чтоб было прилично.

Чепурный согласился мыть полы и расставить символы на высоких деревьях — он даже рад был этому занятию, потому что вместе с ночью к нему подходило душевное волнение. Наверное, уже весь мир, вся буржуазная стихия знала, что в Чевенгуре появился коммунизм, и теперь тем более окружающая опасность близка. В темноте степей и оврагов может послышаться топот белых армий либо медленный шорох босых бандитских отрядов — и тогда не видать больше Чепурному ни травы, ни пустых домов в Чевенгуре, ни товарищеского солнца над этим первоначальным городом, уже готовым с чистыми полами и посвежевшим воздухом встретить неизвестный, бесприютный пролетариат, который сейчас где-то бредет без уважения людей и без значения собственной жизни. Одно успокаивало и возбуждало Чепурного, есть далекое тайное место, где-то близ Москвы или на Валдайских горах, как определил по карте Прокофий, называемое Кремлем, там сидит Ленин при лампе, думает, не спит и пишет. Чего он сейчас там пишет? Ведь уже есть Чевенгур, и Ленину пора не писать, а влиться обратно в пролетариат и жить. Чепурный отстал от Жеева и прилег в уютной траве чевенгурской непроезжей улицы. Он знал, что Ленин сейчас думает о Чевенгуре и о чевенгурских большевиках, хотя ему неизвестны фамилии чевенгурских товарищей. Ленин, наверное, пишет Чепурному письмо, чтобы он не спал, сторожил коммунизм в Чевенгуре и привлекал к себе чувство и жизнь всего низового безымянного народа, — чтобы Чепурный ничего не боялся, потому что долгое время истории кончилось, и бедность и горе размножились настолько, что, кроме них, ничего не осталось, — чтобы Чепурный со всеми товарищами ожидал к себе в коммунизм его, Ленина, в гости, дабы обнять в Чевенгуре всех мучеников земли и положить конец движению несчастья в жизни. А затем Ленин шлет поклон и приказывает упрочиться коммунизму в Чевенгуре навеки.

Здесь Чепурный встал, покойный и отдохнувший, лишь слегка сожалея об отсутствии какого-нибудь буржуя или просто лишнего бойца, чтобы сейчас же послать его пешком к Ленину в его Кремль с депешей из Чевенгура.

— Вот где, наверное, уже старый коммунизм — в Кремле, — завидовал Чепурный. — Там же Ленин... А вдруг меня и в Кремле Японцем зовут — это же буржуазия меня так прозвала, а теперь послать правильную фамилию не с кем...

В кирпичном доме горела лампа, и восемь большевиков не спали, ожидая какой-нибудь опасности. Чепурный пришел и сказал им:

— Надо, товарищи, что-нибудь самим думать — Прокофия теперь на вас нет... Город стоит открытый, идей нигде не написано — кто и зачем тут живет, прохожим товарищам будет неизвестно. То же и с полами — их надо вымыть, Жеев правильно заметил эту разруху, а дома ветром продуть, а то идешь — и везде еще пахнет буржуазией... Надо нам, товарищи, теперь думать, иначе зачем мы здесь, скажи пожалуйста!

Каждый чевенгурский большевик застыдился и старался думать. Кирей стал слушать шум в своей голове и ожидать оттуда думы, пока у него от усердия и прилива крови не закипела сера в ушах. Тогда Кирей подошел к Чепурному поближе и с тихой совестливостью сообщил:

— Товарищ Чепурный, у меня от ума гной из ушей выходит, а дума никак...

Чепурный вместо думы дал другое прямое поручение Кирею:

— Ты ступай и ходи кругом города — не слыхать ли чего: может, там кто-нибудь бродит, может, так стоит и боится. Ты его сразу не кончай, а тащи живым сюда — мы его тут проверим.

— Это я могу, — согласился Кирей, — ночь велика, весь город выволокут в степь, пока мы думаем...

— Так оно и будет, — забеспокоился Чепурный. — А без города нам с тобой не жизнь, а опять одна идея и война.

Кирей пошел на воздух сторожить коммунизм, а остальные большевики сидели, думали и слышали, как сосет фитиль керосин в лампе. Настолько же тихо было снаружи — в гулкой пустоте ночного мрака и завоеванного имущества долго раздавались бредущие умолкающие шаги Кирея.

Один Жеев сидел не зря — он выдумал символ, слышанный однажды на военном митинге в боевой степи. Жеев сказал, чтобы дали ему чистой материи и он напишет то, от чего прохожие пролетарии обрадуются и не минуют Чевенгура. Чепурный сам пошел в бывший дом буржуя и принес оттуда чистое полотно. Жеев расправил полотно против света и одобрил его.

— Жалко, — сказал Жеев про полотно. — Сколько тут усердия и чистых женских рук положено. Хорошо бы и большевицким бабам научиться делать такое ласковое добро.

Жеев лег на живот и начал рисовать на полотне буквы печным углем. Все стояли вокруг Жеева и сочувствовали ему, потому что Жеев сразу должен выразить революцию, чтобы всем полегчало. И Жеев, торопимый общим терпением, усердно пробираясь сквозь собственную память, написал символ Чевенгура:

«Товарищи бедные. Вы сделали всякое удобство и вещь на свете, а теперь разрушили и желаете лучшего — друг друга. Ради того в Чевенгуре приобретаются товарищи с прохожих дорог».

Чепурный одобрил символ первым.

— Верно, — сказал он, — и я то же чувствовал: имущество ведь одна только текущая польза, а товарищи — необходимость, без них ничего не победишь и сам стервой станешь.

И все восемь человек понесли полотно сквозь пустой город — вешать на шест близ битой дороги, где могут появиться люди. Чепурный работать не торопился — он боялся, что все лягут спать, а он один останется тосковать и тревожиться в эту вторую коммунистическую ночь; среди товарищей его душа расточалась суетой, и от такого расхода внутренних сил было менее страшно. Когда нашли и приладили два места, то подул полуночный ветер — это обрадовало Чепурного: раз буржуев нет, а ветер дует по-прежнему и шесты качаются, значит, буржуазия окончательно не природная сила.

Кирей должен беспрерывно ходить вокруг города, но его не было слышно, и восемь большевиков стояли, обдуваемые ночным ветром, слушали шум в степи и не расставались, чтобы сторожить друг друга от резкой ночной опасности, которая могла внезапно раздаться из волнующей тьмы. Жеев не мог ожидать врага так долго, не убив его; он один пошел в степь — в глубокую разведку, а семь человек остались ждать его в резерве, чтобы не бросать города на одного Кирея. Семеро большевиков прилегли для тепла на землю и прислушались к окружающей ночи, быть может укрывающей врагов уютом своего мрака.

Чепурный первый расслышал какой-то тихий скрежет — не то далеко, не то близко; что-то двигалось и угрожало Чевенгуру; но движение той таинственной принадлежности было очень медленное — может быть, от тяжести и силы, а может — от порчи и усталости.

Чепурный встал на ноги, и все встали с ним. Раздраженный сжатый огонь мгновенно осветил неизвестное облачное пространство, будто погасла заря над чьим-то сновидением, — и удар выстрела пронесся ветром над пригибающимися травами.

Чепурный и шестеро с ним побежали вперед привычной цепью. Выстрел не повторялся, и, пробежав настолько, пока сердце, перечувствовав войну и революцию, не распухло до горла, Чепурный оглянулся на покинутый Чевенгур. В Чевенгуре горел огонь.

— Товарищи, стойте все сразу! — закричал Чепурный. — Нас обошли... Жеев, Кеша, давайте все сюда! Пиюся, бей всех напролом! Куда ты уехал? Ты видишь, я ослаб от коммунизма...

Чепурный не мог подняться с земли от тяжести налившегося кровью, занявшего все тело сердца; он лежал с наганом, худой и заболевший; шестеро большевиков стояли над ним с оружием и следили за степью, Чевенгуром и за упавшим товарищем.

— Не расставаться! — сказал Кеша. — Берите Японца на руки, и тронемся на Чевенгур — там наша власть, чего ради кидать бессемейного человека...

Большевики пошли на Чевенгур. Чепурного они несли недолго, потому что у него сердце скоро опало и стало на свое маленькое место. В Чевенгуре горел чей-то покойный домашний огонь, а в степи ничего не скрежетало. Большевики молча двигались своим военно-степным шагом, пока не увидели траву, освещенную огнем через окно, и тень той травы на прохожей середине улицы. Большевики без команды стали в ряд, грудью против самосветящегося окна врага, подняли оружие и дали залп через стекло внутрь жилища. Домашний огонь потух, и в провал рамы из среды образовавшейся тьмы жилища выставилось светлое лицо Кирея; он глядел один на семерых, гадая про себя — кто это такие, стреляющие в Чевенгуре кроме него, ночного сторожа коммунизма.

Чепурный освоился с собой и обратился к Кирею:

— Чего ты керосин жжешь молча в пустом городе, когда в степи бандит ликует? Чего ты город сиротой бросаешь, когда завтра пролетариат сюда маршем войдет? Скажи мне, пожалуйста!

Кирей одумался и ответил:

— Я, товарищ Чепурный, спал и видел во сне весь Чевенгур, как с дерева, — кругом голо, а в городе безлюдно... А если шагом ходить, то видно мало и ветер, как бандит, тебе в уши наговаривает, хоть стреляй по нем, если б тело его было...

— А зачем газ жег, отсталая твоя голова? — спрашивал Чепурный. — Чем пролетариат будет освещаться, когда нагрянет? Ведь пролетарий чтение любит, партийная твоя душа, а ты керосин его пожег!

— Я в темноте без музыки уснуть не могу, товарищ Чепурный, — открылся Кирей. — Я спать люблю на веселом месте, где огонь горит... Мне хоть муха, а пусть жужжит...

— Ну, ступай и ходи без сна по околице, — сказал Чепурный, — а мы Жеева пойдем выручать... Целого товарища бросили из-за твоего сигнала...

Выйдя на конец Чевенгура, семеро товарищей легли на степь и послушали — не скрежещет ли что вдалеке и не шагает ли обратно Жеев, или он уже мертвым лежит до утра. Кирей дошел после и сказал всем лежащим:

— Вы легли, а там человек погибает, я бы сам за ним побег, да город стерегу...

Кеша отозвался Кирею, что нельзя пролетариат променять на одного Жеева — здесь банды могут город сжечь, если все погонятся спасать одну личность Жеева.

— Город я потушу, — пообещал Кирей, — тут колодцы есть. А Жеев, может, уж без души лежит. Чего ж вам пролетария ждать, когда его нет, а Жеев был.

Чепурный и Кеша вскочили и без сожаления о Чевенгуре бросились в степную продолжающуюся ночь, и остальные пять товарищей не отставали от них.

Кирей зашел за плетень, подстелил под голову лопух и лег слушать врага до утра.

Облака немного осели на края земли, небо прояснилось посредине — и Кирей глядел на звезду, она на него, чтобы было нескучно. Все большевики вышли из Чевенгура, один Кирей лежал, окруженный степью, как империей, и думал: живу я и живу — а чего живу? А наверно, чтоб было мне строго хорошо — вся же революция обо мне заботится, поневоле выйдет приятно... Сейчас только плохо; Прошка говорил — это прогресс покуда не кончился, а потом сразу откроется счастье в пустоте... Чего звезда: горит и горит! Ей-то чего надо? Хоть бы упала, я бы посмотрел. Нет, не упадет, ее там наука вместо бога держит... Хоть бы утро наставало, лежишь тут один и держишь весь коммунизм — выйди я сейчас из Чевенгура, и коммунизм отсюда уйдет, а может, и останется где-нибудь... Ни то этот коммунизм — дома́, ни то одни большевики!

На шею Кирея что-то капнуло и сразу высохло.

— Капает, — чувствовал Кирей. — А откуда капает, когда туч нету? Стало быть, там что-нибудь скопляется и летит куда попало. Ну, капай в рот. — И Кирей открыл гортань, но туда ничего больше не падало. — Тогда капай возле, — сказал Кирей, показывая небу на соседний лопух, — а меня не трожь, дай мне покой, я сегодня от жизни чего-то устал...

Кирей знал, что враг должен где-нибудь быть, но не чувствовал его в бедной непаханой степи, тем более — в очищенном пролетарском городе, — и уснул со спокойствием прочного победителя.

Чепурный же, наоборот, боялся сна в эти первые пролетарские ночи и рад был идти сейчас даже на врага, лишь бы не мучиться стыдом и страхом перед наступившим коммунизмом, а действовать дальше со всеми товарищами. И Чепурный шел ночною степью в глухоту отчужденного пространства, изнемогая от своего бессознательного сердца, чтобы настигнуть усталого бездомовного врага и лишить его остуженное ветром тело последней теплоты.

— Стреляет, гад, в общей тишине, — бормотал и сердился Чепурный. — Не дает нам жизни начать!

Глаза большевиков, привыкшие за гражданскую войну к полуночной тьме, заметили вдалеке черное постороннее тело, словно лежал на земле длинный отесанный камень либо плита. Степь была здесь ровная, как озерная вода, и постороннее тело не принадлежало местной земле. Чепурный и все шествовавшие большевики сдержали шаг, определяя расстояние до того неподвижного чужого предмета. Но расстояние было неизвестным, то черное тело лежало словно за пропастью — ночной бурьян превращал мрак во влекущуюся волну и тем уничтожал точность глазомера. Тогда большевики побежали вперед, держа постоянные револьверы в руках.

Черное правильное тело заскрежетало — и по звуку было слышно, что оно близко, потому что дробились мелкие меловые камни и шуршала верхняя земляная корка. Большевики стали на месте от любопытства и опустили револьверы.

— Это упавшая звезда — теперь ясно! — сказал Чепурный, не чуя горения своего сердца от долгого спешного хода. — Мы возьмем ее в Чевенгур и обтешем на пять концов. Это не враг, это к нам наука прилетела в коммунизм...

Чепурный сел от радости, что к коммунизму и звезды влекутся. Тело упавшей звезды перестало скрежетать и двигаться.

— Теперь жди любого блага, — объяснял всем Чепурный. — Тут тебе и звезды полетят к нам, и товарищи оттуда спустятся, и птицы могут заговорить, как отжившие дети, — коммунизм дело нешуточное, он же светопреставление!

Чепурный лег на землю, забыл про ночь, опасность и пустой Чевенгур и вспомнил то, чего он никогда не вспоминал, — жену. Но под ним была степь, а не жена, и Чепурный встал на ноги.

— А может, это какая-нибудь помощь или машина Интернационала, — проговорил Кеша. — Может, это чугунный кругляк, чтоб давить самокатом буржуев... Раз мы здесь воюем, то Интернационал тот о нас помнит...

Петр Варфоломеевич Вековой, наиболее пожилой большевик, снял соломенную шляпу с головы и ясно видел неизвестное тело, только не мог вспомнить, что это такое. От привычки пастушьей жизни он мог ночью узнавать птицу на лету и видел породу дерева за несколько верст; его чувства находились как бы впереди его тела и давали знать ему о любых событиях без тесного приближения к ним.

— Не иначе это бак с сахарного завода, — произнес Вековой, пока без доверия к самому себе. — Бак и есть, от него же камушки хрустели; это крутьевские мужики его волокли, да не доволокли... Тяжесть сильней жадности оказалась — его бы катить надо, а они волокли...

Земля опять захрустела — бак тихо начал поворачиваться и катиться в сторону большевиков. Обманутый Чепурный первым добежал до движущегося бака и выстрелил в него с десяти шагов, отчего железная ржавь обдала ему лицо. Но бак катился на Чепурного и прочих навалом — и большевики начали отступать от него медленным шагом. Отчего двигался бак — неизвестно, потому что он скрежетал по сухой почве своим весом и не давал догадке Чепурного сосредоточиться на нем, а ночь, склонившаяся к утру, лишила степь последней слабости того света, что раньше исходил от редких зенитных звезд.

Бак замедлился и начал покачиваться на месте, беря какой-то сопротивляющийся земляной холмик, а затем и совсем стих в покое. Чепурный, не думая, хотел что-то сказать и не мог этого успеть, услышав песню, начатую усталым грустным голосом женщины:

> Приснилась мне в озере рыбка,
> Что рыбкой я была...
> Плыла я далеко-далеко,
> Была я жива и мала...

И песня никак не кончилась, хотя большевики были согласны ее слушать дальше и стояли еще долгое время в жадном ожидании голоса и песни. Песня не продолжалась, и бак не шевелился — наверное, существо, поющее внутри железа, утомилось и легло вниз, забыв слова и музыку.

— Слушаете? — сразу спросил Жеев, еще не показавшись из-за бака: иначе бы его могли убить, как внезапного врага.

— Слушаем, — ответил Чепурный. — А еще она петь не будет?

— Нет, — сообщил Жеев. — Она три раза уже пела. Я их уже который час пасу хожу. Они там толкают внутри, а бак поворачивается. Раз стрелял в бак, да это напрасно.

— А кто же там такой? — спросил Кеша.

— Неизвестно, — объяснил Жеев. — Какая-нибудь полоумная буржуйка с братом — до вас они там целовались, а потом брат ее отчего-то умер, и она одна запела...

— То-то она рыбкой захотела быть, — догадался Чепурный. — Ей, стало быть, охота жить сначала! Скажи пожалуйста!

— Это непременно, — подтвердил Жеев.

— Что ж нам теперь делать? — рассуждал со всеми товарищами Чепурный. — У нее голос трогательный, а в Чевенгуре искусства нету... Либо ее вытащить, чтоб она отжила?

— Нет, — отверг Жеев. — Она слишком теперь слабосильная и еще — полоумная... Питать ее тоже нечем — она буржуйка. Будь бы она баба, а то так — одно дыханье пережитка... Нам нужно сочувствие, а не искусство.

— Как будем? — спросил Чепурный всех. Все молчали, ибо взять буржуйку или бросить ее — не имело никакой полезной разницы.

— Тогда — бак в лог, и тронемся обратно — мыть полы, — разрешил загадку Чепурный. — А то Прокофий теперь далеко уехал. Завтра может пролетариат явиться.

Восьмеро большевиков уперлись руками в бак и покатили его прочь, в обратную от Чевенгура даль, где через версту начиналось понижение земли, кончавшееся обрывом оврага. Во все время движения бака внутри его каталась какая-то мягкая начинка, но большевики спешили, давали баку ускорение и не прислушивались к замолкшей полоумной буржуйке. Скоро бак пошел своим ходом — начался степной уклон к оврагу, и большевики остановились от своей работы.

— Это котел с сахарного завода, — оправдал свою память Вековой, — а я все думал, что это такое за машина.

— Ага, — сказал Чепурный. — Стало быть, это был котел, ну, пускай вертится — без него обойдемся...

— А я думал, это так себе, мертвый кругляк, — произнес Кеша. — А это, оказывается, котел!

— Котел, — сказал Вековой. — Клепаная вещь.

Котел еще катился по степи и не только не затихал от расстояния, но еще больше скрежетал и гудел, потому что скорость его нарастала быстрее покинутого пространства. Чепурный присел наземь, подслушивая конец котлу. Гул его вращения вдруг сделался неслышным — это котел полетел по воздуху с обрыва оврага на его дно и приткнулся через полминуты мирным тупым ударом в потухший овражный песок, будто котел поймали чьи-то живые руки и сохранили его.

Чевенгурцы успокоились и начали возвращаться обратно по степи, которая уже посерела от приближения света будущего дня.

Кирей спал по-прежнему у последнего плетня Чевенгура, положив голову на лопух и сам же обняв себе шею — за отсутствием второго человека. Мимо Кирея прошли люди, а Кирей их не слышал, обращенный сном в глубину своей жизни, откуда ему в тело шел греющий свет детства и покоя.

Чепурный и Жеев остались в крайних домах и начали в них мыть полы холодной колодезной водой. Другие шесть чевенгурцев прошли дальше, чтобы выбрать для убранства более лучшие дома. В темноте горниц работать было неудобно, от имущества исходил какой-то сонный дух забвения, и во многих кроватях лежали возвратившиеся кошки буржуев; тех кошек большевики выкинули вон и заново перетряхивали постели, удивляясь сложному белью, ненужному для уставшего человека.

До света чевенгурцы управились только с восемнадцатью домами, а их в Чевенгуре было гораздо больше. Затем они сели покурить и сидя заснули, прислонившись головой либо к кровати, либо к комоду, либо просто нагнувшись обросшей головой до вымытого пола. Большевики в первый раз отдыхали в домах мертвого классового врага и не обращали на это внимания.

Кирей проснулся в Чевенгуре одиноким — он не знал, что ночью все товарищи возвратились. В кирпичном доме тоже не оказалось никого — значит, Чепурный либо далеко погнался за бандитами, либо умер от ран со всеми сподвижниками где-нибудь в неизвестной траве.

Кирей впрягся в пулемет и повез его на ту же околицу, где он сегодня ночевал. Солнце уже высоко взошло и освещало всю порожнюю степь, где не было пока никакого противника. Но Кирей знал, что ему доверено хранить Чевенгур и весь коммунизм в нем — целыми; для этого он немедленно установил пулемет, чтобы держать в городе пролетарскую власть, а сам лег возле и стал приглядываться вокруг. Полежав сколько мог, Кирей захотел съесть курицу, которую он видел вчера на улице, однако бросить пулемет без призора недопустимо — это все равно что передать вооружение коммунизма в руки белого противника, — и Кирей полежал еще некоторое время, чтобы успеть выдумать такую охрану Чевенгура, при которой можно уйти на охоту за курицей.

«Хоть бы курица сама ко мне пришла, — думал Кирей. — Все равно я ее ведь съем... И верно Прошка говорит — жизнь кругом не организована. Хотя у нас теперь коммунизм: курица сама должна прийти...»

Кирей поглядел вдоль улицы — не идет ли к нему курица. Курица не шла, а брела собака; она скучала и не знала, кого ей уважать в безлюдном Чевенгуре; люди думали, что она охраняла имущество, но собака покинула имущество, раз ушли из дома люди, и вот теперь брела вдаль — без заботы, но и без чувства счастья. Кирей подозвал ту собаку и обобрал ее шерсть от репьев. Собака молча ожидала своей дальнейшей участи, глядя на Кирея пригорюнившимися глазами. Кирей привязал собаку ремнем к пулемету и спокойно ушел охотиться за курицей, потому что в Чевенгуре никаких звуков нет — и Кирей всюду услышит голос собаки, когда в степи покажется враг или неизвестный человек. Собака села у пулемета и пошевелила хвостом, обещая этим свою бдительность и усердие.

Кирей до полудня искал свою курицу, и собака все время молчала перед пустой степью. В полдень из ближнего дома вышел Чепурный и сменил собаку у пулемета, пока не пришел Кирей с курицей.

И еще два дня чевенгурцы мыли полы и держали открытыми окна и двери домов, чтобы полы сохли, а буржуазный устоявшийся воздух освежался ветром степи. На третий день пришел пешком в Чевенгур опрятный человек с палочкой, не убитый Киреем лишь ради старости, и спросил у Чепурного: кто он такой?

— Я член партии большевиков, — сообщил Чепурный. — А здесь коммунизм.

Человек посмотрел на Чевенгур и произнес:

— Я вижу. А я инструктор птицеводства из Почепского УЗО. Мы в Почепском уезде хотим развести плимутроков, так я сюда пришел к хозяевам — не дадут ли они нам петушка да пару курочек на племя... У меня есть казенная бумага о повсеместном содействии моему заданию. Без яйца наш уезд не подымется...

Чепурный хотел бы дать этому человеку петушка и двух курочек — все ж Советская власть просит, — но не видел этой птицы на чевенгурских дворах и спросил Кирея, есть ли живые куры в Чевенгуре.

— Больше курей тут нету, — сказал Кирей. — Была намедни одна, так я ее всю скушал, а были бы, так я и не горевал бы...

Человек из Почепа подумал.

— Ну, тогда извиняюсь... Теперь напишите мне на обороте мандата, что командировку я выполнил — кур в Чевенгуре нет.

Чепурный прислонил бумажку к кирпичу и дал на ней доказательство: «Человек был и ушел, курей нету, они истрачены на довольствие ревотряда. Предчевревкома *Чепурный*».

— Число поставьте, — попросил командированный из Почепа. — Такого-то месяца и числа: без даты времени ревизия опорочит документ.

Но Чепурный не знал сегодняшнего месяца и числа — в Чевенгуре он забыл считать прожитое время, знал только, что идет лето и пятый день коммунизма, и написал: «Летом 5 ком.».

— Ага-с, — поблагодарил куровод. — Этого достаточно, лишь бы знак был. Благодарю вас.

— Вали, — сказал Чепурный. — Кирей, проводи его до края, чтоб он тут не остался.

Вечером Чепурный сел на завалинок и стал ожидать захода солнца. Все чевенгурцы возвратились к кирпичному дому, убрав на сегодня сорок домов к прибытию пролетариата. Чтобы наесться, чевенгурцы ели полугодовалые пироги и квашеную капусту, заготовленные чевенгурской буржуазией сверх потребности своего класса, надеясь на бессрочную жизнь. Невдалеке от Чепурного сверчок, житель покоя и оседлости, запел свою скрежещущую песнь. Над рекой Чевенгуркой поднялась теплота вечера, точно утомленный и протяжный вздох трудящейся земли перед наступавшею тьмою покоя.

«Теперь скоро сюда надвинутся массы, — тихо подумал Чепурный. — Вот-вот — и зашумит Чевенгур коммунизмом, тогда для любой нечаянной души тут найдется утешение в общей обоюдности...»

Жеев во время вечера постоянно ходил по огородам и полянам Чевенгура и рассматривал места под ногами, наблюдая всякую мелочь жизни внизу и ей сожалея. Перед сном Жеев любил потосковать об интересной будущей жизни и погоревать о родителях, которые давно скончались, не дождавшись своего счастья и революции. Степь стала невидимой, и горела только точка огня в кирпичном доме как единственная защита от врага и сомнений. Жеев пошел туда по умолкшей, ослабевшей от тьмы траве и увидел на завалинке бессонного Чепурного.

— Сидишь, — сказал Жеев. — Дай и я посижу — помолчу.

Все большевики-чевенгурцы уже лежали на соломе на полу, бормоча и улыбаясь в беспамятных сновидениях. Один Кеша ходил для охраны вокруг Чевенгура и кашлял в степи.

— Отчего-то на войне и в революции всегда люди видят сны, — произнес Жеев. — А в мирное время того нет: спят себе все как колчушки.

Чепурный и сам видел постоянные сны и поэтому не знал — откуда они происходят и волнуют его ум. Прокофий бы объяснил, но его сейчас нет, нужного человека.

— Когда птица линяет, то я слышал, как она поет во сне, — вспомнил Чепурный. — Голова у нее под крылом, кругом пух — ничего не видно, а смирный голос раздается...

— А что такое коммунизм, товарищ Чепурный? — спросил Жеев. — Кирей говорил мне — коммунизм был на одном острове в море, а Кеша — что будто коммунизм умные люди выдумали...

Чепурный хотел подумать про коммунизм, но не стал, чтобы дождаться Прокофия и самому у него спросить. Но вдруг он вспомнил, что в Чевенгуре уже находится коммунизм, и сказал:

— Когда пролетариат живет себе один, то коммунизм у него сам выходит. Чего ж тебе знать, скажи пожалуйста, — когда надо чувствовать и обнаруживать на месте! Коммунизм же обоюдное чувство масс; вот Прокофий приведет бедных — и коммунизм у нас усилится, — тогда его сразу заметишь...

— А определенно неизвестно? — допытывался своего Жеев.

— Что я тебе, масса, что ли? — обиделся Чепурный. — Ленин и то знать про коммунизм не должен, потому что это дело сразу всего пролетариата, а не в одиночку... Умней пролетариата быть не привыкнешь...

Кеша больше не кашлял в степи — он услышал вдалеке грудной гул голосов и притаился в бурьяне, чтобы точнее угадать прохожих. Но скоро гул стих, и лишь раздавалось еле слышное волнение людей на одном месте — без всякого звука шагов, словно люди те имели мягкие босые ноги. Кеша пошел было вдаль — сквозь чевенгурский бурьян, где братски росли пшеница, лебеда и крапива, — но скоро возвратился и решил дождаться света завтрашнего дня; из бурьяна шел пар жизни трав и колосьев — там жила рожь и кущи лебеды без вреда друг для друга, близко обнимая и храня одно другое, — их никто не сеял, им никто не мешал, но настанет осень — и пролетариат положит себе во щи крапиву, а рожь соберет вместе с пшеницей и лебедой для зимнего питания; поглуше в степи самостоятельно росли подсолнухи, гречиха и просо, а по чевенгурским огородам — всякий овощ и картофель. Чевенгурская буржуазия уже три года ничего не сеяла и не сажала, надеясь на светопреставление, но растения размножились от своих родителей и установили меж собой особое равенство пшеницы и крапивы: на каждый колос пшеницы — три корня крапивы. Чепурный, наблюдая заросшую степь, всегда говорил, что она тоже теперь есть интернационал злаков и цветов, отчего всем беднякам обеспечено обильное питание без вмешательства труда и эксплуатации. Благодаря этому чевенгурцы видели, что природа отказалась угнетать человека трудом и сама дарит неимущему едоку все питательное и необходимое; в свое время Чевенгурский ревком взял на заметку покорность побежденной природы и решил ей в будущем поставить памятник — в виде дерева, растущего из дикой почвы, обнявшего человека двумя суковатыми руками под общим солнцем.

Кеша сорвал колос и начал сосать сырое мякушко его тощих неспелых зерен, а затем выбросил изо рта, забыв вкус пищи: по заросшему чевенгурскому тракту мягко зашелестела повозка и голос Пиюси командовал лошадью, а голос Прошки пел песню:

> Шумит волна на озере,
> Лежит рыбак на дне,
> И ходит слабым шагом
> Сирота во сне...

Кеша добежал до фаэтона Прокофия и увидел, что они с Пиюсей ехали порожнє — без всякого пролетариата.

Чепурный сейчас же поднял на ноги всех задремавших большевиков, чтобы торжественно встретить явившийся пролетариат и организовать митинг, но Прокофий сказал ему, что пролетариат утомился и лег спать до рассвета на степном кургане с подветренной стороны.

— Что он, с оркестром сюда идет и со своим вождем или так? — спросил Чепурный.

— Завтра, товарищ Чепурный, ты сам его кругом увидишь, — сообщил Прокофий, — а меня не беспокой: мы с Пашкой Пиюсей верст тыщу проехали — степное море видали и ели белугу... Я тебе потом все доложу и сформулирую.

— Так ты, Прош, спи, а я к пролетариату схожу, — с робостью сказал Чепурный.

Но Прокофий не согласился.

— Не трожь его, он и так мученый... Скоро солнце взойдет, и он сойдет с кургана в Чевенгур...

Всю остальную ночь Чепурный просидел в бессонном ожидании — он потушил лампу, чтобы не волновать спавших на кургане расходом ихнего керосина, и вынул знамя Чеврёвкома из чулана. Кроме того, Чепурный вычистил звезду на своем головном уборе и пустил в ход давно остановившиеся бесхозяйственные стенные часы. Вполне приготовившись, Чепурный положил голову на руки и стал не думать, чтобы скорее прошло ночное время. И время прошло скоро, потому что время — это ум, а не чувство, и потому что Чепурный ничего не думал в уме. Солома, на которой спали чевенгурцы, слегка увлажнилась от прохладной росы — это распускалось утро. Тогда Чепурный взял в руку знамя и пошел на тот край Чевенгура, против которого был курган, где спал пеший пролетариат.

Часа два стоял Чепурный со знаменем у плетня, ожидая рассвета и пробуждения пролетариата; он видел, как свет солнца разъедал туманную мглу над землей, как осветился голый курган, обдутый ветрами, обмытый водами, с обнаженной скучной почвой, — и вспоминал забытое зрелище, похожее на этот бедный курган, изглоданный природой за то, что он выдавался на равнине. На склоне кургана лежал народ и грел кости на первом солнце, и люди были подобны черным ветхим костям из рассыпавшегося скелета чьей-то огромной и погибшей жизни. Иные пролетарии сидели, иные лежали и прижимали к себе своих родственников или соседей, чтобы скорее согреться. Худой старик стоял в одних штанах и царапал себе ребра, а подросток сидел под его ногами и неподвижно наблюдал Чевенгур, не веря, что там приготовлен ему дом для ночлега навсегда. Два коричневых человека, лежа, искали друг у друга в голове, подобно женщинам, но они не смотрели в волоса, а ловили вшей на ощупь. Ни один пролетарий почему-то не спешил в Чевенгур, наверное, не зная, что здесь им приготовлен коммунизм, покой и общее имущество. Половина людей была одета лишь до середины тела, а другая половина имела одно верхнее сплошное платье в виде шинели либо рядна, а под шинелью и рядном было одно сухое обжитое тело, притерпевшееся к погоде, странствию и к любой нужде.

Равнодушно обитал пролетариат на том чевенгурском кургане и не обращал своих глаз на человека, который одиноко стоял на краю города со знаменем братства в руках. Над пустынной бесприютностью степи всходило вчерашнее утомленное солнце, и свет его был пуст, словно над чужой забвенной страной, где нет никого, кроме брошенных людей на кургане, жмущихся друг к другу не от любви и родственности, а из-за недостатка одежды. Не ожидая ни помощи, ни дружбы, заранее чувствуя мученье в неизвестном городе, пролетариат на кургане не вставал на ноги, а еле шевелился ослабевшими силами. Редкие дети, облокотившись на спящих, сидели среди пролетариата, как зрелые люди, — они одни думали, когда взрослые спали и болели. Старик перестал чесать ребра и снова лег на поясницу, прижав к своему боку мальчика, чтобы остуженный ветер не дул ему в кожу и кости. Чепурный заметил, что только один человек ел — он ссыпа́л что-то из горсти в рот, а потом жевал и бил кулаком по своей голове, леча себя от боли в ней. «Где я видел все это таким же?» — вспоминал Чепурный. Тогда тоже, когда видел Чепурный в первый раз, поднималось солнце во сне тумана, дул ветер сквозь степь и на черном, уничтожаемом стихиями кургане лежали равнодушные несуществующие люди, которым надо было помочь, потому что те люди — пролетариат, и которым нельзя помочь, потому что они довольствовались единственным и малым утешением — бесцельным чувством привязанности один к другому; благодаря этой привязанности пролетарии ходили по земле и спали в степях целыми отрядами. Чепурный в прошлое время тоже ходил с людьми на заработки, жил в сараях, окруженный товарищами и застрахованный их сочувствием от неминуемых бедствий, но никогда не сознавал своей пользы в такой взаимно-неразлучной жизни. Теперь он видел своими глазами степь и солнце, между которыми находились люди на кургане, но они не владели ни солнцем, ни землею, — и Чепурный почувствовал, что взамен степи, домов, пищи и одежды, которые приобрели для себя буржуи, пролетарии на кургане имели друг друга, потому что каждому человеку надо что-нибудь иметь; когда между людьми находится имущество, то они спокойно тратят силы на заботу о том имуществе, а когда между людьми ничего нет, то они начинают не расставаться и хранить один другого от холода во сне.

В гораздо более раннее время своей жизни — нельзя вспомнить когда: год назад или в детстве — Чепурный видел этот курган, этих забредших сюда классовых бедняков и это самое прохладное солнце, не работающее для степного малолюдства. Так уже было однажды, но когда — нельзя было узнать в своем слабом уме; лишь Прокофий смог бы отгадать воспоминание Чепурного, и то — едва ли: потому что все это, видимое нынче, Чепурный знал давно, но давно этого не могло быть, раз сама революция началась недавно. И Чепурный, вместо Прокофия, попробовал себе сформулировать воспоминание; он чувствовал сейчас тревогу и волнение за тот приникший к кургану пролетариат и постепенно думал, что нынешний день пройдет — он уже был когда-то и миновал; значит, напрасно сейчас горевать — все равно этот день кончится, как прожит и забыт тот, прежний день. «Но такой курган, тем более с пешим пролетариатом, без революции не заметишь, — соображал Чепурный, — хотя я и мать хоронил дважды: шел за гробом, плакал и вспоминал — раз я уже ходил за этим гробом, целовал эти заглохшие губы мертвой, — и выжил, выживу и теперь; и тогда мне стало легче горевать во второй раз по одному горю. Что это такое, скажи пожалуйста?»

«Это кажется, что вспоминаешь, а того и не было никогда, — здраво формулировал Чепурный благодаря отсутствию Прокофия. — Трудно мне, вот и помогает внутри благочестивая стихия: ничего, дескать, это уж было, и теперь не умрешь — шагай по своему же следу. А следа нет и быть не может — живешь всегда вперед и в темноту... Чего это из нашей организации нет никого? Может, пролетариат оттого и не поднимается с кургана, что ждет почета к себе?»

Из кирпичного дома вышел Кирей. Чепурный крикнул ему, чтоб он звал сюда всю организацию, так как явились массы и уже пора. Организация, по требованию Кирея, проснулась и пришла к Чепурному.

— Кого ты нам привел? — спросил Чепурный у Прокофия. — Раз на том кургане пролетариат, то почему он не занимает своего города, скажи пожалуйста?

— Там пролетариат и прочие, — сказал Прокофий.

Чепурный озаботился.

— Какие прочие? Опять слой остаточной сволочи?

— Что я — гад или член? — уже обиделся тут Прокофий. — Прочие и есть прочие — никто. Это еще хуже пролетариата.

— Кто ж они? Был же у них классовый отец, скажи пожалуйста! Не в бурьяне же ты их собрал, а в социальном месте.

— Они — безотцовщина, — объяснил Прокофий. — Они нигде не жили, они бредут.

— Куда бредут? — с уважением спросил Чепурный: ко всему неизвестному и опасному он питал достойное чувство. — Куда бредут? Может, их окоротить надо?

Прокофий удивился такому бессознательному вопросу:

— Как куда бредут? Ясно — в коммунизм, у нас им полный окорот.

— Тогда иди и кличь их скорее сюда! Город, мол, ваш и прибран по-хозяйски, а у плетня стоит авангард и желает пролетариату счастья и — этого... скажи: всего мира, все равно он ихний.

— А если они от мира откажутся? — заранее спросил Прокофий. — Может, им одного Чевенгура пока вполне достаточно...

— А мир тогда кому? — запутался в теории Чепурный.

— А мир нам, как базу.

— Сволочь ты: так мы же авангард — мы ихние, а они — не наши... Авангард ведь не человек, он мертвая защита на живом теле: пролетариат — вот кто тебе человек! Иди скорее, полугад!

Прокофий сумел быстро организовать на кургане имевшихся там пролетариев и прочих. Людей на кургане оказалось много, больше, чем видел Чепурный, — человек сто или двести, и все разные на вид, хотя по необходимости одинаковые — сплошной пролетариат.

Люди начали сходить с голого кургана на Чевенгур. Чепурный всегда с трогательностью чувствовал пролетариат и знал, что он есть на свете в виде неутомимой дружной силы, помогающей солнцу кормить кадры буржуазии, потому что солнца хватает только для сытости, но не для жадности; он догадывался, что тот шум в пустом месте, который раздавался в ушах Чепурного на степных ночлегах, есть гул угнетенного труда мирового рабочего класса, день и ночь движущегося вперед на добычу пищи, имущества и покоя для своих личных врагов, размножающихся от трудовых пролетарских веществ; Чепурный благодаря Прокофию имел в себе убедительную теорию о трудящихся, которые есть звери в отношении неорганизованной природы и герои будущего; но сам для себя Чепурный открыл одну успокоительную тайну, что пролетариат не любуется видом природы, а уничтожает ее посредством труда, — это буржуазия живет для природы: и размножается, — а рабочий человек живет для товарищей: и делает революцию. Неизвестно одно — нужен ли труд при социализме, или для пропитания достаточно одного природного самотека? Здесь Чепурный больше соглашался с Прокофием, с тем, что солнечная система самостоятельно будет давать силу жизни коммунизму, лишь бы отсутствовал капитализм, всякая же работа и усердие изобретены эксплуататорами, чтобы сверх солнечных продуктов им оставалась ненормальная прибавка.

Чепурный ожидал в Чевенгур сплоченных героев будущего, а увидел людей, идущих не поступью, а своим шагом, увидел нигде не встречавшихся ему товарищей — людей без выдающейся классовой наружности и без революционного достоинства, — это были какие-то безымянные прочие, живущие без всякого значения, без гордости и отдельно от приближающегося всемирного торжества; даже возраст прочих был неуловим — одно было видно, что они — бедные, имеющие лишь непроизвольно выросшее тело и чужие всем; оттого прочие шли тесным отрядом и глядели больше друг на друга, чем на Чевенгур и на его партийный авангард.

Один прочий поймал муху на голой спине переднего старика, а затем погладил спину старика, чтобы не осталось царапины или следа прикосновения, и с жестокостью убил ее оземь, — и Чепурный смутно изменился в своем удивленном чувстве к прочим. Быть может, они, эти пролетарии и прочие, служили друг для друга единственным имуществом и достоянием жизни, вот почему они так бережно глядели один на другого, плохо замечая Чевенгур и тщательно охраняя товарищей от мух, как буржуазия хранила собственные дома и скотину.

Спустившиеся с кургана уже подошли к Чевенгуру. Чепурный, не умея выразительно формулировать свои мысли, попросил о том Прокофия, и Прокофий охотно сказал подошедшим пролетариям:

— Товарищи неимущие граждане! Город Чевенгур вам хотя и дается, но не для хищничества обнищалых, а для пользы всего завоеванного имущества и организации широкого братского семейства ради целости города. Теперь мы неизбежно братья и семейство, поскольку наше хозяйство социально объединено в один двор. Поэтому живите здесь честно — во главе ревкома!

Чепурный спросил у Жеева, отчего он выдумал ту надпись на холстине, что повешена как символ на том краю города.

— Я про нее не думал, — сообщил Жеев, — я ее по памяти сообразил, а не сам... Слышал где-нибудь, голова ведь разное держит...

— Обожди! — сказал Чепурный Прокофию и лично обратился к пешим беднякам, стоявшим массой вокруг чевенгурцев:

— Товарищи!.. Прокофий назвал вас братьями и семейством, но это прямая ложь: у всяких братьев есть отец, а многие мы — с начала жизни определенная безотцовщина. Мы — не братья, мы товарищи, ведь мы товар и цена друг другу, поскольку нет у нас другого недвижимого и движимого запаса имущества... А затем — вы зря не пришли с того края города, там висит наш символ и там сказано неизвестно кем, но все равно написано, и мы так желаем: лучше будет разрушить весь благоустроенный мир, но зато приобрести в голом порядке друг друга, а посему, пролетарии всех стран, соединяйтесь скорее всего! Я кончил и передаю вам привет от Чевенгурского ревкома...

Пролетариат с кургана и прочие тронулись и пошли в глубь города, ничего не выразив и не воспользовавшись речью Чепурного для развития своей сознательности; их сил хватало для жизни только в текущий момент, они жили без всякого излишка, потому что в природе и во времени не было причин ни для их рождения, ни для их счастья — наоборот, мать каждого из них первая заплакала, нечаянно оплодотворенная прохожим и потерянным отцом; после рождения они оказались в мире прочими и ошибочными — для них ничего не было приготовлено, меньше чем для былинки, имеющей свой корешок, свое место и свое даровое питание в общей почве.

Прочие же заранее были рождены без дара: ума и щедрости чувств в них не могло быть, потому что родители зачали их не избытком тела, а своею ночною тоской и слабостью грустных сил, — это было взаимное забвение двоих спрятавшихся, тайно живущих на свете людей, — если бы они жили слишком явно и счастливо, их бы уничтожили действительные люди, которые числятся в государственном населении и ночуют на своих дворах. Ума в прочих не должно существовать — ум и оживленное чувство могли быть только в тех людях, у которых имелся свободный запас тела и теплота покоя над головой, но у родителей прочих были лишь остатки тела, истертого трудом и протравленного едким горем, а ум и сердечно-чувствительная заунывность исчезли как высшие признаки за недостатком отдыха и нежно-питательных веществ. И прочие появились из глубины своих матерей среди круглой беды, потому что матери их ушли от них так скоро, как только могли их поднять ноги после слабости родов, чтобы не успеть увидеть своего ребенка и нечаянно не полюбить его навсегда. Оставшийся маленький прочий должен был самостоятельно делать из себя будущего человека, не надеясь ни на кого, не ощущая ничего, кроме своих теплющихся внутренностей; кругом был внешний мир, а прочий ребенок лежал посреди него и плакал, сопротивляясь этим первому горю, которое останется незабвенным на всю жизнь — навеки утраченной теплоте матери.

Оседлые, надежно-государственные люди, проживающие в уюте классовой солидарности, телесных привычек и в накоплении спокойствия, — те создали вокруг себя подобие материнской утробы и посредством этого росли и улучшались, словно в покинутом детстве; прочие же сразу ощущали мир в холоде, в траве, смоченной следами матери, и в одиночестве, за отсутствием охраняющих продолжающихся материнских сил.

Ранняя жизнь, равно и пройденное пространство земли, соответственное прожитой, осиленной жизни, вспоминались прочими как нечто чуждое исчезнувшей матери и некогда мучавшее ее. Но чем же была их жизнь и те редконаселенные дороги, в образе которых мир длился в сознании прочих?

Никто из прочих не видел своего отца, а мать помнил лишь смутной тоской тела по утраченному покою — тоской, которая в зрелом возрасте обратилась в опустошающую грусть. С матери после своего рождения ребенок ничего не требует — он ее любит, и даже сироты-прочие никогда не обижались на матерей, покинутые ими сразу и без возвращения. Но, подрастая, ребенок ожидает отца, он уже до конца насыщается природными силами и чувствами матери — все равно, будь он покинут сразу после выхода из ее утробы, — ребенок обращается любопытным лицом к миру, он хочет променять природу на людей, и его первым другом-товарищем, после неотвязной теплоты матери, после стеснения жизни ее ласковыми руками, — является отец.

Ни один прочий, ставши мальчиком, не нашел своего отца и помощника, и если мать его родила, то отец не встретил его на дороге, уже рожденного и живущего; поэтому отец превращался во врага и ненавистника матери — всюду отсутствующего, всегда обрекающего бессильного сына на риск жизни без помощи — и оттого без удачи.

И жизнь прочих была безотцовщиной — она продолжалась на пустой земле без того первого товарища, который вывел бы их за руку к людям, чтобы после своей смерти оставить людей детям в наследство — для замены себя. У прочих не хватало среди белого света только одного — отца, и старик, чесавший ребра на кургане, пел впоследствии песню в Чевенгуре, сам волнуясь от нее:

> Кто отопрет мне двери,
> Чужие птицы, звери?..
> И где ты, мой родитель,
> Увы — не знаю я!..

Почти каждый из тех, чье пришествие приветствовала чевенгурская большевистская организация, сделал из себя человека личными силами, окруженный неистовством имущих людей и смертью бедности, — это были сплошь самодельные люди; неудивительна трава на лугу, где ее много и она живет плотной самозащитой и место под нею влажное, — так можно выжить и вырасти без особой страсти и надобности: но странно и редко, когда в голую глину или в странствующий песок падают семена из безымянного бурьяна, движимого бурей, и те семена дают следующую жизнь — одинокую, окруженную пустыми странами света и способную находить питание в минералах.

У других людей имелось целое вооружение для укрепления и развития собственной драгоценной жизни, у прочих же было лишь единственное оружие, чтобы удержаться на земле, это остаток родительской теплоты в младенческом теле, но и этого прочему, безымянному человеку было достаточно, чтобы уцелеть, возмужать и пройти живым к своему будущему. Такая прошлая жизнь растратила силы пришедших в Чевенгур, и оттого они показались Чепурному немощными и непролетарскими элементами, словно они всю жизнь грелись и освещались не солнцем, а луной. Но, истратив все силы на удержание в себе той первоначальной родительской теплоты — против рвущего с корнем встречного ветра чужой, враждебной жизни, — и умножив в себе ту теплоту за счет заработка у именно́го настоящего народа, прочие создали из себя самодельных людей неизвестного назначения; причем такое упражнение в терпении и во внутренних средствах тела сотворили в прочих ум, полный любопытства и сомнения, быстрое чувство, способное променять вечное блаженство на однородного товарища, потому что этот товарищ тоже не имел ни отца, ни имущества, но мог заставить забыть про то и другое, — и еще несли в себе прочие надежду, уверенную и удачную, но грустную, как утрата. Эта надежда имела свою точность в том, что если главное — сделаться живым и целым — удалось, то удастся все остальное и любое, хотя бы потребовалось довести весь мир до его последней могилы; но если главное исполнено и пережито — и не было встречено самого нужного — не счастья, а необходимости, — то в оставшейся недожитой жизни найти некогда потерянное уже не успеешь, — либо то утраченное вовсе исчезло со света: многие прочие исходили все открытые и все непроходимые дороги и не нашли ничего.

Кажущаяся немощь прочих была равнодушием их силы, а слишком большой труд и мучение жизни сделало их лица нерусскими. Это Чепурный заметил первым из чевенгурцев, не обратив внимания, что на пришедшем пролетариате и прочих висело настолько мало одежды, будто им были не страшны ни встречные женщины, ни холод ночей. Когда прибывший класс разошелся по чевенгурским усадьбам, Чепурный начал сомневаться.

— Какой же ты нам пролетариат доставил, скажи пожалуйста? — обратился он к Прокофию. — Это же одно сомнение, и они нерусские.

Прокофий взял знамя из рук Чепурного и прочел про себя стих Карла Маркса на нем.

— Ого — не пролетариат! — сказал он. — Это тебе класс первого сорта, ты его только вперед веди, он тебе и не пикнет. Это же интернациональные пролетарии: видишь, они не русские, не армяне, не татары, а — никто! Я тебе живой интернационал пригнал, а ты тоскуешь...

Чепурный что-то задумчиво почувствовал и тихо сообщил:

— Нам нужна железная поступь пролетарских батальонов — нам губком циркуляр про это прислал, а ты сюда прочих припер! Какая же тебе поступь у босого человека?

— Ничего, — успокоил Прокофий Чепурного, — пускай они босые, зато у них пятки так натрудились, что туда шурупы можно отверткой завинчивать. Они тебе весь мир во время всемирной революции босиком пройдут...

Пролетарии и прочие окончательно скрылись в чевенгурских домах и стали продолжать свою прошлую жизнь. Чепурный пошел разыскивать среди прочих худого старика, чтобы пригласить его на внеочередное заседание ревкома, в котором скопилось достаточно много организационных дел. Прокофий вполне с этим согласился и сел в кирпичном доме писать проекты резолюций.

Худой старик лежал на вымытом полу в бывшем доме Щапова, а около него сидел другой человек, которому можно дать от 20-ти до 60-ти лет, и распускал нитки на каких-то детских штанах, чтобы потом самому в них влезть.

— Товарищ, — обратился Чепурный к старику. — Ты бы шел в кирпичный дом, там ревком и ты там необходим.

— Дойду, — пообещал старик. — Как встану, так вас не миную, у меня нутрё заболело, как кончит болеть, то меня жди.

Прокофий в то время уже сидел за революционными бумагами из города и зажег лампу, несмотря на светлый день. Перед началом заседаний Чевенгурского ревкома всегда зажигалась лампа, и она горела до конца обсуждения всех вопросов — этим самым, по мнению Прокофия Дванова, создавался современный символ, что свет солнечной жизни на земле должен быть заменен искусственным светом человеческого ума.

На торжественное заседание ревкома прибыла вся основная большевистская организация Чевенгура, а некоторые из прибывших прочих присутствовали стоя, с совещательными голосами. Чепурный сидел рядом с Прокофием и был в общем доволен — все ж таки ревком сумел удержать город до заселения его пролетарской массой и теперь коммунизм в Чевенгуре упрочен навсегда. Не хватало только старика, по виду наиболее опытного пролетария, должно быть, его внутренность все еще болела. Тогда Чепурный послал за стариком Жеева, чтобы тот сначала нашел где-нибудь в чулане какую-либо успокаивающую травяную настойку, дал бы ее старику, а затем осторожно привлек сюда самого старика.

Через полчаса Жеев явился вместе со стариком, сильно пободревшим от лопуховой настойки и оттого, что Жеев хорошо растер ему спину и живот.

— Садись, товарищ, — сказал Прокофий старику. — Видишь, о тебе целые социальные заботы проявили, при коммунизме скоро не помрешь!

— Давайте начинать, — определил Чепурный. — Раз коммунизм наступил, то нечего от него пролетариат на заседания отвлекать. Читай, Прош, циркуляры губернии и давай навстречу им наши формулировки.

— О предоставлении сводных сведений, — начал Прокофий, — по особой форме, приложенной к нашему циркуляру номер 238101, буква А, буква Сэ и еще Че, о развитии нэпа по уезду и о степени, темпе и проявлении развязывания сил противоположных классов в связи с нэпом, а также о мерах против них и о внедрении нэпа в жесткое русло...

— Ну, а мы им что? — спросил Чепурный Прокофия.

— А я им табличку составлю, где все изложу нормально.

— Так мы же посторонние классы не развязывали, они сами пропали от коммунизма, — возразил Чепурный и обратился к старику: — Как ты смотришь, скажи пожалуйста?

— Так будет терпимо, — заключил старик.

— Так и формулируй: терпимо без классов, — указал Прокофию Чепурный. — Давай более важные вопросы.

Дальше Прокофий прочитал директиву о срочной организации потребительской кооперации, взамен усиления частной торговли, поскольку кооперация является добровольной открытой дорогой масс в социализм и далее.

— Это нас не касается, это для отсталых уездов, — отверг Чепурный, потому что он все время имел внутри себя главную мысль — про доделанный коммунизм в Чевенгуре. — Ну, а ты как бы это сформулировал? — спросил Чепурный мнение старика.

— Терпимо, — сформулировал тот.

Но Прокофий сообразил что-то иное.

— Товарищ Чепурный, — сказал он. — А может, нам вперед товаров для той кооперации попросить: пролетариат ведь надвинулся, для него надо пищу копить!

Чепурный удивленно возмутился:

— Так ведь степь же сама заросла чем попало — пойди нарви купырей и пшеницы и ешь! Ведь солнце же светит, почва дышит и дожди падают — чего же тебе надо еще? Опять хочешь пролетариат в напрасное усердие загнать? Мы же далее социализма достигли, у нас лучше его.

— Я присоединяюсь, — согласился Прокофий. — Я на минуту нарочно забыл, что у нас организовался коммунизм. Я ведь ездил по другой площади, так оттуда до социализма далеко, и им надо сквозь кооперацию мучиться и проходить... Следующим пунктом у нас идет циркуляр о профсоюзах — о содействии своевременным членским взносам...

— Кому? — спросил Жеев.

— Им, — без спроса и без соображения ответил Кирей.

— Кому им? — не знал Чепурный.

346

— Не указано, — поискал в циркуляре Прокофий.

— Напиши, чтоб указали, кому и зачем те взносы, — привыкал формулировать Чепурный. — Может, это беспартийная бумага, а может — там богатые должности на эти взносы организуют, а должность, брат, не хуже имущества — борись тогда с ними опять, с остаточной сволочью, когда тут целый коммунизм лежит в каждой душе и каждому хранить его охота...

— Этот вопрос я пока замечу себе в уме — поскольку тут классовые неясности, — определил Прокофий.

— Складывай в ум, — подтвердил Жеев. — В уме всегда остальцы лежат, а что живое — то тратится, и того в ум не хватает.

— Отлично, — согласовал Прокофий и пошел дальше. — Теперь есть предложение образовать плановую комиссию, чтобы она составила цифру и число всего прихода-расхода жизни-имущества до самого конца...

— Чего конца: всего света или одной буржуазии? — уточнял Чепурный.

— Не обозначено. Написано — «потребности, затраты, возможности и дотации на весь восстановительный период до его конца». А дальше предложено: «Для сего организовать план, в коем сосредоточить всю предпосылочную, согласовательную и регуляционно-сознательную работу, дабы из стихии какофонии капиталистического хозяйства получить гармонию симфонии объединенного высшего начала и рационального признака». Написано все четко, потому что это задание...

Здесь Чевенгурский ревком опустил голову как один человек: из бумаги исходила стихия высшего ума, и чевенгурцы начали изнемогать от него, больше привыкнув к переживанию вместо предварительного соображения. Чепурный понюхал для своего возбуждения табаку и покорно попросил:

— Прош, дай нам какую-нибудь справочку.

Старик уставился терпеливыми глазами на весь опечаленный чевенгурский народ, погоревал что-то про себя и ничего не произнес на помощь.

— У меня проект резолюции заготовлен: справочкой здесь не исчерпаешь, — сказал Прокофий и начал рыться в своем пуде бумаги, где было обозначено все, что позабыто чевенгурскими большевиками.

— А это для кого ж нужно: для них иль для здешних? — проговорил старик. — Я про то чтение по бумаге говорю: чия там забота в письме написана — про нас иль про тамошних?

— Определенно, про нас, — объяснил Прокофий. — В наш адрес прислано для исполнения, а не для чтения вслух.

Чепурный оправился от изнеможения и поднял голову, в которой созрело решительное чувство.

— Видишь, товарищ, они хотят, чтоб умнейшие выдумали течение жизни раз навсегда и навеки и до того, пока под землю каждый ляжет, а прочим не выходить из плавности и терпеть внутри излишки...

— А для кого ж в этом нужда? — спросил старик и безучастно прикрыл глаза, которые у него испортились от впечатления обойденного мира.

— Для нас. А для кого ж, скажи пожалуйста? — волновался Чепурный.

— Так мы сами и проживем наилучше, — объяснил старик. — Эта грамотка не нам, а богатому. Когда богатые живы были, мы о них и заботились, а о бедном горевать никому не надо — он на порожнем месте без всякой причины вырос. Бедный сам себе гораздо разумный человек — он другим без желания целый свет, как игрушку, состроил, а себя он и во сне убережет, потому что — не себе, так другому, а каждый — дорог...

— Говоришь ты, старик, вполне терпимо, — заключил Чепурный. — Так, Прош, и формулируй: пролетариат и прочие в его рядах сами своей собственной заботой организовали весь жилой мир, а потому, дескать, заботиться о первоначальных заботчиках — стыд и позор, и нету в Чевенгуре умнейших кандидатов. Так, что ли, старик?

— Так будет терпимо, — оценил старик.

— Писец плотнику хату не поставит, — высказался Жеев.

— Пастух сам знает, когда ему молоко пить, — сообщил за себя Кирей.

— Пока человека не кончишь, он живет дурóм, — подал свой голос Пиюся.

— Принято почти единогласно, — подсчитал Прокофий. — Переходим к текущим делам. Через восемь дней в губернии состоится партконференция, и туда зовут от нас делегата, который должен быть председателем местной власти...

— Поезжай, Чепурный, чего ж тут обсуждать, — сказал Жеев.

— Обсуждать нечего, раз предписано, — указал Прокофий.

Старик-прочий присел на корточки и, нарушая порядок дня, неопределенно спросил:

— А кто же вы-то будете?

— Мы — ревком, высший орган революции в уезде, — с точностью ответил Прокофий. — Нам даны ревнародом особые правомочия в пределах нашей революционной совести.

— Так, стало быть, вы тоже умнейшие, что бумагу пишут дó смерти вперед? — вслух догадался старик.

— Стало быть, так, — с полномочным достоинством подтвердил Прокофий.

— Ага, — благодарно произнес старик. — А я стоял-чуял, что вы добровольно сидите — дела вам сурьезного не дают.

— Нет-нет, — говорил Прокофий, — мы здесь всем городом и уездом беспрерывно руководим, вся забота за охрану революции возложена на нас. Понял, старик, отчего ты в Чевенгуре гражданином стал? От нас.

— От вас? — переспросил старик. — Тогда вам от нас спасибо.

— Не за что, — отверг благодарность Прокофий. — Революция — наша служба и обязанность. Ты только слушайся наших распоряжений, тогда — жив будешь и тебе будет отлично.

— Стой, товарищ Дванов, — не увеличивай своей должности вместо меня, — серьезно предупредил Чепурный. — Пожилой товарищ делает нам замечание по вопросу необходимого стыда для власти, а ты его затемняешь. Говори, товарищ прочий!

Старик сначала помолчал — во всяком прочем сначала происходила не мысль, а некоторое давление темной теплоты, а затем она кое-как выговаривалась, охлаждаясь от истечения.

— Я стою и гляжу, — сообщил старик, что видел. — Занятье у вас слабое, а людям вы говорите важно, будто сидите на бугре, а прочие — в логу. Сюда бы посадить людей болящих — переживать свои дожитки, которые уж по памяти живут: у вас же сторожевое, легкое дело. А вы люди еще твердые — вам бы надо потрудней жить...

— Ты что, председателем уезда хочешь стать? — впрямую спросил Прокофий.

— Боже избавь, — застыдился старик. — Я в сторожах-колотушечниках сроду не ходил. Я говорю — власть дело неумелое, в нее надо самых ненужных людей сажать, а вы же все годные.

— А что годным делать? — вел старика Прокофий, чтобы довести его до диалектики и в ней опозорить.

— А годным, стало быть, жить: в третье место не денешься.

— А для чего жить? — плавно поворачивал Прокофий.

— Для чего? — остановился старик — он не мог думать спешно. — Пускай для того, чтобы на живом кожа и ногти росли.

— А ногти для чего? — сужал старика Прокофий.

— А ногти же мертвые, — выходил старик из узкого места. — Они же растут изнутри, чтоб мертвое в середине человека не оставалось. Кожа и ногти всего человека обволакивают и берегут.

— От кого? — затруднял дальше Прокофий.

— Конечно, от буржуазии, — понял спор Чепурный. — Кожа и ногти — Советская власть. Как ты сам себе не можешь сформулировать?

— А волос — что? — поинтересовался Кирей.

— Все равно что шерсть, — сказал старик, — режь железом, овце не больно.

— А я думаю, что зимой ей будет холодно, она умрет, — возразил Кирей. — Я однова, мальчишкой был, котенка остриг и в снег закопал — я не знал, человек он или нет. А потом у котенка был жар и он замучился.

— Я так в резолюции формулировать не могу, — заявил Прокофий. — Мы же главный орган, а старик пришел из ненаселенных мест, ничего не знает и говорит, что мы не главные, а какие-то ночные сторожа и нижняя квалификация, куда одних плохих людей надо девать, а хорошие пусть ходят по курганам и пустым районам. Эту резолюцию и на бумаге написать нельзя, потому что бумагу делают рабочие тоже благодаря правильному руководству власти.

— Ты постой обижаться, — остановил гнев Прокофия старик. — Люди живут, а иные работают в своей нужде, а ты сидишь и думаешь в комнате, будто они тебе известные и будто у них своего чувства нету в голове.

— Э, старик, — поймал наконец Прокофий. — Так вот что тебе надо! Да как же ты не поймешь, что нужна организация и сплочение раздробленных сил в одном определенном русле! Мы сидим не для одной мысли, а для сбора пролетарских сил и для их тесной организации.

Пожилой пролетарий ничем не убедился:

— Так раз ты их собираешь, — стало быть, они сами друг друга хотят. А я тебе и говорю, что твое дело верное, — значит, тут и всякий, у кого даже мо́чи нет, управится; в ночное время — и то твое дело не украдут...

— Либо ты хочешь, чтоб мы по ночам занимались? — совестливо спросил Чепурный.

— Пока вам охота — так лучше по ночам, — разрешил прочий-старик. — Днем пеший человек пойдет мимо, ему ничего — у него своя дорога, а вам от него будет срам: сидим, дескать, мы и обдумываем чужую жизнь вместо самого́ живого, а живой прошел мимо и, может, к нам не вернется...

Чепурный поник головой и почувствовал в себе жжение стыда: как я никогда не знал, что я от должности умней всего пролетариата? — смутно томился Чепурный. — Какой же я умный, когда — мне стыдно и я боюсь пролетариата от уважения!

— Так и формулируй, — после молчания всего ревкома сказал Чепурный Прокофию. — Впредь назначать заседания ревкома по ночам, а кирпичный дом освободить под пролетариат.

Прокофий поискал выхода.

— А какие основания будут, товарищ Чепурный? Они мне для мотивировки нужны.

— Основания тебе? Так и клади... Стыд и позор перед пролетариатом и прочими, живущими днем. Скажи, что маловажные дела, наравне с неприличием, уместней кончать в невидимое время...

— Ясно, — согласился Прокофий. — Ночью человек получает больше сосредоточенности. А куда ревком перевести?

— В любой сарай, — определил Чепурный. — Выбери какой похуже.

— А я бы, товарищ Чепурный, предложил храм, — внес поправку Прокофий. — Так больше будет противоречия, а здание все равно для пролетариата неприличное.

— Формулировка подходящая, — заключил Чепурный. — Закрепляй ее. Еще что есть в бумаге? Кончай скорее, пожалуйста.

Прокофий отложил все оставшиеся дела для личного решения и доложил лишь одно — наиболее маловажное и скорое для обсуждения.

— Еще есть организация массового производительного труда в форме субботников, для ликвидации разрухи и нужды рабочего класса, это должно воодушевлять массы вперед и означает собою великий почин.

— Чего — великий почин? — не расслышал Жеев.

— Понятно, почин коммунизма, — пояснил Чепурный, — отсталые районы его со всех концов начинают, а мы кончили.

— Покуда кончили, давай лучше не начинать, — сразу предложил Кирей.

— Кирюша! — заметил его Прокофий. — Тебя кооптировали, ты и сиди.

Старик-прочий все время видел на столе бугор бумаги: значит, много людей ее пишут — ведь рисуют буквы постепенно и на каждую идет ум, — один человек столько листов не испортит, если б один только писал, его бы можно легко убить, значит — не один думает за всех, а целая толика, тогда лучше откупиться от них дешевой ценой и уважить пока.

— Мы вам задаром тот труд поставим, — уже недовольно произнес старик, — мы его по дешевке подрядимся стронуть, только далее его не обсуждайте, это же одна обида.

— Товарищ Чепурный, у нас налицо воля пролетариата, — вывел следствие из слов старика Прокофий.

Но Чепурный только удивился:

— Какое тебе следствие, когда солнце без большевика обойдется! В нас же есть сознание правильного отношения к солнцу, а для труда у нас нужды нет. Сначала надо нужду организовать.

— Чего делать — найдем, — пообещал старик. — Людей у вас мало, а дворов много, — может, мы дома потесней перенесем, чтобы ближе жить друг к другу.

— И сады можно перетащить — они легче, — определил Кирей. — С садами воздух бывает густей, и они питательные.

Прокофий нашел в бумагах доказательство мысли старика: все, оказывается, уже было выдумано вперед умнейшими людьми, непонятно расписавшимися внизу бумаги и оттого безвестными, осталось лишь плавно исполнять свою жизнь по чужому записанному смыслу.

— У нас есть отношение, — просматривал бумаги Прокофий, — на основании которого Чевенгур подлежит полной перепланировке и благоустройству. А вследствие того — дома переставить, а также обеспечить прогон свежего воздуха посредством садов — определенно надлежит.

— Можно и по благому устройству, — согласился старик.

Весь Чевенгурский ревком как бы приостановился — чевенгурцы часто не знали, что им думать дальше, и они сидели в ожидании, а жизнь в них шла самотеком.

— Где начало, там и конец, товарищи, — сказал Чепурный, не зная, что он будет говорить потом. — Жил у нас враг навстречу, а мы его жиляли из ревкома, а теперь вместо врага пролетариат настал, либо мы его жилять должны, либо ревком не нужен.

Слова в Чевенгурском ревкоме произносились без направления к людям, точно слова были личной естественной надобностью оратора, и часто речи не имели ни вопросов, ни предложений, а заключали в себе одно удивленное сомнение, которое служило материалом не для резолюций, а для переживаний участников ревкома.

— Кто мы такие? — впервые думал об этом вслух Чепурный. — Мы — больше ничего как товарищи угнетенным людям стран света! И нам не надо отрываться из теплого потока всего класса вперед либо стоять кучей — как он хочет, а класс тот целый мир сделал, чего ж за него мучиться и думать, скажи пожалуйста? Это ему — такая обида, что он нас в остатки сволочи смело зачислит! Здесь мы и покончим заседание — теперь все понятно и у всех на душе тихо.

Старик-прочий временами болел ветрами и потоками — это произошло с ним от неравномерного питания: иногда долго не бывало пищи, тогда, при первом случае, приходилось ее есть впрок, но желудок благодаря этому утомлялся и начинал страдать извержениями. В такие дни старик отлучал себя ото всех людей и жил где-нибудь нелюдимо. С жадностью покушав в Чевенгуре, старик еле дождался конца заседания ревкома и сейчас же ушел в бурьян, лег там на живот и начал страдать, забыв обо всем, что ему было дорого и мило в обыкновенное время.

Чепурный вечером выехал в губернию — на той же лошади, что ездила за пролетариатом. Он поехал один в начале ночи, в тьму того мира, о котором давно забыл в Чевенгуре. Но, еле отъехав от околицы, Чепурный услышал звуки болезни старика и вынужден был обнаружить его, чтобы проверить причину таких сигналов в степи. Проверив, Чепурный поехал дальше, уже убежденный, что больной человек — это равнодушный контрреволюционер, но этого мало — следовало решить, куда девать при коммунизме страдальцев. Чепурный было задумался обо всех болящих при коммунизме, но потом вспомнил, что теперь за него должен думать весь пролетариат, и, освобожденный от мучительства ума, обеспеченный в будущей правде, задремал в одиноко гремевшей телеге с легким чувством своей жизни, немного тоскуя об уснувшем сейчас пролетариате в Чевенгуре. «Что нам делать еще с лошадьми, с коровами, с воробьями?» — уже во сне начинал думать Чепурный, но сейчас же отвергал эти загадки, чтобы покойно надеяться на силу ума всего класса, сумевшего выдумать не только имущество и все изделия на свете, но и буржуазию для охраны имущества; и не только революцию, но и партию для сбережения ее до коммунизма.

Мимо телеги проходили травы назад, словно возвращаясь в Чевенгур, а полусонный человек уезжал вперед, не видя звезд, которые светили над ним из густой высоты, из вечного, но уже достижимого будущего, из того тихого строя, где звезды двигались как товарищи — не слишком далеко, чтобы не забыть друг друга, не слишком близко, чтобы не слиться в одно и не потерять своей разницы и взаимного напрасного увлечения.

На обратном пути из губернского города Пашинцева настиг Копенкин, и они прибыли в Чевенгур рядом на конях.

Копенкин погружался в Чевенгур, как в сон, чувствуя его тихий коммунизм теплым покоем по всему телу, но не как личную высшую идею, уединенную в маленьком тревожном месте груди. Поэтому Копенкин хотел полной проверки коммунизма, чтобы он сразу возбудил в нем увлечение, поскольку его любила Роза Люксембург, а Копенкин уважает Розу.

— Товарищ Люксембург — это женщина! — объяснял Копенкин Пашинцеву. — Тут же люди живут раскинувшись, навзничь, через пузо у них нитки натянуты, у иного в ухе серьга, — я думаю, для товарища Люксембург это неприлично, она бы здесь засовестилась и усомнилась, вроде меня. А ты?

Пашинцев Чевенгура нисколько не проверял — он уже знал всю его причину.

— Чего ей срамиться, — сказал он, — она тоже была баба с револьвером. Тут просто ревзаповедник, какой был у меня, и ты его там видел, когда ночевал.

Копенкин вспомнил хутор Пашинцева, молчаливую босоту, ночевавшую в господском доме, и своего друга-товарища Александра Дванова, искавшего вместе с Копенкиным коммунизм среди простого и лучшего народа.

— У тебя был один приют заблудившемуся в эксплуатации человеку, — коммунизма у тебя не происходило. А тут он вырос от запустения — ходил кругом народ без жизни, пришел сюда и живет без движения.

Пашинцеву это было все равно: в Чевенгуре ему нравилось, он здесь жил для накопления сил и сбора отряда, чтобы грянуть впоследствии на свой ревзаповедник и отнять революцию у командированных туда всеобщих организаторов. Всего больше Пашинцев лежал на воздухе, вздыхал и слушал редкие звуки из забытой чевенгурской степи.

Копенкин ходил по Чевенгуру один и проводил время в рассмотрении пролетариев и прочих, чтобы узнать —

356

дорога ли им хоть отчасти Роза Люксембург, но они про нее совсем не слышали, словно Роза умерла напрасно и не для них.

Пролетарии и прочие, прибыв в Чевенгур, быстро доели пищевые остатки буржуазии и при Копенкине уже питались одной растительной добычей в степи. В отсутствие Чепурного Прокофий организовал в Чевенгуре субботний труд, предписав всему пролетариату пересоставить город и его сады; но прочие двигали дома и носили сады не ради труда, а для оплаты покоя и ночлега в Чевенгуре и с тем, чтобы откупиться от власти и от Прошки. Чепурный, возвратившись из губернии, оставил распоряжение Прокофия на усмотрение пролетариата, надеясь, что пролетариат в заключение своих работ разберет дома, как следы своего угнетения, на ненужные части и будет жить в мире без всякого прикрытия, согревая друг друга лишь своим живым телом. Кроме того — неизвестно, настанет ли зима при коммунизме или всегда будет летнее тепло, поскольку солнце взошло в первый же день коммунизма и вся природа поэтому на стороне Чевенгура.

Шло чевенгурское лето, время безнадежно уходило обратно жизни, но Чепурный вместе с пролетариатом и прочими остановился среди лета, среди времени и всех волнующихся стихий и жил в покое своей радости, справедливо ожидая, что окончательное счастье жизни вырабатывается в никем отныне не тревожимом пролетариате. Это счастье жизни уже есть на свете, только оно скрыто внутри прочих людей, но и находясь внутри — оно все же вещество, и факт, и необходимость.

Один Копенкин ходил по Чевенгуру без счастья и без покойной надежды. Он бы давно нарушил чевенгурский порядок вооруженной рукой, если бы не ожидал Александра Дванова для оценки всего Чевенгура в целом. Но чем дальше уходило время терпения, тем больше трогал одинокое чувство Копенкина чевенгурский класс. Иногда Копенкину казалось, что чевенгурским пролетариям хуже, чем ему, но они все-таки смирнее его, быть может, потому, что втайне сильнее; у Копенкина было утешение в Розе Люксембург, а у пришлых чевенгурцев никакой радости не было впереди, и они ее не ожидали, довольствуясь тем, чем живут все неимущие люди, — взаимной жизнью с другими одинаковыми людьми, спутниками и товарищами своих пройденных дорог.

Он вспомнил однажды своего старшего брата, который каждый вечер уходил со двора к своей барышне, а младшие братья оставались одни в хате и скучали без него; тогда их утешал Копенкин, и они тоже постепенно утешались между собой, потому что это им было необходимо. Теперь Копенкин тоже равнодушен к Чевенгуру и хочет уехать к своей барышне — Розе Люксембург, а чевенгурцы не имеют барышни, и им придется остаться одним и утешаться между собой.

Прочие как бы заранее знали, что они останутся одни в Чевенгуре, и ничего не требовали ни от Копенкина, ни от ревкома — у тех были идеи и распоряжения, а у них имелась одна необходимость существования. Днем чевенгурцы бродили по степям, рвали растения, выкапывали корнеплоды и досыта питались сырыми продуктами природы, а по вечерам они ложились в траву на улице и молча засыпали. Копенкин тоже ложился среди людей, чтобы меньше тосковать и скорее проживалось время. Изредка он беседовал с худым стариком, Яковом Титычем, который, оказывается, знал все, о чем другие люди лишь думали или даже не сумели подумать; Копенкин же с точностью ничего не знал, потому что переживал свою жизнь, не охраняя ее бдительным и памятливым сознанием.

Яков Титыч любил вечерами лежать в траве, видеть звезды и смирять себя размышлением, что есть отдаленные светила, на них происходит нелюдская неиспытанная жизнь, а ему она недостижима и не предназначена; Яков Титыч поворачивал голову, видел засыпающих соседей и грустил за них: «И вам тоже жить там не дано, — а затем привставал, чтобы громко всех поздравить: — Пускай не дано, зато вещество одинаковое: что я, что звезда, — человек не хам, он берет не по жадности, а по необходимости». Копенкин тоже лежал и слышал подобные собеседования Якова Титыча со своей душой. «Других постоянно жалко, — обращался к своему вниманию Яков Титыч, — взглянешь на грустное тело человека, и жалко его — оно замучается, умрет, и с ним скоро расстанешься, а себя никогда не жалко, только вспомнишь, как умрешь и над тобой заплачут, то жалко будет плачущих одних оставлять».

— Откуда, старик, у тебя смутное слово берется? — спросил Копенкин. — Ты же классового человека не знаешь, а лежишь — говоришь...

Старик замолчал, и в Чевенгуре тоже было молчаливо.

Люди лежали навзничь, и вверху над ними медленно открывалась трудная, смутная ночь, — настолько тихая, что оттуда, казалось, иногда произносились слова, и заснувшие вздыхали им в ответ.

— Чего ж молчишь, как темнота? — переспросил Копенкин. — О звезде горюешь? Звезды тоже — серебро и золото, не наша монета.

Яков Титыч своих слов не стыдился.

— Я не говорил, а думал, — сказал он. — Пока слово не скажешь, то умным не станешь, оттого что в молчании ума нету — есть одно мученье чувства...

— Стало быть, ты умный, раз говоришь, как митинг? — спросил Копенкин.

— Умный я стался не оттого...

— А отчего ж? Научи меня по-товарищески, — попросил Копенкин.

— Умный я стался, что без родителей, без людей человека из себя сделал. Сколько живья и матерьялу я на себя добыл и пустил — сообрази своим умом вслух.

— Наверно, избыточно! — вслух подумал Копенкин.

Яков Титыч сначала вздохнул от своей скрытой совести, а потом открылся Копенкину:

— Истинно, что избыточно. На старости лет лежишь и думаешь, как после меня земля и люди целы?

Сколько я делов поделал, сколько еды поел, сколько тягостей изжил и дум передумал, будто весь свет на своих руках истратил, а другим одно мое жеваное осталось. А после увидел, что и другие на меня похожи, и другие с малолетства носят свое трудное тело, и всем оно терпится.

— Отчего с малолетства? — не понимал Копенкин. — Сиротою, что ли, рос, иль сам отец от тебя отказался?

— Без родителя, — сказал старик. — Вместо него к чужим людям пришлось привыкать и самому без утешения всю жизнь расти...

— А раз у тебя отца не было, чего ж ты людей на звезды ценишь? — удивлялся Копенкин. — Люди тебе должны быть дороже: кроме них, тебе некуда спрятаться, твой дом посреди их на ходу стоит... Если б ты был настоящим большевиком, то ты бы все знал, а так — ты одна пожилая круглая сирота.

В середине города из первоначальной тишины началось стенанье ребенка, и все неспавшие его услышали, — до того тихо находилась ночь на земле и сама земля была под тою ночью как в отсутствии. И вслед мучению ребенка раздалось еще два голоса — матери того ребенка и тревожное ржание Пролетарской Силы. Копенкин сейчас же поднялся на ноги и расхотел спать, а привычный к несчастью старик сказал:

— Маленький плачет, — не то мальчик, не то девочка.

— Маленькие плачут, а старенькие лежат, — сердито обвинил Копенкин и ушел попоить лошадь и утешить плачущего.

Дорожная нищенка, явившаяся в Чевенгур отдельно от прочих, сидела в темных сенях, держала коленями и руками своего ребенка и часто дышала на него теплом из своего рта, чтобы помочь ребенку своей силой.

Ребенок лежал тихо и покорно, не пугаясь мучений болезни, зажимающих его в жаркую одинокую тесноту, и лишь изредка стенал, не столько жалуясь, сколько тоскуя.

— Что ты, что ты, мой милый? — говорила ему мать. — Ну, скажи мне, где у тебя болит, я тебя там согрею, я тебя туда поцелую.

Мальчик молчал и глядел на мать полуприкрытыми, позабывшими ее глазами; и сердце его, уединенное в темноте тела, билось с такой настойчивостью, яростью и надеждой, словно оно было отдельным существом от ребенка и его другом, иссушающим скоростью своей горячей жизни потоки гнойной смерти; и мать гладила грудь ребенка, желая помочь его скрытому одинокому сердцу и как бы ослабляя струну, на которой звучала сейчас тонкая жизнь ее ребенка, чтобы эта струна не затихла и отдохнула.

Сама мать была не только чувствительна и нежна сейчас, но и умна и хладнокровна — она боялась, как бы ей чего не забыть, не опоздать с той помощью ребенку, которую она знает и умеет.

Она зорко вспоминала всю жизнь, свою и виденную чужую, чтобы выбрать из нее все то, что нужно сейчас для облегчения мальчика, — и без людей, без посуды, лекарств и белья, во встреченном, безымянном для нее городе мать-нищая сумела помочь ребенку, кроме нежности, еще и лечением; вечером она очистила ребенку желудок теплой водой, нагрела его тело припарками, напоила сахарной водой для питания и решила не засыпать, пока мальчик еще будет жив.

Но он не переставал мучиться, руки матери потели от нагревающегося тела ребенка, и он сморщил лицо и застонал от обиды, что ему тяжко, а мать сидит над ним и ничего ему не дает. Тогда мать дала ему сосать грудь, хотя мальчику уже шел пятый год, и он с жадностью начал сосать тощее редкое молоко из давно опавшей груди.

— Ну, скажи мне что-нибудь, — просила мать. — Скажи, чего тебе хочется!

Ребенок открыл белые, постаревшие глаза, подождал, пока насосется молока, и сказал как мог:

— Я хочу спать и плавать в воде: я ведь был больной, а теперь уморился. Ты завтра разбуди меня, чтобы я не умер, а то я забуду и умру.

— Нет, мальчик, — сказала мать. — Я всегда буду сторожить тебя, я тебе завтра говядины попрошу.

— Ты держи меня, чтоб побирушки не украли, — говорил мальчик, ослабевая, — им ничего не подают, они и воруют... Мне так скучно с тобой, лучше б ты заблудилась.

Мать поглядела на уже забывшегося ребенка и пожалела его.

— Если тебе, милый ты мой, жить на свете не суждено, — шептала она, — то лучше умри во сне, только не надо мучиться, я не хочу, чтоб ты страдал, я хочу, чтоб тебе было всегда прохладно и легко...

Мальчик сначала забылся в прохладе покойного сна, а потом сразу вскрикнул, открыл глаза и увидел, что мать вынимает его за голову из сумки, где ему было тепло среди мягкого хлеба, и раздает отваливающимися кусками его слабое тело, обросшее шерстью от пота и болезни, голым бабам-нищенкам.

— Мать, — говорит он матери, — ты дура-побирушка, кто ж тебя будет кормить на старости лет? Я и так худой, а ты меня другим подаешь!

Но мать не слышит его, она смотрит ему в глаза, уже похожие на речные мертвые камешки, и сама кричит таким заунывным голосом, что он делается равнодушным, забыв, что мальчик уже меньше мучается.

— Я лечила его, я берегла его, я не виновата, — говорила мать, чтоб уберечь себя от будущих годов тоски.

Чепурный и Копенкин пришли первыми из чевенгурских людей.

— Ты чего? — спросил нищенку Чепурный.

— Я хочу, чтоб он еще пожил одну минуту, — сказала мать.

Копенкин наклонился и пощупал мальчика — он любил мертвых, потому что и Роза Люксембург была среди них.

— Зачем тебе минута? — произнес Копенкин. — Она пройдет, и он снова помрет, а ты опять завоешь.

— Нет, — пообещала мать. — Я тогда плакать не буду — я не поспела запомнить его, какой он был живой.

362

— Это можно, — сказал Чепурный. — Я же сам долго болел и вышел фельдшером из капиталистической бойни.

— Да ведь он кончился, чего ты его беспокоишь? — спросил Копенкин.

— Ну и что ж такое, скажи пожалуйста? — с суровой надежностью сказал Чепурный. — Одну минуту пожить сумеет, раз матери хочется: жил-жил, а теперь забыл! Если б он уже заледенел либо его черви тронули, а то лежит горячий ребенок — он еще внутри весь живой, только снаружи помер.

Пока Чепурный помогал мальчику пожить еще одну минуту, Копенкин догадался, что в Чевенгуре нет никакого коммунизма — женщина только что принесла ребенка, а он умер.

— Брось копаться, больше его не организуешь, — указывал Копенкин Чепурному. — Раз сердце не чуется, значит, человек скрылся.

Чепурный, однако, не оставлял своих фельдшерских занятий, он ласкал мальчику грудь, трогал горло под ушами, всасывал в себя воздух изо рта ребенка и ожидал жизни скончавшегося.

— При чем тут сердце, — говорил Чепурный в забвении своего усердия и медицинской веры, — при чем тут сердце, скажи ты мне, пожалуйста? Душа же в горле, я ж тебе то доказывал!

— Пускай она в горле, — согласился Копенкин, — она идея и жизнь не стережет, она ее тратит; а ты живешь в Чевенгуре, ничего не трудишься и от этого говоришь, что сердце ни при чем: сердце всему человеку батрак, оно — рабочий человек, а вы все эксплуататоры, и у вас нету коммунизма!..

Мать принесла горячей воды на помощь лечению Чепурного.

— Ты не мучайся, — сказал ей Чепурный. — За него теперь будет мучиться весь Чевенгур, ты только маленькой частью будешь горевать...

— Когда ж он вздохнет-то? — слушала мать.

Чепурный поднял ребенка на руки, прижал его к себе и поставил между своих коленей, чтобы он находился на ногах, как жил.

— Как вы это без ума все делаете? — огорченно упрекнула мать.

В сени вошли Прокофий, Жеев и Яков Титыч; они встали к сторонке и ничего не спросили, чтоб не мешать.

— Мой ум тут не действует, — объяснил Чепурный, — я действую по памяти. Он и без меня должен твою минуту пожить — здесь действует коммунизм и вся природа заодно. В другом месте он бы еще вчера у тебя умер. Это он лишние сутки от Чевенгура прожил — тебе говорю!

«Вполне возможно, вполне так», — подумал Копенкин и взглянул на двор — посмотреть, нет ли какого видимого сочувствия мертвому в воздухе, в Чевенгуре или в небесах над ним. Но там менялась погода и ветер шумел в бурьяне, а пролетарии вставали с остывающей земли и шли ночевать в дома.

«Там одно и то же, как и при империализме, — передумал Копенкин, — так же волнуется погода и не видно коммунизма, — может быть, мальчик нечаянно вздохнет — тогда так».

— Больше не мучайте его, — сказала мать Чепурному, когда тот влил в покорные уста ребенка четыре капли постного масла. — Пусть он отдохнет, я не хочу, чтоб его трогали, он говорил мне, что уморился.

Чепурный почесал мальчику спекшиеся волосы на голове, уже темнеющие, потому что раннее детство умершего кончилось. На крышу сенец закапал быстрый, успокаивающийся дождь, но внезапный ветер, размахнувшись над степью, оторвал дождь от земли и унес его с собой в дальнюю темноту, — и опять на дворе стало тихо, лишь запахло сыростью и глиной.

— Сейчас он вздохнет и глянет на нас, — сказал Чепурный.

Пятеро чевенгурцев склонились над отчужденным телом ребенка, чтобы сразу заметить его повторившуюся жизнь в Чевенгуре, так как она будет слишком коротка. Мальчик молча сидел на коленях у Чепурного, а мать сняла с него теплые чулочки и нюхала пот его ног. Прошла та минута, которую ребенок мог бы прожить, чтобы мать его запомнила и утешилась, а затем снова умереть; но мальчик не хотел дважды мучиться насмерть, он покоился прежним мертвым на руках Чепурного — и мать поняла.

— Я не хочу, чтобы он жил хоть одну минуту, — отказалась она, — ему опять надо будет умирать и мучиться, пусть он останется таким.

«Какой же это коммунизм? — окончательно усомнился Копенкин и вышел на двор, покрытый сырою ночью. — От него ребенок ни разу не мог вздохнуть, при нем человек явился и умер. Тут зараза, а не коммунизм. Пора тебе ехать, товарищ Копенкин, отсюда — вдаль».

Копенкин почувствовал бодрость, спутницу дали и надежды; почти с печалью он глядел на Чевенгур, потому что с ним скоро предстоит расстаться навсегда; всем встречным людям и покидаемым селам и городам Копенкин всегда прощал: его несбывшиеся надежды искупались расставанием. Ночами Копенкин терял терпение — тьма и беззащитный сон людей увлекали его произвести глубокую разведку в главное буржуазное государство, потому что и над тем государством была тьма и капиталисты лежали голыми и бессознательными, — тут бы их и можно было кончить, а к рассвету объявить коммунизм.

Копенкин пошел к своей лошади, оглядел и ощупал ее, чтобы знать наверное — может он уехать на ней в любую нужную минуту или нет; оказалось — может: Пролетарская Сила была столь же прочна и готова ехать в даль и в будущее, как прошагала она свои дороги в минувшем времени.

На околице Чевенгура заиграла гармоника — у какого-то прочего была музыка, ему не спалось, и он утешал свое бессонное одиночество.

Такую музыку Копенкин никогда не слышал — она почти выговаривала слова, лишь немного не договаривая их, и поэтому они оставались неосуществленной тоской.

— Лучше б музыка договаривала, что ей надо, — волновался Копенкин. — По звуку — это он меня к себе зовет, а подойдешь — он все равно не перестанет играть.

Однако Копенкин пошел на ночную музыку, чтобы до конца доглядеть чевенгурских людей и заметить в них, что такое коммунизм, которого Копенкин никак не чувствовал. Даже в открытом поле, где не могло быть организованности, и то Копенкину было лучше, чем в Чевенгуре; ездил он тогда с Сашей Двановым, и, когда начинал тосковать, Дванов тоже тосковал, и тоска их шла навстречу друг другу и, встретившись, останавливалась на полпути.

В Чевенгуре же для тоски не было товарища навстречу, и она продолжалась в степь, затем в пустоту темного воздуха и кончалась на том, одиноком, свете. Играет человек, — слышал Копенкин, — нету здесь коммунизма, ему и не спится от своей скорби. При коммунизме он бы договорил музыку, она бы кончилась и он подошел ко мне. А то не договаривает — стыдно человеку.

Трудно было войти в Чевенгур и трудно выйти из него — дома стояли без улиц, в разброде и тесноте, словно люди прижались друг к другу посредством жилищ, а в ущельях между домов пророс бурьян, которого не могли затоптать люди, потому что они были босые. Из бурьяна поднялись четыре головы человека и сказали Копенкину:

— Обожди немного.

Это были Чепурный и с ним те, что находились близ умершего ребенка.

— Обожди, — попросил Чепурный. — Может, он без нас скорее оживет.

Копенкин тоже присел в бурьян, музыка остановилась, и теперь было слышно, как бурчат ветры и потоки в животе Якова Титыча, отчего тот лишь вздыхал и терпел дальше.

— Отчего он умер? Ведь он после революции родился, — спросил Копенкин.

— Правда ведь, — отчего ж он тогда умер, Прош? — удивляясь, переспросил Чепурный.

Прокофий это знал.

— Все люди, товарищи, рождаются, проживают и кончаются от социальных условий, не иначе.

Копенкин здесь встал на ноги — ему все стало определенным. Чепурный тоже встал — он еще не знал, в чем беда, но ему уже вперед было грустно и совестно.

— Стало быть, ребенок от твоего коммунизма помер? — строго спросил Копенкин. — Ведь коммунизм у тебя социальное условие! Оттого его и нету. Ты мне теперь за все ответишь, капитальная душа! Ты целый город у революции на дороге взял... Пашинцев! — крикнул Копенкин в окружающий Чевенгур.

— А! — ответил Пашинцев из своего глухого места.

— Ты где?

— Вот он.

— Иди сюда наготове!

— Чего мне готовиться, я и так управлюсь.

Чепурный стоял не боялся, он мучился совестью, что от коммунизма умер самый маленький ребенок в Чевенгуре, и не мог себе сформулировать оправдания.

— Прош, это верно? — тихо спросил он.

— Правильно, товарищ Чепурный, — ответил тот.

— Что же нам делать теперь? Значит, у нас капитализм? А может, ребенок уже прожил свою минуту? Куда ж коммунизм пропал, я же сам видел его, мы для него место опорожнили...

— Вам надо пройти ночами вплоть до буржуазии, — посоветовал Копенкин. — И во время тьмы завоевать ее во сне.

— Там электрический ток горит, товарищ Копенкин, — равнодушно сказал знающий Прокофий. — Буржуазия живет посменно — день и ночь, ей некогда.

Чепурный ушел к прохожей женщине — узнавать, не оживал ли от социальных условий покойный мальчик. Мать положила мальчика в горнице на кровать, сама легла с ним, обняла его и заснула. Чепурный стоял над ними обоими и чувствовал свое сомнение — будить женщину или не надо: Прокофий однажды говорил Чепурному, что при наличии горя в груди надо либо спать, либо есть что-либо вкусное. В Чевенгуре ничего не было вкусного, и женщина выбрала себе для утешения сон.

— Спишь? — тихо спросил женщину Чепурный. — Хочешь, мы тебе найдем что-нибудь вкусное? Тут в погребах от буржуазии еда осталась.

Женщина молча спала; ее мальчик привалился к ней, и рот его был открыт, будто ему заложило нос и он дышал ртом; Чепурный рассмотрел, что мальчик уже щербатый, — он успел прожить и проесть свои молочные зубы, а постоянные теперь опоздал отпустить.

— Спишь? — наклонился Чепурный. — Чего же ты все спишь?

— Нет, — открыла глаза прохожая женщина. — Я легла, и мне задремалось.

— С горя или так?

— Так, — без охоты и со сна говорила женщина; она держала свою правую руку под мальчиком и не глядела на него, потому что по привычке чувствовала его теплым и спящим. Затем нищенка приподнялась и покрыла свои оголенные ноги, в которых был запас полноты на случай рождения будущих детей. «Тоже ведь хорошая женщина, — видел Чепурный, — кто-нибудь по ней томился».

Ребенок оставил руку матери и лежал, как павший в гражданской битве — навзничь, с грустным лицом, отчего оно казалось пожилым и сознательным, и в бедной единственной рубашке своего класса, бредущего по земле в поисках даровой жизни. Мать знала, что ее ребенок перечувствовал смерть, и это его чувство смерти было мучительней ее горя и разлуки, — однако мальчик никому не жаловался и лежал один, терпеливый и смирный, готовый стынуть в могиле долгие зимы. Неизвестный человек стоял у их постели и ожидал чего-то для себя.

— Так и не вздохнул? Не может быть — здесь тебе не прошлое время!

— Нет, — ответила мать. — Я его во сне видела, он был там жив, и мы шли с ним за руку по простому полю. Было тепло, мы сыты, я хочу взять его на руки, а он говорит: нет, мама, я ногами скорей дойду, давай с тобой думать, а то мы побирушки. А идти нам было некуда. Мы сели в ямку, и оба заплакали...

— Это ни к чему, — утешил Чепурный. — Мы бы твоему ребенку Чевенгур в наследство могли подарить, а он отказался и умер.

— Мы сидели и плакали в поле: зачем мы были живы, раз нам нельзя... А мальчик говорит мне: мама, я лучше сам умру, мне скучно ходить с тобой по длинной дороге: все, говорит, одно и то же да одно и то же. А я говорю ему: ну умри, может, и я тогда забудусь с тобой. Он прилег ко мне, закрыл глаза, а сам дышит, лежит живым и не может. Мама, говорит, я никак. Ну, не надо, раз не можешь, пойдем опять ходить потихоньку, может, и нам где остановка будет.

— Это он сейчас у тебя живым был? На этой койке?

— Тут. Он лежит у меня на коленях и дышит, а умереть не может.

Чепурному полегчало.

— Как же он умрет в Чевенгуре, скажи пожалуйста? Здесь для него условие завоевано... Я так и знал, что он немного подышит, только ты вот спала напрасно.

Мать посмотрела на Чепурного одинокими глазами.

— Чего-то тебе, мужик, другого надо: малый мой как помер, так и кончился.

— Ничего не надо, — поскорее ответил Чепурный. — Мне дорого, что он тебе хоть во сне живым приснился, — значит, он в тебе и в Чевенгуре еще немного пожил...

Женщина молчала от горя и своего размышления.

— Нет, — сказала она, — тебе не мой ребенок дорог, тебе твоя дума нужна! Ступай от меня ко двору, я привыкла одна оставаться; до утра еще долго мне с ним лежать, не трать мне время с ним!

Чепурный ушел из дома нищенки, довольный тем, что мальчик хоть во сне, хоть в уме матери пожил остатком своей души, а не умер в Чевенгуре сразу и навеки.

Значит, в Чевенгуре есть коммунизм и он действует отдельно от людей. Где же он тогда помещается? И Чепурный, покинувший семейство прохожей женщины, не мог ясно почувствовать или увидеть коммунизм в ночном Чевенгуре, хотя коммунизм существовал уже официально. «Но чем только люди живут неофициально? — удивлялся Чепурный. — Лежат в темноте с покойниками, и им хорошо! Напрасно».

— Ну, что? Ну, как? — спросили Чепурного оставшиеся наружи товарищи.

— Во сне дышал, но зато сам хотел умереть, а когда в поле был, то не мог, — ответил Чепурный.

— От этого он и умер, как прибыл в Чевенгур, — понял Жеев. — У нас ему стало свободно: что жизнь, что смерть.

— Вполне ясно, — определил Прокофий. — Если б он не умер, а сам одновременно желал скончаться, то разве это свобода строя?

— Да, скажи пожалуйста?! — отметая все сомнения, вопросительно поддакнул Чепурный; сначала он не мог понять, что здесь подразумевается, но увидел общее удовлетворение событием с пришлым ребенком и тоже обрадовался. Один Копенкин не видел в этом просвета.

— Что ж баба та к вам не вышла, а с ребенком укрылась? — осудил всех чевенгурцев Копенкин. — Значит, ей там лучше, чем внутри вашего коммунизма.

Яков Титыч привык жить молча, переживая свои рассуждения в тишине чувства, но тоже мог сказать правильно, когда обижался, и действительно — сказал:

— Оттого она и осталась со своим малым, что между ними одна кровь и один ваш коммунизм. А уйди она от мертвого — и вам основы не будет.

Копенкин начал уважать старика-прочего и еще больше утвердил его правильные слова.

— У вас в Чевенгуре весь коммунизм сейчас в темном месте — близ бабы и мальчугана. Отчего во мне движется вперед коммунизм? Потому что у меня с Розой глубокое дело есть, — пускай она мертва на все сто процентов!

Прокофий считал происшествие со смертью формальностью и рассказывал тем временем Жееву, сколько он знал женщин с высшим, низшим и со средним образованием — отдельно по каждой группе. А Жеев слушал и завидовал: он знал сплошь неграмотных, некультурных и покорных женщин.

— Она очаровательна была! — досказывал что-то Прокофий. — В ней имелось особое искусство личности — она была, понимаешь, женщиной, нисколько не бабой. Что-то, понимаешь, такое... вроде его...

— Наверно, вроде коммунизма, — робко подсказал Жеев.

— Приблизительно. Мне было убыточно, а хотелось. Просила она у меня хлеба и материи — год был кругом съеденный, — а я вез немного в свое семейство — отец, мать, братья у меня сидели в деревне, — думаю, ну тебя — мать меня родила, а ты уничтожишь. И доехал себе покойно до самого двора — скучал по ней, зато добро привез и семейство накормил.

— Какое же у нее образование было? — спросил Жеев.

— Самое высшее. Она мне документы показывала — семь лет одну педагогию изучала, детей служащих в школах развивала.

Копенкин расслышал, что кто-то гремит в степи на телеге: может быть, это едет Саша Дванов.

— Чепурный, — обратился он. — Когда Саша прибудет, Прошку — прочь. Это гад с полным успехом.

Чепурный согласился, как и раньше:

— Я тебе любого хорошего за лучшего отдам: бери, пожалуйста.

Телега прогремела невдалеке мимо Чевенгура, не заехав в него: значит, жили где-то люди, кроме коммунизма, и даже ездили куда-то.

Через час и самые неугомонные, самые бдительные чевенгурцы предались покою до нового свежего утра. Первым проснулся Кирей, спавший с пополудни прошлого дня, и он увидел, как выходила из Чевенгура женщина с тяжестью ребенка на руках. Кирей сам бы хотел выйти из Чевенгура, потому что ему скучно становилось жить без войны, лишь с одним завоеванием; раз войны не было, человек должен жить с родственниками, а родственники Кирея были далеко — на Дальнем Востоке, на берегу Тихого океана, почти на конце земли, откуда начиналось небо, покрывавшее капитализм и коммунизм сплошным равнодушием. Кирей прошел дорогу от Владивостока до Петрограда пешком, очищая землю для Советской власти и ее идеи, и теперь дошел до Чевенгура и спал, пока не отдохнул и не заскучал. Ночами Кирей смотрел на небо и думал о нем как о Тихом океане, а о звездах — как об огнях пароходов, плывущих на дальний запад, мимо его береговой родины. Яков Титыч тоже затих; он нашел себе в Чевенгуре лапти, подшил их валенком и пел заунывные песни шершавым голосом — песни он назначал для одного себя, замещая ими для своей души движение вдаль, но и для движения уже приготовил лапти — одних песен для жизни было мало.

Кирей слушал песни старика и спрашивал его: о чем ты горюешь, Яков Титыч, жить тебе уже хватит!

Яков Титыч отказывался от своей старости — он считал, что ему не пятьдесят лет, а двадцать пять, так как половину жизни он проспал и проболел — она не в счет, а в ущерб.

— Куда ж ты пойдешь, старик? — спрашивал Кирей. — Тут тебе скучно, а там будет трудно: с обеих сторон тесно.

— Промежду пойду, выйду на дорогу — и душа из меня вон выходит: идешь, всем чужой, себе не нужен: откуда во мне жизнь, туда она и пропадает назад.

372

— А в Чевенгуре ведь тоже приятно!

— Город порожний. Тут прохожему человеку покой; только здесь дома стоят без надобности, солнце горит без упора и человек живет безжалостно: кто пришел, кто ушел, скупости на людей нету, потому что имущество и еда дешевы.

Кирей старика не слушал, он видел, что тот лжет:

— Чепурный людей уважает, а товарищей любит вполне.

— Он любит от лишнего чувства, а не по нужде: его дело летучее... Завтра надо сыматься.

Кирей же совсем не знал, где ему лучшее место: здесь ли, в Чевенгуре, — в покое и пустой свободе, или в далеком и более трудном другом городе.

Следующие дни над Чевенгуром, как и с самого начала коммунизма, стояли сплошь солнечные, а ночами нарождалась новая луна. Ее никто не заметил и не учел, один Чепурный ей обрадовался, словно коммунизму и луна была необходима. Утром Чепурный купался, а днем сидел среди улицы на утерянном кем-то дереве и смотрел на людей и на город как на расцвет будущего, как на всеобщее вожделение и на освобождение себя от умственной власти, — жаль, что Чепурный не мог выражаться.

Вокруг Чевенгура и внутри него бродили пролетарии и прочие, отыскивая готовое пропитание в природе и в бывших усадьбах буржуев, и они его находили, потому что оставались живыми до сих пор. Иногда иной прочий подходил к Чепурному и спрашивал:

— Что нам делать?

На что Чепурный лишь удивлялся:

— Чего ты у меня спрашиваешь? — твой смысл должен из тебя самостоятельно исходить. У нас не царство, а коммунизм.

Прочий стоял и думал, что же ему нужно делать.

— Из меня не исходит, — говорил он, — я уж надувался.

— А ты живи и накапливайся, — советовал Чепурный, — тогда из тебя что-нибудь выйдет.

— Во мне никуда не денется, — покорно обещал прочий. — Я тебя спросил, отчего снаружи ничего нету: ты б нам заботу какую приказал!

Другой прочий приходил интересоваться советской звездой: почему она теперь главный знак на человеке, а не крест и не кружок? Такого Чепурный отсылал за справкой к Прокофию, а тот объяснял, что красная звезда обозначает пять материков земли, соединенных в одно руководство и окрашенных кровью жизни. Прочий слушал, а потом шел опять к Чепурному — за проверкой справки. Чепурный брал в руки звезду и сразу видел, что она — это человек, который раскинул свои руки и ноги, чтобы обнять другого человека, а вовсе не сухие материки. Прочий не знал, зачем человеку обниматься. И тогда Чепурный ясно говорил, что человек здесь не виноват, просто у него тело устроено для объятий, иначе руки и ноги некуда деть. «Крест — тоже человек, — вспоминал прочий, — но отчего он на одной ноге, у человека же две?» Чепурный и про это догадывался: «Раньше люди одними руками хотели друг друга удержать, а потом не удержали — и ноги расцепили и приготовили». Прочий этим довольствовался: «Так похоже», — говорил он и уходил жить.

Вечером пошел дождь, оттого что луна начала обмываться; от туч рано смерклось. Чепурный зашел в дом и лег в темноте отдохнуть и сосредоточиться. Попозже явился какой-то прочий и сказал Чепурному общее желание — звонить песни на церковных колоколах: тот человек, у которого была одна гармоника на весь город, ушел вместе с ней неизвестно куда, а оставшиеся уже привыкли к музыке и не могут ждать. Чепурный ответил, что это дело музыкантов, а не его. Скоро над Чевенгуром запел церковный благовест; звук колоколов смягчался льющимся дождем и походил на человеческий голос, поющий без дыхания. Под благовест и дождь к Чепурному пришел еще один человек, уже неразличимый в тишине наступившей тьмы.

— Чего выдумал? — спросил дремлющий Чепурный вошедшего.

— Кто тут коммунизм выдумал? — спросил старый голос прибывшего человека. — Покажи нам его на предмете.

— Ступай кликни Прокофия Дванова либо прочего человека, — коммунизм тебе все покажут!

Человек вышел, а Чепурный заснул — ему теперь хорошо спалось в Чевенгуре.

— Говорит, иди твоего Прошку найди, он все знает, — сказал человек своему товарищу, который ожидал его наружи, не скрывая головы от дождя.

— Пойдем искать, я его не видел двадцать лет, теперь он большой стал.

Пожилой человек пошагал шагов десять и передумал:

— Лучше завтра, Саш, его найдем, давай сначала искать харчей и ночлега.

— Давай, товарищ Гопнер, — сказал Саша.

Но когда они начали искать харчей и ночлега, то ничего не нашли: их, оказывается, искать было не нужно. Александр Дванов и Гопнер находились в коммунизме и Чевенгуре, где все двери отперты, потому что дома пустые, и все люди были рады новым людям, потому что чевенгурцы, вместо имущества, могли приобретать лишь одних друзей.

Звонарь заиграл на колоколах чевенгурской церкви пасхальную заутреню — «Интернационала» он сыграть не мог, хотя и был по роду пролетарием, а звонарем — лишь по одной из прошлых профессий. Дождь весь выпал, в воздухе настала тишина, и земля пахла скопившейся в ней томительной жизнью. Колокольная музыка так же, как и воздух ночи, возбуждала чевенгурского человека отказаться от своего состояния и уйти вперед: и так как человек имел вместо имущества и идеалов лишь пустое тело, а впереди была одна революция, то и песня колоколов звала их к тревоге и желанию, а не к милости и миру. В Чевенгуре не было искусства, о чем уже тосковал однажды Чепурный, зато любой мелодический звук, даже направленный в вышину безответных звезд, свободно превращался в напоминание о революции, в совесть за свое и классовое несбывшееся торжество.

Звонарь утомился и лег спать на полу колокольной звонницы. Но в Копенкине чувство могло задерживаться долго — целыми годами; он ничего не мог передать из своих чувств другим людям, он мог тратить происходящую внутри себя жизнь только на тоску, утоляемую справедливыми делами. После колокольной музыки Копенкин не стал ожидать чего-то большего: он сел верхом на Пролетарскую Силу и занял Чевенгурский ревком, не встретя себе сопротивления. Ревком помещался в той же самой церкви, с которой звонили. Это было тем лучше. Копенкин дождался в церкви рассвета, а затем конфисковал все дела и бумаги ревкома; для этого он связал все делопроизводство в один багаж и на верхней бумаге написал: «Действие впредь прискоротить. Передать на чтение прибылым пролетарским людям. *Копенкин*».

До полудня никто не являлся в ревком, а лошадь Копенкина ржала от жажды, но Копенкин, ради захвата Чевенгура, заставил ее страдать. В полдень в храм явился Прокофий, на паперти он вынул из-за пазухи портфель и пошел с ним через учреждение заниматься в алтарь. Копенкин стоял на амвоне и дожидался его.

— Прибыл? — спросил он Прокофия. — Останавливайся на месте, жди меня.

Прокофий покорился, он знал, что в Чевенгуре отсутствует правильное государство и разумным элементам приходится жить в отсталом классе и лишь постепенно подминать его под свое начало.

Копенкин изъял от Прокофия портфель и два дамских револьвера, а потом повел в притвор алтаря — сажать под арест.

— Товарищ Копенкин, разве ты можешь делать революцию? — спросил Прокофий.

— Могу. Ты же видишь, я ее делаю.

— А ты платил членские взносы? Покажи мне твой партбилет!

— Не дам. Тебе была дана власть, а ты бедный народ коммунизмом не обеспечил. Ступай в алтарь, сиди — ожидай.

Лошадь Копенкина зарычала от жажды, и Прокофий отступил от Копенкина в притвор алтаря. Копенкин нашел в шкафу просвирни сосуд с кутьей, просунул ее Прокофию, чтоб он мог питаться, а затем запер арестованного крестом, продев его через дверные ручки.

Прокофий смотрел на Копенкина через сквозные узоры двери и ничего не говорил.

— Там Саша приехал, по городу ходит и тебя ищет, — сказал вдруг Прокофий.

Копенкин почувствовал, что он от радости хочет есть, но усиленно сохранил спокойствие перед лицом врага.

— Если Саша приехал, то ты сейчас же выходи наружу: он сам знает, что с вами делать, — теперь ты не страшен.

Копенкин выдернул крест из дверных скоб, сел верхом на Пролетарскую Силу и сразу дал ход коню навскок — через паперть и притвор в Чевенгур.

Александр Дванов шел по улице и ничего еще не понимал — видел только, что в Чевенгуре хорошо. Солнце сияло над городом и степью, как единственный цвет среди бесплодного неба, и с раздраженным давлением перезревшей силы нагнетало в землю светлую жару своего цветения. Чепурный сопровождал Дванова, пытаясь ему объяснить коммунизм, и не мог. Заметив наконец солнце, он указал на него Дванову:

— Вон наша база горит и не сгорает.

— Где ваша база? — посмотрел Дванов на него.

— Вонна. Мы людей не мучаем, мы от лишней силы солнца живем.

— Почему — лишней?

— А потому, что если б она была не лишняя, солнце бы ее вниз не спускало — и стало черным. А раз лишняя — давай ее нам, а мы между собой жизнью займемся! Понял ты меня?

— Я хочу сам увидеть, — сказал Дванов; он шел усталый и доверчивый, он хотел видеть Чевенгур не для того, чтобы его проверить, а для того, чтобы лучше почувствовать его сбывшееся местное братство.

Революция прошла как день; в степях, в уездах, во всей русской глуши надолго стихла стрельба и постепенно заросли дороги армий, коней и всего русского большевистского пешеходства. Пространство равнин и страны лежало в пустоте, в тишине, испустившее дух, как скошенная нива, — и позднее солнце одиноко томилось в дремлющей вышине над Чевенгуром. Никто уже не показывался в степи на боевом коне: иной был убит и труп его не был найден, а имя забыто, иной смирил коня и вел вперед бедноту в родной деревне, но уже не в степь, а в лучшее будущее. А если кто и показывался в степи, то к нему не приглядывались — это был какой-нибудь безопасный и покойный человек, ехавший мимо по делам своих забот. Дойдя с Гопнером до Чевенгура, Дванов увидел, что в природе не было прежней тревоги, а в подорожных деревнях — опасности и бедствия: революция миновала эти места, освободила поля под мирную тоску, а сама ушла неизвестно куда, словно скрылась во внутренней темноте человека, утомившись на своих пройденных путях. В мире было как вечером, и Дванов почувствовал, что и в нем наступает вечер, время зрелости, время счастья или сожаления. В такой же, свой вечер жизни отец Дванова навсегда скрылся в глубине озера Мутево, желая раньше времени увидеть будущее утро. Теперь начинался иной вечер — быть может, уже был прожит тот день, утро которого хотел видеть рыбак Дванов, и сын его снова переживал вечер. Александр Дванов не слишком глубоко любил себя, чтобы добиваться для своей личной жизни коммунизма, но он шел вперед со всеми, потому что все шли и страшно было остаться одному, он хотел быть с людьми, потому что у него не было отца и своего семейства. Чепурного же, наоборот, коммунизм мучил, как мучила отца Дванова тайна посмертной жизни, и Чепурный не вытерпел тайны времени и прекратил долготу истории срочным устройством коммунизма в Чевенгуре, — так же, как рыбак Дванов не вытерпел своей жизни и превратил ее в смерть, чтобы заранее испытать красоту того света. Но отец был дорог Дванову не за свое любопытство и Чепурный понравился ему не за страсть к немедленному коммунизму — отец был сам по себе необходим для Дванова, как первый утраченный друг, а Чепурный — как безродный товарищ, которого без коммунизма люди не примут к себе. Дванов любил отца, Копенкина, Чепурного и многих прочих за то, что они все, подобно его отцу, погибнут от нетерпения жизни, а он останется один среди чужих.

Дванов вспомнил старого, еле живущего Захара Павловича. «Саша, — говорил, бывало, он, — сделай что-нибудь на свете, видишь — люди живут и погибают. Нам ведь надо чего-нибудь чуть-чуть».

И Дванов решил дойти до Чевенгура, чтобы узнать в нем коммунизм и возвратиться к Захару Павловичу для помощи ему и другим еле живущим. Но коммунизма в Чевенгуре не было наружи, он, наверное, скрылся в людях, — Дванов нигде его не видел, — в степи было безлюдно и одиноко, а близ домов изредка сидели сонные прочие. «Кончается моя молодость, — думал Дванов, — во мне тихо, и во всей истории проходит вечер». В той России, где жил и ходил Дванов, было пусто и утомленно: революция прошла, урожай ее собран, теперь люди молча едят созревшее зерно, чтобы коммунизм стал постоянной плотью тела.

— История грустна, потому что она время и знает, что ее забудут, — сказал Дванов Чепурному.

— Это верно, — удивился Чепурный. — Как я сам не заметил! Поэтому вечером и птицы не поют — одни сверчки: какая ж у них песня! Вот у нас тоже — постоянно сверчки поют, а птиц мало, — это у нас история кончилась! Скажи пожалуйста — мы примет не знали!

Копенкин настиг Дванова сзади; он загляделся на Сашу с жадностью своей дружбы к нему и забыл слезть с коня. Пролетарская Сила первая заржала на Дванова, тогда и Копенкин сошел на землю. Дванов стоял с угрюмым лицом — он стыдился своего излишнего чувства к Копенкину и боялся его выразить и ошибиться.

Копенкин тоже имел совесть для тайных отношений между товарищами, но его ободрил ржущий повеселевший конь.

— Саша, — сказал Копенкин. — Ты пришел теперь?.. Давай я тебя немного поцелую, чтоб поскорей не мучиться.

Поцеловавшись с Двановым, Копенкин обернулся к лошади и стал тихо разговаривать с ней. Пролетарская Сила смотрела на Копенкина хитро и недоверчиво, она знала, что он говорит с ней не вовремя, и не верила ему.

— Не гляди на меня, ты видишь, я растрогался! — тихо беседовал Копенкин. Но лошадь не сводила своего серьезного взора с Копенкина и молчала. — Ты лошадь, а дура, — сказал ей Копенкин. — Ты пить хочешь, чего ж ты молчишь?

Лошадь вздохнула. «Теперь я пропал, — подумал Копенкин. — Эта гадина и то вздохнула от меня!»

— Саша, — обратился Копенкин, — сколько уж годов прошло, как скончалась товарищ Люксембург? Я сейчас стою и вспоминаю о ней — давно она была жива.

— Давно, — тихо произнес Дванов.

Копенкин еле расслышал его голос и испуганно обернулся. Дванов молча плакал, не касаясь лица руками, а слезы его изредка капали на землю, — отвернуться ему от Чепурного и Копенкина было некуда.

— Ведь это лошадь можно простить, — упрекнул Чепурного Копенкин. — А ты человек — и уйти не можешь!

Копенкин обидел Чепурного напрасно: Чепурный все время стоял виноватым человеком и хотел догадаться — чем помочь этим двум людям. «Неужели коммунизма им мало, что они в нем горюют?» — опечаленно соображал Чепурный.

— Ты так и будешь стоять? — спросил Копенкин. — Я у тебя нынче ревком отобрал, а ты меня наблюдаешь!

— Бери его, — с уважением ответил Чепурный. — Я его сам хотел закрыть — при таких людях на что нам власть!

Федор Федорович Гопнер выспался, обошел весь Чевенгур и благодаря отсутствию улиц заблудился в уездном городе. Адреса предревкома Чепурного никто из населения не знал, зато знали, где он сейчас находится, — и Гопнера довели до Чепурного и Дванова.

— Саша, — сказал Гопнер, — здесь я никакого ремесла не вижу, рабочему человеку нет смысла тут жить.

Чепурный сначала огорчился и находился в недоумении, но потом вспомнил, чем должны люди жить в Чевенгуре, и постарался успокоить Гопнера:

— Тут, товарищ Гопнер, у всех одна профессия — душа, а вместо ремесла мы назначили жизнь. Как скажешь, ничего так будет?

— Не то что ничего, а прямо гадко, — сразу ответил Копенкин.

— Ничего-то ничего, — сказал Гопнер. — Только чем тогда люди друг около друга держатся — неизвестно. Что ты, их слюнями склеиваешь иль одной диктатурой слепил?

Чепурный, как честный человек, уже начал сомневаться в полноте коммунизма Чевенгура, хотя должен быть прав, потому что он делал все по своему уму и согласно коллективного чувства чевенгурцев.

— Не трожь глупого человека, — сказал Гопнеру Копенкин. — Он здесь славу вместо добра организовал. Тут ребенок от его общих условий скончался.

— Кто ж у тебя рабочий класс? — спросил Гопнер.

— Над нами солнце горит, товарищ Гопнер, — тихим голосом сообщил Чепурный. — Раньше эксплуатация своей тенью его загораживала, а у нас нет, и солнце трудится.

— Так ты думаешь — у тебя коммунизм завелся? — снова спросил Гопнер.

— Кроме его ничего нет, товарищ Гопнер, — грустно разъяснил Чепурный, усиленно думая, как бы не ошибиться.

— Пока не чую, — сказал Гопнер.

Дванов смотрел на Чепурного с таким сочувствием, что ощущал боль в своем теле во время грустных, напрягающихся ответов Чепурного. «Ему трудно и неизвестно, — видел Дванов, — но он идет куда нужно и как умеет».

— Мы же не знаем коммунизма, — произнес Дванов, — поэтому мы его сразу увидеть здесь не сумеем. И не надо нам пытать товарища Чепурного, мы ничего не знаем лучше его.

Яков Титыч подошел послушать; все поглядели на него и рассеянно замолчали, чтобы не обидеть Якова Титыча, — всем показалось, что Яков Титыч мог обидеться, раз говорили без него. Яков Титыч постоял-постоял и сказал:

— Народ гречишной каши себе сварить не может, крупы нигде нету... А я кузнецом был — хочу кузницу подальше на шлях перенесть, буду работать на проезжих, может, на крупу заработаю.

— Поглуше в степь — гречиха сама растет, рви и кушай, — посоветовал Чепурный.

— Покуда дойдешь да покуда нарвешь, есть еще больше захочешь, — сомневался Яков Титыч, — способней будет вещь по кузнечному сработать.

— Пускай кузницу тащит, не отвлекай от дела человека, — сказал Гопнер, и Яков Титыч пошел меж домов в кузницу.

В горне кузницы давно уже вырос лопух, а под лопухом лежало куриное яйцо, наверное, последняя курица спряталась от Кирея сюда, чтобы снестись, а последний петух где-нибудь умер в темноте сарая от мужской тоски.

Солнце уже склонилось далеко за полдень, на земле запахло гарью, наступила та вечерняя тоска, когда каждому одинокому человеку хотелось идти к другу или просто в поле, чтобы думать и ходить среди утихших трав, успокаивая этим свою нарушенную за день жизнь. Но прочим в Чевенгуре некуда было пойти и некого к себе ждать — они жили неразлучно и еще днем успевали обойти все окрестные степи в поисках питательных растений, и никому негде было находиться в одиночестве. В кузнице Якова Титыча взяло какое-то томление — крыша нагрелась, всюду висела паутина, и многие пауки уже умерли, видны были их легкие трупики, которые в конце концов падали на землю и делались неузнаваемым прахом. Яков Титыч любил поднимать с дорог и с задних дворов какие-нибудь частички и смотреть на них: чем они раньше были? Чье чувство обожало и хранило их? Может быть, это были кусочки людей, или тех же паучков, или безымянных земляных комариков, — и ничто не осталось в целости, все некогда жившие твари, любимые своими детьми, истреблены на непохожие части, и не над чем заплакать тем, кто остался после них жить и дальше мучиться. «Пусть бы все умирало, — думал Яков Титыч, — но хотя бы мертвое тело оставалось целым, было бы чего держать и помнить, а то дуют ветры, течет вода, и все пропадает и расстается в прах. Это ж мука, а не жизнь. И кто умер, тот умер ни за что, и теперь не найдешь никого, кто жил когда, все они — одна потеря».

Вечером пролетарии и прочие собрались вместе, чтобы развеселить и занять друг друга на сон грядущий. Никто из прочих не имел семейства, потому что каждый жил раньше с таким трудом и сосредоточием всех сил, что ни в ком не оставалось телесного излишка на размножение. Для семейства нужно иметь семя и силу собственности, а люди изнемогали от поддержания жизни в одном своем теле; время же, необходимое для любви, они тратили на сон. Но в Чевенгуре они почувствовали покой, достаток пищи, а от товарищей вместо довольства — тоску. Раньше товарищи были дороги от горя, они были нужны для тепла во время сна и холода в степи, для взаимной страховки по добыче пищи — один не достанет, другой принесет, — товарищи были хороши, наконец, для того, чтобы иметь их всегда рядом, если не имеешь ни жены, ни имущества и не с кем удовлетворять и расходовать постоянно скапливающуюся душу. В Чевенгуре имущество было, был дикий хлеб в степях, и рос овощ в огородах посредством зарождения от прошлогодних остатков плодов в почве, — горя пищи, мучений ночлега на пустой земле в Чевенгуре не было, и прочие заскучали: они оскудели друг для друга и смотрели один на одного без интереса — они стали бесполезны самим себе, между ними не было теперь никакого вещества пользы. Прочий, по прозванью Карпий, сказал всем в тот вечер в Чевенгуре: «Я хочу семейства: любая гадина на своем семени держится и живет покойно, а я живу ни на чем — нечаянно. Что за пропасть такая подо мной!»

Старая нищенка Агапка тоже пригорюнилась.

— Возьми меня, Карпий, — сказала она, — я б тебе и рожала, я б тебе и стирала, я б тебе и щи варила. Хоть и чудно́, а хорошо быть бабой — жить себе в заботах, как в орепьях, и горюшка будет мало, сама себе станешь незаметной! А то живешь тут, и все как сама перед собой торчишь!

— Ты хамка, — отказал Карпий Агапке. — Я люблю женщин дальних.

— А помнишь, ты однова грелся со мной, — напомнила Агапка, — небось тогда я тебе дальней была, что в больное нутрё поближе лез!

Карпий от правды не отказывался, он лишь поправил время события:

— То было до революции.

Яков Титыч сказал, что в Чевенгуре сейчас находится коммунизм, всем дана блажь: раньше простой народ внутри туловища ничего не имел, а теперь кушает все, что растет на земле, — чего еще хотеть? Пора жить и над чем-нибудь задумываться: в степях много красноармейцев умерло от войны, они согласились умереть затем, чтобы будущие люди стали лучше их, а мы — будущие,

384

а плохие — уже хотим жен, уже скучаем, пора нам начать в Чевенгуре труд и ремесло! Завтра надо кузницу выносить вон из города — сюда никто не заезжает.

Прочие не слушали и побрели вразброд, чувствуя, что каждому чего-то хочется, только неизвестно — чего. Редкие из пришлых чевенгурцев бывали временно женаты, они помнили и другим говорили, что семейство — это милое дело, потому что при семье уже ничего не хочется и меньше волнуешься в душе, хочется лишь покоя для себя и счастья в будущем — для детей; кроме того, детей бывает жалко и от них становишься добрей, терпеливей и равнодушней ко всей происходящей жизни.

Солнце стало громадное и красное и скрылось за окраиной земли, оставив на небе свой остывающий жар; в детстве любой прочий человек думал, что это его отец ушел от него вдаль и печет себе картошки к ужину на большом костре. Единственный труженик в Чевенгуре успокоился на всю ночь; вместо солнца — светила коммунизма, тепла и товарищества — на небе постепенно засияла луна — светило одиноких, светило бродяг, бредущих зря. Свет луны робко озарил степь, и пространства предстали взору такими, словно они лежали на том свете, где жизнь задумчива, бледна и бесчувственна, где от мерцающей тишины тень человека шелестит по траве. В глубину наступившей ночи, из коммунизма — в безвестность уходили несколько человек; в Чевенгур они пришли вместе, а расходились одинокими: некоторые шли искать себе жен, чтобы возвратиться для жизни в Чевенгур, иные же отощали от растительной чевенгурской пищи и пошли в другие места есть мясо, а один изо всех ушедших в ту ночь — мальчик по возрасту — хотел найти где-нибудь на свете своих родителей и тоже ушел.

Яков Титыч увидел, как многие люди молча скрылись из Чевенгура, и тогда он явился к Прокофию.

— Езжай за женами народу, — сказал Яков Титыч, — народ их захотел. Ты нас привел, веди теперь женщин, народ отдохнул — без них, говорит, дальше нетерпимо.

Прокофий хотел сказать, что жены — тоже трудящиеся и им нет запрета жить в Чевенгуре, а стало быть, пусть сам пролетариат ведет себе за руки жен из других населенных мест, но вспомнил, что Чепурный желает женщин худых и изнемогших, чтобы они не отвлекали людей от взаимного коммунизма, и Прокофий ответил Якову Титычу:

— Разведете вы тут семейства и нарожаете мелкую буржуазию.

— Чего ж ее бояться, раз она мелкая! — слегка удивился Яков Титыч. — Мелкая — дело слабое.

Пришел Копенкин и с ним Дванов, а Гопнер и Чепурный остались наружи; Гопнер хотел изучить город: из чего он сделан и что в нем находится.

— Саша! — сказал Прокофий; он хотел обрадоваться, но сразу не мог. — Ты к нам жить пришел? А я тебя долго помнил, а потом начал забывать. Сначала вспомню, а потом думаю, нет, ты уже умер, и опять забываю.

— А я тебя помнил, — ответил Дванов. — Чем больше жил, тем все больше тебя помнил, и Прохора Абрамовича помню, и Петра Федоровича Кондаева, и всю деревню. Целы там они?

Прокофий любил свою родню, но теперь вся родня его умерла, больше любить некого, и он опустил голову, работавшую для многих и почти никем не любимую.

— Все умерли, Саш, теперь будущее настанет...

Дванов взял Прокофия за потную лихорадочную руку и, заметив в нем совестливый стыд за детское прошлое, поцеловал его в сухие огорченные губы.

— Будем вместе жить, Прош. Ты не волнуйся. Вот Копенкин стоит, скоро Гопнер с Чепурным придут... Здесь у вас хорошо — тихо, отовсюду далеко, везде трава растет, я тут никогда не был.

Копенкин вздохнул про себя, не зная, что надо ему думать и говорить. Яков Титыч был ни при чем и еще раз напомнил об общем деле:

— Что ж скажешь? Самим жен искать иль ты сам их гуртом приведешь? Иные уж тронулись.

— Ступай собери народ, — сказал Прокофий, — я приду и там подумаю.

Яков Титыч вышел, и здесь Копенкин узнал, что ему надо сказать.

— Думать тебе за пролетариат нечего, он сам при уме...

— Я туда с Сашей пойду, — произнес Прокофий.

— С Сашей — тогда иди думай, — согласился Копенкин, — я думал, ты один пойдешь.

На улице было светло, среди пустыни неба над степной пустотой земли светила луна своим покинутым, задушевным светом, почти поющим от сна и тишины. Тот свет проникал в чевенгурскую кузницу через ветхие щели дверей, в которых еще была копоть, осевшая там в более трудолюбивые времена. В кузницу шли люди, — Яков Титыч всех собирал в одно место и сам шагал сзади всех, высокий и огорченный, как пастух гонимых. Когда он поднимал голову на небо, он чувствовал, что дыхание ослабевает в его груди, будто освещенная легкая высота над ним сосала из него воздух, дабы сделать его легче, и он мог лететь туда. «Хорошо быть ангелом, — думал Яков Титыч, — если б они были. Человеку иногда скучно с одними людьми».

Двери кузницы отворились, и туда вошли люди, многие же остались наружи.

— Саша, — тихо сказал Прокофий Александру, — у меня нет своего двора в деревне, я хочу остаться в Чевенгуре, и жить надо со всеми, иначе из партии исключат, ты поддержи меня сейчас. И тебе ведь жить негде, давай тут всех в одно покорное семейство сорганизуем, сделаем изо всего города один двор.

Дванов видел, что Прокофий томится, и обещал ему помочь.

— Жен вези! — закричали Прокофию многие прочие. — Привел нас да бросил одних! Доставляй нам женщин сюда, аль мы нелюди! Нам одним тут жутко — не живешь, а думаешь! Про товарищество говоришь, а женщина человеку кровный товарищ, чего ж ее в город не поселяешь?

Прокофий поглядел на Дванова и начал говорить, что коммунизм есть забота не одного его, а всех существующих пролетариев; значит, пролетарии должны жить теперь своим умом, как то и было постановлено на последнем заседании Чевенгурского ревкома. Коммунизм же произойдет сам, если в Чевенгуре нет никого, кроме пролетариев, — больше нечему быть.

И Чепурный, стоявший вдалеке, вполне удовлетворился словами Прокофия, — это была точная формулировка его личных чувств.

— Что нам ум? — воскликнул один прочий. — Мы хотим жить по желанию!

— Живите, пожалуйста, — сразу согласился Чепурный. — Прокофий, езжай завтра женщин собирать!

Прокофий досказал еще немного про коммунизм: что он все равно в конце концов полностью наступит и лучше заранее его организовать, чтоб не мучиться; женщины же, прибыв в Чевенгур, заведут многодворье вместо одного Чевенгура, где живет ныне одна сиротская семья, где бродят люди, меняя ночлеги и привыкая друг к другу от неразлучности.

— Ты говоришь: коммунизм настанет в конце концов! — с медленностью произнес Яков Титыч. — Стало быть, на самом коротке — где близко конец, там коротко! Стало быть, вся долгота жизни будет проходить без коммунизма, а зачем тогда нам хотеть его всем туловищем? Лучше жить на ошибке, раз она длинная, а правда короткая! Ты человека имей в виду!

Лунное забвение простиралось от одинокого Чевенгура до самой глубокой вышины, и там ничего не было, оттого и лунный свет так тосковал в пустоте. Дванов смотрел туда, и ему хотелось закрыть сейчас глаза, чтобы открыть их завтра, когда встанет солнце и мир будет снова тесен и тепл.

— Пролетарская мысль! — определил вдруг Чепурный слово Якова Титыча; Чепурный радовался, что пролетариат теперь сам думает головой и за него не надо ни думать, ни заботиться.

— Саша! — растерянно сказал Прокофий, и все его стали слушать. — Старик верно говорит! Ты помнишь — мы с тобой побирались. Ты просил есть, и тебе не давали, а я не просил, я лгал и вымазживал и всегда ел соленое и курил папиросы.

Прокофий было остановился от своей осторожности, но потом заметил, что прочие открыли рты от искреннего внимания, и не побоялся Чепурного сказать дальше:

— Отчего нам так хорошо, а неудобно? Оттого, как правильно высказался здесь один товарищ, — оттого, что всякая правда должна быть немного и лишь в самом конце концов, а мы ее, весь коммунизм, сейчас устроили, и нам от нее не совсем приятно! Отчего у нас все правильно, буржуев нет, кругом солидарность и справедливость, а пролетариат тоскует и жениться захотел?

Здесь Прокофий испугался развития мысли и замолчал. За него досказал Дванов:

— Ты хочешь посоветовать, чтоб товарищи пожертвовали правдой — все равно она будет жить мало и в конце, — а занялись бы другим счастьем, которое будет жить долго, до самой настоящей правды!

— Да ты это знаешь, — грустно проговорил Прокофий и вдруг весь заволновался. — Ты знаешь, как я любил свою семью и свой дом в нашей деревне! Из-за любви ко двору я тебя, как буржуя, выгнал помирать, а теперь я хочу здесь привыкнуть жить, хочу устроить для бедных, как для родных, и самому среди них успокоиться, — и никак не могу...

Гопнер слушал, но ничего не понимал; он спросил у Копенкина, но тот тоже не знал, чего здесь кому надо, кроме жен. «Вот видишь, — сообразил Гопнер, — когда люди не действуют — у них является лишний ум, и он хуже дурости».

— Я тебе, Прош, пойду лошадь заправлю, — пообещал Чепурный. — Завтра ты на заре трогайся, пожалуйста, пролетариат любви захотел: значит, в Чевенгуре он хочет все стихии покорить, это отличное дело!

Прочие разошлись ожидать жен — теперь им недолго осталось, — а Дванов и Прокофий вышли вместе за околицу. Над ними, как на том свете, бесплотно влеклась луна, уже наклонившаяся к своему заходу; ее существование было бесполезно — от него не жили растения, под луною молча спал человек; свет солнца, озарявший издали ночную сестру земли, имел в себе мутное, горячее и живое вещество, но до луны этот свет доходил уже процеженным сквозь мертвую долготу пространства, — все мутное и живое рассеивалось из него в пути, и оставался один истинный мертвый свет. Дванов и Прокофий ушли далеко, голоса их почти смолкли от дальности и оттого, что они говорили тихо. Копенкин видел ушедших, но смущался пойти за ними — оба человека, показалось ему, говорили печально, и к ним стыдно сейчас подходить.

Дорогу под ногами Дванова и Прокофия скрыл мирный бурьян, захвативший землю под Чевенгуром не от жадности, а от необходимости своей жизни; два человека шли разрозненно, по колеям некогда проезжего тракта: каждый из них хотел почувствовать другого, чтобы помочь своей неясной блуждающей жизни, но они отвыкли друг от друга — им было неловко, и они не могли сразу говорить без стеснения. Прокофию было жалко отдавать Чевенгур в собственность жен пролетариев и прочих — одной Клавдюше ему было ничего не жаль подарить, и он не знал почему. Он сомневался, нужно ли сейчас истратить, привести в ветхость и пагубность целый город и все имущество в нем — лишь для того, чтобы когда-нибудь, в конце, на короткое время наступила убыточная правда; не лучше ли весь коммунизм и все счастье его держать в бережном запасе — с тем чтобы изредка и по мере классовой надобности отпускать его массам частичными порциями, охраняя неиссякаемость имущества и счастья.

— Они будут довольны, — говорил убежденно и почти радуясь Прокофий. — Они привыкли к горю, им оно легко, дадим пока им мало, и они будут нас любить. Если же отдадим сразу все, как Чепурный, то они потом истратят все имущество и снова захотят, а дать будет нечего, и они нас сместят и убьют. Они же не знают, сколько чего у революции, весь список города у одного меня. А Чепурный хочет, чтоб сразу ничего не осталось и наступил конец, лишь бы тот конец был коммунизмом. А мы до конца никогда не допустим, мы будем давать счастье помаленьку, и опять его накоплять, и нам хватит его навсегда. Ты скажи, Саш, это верно так надо?

Дванов еще не знал, насколько это верно, но он хотел полностью почувствовать желания Прокофия, вообразить себя его телом и его жизнью, чтобы самому увидеть, почему по его будет верно. Дванов прикоснулся к Прокофию и сказал:

— Говори мне еще, я тоже хочу здесь жить.

Прокофий оглядел светлую, но неживую степь и Чевенгур позади, где луна блестела в оконных стеклах, а за окнами спали одинокие прочие, и в каждом из них лежала жизнь, о которой теперь необходимо было заботиться, чтобы она не вышла из тесноты тела и не превратилась в постороннее действие. Но Дванов не знал, что хранится в каждом теле человека, а Прокофий знал почти точно, он сильно подозревал безмолвного человека.

Дванов вспоминал многие деревни и города и многих людей в них, а Прокофий попутно памяти Александра указывал, что горе в русских деревнях — это есть не мука, а обычай, что выделенный сын из отцовского двора больше уж никогда не является к отцу и не тоскует по нем, сын и отец были связаны нисколько не чувством, а имуществом; лишь редкая странная женщина не задушила нарочно хотя бы одного своего ребенка на своем веку, — и не совсем от бедности, а для того, чтобы еще можно свободно жить и любиться со своим мужиком.

— Вот сам видишь, Саш, — убедительно продолжал Прокофий, — что от удовлетворения желаний они опять повторяются и даже нового чего-то хочется. И каждый гражданин поскорее хочет исполнить свои чувства, чтобы меньше чувствовать себя от мученья. Но так на них не наготовишься — сегодня ему имущество давай, завтра жену, потом счастья круглые сутки, — это и история не управится. Лучше будет уменьшать постепенно человека, а он притерпится: ему так и так все равно страдать.

— Что же ты хочешь сделать, Прош?

— А я хочу прочих организовать. Я уже заметил, где организация, там всегда думает не более одного человека, а остальные живут порожняком и вслед одному первому. Организация — умнейшее дело: все себя знают, а никто себя не имеет. И всем хорошо, только одному первому плохо — он думает. При организации можно много лишнего от человека отнять.

— Зачем это нужно, Прош? Ведь тебе будет трудно, ты будешь самым несчастным, тебе будет страшно жить одному и отдельно, выше всех. Пролетариат живет друг другом, а чем же ты будешь жить?

Прокофий практически поглядел на Дванова: такой человек — напрасное существо, он не большевик, он побирушка с пустой сумкой, он сам — прочий, лучше б с Яковом Титычем было говорить: тот знает, по крайней мере, что человек все перетерпит, если давать ему новые, неизвестные мучения, — ему вовсе не больно: человек чувствует горе лишь по социальному обычаю, а не сам его внезапно выдумывает. Яков Титыч понял бы, что дело Прокофия вполне безопасное, а Дванов только излишне чувствует человека, но аккуратно измерить его не может.

И голоса двоих людей смолкли вдалеке от Чевенгура, в громадной лунной степи; Копенкин долго ожидал Дванова на околице, но так и не дождался, слег от утомления в ближний бурьян и уснул.

Проснулся он уже на заре от грохота телеги: все звуки от чевенгурской тишины превращались в гром и тревогу. Это Чепурный ехал искать Прокофия в степь на готовой подводе, чтоб тот выезжал за женщинами. Прокофий же был совсем недалеко, он давно возвращался с Двановым в город.

— Каких пригонять? — спросил Прокофий у Чепурного и сел в повозку.

— Не особых! — указал Чепурный. — Женщин, пожалуйста, но знаешь: еле-еле, лишь бы в них разница от мужика была, — без увлекательности, одну сырую стихию доставь!

— Понял, — сказал Прокофий и тронул лошадь в отъезд.

— Сумеешь? — спросил Чепурный.

Прокофий обернулся своим умным надежным лицом.

— Диво какое! Кого хочешь пригоню, любых в одну массу сплочу, никто в одиночку скорбеть не останется.

И Чепурный успокоился: теперь пролетариат будет утешен, но вдруг он кинулся вслед поехавшему Прокофию и попросил его, уцепившись в задок телеги:

— И мне, Прош, привези: чего-то прелести захотелось! Я забыл, что я тоже пролетарий! Клавдюши ведь не вижу!

— Она к тетке в волость пошла, — сообщил Прокофий, — я ее доставлю обратным концом.

— А я того не знал, — произнес Чепурный и засунул в нос понюшку, чтобы чувствовать табак вместо горя разлуки с Клавдюшей.

Федор Федорович Гопнер уже выспался и наблюдал с колокольни чевенгурского храма тот город и то окружающее место, где, говорят, наступило будущее время и был начисто сделан коммунизм — оставалось лишь жить и находиться здесь. Когда-то, в молодости лет, Гопнер работал на ремонте магистрали англо-индийского телеграфа, и там тоже местность была похожа на чевенгурскую степь. Давно было то время, и ни за что оттуда нельзя догадаться, что Гопнер будет жить при коммунизме, в одном смелом городе, который, быть может, Гопнер и проходил, возвращаясь с англо-индийского телеграфа, но не запомнил на пути: это жалко, лучше б было уже с тех пор ему остановиться навсегда в Чевенгуре, хотя неизвестно: говорят только, что здесь хорошо живет простой человек, но Гопнер того пока не чувствует.

Внизу шли Дванов и Копенкин, не зная, где им отдохнуть, и сели у ограды кладбища.

— Саш! — крикнул сверху Гопнер. — Здесь похоже на англо-индийский телеграф — тоже далеко видно и чистое место!

— Англо-индийский? — спросил Дванов и представил себе ту даль и таинственность, где он проходит.

— Он, Саш, висит на чугунных опорах, а на них марки, идет себе проволока через степи, горы и жаркие страны!

У Дванова заболел живот, с ним всегда это повторялось, когда он думал о дальних, недостижимых краях, прозванных влекущими певучими именами — Индия, Океания, Таити и острова Уединения, что стоят среди синего океана, опираясь на его коралловое дно.

Яков Титыч тоже похаживал в то утро; на кладбище он являлся ежедневно, — оно одно походило на дубраву, а Яков Титыч любил слушать скучный звук дерева, страдающего от ветра. Гопнеру Яков Титыч понравился: худой старый человек, на ушах кожа посинела от натяжения, то же самое, что у Гопнера.

— Тебе хорошо здесь или так себе? — спросил Гопнер; он уже слез с колокольни и сидел у ограды в куче людей.

— Терпимо, — сказал Яков Титыч.

— Ни в чем не нуждаешься?

— Так обхожусь.

Наступал свежий солнечный день, долгий, как все дни в Чевенгуре; от такой долготы жизнь стала заметней, и Чепурный полагал, что революция выиграла время прочему человеку.

— Что же нам нынче делать? — спросил всех Гопнер, и все немного забеспокоились, один Яков Титыч стоял покойно.

— Тут уняться нечем, — сказал он, — жди чего-нибудь.

Яков Титыч отошел на поляну и лег против солнца отогреваться; последние ночи он спал в доме бывшего Зюзина, полюбив тот дом за то, что в нем жил одинокий таракан, и Яков Титыч кормил его кое-чем; таракан существовал безвестно, без всякой надежды, однако жил терпеливо и устойчиво, не проявляя мучений наружу, и за это Яков Титыч относился к нему бережно и даже втайне уподоблялся ему; ко крыша и потолок в том доме обветшали и расстроились, сквозь них на тело Якова Титыча капала ночная роса, и он зяб от нее, но не мог переменить пристанища, сожалея таракана наравне с собой. Раньше Яков Титыч жил на голых местах, где не к чему было привыкнуть и привязаться, кроме такого же, как он, дорожного друга; привязываться же к живому предмету для Якова Титыча было необходимо, чтобы во внимании и снисхождении к нему найти свое терпение жить и чтобы из наблюдений узнавать, как надо жить легче и лучше; кроме того, в созерцании чужой жизни расточалась, из сочувствия, жизнь самого Якова Титыча, потому что ей некуда было деваться, он существовал в остатке и в излишке населения земли. В Чевенгуре прочие люди как явились, так потеряли товарищество друг к другу: они приобрели имущество и многочисленный домашний инвентарь, который они часто трогали своими руками и не знали, откуда это произошло — ведь это слишком дорого стоит, чтобы можно было кому-либо подарить; прочие щупали вещи несмелыми руками, словно те вещи были омертвелой, пожертвованной жизнью их погибших отцов и их заблудившихся где-то в других степях братьев. Прибылые чевенгурцы строили некогда избы и рыли колодцы, но не здесь, а вдалеке отсюда — на сибирских колонизационных землях, где когда-то прошел их круговой путь существования.

В Чевенгуре Яков Титыч остался почти один, как после своего рождения, и, привыкнув ранее к людям, теперь имел таракана; живя ради него в худом доме, Яков Титыч просыпался по ночам от свежести капающей сквозь кровлю росы.

Федор Федорович Гопнер заметил Якова Титыча изо всей массы прочих, он ему показался наиболее расстроенным человеком, живущим вдаль по одной инерции рождения; но расстройство Якова Титыча уже замертвело в нем, он его не чувствовал как неудобство состояния и жил, чтобы забыться кое-чем: до Чевенгура он ходил с людьми и выдумывал себе разные думы, что его отец и мать живы, и он тихо идет к ним, и когда дойдет — тогда уж будет ему хорошо; либо брал другую думу, что пешеход, идущий с ним рядом, есть его собственный человек и в нем находится все самое главное, пока недостающее в Якове Титыче, поэтому можно успокоиться и идти дальше с твердыми силами; нынче же Яков Титыч жил посредством таракана. А Гопнер как пришел в Чевенгур, так не знал, что ему делать, первые два дня он ходил и видел — город сметен субботниками в одну кучу, но жизнь в нем находится в разложении на мелочи, и каждая мелочь не знает, с чем ей сцепиться, чтобы удержаться. Но сам Гопнер пока не мог изобрести, что к чему надо подогнать в Чевенгуре, дабы в нем заработала жизнь и прогресс, и тогда Гопнер спросил у Дванова:

— Саш, пора бы нам начинать налаживать.

— Чего налаживать? — спросил Дванов.

— Как чего? А зачем тогда прибыли на место? Весь детальный коммунизм.

Дванов не спеша постоял.

— Здесь, Федор Федорович, ведь не механизм лежит, здесь люди живут, их не наладишь, пока они сами не устроятся. Я раньше думал, что революция — паровоз, а теперь вижу, нет.

Гопнер захотел себе все это представить с точностью — он почесал себе ушную раковину, где от отдыха уже пропала синева кожи, и представил, что поскольку нет паровоза, постольку каждый человек должен иметь свою паровую машину жизни.

— Для чего ж это так? — почти удивился Гопнер.

— Наверно, чтоб было сильнее, — сказал в конце Дванов. — Иначе не стронешься.

Синий лист дерева легко упал близ Дванова, по краям он уже пожелтел, он отжил, умер и возвращался в покой земли; кончалось позднее лето, наступала осень — время густых рос и опустелых степных дорог. Дванов и Гопнер поглядели на небо — оно им показалось более высоким, потому что уже лишалось смутной силы солнца, делавшей небо туманным и низким. Дванов почувствовал тоску по прошедшему времени: оно постоянно сбивается и исчезает, а человек остается на одном месте со своей надеждой на будущее; и Дванов догадался, почему Чепурный и большевики-чевенгурцы так желают коммунизма: он есть конец истории, конец времени, время же идет только в природе, а в человеке стоит тоска.

Мимо Дванова пробежал босой возбужденный прочий, за ним несся Кирей с небольшой собакой на руках, потому что она не поспевала за скоростью Кирея; немного позади бежало еще пятеро прочих, еще не знающих, куда они бегут, — эти пятеро были людьми уже в годах, однако они стремились вперед со счастьем малолетства, и встречный ветер выдувал из их длинных слегшихся волос ночлежный сор и остья репьев. Сзади всех гулко проскакал на устоявшейся Пролетарской Силе Копенкин и махнул Дванову рукой на степь. По горизонту степи, как по горе, шел высокий дальний человек, все его туловище было окружено воздухом, только подошвы еле касались земной черты, и к нему неслись чевенгурские люди. Но человек шел, шел и начал скрываться по ту сторону видимости, а чевенгурцы промчались половину степи, потом начали возвращаться — опять одни.

Чепурный прибежал уже после, весь взволнованный и тревожный.

— Чего там, говори, пожалуйста! — спрашивал он у грустно бредущих прочих.

— Там шел человек, — рассказывали прочие. — Мы думали, он к нам идет, а он скрылся.

Чепурный же стоял и не видел надобности в одном далеком человеке, когда есть близко множество людей и товарищей. И он сказал о таком недоуменном положении подъехавшему Копенкину.

— А ты думаешь, я знаю! — произнес Копенкин с высоты коня. — Я им все время вслед кричал: граждане, товарищи, дураки, куда вы скачете — остановись! А они бегут: наверно, как и я, интернационала захотели, — что им один город на всей земле!

Копенкин подождал, пока Чепурный подумает, и добавил:

— Я тоже скоро отбуду отсель. Человек куда-то пошел себе по степи, а ты тут сиди и существуй — лишь бы твой коммунизм был, а его нет тут ни дьявола! Спроси у Саши, он тоже горюет.

Здесь Чепурный уже ясно почувствовал, что пролетариат Чевенгура желает интернационала, то есть дальних, туземных и инородных людей, дабы объединиться с ними, чтобы вся земная разноцветная жизнь росла в одном кусте. В старое время через Чевенгур проходили цыгане и какие-то уроды и арапы, их бы можно привлечь в Чевенгур, если бы они показались где-либо, но теперь их совсем и давно не видно. Значит, после доставки женщин Прокофию придется поехать в южные рабские страны и оттуда переселить в Чевенгур угнетенных. А тем пролетариям, которые не смогут от слабости и старости дойти пешком до Чевенгура, тем послать помощь имуществом и даже отправить весь город чохом, если потребуется интернационалу, а самим можно жить в землянках и в теплых оврагах.

Прочие, вернувшись в город, иногда залезали на крыши домов и смотрели в степь, не идет ли оттуда к ним какой-нибудь человек, не едет ли Прошка с женами, не случится ли что-нибудь вдали. Но над бурьяном стоял один тихий и пустой воздух, а по заросшему тракту в Чевенгур сдувалась ветром бесприютная перекати-поле, одинокая трава-странник. Дом Якова Титыча поставлен был как раз поперек бывшей столбовой дороги, и юго-восточный ветер нагнал на него целый сугроб перекати-поля. Яков Титыч от времени до времени очищал дом от травяных куч, чтобы через окна шел свет и он мог считать проходящие дни. Кроме этой нужды, Яков Титыч вовсе не выходил днем наружу, а питательные растения собирал ночью в степи. У него опять начались ветры и потоки, и он жил с одним тараканом. Таракан же каждое утро подползал к оконному стеклу и глядел в освещенное теплое поле; его усики трепетали от волнения и одиночества — он видел горячую почву и на ней сытные горы пищи, а вокруг тех гор жировали мелкие существа, и каждое из них не чувствовало себя от своего множества.

Однажды к Якову Титычу зашел Чепурный — Прокофия все не было и нет, Чепурный уже чувствовал горе об утраченном необходимом друге и не знал, куда ему деваться от долгого времени ожидания. Таракан по-прежнему сидел близ окна — был день, теплый и великий над большими пространствами, но уже воздух стал легче, чем летом, — он походил на мертвый дух. Таракан томился и глядел.

— Титыч, — сказал Чепурный, — пусти ты его на солнце! Может, он тоже по коммунизму скучает, а сам думает, что до него далеко.

— А я как же без него? — спросил Яков Титыч.

— Ты к людям ступай. Видишь, я к тебе пришел.

— К людям я не могу, — сказал Яков Титыч. — Я порочный человек, мой порок кругом раздается.

Чепурный никогда не мог осудить классового человека, потому что сам был похож на него и не мог чувствовать больше.

— Что ж тебе порок, скажи пожалуйста? Сам коммунизм из порока капитала вышел, и у тебя что-нибудь выйдет от такого мучения. Ты вот о Прокофии подумай — пропал малый.

— Явится, — сказал Яков Титыч и лег на живот, ослабев от терпения боли внутри. — Шесть дней ушло, а баба любит время, она опасается.

399

Чепурный пошел от Якова Титыча дальше — он захотел поискать для болящего какой-нибудь легкой пищи. На кузнечном камне, на котором когда-то обтягивали колесные шины, сидел Гопнер, а около него лежал вниз лицом Дванов — он отдыхал в послеполуденном сне. Гопнер держал в руках картошку и щупал и мял ее во всех деталях, словно изучая, как она сама сделалась; на самом же деле Гопнер томился и во время тоски всегда брал первые предметы и начинал тратить на них свое внимание, чтобы забыть про то, чего ему нужного недостает. Чепурный сказал Гопнеру про Якова Титыча, что тот болен и мучается один с тараканом.

— А ты зачем бросил его? — спросил Гопнер. — Ему надо жижку какую-либо сварить! Я немного погодя сам найду его, будь он проклят!

Чепурный тоже сначала хотел чего-нибудь сварить, но обнаружил, что недавно в Чевенгуре спички вышли, и не знал, как быть. Но Гопнер знал, как быть: нужно пустить без воды деревянный насос, который стоял над мелким колодцем в одном унесенном саду; насос в былое время качал воду для увлажнения почвы под яблонями, и его вращала ветряная мельница; это силовое устройство Гопнер однажды заметил, а теперь назначил водяному насосу добыть огонь посредством трения поршня всухую. Гопнер велел Чепурному обложить деревянный цилиндр насоса соломой и пустить ветряк, а самому ждать, пока цилиндр затлеет и солома от него вспыхнет.

Чепурный обрадовался и ушел, а Гопнер начал будить Дванова:

— Саш, вставай скорее, нам надо побеспокоиться. Худой старик кончается, городу нужен огонь... Саша! И так скучно, а ты спишь.

Дванов в усилии пошевельнулся и произнес как бы издали — из своего сна:

— Я скоро проснусь, пап, — спать тоже скучно... Я хочу жить наружи, мне тут тесно быть...

Гопнер повернул Дванова на спину, чтобы он дышал из воздуха, а не из земли, и проверил сердце Дванова, как оно бьется в сновидении. Сердце билось глубоко, поспешно и точно — было страшно, что оно не выдержит своей скорости и точности и перестанет быть отсечкой переходящей жизни в Дванове — жизни, почти беззвучной во сне. Гопнер задумался над спящим человеком, — какая мерная берегущая сила звучит в его сердце? — будто погибший родитель Дванова навсегда или надолго зарядил его сердце своею надеждой, но надежда не может сбыться и бьется внутри человека: если она сбудется, человек умрет; если не сбудется — человек останется, но замучается, — и сердце бьется на своем безысходном месте среди человека. «Пусть лучше живет, — глядел на дыхание Дванова Гопнер, — а мучиться мы как-нибудь не дадим». Дванов лежал в траве Чевенгура, и, куда бы ни стремилась его жизнь, ее цели должны быть среди дворов и людей, потому что дальше ничего нет, кроме травы, поникшей в безлюдном пространстве, и кроме неба, которое своим равнодушием обозначает уединенное сиротство людей на земле. Может быть, потому и бьется сердце, что оно боится остаться одиноким в этом отверстом и всюду одинаковом мире, своим биением сердце связано с глубиной человеческого рода, зарядившего его жизнью и смыслом, а смысл его не может быть далеким и непонятным — он должен быть тут же, невдалеке от груди, чтобы сердце могло биться, иначе оно утратит ощущение и замрет.

Гопнер скупыми глазами оглядел Чевенгур: пусть он плох, пусть дома в нем стоят непроходимой кучей, а люди живут молча, все же в нем больше хочется жить, чем в далеком и пустом месте.

Дванов вытянул свое тело, потеплевшее ото сна и отдыха, и открыл глаза. Гопнер с серьезной заботой посмотрел на Дванова — он редко улыбался и в моменты сочувствия делался еще более угрюмым: он боялся потерять того, кому сочувствует, и этот его ужас был виден как угрюмость.

Чепурный в то время уже пустил мельницу и насос; поршень насоса, бегая в сухом деревянном цилиндре, начал визжать на весь Чевенгур — зато он добывал огонь для Якова Титыча. Гопнер с экономическим сладострастием труда слушал тот визг изнемогающей машины, и у него накоплялась слюна во рту от предчувствия блага для Якова Титыча, когда его желудку сварят горячую полезную пищу.

Уже целые месяцы прошли в Чевенгуре сплошной тишиной, и теперь в первый раз в нем заскрежетала трудящаяся машина.

Все чевенгурцы собрались вокруг машины и смотрели на ее усердие ради одного мучающегося человека; они удивлялись ее трудолюбивой заботе о слабом старике.

— Эх вы, убогие воины, — сказал Копенкин, первым прибывший для осмотра тревожного звука. — Ведь не иной кто, а пролетарий ее выдумал и поставил, и тоже для другого пролетария! Нечего было товарищу подарить, так он ветрогон и эту самосуйку сделал.

— А! — сказали все прочие. — Теперь нам видно.

Чепурный, не отходя от насоса, пробовал его жар, цилиндр нагревался все более, но медленно. Тогда Чепурный велел чевенгурцам возлечь вокруг машины, чтобы на нее ниоткуда не дул прохладный воздух. И они лежали до вечера, пока ветер совсем утих, а цилиндр остыл, не вспыхнув пламенем.

— Свыше терпежа рук ни разу не обогрелся, — сказал Чепурный про насос. — Может, завтра с утра буря будет, тогда враз жару накачаем.

Вечером Копенкин нашел Дванова, он давно хотел его спросить, что в Чевенгуре — коммунизм или обратно, оставаться ему здесь или можно отбыть, — и теперь спросил.

— Коммунизм, — ответил Дванов.

— Чего ж я его никак не вижу? Иль он не разрастается? Я бы должен чувствовать грусть и счастье: у меня ведь сердце скоро ослабевает. Я даже музыки боюсь — ребята, бывало, заиграют на гармонии, а я сижу и тоскую в слезах.

— Ты же сам коммунист, — сказал Дванов. — После буржуазии коммунизм происходит из коммунистов и бывает между ними. Где же ты ищешь его, товарищ Копенкин, когда в себе бережешь? В Чевенгуре коммунизму ничто не мешает, поэтому он сам рожается.

Копенкин пошел к лошади и выпустил ее в степь пастись на ночь, так он никогда не поступал, храня коня при себе во всякий момент.

День окончился, словно вышел из комнаты человек-собеседник, и ногам Дванова стало холодно. Он стоял один среди пустыря и ожидал увидеть кого-нибудь. Но никого не заметил, прочие рано ложились спать, им не терпелось поскорее дождаться жен, и они желали поскорее истощать время во сне. Дванов пошел за черту города, где звезды светят дальше и тише, потому что они расположены не над городом, а над степью, уже опустошаемой осенью. В последнем доме разговаривали люди; тот дом с одной стороны завалила трава, будто ветер наравне с солнцем начал работать на Чевенгур и теперь гнал сюда траву, чтобы завалить ею на зиму дома и создать в них укрытое тепло.

Дванов вошел в дом. На полу вниз животом лежал Яков Титыч и переживал свою болезнь. На табуретке сидел Гопнер и извинялся, что сегодня дул слабый ветер и огня добыть было невозможно; завтра, надо ожидать, будет буря — солнце скрылось в дальние тучи, и там сверкали молнии последней летней грозы. Чепурный же стоял на ногах и молча волновался.

Яков Титыч не столько мучился, сколько скучал по жизни, которая ему была сейчас уже не мила, но он знал в уме, что она мила, и тихо томился по ней. Пришедших людей он стыдился за то, что не мог сейчас чувствовать к ним своего расположения: ему было теперь все равно, хотя бы их и не было на свете; и таракан его ушел с окна и жил где-то в покоях предметов, он почел за лучшее избрать забвение в тесноте теплых вещей вместо нагретой солнцем, но слишком просторной, страшной земли за стеклом.

— Ты, Яков Титыч, зря таракана полюбил, — сказал Чепурный. — Оттого ты и заболел. Если б ты жил в границе людей, на тебя бы от них социальные условия коммунизма действовали, а один ты, ясно, занемог: вся микробная гада на тебя бросилась, а то бы — на всех, и тебе досталось мало...

— Почему, товарищ Чепурный, нельзя таракана любить? — неуверенно спросил Дванов. — Может быть, можно. Может быть, кто не хочет иметь таракана, тот и товарища себе никогда не захочет.

Чепурный сразу и глубоко задумался — в это время у него словно приостанавливались все чувства, и он еще более ничего не понимал.

— Тогда пускай, пожалуйста, привлекает таракана, — сказал он, чтобы положиться на Дванова. — Таракан его тоже живет себе в Чевенгуре, — с утешением закончил Чепурный.

У Якова Титыча настолько сильно натянулась какая-то перепонка в желудке, что он от ужаса, что та перепонка лопнет, заранее застонал, но перепонка ослабела обратно. Яков Титыч вздохнул, жалея свое тело и тех людей, которые находились вокруг него, он видел, что сейчас, когда ему так скучно и больно, его туловище лежит одиноким на полу и люди стоят близ него — каждый со своим туловищем, и никто не знает, куда направить свое тело во время горя Якова Титыча; Чепурный чувствовал стыд больше других, он уже привык понимать, что в Чевенгуре имущество потеряло стоимость, пролетариат прочно соединен, но туловища живут отдельно — и беспомощно поражаются мучением, в этом месте люди нисколько не соединены, поэтому-то и Копенкин и Гопнер не могли заметить коммунизма — он не стал еще промежуточным веществом между туловищами пролетариев. И здесь Чепурный тоже вздохнул: хоть бы Дванов помог, а то прибыл в Чевенгур и молчит; или же сам пролетариат скорей входил бы в полную силу, поскольку ему не на кого теперь надеяться.

На дворе совсем погасло, ночь начала углубляться. Яков Титыч ожидал, что вот-вот все уйдут от него на ночлег и он один останется томиться.

Но Дванов не мог уйти от этого худого, занемогшего старика; он хотел лечь с ним рядом и лежать всю ночь, всю болезнь, как лежал некогда с отцом в своем детстве; но он не лег, он чувствовал стеснение и понимал, как бы ему было стыдно, если бы к нему самому кто-нибудь прилег, чтобы разделить болезнь и одинокую ночь. Чем больше Дванов думал, как поступить, тем незаметнее забывал свое желание остаться у Якова Титыча на ночь, точно ум поглощал чувствующую жизнь Дванова.

— Ты, Яков Титыч, живешь не организационно, — придумал причину болезни Чепурный.

— Чего ты там брешешь? — обиделся Яков Титыч. — Организуй меня за туловище, раз так. Ты тут одни дома с мебелью тронул, а туловище как было, так и мучается... Иди отдыхать, скоро роса закапает.

— Я ей, будь она проклята, капну! — угрюмо сказал Гопнер и вышел на двор. Он полез на крышу осматривать дырья, через которые проникала роса и остужала больного Якова Титыча.

Дванов тоже забрался на кровлю и держался за трубу; уже луна блестела холодом, влажные крыши светились безлюдной росой, а в степи было уныло и жутко — тому, кто там остался сейчас один. Гопнер разыскал в чулане молоток, принес из кузницы кровельные ножницы, два листа старого железа и начал чинить крышу. Дванов внизу резал железо, выпрямлял гвозди и подавал этот матерьял наверх, а Гопнер сидел на крыше и стучал на весь Чевенгур; это было в первый раз при коммунизме, чтобы в Чевенгуре застучал молоток и, вдобавок к солнцу, начал трудиться человек. Чепурный, ушедший послушать в степь, не едет ли Прокофий, быстро возвратился на звук молотка; другие чевенгурцы так же не вытерпели и пришли удивленно поглядеть, как человек вдруг работает и к чему.

— Не бойтесь, пожалуйста, — сказал всем Чепурный. — Он не для пользы и богатства застучал, ему нечего Якову Титычу подарить, он и начал крышу над его головой латать, это пускай!

— Пускай, — ответили многие и простояли до полуночи, пока Гопнер не слез с крыши и не сказал: «Теперь не просочится». И все прочие с удовлетворением вздохнули, оттого что теперь на Якова Титыча ничто не просочится и ему можно спокойно болеть: чевенгурцы сразу почувствовали к Якову Титычу скупое отношение, поскольку пришлось латать целую крышу, чтобы он остался цел.

Остальную ночь чевенгурцы спали, их сон был спокоен и полон утешения — на конце Чевенгура стоял дом, заваленный сугробом перекати-поля, и в нем лежал человек, который им стал нынче снова дорог, и они скучали по нем во сне; так бывает дорога игрушка младенцу, который спит и ждет утра, чтобы проснуться и быть с игрушкой, привязавшей его к счастью жизни.

Только двое не спали в Чевенгуре в ту ночь — Кирей и Чепурный; они оба жадно думали о завтрашнем дне, когда все встанут, Гопнер добудет огонь из насоса, курящие закурят толченые лопухи и снова будет хорошо. Лишенные семейств и труда, Кирей, Чепурный и все спящие чевенгурцы вынуждены были одушевлять близких людей и предметы, чтобы как-нибудь размножать и облегчать свою набирающуюся, спертую в теле жизнь. Сегодня они одушевили Якова Титыча, и всем полегчало, все мирно заснули от скупого сочувствия Якову Титычу, как от усталости. Под конец ночи и Кирей тихо забылся, и Чепурный, прошептав: «Яков Титыч уже спит, а я нет», — тоже прилег к земле ослабевшей головой.

Следующий день начался мелким дождем, солнце не показалось над Чевенгуром; люди проснулись, но не вышли из домов. В природе наступила осенняя смутность, почва надолго задремала под окладным терпеливым дождем.

Гопнер делал ящик на водяной насос, чтобы укрыть его от дождевой мелочи и все же добыть огонь. Четверо прочих стояли вокруг Гопнера и воображали, что они тоже участвуют в его труде.

А Копенкин расшил из шапки портрет Розы Люксембург и сел срисовывать с него картину — он захотел подарить картину Розы Люксембург Дванову, может быть, он тоже полюбит ее. Копенкин нашел картон и рисовал печным углем, сидя за кухонным столом; он высунул шевелящийся язык и ощущал особое покойное наслаждение, которого никогда не знал в прошлой жизни. Каждый взгляд на портрет Розы Копенкин сопровождал волнением и шепотом про себя: «Милый товарищ мой женщина», — и вздыхал в тишине чевенгурского коммунизма. По оконному стеклу плыли капли дождя, иногда проносился ветер и сразу осушал стекло, недалекий плетень стоял заунывным зрелищем, Копенкин вздыхал дальше, мочил языком ладонь для сноровки и принимался очерчивать рот Розы; до ее глаз Копенкин дошел уже совсем растроганным, однако горе его было не мучительным, а лишь слабостью еле надеющегося сердца, слабостью потому, что сила Копенкина уходила в тщательное искусство рисования. Сейчас он не мог бы вскочить на Пролетарскую Силу и мчаться по степным грязям в Германию на могилу Розы Люксембург, дабы поспеть увидеть земляной холм до размыва его осенними дождями, — сейчас Копенкин мог лишь изредка утереть свои глаза, уставшие от ветра войны и полей, рукавом шинели: он тратил свою скорбь на усердие труда, он незаметно хотел привлечь Дванова к красоте Розы Люксембург и сделать для него счастье, раз совестно сразу обнять и полюбить Дванова.

Двое прочих, и с ними Пашинцев, рубили шелюгу по песчаному наносу на окраине Чевенгура. Несмотря на дождь, они не унимались и уже наложили немалый ворох дрожащих прутьев. Чепурный еще издали заметил это чуждое занятие, тем более что люди мокли и простывали ради хворостины, и пошел справиться.

— Чего вы делаете? — спросил он. — Зачем вы кущи губите и сами студитесь?

Но трое тружеников, поглощенные в самих себя, с жадностью пресекали топорами худую жизнь хворостин.

Чепурный сел во влажный песок.

— Ишь ты, ишь ты! — подговаривал он Пашинцеву под руку. — Рубит и режет, а зачем — скажи пожалуйста?

— Мы на топку, — сказал Пашинцев. — Надо зиму загодя ждать.

— Ага — тебе надо зиму ожидать! — с хитростью ума произнес Чепурный. — А того ты не учитываешь, что зимой снег бывает?!

— Когда напáдает, то бывает, — согласился Пашинцев.

— А когда он не падает, скажи пожалуйста? — все более хитро упрекал Чепурный и затем перешел к прямому указанию: — Ведь снег укроет Чевенгур и под снегом будет жить тепло. Зачем же тебе хворост и топка? Убеди меня, пожалуйста, — я ничего не чувствую!

— Мы не себе рубим, — убедил его Пашинцев, — мы кому-нибудь, кому потребуется. А мне сроду жара не нужна, я снегом хату завалю и буду там.

— Кому-нибудь?! — сомневающе сказал Чепурный — и удовлетворился. — Тогда руби больше. Я думал, вы себе рубите, а раз кому-нибудь, то это верно — это не труд, а помощь даром. Тогда руби! Только чего ж ты бос? Нá тебе хоть мои полусапожки — ты ж остудишься!

— Я остужусь?! — обиделся Пашинцев. — Если б я когда заболел, то ты бы давно умер.

Чепурный ходил и наблюдал по ошибке: он часто забывал, что в Чевенгуре больше нет ревкома и он — не председатель. Сейчас Чепурный вспомнил, что он не Советская власть, и ушел от рубщиков хвороста со стыдом, он побоялся, как бы Пашинцев и двое прочих не подумали про него: вон самый умный и хороший пошел, богатым начальником бедноты коммунизма хочет стать! И Чепурный присел за одним поперечным плетнем, чтобы про него сразу забыли и не успели ничего подумать. В ближнем сарае раздавались мелкие спешные удары по камню; Чепурный выдернул кол из плетня и дошел до того сарая, держа в руке кол и желая помочь им в работе трудящихся. В сарае на мельничном камне сидели Кирей и Жеев и долбили бороздки по лицу того камня. Оказалось, что Кирей с Жеевым захотели пустить ветряную мельницу и намелить из разных созревших зерен мягкой муки, а из этой муки они думали испечь нежные жамки для болящего Якова Титыча. После каждой бороздки оба человека задумывались: насекать им камень дальше или нет, и, не приходя к концу мысли, насекали дальше. Их брало одинаковое сомнение: для жернова нужна была пал-брица, а сделать ее мог во всем Чевенгуре только один Яков Титыч — он работал в старину кузнецом. Но когда он сможет сделать пал-брицу, тогда он уже выздоровеет и обойдется без жамок, — стало быть, сейчас не надо насекать камня, а тогда, когда поднимется Яков Титыч, если же он выздоровеет, то жамки не потребуются наравне с мельницей и пал-брицей. И время от времени Кирей и Жеев останавливались для сомнения, а потом вновь работали на всякий случай, чтобы чувствовать в себе удовлетворение от заботы по Якову Титычу.

Чепурный смотрел-смотрел на них и тоже усомнился.

— Зря долбите, — осторожно выразил он свое мнение, — вы сейчас камень чувствуете, а не товарищей. Прокофий вот приедет, он всем вслух прочитает, как труд рожает стерву противоречия наравне с капитализмом... На дворе дождь, в степи сырость, а малого нет и нет, все время хожу и помню о нем.

— Либо верно — зря? — доверился Чепурному Кирей. — Он и так выздоровеет — коммунизм сильней жамки. Лучше пойду пороху из патронов товарищу Гопнеру дам, он скорей огонь сделает.

— Он без пороха сделает, — окоротил Кирея Чепурный. — Силы природы на все хватит: целые светила горят, неужели солома не загорится?.. Чуть солнце за тучи, вы и пошли трудиться вместо него! Надо жить уместней, теперь не капитал!

Но Кирей и Жеев не знали точно, отчего они сейчас трудились, и лишь почувствовали скучное время на дворе, когда поднялись с камня и оставили на нем свою заботу об Якове Титыче.

Дванов с Пиюсей тоже сначала не знали, зачем они пошли на реку Чевенгурку. Дождь над степью и над долиной реки создавал особую тоскующую тишину в природе, будто мокрые одинокие поля хотели приблизиться к людям в Чевенгур. Дванов с молчаливым счастьем думал о Копенкине, Чепурном, Якове Титыче и обо всех прочих, что сейчас жили себе в Чевенгуре. Дванов думал об этих людях как о частях единственного социализма, окруженного дождем, степью и серым светом всего чужого мира.

— Пиюсь, ты думаешь что-нибудь? — спросил Дванов.

— Думаю, — сказал сразу Пиюся и слегка смутился — он часто забывал думать и сейчас ничего не думал.

— Я тоже думаю, — удовлетворенно сообщил Дванов.

Под думой он полагал не мысль, а наслаждение от постоянного воображения любимых предметов; такими предметами для него сейчас были чевенгурские люди — он представлял себе их голые жалкие туловища существом социализма, который они искали с Копенкиным в степи и теперь нашли. Дванов чувствовал полную сытость своей души, он даже не хотел есть со вчерашнего утра и не помнил об еде; он сейчас боялся утратить свой душевный покойный достаток и желал найти другую второстепенную идею, чтобы ею жить и ее тратить, а главную идею оставить в нетронутом запасе — и лишь изредка возвращаться к ней для своего счастья.

— Пиюсь, — обратился Дванов, — правда ведь, что Чевенгур у нас с тобой душевное имущество? Его надо беречь как можно поскупей и не трогать каждую минуту!

— Это можно! — с ясностью подтвердил Пиюся. — Пускай только тронет кто — сразу ляпну сердце прочь!

— В Чевенгуре тоже люди живут, им надо жить и кормиться, — все дальше и все успокоенней думал Дванов.

— Конечно, надо, — согласно полагал Пиюся. — Тем более что тут коммунизм, а народ худой! Разве в теле Якова Титыча удержится коммунизм, когда он тощий? Он сам в своем теле еле помещается!

Они подошли к заглохшей, давно задернелой балке; своим устьем эта балка обращалась в пойму реки Чевенгурки и там погашалась в долине. По широкому дну балки гноился ручей, питающийся живым родником в глубине овражного верховья; ручей имел прочную воду, которая была цела даже в самые сухие годы, и по берегам ручья всегда росла свежая трава. Больше всего Дванову сейчас хотелось обеспечить пищу для всех чевенгурцев, чтобы они долго и безвредно для себя жили на свете и доставляли своим наличием в мире покой неприкосновенного счастья в душу и в думу Дванова; каждое тело в Чевенгуре должно твердо жить, потому что только в этом теле живет вещественным чувством коммунизм. Дванов в озабоченности остановился.

— Пиюсь, — сказал он, — давай плотину насыпем поперек ручья. Зачем здесь напрасно, мимо людей течет вода?

— Давай, — согласился Пиюся. — А кто воду будет пить?

— Земля летом, — объяснил Дванов; он решил устроить в долине балки искусственное орошение, чтобы будущим летом, по мере засухи и надобности, покрывать влагой долину и помогать расти питательным злакам и травам.

— Тут огороды будут хороши, — указал Пиюся. — Тут жирные места, — сюда со степей весной чернозем несет, а летом от жары одни трещины и сухие пауки.

Через час Дванов и Пиюся принесли лопаты и начали рыть канаву для отвода воды из ручья, чтобы можно было строить плотину на сухом месте. Дождь ничуть не переставал, и трудно было рвать лопатой задернелый промокший покров.

— Зато люди будут всегда сыты, — говорил Дванов, с усердием жадности работая лопатой.

— Еще бы! — отвечал Пиюся. — Жидкость — великое дело.

Теперь Дванов перестал бояться за утрату или повреждение главной своей думы — о сохранности людей в Чевенгуре: он нашел вторую, добавочную идею — орошение балки, чтобы ею отвлекаться и ею помогать целости первой идеи в самом себе. Пока что Дванов еще боялся пользоваться людьми коммунизма, он хотел жить тише и беречь коммунизм без ущерба, в виде его первоначальных людей.

В полдень Гопнер добыл огонь водяным насосом, в Чевенгуре раздался гул радости, и Дванов с Пиюсей тоже побежали туда. Чепурный уже успел развести костер и варил на нем котелок супа для Якова Титыча, торжествуя от своего занятия и от гордости, что в Чевенгуре на сыром месте пролетарии сумели сделать огонь.

Дванов сказал Гопнеру о своем намерении делать оросительную плотину на ручье, дабы лучше росли огороды и злаки. Гопнер на это заметил, что без шпунта не обойтись, нужно найти в Чевенгуре сухое дерево и начинать делать шпунтовые сваи. И Дванов с Гопнером до вечера искали сухое дерево, пока не дошли до старого буржуазного кладбища, очутившегося уже вне Чевенгура благодаря сплочению города в тесноту от переноски домов на субботниках; на кладбище богатые семейства ставили высокие дубовые кресты по своей усопшей родне, и кресты стояли десятки лет над могилами, как деревянное бессмертие умерших. Эти кресты Гопнер нашел годными для шпунта, если снять с них перекладины и головки Иисуса Христа.

Поздно вечером Гопнер, Дванов, Пиюся и еще пятеро прочих взялись корчевать кресты; позже, покормив Якова Титыча, прибыл Чепурный и тоже принялся за корчевку, в помощь уже трудившимся для будущей сытости Чевенгура.

Неслышным шагом, среди звуков труда, со степи на кладбище вступили две цыганки; их никто не заметил, пока они не подошли к Чепурному и не остановились перед ним. Чепурный раскапывал корень креста и вдруг почуял, что чем-то пахнет сырым и теплым духом, который уже давно вынес ветер из Чевенгура; он перестал рыть и молча притаился — пусть неизвестное еще чем-нибудь обнаружится, но было тихо и пахло.

— Вы чего здесь? — вскочил Чепурный, не разглядев цыганок.

— А нас малый встретил да послал, — сказала одна цыганка. — Мы в жены пришли наниматься.

— Проша! — вспоминая, улыбнулся Чепурный. — Где он есть?

— А тамо, — ответили цыганки. — Он нас пощупал от болезни, да и погнал. А мы шли-шли, да и дошли, а вы могилы роете, а невест хороших у вас нету...

Чепурный со смущением осмотрел явившихся женщин. Одна была молода и, видимо, молчалива; ее маленькие черные глаза выражали терпение мучительной жизни, остальное же лицо было покрыто утомленной, жидкой кожей; эта цыганка имела на теле красноармейскую шинель, а на голове фуражку кавалериста, и ее черные свежие волосы показывали, что она еще молода и могла бы быть хороша собой, но время ее жизни до сих пор проходило трудно и напрасно. Другая цыганка была стара и щербата, однако она глядела веселее молодой, потому что от долголетней привычки к горю ей казалась жизнь все легче и счастливей, — того горя, которое повторяется, старая женщина уже не чувствовала: оно от повторения становилось облегчением.

Благодаря нежному виду полузабытых женщин Чепурный растрогался. Он поглядел на Дванова, чтобы тот начинал говорить с прибывшими женами, но у Дванова были слезы волнения на глазах, и он стоял почти в испуге.

— А коммунизм выдержите? — спросил Чепурный у цыганок, слабея и напрягаясь от трогательности женщин. — Ведь тут Чевенгур, бабы, вы глядите!

— Ты, красавец, не пугай! — с быстротой и привычкой к людям сказала старшая цыганка. — Мы не такое видали, а женского ничего не прожили — сюда принесли. А ты чего просишь-то? Твой малый сказал — всякая живая баба тут невестой будет, а ты уж — не выдержим! Что мы выдержали, того нам тут не держать — легче будет, жених!

Чепурный выслушал и сформулировал извинение:

— Конечно, выдержишь! Это я тебе на пробу сказал. Кто капитализм на своем животе перенес, для того коммунизм — слабость.

Гопнер неутомимо выкапывал кресты, словно две женщины вовсе не пришли в Чевенгур, и Дванов тоже нагнулся на работу, чтобы Гопнер не считал его интересующимся женщинами.

— Ступайте, бабы, в население, — сказал для цыганок Чепурный. — Берегите там людей своей заботой, видите — мы для них мучаемся.

Цыганки пошли к мужьям в Чевенгур.

Прочие сидели по домам, в сенцах и в сараях и делали руками кто что мог: одни стругали доски, другие с успокоившейся душой штопали мешки, чтобы набрать в них зерен из степных колосьев, третьи же ходили со двора на двор и спрашивали: «Иде дырья?» — в дырьях стен и печей они искали клопов и там душили их. Каждый прочий заботился не для своей пользы, прочий человек видел, как Гопнер чинил крышу над Яковом Титычем, и, желая утешения своей жизни, тоже начал считать своим благом какого-нибудь другого чевенгурца — и для него приступил к сбору зерен или к очистке

414

досок, а из досок, может быть, собьет какой-нибудь подарок или вещь. Те же, кто душил клопов, еще не нашли себе в определенном человеке единственного блага, от которого наступает душевный покой и хочется лишь трудиться для охраны выбранного человека от бедствий нужды, — те просто от растраты сил чувствовали свежесть своего устающего тела; однако они тоже немного утешались, что людей больше не будут кусать клопы; даже водяной насос и тот спешил работать, чтобы нагреть огня для Якова Титыча, хотя ветер и машина — не люди.

Прочий по имени Карчук доделал длинный ящик и лег спать, вполне удовлетворенный, хотя и не знал, для чего потребуется ящик Кирею, которого Карчук начал чувствовать своей душевной необходимостью.

А Кирей, устроив жернов, отправился подавить немного клопов, а потом тоже пошел на отдых, решив, что теперь бедному человеку стало гораздо лучше: паразит перестанет истощать его худое тело; кроме того, Кирей заметил, что прочие часто глядели на солнце — они им любовались за то, что оно их кормило, а сегодня все чевенгурцы обступили водяной насос, который крутил ветер, и тоже любовались на ветер и деревянную машину; тогда Кирей почувствовал ревностный вопрос — почему при коммунизме люди любят солнце и природу, а его не замечают — и вечером еще раз пошел губить клопов по жилищам, чтобы трудиться не хуже природы и деревянной машины.

Только что Карчук, не додумав про свой ящик, задремал, как в дом вошли две цыганки. Карчук открыл глаза и безмолвно испугался.

— Здравствуй, жених! — сказала старая цыганка. — Корми нас, а потом спать клади: хлеб вместе и любовь пополам.

— Чего? — спросил полуглухой Карчук. — Мне не нужно, мне и так хорошо, я про товарища думаю...

— Зачем тебе товарищ? — заспорила пожилая цыганка, а молодая молча и совестливо стояла. — Ты свое тело со мной разделишь, вещей не жалко будет, товарища забудешь, — вот истинно тебе говорю!

Цыганка сняла платок и хотела сесть на ящик, что был готов для Кирея.

— Не трожь ящик! — закричал Карчук от страха порчи ящика. — Не тебе заготовлен!

Цыганка взяла платок с ящика и женски обиделась:

— Эх ты, несдобный! Нечего тебе клюкву хотеть, когда морщиться не умеешь...

Две женщины вышли и легли спать в чулане без брачного тепла.

Симон Сербинов ехал в трамвае по Москве. Он был усталый, несчастный человек, с податливым быстрым сердцем и циническим умом. Сербинов не взял билета на проезд и почти не желал существовать, очевидно, он действительно и глубоко разлагался и не мог чувствовать себя счастливым сыном эпохи, возбуждающим сплошную симпатию; он чувствовал лишь энергию печали своей индивидуальности. Он любил женщин и будущее и не любил стоять на ответственных постах, уткнувшись лицом в кормушку власти. Недавно Сербинов возвратился с обследования социалистического строительства в далеких открытых равнинах Советской страны. Четыре месяца он медленно ездил в глубокой, природной тишине провинции. Сербинов сидел в уиках, помогая тамошним большевикам стронуть жизнь мужика с ее дворового корня, и читал вслух Глеба Успенского в избах-читальнях. Мужики жили и молчали, а Сербинов ехал дальше в глубь Советов, чтобы добиться для партии точной правды из трудящейся жизни. Подобно некоторым изможденным революционерам, Сербинов не любил рабочего или деревенского человека, — он предпочитал иметь их в массе, а не в отдельности. Поэтому Сербинов со счастьем культурного человека вновь ходил по родным очагам Москвы, рассматривал изящные предметы в магазинах, слушал бесшумный ход драгоценных автомобилей и дышал их отработанным газом, как возбуждающими духами.

Сербинов путешествовал по городу, словно по бальной зале, где присутствует ожидающая его дама, только она затеряна вдалеке, среди теплых молодых толп и не видит своего заинтересованного кавалера, а кавалер не может дойти до нее, потому что он имеет объективное сердце и встречает других достойных женщин, настолько исполненных нежности и недоступности, что делается непонятным, как рождаются дети на свете; но чем больше Сербинов встречал женщин и видел предметов, для изделия которых мастеру надо отвлечься от всего низкого и нечистоплотного в своем теле, тем более Сербинов тосковал. Его не радовала женская молодость, хотя он и сам был молод, — он заранее верил в недостижимость необходимого ему счастья. Вчера Сербинов был на симфоническом концерте; музыка пела о прекрасном человеке, она говорила о потерянной возможности, и отвыкший Сербинов ходил в антрактах в уборную, чтобы там переволноваться и вытереть глаза невидимо ото всех.

Пока Сербинов думал, он ничего не видел и механически ехал в трамвае. Перестав думать, он заметил совершенно молодую женщину, которая стояла близ него и глядела ему в лицо. Сербинов не застеснялся ее взора и сам посмотрел на нее, потому что женщина наблюдала его такими простыми и трогательными глазами, какие каждый может вынести на себе без смущения.

На женщине было одето хорошее летнее пальто и шерстяное чистое платье; одежда покрывала неизвестную уютную жизнь ее тела — вероятно, рабочего тела, ибо женщина не имела ожиревших пышных форм, — она была даже изящна и совсем лишена обычной сладострастной привлекательности. Больше всего Сербинова трогало то, что женщина была чем-то счастлива и смотрела на него и вокруг себя глазами расположения и сочувствия. От этого Сербинов сейчас же нахмурился: счастливые были для него чужими, он их не любил и боялся.

«Или я разлагаюсь, — с искренностью разгадывал сам себя Сербинов, — или счастливые бесполезны для несчастных».

Странно-счастливая женщина сошла на Театральной. Она была похожа на одинокое стойкое растение на чужой земле, не сознающее от своей доверчивости, что оно одиноко.

Сербинову сразу стало скучно в трамвае без нее; засаленная, обтертая чужими одеждами кондукторша записывала номера билетов в контрольный листок, провинциальные люди с мешками ехали на Казанский вокзал, жуя пищу на дальнюю дорогу, и электромотор равнодушно стонал под полом, запертый без подруги в теснинах металла и сцеплений. Сербинов соскочил с трамвая и испугался, что та женщина навсегда исчезла от него в этом многолюдном городе, где можно жить годами без встреч и одиноким. Но счастливые медлят жить: та женщина стояла у Малого театра и держала руку горстью, куда газетчик постепенно складывал гривенники сдачи.

Сербинов подошел к ней, решившись от страха тоски на смелость.

— А я думал, что вас уже утратил, — сказал он. — Я шел и вас искал.

— Мало искали, — ответила женщина и пересчитала правильность денег.

Это Сербинову понравилось; он сам никогда не проверял сдачу, не уважая ни своего, ни чужого труда, которым добываются деньги, — здесь же в этой женщине он встретил неизвестную ему опрятность.

— Вы хотите немного походить со мной? — спросила женщина.

— Я вас прошу об этом, — без всяких оснований произнес Сербинов.

Доверчиво-счастливая женщина не обиделась и улыбнулась.

— Иногда встретишь человека, и он вдруг — хороший, — сказала женщина. — Потом его потеряешь на ходу, тогда поскучаешь и забудешь. Я вам показалась хорошей, верно?

— Верно, — полностью согласился Сербинов. — Я бы долго скучал, сразу утратив вас.

— А теперь поскучаете недолго — раз я не сразу пропала!

В манере идти и во всем нраве этой женщины была редкая гордость открытого спокойствия, без всякой рабской нервности и сохранения себя пред другим человеком. Она шла, смеялась от своего настроения, говорила и молчала и не следила за своей жизнью, она не умела приспособить себя к симпатиям своего спутника. Сербинов пробовал ей понравиться — не выходило, женщина не менялась к нему; тогда Сербинов оставил надежду и с покорной тоской думал о времени, которое сейчас спешит и приближает его вечную разлуку с этой счастливой, одаренной какой-то освежающей жизнью женщиной, ее любить нельзя, но и расстаться с ней слишком грустно. Сербинов вспомнил, сколько раз он переживал вечную разлуку, сам ее не считая. Скольким товарищам и любимым людям он сказал однажды и легкомысленно «до свидания» и больше никогда их не видел на свете и уже не сможет увидеть. Сербинов не знал, что нужно сделать для удовлетворения своего чувства уважения к этой женщине, тогда бы ему легче было попрощаться с ней.

— Между друзьями нет средств утолиться до равнодушия, хотя бы временного, — сказал Сербинов. — Дружба ведь не брак.

— Для товарищей можно работать, — ответила спутница Сербинова. — Когда уморишься, бывает легче, — даже одной можно жить; а для товарищей остается польза труда. Не себя же им отдавать, я хочу остаться целой...

Сербинов почувствовал в своей кратковременной подруге некую твердую структуру — такую самостоятельную, словно эта женщина была неуязвима для людей или явилась конечным результатом неизвестного, умершего социального класса, силы которого уже не действовали в мире. Сербинов представил ее себе остатком аристократического племени; если бы все аристократы были такими, как она, то после них история ничего бы не произвела, — напротив, они бы сами сделали из истории нужную им судьбу. Вся Россия населена гибнущими и спасающимися людьми — это давно заметил Сербинов. Многие русские люди с усердной охотой занимались тем, что уничтожали в себе способности и дарования жизни: одни пили водку, другие сидели с полумертвым умом среди дюжины своих детей, третьи уходили в поле и там что-то тщетно воображали своей фантазией. Но вот эта женщина не погубила себя, а сделала. И быть может, она потому и растрогала чувство Сербинова, что он себя сделать не мог и погибает, видя того прекрасного человека, о котором обещала музыка. Или это только тоска Сербинова, ощущение своей собственной уже недостижимой необходимости, а спутница станет его любовницей и он от нее устанет через неделю? Но тогда откуда же это трогательное лицо перед ним, защищенное своею гордостью, и эта замкнутость завершенной души, способной понять и безошибочно помочь другому человеку, но не требующая помощи себе?

Дальнейшая прогулка не имела смысла, она только докажет слабость Сербинова перед женщиной, и он сказал ей: до свидания, желая сохранить в своей спутнице достойную память о себе. Она тоже сказала: до свидания — и прибавила: «Если вам будет очень скучно, то приходите — мы увидимся».

— А вам бывает скучно? — спросил Сербинов, жалея, что попрощался с ней.

— Конечно, бывает. Но я сознаю, отчего мне скучно, и не мучаюсь.

Она сказала Сербинову, где проживает, и Сербинов отошел от нее. Он начал возвращаться назад. Он шел среди густого уличного народа и успокаивался, будто чужие люди защищали его своей теснотой. Затем Сербинов был в кино и снова слушал музыку на концерте.

Он сознавал, отчего ему грустно, и мучился. Ум ему нисколько не помогал, очевидно, он разлагался. Ночью Сербинов лежал в тишине прохладного гостиничного номера и молча следил за действием своего ума. Сербинов удивлялся, что ум при своем разложении выделяет истину, — и Сербинов не беспокоил его тоской памяти о встреченной женщине. Пред ним сплошным потоком путешествия проходила Советская Россия — его неимущая, безжалостная к себе родина, слегка похожая на сегодняшнюю женщину-аристократку. Грустный, иронический ум Сербинова медленно вспоминал ему бедных, неприспособленных людей, дуром приспособляющих социализм к порожним местам равнин и оврагов.

И что-то уже занимается на скучных полях забываемой России: люди, не любившие пахать землю под ржаной хлеб для своего хозяйства, с терпеливым страданием сажают сад истории для вечности и для своей неразлучности в будущем. Но садовники, как живописцы и певцы, не имеют прочного полезного ума, у них внезапно волнуется слабое сердце: еле зацветшие растения они от сомнения вырвали прочь и засеяли почву мелкими злаками бюрократизма; сад требует заботы и долгого ожидания плодов, а злак поспевает враз, и на его ращение не нужно ни труда, ни затраты души на терпение. И после снесенного сада революции его поляны были отданы под сплошной саморастущий злак, чтобы кормиться всем без мучения труда. Действительно, Сербинов видел, как мало люди работали, поскольку злак кормил всех даром. И так будет идти долго, пока злак не съест всю почву и люди не останутся на глине и на камне или пока отдохнувшие садовники не разведут снова прохладного сада на оскудевшей, иссушенной безлюдным ветром земле.

Сербинов уснул в обычной печали, со стесненным, заглушенным сердцем. Утром он сходил в комитет партии и получил командировку в далекую губернию, чтобы исследовать там факт сокращения посевной площади на

20 процентов; выезжать нужно было завтра. Остальной день Сербинов просидел на бульваре в ожидании вечера, и ожидание его оказалось утомляющим трудом, хотя сердце Сербинова билось покойно, без всякой надежды на счастье собственной женщины.

Вечером он пойдет ко вчерашней молодой знакомой. И он пошел к ней пешком, чтобы истратить ненужное время на дорогу и отдохнуть от ожидания.

Адрес ее был, вероятно, неточен. Сербинов попал на усадьбу, застроенную старыми домами пополам с новыми, и начал искать свою знакомую. Он ходил по многим лестницам, попадал на четвертые этажи и оттуда видел окраинную Москву-реку, где вода пахла мылом, а берега, насиженные голыми бедняками, походили на подступы к отхожему месту.

Сербинов звонил в неизвестные квартиры, ему отворяли пожилые люди, чувствовавшие себя жильцами, которым больше всего необходим покой, и удивлялись желанию Сербинова видеться с не проживающим, не прописанным здесь человеком. Тогда Сербинов вышел на улицу и начал плановый детальный обход всех жилых помещений, не в силах остаться на нынешний вечер одиноким; завтра ему будет легче — он поедет вплоть до пропавшей площади, на которой теоретически должен расти бурьян. Свою знакомую Сербинов нашел нечаянно, она сама спускалась навстречу ему по лестнице, иначе бы Сербинову пришлось до нее обойти до двадцати ответственных съемщиков. Женщина провела Сербинова в свою комнату, а сама снова вышла из нее на время. Комната была порожняя, словно в ней человек не жил, а лишь размышлял. Назначение кровати обслуживали три ящика из-под кооперативных товаров, вместо стола находился подоконник, а одежда висела на стенных гвоздях под покрытием бедной занавески. В окно виднелась все та же оплошавшая Москва-река, и по берегам ее продолжали задумчиво сидеть те же самые голые туловища, которые запомнил Сербинов еще в бытность свою на скучных лестницах этого дома.

Закрытая дверь отделяла соседнюю комнату, там посредством равномерного чтения вслух какой-то рабфаковец вбирал в свою память политическую науку. Раньше бы там жил, наверно, семинарист и изучал бы догматы вселенских соборов, чтобы впоследствии, по законам диалектического развития души, прийти к богохульству.

Женщина принесла угощенье для своего знакомого: пирожное, конфеты, кусок торта и полбутылки сладкого церковного вина — висанта. Неужели она такая наивная?

Сербинов начал понемногу есть эти яства женского сладкого стола, касаясь ртом тех мест, где руки женщины держали пищу. Постепенно Сербинов поел все — и удовлетворился, а знакомая женщина говорила и смеялась, словно радуясь, что принесла в жертву пищу вместо себя. Она ошиблась — Сербинов лишь любовался ею и чувствовал свою грусть скучного человека на свете; он уже не мог бы теперь спокойно жить, оставаться одиноким и самостоятельно довольствоваться жизнью. Эта женщина вызывала в нем тоску и стыд; если бы он вышел от нее наружу, на возбужденный воздух Москвы, ему бы стало легче. В первый раз в жизни Сербинов не имел собственной оценки противоположного человека, и он не мог улыбнуться над ним, чтобы стать свободным и выйти прежним одиноким человеком.

Над домами, над Москвой-рекой и всею окраинной ветхостью города сейчас светила луна. Под луной, как под потухшим солнцем, шуршали женщины и девушки — бесприютная любовь людей. Все было заранее благоустроено: любовь идет в виде факта, в виде определенного, ограниченного вещества, чтобы ей возможно было свершиться и закончиться. Сербинов отказывал любви не только в идее, но даже в чувстве, он считал любовь одним округленным телом, об ней даже думать нельзя, потому что тело любимого человека создано для забвения дум и чувств, для безмолвного труда любви и смертельного утомления; утомление и есть единственное утешение в любви. Сербинов сидел с тем кратким счастьем жизни, которым нельзя пользоваться — оно все время уменьшается. И Симон ничем не пытался наслаждаться, он считал всемирную историю бесполезным бюрократическим учреждением, где от человека с точным усердием отнимается смысл и вес существования. Сербинов знал свое общее поражение в жизни и опустил взор на ноги хозяйки. Женщина ходила без чулок, и ее голые розовые ноги были наполнены теплотой крови, а легкая юбка покрывала остальную полноту тела, уже разгоревшегося напряжением зрелой сдержанной жизни. «Кто тебя, горячую, потушит? — обдумывал Сербинов. — Не я, конечно, я тебя не достоин, у меня в душе, как в уезде, глушь и страх». Он еще раз посмотрел на ее восходящие ноги и не мог ничего ясно понять; есть какая-то дорога от этих свежих женских ног до необходимости быть преданным и доверчивым к своему обычному, революционному делу, но та дорога слишком дальняя, и Сербинов заранее зевнул от усталости ума.

— Как вы живете? — спросил Симон. — И как вас зовут?

— Зовут меня Соней, а целиком — Софьей Александровной. Живу я очень хорошо — или работаю, или кого-нибудь ожидаю...

— При встречах бывают краткие радости, — сообщил для самого себя Сербинов. — Когда на улице застегиваешь последнюю пуговицу пальто — вздыхаешь и сожалеешь, что все напрасно миновало и надо опять увлекаться одним собой.

— Но ожидание людей — тоже радость, — сказала Софья Александровна, — и вместе с встречами радость бывает долгой... Я больше всего люблю ожидать людей, я ожидаю почти всегда...

Она положила руки на стол и затем перенесла их на свои возмужавшие колени, не сознавая лишних движений. Ее жизнь раздавалась кругом как шум. Сербинов даже прикрыл глаза, чтобы не потеряться в этой чужой комнате, наполненной посторонним ему шумом и запахом. Руки Софьи Александровны были худые и старые против ее телосложения, а пальцы сморщены, как у прачки. И эти изувеченные руки несколько утешили Сербинова, он стал меньше ревновать ее, что она достанется другому человеку.

Угощенье на столе уже кончилось; Сербинов пожалел, что поспешил его поесть, теперь надо было уходить. Но уйти он не мог, он боялся, что есть люди лучше его, из-за этого он и пришел к Софье Александровне. Еще в трамвае Сербинов заметил в ней то излишнее дарование жизни, которое взволновало и раздражило его.

— Софья Александровна, — обратился Сербинов. — Я хотел вам сказать, что завтра уезжаю...

— Ну и что ж такое! — удивилась Софья Александровна. Ей явно не жалко было людей, она могла питаться своей собственной жизнью, чего никогда не умел делать Симон.

Другие люди ей скорее требовались для расхода своих лишних сил, чем для получения от них того, чего ей не хватало. Сербинов еще не знал, кто она, наверное, несчастная дочка богатых родителей. Это оказалось ошибкой: Софья Александровна была чистильщицей машин на Трехгорной мануфактуре и родилась, брошенная матерью на месте рождения. Но все же она, быть может, любила кого-нибудь и сама рожала детей, — Сербинов наполовину спрашивал, наполовину догадывался.

— Любила, но не рожала, — отвечала Софья Александровна. — Людей хватает без моих детей... Если бы из меня мог вырасти цветок, его б я родила.

— Неужели вы любите цветы?! Это же не любовь, это обида, что вы сами перестали рожаться и расти...

— Пусть. Когда у меня есть цветы, я никуда не ухожу и никого не ожидаю. Я с ними так себя чувствую, что хотела бы их рожать. Без этого как-то вся любовь не выходит...

— Без этого она не выйдет, — сказал Симон. Он начал иметь надежду на утоление своей ревности, он ожидал, что в конце концов Софья Александровна окажется таким же несчастным, замершим среди жизни человеком, каким был сам Сербинов. Он не любил успешных или счастливых людей, потому что они всегда уходят на свежие, далекие места жизни и оставляют своих близких одинокими. Уже многими друзьями Сербинов осиротел и некогда прицепил себя к большевикам — из страха остаться позади всех, но и это не помогло: друзья Сербинова продолжали полностью расходоваться помимо него, и Сербинов ничего не успевал скопить от их чувств для себя, как они уже оставляли его и проходили в свое будущее. Сербинов смеялся над ними, порочил скудость их намерений, говорил, что история давно кончилась, идет лишь межчеловеческая утрамбовка, а до́ма, уничтожаемый горем разлуки, не знающий, где его любят и ожидают, он закрывал дверь на ключ и садился поперек кровати, спиной к стене. Сербинов сидел молча и слушал прекрасный звон трамваев, которые везут людей друг к другу в гости, мимо теплых летних бульваров; и к Сербинову постепенно приходили слезы жалости к себе, он следил, как слезы разъедали грязь на его щеках, и не зажигал электричества.

Позднее, когда стихали улицы и спали друзья и любовники, Сербинов успокаивался: в этот час уже многие были одинокими — кто спал, кто утомился от беседы или любви и лежал один, — и Сербинов тоже соглашался быть одним. Иногда он доставал дневник и заносил туда под порядковыми номерами мысли и проклятья: «Человек — это не смысл, а тело, полное страстных сухожилий, ущелий с кровью, холмов, отверстий, наслаждений и забвения»; «Странен бых, но смирихся зело: означает — странен бык, но смирился козой»; «История начата неудачником, который был подл и выдумал будущее, чтобы воспользоваться настоящим, — стронул всех с места, а сам остался сзади, на обжитой, нагретой оседлости»; «Я побочный продукт своей матери, наравне с ее менструацией, — не имею поэтому возможности что-либо уважать. Боюсь хороших, — бросят они меня, плохого, боюсь озябнуть позади всех. Проклинаю текучее население, хочу общества и членства в нем!»; «И в обществе я буду не член, а стынущая конечность».

Сербинов с подозрительной ревностью следил за любым человеком: не лучше ли он его? Если лучше, то такого надо приостановить, иначе он опередит тебя и не станет равным другом. Софья Александровна тоже показалась ему лучшей, чем он сам, следовательно, потерянной для него, а Сербинов хотел бы копить людей, как деньги и средства жизни, он даже завел усердный учет знакомых людей и постоянно вел по главной домашней книге особую роспись прибылям и убыткам.

Софью Александровну придется записать в убыток. Но Симон захотел уменьшить свой ущерб — одним способом, который он раньше не принимал в расчет в своем человеческом хозяйстве, и поэтому у него всегда получался в остатке дефицит. Что, если обнять эту Софью Александровну, сделаться похожим на нежно-безумного человека, желающего именно на ней жениться? Тогда Симон мог бы развить в себе страсть, превозмочь это упрямое тело высшего человека, оставить в нем свой след, осуществить хотя бы кратко свою прочность с людьми, — и выйти наружу спокойным и обнадеженным, чтобы продолжать дальнейшую удачную добычу людей. Где-то с нервным треском неслись трамваи, в них находились люди, уезжающие вдаль от Сербинова. Симон подошел к Софье Александровне, приподнял ее под плечи и поставил перед собой в рост, при этом она оказалась тяжелой женщиной.

— Что вы? — без испуга, с внимательным напряжением произнесла Софья Александровна.

У Сербинова закатилось сердце от близости ее чуждого тела, нагретого недоступной встречной жизнью. Сербинова уже можно было рубить сейчас топором — он бы не узнал боли. Он задыхался, у него клокотало в горле, он чувствовал слабый запах пота из подмышек Софьи Александровны и хотел обсасывать ртом те жесткие волосы, испорченные по́том.

— Я хочу вас слегка подержать, — сказал Симон. — Уважьте меня, я сейчас уйду.

Софья Александровна от стыда перед мучающимся человеком приподняла свои руки, чтобы Сербинову было удобнее поддерживать ее в своих слабых объятиях.

— Разве вам от этого легче? — спросила она, и ее поднятые руки отекли.

— А вам? — спросил Сербинов, слушая отвлекающий голос паровоза, поющий о труде и спокойствии среди летнего мира.

— Мне все равно.

Симон оставил ее.

— Уже пора идти, — сказал он равнодушно. — Где у вас уборная, я сегодня не умывался.

— Где входили — направо. Там есть мыло, а полотенца нет, я отдала его в стирку и утираюсь простыней.

— Давайте простыню, — согласился Сербинов.

Простыня пахла ею, Софьей Александровной. Видно, что она тщательно протиралась простыней по утрам, освежая запекшееся ото сна тело. Сербинов смочил уставшие горячие глаза, они у него всегда уставали первыми в теле. Лица он мыть не стал и поспешно свернул простыню в удобный комок, а затем засунул этот комок в боковой карман пальто, что висело в коридоре против уборной: теряя человека, Сербинов желал сохранить о нем бесспорный документ.

— Простыню я повесил на калорифер сушиться, — сказал Сербинов, — она от меня взмокла. Прощайте, я ухожу...

— До свидания, — с приветом ответила Софья Александровна и не смогла отпустить человека без внимания. — Куда вы уезжаете? — спросила она. — Вы говорили, что уезжаете.

Сербинов сказал ей губернию, где исчезло 20 процентов посевной площади, туда он едет ее искать.

— Я там прожила всю жизнь, — сообщила Софья Александровна про ту губернию. — Там у меня был один славный товарищ. Увидите его — кланяйтесь ему.

— Что он за человек?

Сербинов думал о том, как он придет к себе в комнату и сядет записывать Софью Александровну в убыток своей души, в графу невозвратного имущества. Взойдет поздняя ночь над Москвой, а его многие любимые лягут спать и во сне увидят тишину социализма, — Сербинов же будет их записывать со счастьем полного прощения и ставить отметки расхода над фамилиями утраченных друзей.

Софья Александровна достала маленькую фотографию из книжки.

— Он не был моим мужем, — сказала она про человека на фотографии, — и я его не любила. Но без него мне стало скучно. Когда я жила в одном городе с ним, я жила спокойней... Я всегда живу в одном городе, а люблю другой...

— А я ни один город не люблю, — произнес Сербинов. — Я люблю только, где всегда много людей на улицах.

Софья Александровна глядела на фотографию. Там был изображен человек лет двадцати пяти, с запавшими, словно мертвыми глазами, похожими на усталых сторожей; остальное же лицо его, отвернувшись, уже нельзя было запомнить. Сербинову показалось, что этот человек думает две мысли сразу и в обоих не находит утешения, поэтому такое лицо не имеет остановки в покое и не запоминается.

— Он неинтересный, — заметила равнодушие Сербинова Софья Александровна. — Зато с ним так легко водиться! Он чувствует свою веру, и другие от него успокаиваются. Если бы таких было много на свете, женщины редко выходили бы замуж...

— Где ж я его встречу? — спросил Сербинов. — Может, он умер уже?.. Почему — не выходили бы замуж?

— А зачем? Замужем будут объятия, ревность, кровь — я была один месяц замужем, и вы сами знаете. С ним, наверно, ничего не надо, к нему нужно лишь прислониться, и так же будет хорошо.

— Встречу такого, напишу вам открытку, — пообещал Сербинов и пошел поскорее одевать пальто, чтобы унести в нем простыню.

С площадок лестницы Сербинов видел московскую ночь. На берегу реки уже никого не было, и вода лилась, как мертвое вещество. Симон шептал на ходу, что, если бы изувечить Софью Александровну, тогда бы она привлекла к себе его и он мог бы полюбить эту лестницу; каждый день он был бы рад ждать вечера, у него имелось бы место погашения своей опаздывающей жизни, — другой человек сидел бы против него, и Симон от него забывался.

Софья Александровна осталась одна — спать скучным сном до утренней работы. В шесть часов утра к ней заходил мальчик-газетчик, просовывал под дверь «Рабочую газету» и на всякий случай стучал: «Соня, тебе пора! Сегодня десять раз — тридцать копеек за тобой. Вставай, читай про факты!»

Вечером, после смены, Софья Александровна снова вымылась, но вытерлась уже наволочкой и открыла окно в потухающую теплую Москву. В эти часы она всегда ожидала кого-нибудь, но никто к ней не приходил: иные были заняты на собраниях, другим было скучно сидеть и не целоваться с женщиной. Когда темнело, Софья Александровна ложилась животом на подоконник и дремала в своем ожидании. Внизу ехали телега и автомобили и, притаившись, тихо благовестила осиротевшая церквушка. Уже много прошло пешеходов на глазах Софьи Александровны, и она провожала каждого с ожиданием, но все они миновали наружную дверь ее дома. Лишь один, постояв у подъезда, бросил на мостовую разожженную папиросу и вошел в дом. «Не ко мне», — решила Соня и притихла. Где-то, в глубине этажей, неуверенно шагал человек и часто останавливался для передышки или для раздумья. Шаги остановились около двери Софьи Александровны. «Шагай выше», — прошептала Соня. Но человек постучал к ней. Не помня пути от окна до двери, через маленький коридор, Софья Александровна открыла вход. Пришел Сербинов.

— Я не мог уехать, — сказал он. — Я о вас соскучился в самом себе.

Симон по-прежнему улыбался, но сейчас более грустно, чем раньше. Он уже видел, что здесь ему не предстоит счастья, а позади остался гулкий номер гостиницы и в нем книга учета потерянных товарищей.

— Берите свою простыню у меня в пальто, — сказал Сербинов. — Она уже просохла, и вашего запаха в ней нет. Извините, что я на ней сегодня спал.

Софья Александровна понимала, что Сербинов утомлен, и молча, не рассчитывая, что она по себе может интересовать гостя, собирала ему угощение из своего ужина. Сербинов съел ее ужин как должное и, наевшись, еще больше почувствовал горе своего одиночества. Сил у него было много, но они не имели никакого направления и напрасно сдавливали ему сердце.

— Что же вы не уехали? — спросила Софья Александровна. — Вам со вчерашнего дня стало скучнее?

— Я поеду бурьян в одной губернии искать. Раньше социализму угрожала вошь, теперь — бурьян. Поедемте со мной!

— Нет, — отказалась Софья Александровна. — Я ехать никуда не могу.

Сербинов хотел было улечься здесь спать, больше нигде он не проспал бы в таком спокойствии. Он попробовал свою спину и левый бок — уже несколько месяцев, как что-то, ранее бывшее мягким и терпеливым, теперь превращалось в твердое и болящее: вероятно, это отживали хрящи молодости, мертвея в постоянную кость. Сегодня утром скончалась его забытая мать. Симон даже не знал, где она проживает, где-то в предпоследнем доме Москвы, откуда уже начинается уезд и волость. В тот час, когда Сербинов с тщательностью чистил зубы, освобождая рот от нагноений для поцелуев, или когда он ел ветчину, его мать умерла. Теперь Симон не знал, для чего ему жить. Тот последний человек, для которого смерть самого Сербинова осталась бы навсегда безутешной, этот человек скончался. Среди оставшихся живых у Симона не было никого, подобного матери: он мог ее не любить, он забыл ее адрес, но жил потому, что мать некогда и надолго загородила его своей нуждой в нем от других многих людей, которым Симон был вовсе не нужен. Теперь эта изгородь упала, где-то на краю Москвы, почти в провинции, лежала в гробу старушка, сберегшая сына вместо себя, и в свежих досках ее гроба было больше живого, чем в ее засохшем теле. И Сербинов почувствовал свободу и легкость своей оставшейся жизни — его гибель ни у кого теперь не вызовет жалобы, после его смерти никто не умрет от горя, как обещала однажды и исполнила бы, если бы пережила Симона, его мать. Оказывается, Симон жил оттого, что чувствовал жалость матери к себе и хранил ее покой своей целостью на свете. Она же, его мать, служила Симону защитой, обманом ото всех чужих людей, он признавал мир благодаря матери сочувствующим себе. И вот теперь мать исчезла, и без нее все обнажилось. Жить стало необязательно, раз ни в ком из живущих не было по отношению к Симону смертельной необходимости. И Сербинов пришел к Софье Александровне, чтобы побыть с женщиной — мать его тоже была женщиной.

Посидев, Сербинов увидел, что Софья Александровна хочет спать, и попрощался с нею. О смерти матери Сербинов ничего не сказал. Он хотел это использовать как основательную причину для нового посещения Софьи Александровны. Домой Сербинов шел верст шесть, два раза над ним начинал капать редкий дождь и кончался. На одном бульваре Сербинов почувствовал, что сейчас заплачет; в ожидании слез он сел на скамейку, наклонился и приспособил лицо, но заплакать не мог. Заплакал он позже, в ночной пивной, где играла музыка и танцевали, но не от матери, а от множества недосягаемых для Сербинова артисток и людей.

И в третий раз Сербинов пришел к Софье Александровне в воскресенье. Она еще спала, и Симон ожидал в коридоре, пока она оденется.

Сербинов сказал через дверь, что вчера его мать закопали и он зашел за Софьей Александровной пойти вместе на кладбище, чтобы посмотреть, где его мать будет находиться до самого конца света. Тогда Софья Александровна, неодетая, открыла ему свою комнату и, не умываясь, пошла с Сербиновым на кладбище. Там уже начиналась осень, на могилы похороненных людей падали умершие листья. Среди высоких трав и древесных кущ стояли притаившиеся кресты вечной памяти, похожие на людей, тщетно раскинувших руки для объятий погибших. На ближнем к дорожке кресте была надпись чьей-то беззвучной жалобы:

> Я живу и плачу,
> а она умерла и молчит.

Могила матери Симона, занесенная свежим земным прахом, лежала в тесноте других могил и в уединении среди их ветхих бугров. Сербинов и Софья Александровна находились под старым деревом; его листья равномерно шумели в потоке постоянного высокого ветра, словно время стало слышным на своем ходу и уносилось над ними. Вдалеке изредка проходили люди, проведывая мертвых родственников, а вблизи никого не было. Рядом с Симоном ровно дышала Софья Александровна, она глядела на могилу и не понимала смерти, у нее не было кому умирать. Она хотела почувствовать горе и пожалеть Сербинова, но ей было только немного скучно от долгого шума влекущегося ветра и вида покинутых крестов. Сербинов стоял перед нею как беспомощный крест, и Софья Александровна не знала, чем ему помочь в его бессмысленной тоске, чтобы ему было лучше.

Сербинов же стоял в страхе перед тысячами могил. В них лежали покойные люди, которые жили потому, что верили в вечную память и сожаление о себе после смерти, но о них забыли — кладбище было безлюдно, кресты замещали тех живых, которые должны приходить сюда, помнить и жалеть. Так будет и с ним, Симоном: последняя, кто ходила бы к нему, мертвому, под крест — теперь сама лежит в гробу под его ногами.

Сербинов прикоснулся рукой к плечу Софьи Александровны, чтобы она вспомнила его когда-нибудь после разлуки. Софья Александровна ничем не ответила ему. Тогда Симон обнял ее сзади и приложил свою голову к ее шее.

— Здесь нас увидят, — сказала Софья Александровна. — Пойдемте в другое место.

Они сошли на тропинку и пошли в глушь кладбища. Людей здесь было хотя и мало, но они не переводились: встречались какие-то зоркие старушки, из тишины зарослей неожиданно выступали могильщики с лопатами, и звонарь с колокольни наклонился и видел их. Иногда они попадали в более уютные, заглохшие места, и там Сербинов прислонял Софью Александровну к дереву или просто держал почти на весу близ себя, а она нехотя глядела на него, но раздавался кашель или скрежет подножного гравия, и Сербинов вновь уводил Софью Александровну.

Постепенно они обошли кладбище по большому кругу — всюду без пристанища — и возвратились к могиле матери Симона. Они оба уже утомились; Симон чувствовал, как ослабело от ожидания его сердце и как нужно ему отдать свое горе и свое одиночество в другое, дружелюбное тело и, может быть, взять у Софьи Александровны то, что ей драгоценно, чтобы она всегда жалела о своей утрате, скрытой в Сербинове, и поэтому помнила его.

— Зачем вам это надо сейчас? — спросила Софья Александровна. — Давайте лучше говорить.

Они сели на выступавшее из почвы корневище дерева и приложили ноги к могильной насыпи матери. Симон молчал, он не знал, как поделить свое горе с Софьей Александровной, не поделив прежде с нею самого себя: даже имущество в семействе делается общим лишь после взаимной любви супругов; всегда, пока жил Сербинов, он замечал, что обмен кровью и телом вызывает затем обмен прочими житейскими вещами, — наоборот не бывает, потому что лишь дорогое заставляет не жалеть дешевое. Сербинов был согласен и с тем, что так думает лишь его разложившийся ум.

— Что же мне говорить! — сказал он. — Мне сейчас трудно, горе во мне живет как вещество, и наши слова останутся отдельно от него.

Софья Александровна повернула к Симону свое вдруг опечаленное лицо, будто боясь страдания, она или поняла, или ничего не сообразила. Симон угрюмо обнял ее и перенес с твердого корня на мягкий холм материнской могилы, ногами в нижние травы. Он забыл, есть ли на кладбище посторонние люди, или они уже все ушли, а Софья Александровна молча отвернулась от него в комья земли, в которых содержался мелкий прах чужих гробов, вынесенный лопатой из глубины.

Спустя время Сербинов нашел в своих карманных трущобах маленький длинный портрет худой старушки и спрятал его в размягченной могиле, чтоб не вспоминать и не мучиться о матери.

Гопнер в Чевенгуре сделал для Якова Титыча оранжерею: старик уважал невольные цветы, он чувствовал от них тишину своей жизни. Но уже надо всем миром, и над Чевенгуром, светило вечернее, жмурящееся солнце средней осени, и степные цветы Якова Титыча едва пахли от своего слабеющего дыхания. Яков Титыч призывал к себе самого молодого из прочих, тринадцатилетнего Егория, и сидел с ним под стеклянной крышей в кругу аромата. Ему жалко было умирать в Чевенгуре, но уже надо, потому что желудок перестал любить пищу и даже питье обращал в мучительный газ, но не от болезни желал умереть Яков Титыч, а от потери терпения к самому себе: он начал чувствовать свое тело как постороннего, второго человека, с которым он скучает целых шестьдесят лет и на которого Яков Титыч стал иметь теперь неутомимую злобу. Сейчас он глядел в поле, где Пролетарская Сила пахала, а Копенкин ходил за ней вслед, и еще больше хотел забыть себя, скрыться от тоски неотлучного присутствия с одним собой. Он желал стать лошадью, Копенкиным, любым одаренным предметом, лишь бы потерять из ума свою исчувствованную, присохшую коркой раны жизнь. Он пробовал руками Егория, и ему бывало легче, все же мальчик — это лучшая жизнь, и если нельзя ею жить, то можно хотя бы иметь при себе и думать о ней.

Босой Копенкин поднимал степь, успевшую стать целиной, силою боевого коня. Он пахал не для своей пищи, а для будущего счастья другого человека, для Александра Дванова. Копенкин видел, что Дванов отощал в Чевенгуре, и тогда он собрал рожь по горстям, уцелевшую в чуланах от старого мира, и запряг Пролетарскую Силу в соху, чтобы запахать землю и посеять озимый хлеб для питания друга. Но Дванов похудел не от голода, наоборот — в Чевенгуре ему редко хотелось есть, он похудел от счастья и заботы. Ему постоянно казалось, что чевенгурцы чем-то мучаются и живут между собой непрочно. И Дванов уделял им свое тело посредством труда; для того чтобы Копенкин прижился с ним в Чевенгуре, Александр писал ему ежедневно, по своему воображению, историю жизни Розы Люксембург, а для Кирея, который ходил теперь за Двановым с тоской своего дружелюбия и стерег его по ночам, чтобы он не скрылся вдруг из Чевенгура, для Кирея он вытащил со дна реки небольшой ствол черного дерева, потому что Кирей захотел вырезать из него деревянное оружие. Чепурный же, совместно с Пашинцевым, беспрерывно рубил кустарник, он вспомнил, что зимы бывают малоснежными, а если так, то снег не утеплит домов, и тогда можно простудить все население коммунизма и оно умрет к весне. По ночам Чепурный тоже не имел покоя — он лежал на земле среди Чевенгура и подкладывал ветви в неугасимый костер, чтобы в городе не перевелся огонь. Гопнер и Дванов обещали вскоре сделать в Чевенгуре электричество, но все время утомлялись другими заботливыми делами. В ожидании электричества Чепурный лежал под сырым небом осенней тьмы и дремлющим умом стерег тепло и свет для спящих прочих. Прочие же просыпались еще во мраке, и это их пробуждение было временем радости для Чепурного: по всему тихому Чевенгуру раздавалось скрипение дверей и гул ворот, босые отдохнувшие ноги шагали меж домов в поисках пищи и свидания с товарищами, гремели водяные ведра, и всюду рассветало. Здесь Чепурный с удовлетворением засыпал, а прочие сами берегли общий огонь.

Каждый из прочих отправлялся в степь или на реку и там рвал колосья, копал корнеплоды, а в реке ловил шапкой на палке расплодившуюся рыбью мелочь. Сами прочие ели лишь изредка: они добывали корм для угощения друг друга, но пища уже редела в полях, и прочие ходили до вечера среди бурьяна в тоске своего и чужого голода.

В начале сумерек прочие сходились на открытом заросшем месте и готовились кушать. Вдруг вставал Карчук — он целый день трудился и умаривался, а по вечерам любил быть среди простонародья.

— Граждане-друзья, — говорил Карчук своим довольным голосом. — У Юшки в груди кашель и невзгода — пускай он питается полегче, я ему травяных жамок целые тыщи нарвал и напустил в них молочного соку из цветочных ножек, пусть Юшка смело кушает...

Юшка сидел на лопухе, имея четыре картошки.

— Я на тебя, Карчук, тоже свой принцип подниму, — отвечал Юшка. — Мне чего-то с утра было желательно тебя печеной картошкой удивить! Мне желательно, чтобы ты посытней на ночь угостился!

Вокруг поднималась ночная жуть. Безлюдное небо угрюмо холодало, не пуская наружу звезд, и ничто нигде не радовало. Прочий человек ел и чувствовал себя хорошо. Среди этой чужеродности природы, перед долготою осенних ночей, он запасся не менее как одним товарищем и считал его своим предметом, и не только предметом, но и тем таинственным благом, на которое человек полагается лишь в своем воображении, но исцеляется в теле; уже тем, что другой необходимый человек живет целым на свете, уже того достаточно, чтобы он стал источником сердечного покоя и терпения для прочего человека, его высшим веществом и богатством его скудости. Посредством присутствия на свете второго, собственного человека Чевенгур и ночная сырость делались вполне обитаемыми и уютными условиями для каждого одинокого прочего. «Пусть кушает, — думал Карчук, глядя на питающегося Юшку. — Потом в него от пищеварения кровь прибавится и ему интересней спать будет. А завтра проснется — сыт и в теле тепло: удобное дело!»

А Юшка, проглотив последнюю жидкость пищи, встал на ноги посреди круга людей.

— Товарищи, мы живем теперь тут, как население, и имеем свой принцип существования... И хотя ж мы низовая масса, хотя мы самая красная гуща, но нам кого-то не хватает и мы кого-то ждем!..

Прочие молчали и прикладывали головы к своему же нижнему телу от усталости дневных забот о пище и друг о друге.

— У нас Прошка в убытке, — сказал Чепурный с грустью. — Нет его, милого, среди Чевенгура!..

— Пора б костер посильней организовать, — сказал Кирей. — Может, Прошка ночью явится, а у нас темное место!

— А чем его организовать? — не понял Карчук. — Костер надо жечь пышным способом! Как же ты его организуешь, когда хворостины без калибра выросли! — сожги их, вот тогда дым уж тебе организованно пойдет...

Но здесь прочие начали тихо дышать от наступления бессознательного сна, и они уже не слышали Карчука. Лишь Копенкин не хотел отдыха. «Чушь», — подумал он обо всем и пошел устраивать коня. Дванов и Пашинцев легли поближе спинами и, нагревши друг друга, не почувствовали, как потеряли ум до утра.

Через два дня в третий пришли две цыганки и без толку переночевали в чулане Карчука. Днем они тоже хотели пристроиться к чевенгурцам, но те трудились в разных местах города и бурьяна, и им было стыдно перед товарищами вместо труда любезно обходиться с женщинами. Кирей уже успел выловить всех клопов в Чевенгуре и сделать саблю из черного дерева, а во время появления цыганок он выкапывал пень, чтобы достать матерьял на трубку Гопнеру. Цыганки прошли мимо него и скрылись в тени пространства; Кирей почувствовал в себе слабость тела от грусти, словно он увидел конец своей жизни, но постепенно превозмог эту тягость посредством траты тела на рытье земли. Через час цыганки еще раз показались, уже на высоте степи, а затем сразу исчезли, как хвост отступающего обоза.

— Красавицы жизни, — сказал Пиюся, развешивавший сушиться по плетням вымытые гуни прочих.

— Солидное вещество, — определил цыганок Жеев.

— Только революции в ихнем теле не видать ничуть! — сообщил Копенкин. Он третий день искал в гуще трав и на всех конских местах подкову, но находил одну мелочь, вроде нательных крестов, лаптей, каких-то сухожилий и сора буржуазной жизни. — Красивости без сознательности на лице не бывает, — сказал Копенкин, найдя кружку, в которую до коммунизма собирались капиталы на устройство храмов. — Женщина без революции — одна полубаба, по таким я не тоскую... Уснуть от нее еще сумеешь, а далее-более — она уже не боевая вещь, она легче моего сердца.

Дванов выдергивал гвозди из сундуков в ближних сенцах для нужд всякого деревянного строительства; через дверь он видел, как ушли несчастные цыганки, и пожалел их: они бы могли стать в Чевенгуре женами и матерями; люди, сжатые дружбой, теснящиеся меж собой в спешном труде, чтобы не рассеяться по жуткой, безродной земле, эти люди закрепились бы еще обменом тел, жертвенной прочностью глубокой крови. Дванов с удивлением посмотрел на дома и плетни — сколько в них скрыто теплоты рабочих рук, сколько напрасно охлаждено жизней, не добравшихся до встречного человека, в этих стенах, накатах и крышах! И Дванов на время перестал изыскивать гвозди, он захотел сохранить себя и прочих от расточения на труд, чтобы оставить внутри лучшие силы для Копенкина, Гопнера и для таких, как те цыганки, ушедшие из усердно занятого Чевенгура в степь и нищету. «Лучше я буду тосковать, чем работать с тщательностью, но упускать людей, — убедился Дванов. — В работе все здесь забылись, и жить стало нетрудно, а зато счастье всегда в отсрочке...»

Осенняя прозрачная жара освещала умолкшие окрестности Чевенгура полумертвым блестящим светом, словно над землею не было воздуха, и к лицу иногда прилипала скучная паучья паутина, но травы уже наклонились к смертному праху, не принимая больше света и тепла, значит, они жили не только солнцем, но и своим временем. На горизонте степи поднимались птицы и вновь опускались на более сытные места; Дванов следил за птицами с тою тоскою, с какой он смотрел на мух под потолком, живших в его детстве у Захара Павловича. Но вот птицы взлетели и их застлала медленная пыль — тройка лошадей вывезла наружу экипаж и уездной рысью заторопилась в Чевенгур. Дванов влез на плетень от удивления перед ездой постороннего человека, и вдруг раздался невдалеке мощный топот коня: это Копенкин на Пролетарской Силе оторвался от околицы Чевенгура и бросился на далекий экипаж встречать друга или поражать врага. Дванов тоже вышел на край города, чтобы помочь Копенкину, если надо. Но Копенкин уже управился единолично, кучер вел под уздцы лошадей, ступавших тихим шагом, и фаэтон был пуст сзади них, седок шествовал в отдалении, а Копенкин сопровождал его вслед верхом на коне. В одной руке у Копенкина была сабля, в другой же портфель на весу и дамский револьвер, прижатый к портфелю большим немытым пальцем.

Ехавший по степи человек теперь шел пешим и безоружным, но лицо его не имело страха предсмертного терпения, а выражало улыбку любознательности.

— Вы кто? Вы зачем явились в Чевенгур? — спросил у него Дванов.

— Я приехал из центра искать бурьян. Думал, его нет, а он практически растет, — ответил Симон Сербинов. — А вы кто такие?

Двое людей стояли почти в упор друг перед другом. Копенкин бдительно наблюдал за Сербиновым, радуясь опасности; кучер вздыхал у лошадей и шептал про себя обиду — он уже рассчитывал на отъем лошадей здешними бродягами.

— Тут коммунизм, — объяснил Копенкин с коня. — А мы здесь товарищи, потому что раньше жили без средств жизни. А ты что за дубъект?

— Я тоже коммунист, — дал справку Сербинов, разглядывая Дванова и вспоминая встречу с ним по знакомству лица.

— Подкоммунивать пришел, — с разочарованием сказал Копенкин — ему не досталось опасности — и зашвырнул портфель вместе с брючным револьвером в окружающий бурьян. — Женский струмент нам негож — нам пушка была бы дорога, ты бы нам пушку приволок, тогда ты, ясно, большевик. А у тебя портфель велик, а револьвер мал — ты писарь, а не член партии... Едем, Саш, на свои дворы!

Дванов вскочил на удобный зад Пролетарской Силы, и они поскакали вдвоем с Копенкиным.

Кучер Сербинова повернул лошадей обратно в степь и влез на облучок, готовый спасаться. Сербинов в размышлении прошел немного на Чевенгур, потом остановился: старые лопухи мирно доживали перед ним свой теплый летний век; вдалеке — в середине города — постукивал кто-то по дереву с равномерным усердием, и пахло картофельной пищей из окраинного жилища. Оказалось, что и тут люди пребывают и кормятся своими ежедневными радостями и печалями. Чего

441

нужно ему, Сербинову? Неизвестно. И Сербинов пошел в Чевенгур, в незнакомое место. Кучер заметил равнодушие Сербинова к нему и, дав лошадям предварительный тихий шаг, понесся потом от Чевенгура в чистоту степи.

В Чевенгуре Сербинова сейчас же обступили прочие, их кровно заинтересовал неизвестный, полностью одетый человек. Они смотрели и любовались Сербиновым, будто им подарили автомобиль и их ждет удовольствие. Кирей извлек из кармана Сербинова самопишущую ручку и тут же оторвал у нее головку, чтобы вышел мундштук для Гопнера. Карчук же подарил Кирею сербиновские очки.

— Будешь видеть дальше — больше, — сказал он Кирею.

— Зря я его сак и вояж откинул прочь, — огорчился Копенкин. — Лучше б из него мне было сделать Саше большевицкий картуз... Или нет — пускай валяется, я Саше свой подарю.

Ботинки Сербинова пошли на ноги Якова Титыча, тот нуждался в легкой обуви, чтобы ходить по горнице, а пальто чевенгурцы пустили на пошивку Пашинцеву штанов, который с самого ревзаповедника жил без них. Вскоре Сербинов сел на стул, стоявший на улице, в одной жилетке и босой. Пиюся догадался принести ему две печеные картошки, а прочие начали молча доставлять кто что хотел: кто полушубок, кто валенки, Кирей же дал Сербинову мешок с настольной утварью.

— Бери, — сказал Кирей, — ты, должно, умный — тебе потребуется, а нам не нужно.

Сербинов взял и утварь. Позднее он отыскал в засыхающем травостое портфель и револьвер; из портфеля он вынул бумажную начинку, а самую кожу бросил. Среди бумаг хранилась его книга учета людей, которых он хотел иметь собственностью; эту книгу Симон жалел потерять, и вечером он сидел в полушубке и валенках — среди тишины утомившегося города — перед раскрытой книгой. На столе горел огарок свечи, добытый из запасов буржуазии Киреем, и в доме пахло сальным телом некогда жившего здесь чужого человека. От уединения и нового места у Сербинова всегда начиналась тоска и заболевал живот, он ничего не мог записать в свою книгу и лишь читал ее и видел, что все его прошлое пошло ему в ущерб: ни одного человека не осталось с ним на всю жизнь, ничья дружба не обратилась в надежную родственность. Сербинов сейчас один, о нем лишь помнит секретарь учреждения, что Сербинов находится в командировке, но должен прибыть обратно, и секретарь ожидает его для порядка службы. «Ему я необходим, — с чувством привязанности к секретарю вообразил Сербинов, — и он меня дождется, я не обману его памяти обо мне».

Александр Дванов пришел проверить Сербинова, который был уже наполовину счастлив, что о нем где-то заботится секретарь и, значит, Симон имеет товарища. Только это и думал Сербинов и одним этим утешался в ночном Чевенгуре: никакую другую идею он не мог ощущать, а неощутимым не мог успокаиваться.

— Что вам нужно в Чевенгуре? — спросил Дванов. — Я вам скажу сразу: здесь вы не выполните своей командировки.

Сербинов и не думал о ее выполнении, он опять вспоминал знакомое лицо Дванова, но не мог — и беспокоился.

— Правда, что у вас сократилась посевная площадь? — захотел узнать Сербинов для удовольствия секретаря, мало интересуясь посевом.

— Нет, — объяснил Дванов, — она выросла, даже город зарос травой.

— Это хорошо, — сказал Сербинов и почел командировку исполненной, в рапорте он потом напишет, что площадь даже приросла на один процент, но нисколько не уменьшилась; он нигде не видел голой почвы — растениям даже тесно на ней.

Где-то в сыром воздухе ночи кашлял Копенкин, стареющий человек, которому не спится и он бродит один.

Дванов шел к Сербинову с подозрением, с расчетом упразднить из Чевенгура командированного, но, увидев его, он не знал, что дальше сказать. Дванов всегда вначале боялся человека, потому что он не имел таких истинных убеждений, от которых сознавал бы себя в превосходстве; наоборот, вид человека возбуждал в Дванове вместо убеждений чувства, и он начинал его излишне уважать.

Сербинов еще не знал, где он находится, от тишины уезда, от сытого воздуха окружающего травостоя у него начиналась тоска по Москве, и он захотел возвращения, решив завтра же уйти пешком из Чевенгура.

— У вас революция или что? — спросил Сербинов у Дванова.

— У нас коммунизм. Вы слышите — там кашляет товарищ Копенкин, он коммунист.

Сербинов мало удивился, он всегда считал революцию лучше себя. Он только увидел свою жалость в этом городе и подумал, что он похож на камень в реке, революция уходит поверх его, а он остается на дне, тяжелым от своей привязанности к себе.

— Но горе или грусть у вас есть в Чевенгуре? — спросил Сербинов.

И Дванов ему сказал, что есть: горе или грусть — это тоже тело человека.

Здесь Дванов прислонился лбом к столу, к вечеру он мучительно уставал не столько от действия, сколько оттого, что целый день с бережливостью и страхом следил за чевенгурскими людьми.

Сербинов открыл окно в воздух, все было тихо и темно, только из степи доносился долгий полночный звук, настолько мирный, что он не тревожил спокойствия ночи. Дванов перешел на кровать и уснул навзничь. Спеша за догорающей свечой, Сербинов написал письмо Софье Александровне — он сообщил, что в Чевенгуре устроен собравшимися в одно место бродячими пролетариями коммунизм и среди них живет полуинтеллигент Дванов, наверно забывший, зачем он прибыл в этот город. Сербинов глядел на спящего Дванова, на его изменившееся лицо от закрывшихся глаз и на вытянутые ноги в мертвом покое. Он похож, написал Сербинов, на фотографию вашего раннего возлюбленного, но трудно представить, что он вас любил. Затем Сербинов еще добавил, что у него в командировках болит желудок и он согласен бы, подобно полуинтеллигенту, забыть, зачем он приехал в Чевенгур, и остаться в нем существовать.

Свеча померкла, и Сербинов улегся на сундуке, боясь, что не сразу уснет. Но уснул он сразу, и новый день настал пред ним моментально, как для счастливого человека.

К тому времени в Чевенгуре уже много скопилось изделий — Сербинов ходил и видел их, не понимая пользы тех изделий.

Еще утром Сербинов заметил на столе деревянную еловую сковороду, а в крышу был вделан с прободением кровли железный флаг, не способный подчиняться ветру. Сам город сплотился в такую тесноту, что Сербинов подумал о действительном увеличении посевной площади за счет жилого места. Всюду, где можно было видеть, чевенгурцы с усердием трудились; они сидели в траве, стояли в сараях и сенях, и каждый работал что ему нужно — двое тесали древесный стол, один резал и гнул железо, снятое с кровли за недостатком материала, четверо же прислонились к плетню и плели лапти в запас, — тому, кто захочет быть странником.

Дванов проснулся раньше Сербинова и поспешил отыскать Гопнера. Два товарища сошлись в кузнице, и здесь их нашел Сербинов. Дванов выдумал изобретение: обращать солнечный свет в электричество. Для этого Гопнер вынул из рам все зеркала в Чевенгуре, а также собрал всякое мало-мальски толстое стекло. Из этого матерьяла Дванов и Гопнер поделали сложные призмы и рефлекторы, чтобы свет солнца, проходя через них, изменился и на заднем конце прибора стал электрическим током. Прибор уже был готов два дня назад, но электричества из него не произошло. Прочие приходили осматривать световую машину Дванова и, хотя она не могла работать, все-таки решили, как нашли нужным: считать машину правильной и необходимой, раз ее выдумали и заготовили своим телесным трудом два товарища.

Невдалеке от кузницы стояла башня, выполненная из глины и соломы. Ночью на башню залезал прочий и жег костер, чтобы блуждающим в степи было видно, где им приготовлен причал, но — или степи опустели, или ночи стали безлюдны — еще никто не явился на свет глиняного маяка.

Пока Дванов и Гопнер добивались улучшения своего солнечного механизма, Сербинов пошел в середину города. Между домов идти было узко, а теперь здесь стало совсем непроходимо — сюда прочие вынесли для доделки свои последние изделия: деревянные колеса по две сажени поперек, железные пуговицы, глиняные памятники, похоже изображавшие любимых товарищей, в том числе Дванова, самовращающуюся машину, сделанную из сломанных будильников, печь-самогрейку, куда пошла начинка всех одеял и подушек Чевенгура, но в которой мог временно греться лишь один человек, наиболее озябший. И еще были предметы, пользы коих Сербинов вовсе не мог представить.

— Где у вас исполнительный комитет? — спросил Сербинов у озабоченного Карчука.

— Он был, а теперь нет — все уж исполнил, — объяснил Карчук. — Спроси у Чепурного — ты видишь, я товарищу Пашинцеву из бычачьей кости делаю меч.

— А отчего у вас город стоит на просторе, а построен тесно? — спрашивал Сербинов дальше.

Но Карчук отказался отвечать:

— Спроси у кого хочешь, ты видишь, я тружусь, значит, я думаю не о тебе, а об Пашинцеве, кому выйдет меч.

И Сербинов спросил другого человека, который принес глину из оврага в мешке для памятников и сам был монголец на лицо.

— Мы живем между собой без паузы, — объяснил Чепурный: глину носил он.

Сербинов засмеялся над ним и над деревянными двухсаженными колесами, а также над железными пуговицами. Сербинов стыдился своего смеха, а Чепурный стоял против него, глядел и не обижался.

— Вы трудно работаете, — сказал Сербинов, чтобы поскорее перестать улыбаться, — а я видел ваши труды, и они бесполезны.

Чепурный бдительно и серьезно осмотрел Сербинова, он увидел в нем отставшего от масс человека.

— Так мы ж работаем не для пользы, а друг для друга.

Сербинов теперь уже не смеялся — он не понимал.

— Как? — спросил он.

— А именно так, — подтвердил Чепурный. — А иначе как же, скажи пожалуйста? Ты, должно, беспартийный — это буржуазия хотела пользы труда, но не вышло: мучиться телом ради предмета терпенья нет. — Чепурный заметил угрюмость Сербинова и теперь улыбнулся. — Но это тебе безопасно, ты у нас обтерпишься.

Сербинов отошел дальше, не представляя ничего: выдумать он мог многое, а понять то, что стоит перед его зрением, не мог.

В обед Сербинова позвали кушать на поляну и дали на первое травяные щи, а на второе толченую кашу из овощей — этим Симон вполне напитался. Он уже хотел отбывать из Чевенгура в Москву, но Чепурный и Дванов попросили его остаться до завтра: к завтраму они ему чего-нибудь сделают на память и на дорогу.

Сербинов остался, решив не заезжать в губернский город для доклада, а послать его письменно почтой, и написал после обеда в губком, что в Чевенгуре нет исполкома, а есть много счастливых, но бесполезных вещей; посевная площадь едва ли уменьшилась, она, наоборот, приросла за счет перепланированного, утеснившегося города, но опять-таки об этом некому сесть и заполнить сведения, потому что среди населения города не найдется ни одного осмысленного делопроизводителя. Своим выводом Сербинов поместил соображение, что Чевенгур, вероятно, захвачен неизвестной малой народностью или прохожими бродягами, которым незнакомо искусство информации, и единственным их сигналом в мир служит глиняный маяк, где по ночам горит солома наверху либо другое сухое вещество; среди бродяг есть один интеллигент и один квалифицированный мастеровой, но оба совершенно позабывшиеся. Практическое заключение Сербинов предлагал сделать самому губернскому центру.

Симон перечитал написанное, получилось умно, двусмысленно, враждебно и насмешливо над обоими — и над губернией, и над Чевенгуром, — так всегда писал Сербинов про тех, которых не надеялся приобрести в товарищи. В Чевенгуре он сразу понял, что здесь все люди взаимно разобрали друг друга до его приезда и ему никого нет в остатке, поэтому Сербинов не мог забыть своей командировочной службы.

Чепурный после обеда опять таскал глину, и к нему обратился Сербинов, как нужно отправить два письма, где у них почта. Чепурный взял оба письма и сказал:

— По своим скучаешь? Отправим до почтового места с пешим человеком. Я тоже скучаю по Прокофию, да не знаю нахождения.

Карчук закончил костяной меч для Пашинцева, он был бы рад и дальше не скучать, но ему не о ком было думать, не для кого больше трудиться, и он царапал ногтем землю, не чувствуя никакой идеи жизни.

— Карчук, — сказал Чепурный. — Пашинцева ты уважил, теперь скорбишь без товарища — отнеси, пожалуйста, в почтовый вагон письма товарища Сербинова, будешь идти и дорогой думать о нем...

Карчук тоскующе оглядел Сербинова.

— Может, завтра пойду, — сказал он, — я его пока не чувствую... А может, и к вечеру стронусь, если во мне тягость к приезжему будет.

Вечером почва отсырела и взошел туман. Чепурный разжег соломенный огонь на глиняной башне, чтобы его издали заметил пропавший Прошка. Сербинов лежал, укрывшись какой-то постилкой, в пустом доме — он хотел уснуть и успокоиться в тишине провинции; ему представлялось, что не только пространство, но и время отделяет его от Москвы, и он сжимал свое тело под постилкой, чувствуя свои ноги, свою грудь как второго и тоже жалкого человека, согревая и лаская его.

Карчук вошел без спроса, словно житель пустыни или братства.

— Я трогаюсь, — сказал он. — Давай твои письма.

Сербинов отдал ему письма и попросил его:

— Посиди со мной. Ты же все равно из-за меня идешь на целую ночь.

— Нет, — отказался сидеть Карчук, — я буду думать о тебе один.

Боясь потерять письма, Карчук в каждую руку взял по письму, сжал их в две горсти и так пошел.

Над туманом земли было чистое небо, и там взошла луна; ее покорный свет ослабевал во влажной мгле тумана и озарял землю, как подводное дно. Последние люди тихо ходили в Чевенгуре, и кто-то начинал песню на глиняной башне, чтобы его услышали в степи, так как не надеялся на один свет костра. Сербинов закрыл лицо рукой, желая не видеть и спать, но под рукой открыл глаза и еще больше не спал: вдалеке заиграла гармоника веселую и боевую песню, судя по мелодии — вроде «Яблочка», но гораздо искуснее и ощутительнее, какой-то неизвестный Сербинову большевистский фокстрот. Среди музыки скрипела повозка, значит, кто-то ехал, и вдалеке раздались два лошадиных голоса: из Чевенгура ржала Пролетарская Сила, а из степей отвечала прибывающая подруга.

Симон вышел наружу. На глиняном маяке торжественным пламенем вспыхнула куча соломы и старых плетней; гармоника, находясь в надежных руках, тоже не уменьшала звуков, а нагнетала их все чаще и призывала население к жизни в одно место.

В фаэтоне ехал Прокофий и голый игрок на музыке, некогда выбывший из Чевенгура пешком за женой, а их везла ржущая худая лошадь. Позади того фаэтона шли босые бабы, человек десять или больше, по двое в ряд, и в первом ряду Клавдюша.

Чевенгурцы встретили своих будущих жен молча, они стояли под светом маяка, но не сделали ни шага навстречу и не сказали слова приветствия, потому что хотя пришедшие были людьми и товарищами, но одновременно — женщинами. Копенкин чувствовал к доставленным женщинам стыд и почтение, кроме того, он боялся наблюдать женщин из совести перед Розой Люксембург и ушел, чтобы угомонить ревущую Пролетарскую Силу.

Фаэтон остановился. Прочие мгновенно выпрягли лошадь и увезли на руках экипаж в глубь Чевенгура.

Прокофий окоротил музыку и дал знак женскому шествию больше никуда не спешить.

— Товарищи коммунизма! — обратился Прокофий в тишину небольшого народа. — Ваше мероприятие я выполнил — перед вами стоят будущие супруги, доставленные в Чевенгур маршевым порядком, а для Жеева я завлек специальную нищенку...

— Как же ты ее завлек? — спросил Жеев.

— Машинально, — объяснил Прокофий. — Музыкант, обернись к супругам со своим инструментом и сыграй им туш, чтоб они в Чевенгуре не тужили и любили большевиков.

Музыкант сыграл.

— Отлично, — одобрил Прокофий. — Клавдюша, разводи женщин на покой. Завтра мы им назначаем смотр и торжественный марш мимо городской организации: костер не дает представления лиц.

Клавдюша повела дремлющих женщин в темноту пустого города.

Чепурный обнял Прокофия кругом груди и произнес ему одному:

— Проша, нам женщины теперь не срочно нужны, лишь бы ты явился. Хочешь, я тебе завтра любое сделаю и подарю.

— Подари Клавдюшу!

— Я б тебе, Проша, ее дал, да ты ее себе сам подарил. Бери, пожалуйста, еще чего-нибудь!

— Дай обдумать, — отсрочил Прокофий, — сейчас что-то у меня спросу нет и аппетита не чувствую... Здравствуй, Саша! — сказал он Дванову.

— Здравствуй, Прош! — ответил тем же Дванов. — Ты видел где-нибудь других людей? Отчего они там живут?

— Они там живут от одного терпения, — сформулировал всем для утешения Прокофий, — они революцией не кормятся, у них сорганизовалась контрреволюция, и над степью дуют уже вихри враждебные, одни мы остались с честью...

— Лишнее говоришь, товарищ, — сказал Сербинов. — Я оттуда, и я тоже революционер.

— Ну, стало быть, тем тебе там хуже было, — заключил Прокофий.

Сербинов не мог ответить. Костер на башне потух и в эту ночь уже не был зажжен.

— Прош, — спросил Чепурный во мраке, — а кто тебе, скажи пожалуйста, музыку подарил?

— Один прохожий буржуй. Он мне музыку, а я ему существование продешевил: в Чевенгуре же нет удовольствия, кроме колокола, но то — религия.

— Тут, Прош, теперь есть удовольствие без колокола и без всякого посредства.

Прокофий залез в нижнее помещение башни и лег спать от утомления. Чепурный тоже склонился близ него.

— Дыши больше, нагревай воздух, — попросил его Прокофий. — Я чего-то остыл в порожних местах.

Чепурный приподнялся и долгое время часто дышал, потом снял с себя шинель, укутал ею Прокофия и, привалившись к нему, позабылся в отчуждении жизни.

Утром наступил погожий день; музыкант встал первым человеком и сыграл на гармонике предварительный марш, взволновавший всех отдохнувших прочих.

Жены сидели наготове, уже обутые и одетые Клавдюшей в то, что она нашла по закутам Чевенгура.

Прочие пришли позже и от смущения не глядели на тех, кого им назначено было любить. Тут же находились и Дванов, и Гопнер, и Сербинов, и самые первые завоеватели Чевенгура. Сербинов пришел, чтобы попросить о снаряжении ему экипажа для отъезда, но Копенкин отказался дать в езду Пролетарскую Силу. «Шинель дать могу, — сказал он, — себя предоставлю на сутки, что хочешь бери, но коня не проси, не серди меня — на чем же я в Германию поеду?» Тогда Сербинов попросил другую лошадь, что привезла вчера Прокофия, и обратился к Чепурному. Тот возразил Сербинову тем, что уезжать не надо, может, он обживется здесь, потому что в Чевенгуре коммунизм и все равно скоро все люди явятся сюда: зачем же ехать к ним, когда они идут обратно?

Сербинов отошел от него. «Куда я стремлюсь? — думал он. — Та горячая часть моего тела, которая ушла в Софью Александровну, уже переварилась в ней и уничтожена вон, как любая бесследная пища...»

Чепурный начал громко высказываться, и Сербинов оставил себя, чтобы выслушать незнакомое слово.

— Прокофий — это забота против тягостей пролетариата, — произнес Чепурный посреди людей. — Вот он доставил нам женщин, по количеству хотя и в меру, но доза почти мала... А затем я обращусь к женскому составу, чтобы прозвучать им словом радости ожидания! Пусть мне скажет кто-нибудь, пожалуйста, — почему мы уважаем природные условия? Потому что мы их едим. А почему мы призвали своим жестом женщин? Потому что природу мы уважаем за еду, а женщин за любовь. Здесь я объявляю благодарность вошедшим в Чевенгур женщинам как товарищам специального устройства, и пусть они заодно с нами живут и питаются миром, а счастье имеют посредством товарищей-людей в Чевенгуре...

Женщины сразу испугались: прежние мужчины всегда начинали с ними дело прямо с конца, а эти терпят, говорят сначала речь — и женщины подтянули мужские пальто и шинели, в которые были одеты Клавдюшей, до носа, укрыв отверстие рта. Они боялись не любви, они не любили, а истязания, почти истребления своего тела этими сухими, терпеливыми мужчинами в солдатских шинелях, с испещренными трудной жизнью лицами. Эти женщины не имели молодости или другого ясного возраста, они меняли свое тело, свое место возраста и расцвета на пищу, и так как добыча пищи для них была всегда убыточной, то тело истратилось прежде смерти и задолго до нее; поэтому они были похожи на девочек и на старушек — на матерей и на младших, невыкормленных сестер; от ласк мужей им стало бы больно и страшно. Прокофий их пробовал во время путешествия сжимать, забирая в фаэтон для испытания, но они кричали от его любви, как от своей болезни.

Сейчас женщины сидели против взгляда чевенгурцев и гладили под одеждой морщины лишней кожи на изношенных костях. Одна лишь Клавдюша была достаточно удобной и пышной среди этих прихожанок Чевенгура, но к ней уже обладал симпатией Прокофий.

Яков Титыч наиболее задумчиво наблюдал женщин: одна из них казалась ему печальней всех, и она зябла под старой шинелью; сколько раз он собирался отдать полжизни, когда ее оставалось много, за то, чтобы найти себе настоящего кровного родственника среди чужих и прочих. И хотя прочие всюду были ему товарищами, но лишь по тесноте и горю — горю жизни, а не по происхождению из одной утробы. Теперь жизни в Якове Титыче осталось не половина, а последний остаток, но он мог бы подарить за родственника волю и хлеб в Чевенгуре и выйти ради него снова в безвестную дорогу странствия и нужды.

Яков Титыч подошел к выбранной им женщине и потрогал ее за лицо, ему подумалось, что она похожа снаружи на него.

— Ты чья? — спросил он. — Ты чем живешь на свете?

Женщина наклонила от него свою голову, Яков Титыч увидел ее шею ниже затылка — там шла глубокая впадина, и в ней водилась грязь бесприютности, а вся голова, когда женщина опять подняла ее, робко держалась на шее, точно на засыхающем стебле.

— Чья же ты, такая скудная?

— Ничья, — ответила женщина и, нахмурившись, стала перебирать пальцы, отчужденная от Якова Титыча.

— Пойдем ко двору, я тебе грязь из-за шеи и коросту соскребу, — еще раз сказал Яков Титыч.

— Не хочу, — отказалась женщина. — Дай немножко чего-нибудь, тогда встану.

Ей Прокофий обещал в дороге супружество, но она, как и ее подруги, мало знала, что это такое, она лишь догадывалась, что ее тело будет мучить один человек вместо многих, поэтому попросила вперед мучений подарок: после ведь ничего не дарят, а гонят. Она еще более сжалась под большой шинелью, храня под нею свое голое тело, служившее ей и жизнью, и средством к жизни, и единственной несбывшейся надеждой, — поверх кожи для женщины начинался чужой мир, и ничто из него ей не удавалось приобрести, даже одежды для теплоты и сбережения тела как источника своей пищи и счастья других.

— Какие ж это, Прош, жены? — спрашивал и сомневался Чепурный. — Это восьмимесячные ублюдки, в них вещества не хватает.

— А тебе-то что? — возразил Прокофий. — Пускай им девятым месяцем служит коммунизм.

— И верно! — счастливо воскликнул Чепурный. — Они в Чевенгуре, как в теплом животе, скорей дозреют и уж тогда целиком родятся.

— Ну да! А тем более что прочему пролетарию особая сдобь не желательна; ему абы-абы от томления жизни избавиться! А чего ж тебе надо: все-таки тебе это женщины, люди с пустотой, поместиться есть где.

— Жен таких не бывает, — сказал Дванов. — Такие бывают матери, если кто их имеет.

— Или мелкие сестры, — определил Пашинцев. — У меня была одна такая ржавая сестренка, ела плохо, так и умерла от самой себя.

Чепурный слушал всех и по привычке собирался вынести решение, но сомневался и помнил про свой низкий ум.

— А чего у нас больше, мужей иль сирот? — спросил он, не думая про этот вопрос. — Пускай, я так формулирую, сначала все товарищи поцелуют по разу тех жалобных женщин, тогда будет понятней, чего из них сделать. Товарищ музыкант, отдай, пожалуйста, музыку Пиюсе, пусть он сыграет что-нибудь из нотной музыки.

Пиюся заиграл марш, где чувствовалось полковое движение: песен одиночества и вальсы он не уважал и совестился их играть.

Дванову досталось первым целовать всех женщин: при поцелуях он открывал рот и зажимал губы каждой женщины меж своими губами с жадностью нежности, а левой рукой он слегка обнимал очередную женщину, чтобы она стояла устойчиво и не отклонилась от него, пока Дванов не перестанет касаться ее.

Сербинову пришлось тоже перецеловать всех будущих жен, но последнему, хотя он и этим был доволен: Симон всегда чувствовал успокоение от присутствия второго, даже неизвестного человека, а после поцелуев жил с удовлетворением целые сутки. Теперь он уже не очень хотел уезжать, он сжимал свои руки от удовольствия и улыбался, невидимый среди движения людей и темпа музыкального марша.

— Ну как скажешь, товарищ Дванов? — интересовался дальнейшим Чепурный, вытирая рот. — Жены они или в матеря годятся? Пиюся, дай нам тишину для разговора!

Дванов и сам не знал, свою мать он не видел, а жены никогда не чувствовал. Он вспомнил сухую ветхость женских тел, которые он сейчас поддерживал для поцелуев, и как одна женщина сама прижалась к нему, слабая, словно веточка, пряча вниз привыкшее грустное лицо; близ нее Дванов задержался от воспоминания — женщина пахла молоком и потной рубахой, он поцеловал ее еще раз в нагрудный край рубахи, как целовал в младенчестве в тело и в пот мертвого отца.

— Лучше пусть матерями, — сказал он.

— Кто здесь сирота — выбирай теперь себе мать! — объявил Чепурный.

Сиротами были все, а женщин десять: никто не тронулся первым к женщинам для получения своей матери, каждый заранее дарил ее более нуждающемуся товарищу. Тогда Дванов понял, что и женщины — тоже сироты: пусть лучше они вперед выберут себе из чевенгурцев братьев или родителей, и так пусть останется.

Женщины сразу избрали себе самых пожилых прочих; с Яковом Титычем захотели жить даже две, и он обеих привлек. Ни одна женщина не верила в отцовство или братство чевенгурцев, поэтому они старались найти мужа, которому ничего не надо, кроме сна в теплоте. Лишь одна смуглая полудевочка подошла к Сербинову.

— Чего ты хочешь? — со страхом спросил он.

— Я хочу, чтобы из меня родился теплый комочек, и что с ним будет!

— Я не могу, я уеду отсюда навсегда.

Смуглая переменила Сербинова на Кирея.

— Ты — женщина ничего, — сказал ей Кирей. — Я тебе что хочешь подарю! Когда твой теплый комок родится, то уж он не остынет.

Прокофий взял под руку Клавдюшу.

— Ну, а мы что будем делать, гражданка Клобзд?

— Что ж, Прош, наше дело сознательное...

— И то, — определил Прокофий. Он поднял кусок скучной глины и бросил его куда-то в одиночество. — Чего-то мне все время серьезно на душе — не то пора семейство организовать, не то коммунизм перетерпеть... Ты сколько мне фонда накопила?

— Да сколько ж? Что теперь ходила продала, то и выручила, Прош: за две шубы да за серебро только цену дали, а остальное вскользь прошло.

— Ну пускай: вечером ты мне отчет дашь, я хоть тебе и верю, а волнуюсь. А деньги так у тетки и содержишь?

— Да то где ж, Прош? Там им верное место. А когда ж ты меня в губернию повезешь? Обещал еще центр показать, а сам опять меня в это мещанство привел. Что я тут — одна среди нищенок, не с кем нового платья попытать! А показываться кому? Разве это уездное общество? Это прохожане на постое. С кем ты меня мучаешь?

Прокофий вздохнул: что ты будешь делать с такой особой, если у нее ум хуже женской прелести?

— Ступай, Клавдюша, обеспечивай пришлых баб, а я подумаю: один ум хорошо, а второй лишний.

Большевики и прочие уже разошлись с прежнего места, они снова начали трудиться над изделиями для тех товарищей, которых они чувствовали своей идеей. Один Копенкин не стал нынче работать, он угрюмо вычистил и обласкал коня, а потом смазал оружие гусиным салом из своего неприкосновенного запаса. После того он отыскал Пашинцева, шлифовавшего камни.

— Вась, — сказал Копенкин. — Чего ж ты сидишь и тратишься: ведь бабы пришли. Семен Сербов еще прежде них саки и вояжи вез в Чевенгур. Чего ж ты живешь и забываешь? Ведь буржуазия неминуемо грянет, где ж твои бомбы, товарищ Пашинцев? Где ж твоя революция и ее сохранный заповедник?

Пашинцев выдернул из ущербленного глаза засохшую дрянь и посредством силы ногтя запустил ее в плетень.

— То я чую, Степан, и тебя приветствую! Оттого и гроблю в камень свою силу, что иначе тоскую и плачу в лопухи!.. Где ж это Пиюся, где ж его музыка висит на гвозде!

Пиюся собирал щавель по задним местам бывших дворов.

— Тебе опять звуков захотелось? — спросил он из-за сарая. — Без геройства соскучился?

— Пиюсь, сыграй нам с Копенкиным «Яблоко», дай нам настроение жизни!

— Ну жди, сейчас дам.

Пиюся принес хроматический инструмент и с серьезным лицом профессионального артиста сыграл двум товарищам «Яблоко». Копенкин и Пашинцев взволнованно плакали, а Пиюся молча работал перед ними — сейчас он не жил, а трудился.

— Стой, не расстраивай меня! — попросил Пашинцев. — Дай мне унылости.

— Даю, — согласился Пиюся и заиграл протяжную мелодию.

Пашинцев обсох лицом, вслушался в заунывные звуки и вскоре сам запел вслед музыке:

> Ах, мой товарищ боевой,
> Езжай вперед и песню пой,
> Давно пора нам смерть встречать —
> Ведь стыдно жить и грустно умирать...
> Ах, мой товарищ, подтянись,
> Две матери нам обещали жизнь,
> Но мать сказала мне: постой,
> Вперед врага в могиле упокой,
> А сверху сам ложись...

— Будет тебе хрипеть, — окоротил певца Копенкин, сидевший без деятельности, — тебе бабы не досталось, так ты песней ее хочешь окружить. Вон одна ведьма сюда поспешает.

Подошла будущая жена Кирея — смуглая, как дочь печенега.

— Тебе чего? — спросил ее Копенкин.

— А так, ничего. Слушать хочу, у меня сердце от музыки болит.

— Тьфу ты, гадина! — И Копенкин встал с места для ухода.

Здесь явился Кирей, чтоб увести супругу обратно.

— Куда ты, Груша, убегаешь? Я тебе проса нарвал, идем зерна толочь — вечером блины будем кушать, мне что-то мучного захотелось.

И они пошли вдвоем в тот чулан, где раньше Кирей лишь иногда ночевал, а теперь надолго приготовил приют для Груши и себя.

Копенкин же направился вдоль Чевенгура — он захотел глянуть в открытую степь, куда уже давно не выезжал, незаметно привыкнув к тесной суете Чевенгура. Пролетарская Сила, покоившаяся в глуши одного амбара, услышала шаги Копенкина и заржала на друга тоскующей пастью. Копенкин взял ее с собой, и лошадь начала подпрыгивать рядом с ним от предчувствия степной езды. На околице Копенкин вскочил на коня, выхватил саблю, прокричал своей отмолчавшейся грудью негодующий возглас и поскакал в осеннюю тишину степи гулко, как по граниту. Лишь один Пашинцев видел разбег по степи Пролетарской Силы и ее исчезновение со всадником в отдаленной мгле, похожей на зарождающуюся ночь. Пашинцев только что залез на крышу, откуда он любил наблюдать пустоту полевого пространства и течение воздуха над ним. «Он теперь не вернется, — думал Пашинцев. — Пора и мне завоевать Чевенгур, чтоб Копенкину это понравилось».

Через три дня Копенкин возвратился, он въехал в город шагом на похудевшей лошади и сам дремал на ней.

— Берегите Чевенгур, — сказал он Дванову и двоим прочим, что стояли на его дороге, — дайте коню травы, а поить я сам встану. — И Копенкин, освободив лошадь, уснул на протоптанном, босом месте.

Дванов повел лошадь в травостой, думая над устройством дешевой пролетарской пушки для сбережения Чевенгура. Травостой был тут же, Дванов отпустил Пролетарскую Силу, а сам остановился в гуще бурьяна; сейчас он ни о чем не думал, и старый сторож его ума хранил покой своего сокровища — он мог впустить лишь одного посетителя, одну бродящую где-то наружи мысль. Наружи ее не было: простиралась пустая, глохнущая земля, и тающее солнце работало на небе как скучный искусственный предмет, а люди в Чевенгуре думали не о пушке, а друг о друге. Тогда сторож открыл заднюю дверь воспоминаний, и Дванов снова почувствовал в голове теплоту сознания; ночью он идет в деревню мальчиком, отец его ведет за руку, а Саша закрывает глаза, спит и просыпается на ходу. «Чего ты, Саш, ослаб так от долготы дня? Иди тогда на руки, спи на плече», — и отец берет его наверх, на свое тело, и Саша засыпает близ горла отца. Отец несет в деревню рыбу на продажу, из его сумы с подлещиками пахнет сыростью и травой. В конце того дня прошел ливень, на дороге тяжелая грязь, холод и вода. Вдруг Саша просыпается и кричит — по его маленькому лицу лезет тяжелый холод, а отец ругается на обогнавшего их мужика на кованой телеге, обдавшего отца и сына грязью с колес. «Отчего, пап, грязь дерется с колеса?» — «Колесо, Саш, крутится, а грязь беспокоится и мчится с него своим весом».

— Нужно колесо, — вслух определил Дванов. — Кованый деревянный диск, с него можно швырять в противника кирпичи, камни, мусор, — снарядов у нас нет. А вертеть будем конным приводом и помогать руками, — даже пыль можно отправлять и песок... Гопнер сейчас сидит на плотине, опять, наверно, там есть просос...

— Я вас побеспокоил? — спросил медленно подошедший Сербинов.

— Нет, а что? Я собой не занимался.

Сербинов докуривал последнюю папиросу из московского запаса и боялся, что дальше будет курить.

— Вы ведь знали Софью Александровну?

— Знал, — ответил Дванов, — а вы тоже ее знали?

— Тоже знал.

Спавший близ пешеходной дороги Копенкин привстал на руках, кратко крикнул в бреду и опять засопел во сне, шевеля воздухом из носа умершие подножные былинки.

Дванов посмотрел на Копенкина и успокоился, что он спит.

— Я ее помнил до Чевенгура, а здесь забыл, — сказал Александр. — Где она живет теперь и отчего вам сказала про меня?

— Она в Москве и там на фабрике. Вас она помнит — у вас в Чевенгуре люди друг для друга как идеи, я заметил, и вы для нее идея; от вас до нее все еще идет душевный покой, вы для нее действующая теплота...

— Вы не совсем правильно нас поняли. Хотя я все равно рад, что она жива, я тоже буду думать о ней.

— Думайте. По-вашему, это ведь много значит — думать, это иметь или любить... О ней стоит думать, она сейчас одна и смотрит на Москву. Там теперь звонят трамваи и людей очень много, но не каждый хочет их приобретать.

Дванов никогда не видел Москвы, поэтому из нее он вообразил только одну Софью Александровну. И его сердце наполнилось стыдом и вязкой тягостью воспоминания: когда-то на него от Сони исходила теплота жизни и он мог бы заключить себя до смерти в тесноту одного человека и лишь теперь понимал ту свою несбывшуюся страшную жизнь, в которой он остался бы навсегда, как в обвалившемся доме. Мимо с ветром промчался воробей и сел на плетень, воскликнув от ужаса. Копенкин приподнял голову и, оглядев белыми глазами позабытый мир, искренне заплакал; руки его немощно опирались в пыль и держали слабое от сонного волнения туловище. «Саша мой, Саша! Что ж ты никогда не сказал мне, что она мучается в могиле и рана ее болит? Чего ж я живу здесь и бросил ее одну в могильное мучение!..» Копенкин произнес слова с плачем жалобы на обиду, с нестерпимостью ревущего внутри его тела горя. Косматый, пожилой и рыдающий, он попробовал вскочить на ноги, чтобы помчаться. «Где мой конь, гады? Где моя Пролетарская Сила? Вы отравили ее в своем сарае, вы обманули меня коммунизмом, я помру от вас». И Копенкин повалился обратно, возвратившись в сон.

Сербинов поглядел вдаль, где за тысячу верст была Москва, и там в могильном сиротстве лежала его мать и страдала в земле. Дванов подошел к Копенкину, положил голову спящего на шапку и заметил его полуоткрытые, бегающие в сновидении глаза. «Зачем ты упрекаешь? — прошептал Александр. — А разве мой отец не мучается в озере на дне и не ждет меня? Я тоже помню».

Пролетарская Сила перестала кушать траву и осторожно пробралась к Копенкину, не топая ногами. Лошадь наклонила голову к лицу Копенкина и понюхала дыханье человека, потом она потрогала языком его неплотно прикрытые веки, и Копенкин, успокаиваясь, полностью закрыл глаза и замер в продолжающемся сне. Дванов привязал лошадь к плетню, близ Копенкина, и отправился вместе с Сербиновым на плотину к Гопнеру. У Сербинова уже не болел живот, он забывал, что Чевенгур есть чужое место его недельной командировки, его тело привыкло к запаху этого города и разреженному воздуху степи. У одной окраинной хаты стоял на земле глиняный памятник Прокофию, накрытый лопухом от дождей; в недавнее время о Прокофии думал Чепурный, а потом сделал ему памятник, которым вполне удовлетворил и закончил свое чувство к Прокофию. Теперь Чепурный заскучал о Карчуке, ушедшем с письмами Сербинова, и подготовлял матерьял для глиняного монумента скрывшемуся товарищу.

Памятник Прокофию был похож слабо, но зато он сразу напоминал и Прокофия и Чепурного одинаково хорошо. С воодушевленной нежностью и грубостью неумелого труда автор слепил свой памятник избранному дорогому товарищу, и памятник вышел как сожительство, открыв честность искусства Чепурного.

Сербинов не знал стоимости другого искусства, он был глуп в московских разговорах среди общества, потому что сидел и наслаждался видом людей, не понимая и не слушая, что они говорят. Он остановился перед памятником, и Дванов вместе с ним.

— Его бы надо сделать из камня, а не глины, — сказал Сербинов, — иначе он растает от времени и погоды. Это ведь не искусство, это конец всемирной дореволюционной халтуре труда и искусства; в первый раз вижу вещь без лжи и эксплуатации.

Дванов ничего не сказал, он не знал, как иначе может быть. И они оба пошли в речную долину.

Гопнер плотиной не занимался, он сидел на берегу и делал из мелкого дерева оконную зимнюю раму для Якова Титыча. Тот боялся остудить зимой двух своих женщин — дочерей. Дванов и Сербинов подождали, пока Гопнер доделает раму, чтобы всем вместе начать строить деревянный диск для метания камня и кирпича в противника Чевенгура. Дванов сидел и слышал, что в городе стало тише. Кто получил себе мать или дочь, тот редко выходил из жилища и старался трудиться под одной крышей с родственницей, заготовляя неизвестные вещи. Неужели они в домах счастливей, чем на воздухе?

Дванов не мог этого знать и от грусти неизвестности сделал лишнее движение. Он встал на ноги, сообразил и пошел искать матерьял для устройства стреляющего диска. До вечера он ходил среди уюта сараев и задних мест Чевенгура. В этом закоснении, в глуши малых полынных лесов тоже можно было бы как-то беззаветно существовать в терпеливой заброшенности, на пользу дальним людям. Дванов находил различные мертвые вещи вроде опорок, деревянных ящиков из-под дегтя, воробьев-покойников и еще кое-что. Дванов поднимал эти предметы, выражал сожаление их гибели и забвенности и снова возвращал на прежние места, чтобы все было цело в Чевенгуре до лучшего дня искупления в коммунизме. В гуще лебеды Дванов залез во что-то ногой и еле вырвался — он попал между спиц забытого с самой войны пушечного колеса. Оно по диаметру и прочности вполне подходило для изготовления из него метательной машины. Но катить его было трудно, колесо имело тяжесть больше веса Дванова, и Александр призвал на помощь Прокофия, гулявшего среди свежего воздуха с Клавдюшей. Колесо они доставили в кузницу, где Гопнер ощупал устройство колеса, одобрил его и остался ночевать в кузнице, близ того же колеса, чтобы на покое обдумать всю работу.

Прокофий избрал себе жилищем кирпичный большевистский дом, где прежде все жили и ночевали, не расставаясь. Теперь там был порядок, женское Клавдюшино убранство, и уже топилась через день печка для сухости воздуха. На потолке жили мухи, комнату окружали прочные стены, хранившие семейную тишину Прокофия, и пол был вымыт, как под воскресенье. Прокофий любил отдыхать на кровати и видеть пешее движение мух по теплому потолку, так же бродили мухи в его деревенском детстве по потолку хаты отца и матери, и он лежал, успокаивался и придумывал идеи добычи средств для дальнейшей жизни и скрепления своего семейства. Нынче он привел Дванова, чтобы попоить его чаем с вареньем и покормить Клавдюшиными пышками.

— Видишь, Саш, мух на потолке, — указал Прокофий. — В нашей хате тоже жили мухи, ты помнишь или уже упустил из виду?

— Помню, — ответил Александр. — Я помню еще больше птиц на небе, они летали по небу, как мухи под потолком, и теперь они летают над Чевенгуром, как над комнатой.

— Ну да: ты ведь жил на озере, а не в хате, кроме неба тебе не было покрытия, тебе птица вроде родной мухи была.

После чая Прокофий и Клавдюша легли в постель, угрелись и стихли, а Дванов спал на деревянном диване. Утром Александр показал Прокофию птиц над Чевенгуром, летавших в низком воздухе. Прокофий их заметил, они походили на быстроходных мух в утренней горнице природы; невдалеке шел Чепурный, босой и в шинели на голое тело, как отец Прокофия пришел с империалистической войны. Изредка дымились печные трубы, и оттуда пахло тем же, чем у матери в хате, когда она готовила утреннюю еду.

— Надо б, Саш, корм коммунизму на зиму готовить, — озаботился Прокофий.

— Это надо бы, Прош, начать делать, — согласился Дванов. — Только ведь ты одному себе варенье привез, а Копенкин годами одну холодную воду пьет.

— Как же себе? А тебя я угощал вчера, иль ты мало в стакан клал, не раскушал? Хочешь, я тебе сейчас в ложке принесу?

Дванов варенья не захотел, он спешил найти Копенкина, чтобы быть с ним в его грустное время.

— Саша! — крикнул Прокофий вслед. — Ты погляди на воробьев, они мечутся в этой среде, как тучные мухи!

Дванов не услышал, и Прокофий возвратился в комнату своего семейства, где летали мухи, а в окно он видел птиц над Чевенгуром. «Все едино, — решил он про мух и птиц. — Съезжу в буржуазию на пролетке, привезу две бочки варенья на весь коммунизм, пускай прочие чаю напьются и полежат под птичьим небом, как в горнице».

Оглядев еще раз небеса, Прокофий сосчитал, что небо покрывает более громадное имущество, чем потолок, весь Чевенгур стоял под небом как мебель одной горницы в семействе прочих. И вдруг — прочие стронутся в свой путь, Чепурный умрет, а Чевенгур достанется Сашке? Здесь Прокофий заметил, что он прогадал, ему надо теперь же признать Чевенгур семейной горницей, чтобы стать в ней старшим братом и наследником всей мебели под чистым небом. Даже если осмотреть одних воробьев, и то они жирнее мух и их в Чевенгуре гуще. Прокофий оценочным взором обследовал свою квартиру и решил променять ее для выгоды на город.

— Клавдюш, а Клавдюш! — крикнул он жену. — Чего-то мне захотелось тебе нашу мебель подарить!

— А чего ж! Подари, — сказала Клавдюша. — Я ее, пока грязи нет, к тетке бы свезла!

— Вези загодя, — согласился Прокофий. — Только и сама там погости, пока я Чевенгур сполна не получу.

Клавдюша понимала, что ей вещи необходимы, но не соображала, зачем Прокофию нужно остаться одному для получения города, когда он и так ему почти что полагается, и спросила об этом.

— Ты политической подкладки не имеешь, — ответил ей супруг. — Если я с тобой начну город получать, то ясно, подарю его одной тебе.

— Подари мне его, Прош, я за ним на подводах из губернии приеду!

— Обожди спешить без ордера!.. А почему я тебе подарю? Потому что, скажут люди, он спит с ней, а не с нами, он с ней свое тело меняет, стало быть, и города ей не пожалеет... А когда тебя не будет, то все узнают, что я города себе не беру...

— Как не берешь? — обиделась Клавдюша. — Кому ж ты его оставляешь?

— Эх ты, бюро жизни! Ты слушай мою формулировку! Зачем же мне город, когда у меня нету семейства и все тело цело? А когда город заберу, то я его эвакуирую и тебя вызову депешей из другого пункта населения!.. Собирайся пока, я пойду город опишу...

Прокофий взял бланк ревкома из сундука и пошел списывать свое будущее имущество.

Солнце, по своему усердию, работало на небе ради земной теплоты, но труд в Чевенгуре уменьшился. Кирей лежал в сенях на куче травы с женой Грушей и придерживал ее при себе в дремлющем отдыхе.

— Ты чего, товарищ, подарков не даешь в коммунизм? — спросил Кирея Прокофий, когда пришел туда для описи инвентаря.

Кирей пробудился, а Груша, наоборот, закрыла глаза от срама брака.

— А чего мне коммунизм? У меня Груша теперь товарищ, я ей не поспеваю работать, у меня теперь такой расход жизни, что пищу не поспеваешь добывать...

После Прокофия Кирей приник к Груше пониже горла и понюхал оттуда хранящуюся жизнь и слабый запах глубокого тепла. В любое время желания счастья Кирей мог и Грушино тепло, и ее скопившееся тело получить внутрь своего туловища и почувствовать затем покой смысла жизни. Кто иной подарил бы ему то, чего не жалела Груша, и что мог пожалеть для нее Кирей? Наоборот, его всегда теперь мучила совестливая забота о том, что он недодает Груше пищи и задерживает ее экипировку платьем. Себя Кирей уже не считал дорогим человеком, потому что самые лучшие, самые скрытые и нежные части его тела перешли внутрь Груши. Выходя за пищей в степь, Кирей замечал, что небо над ним стало бледней, чем прежде, и редкие птицы глуше кричат, а в груди у него была и не проходила слабость духа. После сбора плодов и злаков Кирей возвращался к Груше в утомлении и отныне решался лишь думать о ней, считать ее своей идеей коммунизма и тем одним быть спокойно-счастливым. Но проходило время равнодушного отдыха, и Кирей чувствовал несчастие, бессмысленность жизни без вещества любви: мир снова расцветал вокруг него — небо превращалось в синюю тишину, воздух становился слышным, птицы пели над степью о своем исчезновении, и все это Кирею казалось созданным выше его жизни, а после нового родства с Грушей весь свет опять представлялся туманным и жалобным, и ему Кирей уже не завидовал.

Другие прочие, что были годами моложе, те признали в женщинах матерей и лишь грелись с ними, потому что воздух в Чевенгуре остыл от осени. И этого существования с матерями им было достаточно, уж никто из них не уделял окружающим товарищам своего тела посредством труда на изделие подарков. По вечерам прочие водили женщин на далекие места реки и там мыли их, ибо женщины были так худы, что стыдились ходить в баню, которая, однако, была в Чевенгуре и ее можно бы истопить.

Прокофий обошел все присутствующее население и списал все мертвые вещи города в свою преждевременную собственность. Под конец он дошел до крайней кузницы и занес ее в бумагу под взглядами работавших там Гопнера и Дванова. Копенкин подходил издали с бревном поперек плеча, а сзади бревно поддерживал Сербинов, неумело и на восьмую веса, как интеллигент.

— Уйди прочь! — сказал Копенкин Прокофию, стоявшему на проходе в кузницу. — У людей тяжесть, а ты бумагу держишь.

Прокофий дал дорогу, но записал бревно в наличие и ушел с удовлетворением.

Копенкин свалил бревно и сел вздохнуть.

— Саш, когда ж у Прошки горе будет, чтоб он остановился среди места и заплакал?

Дванов посмотрел на Копенкина своими глазами, посветлевшими от усталости и любопытства.

— А разве ты не уберег бы его тогда от горя? Ведь его никто не привлекал к себе, и он позабыл нуждаться в людях и стал собирать имущество вместо товарищей.

Копенкин одумался; он однажды видел в боевой степи, как плачет ненужный человек. Человек сидел на камне, в лицо ему дул ветер осенней погоды, и его не брали даже обозы Красной Армии, потому что тот человек потерял все свои документы, а сам человек имел рану в паху и плакал неизвестно отчего, не то оттого, что его оставляют, не то потому, что в паху стало пусто, а жизнь и голова сохранились полностью.

— Уберег бы, Саш, не могу собою владать перед горьким человеком... Я б его на коня взял с собою и увез в даль жизни...

— Значит, не надо ему горя желать, а то пожалеешь потом своего противника.

— И то, Саш, не буду, — сказал Копенкин. — Пускай находится среди коммунизма, он сам на людской состав перейдет.

Вечером в степи начался дождь и прошел краем мимо Чевенгура, оставив город сухим. Чепурный этому явлению не удивился, он знал, что природе давно известно о коммунизме в городе и она не мочит его в ненужное время. Однако целая группа прочих вместе с Чепурным и Пиюсей пошла в степь осмотреть мокрое место, дабы убедиться. Копенкин же поверил дождю и никуда не пошел, а отдыхал с Двановым близ кузницы на плетне. Копенкин плохо знал пользу разговора и сейчас высказывал Дванову, что воздух и вода дешевые вещи, но необходимые; то же можно сказать о камнях — они так же на что-нибудь нужны. Своими словами Копенкин говорил не смысл, а расположение к Дванову, во время же молчания томился.

— Товарищ Копенкин, — спросил Дванов, — кто тебе дороже — Чевенгур или Роза Люксембург?

— Роза, товарищ Дванов, — с испугом ответил Копенкин. — В ней коммунизма было побольше, чем в Чевенгуре, оттого ее и убила буржуазия, а город цел, хотя кругом его стихия...

У Дванова не было в запасе никакой неподвижной любви, он жил одним Чевенгуром и боялся его истратить. Он существовал одними ежедневными людьми — тем же Копенкиным, Гопнером, Пашинцевым, прочими, но постоянно тревожась, что в одно утро они скроются куда-нибудь или умрут постепенно. Дванов наклонился, сорвал былинку и оглядел ее робкое тело: можно и ее беречь, когда никого не останется.

Копенкин встал на ноги навстречу бегущему из степи человеку. Чепурный молча и без остановки промчался в глубь города. Копенкин схватил его за шинель и окоротил:

— Ты что спешишь без тревоги?

— Казаки! Кадеты на лошадях! Товарищ Копенкин, езжай бей, пожалуйста, а я — за винтовкой!

— Саш, посиди в кузне, — сказал Копенкин. — Я их один кончу, только ты не вылазь оттуда, а я сейчас.

Четверо прочих, ходивших с Чепурным в степь, пробежали обратно, Пиюся же где-то залег одиноким образом в цепь — и его выстрел раздался огнем в померкшей тишине. Дванов побежал на выстрел с револьвером наружи, через краткий срок его обогнал Копенкин на Пролетарской Силе, которая спешила на тяжелом шагу, и вслед первым бойцам уже выступала с чевенгурской околицы сплошная вооруженная сила прочих и большевиков — кому не хватило оружия, тот шел с плетневым колом или печной кочергой, и женщины вышли совместно со всеми. Сербинов бежал сзади Якова Титыча с дамским браунингом и искал, кого стрелять. Чепурный выехал на лошади, что возила Прокофия, а сам Прокофий бежал следом и советовал Чепурному сначала организовать штаб и назначить командующего, иначе начнется гибель.

Чепурный на скаку разрядил вдаль всю обойму и старался нагнать Копенкина, но не мог. Копенкин перепрыгнул на коне через лежачего Пиюсю и не собирался стрелять в противника, а вынул саблю, чтобы ближе касаться врага.

Враги ехали по бывшей дороге. Они держали винтовки поперек, приподняв их руками, не готовясь стрелять, и торопили лошадей вперед. У них были команда и строй, поэтому они держались ровно и бесстрашно против первых выстрелов Чевенгура. Дванов понял их преимущество и, установив ноги в ложбинке, сшиб четвертой пулей командира отряда из своего нагана. Но противник опять не расстроился, он на ходу убрал командира куда-то внутрь построения и перевел коней на полную рысь. В этом спокойном наступлении была машинальная сила победы, но и в чевенгурцах была стихия защищающейся жизни. Кроме того, на стороне Чевенгура существовал коммунизм. Это отлично знал Чепурный, и, остановив лошадь, он поднял винтовку и опустил наземь с коней троих из отряда противника. А Пиюся сумел из травы искалечить пулями ноги двоим лошадям, и они пали позади отряда, пытаясь ползти на животах и копая мордами пыль земли. Мимо Дванова пронесся в панцире и лобовом забрале Пашинцев, он вытянул в правой руке скорлупу ручной бомбы и стремился взять врага одним умственным страхом взрыва, так как в бомбе не имелось начинки, а другого оружия Пашинцев с собой не нес.

Отряд противника сразу, сам по себе, остановился на месте, как будто ехали всего двое всадников. И неизвестные Чевенгуру солдаты подняли по неслышной команде винтовки в упор приближающихся прочих и большевиков и без выстрела продолжали стремиться на город.

Вечер стоял неподвижно над людьми, и ночь не темнела над ними. Машинальный враг гремел копытами по целине, он загораживал от прочих открытую степь, дорогу в будущие страны света, в исход из Чевенгура. Пашинцев закричал, чтобы буржуазия сдавалась, и сделал в пустой бомбе перевод на зажигание. Еще раз была произнесена в наступающем отряде неслышная команда — винтовки засветились и потухли, семеро прочих и Пашинцев были снесены с ног, и еще четверо чевенгурцев старались вытерпеть закипевшие раны и бежали убивать врага вручную.

Копенкин уже достиг отряда и вскинул Пролетарскую Силу передом, чтобы губить банду саблей и тяжестью коня. Пролетарская Сила опустила копыта на туловище встреченной лошади, и та присела с раздробленными ребрами, а Копенкин дал сабле воздушный разбег и помог ей всею живой силой своего тела, чтоб рассечь кавалериста прежде, чем запомнить его лицо. Сабля с дребезгом опустилась в седло чужого воина и с отжогом отозвалась в руке Копенкина. Тогда он ухватил левой рукой молодую рыжую голову кавалериста, освободил ее на мгновение для своего размаха и тою же левой рукой сокрушил врага в темя, а человека сбросил с коня в землю. Чужая сабля ослепила Копенкину глаза; не зная, что делать, он схватил ее одной рукой, а другой отрубил руку нападавшего вместе с саблей и бросил ее в сторону вместе с грузом чужой, отбитой по локоть конечности. Тут Копенкин увидел Гопнера, тот бился в гуще лошадей наганом, держа его за дуло. От напряжения и худобы лица или от сеченых ран кожа на его скульях и близ ушей полопалась, оттуда выходила волнами кровь. Гопнер старался ее стереть, чтобы она не щекотала ему за шеей и не мешала драться. Копенкин дал ногой в живот всаднику справа, от которого нельзя проехать к Гопнеру, и только управился дать коню толчок для прыжка, иначе бы он задавил уже зарубленного Гопнера.

Копенкин вырвался из окружения чужих, а с другого бока на разъезд противника напоролся Чепурный и несся на плохой лошади сквозь мечущийся строй кавалеристов, пытаясь убивать их весом винтовки, где уже не было патронов. От ярости одного высокого взмаха пустой винтовкой Чепурный полетел долой с лошади, потому что не попал в намеченного врага, и скрылся в чаще конских топчущихся ног. Копенкин, пользуясь кратким покоем, пососал левую кровавую руку, которой он схватил лезвие сабли, а затем бросился убивать всех. Он пронизался без вреда через весь отряд противника, ничего не запомнив, и вновь повернул рычащую Пролетарскую Силу обратно, чтобы теперь все задержать на счету у памяти, иначе бой не даст утешения и в победе не будет чувства усталого труда над смертью врага. Пятеро кавалеристов оторвались от состава разъезда и рубили вдалеке сражающихся прочих, но прочие умели терпеливо и цепко защищаться, уже не первый враг загораживал им жизнь. Они били войско кирпичами и разожгли на околице соломенные костры, из которых брали мелкий жар руками и бросали его в морды резвых кавалерийских лошадей. Яков Титыч ударил одного коня горящей головешкой по заду так, что головешка зашипела от пота кожи под хвостом — и завизжавшая нервная кобыла унесла воина версты за две от Чевенгура.

— Ты чего огнем дерешься? — спросил другой подоспевший солдат на коне. — Я тебя сейчас убью!

— Убивай, — сказал Яков Титыч. — Телом вас не одолеешь, а железа у нас нету...

— Дай я разгонюсь, чтоб ты смерти не заметил.

— Разгоняйся. Уж сколько людей померло, а смерть никто не считает.

Солдат отдалился, взял разбег на коне и срубил стоячего Якова Титыча. Сербинов метался с последней пулей, которую он оставил для себя, и, останавливаясь, с испугом проверял в механизме револьвера — цела ли она.

— Я ему говорил, что убью, и зарубил, — обратился к Сербинову кавалерист, вытирая саблю о шерсть коня. — Пускай лучше огнем не дерется!

Кавалерист не спешил воевать, он искал глазами, кого бы еще убить и кто был виноват. Сербинов поднял на него револьвер.

— Ты чего? — не поверил солдат. — Я ж тебя не трогаю!

Сербинов подумал, что солдат говорит верно, и спрятал револьвер. А кавалерист вывернул лошадь и бросил ее на Сербинова. Симон упал от удара копытом в живот и почувствовал, как сердце отошло вдаль и оттуда стремилось снова пробиться в жизнь. Сербинов следил за сердцем и не особо желал ему успеха, ведь Софья Александровна останется жить, пусть она хранит в себе след его тела и продолжает существование. Солдат, нагнувшись, без взмаха разрезал ему саблей живот, и оттуда ничего не вышло — ни крови, ни внутренностей.

— Сам лез стрелять, — сказал кавалерист. — Если б ты первый не спешил, то и сейчас остался бы.

Дванов бежал с двумя наганами, другой он взял у убитого командира отряда. За ним гнались трое всадников, но их перехватили Кирей с Жеевым и отвлекли за собой.

— Ты куда? — остановил Дванова солдат, убивший Сербинова.

Дванов без ответа сшиб его с коня из обоих наганов, а сам бросился на помощь гибнущему где-то Копенкину. Вблизи уже было тихо, сражение перешло в середину Чевенгура, и там топали лошадиные ноги.

— Груша! — позвал в наступившей тишине поля Кирей. Он лежал с рассеченной грудью и слабой жизнью.

— Ты что? — подбежал к нему Дванов.

Кирей не мог сказать своего слова.

— Ну прощай, — нагнулся к нему Александр. — Давай поцелуемся, чтоб легче было.

Кирей открыл рот в ожидании, а Дванов обнял его губы своими.

— Груша-то жива иль нет? — сумел произнести Кирей.

— Умерла, — сказал ему Дванов для облегчения.

— И я сейчас помру, мне скучно начинается, — еще раз превозмог сказать Кирей и здесь умер, оставив обледенелые глаза открытыми наружу.

— Больше тебе смотреть нечего, — прошептал Александр. Он затянул его взор веками и погладил горячую голову. — Прощай.

Копенкин вырвался из тесноты Чевенгура, в крови и без сабли, но живой и воюющий. За ним шли в угон четыре кавалериста на изнемогших лошадях. Двое приостановили коней и ударили по Копенкину из винтовок. Копенкин обернул Пролетарскую Силу и понесся, безоружный, на врага, желая сражаться в упор. Но Дванов заметил его ход на смерть и, присев для точности прицела на колено, начал сечь кавалеристов из своей пары наганов, по очереди из каждого. Копенкин наскочил уже на кавалеристов, опущенных под стремена взволнованных лошадей; двое солдат выпали, а другие двое не успели выпростать ног, и их понесли раненые кони в степь, болтая мертвецами под собой.

— Ты жив, Саш? — увидел Копенкин. — А в городе чужое войско, а люди все кончились... Стой! Где-то у меня заболело...

Копенкин положил голову на гриву Пролетарской Силы.

— Сними меня, Саш, полежать внизу...

Дванов снял его на землю. Кровь первых ран уже засохла на рваной и рубленой шинели Копенкина, а свежая и жидкая еще не успела сюда просочиться.

Копенкин лег навзничь на отдых.

— Отвернись от меня, Саш, ты видишь, я не могу существовать...

Дванов отвернулся.

— Больше не гляди на меня, мне стыдно быть покойным при тебе... Я задержался в Чевенгуре и вот теперь кончаюсь, а Роза будет мучиться в земле одна...

Копенкин вдруг сел и еще раз прогремел боевым голосом:

— Нас ведь ожидают, товарищ Дванов! — и лег мертвым лицом вниз, а сам стал весь горячий.

Пролетарская Сила подняла его тело за шинель и понесла куда-то в свое родное место на степной, забытой свободе. Дванов шел за лошадью следом, пока в шинели не разорвались тесемки, и тогда Копенкин очутился полуголый, взрытый ранами больше, чем укрытый одеждой. Лошадь обнюхала скончавшегося и с жадностью начала облизывать кровь и жидкость из провалов ран, чтобы поделить с павшим спутником его последнее достояние и уменьшить смертный гной. Дванов поднялся на Пролетарскую Силу и тронул ее в открытую степную ночь. Он ехал до утра, не торопя лошади; иногда Пролетарская Сила останавливалась, оглядывалась обратно и слушала, но Копенкин молчал в оставленной темноте; и лошадь сама начинала шагать вперед.

Днем Дванов узнал старую дорогу, которую видел в детстве, и стал держать по ней Пролетарскую Силу. Та дорога проходила через одну деревню, а затем миновала в версте озеро Мутево. И в этой деревне Дванов проехал свою родину на шагающем коне. Избы и дворы обновились, из печных труб шел дым, было время пополудни, и бурьян давно скосили с обземлевших крыш. Сторож церкви начал звонить часы, и звук знакомого колокола Дванов услышал как время детства. Он придержал лошадь у колодезного стока, чтобы она попила и отдохнула. На завалинке ближней хаты сидел горбатый старик — Петр Федорович Кондаев. Он не узнал Дванова, а Александр не напомнил ему о себе. Петр Федорович ловил мух на солнечном пригреве и лущил их в руках со счастьем удовлетворения своей жизни, не думая от забвения о чужом всаднике.

Дванов не пожалел родину и оставил ее. Смирное поле потянулось безлюдной жатвой, с нижней земли пахло грустью ветхих трав, и оттуда начиналось безвыходное небо, делавшее весь мир порожним местом.

Вода в озере Мутево слегка волновалась, обеспокоенная полуденным ветром, теперь уже стихшим вдалеке. Дванов подъехал к урезу воды. Он в ней купался и из нее кормился в ранней жизни, она некогда успокоила его отца в своей глубине, и теперь последний и кровный товарищ Дванова томится по нем одинокие десятилетия в тесноте земли. Пролетарская Сила наклонила голову и топнула ногой, ей что-то мешало внизу. Дванов посмотрел и увидел удочку, которую приволокла лошадиная нога с берегового нагорья. На крючке удочки лежал прицепленным иссохший, сломанный скелет маленькой рыбы, и Дванов узнал, что это была его удочка, забытая здесь в детстве. Он оглядел все неизменное, смолкшее озеро и насторожился, ведь отец еще остался — его кости, его жившее вещество тела, тлен его взмокавшей по́том рубашки, — вся родина жизни и дружелюбия. И там есть тесное, неразлучное место Александру, где ожидают возвращения вечной дружбой той крови, которая однажды была разделена в теле отца для сына. Дванов понудил Пролетарскую Силу войти в воду по грудь и, не прощаясь с ней, продолжая свою жизнь, сам сошел с седла в воду — в поисках той дороги, по которой когда-то прошел отец в любопытстве смерти, а Дванов шел в чувстве стыда жизни перед слабым, забытым телом, остатки которого истомились в могиле, потому что Александр был одно и то же с тем еще не уничтоженным, теплящимся следом существования отца.

Пролетарская Сила слышала, как зашуршала подводная трава, и к ее голове подошла донная муть, но лошадь разогнала ртом ту нечистую воду и попила немного из среднего светлого места, а потом вышла на сушь и отправилась бережливым шагом домой, на Чевенгур.

Туда она явилась на третьи сутки после ухода с Двановым, потому что долго лежала и спала в одной степной лощине, а выспавшись, забыла дорогу и блуждала по целине, пока ее не привлек к себе голосом Карчук, шедший с одним попутным стариком тоже в Чевенгур. Стариком был Захар Павлович, он не дождался к себе возвращения Дванова и сам прибыл, чтобы увести его отсюда домой.

В Чевенгуре Карчук и Захар Павлович никого из людей не нашли, в городе было пусто и скучно, только в одном месте, близ кирпичного дома, сидел Прошка и плакал среди всего доставшегося ему имущества.

— Ты чего ж, Прош, плачешь, а никому не жалишься? — спросил Захар Павлович. — Хочешь, я тебе опять рублевку дам — приведи мне Сашу.

— Даром приведу, — пообещал Прокофий и пошел искать Дванова.

1926—1929

СОДЕРЖАНИЕ

ЧЕВЕНГУР

Литературно-художественное издание

АНДРЕЙ ПЛАТОНОВ

ЧЕВЕНГУР

Художественный редактор Валерий Гореликов
Технический редактор Татьяна Раткевич
Компьютерная верстка Ирины Варламовой
Корректор Людмила Ни

Главный редактор Александр Жикаренцев

Знак информационной продукции
(Федеральный закон № 436-ФЗ от 29.12.2010 г.):   16+

Подписано в печать 26.09.2017.
Формат издания 75 × 100 $^1/_{32}$. Печать офсетная.
Тираж 2000 экз. Усл. печ. л. 21,15. Заказ № 6362.

ООО «Издательская Группа „Азбука-Аттикус“» —
обладатель товарного знака АЗБУКА®
119334, г. Москва, 5-й Донской проезд, д. 15, стр. 4

Филиал ООО «Издательская Группа „Азбука-Аттикус“»
в Санкт-Петербурге
191123, г. Санкт-Петербург, Воскресенская наб., д. 12, лит. А

ЧП «Издательство „Махаон-Украина“»
04073, г. Киев, Московский пр., д. 6 (2-й этаж)

Отпечатано в ОАО «Можайский полиграфический комбинат»
143200, г. Можайск, ул. Мира, д. 93
www.oaompk.ru, www.oaompк.рф
Тел.: (495) 745-84-28, (49638) 20-685

Y-AKB-17755-03-R

ПО ВОПРОСАМ РАСПРОСТРАНЕНИЯ
ОБРАЩАЙТЕСЬ:

В Москве:
ООО «Издательская Группа „Азбука-Аттикус"»
Тел.: (495) 933-76-01,
факс: (495) 933-76-19
e-mail: sales@atticus-group.ru;
info@azbooka-m.ru

В Санкт-Петербурге:
Филиал ООО
«Издательская Группа „Азбука-Аттикус"»
Тел.: (812) 327-04-55,
факс: (812) 327-01-60
e-mail: trade@azbooka.spb.ru

В Киеве:
ЧП «Издательство „Махаон-Украина"»
Тел./факс: (044) 490-99-01
e-mail: sale@machaon.kiev.ua

Информация о новинках и планах на сайтах:
www.azbooka.ru,
www.atticus-group.ru

Информация по вопросам приема рукописей
и творческого сотрудничества
размещена по адресу:
www.azbooka.ru/new_authors/